困豹

赵剑平 著

光明日报出版社

图书在版编目(CIP)数据

困豹 / 赵剑平著. --北京:光明日报出版社,2018.11
ISBN 978-7-5194-3907-1

Ⅰ.①困… Ⅱ.①赵… Ⅲ.①长篇小说—中国—当代 Ⅳ.①I247.5

中国版本图书馆CIP数据核字(2018)第014626号

版权声明:该书版权为游读会网络科技(上海)有限公司所有,授权光明日报出版社在中华人民共和国境内出版中文简体版。

困豹

KUN BAO

著　　者:赵剑平	
责任编辑:谢　香　李　倩	责任校对:傅泉泽
封面设计:典文传媒	责任印制:曹　净

出版发行:光明日报出版社	
地　　址:北京市西城区永安路106号,100050	
电　　话:010-67078248(咨询),010-63131930(邮购)	
传　　真:010-67078227,67078255	
网　　址:http://book.gmw.cn	
E - mail:renqing339@126.com	
法律顾问:北京德恒律师事务所龚柳方律师	
印　　刷:北京汇瑞嘉合文化发展有限公司	
装　　订:北京汇瑞嘉合文化发展有限公司	
本书如有破损、缺页、装订错误,请与本社联系调换,电话:010-67019571	
开　　本:170mm×240mm	
字　　数:405千字	印　　张:27.25
版　　次:2018年11月第1版	印　　次:2018年11月第1次印刷
书　　号:ISBN 978-7-5194-3907-1	
定　　价:82.00元	

版权所有　翻印必究

第一章
　　牧神的疏忽·001

第二章
　　被出卖的人·008　尴　尬·022

第三章
　　谛　听·028

第四章
　　喧哗与骚动·031　黑老丘·044　时空重组·049

第五章
　　挤　压·059

第六章
　　父与子·063　幽　灵·069　幻象与真实·072

　　鸳鸯椅·082

第七章
　　风乍起·085　少男少女·096

第八章
　　老豹子·103

第九章
　　破　碎·112　伤　痛·122　不明飞行物·127

第十章
　　有颜色的历史·133　黑　窟·144

第十一章
　　人与兽·154

第十二章
　　罪恶的延伸·163　复　活·167　郭　村·172

第十三章
　　搏　杀·180　乡公所·183　混　沌·190

第十四章
　　乞　丐·193　小胡子行动·198　回　归·201

目录

第十五章
　　孔雀东南飞·211　罪与罚·217　学堂阴影·222

第十六章
　　雪白血红·229　恐　慌·233　打豹队·243

第十七章
　　失踪的信函·255　藤　子·266　困　厄·270

第十八章
　　最后的逐杀·276　解　脱·281　致命冤家·285

第十九章
　　大学生·291　管理区·295

第二十章
　　赶　场·302　神秘的哨声·310　死亡格式·319

第二十一章
　　悬　棺·327　发　掘·337

第二十二章
　　祭　祖·345　辣　椒·350　一袭白裙·357

　　大路朝天·362

第二十三章
　　风中的节日·366　冻僵的魂灵·379

第二十四章
　　又见豹子·388　生与死·395　蒸　发·400

第二十五章
　　老大难·409　拆迁方案·413

第二十六章
　　爱与恨·418　豹的诱惑·423

第二十七章
　　尾　声·426

第一章

牧神的疏忽

沿着浑浊的长江,疙疤老山不知走了多少天。凭着豹子这种猫科动物特有的坚韧和别的动物望尘莫及的爆发力,它终于走到了乌江。看着清澈的江水,疙疤老山飞身奔下山岗,把一张又短又宽的脸浸在水里,一边咕嘟咕嘟地喝着,露在水上的两只眼睛一边警惕地注视着江面。现在,那个毒辣的火球已经沉在了水底。随着波浪的掀动,那些罪恶的光焰徒然地挣扎着。疙疤老山感到了一种快意。这些天来,它从迷失了方向的乱头风里,嗅到了一股原始狞野的气息,一颗血跳的心亢奋起来,踩着弹性的肉垫,一直昼夜兼程地赶路。只是悬在头顶上的那个火球,挥动长长的金鞭,抽得它头昏脑涨,连身上美丽的金钱斑都被烤熔化似的,暗了下去,淡了下去。它抬起头来,喉头那儿的皮毛颤抖着,发出一声模糊的低啸。接着晃了晃脑袋,抖落胡子上那些亮晶晶的水珠,便伸出腿来,抠挚开尖锐的爪钩,自得其乐地摆弄摆弄。随后,它离开长江干流,从西向转南方,沿着乌江往上走着。

有一天夜里,疙疤老山渡过了乌江。

疙疤老山不知道那里有三道关卡。它在乌江铁桥桥头越过铁路那阵,蜷伏在一蓬刺藜后头,一动不动地等着天黑。但是,疙疤老山无论如何也搞不清楚,火车竟可以从大地深处拱出来。那阵,它站在路轨上,面对突然出现的撕破夜空的光柱,听着震撼大地的隆隆的吼声,一副豹子胆完全失灵了。疙疤老山放大的瞳孔里,看见一条巨龙出世,愤怒地张牙舞爪,牵连着一座山向它压下来。就在钢铁巨龙撞上身来的瞬间,一股强烈的气浪冲击着,它一下弹出了铁路。也就在这一瞬间,它看见一颗红红的流星从眼前飞逝过去,并听见啪的一声炸响。它知道这意味着什么,开始奔跑起来。沿着河岸低矮的山冈,它很快融进夜色里。突然,眼前一阵灼热,两束炽白的灯光在十来个纵步之外迎面射过来。疙疤老山一个本能的收缩,嗒嗒嗒一梭子弹,就把它爪钩跟前的草皮扒起一层。

"老虎! ……"

"豹子! ……"

疙疤老山听见桥头堡那边一片惊惶的呼吼,两条后腿一靠,四蹄并作一束花瓣,整个躯干弯曲成一张弓,嗖地跃上桥头,美丽的斑纹在白光中绾一个疙瘩,就越过了川黔公路210国道。踩着弹性的肉垫,它跑过几幢沉睡的楼房。那种辛辣刺鼻的石灰气和水泥味,使疙疤老山立刻意识到自己处在一种困境中。透过一大串啦啦地响叫的灯影,它看见一堵雄伟的堤坝拔地而起,冷酷地切断了去路。从坝基和桥头冲过来的哨卫已经逼到跟前,冲锋枪如临大敌地扫射着,在江岸上黑乎乎的乱石堆中溅起大片火星。疙疤老山被逼到了水边。波涛翻滚的江心,一双豹子眼睛圆瞪着,浑浊中透着一种期冀,像星辰一样在那里蛊惑着,召唤着。疙疤老山没有片刻犹疑,坚定地走进江水去。

疙疤老山被激流冲出去很远。但它最后还是挣扎着游到了对岸。

那个白天,疙疤老山卧在一座长满灌木的沙岗上。它一动不动,仿佛一团长满苔藓的黄土疙瘩,怯生生地看着对面的铁路,还有铁路那边的公路。长长的火车扭动着,从弯道里出来,轰隆轰隆喘着粗气,钻进黑乎乎的山洞,不一阵,又风风火火地钻出来。这在那片低矮平缓的丘陵上是从来没有过的。它感觉到一种艰难,但更多地感觉到的则是一种亢奋。它知道自己已经走进高原,来到了大山深处。

从这天起,疙疤老山背朝铁路走着。但它无法避开公路,这个世界上最庞大的工程,仍旧蛛网一样布满高原每个角落。只是这些公路一条比一条狭窄,一条比一条破烂。疙疤老山因此认定自己所要到达的目标已经不远了。

六月的阳光下,大地上一切都依照热膨胀的规律扩张着。空气也不例

第一章 牧神的疏忽

外。腐殖质的腥气和叶绿素的清芳混杂着,从山那边飘来。疙疤老山扁平的鼻头翕动着,欢呼地冲上山冈,奔下山坡。在那片针阔叶混交林中,疙疤老山调整步法,开始走"S"路线。整个豹族的成员都生性孤僻、阴鸷。但和其他的动物一样,它们也需要配偶,需要繁衍。这种步法,在开始和结尾两个阶段,可以有效地嗅出刚刚走过的路上,是否有一只雄豹跟来,从而确定是前进还是等待。也许林子太小的缘故,疙疤老山在这里没有找到伴侣。

但疙疤老山并不是一点收获也没有。遥远的山垭,犹如一张巨大的嘴巴,把太阳往下吞噬着,大片血光在山口上洇开来。这工夫,疙疤老山走到林子边上,扭着颈项,一颗脑袋停在空中,正搜寻雄性豹子那种特有的狞野腥膻的气味。一只狐狸,迷迷糊糊地跟上来。它刚刚看清楚那个似虎非虎的脑袋,转过身去,还没有来得及跑,树盖的暗影一抖,就落下一道闪电。这只聪明一世糊涂一时的畜生,只意识到两对尖利的犬牙扎进腹腔,眼眶里一片血光,就被撕成了碎块。疙疤老山好几天没有进食,橡皮一样的胃袋贴在肚皮上,沉甸甸的,也空空的。生长在高原山地的动物格外鲜美。它大口大口地撕扯着,喉咙里发出满意的咕噜咕噜声,躯干上金亮的皮毛也禁不住快乐地颤抖……

天擦黑那阵,疙疤老山来到一座断崖上。透过漫天漫地拉开来的夜网,它影影绰绰地看见前头不远的地方有一个村落。随着两点鬼火一样的光亮晃悠着,空气里弥漫开来一种淡淡的苦涩。疙疤老山打了一个喷嚏。转过身来,它沿着山体的断层走着。在头顶上,大团黑云在高空气流的鞭打下,急切地集结着,布下厚重的云阵。遥远的天际,一颗橙红的亮星不知疲倦地闪烁着。那是疙疤老山熟悉的大角,豹族世界的牧神。整个牧夫座都沉睡了,只有这颗星是苏醒的。在它的光辉下面,疙疤老山可以感觉到,那只在长江下游的丘陵地带里昼伏夜出的老豹子,虽然金亮的皮毛一天天地烂掉,但它仍然仰望着牧神,仍然在向牧神祷告,祈求牧神赐福美丽的疙疤老山。现在,疙疤老山仿佛一种本能,正一步一步地向牧神走近,寻求万能的主宰的庇护。

冥冥中,它似乎意识到一场灾难就要来临……

山地的上空,黑乌乌的云阵一动不动。云阵深处,一片模糊的白光无声地扑动着，仿佛要冲破沉沉囚禁，却又量小力薄。夜气抖了抖，一声低沉的吼啸，呜呜呜的，抑郁地从断崖那边传来。疙疤老山一怔，灵醒地束紧爪钩，两只猫耳耸立起来，转过脑袋，望透黑暗地瞪大了眼睛。这阵，从村落里飘来的那种神秘的苦涩消失了。而浓重的夜气里，一种古远荒蛮的东西，不知哪阵掺杂了进来，在悄悄地流荡着。疙疤老山一下想起什么来了，是抗拒不了这种诱惑，还是使命战胜了本能，它偏离了辉煌的大角亮星，决心越过横亘在眼前的断层，去探索村落后面那片黑黢黢的天地。它突然觉得，那里就是它要寻找的森林，古藤绕树百兽欢腾的森林。

顺着一条崖缝，疙疤老山开始往下滑。这对豹族成员来说，是非常艰难的事情，就跟爬树一样，上易下难。它挺硬一根尾巴平衡着身体，慢慢地倒退着。白毫毫的肚皮贴着湿漉漉的崖壁，尖硬的爪子在岩石上抓得噗噗响。而胸膛那里，那股刚刚泛滥开来的生命的欲流却越来越汹涌地掀动着，直折腾得它呼呼地喘着粗气。最后，听着汩汩水响，疙疤老山踩进一泓浅浅的溪流，终于落到了黑森森的谷底。它想尽快地翻上崖去，离开这道深渊。可是，这一边的崖壁刀砍斧切一样陡峭，简直没有一点抓握。疙疤老山再也看不见大角了。那颗亮星被半边山崖遮住了，被铺天盖地的黑云遮住了。但是，疙疤老山知道牧神在身后的天空。牧神一直用一双望穿黑暗的眼睛注视着孤独的疙疤老山。就像心在胸膛里一样，牧神也永远伴随疙疤老山。

一阵隐隐的雷声在峡谷上空响起来，仿佛唱大戏的扎起台子，就要拉开幕布，正磕磕碰碰地布置着道具。疙疤老山耸立猫耳听了听，就跳跃着，禁不住有些悽惶地往前跑着。峡谷开始变得开阔，溪水也扭成一股在沟底里流淌，空出来两爿平坦的岸，顺山崖走势渐渐地展开。疙疤老山抖抖溅在皮毛上的水珠，尾尻一蹶一坐，闪电掉落峡谷一样奔腾起来。突然，一根亮锃锃的金属棒探进峡谷猛地一搅，两列敦实绵长的山岩崩垮似的，哗啦的一声炸响。疙疤老山纵到半空，那胆气也被震散一样，劲软地落下来，在地上滚了滚，就惊呆地蜷卧起来。没有闹台锣鼓，也没有走过场，那神秘的幕布一下被掀开，亮出惊险的场景，声势赫然地逼近高潮。整个天盖仿佛翻倒过去，那片先前模模糊糊的白光，这阵冲破云阵，张牙舞爪地挥动利剑，戳一个窟窿,砍一道裂缝,瞬间工夫,一根一根直直的水柱,就在天地间立起来。一阵湿热的风吹来,大雨连成一片,在火闪中亮晃晃地倾泻。疙疤老山瞪大眼睛,看着峡谷里的溪流,越来越浑浊,越来越汹涌。它立刻醒悟地蹦起来,贴着崖根山脚飞跑着。出去不远,透过漫天漫地的水帘,它看见几列屋架,没有遮盖,没有壁板,仿佛刚刚立起来的,灿亮地坐落在溪岸高高的石坎上。靠近水边,掘着几个窑眼一样的坑,呈一溜摆开来。后头是一个山槽,从那里哗哗啦啦灌下来的山水,把几个坑都淹得满满当当的。这关头,万能的大角牧神闪光了。就在山槽旁边,疙疤老山发现了一条小路。小路曲曲折折,却一直通到崖顶。疙疤老山振奋精神,一气冲上山去。

它像一个倔强的精灵,直直地往村庄那边走着。那些黑不溜秋的屋瓦,那些歪歪斜斜的吊脚楼的屁股,那些在地坝边上堆码得方方正正的柴垛,在雷雨的轰击之下,都猥琐地战栗着,发出阵阵痛苦的呻吟。它本来要绕开这个村庄,从长江下游那片灌木丛出发以来,已经遇上无数个村庄,都这么绕开的。可现在,它仿佛是疲倦了,也仿佛是知道目的地已经不远了,就那么大模大样,这个村庄的主宰似的,穿过泥泞的村路,准备直奔村庄后头的山坡。它已经看清楚那是一片森林,一片郁郁葱葱的森林。

噼啪!一条火蛇闪着血红的信子,在村头绕过两圈,一棵大树抽筋似的晃动着,就向疙疤老山倒下来。那一瞬间,疙疤老山仿佛听见雷雨中一支嘹亮的长笛吹奏着,本能地跳跃起来,白毫毫的肚皮亮了亮,就被大篷树盖扑倒在地上。好一阵,它才从那些枝枝丫丫的包裹中挣扎出来。仿佛被那浓重湿腻的叶绿呛懵了,疙疤老山竖着金针一样的颈毛,愤怒地向着这个神秘的村庄,阴沉凶险地号叫着,就闯进村去。立刻,整个村庄响起来一片狗吠。汪汪的吼震,连着风雨雷电的咆哮,似乎要把这片山地翻过来。这之中,疙疤老山听见有只狗的叫声,它和别的狗的叫声完全不同,完全不是那种因为恐怖而颤抖发出的啸声,而是又凶悍又洪亮,仿佛钢铁撞击发出的回声。疙疤老山没有和这群狗计较。只是快要走出村子那阵,它玩笑似的顿住脚步,扭过头来,那些狗就吓得夹起尾巴,哑声哑气地跑散了。但一只又高又大的黑狗却一动不动地站在那里,仿佛识破疙疤老山的恶作剧,依旧勇敢无畏地叫着,号角一样充满进攻的力量。这只过路猛兽看了看黑狗,就在雷雨的哄闹中往山坡上跑去。

天空依然黑压压的。火闪徒劳地搏动着,刚刚照亮一片,很快又被乌云吞没了。从低谷向山上吹动的短风,使坡地的雨势格外猛烈。疙疤老山低着头,额际护着两只眼睛,避开劲扎的雨镞。但从眉梢上漫下来的雨水,仍旧模糊着视线。它挤眨着眼睛,走到半坡,遇上一个洞,鼻子嗅了嗅,又继续往上走。但碰上下一个洞,它就禁不住好奇地进去蹲了下来。洞里有一种人特有的气息弥散着。它知道不是久留之地,歇过两口气,又斗着风雨上路了。大雨泼洒到这阵,仿佛把整个坡地都泡散了,到处都有水响,到处都有泥土崩塌的声音。一些地方,水流已经淘尽泥土,冲刷出了白花花的石头。疙疤老山响了响冰凉的鼻头,莫名地感到有一种沮丧。如果这一股一股的水流是血,那么这一面坡地早晚一天会死的。但是,疙疤老山越过一条泥泞的马路,这工夫,它听见了一种奇妙的回声,哗哗啦啦的大雨被化解,丝丝缕缕悬挂起来,接上又遭到阻挠,散作零珠碎玉,紧紧密密地跳落在地上,滴答嘀答的,叮咚叮咚的,那样激烈,而又那样和谐。

疙疤老山又激情地跳跃起来。

但就在疙疤老山落地的瞬间,大角牧神疏忽了。只听见镗然一声弹击,这个雷雨的夜晚在刹那工夫凝固。一切都静悄悄的,只有森林里逗留着恐怖的回响。疙疤老山懵了。直到疼痛钻心地从腿拐上传来,四脚四掌蹦不开,它才发现自己被一副钢嘴铁牙咬住了。可它不会立刻就接受这个现实,好像事情不过是一场噩梦,终究要醒来。它奋力地挣扎着,拽着一条铁链叮叮当当响。那铁链拴在一棵树上。疙疤老山强健的躯干扭动起来,牵连那树也阵阵地摇晃。枝丫戳着枝丫,整个森林都仿佛颤抖起来。最后,它停止挣扎。透过大雨滂沱的夜空,它痛苦地抬起头来,悲哀地啸叫着。恍惚中,它似乎又看见橙红的大角在天际闪闪烁烁,就越发凄厉地嚎着。直到东山抹开一道白线,它才绝望地终止了这种呼号。但在黎明的白线底下,疙疤老山看见了老豹子那双瞠圆的眼睛,浑浊中透着悲愤的眼睛。刹那工夫,那种使命的意识又回到疙疤老山身上,涨满疙疤老山根根血管。它本能地弯曲起来,一张拉满的弓似的,狠命地弹射出去。美丽的金钱斑在从树隙里透下来的火闪中滚了滚,就重重地跌到森林边上的马路上。等到从泥泞中站起来,它发现自己拉断铁链,从困境中解脱出来了。但没有来得及庆幸,它发现一副钢嘴铁牙,却依旧咬在腿拐上。

那一瞬间,一道火闪从疙疤老山头上掠过,把马路和树林照得惨白。就在这片光亮中,疙疤老山看见距离几步之遥,一堵土坎下面,战战兢兢地拥挤着一堆人,三个姑娘和一个男人。几乎没有一点犹疑,一种复仇的心理,就驱赶它愤怒地腾空而起。但那副啃在脚上的镣铐,使疙疤老山的身体又沉重又笨拙,它只纵出去两步远,并且由于把握不住平衡,就斜劈到一边去了。它很快调整身体,准备重新发起进攻。它清楚地看见那男人留着一撮小胡子,手握一把明晃晃的匕首,拿在眼前,惊恐地划动着。疙疤老山扽挲开两只前掌的爪钩,就要猛扑过去,痛快地抓烂那张有些抽搐的嘴脸……

就在这工夫,疙疤老山感到脚下一震,整个坡地打摆子一样地颤抖起来。接着,一阵深沉而又持久的轰响,从迷茫的雨空中传来。

灾难降临了。

花豹疙疤老山撇下一男三女,拖着叮叮当当的镣铐,越过烂蛇一样的马路,很快消逝在森林里。

天空在一阵痛苦的战栗中亮了起来。

第二章

困豹

被出卖的人

翻上老木垭那阵,令狐枯荣看见一团黄黄的影子在林子里闪动。自从来到错欢喜的木家寨,大半辈子光阴已经过去,他除了听铁脚杆诡声诡势摆过豹子外,还从来没有见过这种动物。隔着两截土坎,那金钱斑的影子不远不近地并排走着。太阳已经西斜,过山风紧一阵慢一阵,林子里传来一片阴阳怪气的呼啸。令狐枯荣不敢停下来,更不敢踅进林子里去探一个究竟,就那么冷冰冰地往前走。一直到破破烂烂的马路转下山口,他听见两声莫名的叮当响,回过头来,这才看见一只大猫高踞在一截土埂上。他本能地弯下腰去,从毛坯的路面上抓起一块锋锐的石头拿在手上。但那野兽却一动不动,只是怔怔地望着。斜阳下,它的眼睛直勾勾的,闪射着阴森森的光芒。他一下就感觉到,这不是那种愚蠢而又胆小的动物。铁脚杆说过,扁担花的是老虎,铜钱花的是豹子。他知道自己遇上了豹子,一种比狮子和老虎还要危险的野兽。可它为什么不扑过来呢?难道它要像对付野猪那样,先恫吓让野猪群奔跑起来,然后选择落伍的野猪,那在意志和力量上都崩溃的弱者,再进行攻杀……

不知道过去多久,凝固的阳光动荡起来,空气里传来一阵吱嘎吱嘎的声响。接着,一驾马车颠簸着,从弯拐里跑出来。这工夫,那野兽才站起来,慢吞吞地离开土坎,消逝在林子里。令狐枯荣感觉到一颗心在胸膛里咚咚咚地跳,便瘫软地蹲了下去。他低着头,回味那野兽走去的瞬间,看上去很沮丧,脚步也有些拖泥带水,仿佛舍不下眼前的猎物……

"令狐老师！你哪样哪？"

马车在跟前打住，一张糊里糊涂的脸凑近来。

"哦……"令狐枯荣抬起头，看清楚是木家寨村长黄登榜，这才从噩梦中醒来似的眨了眨眼睛，"黄村长！我刚才看见……一头豹子……"

"豹子！"黄登榜拿在手上的鞭杆抖了抖，就腾出一只手来，直往令狐枯荣额上贴着，"你说豹猫……哪里哪？"

"就在这里，我在马路上，它在那林子边土坎上。"令狐枯荣从地上站起来，"我们都站着，它望着我，我望着它，怕有好几十分钟，直到你来，它才进了林子……"

"哈哈哈……"黄登榜笑着，一张脸就往后仰着，鼻子眼睛挤成了一堆，"你说跟磨坝场上你那个伙计哟！"

"我不是开玩笑。"

"令狐老师！你眼睛看花了。"黄登榜认真起来，"当初解放那阵组织打豹队，早就把那东西已经灭绝了。"

"我可说的是真的……黄村长！"

"真的有一头豹猫，怕你早就被撕了，哪里还会等到我来。"

黄登榜说着，嘎地就打住话头。他看见令狐枯荣已经转过身去，摇晃着一小块干瘦的背影往磨坝场走去。

黄登榜愣了愣，猛地又想起什么似的朝那背影叫起来：

"喂！你这是去哪里啊？"

令狐枯荣站住，折转身来，若有所思地往回走着。太阳在他的后面燃烧着，磨坝场那边的天空被照得红彤彤的。他跟前那驾马车、那匹骡子、那张糊糊涂涂的脸，也被照得红彤彤的。只有他一个人在暗影中跋涉。短促而游弋的暗影，仿佛一面黑旗，在脚下竖起来，在路上展动着，仿佛要把人引向深渊。

黄登榜手上捏着一片纸头往令狐枯荣跟前戳道：

"你这里有信……你那个伙计跟你写的悄悄话，叫我捎给你。"

令狐枯荣接住皱皱巴巴的信皮，隐约地感觉到马车老板留在上面的温热。

"你不知道？"令狐枯荣有些疑惑地望着黄登榜,"村头出事了。"

"哪样事情啊？"当村长的脸上掠过一丝惊惶,"我是昨天就出来的人……烟叶站那些吃皇粮的人扯拐,耽搁到今天才把烟交上去。"

"铁脚杆家的藤子,还有曹书记家的幺姑娘家英,还有就是你家的水惠,她们三个姑娘……今天早晨起来发现不见了。"

马车老板听着,一张脸渐渐阴黑起来。

"鬼牵起走了不成！鬼牵起走了不成！"

黄登榜嘟嘟哝哝着,仿佛想起什么来了。

"水惠前两天说去当工人,老子把她凶了一顿……已经庚书都开过的人,收完庄稼就要出阁了,还想精想怪……我怕是几个姑娘邀邀约约的,跟着招工的小胡子,就是住在你学校的那个家伙……"他说着,一只手在大腿上一拍,"对了,肯定是他跟老子裹起跑了。"

令狐枯荣神情木然。他那光秃的前额好像半块苦霜欺打过的萝卜,灾难深重地跳了跳,算给马车老板一种回答。接上,他就转身往磨坝场走着。

"我一定要……把她们找回来……"他这样说给自己听着,就向半边残阳走去。

马车老板恼怒地甩着长长的鞭子。骡子咉咉地叫着,带着一种惶恐,拉起一挂空车,吱嘎吱嘎地冲下老木垭。

且夫天地有生物之机,圣贤有好生之德。故解网更祝,颂恩惠于成汤。君赐畜生,重物命于孔圣。鳄鱼为害,韩愈曾祭以安民。渴鲋求生,庄周曾悲而决水。他如黄雀被伤,杨宝救而获报。蝼蚁遇困,宋郊救而成名。子产乐悠然之逝,匡君断罟,里革成畜养之言。古人慈祥恺悌之意,有不忍伤其生者也。何近世徒贪口腹,药毒网取,几无生息。予等触目心惊,见其生不忍见其死。因约集错欢喜木家寨乡绅民众,同心公议,禀请政府立案,自错欢喜木家寨一带山溪湖塘,即作为放生之区。俟后如有毒网等情,则法令所不容也。况太上有云:勿登山而网禽鸟,勿临水而毒鱼虾。盖与人同,物之有雄有雌,犹人之有夫有妇;物之有母有雏,犹人之有父有子,试问人有伤其父子夫妇而心能安否乎?嗟呼!贪生怕死,物类虽蠢,莫不皆然。愿从此同胞大众共发善心,不至上干天怒,以伤造物之和,庶可为太和之天地也。岂不美哉!

石碑已经被埋掉了。

那上面的文字,令狐枯荣还记得清清楚楚。也许很多很多年后,那些专家学者像挤压吸水的海绵一样,把半坡、仰韶、大汶口、河姆渡……这样那样的文化研究完了,挤压干枯了,这才会对长江流域的这片山地感兴趣。他们从岩层中找到了三叶虫,找到了鹦鹉螺,找到了菊石,推知了数十亿年前沧海桑田的景象。他们也能够从泥沙里挖出石碑,并且推断这里曾经有一眼放生塘,以后填成一块水田,以后又划成一块一块责任地……但现在,它只有沉睡下去。

令狐枯荣在浑浊的水田里洗了洗,回到那还算学校的一个角落。他在半边操场上蹲着,两只光裸的膀子抱在胸前,看着在太阳底下一闪一闪的泥淖,觉得过去的一切都结束了。

黑鸦坎那只老鹰又飞到头顶上,开始一天一轮的巡礼。它两铺翅子平稳地展开,将巨大的阴影投在死亡的泥石流上。老鹰盘旋两圈,仿佛终于觉察到了地上的变故,迷失地悲叫一声,就翅子打闪地飞走了。

那时候,令狐枯荣就听见村长黄登榜的婆娘玉娥子喊水惠。玉娥子牛高马大的身坯,站在村头,气焰十足地喊叫起来,四山响应,多远的地方都能够听见。水惠是复式班出去的学生。磨坝场初中毕业后,她没有像她老表木青青那样考上县城高中,就回到木家寨帮家头做活路。每天吃饭的工夫,玉娥子都要这样练嗓一般地喊一回。水惠是打猪草,还是砍柴,听见喊声,就从山坡上回来了。令狐枯荣那阵没有感觉一点诧异。哪怕这天玉娥子的喊叫显早了一点。但乡里女人对时间的把握,从来就是天黑睡觉,饭熟而敲钟。哪怕玉娥子声音也有一点摇晃,落在黑鸦坎,落在老木垭,都那么软绵绵的,力不从心的样子。但女人们一个月里有几天落势,也未必一直粗声大气。

令狐枯荣沉浸在轰轰隆隆的电闪雷鸣中,沉浸在噼噼啪啪的滂沱大雨中,沉浸在奔腾呼啸的泥石流中,沉浸在黑色的漩涡中。他不可能理会玉娥子的喊叫有什么特别,也不可能想到她的喊声会跟他的命运有什么联系。自从黄登榜领着人在学校后面那座土岗上打窑子烧炭,他就有一种不祥的预感,好像头发被一根一根地剪了。脑袋被剪光了,剪秃了,就要受风寒了。

  学校从前是一座庙。学校后面土岗上的林子是当年的庙产。分田土,划山林,扯过一阵皮。结果还了各自的老业,就剩一份庙产是公家的。这阵做烤烟,木家寨没有煤,大家心心念念要挣钱,就想到烧炭来烘烤烟叶。令狐枯荣把他们叫"烧炭党人"。他们早晨上坡去,仿佛开荒辟草,闹得学校上课都上不清静。烧炭下坡来,个个人都一张大黑脸,只两颗眸子轱辘地转动。两季烤烟过后,"烧炭党人"散去,留下空空荡荡的土岗,留下土岗上面坑坑洼洼的炭窑。遇上雨天,整座土岗通过那些嘴巴一样的炭窑贪婪地喝着水,兜不住从脚下浸出来,汇成一股一股洪流,直往学校冲来。这时候,令狐枯荣就背着蓑衣,拿着锄头,像一个卫士一样站在学校后头的檐沟里,掏深,拓宽,一刻不停地疏通。这天晚上,他一直忙到半夜,跟土岗那儿漫下来的洪流搏斗着。那阵,黑宝就预感到灾难即将来临。它在沟坎上跳来跳去,呜呜呜地啸着,结果把一盏马灯也绊倒在水里。可是,这畜生的灵性没有引起令狐枯荣的注意。令狐枯荣那阵又冷又累,心头木木的,看看檐沟里水位落下去,以为雨势减弱了,就什么也没有想,回到屋里呼呼地睡了。

  令狐枯荣梦见自己坐上了一乘滑竿,晃晃悠悠的,被人抬上天去。他从前也做过这样的梦。他跟人家说,梦是心头想,他跟着父亲到错欢喜木家寨来改造,也许骨子里真有腐朽肮脏的东西需要清洗。他接上梦见滑竿垮了,无数木条竹板四下飞散,整个人就木头桩子一样往下坠着。老人们说过,有摔岩跳坎的梦,人要往上长。令狐枯荣生来矮小瘦弱,总想着一觉醒来,就变成一个莽粗粗的汉子。即便过了不惑之年,他也时常这样幻想着。令狐枯荣被这个梦惊醒过来,却又疑惑自己还在梦中。这时候,教室那边突然传来一阵轰响,像连环雷一样把他震到了地上。他一个打挺跳了起来,跑出寝室,向教室那边冲过去。

  这个百十来年的老庙藏妖纳怪,存心就跟令狐枯荣过不去。偏房一根楼扶断了,令狐枯荣用一根棕绳秋千一样地挂了起来。正殿一根檩条开裂了,令狐枯荣用一根棕绳捆了起来。这么凑合着,居然送走了一批又一批学生。有一回,县里一位官员从黑鸦坎那边牛家山过来,在操场土坎下面看过放生牌,就顺便来到学校。可刚刚进教室,看一眼头上那在风中晃荡的檩条,他便脸青面黑地退了出来。好不容易在偏屋坐下来,看着那悬吊吊的楼扶,气概非凡地呷一口茶,他就忙天火地赶路。走到操场上,他突然回过头来,指着陪同前来的乡党委书记曹绍成,就很严厉地跟令狐枯荣说:

"当着你们乡党委的曹书记在此,令狐老师!木家寨这个学校停了,等以后修好再说,这样下去是要出人命的。"

他顿一顿话头,又接上道:"这是我的意见,你们要是不听,今后闹出了事情,就勿怪我言之不预哟!"

令狐枯荣觉得这位领导的意见余地很大,便没有采纳。老庙这一百多年风风雨雨过来,哪里是一朝一夕就会垮的。那楼扶,那檩条,虽晃晃悠悠,却也没有哪样过不去的,绳捆索绑,不也就范。这么多年,不也平平安安走过来了。

乡里没有学校。错欢喜乡就两个村,黑鸦坎那边牛家山,黑鸦坎这边木家寨。隔着断层,看见村庄不过几步路,等兴冲冲走到崖边,看清楚那一上一下的冤兜圈儿,顿时就眼发黑、头发昏。来也好,去也罢,翻黑鸦坎,就要半天工夫。"错欢喜"这个不伦不类的称呼,就是这样来的。因为这个缘故,乡里把学校建在哪边都不成。建在牛家山,木家寨不答应。建在木家寨,牛家山不答应。历史上为建学校的事情,两个村还头破血流地打过冤家。上头很无奈,只好一个村建一个学校。实际上只是一个教学点。好啊,歹啊,大家差不多,总算得到一种平衡。

乡里曹绍成曹书记知道这之间微妙,睁一只眼,闭一只眼,也从没有到学校来干涉过。更何况呢,停课也不是简单事情。学校不上课,娃儿往哪里安顿?乡里娃儿不上学,就像无笼筒的马,天不怕地不怕。要不了几天,村民们就会找上门来:"我那个梦虫子啊,野道得很啦!你们乡政府还是把他从放牛山上收回来,办一间学校管一管吧!这些娃儿啊,还就服学校老师管呢!学校娃儿多,一起也好耍,三混两混混成了劳动力,我们就跟你们乡政府烧高香了。"

没有几天,令狐枯荣到磨坝场区公所教育办公室领工资,就听说有两千块钱从县上戴帽儿拨到了错欢喜木家寨学校,专门修那老庙。令狐枯荣受宠若惊,竟然破了几十年来的老例,头一次走进乡公所去找曹绍成曹书记。曹绍成曹书记很客气,给他递上烟,给他泡上茶,最后给了他一张纸条——

  今借到木家寨学校人民币两千元整,用作乡政府基建周转金。
  此据。

以下正儿八经错欢喜乡人民政府大印某年某月某日。

令狐枯荣揣着这个东西,诚惶诚恐,轻飘飘回到学校。他在正殿偏屋进进出出,望着那些黑乌乌的板壁和透风透亮的瓦檐自言自语:"老庙啊!你终于等到了这一天。"他开始筹划,从材料到人工,想着只要乡政府的钱周转出来,利用假期,学校就可以动工了。那天晚上,他躺在床上,直到在心里把那两千块钱一分一厘用完,才丢心落肠地睡了过去。

令狐枯荣没有想到会是这样的结果。那阵,他冲到教室,借着火闪白惨惨的光亮,看见后壁一片空旷,一股泥石混杂的黑流,像金属一样沉重地奔泻,已经漫过大半个教室,正摇撼着整座老庙。"完了!"他脑海里一种毁灭的念头一闪,就呆头呆脑地愣在那里。直到忠实的黑宝咬着他的裤管,拼命地往外拽,他才醒悟过来。那一瞬间,他感觉到大股泥浆溅上脸来,空气又辣又腥,直往肺里呛着。他在一阵要命的窒息中看见天风海雨般的浊浪,疯狂地摇滚着从坡地那边扑来。整个错欢喜山地抖动着,仿佛一副巨大的碌碡滚过,发出一种深沉而残忍的撕咬声。他本能地蹦出教室,还未站稳脚跟,又被一阵黑色的旋流拔起来,狠狠地抛到操场上。他在泥泞中滚了滚,重新跳起来,拼命地往前跑着,要摆脱死神的追杀。这工夫,他听见一声轰隆,整个身体斜斜地踉跄着,就栽倒在地上,被一种黏糊糊的东西裹着,往前翻滚着,接上便什么也不知道了。

令狐枯荣醒来,天已经大亮。太阳探着长长的金针,刺在死灭的泥涂上。他从泥涂中挣扎出来，眼前，除了一带泥泞的长龙外，再也找不到那幢老房子的丝毫踪影。他像一只迷失了方向的孤雁，哇地叫了起来。他的学校，哪怕是只有一间教室的学校，如今被彻底埋葬了。他的未来，刚刚产生一点模模糊糊的影子，也被彻底粉碎了。十几年来，他一直在老庙里从事复式教学，也只是瞬间工夫，这一切就残酷地结束了。就像曾经做过的那可怕的梦，他感觉整个身体空荡荡的，正向一道黑暗的深渊坠着。

教育辞典上有一条"二部制"。我不知道我理解得对不对，反正学校只有一间教室，我也只有把学生分成两部分，一部分上午上课，一部分下午上课。有一位权威的老人说过的，"学制要缩短，教育要革命。"我也不知道我理解得对不对，反正学校的校长和老师加起来只有我一个人，我也只有把小学六年缩减成四年。我通常同时上两个年级的课程，一年级上课、三年级作业，或者二年级测验、四年级读书，同在一起上课的年级中间隔着一个年级，彼此差异大一些，而影响相对就小一些。大家挤在一间教室里，闹中求静，各行其是。这样天长日久的，居然还培养了学生一种能力。有一回磨坝场歌咏比赛，公社革命委员会派上山下乡知识青年罗雨带队，把错欢喜的学生领上赛台，结果竟然拿了第一名回来。我觉得好奇，趁赶场机会悄悄向人们打听，才知道这些娃儿的三部合唱简直绝了。后来，上头要错欢喜学校的经验。我熬更守夜整理材料，总结出来十条十款，其中有"对学生要怀一颗爱心"，还有"见周一小考，见月一中考，学期一大考"。可是，进孟通城开会的是罗雨，打印出来的先进材料上令狐枯荣也变成了罗雨。这样下去，我还是一个人吗？于是，我就在公社革命委员会的大门前拦住曹绍成曹主任问："我是人？还是狗？"曹绍成曹主任斜了我一眼，那意思好像怀疑这个人神经有问题。我不知怎么的，就感到心跳腹烧，阴悄悄地回了老庙。

还有坝子，这块被黑色的泥石流吞噬的操场，也为学校殉葬了。我曾经看过一本连环画，是上课的时候从学生那里收来的，叙述一个地下党战士,在敌人的心脏里屡建奇功。最后,一直和他保持着单线联系的领导人意外地牺牲了,他在没有任何证明的情况下,当着同志们的面,开枪自杀了。我现在有点像那个地下党战士。往常,我在老庙檐口底下一站,面对百十平方的坝子,以及在坝子上排成纵队的娃儿。虽然坝子不过半边篮球场,但全校学生加起来才六十来人,所以也还并不显得窄狭。我沉浸在自己的王国里,充满力量和信心,觉得生活的赐予太奢侈了。而且学校有一个规矩,这不是我定的规矩,而是我的父亲遗留下来的规矩,几十年来,这规矩一直没有乱过。不知是由于孤苦,还是要证明什么,老人家总想留住曾经教过的学生。每期学生毕业,即将离开老庙,他都要求他们把自己的名字嵌在坝子上。那些名字,几乎都是用陶瓷碎碴嵌成的,虽然歪歪斜斜的,充满一种朴拙,但在太阳的照耀下,却闪射着五彩光华。远远看去,整个老庙就像一座辉煌的宫殿。那时候,我的父亲佝偻着腰,一步一颤走在坝子上,看着那些灿烂的陶瓷碎碴,干瘪的脸庞挂着迷人的笑容,就沉浸在无比美好的回忆中。后来,我又时常在坝子上漫步。几百个闪亮的名字有如几百个活生生的人。我被他们拥戴着,置身在一种爱的海洋中。我感觉自己是世界上真正幸福的人。可是,现在,这一切倏然而去,我跟他们的联系一下被中断了,我跟生活的纽带一下被扯断了。疯狂的泥石流像埋葬那块放生碑一样,也埋葬了这块坝子和几百个陶瓷碎碴嵌成的名字。前者是前人创造的历史,而后者是我父亲和我创造的历史。没有证明,也没有寄托,整个生命仿佛悬在了空中。我禁不住要问自己,我是谁?我从哪里来?我要到哪里去?……

不知什么时候,令狐枯荣面前的泥涂里落下了一片阴影。

他怀疑那是他父亲老令狐。老人家睡在坝子下面的坟茔里,这阵被浊流呛醒了,便从那土堆中爬出来,想帮一把他儿子小令狐。

令狐枯荣伸出手去,想要把老人家从泥淖里拉出来,却总也够不着。他两只手徒然地在空中搅来搅去。忽然,那影子一阵摇晃,带着一种挣扎,响起来一声又干又硬的咳嗽。令狐枯荣战栗地抬起头来,就看见一个人背着火铳拿着铁链站在跟前,红红的眼睛透着一股杀气,仿佛梁山泊一百〇八将里的火眼狻猊。令狐枯荣知道他姓铁,从前也在老庙上过学、读过书,是父亲老令狐教出来的学生。他如今在老箐林里追杀野猪,听说可以几天几夜不睡觉。大家都喊他叫"铁脚杆"。

"令狐老师!"铁脚杆哈一口冷气,硬抽抽地问道,"住在你学校的那个人还在不在?"

令狐枯荣姓"令狐",是双音节的。可铁脚杆却把"令"加到"狐"的头上,只读一个音节"狐"。往常,令狐枯荣不会计较。姓氏最终不过是一个符号。可现在,在一个人失去太多的东西后,居然有人还要他失去姓氏。尽管是无意的,令狐枯荣仍旧很敏感。他想告诉他,"令"加到"狐"的头上,在《辞海》里都找不到,只能算鬼画桃符。他还想告诉他,像对学生那样告诉他,字依照"六书"的方法,由笔画组成,如果不遵守规矩,再多的笔画也凑不出一个字来。日上三竿,正是一年级学生上写字课的时候。但令狐枯荣最终却什么也没有说,仿佛话一出口,一个人就会像烟一样地散了,化了。

"令狐老师!我的姑娘不见了。"铁脚杆阴郁地追一句,"那个人还在不在?"

铁脚杆好像发现了野兽的踪迹。

令狐枯荣心头木木地震了震:"藤子不见了?"

默一默,他就拨浪鼓一样地摇着头:"不,不,你说那个小胡子,他昨天就走了。"

"肯定……肯定跟小胡子走了。"铁脚杆喃喃着,半截铁链在手中抖动着。

令狐枯荣没有吭声。

他旁边不远的地方,被泥浆糊弄得花花塌塌的黑宝,放倒尾尻,半卧在一截田埂尽头,也静静悄悄的,仿佛等待着什么。愤怒的太阳燃烧着,映射在它眼睛里,却晃荡开来两道冷漠的光辉。

小胡子从老木垭下来那阵,令狐枯荣刚刚布置完三年级学生默写《撒谎的孩子》,正给一年级学生听写生词:五星红旗、天安门、北京。这工夫,黑宝突然在教室外边汪汪汪地叫起来。一犬吠形,百犬吠声。两个年级的学生一下顿住笔头,三十来颗黑乎乎的脑袋,向阳光那边齐刷刷地转过去。地方本来就小,稍有风吹草动,也格外叫人惊醒。凭着一种特有的直觉,令狐枯荣跟他的学生都清楚地意识到,一种跟错欢喜完全不同的东西来了。很快,在洞开的窗眼那里,一个城市人出现了。就像看那种8.75毫米的小电影,或者《地雷战》,或者《地道战》,磨坝场的人一年半载要来错欢喜放映一回,那城市人在那方方的格子里跳跃着,手中舞着一根棍子,抵挡着黑宝的攻击,渐渐走近窗眼,推出一张脸的特写镜头。

"吼住你们的狗!"他那一张青黑的脸变形地扭了扭,就向沉浸在情节中的观众央求着。

令狐枯荣一下醒悟过来,这才走出教室去招呼住黑宝,结束了这场战斗。那城市人鼻子下边一撮小胡子,不像山田就像龟田,难怪大家都当电影看了。小胡子递过来一根烟卷。令狐枯荣接在手上,看了看,"黄果树"牌子的,还算好烟卷。他接上又接住一张很精致的名片,那上面标着一大串头衔,什么"中国浙江温州大东海塑料集团董事",什么"国际粮食协调总会中国办事处驻遵义代办",搞得人一下紧张起来。他知道名片是有身份的人才有的。不过,他感觉到亲近,还是在小胡子把"星期六"说成"礼拜'罗'"。"六"读"罗",这是一种入声字的读法——

"罗"(六)"罗"(六)三十"罗"(六),割了半斤"若"(肉),连皮带"国"(骨)头,放在锅儿头,打得当地一声。

这是纯粹的遵义土语。而且"礼拜",也让令狐枯荣想到了从前居住的地方,那附近有一个穹窿尖顶,仿佛古罗马斗士的头盔,巍然罩在城市的上空。每个星期天,父亲都要带着令狐枯荣走进去聆听上帝的声音。直到一天早晨,那个老态龙钟的法国传教士死在床上,副祭出来平静地跟教民们说:"他见上帝去了。"父子俩跟上帝的联系才中断了。后来,在被遣送到错欢喜的汽车上,父子俩一个人抱着一个包袱在车厢里颠来颠去,父亲神情木木地说:"坐上方舟了。"他似乎还想着上帝的关照。却不料洪荒没有过去,父亲就在漂泊的方舟上结束了自己的一生,偏僻遥远的错欢喜山地成了老人最后的归宿。

这样,小胡子就在学校住下来了。学生说他是一个古怪的人物,脖子上套一根带子,衣裳后边剪一个口子。令狐枯荣没有告诉他的学生那就是领带和西装。课本上没有这两个词,这说明不一定什么事情都要一清二楚。小胡子是来招工的,"大东海集团"的那些厂子可以容纳成千上万的劳动力,令狐枯荣听了都被吓住了。报纸上已经登了,沿海城市搞什么"密集型经济技术开发区",很多阔佬儿投资办厂,正需要内地的廉价劳动力。虽然"廉价",但每月工资也是好几百块钱,比一个县长的待遇还高。前几天,孟通城头锣鼓喧天的,还欢送三百娘子军赴广东番禺当工人。既然已经允许农民进城,就没有必要为他们的命运担心。大潮汹涌,你不愿意参与,就站在岸上好了。小胡子在错欢喜的几天里,他招他的工人,令狐枯荣教他的书。只是看在遵义老乡的分上,令狐枯荣跟小胡子在教室里铺了一张草席,算安排一个睡觉的地方。夜晚,在洒满月光的坝子上,他们也扯几句遵义那些新的和老的故事。昨天,小胡子说这里的人走不出去,要到别的地方去招。令狐枯荣送客人走上大路,随后就跟小胡子分手了。

铁脚杆认定藤子跟小胡子走了。令狐枯荣却看不出这之间有哪样联系。

"藤子是不是大清早起来赶磨坝场去哪?"令狐枯荣说,"今天街上赶场。"

铁脚杆哗哗啦啦抖了抖手里的铁链,说:"刚住雨脚,我去老木垭起夹子,出门看檐沟堵死了,水往粪池里灌,喊她起来理檐沟,屋头就没有人。"

两个人正说着,突然摇摇晃晃一声叫唤:"令狐老师……"

隔着风倒雨伏的秧地,令狐枯荣看见玉娥子往这边奔了过来。玉娥子一边奔着,一边就恓恓惶惶地问道:"你看见水惠没有?"

半卧在田坎尽头的黑宝,愣愣地怔了怔,便极不情愿地让到边上。玉娥子牛高马大的身坯站稳立定,令狐枯荣跟前的泥淖又落下一片暗影。

"老师！你们学校……"看着死亡的泥石流，玉娥子想说一句宽慰的话。

但摇摇摆摆，她那调门却转过弯来："天灾人祸哟！我们水惠也不见啦！"

令狐枯荣木木地晃晃沉重的脑袋，看看铁脚杆。铁脚杆这阵已经退到一旁，蹲在边上，阴沉地搂着那根火铳，好像盯准目标，就要扣动扳机。

"会不会几个姑娘邀约起来走亲串户去哪？"令狐枯荣心头也开始嘀咕起来。

随着又短促又响亮几声吠叫，黑宝跳到了跟前。令狐枯荣扭过头去，顺着田埂，便看见乡的曹书记急急匆匆走来。他的后边，跟着几个男女，也甩腿甩胳膊地走得风风火火的。看见领导，令狐枯荣鼻子发酸，竟掉下两颗泪来。感觉脸上有些冰凉，他又下意识地抹了一把。

曹书记来到跟前，对着在太阳底下闪光发亮的泥石流愣怔一阵，就叹息着，在地上丈量一样地踱起方步来。

"后面那座土岗垮了下来……我昨天晚上理沟理到后半夜才睡，天亮的时候……"

令狐枯荣说着，突然就噤住了。

他看见曹书记的目光直直地盯着这边，那样威严和锐利。

"自然灾害嘛！由不得人的事情。"曹书记接上有些阴郁地说道，"还有更可怕的事情，比如人为的因素……你说是不是这样？令狐老师！"

令狐枯荣迷迷糊糊地点着头，不知道曹书记到底要说什么。

"人为的因素么，如果当初不在后面那座土岗上毁林烧炭……"

他琢磨着说着，又一下噤住了。

他看见曹书记转过身去，大块背脊冲着这边，山一样地立起来。

这阵，好半天没有吭声的玉娥子，仿佛憋不住了，终于找到主心骨一样地问道：

"曹书记！你家火生在不在屋头？我家水惠……早上起来也不见了。"

错欢喜的人都知道，水惠跟火生庚书都已经开过了，就等到收完庄稼过门成亲。

听玉娥子一说,曹绍成再也沉不住气。他转过身来,一张脸涨成猪肝色,厉声厉色地吼道:"令狐枯荣!你要对这个事情……负全部责任……"

直到这阵,令狐枯荣才梦醒似的意识到,曹书记并不是为被泥石流冲毁的学校来的。

"玉娥子!曹书记的幺姑娘家英也不见了。"

骆沙锅的女人水仙,这阵拉着姑娘叶儿闪到跟前说着。

水仙跟着曹书记来,仿佛就为了在这个关口上杀这一枪。

"她们都被裹起跑了,就是住在令狐老师学校的那个人,那个小胡子……要不是老娘灵醒,这挨刀姑娘也跟着小胡子去了。"女人口吻里夹着一种幸灾乐祸,"我那阵听到门响,还以为小偷进了屋,又暗忖那狗为哪样不叫呢?这就起来把她给逮住了。"

作为人证的叶儿,这阵低眉垂眼,默默地望着地上,巴不能地上有一个洞钻进去。

"当工人去,说得好轻松啊!"叶儿老娘在兴头上,"你们不想想,黑天黑地偷鸡摸狗的,裹上你们这些小姑娘跑出去,会有哪样好事情。"

学校被泥石流埋葬的悲哀没有过去,一种犯罪的感觉又钻了出来。令狐枯荣感觉阵阵发寒发颤。

"小胡子有根有底。"这样说着,令狐枯荣心里也并不踏实,"他留有名片,是我们老家遵义的,因为这样,我才把他留在学校住下来……"

"这些事情……我说,令狐枯荣!"曹书记没有等他把话说完,就截过话头,"只有你跟小胡子,你们两个人才说得清楚。"

从曹书记意味深长的口吻里,令狐枯荣意识到自己实际上也被牵连进去了。而且所有的解释显然都成了多余的。学校完了。人也完了。但是生活却没完没了。令狐枯荣在心里这样叨咕着。这瞬间,就有一种力量,不知是出于道义,还是出于抗拒的本能,也在他心里神奇地升了起来。他感觉这种力量是那样陌生,又是那样真实可信。在沙丘漫漫的路途上,当你和你的骆驼倒下去那阵,似乎一切都完了。但事实上,你还可以吞骆驼的肉,饮骆驼的血,支持你的生命最后站起来,去进行最后的搏击。

令狐枯荣决定找姑娘们去。

尴 尬

门开了。黑二和干三从外头回来了。场口开饭店的霍家，前不久，儿子娶媳妇娶了一个孟通城的姑娘。结婚第二天，从乡下来吃酒的亲戚都还没有走，小两口儿便搭一天一趟的班车离开磨坝场，往中国最大的城市上海去了。等十多天回来，两个新人背一包提一袋的，身上压着鼓鼓囊囊的包袱。除一个电视天线放大器外，包袱里全是上海生产的羊毛衫。三倒两不倒，包袱就空了。算尽来回开销，小两口竟然还有赚。接上从城头买回来一台电视机，架天线的竹竿支起来半天高，加上从上海买回来的天线放大器，终于摆弄到了节目。虽黑白图像，也飘雪花点儿，但它是磨坝场第一台电视机，大家都感到很稀奇。磨坝场有一句非常粗俗的话："吃屎都要吃头一泡。"可见大家对新东西的看重。黑二和干三晌午吃完饭，碗和筷子往桌上一放，就往场口霍家跑去。两兄弟进不到堂屋里，像那些大人那样能够坐下来看，就在一群娃儿中抢占有利地形，倚着门框，或者爬在窗台上。他们眼睛尖、耳朵灵，即便广告节目，也看得有滋有味。直到最后两个字"再见"从荧光屏上消失，他们才会往家走。

令狐枯荣站起来，不经意地把一只睡在怀中的猫摔到地上。猫打一个滚儿，咪呜咪呜直叫唤。仿佛觉察有些失态，令狐枯荣又从地上捧起猫来，爱抚地放到板凳上。他转过身去，往下一蹲，习惯地张开两臂，就拥住两个娃儿。

"表叔！"干三甜甜地叫着。

黑二不声不响，只是笑眯眯地盯着表叔，仿佛还沉浸在刚刚看过的电视节目里。

令狐枯荣觉得两个娃儿有些异样。他紧紧地抱着弟兄俩,想把他们像往常那样举起来。但直了直腰,他就不得不松开了手。

"黑二和干三,"他说着,心里感到一种莫名的空虚,"你们都要长成大人了。"

"我比表叔还要高。"

干三冷不丁地说着,一只手从小脑袋上斜斜地腾空起来,升空的飞机一样,向令狐枯荣头顶划过去。

这时候,一直站在旁边默不作声的正月走了过来。

"不要闹……"她声音抑制不住地震颤着,"都跟我上床睡觉去。"

"不要紧……"令狐枯荣说着,满不在乎的样子,"表叔本来矮嘛!黑二和干三长得比表叔高,长得像天那样高。"

"表叔……他明天要起早赶车……"

为人母的口吻里含着一种哀怨,就拉着两个娃儿往里屋走去。

"要跟表叔坐车进城……"

两兄弟嘟嘟哝哝的,却还是在母亲的威压下睡了。

这阵,留在堂屋的令狐枯荣,心头顿然生出一种悲凉来。头上炫目的电灯光亮,把他本来就瘦小的身影压迫在地上。母亲和儿子消失的那个门洞,响起来一阵恍恍惚惚的语声,游动一片神秘的灯影。他听着,看着,竟然中了魔法似的,就呆了,痴了。竖立的长方格子膨胀着,撑破宇宙一样,无边无际地扩展开去。地球是转动的,可人感觉不到,就像蚂蚁爬在旋转的磨盘上。只有在浴缸里拔去下水孔的塞子,望着小小的涡流,才想象世界一刻不停地旋转。太阳从山上升起来,从山上落下去。伟大和神奇,也最终难逃槀臼。点组成线,线拉扯几何,几何瓜分一切,瘪的,歪的,弯的,斜的……

"你哪样哪?令狐!"

不知什么时候,正月从里屋出来,走到了跟前。

他醒悟过来,有些尴尬地笑了笑。

正月轻轻缓缓地叹息一声,就在对面坐了下去。

"我以为你是被鬼迷住了。"这样念叨着,她呼地拖过板凳上的布兜儿,拿起来一只鞋底,带着一种莫名的恨意,一根大针在头发里擦了擦,便狠狠地扎进那千层布底儿。

令狐枯荣把在板凳上睡着的猫抱起来,重新坐了下去。他一声不吭地望着正月。正月木木钝钝的,脸上偶尔才闪过一丝温馨的笑。她穿着一件超襟的阴丹布衣裳,脚上是一双方口儿的灯芯绒的布鞋。那鼻梁还像从前那样挺直,但眼角上已经隐约地出现鱼尾纹。一头黑发,仿佛也失去原有的滋润。

"我今天托人带了一封信。"

正月抬起头来,望着令狐枯荣苦阴阴地说。随后,她就拿针夹儿抽针头儿,把绵绵长长的麻绳儿拉起来,一圈一圈地往地上摔着。

"嗯……黄村长给了我。"令狐枯荣抚弄着蜷卧在腿上的猫,沉思般地说着。

正月两只眼睛两把火一样,向令狐枯荣扫了扫,就又黯然地低下头去,一声不响地纳着手上的鞋底儿。

"娃儿长汉子,也就是几天工夫。"令狐枯荣无话找话地说着,"我前一次回来,黑二和干三还矮矮小小的,这回就高出一大半截来,好像拿肥料催的一样。"

"我拿吹火筒吹的,像吹气球那样。"女人憋不住,就使气地甩着话头。

悬在头上的电灯突然一闪,接上便暗了下去。但很快又亮了起来。

"河的水电站要关闸了,"女人莫名地焦灼起来,"要到十二点钟了。"

一阵短促的沉默。

"我害了你……"令狐枯荣突然认真地说着,"你还是死了心,去找一个正儿八经的男人吧!"

女人停住针夹儿,有些陌生地望着他。

"耽搁了这样长的时间……"男人很凄苦,也很绝望地说,"我还是那个样子……"

"令狐!你做哪样哪?"女人恓惶起来。

"我不配做男人……"

他这样说着,仿佛连自己听了也害怕,倏地从板凳上弹了起来,木木地立在那里。那只睡在腿上的猫这工夫又被抛出去,在地上滚两滚,惊惊慌慌地跑到边上。

"我就做……黑二和干三的表叔。"

他喃喃着,就挪动脚步往门槛那边走去。小场小镇无街灯。随着河的水电站发出来的熄灯信号,街上大多人家都睡了。那些门洞窗眼透出来的灯光越来越稀疏,窄狭的街子开始变得又神秘又沉重。乡街后边是一片黑黑的山影,像岸对水那样,忠实地守护着这方生意这方客。偶尔几声狗叫,却从大山深处传来……

"黑天黑地,你要上哪里去?"

女人推开跟前的布兜儿,愣磕磕地问着。

"我成了一个害人的妖怪。"他说着,害怕似的颤抖着,却并没有停下脚步来,"再也不能这样下去,不能这样下去……我住到场口霍家饭店去……"

令狐枯荣迈出门槛,走下阶砌。这工夫,女人一下明白过来,嗖地一头扑了出来。她一把抱住令狐枯荣那瘦瘦小小的身子,鹰抓鸡一样的,就掠进屋去。门哐当地一关,她就堵在那里,胸脯不平地起伏着,一副要跟人打架的样子。右边超襟扣得严严实实的布袢纽子,这阵也在抓扯中散开来。

"你疯头疯脑的!"女人气咻咻地说着,"我到底哪样哪?你要这样害我!"

令狐枯荣脑袋低垂着,气馁地站在屋子中央,两只眼睛往女人睃着,一声不吭的,就像一个知道理亏的娃儿,面对那正在生气的母亲。

整个屋子摇曳一下,电灯熄了。

黑暗中到处都有眼睛在窥视,到处都有耳朵在聆听。

"这磨坝场屁股大一块地方,哪个不晓得你是我的男人,办过手续行过礼的男人。"女人的声音虽也怨恨,却明显地压低着,"一个家有男人有妇人有娃儿,就像个家的样子。我就要这个家。我又不是牛马……哪怕你在错欢喜一月半月才回来一回,只要有你这个人在,哪怕一根木头桩子,我也要……这是一个完完全全的家,不会遭人嫌弃……你不会理会,你不会理会我们孤儿寡母的难处。"

屋子里黑黢黢的。但他能够感觉到她正一步一步地向他走近。

"我还要图哪样啊！我前面那个男人，该给我的他没有给我，不该给我的却给了我……可你把你所有的都给了我啊！"女人的口吻里充满了一种又幸福又悲哀的震颤，"我还要图哪样……过日子不是娃儿办家家啊，过日子方方面面啊，我哪里会像畜生那样，整天就想那种事情……我是一个妇人，可我还是娃儿的妈呢！人活一世，就像草木那样，春风秋雨的滋味都尝过啦！我都尝过啦！我不在乎……真的，我已经习惯这种生活了！"

透过无边的黑夜，令狐枯荣看见一个痛苦的灵魂在空中扭动着，跳跃着，挣扎着。

"我只是求你不要冷落我……星期天，不上课的日子，你就回到家来……回来大家在一起……我们都不是三岁两岁的娃儿……你不要躲着我……"

令狐枯荣听着，感觉一股撩拨人心的气息扑上脸来。他本能地张开两臂，搂住女人。他那爿胸膛不宽阔，也不厚实，但却热烘烘的，像燃着一盆火。女人在上面攒动着，感觉到一阵晕眩，就喘不过气似的，发出一种低沉而又模糊的呻吟。

令狐枯荣搂得更狠了，更死了。

从河边吹来的风，随着夜深人静，吼得越来越响。水田里的蛙，仿佛怕被风伤了喉咙，这阵也安静下来。只有夜风放肆地扫荡着，单调而又强劲，在黑暗的深渊中，整个镇子都似乎被抬了起来，飘了出去。

六月里，苞谷都灌浆饱米了。这阵也该有几天紧风，带走浓重的水分，庄稼才会干燥，才会真正成熟起来。

夏天的蚊子是敏感的，一阵烟熏，一阵风吹，就再也不敢出来了。蚊烟儿已经燃尽，地板上又多一条火烫的痕迹。许多条这样的烙印交织着，重叠着，便像无数条乌梢蛇扭结在一起，那样尖锐，那样强烈。令狐枯荣望着焦煳的地板，愣怔一阵，仿佛既无力也无意重新去续上那一缕熏烟，便吹熄蜡烛，枕上头，闭上眼睛……

"学校完了……调回家来……反正教书吃饭……镇上学校也差老师……"

蒙蒙眬眬地,他听女人这样说着,就转过身去,小心地碰了碰她那圆圆的胳膊。女人一动也不动,他这才知道这不过是她的梦呓。

"我会调回家来……"他闭着眼睛,滋味楚楚地喃喃着,"等找到了姑娘们,我就要求调回家来……"

人们都说要跟那梦中人搭讪,人也要像在那梦中一样。令狐枯荣不忍心把女人从梦中唤醒,但也不忍心女人做那恓恓惶惶的梦。他就这样半真半假地说着,满心希望那梦中的人能够听见这番话,明白这番心。

或许听见了,也明白了。女人安安稳稳地睡了。

第三章

谛　听

你到底搞哪样哪？竟然落到这步田地。

是疏忽，还是天意？不，不，这不是天意。

事情刚刚开始，你便这样披枷戴锁，简直糟透了。

是的，从长江下游那片低矮平缓的丘陵出发以来，你凭着自己的耐力，在生物世界无情的竞争中锻炼出来一种品质，顽强地改变夜行性动物昼伏夜出的习性，一路昼夜兼程。饥饿和困倦袭来，你也只是顺手牵羊地抓一只兔子或者一只狐狸解一解馋，也只是醒着一只耳朵悬着一颗心打一打盹。这样，你终于不负老豹子的嘱托，整个豹族世界的期望，走上亚洲大陆第二级台阶，走进了云贵高原腹地古老而又清新的大森林。你胜利了。你失败了。短暂的挫折可能包孕着成功的开始，而局部的胜利则常常导致毁灭的结果。在漫长的生物演进的历程中，称霸几乎整个中生代的恐龙灭绝了，而新生代凶悍强暴的剑齿虎也灭绝了。你适应天演大势生存下来，既具有狮和虎的威武，又具有豺狼的凶残，猴子的敏捷，野马奔腾的迅猛，成了动物世界的强者。但是现在，你连爬上那高一点的树杈，也感到力不从心了。那只顽皮的猕猴就在那上头，你从这棵弯腰驼背的树下走过，它竟然向你砸猕猴桃。没有成熟的猕猴桃铁疙瘩一样砸在脑袋上，你感觉很疼。你咆哮着往树上蹿，要像往常一样把那红红的屁股撕成两半，再咬碎那尖嘴猴腮。那一瞬间，你什么也没有想，只想用最残酷的方式撕碎那只猕猴。结果，对你来说，这个在往常再简单不过的事情，居然成了妄想。黑乎乎的钢

第三章 谛听

嘴铁牙啃死在后脚右边的腿拐上,感到既疼痛又沉重,蹬不起劲来,抓挠半天,才爬上离地不过一丈多高的第一层树杈。越往上,树干越来越细,也越来越光滑,戴着镣铐的瘸腿根本就不可能爬上去。而杀那猢狲,显然也望尘莫及。

疙疤老山静静地躺在一个V形的树杈上。它那只失去自由的腿悬在空中,肉垫松散,爪钩扠挣开,仿佛随时准备粉碎什么。两只前腿从粗粗的枝条上斜伸出去,保持着能张能弛的态势。在林子游移变幻的光影里,点点金钱斑忽而灿如星斗,忽而又恍惚如梦。一根尾巴滚着白色的花环,不时地像钢鞭一样挥起来,往树干上重重地一抽,引来一阵摇曳,一阵回响。

天很快黑下来了。

疙疤老山收束前腿,稳稳地站在树杈上,整个身体半卧半立地蹲踞着。晚风拂弄着片片木叶,发出细碎轻柔的低语。它晃了晃一张短促的脸,寂寞地打一个呵欠。一团热乎乎的气浪从两对犬牙中间冲出来,接上就消逝在浓重的夜色中。

那颗先前在疙疤老山心中闪烁的亮星,橙红色的大角,豹族世界的牧神,在遥远的天际,在牧夫座,辉煌地升起来了。

你不要悲哀,也不要气馁,这两种东西都无济于事。你要建立希望,并且要用超过往常很多倍的耐力去维持生命的信念,这才能够振作精神,寻找摆脱镣铐的时机。是寻找,不是等待。事实上,时机是会有的。那个下午,夕阳西沉的时候,你在老木垭跟踪的那个人,后来,你们一个在土坎上一个在马路上对峙起来了。但无论如何,他跟你在清晨躲在一丛灌木后头看见的那个人是完全不一样的。这一点,你也准确地嗅出来了。清晨,那个人提着被你挣断的半截铁链,神色恓惶而又失望。可是在那又黑又粗的眉宇之间,在那充血泛红的眼睛里,在那倔强地咬着的大嘴巴上,却透着一股生铁一样阴冷刚硬的气焰。你一看就感觉到那里只有仇恨和杀戮,没有一点沟通和融解。如果不是那天夜里的大雨洗刷了你的足迹,那么那个人肯定会追踪而来,用肩上那根火铳射杀你这只戴着镣铐的豹。下午,你发现了那个又瘦又小的人。你那天一直都在老木垭游荡,唯一的收获就是接触了那个人。从那荒凉的额头上,从那木钝的脸上,从那无所惧怕地抓起石头进行抵抗的姿态里，你可以看出来，那个人其实不过想保护自己，并不想跟你过不去。他不是一个大傻瓜，就是一个绝顶聪明的人。除了这样两种人，都会盲目地选择逃跑的路。你的希望，也只有在这样两种人身上。而且，你已经注意到了，那个人仿佛有一种飘忽不定的东西，仿佛从一个世界走进另一个世界，既兼容世界，又超越世界，形成一种博大深远的涵量。现在，问题的关键，是架一座怎样的桥梁，你才能够到达彼岸。

疙疤老山立着两只猫耳朵，神情庄严地谛听着。它谛听那来自牧夫座大角亮星的声音，那来自长江上游丘陵地带灌木丛中老豹子的声音，那来自一颗血跳的心的深处的声音。

一阵模模糊糊的鸡啼，仿佛穿透一层厚重的水气，带着寒意，随风从遥远的地方飘进森林里来了。

正三更时分……

突然，一轮明光灿亮的圆盘，从牧夫座大角亮星底端翻滚出来。仿佛一顶金色的草帽，它旋转着，飞腾着。刹那工夫，整个世界悄无声息，凝固在某种器皿中一样，都在观看，都在聆听，都在欣赏这神奇的草帽把太空当作舞台的表演。它姿态优美而又高雅，气势平稳而又显赫，直往森林的上空飞过来。愈近，却又愈像一爿巨大的铜钹，就要往地上扣落，将这里的一切都魔术般地收去……

疙疤老山怔住了。

第四章

喧哗与骚动

身怀六甲的数学老师腆着个大肚子抱着摞作业本子刚刚走出教室,木青青拉起罗远志,就一溜小跑跑出学校大门。下一堂课是体育课,老师自己都瞌睡懵懂的样子,是不会点名的。偷这个空子,两个人贴着老城城墙墙根儿,往县城新修的露天看台球场那边跑去。

这里的城墙不是用火砖砌成的,而是用磋子青石砌成的。在这个贫瘠的山洼里,仿佛只有石头才是取之不尽用之不竭的东西,石头的房子,石头的街,石头的庙宇,石头的桥,石磨,石碓,甚至牛栏猪槽也用石头錾,坟茔也用石头嵌。

两个人一前一后蹦着。罗远志渐渐感到气喘,一不留神,眼镜从鼻梁上跳到地上,眼前顿时翻卷一团灰雾。木青青趸回来,从地上拾起眼镜,塞到他那只忙乱地摸索着的手上。两个人又继续往露天看台球场那边跑去。

枪和炮的出现,就像后来原子弹的发明那样,一下改变了人们战争的观念。威胁不仅仅是冷兵器短兵相接的搏斗,而且更可能来自热兵器远距离的杀戮,从天而降的毁灭。城墙渐渐地失去了它的防御作用。那种"高筑墙,广积粮,好称王"的迷梦,也从此被粉碎了。不知从哪时候起,人们开始因废利旧,从城墙上搬走那些方方正正的青石,去奠定楼房的基础,去做宅院的门洞,或者朝街的阶砌。久而久之,坚固的堡垒只剩下一抹残垣断壁,静静地躺在背街背巷,诉说着那遥远的故事。

他们跑进杨柳巷。幽深严密的巷道仿佛送话器,把尽头沸沸扬扬的喧器传送过来,那样强烈地吸引着两个高中三年级的学生。

"劳务输出是山区脱贫致富的一条捷径……"

刚刚跑出小巷,他们就听见高音喇叭的声音,既宏大又庄严的声音。但那个学舌的铁家伙挂在哪里,却又看不见,仿佛它根本就不存在,而所有的声音都是上天发出来的。

"组织劳务输出,可以跨越贫困地区交通、资金、技术等方面的困难,充分发挥劳动力资源丰富的优势,并且较快地将人力资源的优势转化为经济优势,以较少的资金投入获得较大的资金产出,使农民增加收入,促使生产要素重新组合,促进产业结构的调整……"

球场四个门口都塞得满满的。木青青一定要进去看看,就把罗远志撇在外面,一个人弯着腰弓着身,插笋一样地钻了进去。

"组织劳务输出,还可以减少当地粮食消费,有利于缓解人口增加而土地减少、粮食紧缺的矛盾,有利于恢复生态平衡。外出从事劳务的农民,在新的天地里广泛接触现代工业文明和各类社会主义市场,从而有利于他们开阔视野,克服传统的小农观念,增加商品意识,并且可以在实践中学文化、学技术,增长知识,增长才干,极其有利于培养一代有理想、有道德、有文化、有纪律的新型农民……"

罗远志摘下眼镜,掏出手绢抹两把汗涔涔的脸,便靠在球场的外墙上喘息。青灰色的水泥砖墙,在倾斜的阳光下形成一片阴影。罗远志被死死地罩在阴影里。

"四川省撒向全国各地的劳务人口一千多万,单是皮鞋匠,在我们贵州省就有二十多万人。原来贫困的浙江省温州地区,一开始就是劳务输出起步的,至今还有四十多万人在外头,相当一部分已经到了国外。地处中原的河南省,百万农民外出搞建筑,一年收入达到七亿多元。太行山区的林县,把农村的木匠、泥水匠、石匠、瓦匠各种各样的手艺人组织起来,叫作'十万工匠出太行',撒遍全国十几个省。山东省沂蒙山区的六个贫困县,去年一年就组织了三万多人外出搞运输、搞建筑……"

越往里挤,一层一层人墙越密实、越紧固。最后,木青青不得不停下来,像蚂蚱掉进一锅稀粥,进不去,出不来,浑身黏糊糊的,只觉得憋闷、窒息。他踮起脚跟,越过一片黑麻麻的人头,远远地看见高台上晃动着一个人影,正起劲地把一只手在半空中比画着,忽而一个拳头,忽而一块巴掌,忽而又伸出几个指头,仿佛变化魔术似的,就要有离奇古怪的花样变化出来。

"我们希望三百娘子军作为先遣军……我们山里姑娘吃苦耐劳……能够在广东那边站住脚,开辟新天地……我们劳务输出的大部队开进广东打基础……"

声音在场里磕磕碰碰的,听来反而没有在场外清楚。跟着曲折跌宕的回响,木青青脑子急促地转动着,极力想把一条断链连接起来,过去的,现在的,就像为对付高考,语文老师要大家补写一篇文章那样,必须流畅、和谐、严谨。

还是在上早课的时候,木青青就发现学校里的气氛有些不同寻常。

那阵,大家正埋头把龚自珍的《病梅馆记》翻译成白话文。忽然一阵窃窃语声,大家抬起头来,就看见教室两侧的玻璃窗上,整齐地贴着两排红扑扑的脸子。几乎都是乡里的姑娘。头发上锁一颗发亮的夹针或者系一根鲜艳的头绳。鼻子无所顾忌地挤压在窗玻璃上,扁平的白皙的一撮儿,既滑稽又可爱。眼睛闪闪烁烁的,跳动着一种莫名的欣喜、一种飘忽不定的怅惘。

那一瞬间,大家都被这幅情景镇住似的发愣发怔,哪怕咳嗽一下,也仿佛怕惊动了。语文老师停止在教室走道里画"U"线,一动不动地站在讲台前。他没有像往常那样,看见有人走近教室,傻乎乎地靠在门框上,凑在窗台上,好像污辱了神圣的殿堂一样,就跑出去,冷冰冰地把他们打发走。今天不是赶场的日子。而即便赶场,哪里又有这么多姑娘,会整整齐齐地邀约着来学校看稀奇。就像春天阳光明亮,我们知道燕子要飞回来一样,看着这又陌生又动人的情景,大家立刻意识到,在这个县城里,就要有令人兴奋的事情发生哪。什么样的事情呢,一时之间大家还无从知道。但只要稍稍注意一下,在这个不过万把人口的小城里,大至县长的老婆参加工商银行的储蓄摸奖摸得一包尿素,小到寻常百姓家婚丧嫁娶哪个地方礼数没有周到,都可能成为街谈巷议的内容。此中情形,就如常言"家中有金银,隔壁有戥秤",那样深奥莫测,那样无奈其何。更不要说"山雨欲来风满楼",自然早就会有掀动。那几年,只要高挂在十字路口的大喇叭一阵喧嚣:注意!注意!

注意！今天下午三点钟,将有重要广播！接上革命群众打旗帜,排队伍,准备鞭炮锣鼓,便立刻行动起来。无论是粉碎反动集团,还是发布最新最高指示,莫不如此。再比如,一年一度的征兵工作。一番优胜劣汰,入选新兵披红挂花地从各个区镇集中到县城,换装编队,准备上路。在这个节骨眼上,送兵的亲人赶到了。父母亲们,弟兄姊妹们,未婚妻们,老表们,朋友们,各自拉着一位一身草绿而没有枪械没有徽章的战士,走街串巷,这个相馆出来,那个相馆进去。最后的盘桓,离别的依恋,既有喜悦、又有伤感,既有凌云志、又有儿女情……

课间十分钟,木青青在校门口赶上一位姑娘。

"姑娘家家的,不在家头做活路,伙在一起来城头做哪样啊？"

高中生从小在放牛山上就不是安分的,他这样逗她。

姑娘显然习惯放牛娃儿的口吻,只见一张脸子红了红,就不遮不藏地说："去广东当工人。好几百人啦！下半天在球场还要开欢送大会啊！"

豪迈,慨朗,唱解放歌一样。

早晨最后的课程,木青青简直恍兮惚兮,刚刚集中一点精力,还没有来得及展开思维的翅子,便有一只无情的手把它捏散了,捏碎了。

忽然,那个不知躲藏在何处的喇叭戛然停止吼震,会场里响起一阵噼噼啪啪的鞭炮声来。木青青感觉到脚下晃了晃,就被人群裹着,百川归流一样,沉重地往一道打开的闸门移动。空气旋转着,带着爆炸过后的纸屑,纷纷扬扬地撒下来。股股硝药味儿,蓝幽幽地飞蹿,压着人群畏缩不前。已经斜过去的太阳,照不透也射不穿这团疯狂的气浪,苍白无力,仿佛就要跌下来。木青青跟随人流拥来拥去,一片枯叶在漩涡中那样身不由己。猛地,天光混沌,人流涌进门道。刹那工夫,木青青感觉一阵松快,就挤出球场,利利索索地站在大街上。他正要去找寻留在球场外面的罗远志,却不知从哪里又来一股力量,把他掀得踉踉跄跄,险些栽倒在地上。等到站稳脚跟,他便听见有人大锣大鼓地敲打着,咚锵——咚锵——咚咚锵——声浪翻腾,撞击耳鼓。

那一瞬间,这个高中学生扭过头来,就看见一幅色彩强烈的图画出现在眼前——

古老的城门洞,穹隆顶的门道,三路纵队,浩浩荡荡。一群农村姑娘,年龄不相上下,个头儿有高有矮。羊角辫上下闪悠,独角辫又粗又长的摆荡着,一边倒的散发,山丘突立般的盘髻,闪亮的发卡,鲜艳的头绳。含胸,腰不直,背不挺,却结结实实,佩着大红花。各种各样的穿扮:长袖的,短袖的,圆领的,尖领的,的确良的,棉布的,对襟的,超襟的,布祎的,有机玻璃扣的,阴丹蓝的,果绿的,块块花,点点花,方口布鞋,解放球鞋,高跟皮鞋。喜洋洋的,木木钝钝的,羞答答的,愁眉苦脸的。挎一包,提一袋,同边手,懒大步,散散漫漫地走来,势不可挡地走去。

鞭炮炸,锣鼓响,人的欢笑与喊叫,所有声音都消失了。世界仿佛被封闭在一个沉寂的晶体里,静静悄悄地流逝着。一百个姑娘过去了,两百个姑娘过去了,三百个姑娘过去了,整个队伍都过去了。木青青木木地待在那里,看着人流无声无息地往前走去,突然感到一种莫可名状的恓惶。顷刻间,他就像中了邪一样,嗅着那股熟悉的气味,放牛山割草坡的气味,嗅着这样一股气味,一直追到了汽车站。

北门环城路,一排猥猥琐琐的砖房趴在坑洼的地上。砖房前面一块宽敞的坝子上,八辆彩色的长途客车呈半圆形地摆开。颀长的车身,贴满红红绿绿的壮行的标语。"热烈欢送三百娘子军进军广东""开辟新天地,创造新世界""要想富,搞劳务""金凤凰,银凤凰,飞到珠江三角洲干一场"。一个颧骨突出眼眶深陷的人,浓重的客家方音咬着官话,通过凑在嘴边的电传喇叭,招呼着姑娘们上车赶路。但是,人啊,这阵不知道怎么搞的,就一下收敛所有的笑容,变得惨然而又迷茫,痴痴地站在破烂的土地上,不肯迈出这一步,登上这一级梯坎,仿佛还有哪样礼数没有周到,哪样神圣的仪式没有举行。送的人呢,本来欢天喜地的,这一刻却也莫名地沉重起来,好像突然对这个事情生出来一些疑问,而踌躇,而彷徨。鞭炮稀疏下去,锣鼓也有一下没一下的,更加让人感到凄怆。终于,厂方那边来接的人看出一点名堂来,仿佛担心事情有变,就前前后后地跑动着,催促着。姑娘们迟迟疑疑的,也还是一个接着一个地坐上车去。

木青青先前愣愣怔怔地看着,仿佛要把那些又陌生又熟悉的面孔,一个一个地铭刻在心里。直到八辆车八张嘴巴把姑娘们一个一个地吞进去,他才醒悟过来。这工夫,从早晨起就一直困扰着高中生的那种东西,才小鸡破壳一样冲破生命的混沌,渐渐地明确起来。他像堂吉诃德向风车冲去,一边跑着,一边本能地喊着:

"喂!你们还回来不?"

听不见应答,他又像一条被追进胡同的狗那样绝望地往另一辆车跑去。

"喂!妹儿!你们……去了还回来不?"

他踩着轮胎爬在车上,和一个坐在窗边的姑娘搭讪,口吻里带着一种可怕的战栗。

"二流子!"那姑娘脸一红,啪地给了他一巴掌。

他跳下地来,又向下一辆车跑去。

每颗心都塞得满满的,没有人注意到木青青。

"大姐!你们哪阵回来?"他敲着一辆车半开的窗玻璃问着。

两个姑娘探出头来,看着他那副可怜巴巴的样子。"你找哪个?"姑娘们这么问着,显然也误会了。

"你们……回不回来?"他憋不过气似的问道。

姑娘们打量打量高中生,仿佛觉察到他的失态,便苦阴阴地笑笑,把头缩了回去。

木青青又急又恼,就像钻牛角尖越走越迷,砰砰砰地拍打着车体铁壳,得不到答案誓不罢休。

轰隆——轰隆——长长的车队吼震着,有如一条咆哮的巨龙,就要腾云驾雾地飞去。鞭炮不响了,锣鼓也不响了,所有的声音都被引擎的声音淹没了,吞噬了。过去的一切都将结束,未来的一切都将开始,这个痛苦而又充满希望的时刻来到了。谁也不会想到,这一瞬间,还要发生什么意外。正是领队的车起步开路的时候,一个满脸胡茬的中年汉子突然从人群里冲出来,酒气醺醺地吼叫着,跑到公路中央,排开手臂,阻止了前进的车队。

"我们穷!人穷志不穷!"汉子高声大气地说着,"我们做哪样要把我们的姊妹支使出去啊!"一字一句,悲怆地在小城上空回荡。

木青青听着,一个冷战,滚下两颗泪来。他垂吊着两只又麻又疼的手,不再那样荒唐地拍打车子。他刚刚觉得沉重的脑袋轻松一些,就听见人群那边一片唏唏嘘嘘的抽泣。但他没有哭,只是木木地站在那里,仿佛一截干枯的树桩。障碍被清除干净,车队又开始蠕动。高中生先前拍打的那扇窗门里拱出一张泪脸来,大声地哽咽着:

"我们……要回来……"

木青青嘴巴张了张,仿佛要说什么,却一个字也没有说出来。后面跟上来的一辆车,很快就把他和她隔断了。

"啊……啊……"他还是固执地发出声音来。

车是一辆相似一辆,这个姑娘跟那个姑娘,似乎也没有太大的区别,随便哪个听了去,好像都一样。

"啊……啊……"他说得太多了,也太累了。

车去场坝空。人心也空空荡荡的,仿佛什么东西都被带走了。

"这个天气……还好赶路……"

角落里有人说了一句。不知不觉地,大家都往那里凑,相互支撑和依傍似的簇拥起来。却再也无话。全都支棱着两只耳朵,仔细地听那渐渐地远去的车队越来越微弱的轰隆声响。直到空中捕捉不到一丝发动机的震颤,才一个一个惘惘地走散。场坝更加空旷辽阔。只有两只野狗,不知从何处跑来,在肆无忌惮地追逐。几处坑洼,晃着一凼泥汤汤,映着几个太阳,跳动着几线冷冷的光芒。从很远的地方,传来一阵歌唱般的匠人兜揽生意的吆喝——

修伞——补皮鞋——换铝锅底——

木青青怔怔地往回走着。恍惚间抬起头来,他便发现老城城墙根坐着一个人。走近一看,原来是眼镜罗远志。

"我在这里等你。"罗远志说着,扶了扶鼻梁上的眼镜。

"你没有去车站?"

木青青问一句,便在一旁坐下去。他背靠一墩青石,撇开两只脚来,仿佛虚弱不堪,要好生歇一歇。

"去了。"眼镜阴郁地说,"我还以为像红色娘子军那样,唱着向前进向前进的歌儿,挺起胸膛,操起正步,哪知道这样窝窝囊囊的。"

木青青没有吭气。他从一丛生在墙根的草蔸上抽出一截草芯,放进嘴里静静地呷着。

"又还要去,又还要哭,逗得看闹热的人都酸溜溜的。"罗远志出神地望着远处青葱的山坡说着。

"人都是这样。"木青青说着,感觉草芯有了一点味儿,"我大姐出嫁的时候就是这样。"

"你那是出嫁,都说嫁出去的姑娘泼出门的米汤,离开朝夕相处的父母和弟兄姊妹,做人家的人。"眼镜认真起来,好像一定要论一个输赢,"跟这件事情当然不一样。"

"我看差不多。"木青青说着,感觉草芯有一种清苦,也有一种回甜。

"就是出嫁,听说有的姑娘也假装哭,一张帕子遮住脸,吐口水抹在眼睛上当泪水,喉咙里便作声作气的叫唤。"罗远志转过头去,又凝望着山坡那边。

"这是风俗。"木青青说着,整个思维被逼到那个阴晦的早晨,姐出嫁那阵,"有真哭的,也有假哭的。但这种事情在我们那里都是风俗。在哪座山上,就唱哪座山上的歌。"

木青青想到姐上路那阵,爹还打她三棒,好像赶她一样。这也是规矩,爹不会真打姐。棒追棒赶,说明姐留恋娘家,是强迫到婆家去的,旁边人不笑话。一种特别的疼爱方式。既然不真打,自然也不真哭。

"你说风俗,其实风俗也没有什么了不起的。"罗远志说着,眼睛校正标尺寻找准星一样,久久地瞄着远处一片绿树丛中一座高耸耸的纪念碑,"你想想,风俗归根结底是从生活里产生的,如今二十世纪都要过去了,可那些古老的生活产生的旧风俗,居然还在我们的现代生活中起作用,限制一个人一生中的大事情。你说可悲不可悲呢!"

"真正生活现代了,我看陈旧的风俗自然也会消逝。"

"我说恰恰相反,首先要废除那些陈规陋习,才能把大家推向现代生活。现在有电影,有电视,有收音机,有书,有报,两个人看一场电影,或者登一则二十来个字的广告,就可以开始谈恋爱。那时候没有这些,男的女的只有唱山歌,或者帮助做一点活路,用这种方式来进行恋爱。"

"你说这些是当然的。"木青青吐掉干枯的草芯说道,"可是,看电影谈恋爱,登广告找女人,就未必是现代的。学校橱窗里一张报纸上有一则文章,说一个人就是通过登广告找了两个小老婆犯了重婚罪。你能说这是现代的?就拿你刚才提到的书报来说,正儿八经的书报就很难看进去,而那些地摊上摆的书报就特别有吸引力。我们学校里,有的人上课也要把头埋在桌子里看这种东西,老师发现后没收了,结果老师一个一个地传看开了。那些东西会是现代的?我看只会把生活引向倒退,叫人学原始的野蛮的东西。俗话说,学坏容易学好难啦!我看现代生活要和生活现代区别开来。一个是形式上的,一个是内容上的。新瓶老酒和老瓶新酒也是常有的事情。现代的意思首先应该包括人,生活就指的是人的生活,人不现代哪样东西现代都是空的、假的。你刚才提到把大家推向现代生活,这是法制问题,说明现代化是一个大系统,包括方方面面的大系统。"

"你这是发表评论员文章吧!"罗远志揶揄道。

木青青尴尬地笑了笑,又自我解嘲地说道:"其实这些事情都不是我们两个人说得清楚的。我们都说清楚了,还要那些这样家那样家的干哪样。我常常有这种感觉,有些事情从道理上是清楚的,可是按照这样去做的时候,却又到处碰壁……"

"说一句实在话。"罗远志仿佛什么东西被触动了,"我从来就不为弄清楚哪样道理去跟人争论。道理这个东西是说不清楚的。哪个凶哪个就有道理。得天下者王,不得天下者强盗。比如我爸,他的话在我们家头就横直有理,放屁都是香的。我想争论只是觉得心头闷,脸红筋胀地争论起来才过瘾。明明知道自己没有讲道理的权利还要去讲道理,太可怜了。但大声说话是可以的,总没有哪一个来阻止。我知道班上有人说我喜欢钻牛角尖,像害了病一样的。但我不在乎,这个世界上到处都有病,多我一个病人又有何妨。"

"你这个……过分标新立异了。"

"我觉得生活不标新立异就没有意思,就像一条河,新鲜的水流不冲来,陈旧的水流不冲走。"

"深沉的河塘里,常常是两种水流融汇起来,又在出口上重新分配哪是新哪是旧。其实每股水流都有新和旧两个面。而且回水沱里,常常新鲜的水流被冲走,而腐臭的水流则被保留下来。"

"激流险滩才有活力。"

"过早地流进大海生命也就完结了。"

"我情愿像流星那样瞬间闪亮过后消逝,也不情愿沉沉闷闷赖在这个世界上。况且真能够像河流那样归到大海,我觉得是生命的升华,小生命融进大生命,随着博大的洋流可以游遍世界。"

"博大的洋流是深沉的。"木青青说着,仿佛早就等候在那里,"你不要把深沉和沉闷两个词混淆了。"

罗远志愣在那里,一下接不上茬,笑着扶了扶眼镜鼻架,这才换一个角度道:"争论的确是一种很好的游戏,可以给人解闷,有时候感觉像玩魔方一样,或许从零开始,把世界百科都能够接接连连扯出来。"

"争论对我来说,"木青青瞥一眼眼镜道,"我不想遮遮掩掩。"他神情一下严肃起来,"我知道现在这个社会是不把农村人当一回事情的。我是一个农村娃儿,凡事只要我知道的我就要争论。我要通过这种方式来证明自己。同在一所学校、同在一间教室读书,农村人并不比城里的人笨到哪里去。另一方面,深入细致的争论的确可以激发人的思想,就像钻洞找矿一样,黑暗中常常有宝藏在闪光。比如,我们刚才说到风俗和生活的关系,的确也有生活高度现代而风俗还是传统的。就拿日本来说吧,女人在社会上和男人是平等的,可在家庭里,对男人就有下跪的规矩。我就联想,风俗的产生和存在,决不仅仅是生活的关系,还包括人们的愿望。大家希望这样,久而久之,就成了约定俗成的东西。"

"那么,你说是生活重要还是愿望重要?"眼镜在斜过去的阳光中闪了闪追问道。

木青青略一沉吟,也反问道:"那么,你说是汽车重要呢,还是发动机重要?"

  罗远志没有吭声,木青青也不再追问。两个人沉默地坐在城墙根,都仿佛进入一种思索中。过一阵,眼镜两只手支撑在地上,架成一个锚的样子稳住半截身子,又侧过头来,滋味楚楚地说道:

  "我真羡慕你,你可以代表农村人来读书。在农民阶级里,你是佼佼者。可我算什么,教师的儿子。教师子女中有考起研究生的,出类拔萃的人多得很。我不像你那样心头有一群人,为一群人读书,感到底实,感到强大,做起事情来有奔头。所以,我跟你说,我还真想像今天那些姑娘那样,去珠江三角洲淘金。一个崭新的天地,总比这活不痛快死不安生的日子要好。读书又怎样,考上大学又怎样,知识值几个钱?初中部毕业班那个上数学的老师,去年搞停薪留职,仅仅秋天里做一趟白果生意,几天工夫,就比他一年的工资还多。我不明白那些姑娘为哪样要哭流洒涕的,哪个强迫她们一样……"

  "你以为她们想哭是不是?"木青青说着,话高语低的,很有些不平,"你不懂她们的心。乡里姑娘,山坡上放牛割草摔打过的,都又野又硬。她们可以笑得满山坡响,却很少有在人面前抹泪的时候。我听说当电影演员首先要考哭的本领,哭是不好装的。事情怕具体,拿你读书来说,你厌烦读书,可又不得不读书,就这样难堪。"

  "你懂她们的心?"眼镜盯住木青青道。

  "你要是清楚她们在乡下过的那种日子,你也懂。"木青青没有正面回答眼镜,"从生下来那天起,有的是还在娘胎里,她们的命运就确定了。我们那里兴'背带亲',还奶娃儿就给她们找了婆家。这回去广东那边,毕竟是一种机遇,一种重新选择生活的机遇。某种程度来说,绝大多数姑娘都是一种侥幸心理的驱使。听说广东那边世态很复杂,人情很淡薄,哪样事情都是钱,这些穷姑娘去那里,是成是败,还很难预料。说大实话,我觉得这个事情还是应该的,可姑娘作为劳务输出,又感到难受……"

  "你这是杞人无事忧天倾。"眼镜嘲弄说。

  "我告诉你,真的姑娘们都劳务输出走了,"木青青半开玩笑半认真道,"我们农村娃儿就来抢你们城头的姑娘做媳妇。"

说着,两个人都笑了起来。

一阵叮叮当当的铃声,断断续续地传来。两个人愣愣地听了听,是上课的铃声。木青青有些不安了。他从墙根下站起来,要赶去上课。

罗远志一把拉住他,眼镜朝天晃了晃,"这一节是政治课。"又满不在乎地说着,"上不上一回事情,到头来都要靠背功。不如逛到对门山坡去,干脆耍一个痛快。"

木青青犹豫了。他倒不是因为政治老师老讲干枯的几大规律几大范畴要逃避,不愿意听,可以做其他作业,也可以看其他书。而是现在赶去学校,也已经迟到了。再说呢,刚刚在车站送姑娘们生出的那种惆怅还没有完全消逝,也还不能让人安稳下来。

罗远志走几步,回过头来,手上举着一个皱皱巴巴的烟盒。

"走啊!我这里还有节目。"他说着,眼镜在斜光中一闪一闪。

木青青心动了动,终于禁不住诱惑地跟了去。

对门山坡是革命烈士陵园。陵园后面是一片苍郁的柏树林子。陵园前面是两块草坪。草坪上安放着几套石头錾成的桌凳。很早的时候,陵园旁边有一个苹果园。逢到结果,即便果子只有拇指头儿大小,味儿也酸涩,孩子们就开始盯着。那阵,他们集中在陵园草坪上,掷杏核、斗脚鸡、追猪儿上圈,玩得很开心。但只要苹果园里看不见守护人的影子,他们就会迅速地翻过陵园的围墙,一窝蜂地拥进苹果园去偷摘那只有拇指头儿大小的酸涩的果子。等到被发现,他们就往陵园撤退。如果看护人追来,他们又往陵园后面的柏树林子跑。望得见,逮不着,看护人只有悻悻地回去。天长日久,那里成了孩子们的乐园。后来,一个孩子在苹果园被看护人逮住,并被看护人失手拧断了脖子。结果,那孩子死了,那看护人也坐牢了。从此,孩子们再不去偷那苹果,而苹果园也再没有人来守护。不知是因为果子依旧不见黄熟,还是因为苹果园已经在人们心中留下一片抹不去的阴影,不久,那些不愉快的树被砍掉,果园变成苗圃场,专门培育一些用来绿化和观赏的植株。但孩子们还是喜欢到陵园去游戏,并且直到长大成人。小城没有公园,也没有更好的地方,大家也还是愿意到那里去散一散步,下一下棋,做一做操,练一练功……

两个逃课的学生在田埂上扭来扭去地走着。斜刺里忽地飞出一把土,雨点一样砸在身上。他们惊吓地抬起头来,就看见一个衣衫褴褛形容枯槁的男人,高高地站在一截土坎上,正冲着他们吼叫。

"喔嚆——喔嚆——"声音赶山似的,充满一种原始的力量。

"黑老丘!滚开。"木青青和罗远志吆喝着。

"喔嚆——喔嚆——"

黑老丘固执地站在那里,固执地吼啸着。像伟大的预言家宣布伟大的预言,不被人接受,甚至被认为是一种荒唐,而预言家的预言却不会终止,直到预言在现实世界中得到最后的验证。

黑老丘

说到黑老丘,小城人其实是没有一个不认识的。最初搞选举,大家以为走过场,都不当一回事情,总拿神圣的选票来开玩笑。虽是闹剧,但选票统计下来,却是黑老丘位居榜首,连堂而皇之的县长大人也都要差他一大截。可见在这个小小的县城里,黑老丘算得一个遐迩闻名的人物。还很小的时候,黑老丘的爹妈就死了。那阵,一个做洋布生意的湖南客看孤儿可怜,就把他收留在身边。等到生意结束,布客便带着黑老丘走了。一去十几年,街坊邻里都差不多把他遗忘了。但是,忽然一天,一个莽粗粗的汉子走在街上,大家又很快认出是黑老丘回来了。原来,好心的布客死了,布客的女儿和女婿害怕黑老丘分财产,就把他赶出了家门……

那一年,天干大旱,小城人玩水龙求雨。龙是用山坡上采来的抽筋草扎成的,透着潭水一样的碧绿,有如真龙在世一般。那阵,每家每户的门口,桶桶盆盆的盛着满当当的水,一直摆到阶沿上,只等那求雨的队伍走过来。隔着一条街两条巷,听见鼓响锣鸣,就看见一片红红的烟焰闪闪跳跳,由百十来个童子组成的队伍打头出现哪。每个童子手举一根棍儿,棍尖儿穿一个青皮橙,橙皮上插几支点亮的香烛。在灿烂的太阳照耀下,每一个童子都顶了一道五彩环。环环相扣,连接成一个巨大的五彩轮,既神秘又辉煌地向前滚动。伴随这种奇异的滚动,空气抖抖索索,响起一片呆板而又永恒的号叫——

青龙头,白龙尾,

小小童儿来求雨。

二十条汉子擎着仿佛刚刚跃出深渊的龙,跟在童子队伍后面,钉住红红的烟焰亦步亦趋。随着百十来个童子嫩声嫩气的哀号,沉重的龙头高扬起来,并且张开血光闪烁的嘴巴,愤怒朝向炙热的天空,仿佛要把光芒万丈的太阳吞噬。

大的落在秧田头,
细的落在菜园子。

沿街两边站满端着盆拿着瓢的人。看见队伍走到跟前,清清亮亮的水泼过去,哗哗啦啦地淋在龙身上。龙在那一瞬间抖了抖,接着就灵动地扭摆起来,腾跃起来,发出亢奋的低吟浅唱,仿佛在竭力地压制着,生怕把小城小街搅翻转哪。

小小童儿哭哀哀,
田头秧苗无水灾。

舞龙的汉子穿一条裤衩,光着脊梁,赤裸脚板,握着龙把子,在龙头龙颈龙胸龙肚龙尾下头撑着,也禁不住重压地战栗着。

唯愿皇天落大雨,
保佑童儿吃白米。

一大群走在队伍后面压阵的人,先前是跟着看热闹的,这时候也不知不觉地卷进来,随着哀告祈求的气氛,推波助澜地呼号着,给求雨的童子助威,给玩龙的汉子展劲。

水龙翻腾了三天,压得铁铮铮的汉子都趴下了。龙王爷太傲慢了,也太冷酷了。天地间仍然火烧火燎。地里的苞谷在卷叶儿。田头炸丝裂缝,秧子在发黄、干枯。

人们绝望了。

一条绿幽幽水灵灵的龙被扔在城外垃圾堆上,成了懒龙,成了死龙,成了臭龙。

黑老丘没有参加求雨的队伍。但问题不在这里。即便一条龙从黑老丘紧紧关着的门前走过,他没有一瓢水泼出来,人们也还是不会注意到他。在这个小城里,他实在是一个可有可无的人。正当大家都对龙失去信心,这时候,黑老丘突然打开门扇,抖开板壁,石破天惊地挤出一条龙来。瞬间工夫,黑老丘扎龙的事情,就在一条街上炸开。人们流水牵线地涌来,看河南猴戏一样,在黑老丘门前拉开一道圈子。龙头静静地摆在陔沿下,红一块,黄一块,粗糙得像一团花岗岩石头。与往常小城人扎的龙相比,也显得小了一点。只是那龙一双眼睛翻白地鼓起来,死瞪着天空,有一种说不清楚的真实。越仔细地看去,越感觉那龙仿佛在喘息,在呻吟,在诉说着什么。黑老丘聋了,哑了,只管自己一会儿屋里、一会儿屋外,不声不响地张罗着。不一阵,圈子一下胀开胀大。人们定睛一看,龙头、龙身、龙尾三半截,一条龙被神剑斩断似的横尸街头。

"嘿……"黑老丘搓着手,站在人中间,不好意思地嗫嚅着,"这种龙……是湖南那边的龙……"

大家听着,这才醒悟过来,黑老丘出去十几年,不只是混成了汉子,也学了一手扎龙的手艺带了回来。

那时候,街坊上那些扎龙的老手却很不屑的,站出来奚落黑老丘道:

"这是哪家龙啊?身首异处,也会成为灵物?"

"你这阵势要请我们吃龙肉是不是啊?"

"……"

"这本来就是一条死龙嘛!"黑老丘猥猥琐琐放出一句来。

"死龙有哪样玩法!"人们显然被弄糊涂了,"都说龙是盘古王一根拐杖变化出来的。盘古王开天辟地后升了天,那拐杖留在地上,时常兴风作浪,为害人间。盘古王知道后,就把拐杖收了回去。后来,大家为了纪念盘古王,庆贺风调雨顺的好年景,就扎了拐杖一样怪头怪脑的龙来要……"

"你们没有听说泾河龙王降雨误了时辰,结果错过机会,触犯了天条,被魏征宰相梦中斩杀?"

人们面面相觑,都不曾想到黑老丘还有这番道理。

"东海龙王吃硬不吃软。当年孙行者要他的定海神针,不大闹天宫,他是不会给他的。所以,你们那个玩法太客气了。还必须吓唬吓唬他,拿泾河龙王的下场给他看看,他才会听话……"

黑老丘说得高兴,就把根底都翻了出来。

人们听着,思忖着。虽说一条水龙玩得大家心灰意冷,但眼巴巴看着干焦焦的天空也不是滋味。与其渺渺茫茫地等待,倒不如耍一耍这半截龙试一试。很快,小城人敲的敲锣鼓,打的打旗帜,几把好手举着龙头、龙身、龙尾走上街头,示威地往龙王庙走去,向龙王爷要雨。不知是凑巧了,还是龙王爷真的害怕了,当天夜里,就雷风火闪地下起大雨来……

那以后,黑老丘就神了。大家说他扎的龙灵,逢到年节上欢喜,或者天干地旱要行云布雨,除板凳龙外,哪样火龙花龙水龙,都请他来扎。技术专攻,自然越来越精深、越高超。到后来,他扎出来的龙,要看,看起来精致玲珑;要玩,玩起来神气活现;而祛病消灾呼风唤雨的本领,仿佛也比小城从前的龙要强。事情由好而迷,由迷而痴。黑老丘沉浸在龙的世界里,不只扎大龙,还扎小龙,扎来满屋子挂着,白天夜晚与龙做伴。甚至好心的人跟他提亲,人家女子上门来,要把那些怪头怪脑的东西取下来,说看着吓人,他也要龙不要媳妇。街坊上有人叫他叶公。但显然,即便真龙下到凡界,黑老丘也不会像叶公那样东躲西藏。大家又叫他龙呆子。龙呆子只管龙,别的什么都不管。那年正月,龙呆子呆在家中,正诧异今年过年怎的没有人来请他扎龙,却忽地街头一阵锣鼓声响,他忙着开门出来,就看见街坊邻里集合着,红红绿绿的,排着长长的队伍游行。龙呆子没有细想,稀里糊涂拿一条龙儿举在手中,便插进队伍,跟着大家高兴。前后左右的人都没有感到诧异,并且用羡慕的目光不时地看他如何耍那凌空逍遥的龙儿。直到游行完毕,队伍解散,一个叫"司令"的人走过来,把那龙儿踩在脚下,龙呆子还在做梦。

"玩龙灯犯哪样法!"龙呆子一副理直气壮的样子。

人们听着,一顿好笑。接上就冲到他的家头,把那些龙子龙孙的都搜了出来,呼地一把火烧了。龙被烧了,龙呆子哭了一场,这还不大要紧。但接上大家又开斗争会。他弯腰驼背地站在台上,大家口号声吼得山响,吼得他一根神经又麻又乱。那以后,他再也不敢扎龙,整天里疯疯癫癫地游荡在街头,而嘴上还不停地吼震着"喔嗬——喔嗬——",一边还按着节拍比着动作。明眼人看出来一点名堂,知道龙呆子还悠着龙,那吼震,那动作,都是玩龙嘘花的板眼,就默默地为他叹息。

很多年过去,没有造反派了,也没有红卫兵了。大家惦记着黑老丘,便又喊他扎龙。而这时候,他却又奇迹般地清醒了。只是那扎出来的龙头已经跟原来的样子不同了,像牛不是牛,像狮不是狮。谁知道这十多年光景,他脑子里把龙的形象琢磨到了哪一步。虽然如此,大家除了另外扎一条像模像样的龙一起玩,却没有人敢拒绝黑老丘的龙。大家都清楚,这不是玩龙,而是玩龙呆子的心。但很不幸的,正月初九出龙,正月十三烧龙,黑老丘跟着先生来到河坝上,看着两个龙头在一阵念念有词的咕哝中化为灰烬,就默默地流泪。等那泪流干了,他却也回到从前疯疯癫癫的状态。直到第二年扎龙玩龙,他才又醒悟过来。但年一过,龙一烧,人却又依然如故……

第四章 时空重组

时空重组

> 梅以曲为美,直则无姿;以欹为美,正则无景;以疏为美,密则无态。固也。此文人画士,心知其意,未可明诏大号以绳天下之梅也;又不可以使天下之民斫直、删密、锄正,以夭梅病梅为业以求钱也。梅之欹之疏之曲,又非蠢蠢求钱之民能以其智力为也。有以文人画士孤癖之隐明告鬻梅者,斫其正,养其旁条,删其密,夭其稚枝,锄其直,遏其生气,以求重价……

语文老师要求背诵。

可是,只要一脚踏上阶砌,站在门前,即使滚瓜烂熟的文章,罗远志也要打疙瘩。门开着一条缝,他偏头往里看了看,只见一片棕色的脊背一动不动地立在屋里。这片一动不动的脊背,对罗远志来说,还稍稍有些陌生。但这片棕色,却是他再熟悉不过的父亲的脊背。都说从门缝里看人会把人看扁,可这棕色的脊背却有如银幕上的特写镜头,依然那样方正和高大,那样咄咄逼人。他今天怎么会这样呢?一方独凳,教室里学生上课用的那种独凳,摆在客厅中央。坐法也显得特别,不是面向门,不是隐蔽在门道侧面,而是背着门坐着。罗远志感到诧异,正要推门进去,却听见父亲高声大气地说着:

"这不关你的事情,你不要自讨苦吃。"

高中生立刻敏感地意识到那棕色的脊背遮着一个人。

"我不怕……"那边有个声音说着,稍稍有些迟疑。

"他们要找麻烦,就告到法院去。"父亲没有理睬那个声音,"现在不像我下乡那几年,当官的喊一声把你绑起来,就有人找绳索来绑你,喊打你一顿,就有人把你整得死去活来……现在总还要调查,还要讲究证据,就像伽利略推翻亚里士多德那样,站在比萨斜塔上,同时落下一大一小两个铁球,大家才相信物体下落的速度和重量是没有关系的。"

"这几个姑娘从前都是我的学生。"那个声音显得枯燥而又呆板。

罗远志推门进去。避开父亲的背影,他看见一张又窄又小的脸,一片老南瓜皮一样的额头,一身簇新的蓝卡其的衣服,一双千层底的布鞋,仿佛博物馆里一件古董,端端正正地坐在那张人造革的沙发上。看着这情景,罗远志一下想到刚刚在屋子里,至高无上的父亲那难堪的样子,心里就感到一种莫名的快意。也仿佛因为这个缘故,他对这件古董并不感觉到丝毫的厌弃。

"这是令狐伯伯。"父亲后脑勺长眼睛似的知道儿子进来,头也不转动一下,就这么介绍着,"令狐伯伯算得上世界上最优秀的老师。"

儿子喉咙里痒痒的,却也一声不吭。只是绕过两个大人往自己屋里走去的时候,他匆匆地瞥了一眼那位世界上最优秀的老师。这一瞥,他发现他也在打量着他,而且目光中透着一种莫可名状的悲悯。

"现在的娃儿啊!"父亲嗔怪着,"不懂哪样礼貌。"

他感觉到那双眼睛正望着他的背影。但他不能够停下来,更不能够转过身去。直到走进里屋,回到属于自己的那个角落,关上门,深深地吸一口气,他才觉得刚刚仿佛一条鱼不小心蹦到沙滩上,而现在又重新蹦回到水里。

"你安家没有,令狐老师?"父亲小心地问道。

一阵短促的沉默。

他想象他点了点头。

"现在几个娃儿哪?"父亲仍然是不甘寂寞的。

又一阵短促的沉默。

"两个……"他说,遮遮掩掩的,"两个娃儿。"

"几岁哪？"父亲不知深浅地追问着。

"这个……"他磕磕绊绊说着，"大约是……跟我差不多高的……"

"娃儿嘛！"父亲也只是为了把谈话继续下去，"长到天高，也只是一棵小菜而已。"并不在乎对方感不感兴趣。

罗远志一头倒在床上，望着低矮的天花板。那上面大块潮湿的霉斑，他时而把它想象成野马奔腾，时而把它想象成雄狮咆哮。

"小菜也有成大气候的。"令狐伯伯说着，他显然不同意父亲的看法，"像甘罗十二为吕不韦家臣出使赵国，刘晏八岁被授任秘书省太子正字……"

"恁大一个中国，几千年历史，数得出几个甘罗几个刘晏哟！"

令狐伯伯没有声音了。

父亲仿佛站了起来，走到了茶几那儿。接上一阵囖囖囖的水声，他提着温瓶往茶杯里冲着水。随后，他慢慢吞吞地踅回来。他没有坐回到那方独凳上，而是在那只空着的人造革沙发上坐了下去。

"当然了，"父亲又接上说，"看在哪方面哪，谈恋爱、耍朋友、抽烟、酗酒……小小年纪，初中还没有毕业，就蛮像一回事情。除此而外，我看不出会成什么大气候。"

"这个……恐怕跟环境有关。"令狐伯伯说。

他在裤包里掏了掏，摸出一个瘪瘪的香烟盒来。他拿在手上愣了愣，然后探进两个指头去，拈一支烟卷叼在嘴上。哪里找着一块摩擦皮子和一根火柴，抖动着一划，一豆儿火苗，摇摇晃晃点燃烟卷。他把空空的烟盒在手上一团，便扔到了床脚。

"哪样环境！百年树木，十年树人。阳光在哪里？空气在哪里？养分在哪里？"

"山里野藤野草的，就是石头压着也要生长。"

他吐出一串烟圈儿，大环套小环，缭绕地往天花板上升着。那些野马，那些雄狮，也在灰色的气流中模糊了，渺小了，消失了。

"我们现在是要栋梁,不是要藤藤草草……依现在的条件,人活着其实是很容易的事情,只要有衣穿、有饭吃,不挨冻、不挨饿。但这个跟畜生有哪样区别。"

"罗雨!你这样说起来,像错欢喜那些地方,也不要娃儿上坡放牛哪。可你不能叫别的东西上坡放牛啊,还得要人才行……一片林子有高有低,不一定都成大料……哪样事情都不能够强求。"

"令狐老师!这个不像你搞复式教学,那些两部三部授课的学生,去表演几部合唱,习惯成自然,能够很出色、很精彩。可现在,我们连人人必需的基础教育都不能保证,就像没有水分没有土壤种子不会发芽,没有阳光没有养料秧苗不会生长……事情本来就不是正常的,还放任自流下去,就不是一片林子有高有矮的问题,而是一片荒芜。所以孟子说:逸居而无教,则近于禽兽……"

"有教无方,不如不教。不虑而知,不学而能。教者,察其良知,觉其良能。所谓因材施教,即随形就势,顺其自然……"

> 战士,郭某,二十一岁,一九五〇年二月,在解放孟通县城的战斗中牺牲……
>
> 战士,吴某某,一十九岁,一九五〇年二月,在解放孟通县城的战斗中牺牲……

"令狐老师!我以为现在教育不是方法问题,而是教育本身内部机制问题、秩序问题。比如说吧,我们的学校,除按照年级给学生讲课外,好像就没有别的传授方式。当然,如果这在孔子时代,学堂是圣地,教师也是圣人。封建社会几千年,教师在神龛香盒上的牌位没有动摇。但是现在,街头随便买一本减价杂志,或者废品门市部随便称几斤字纸,也可以得到知识,何况有广播、电视、电影,这样讲座,那样沙龙……学校的天地却还是那样狭小,上课,上课,只有上课,学校自然失去吸引力,教师的分量也自然轻微起来……"

"孔子那时候还要带着他的门徒走出学堂,依照修身、齐家、治国、平天下,到各个诸侯国去闯荡……这其实也是教育方法问题。"

战士,甲,一十九岁,一九五〇年二月,在解放孟通县城的战斗中牺牲……

战士,乙,一十八岁,一九五〇年二月,在解放孟通县城的战斗中牺牲……

"说起来,我立志做一个教师,还是错欢喜木家寨当知青那阵。公社革委会的那些人要我代替你进城开会,说是政治任务,来不得半点苟且,我就连天连晚读你写的先进材料,想进入角色……结果,你别笑话,我还真被你那个东西打动了。这以前,我带领你的学生去磨坝场演出过,都是一些可爱的娃儿。在城头开会,开初,我还有些不安,有点像蒋介石从峨眉山跑下来摘桃子。后来,我想到你材料上那些事情我是可以做到的,我和你并没有太大的区别,只是一个机会问题,也就心安理得……不几天,我得到一张表格,想也不想便填上了师范学院的志愿。可现在回头去看呢,还是属于目光短浅……"

"我不知道我那个东西对你起了这样大的作用……"

烈士陵园六十一座坟墓,其中二十四座是无名的。他们一个一个读着那些无名的碑文。倾斜过去的太阳照在碑文上,那些笔画,那些标点,都闪烁着一种光芒。

"中华人民共和国宣布成立已经四个月,孟通还没有解放……"木青青一只手停留在"一九五〇年二月"上,像问自己,又像问坟墓里的战士。

"共和国成立,大部队才进军西南。听说,当时盘踞县城的是一些土匪,解放军一来,他们就屁滚尿流地逃跑了。"罗远志站在纪念碑的阴影里,眼镜上抹一层黯淡的晕,"可是大部队像一阵风,很快就开走了,只留下一个连队驻守县城……我听我婆告诉我说……"

"中国社会像平衡方程式,哪头轻了,就向哪头加码。教师地位不行了,于是提高教师工资。行政干部眼红了,于是提高行政干部工资。工人提不高工资,于是发奖金弥补……稳定一段时间,一旦哪个地方出现问题,于是又开始配平方程式。其实不仅仅是待遇问题,应该还是教师本身的问题。社会发展到今天,教师这个职业所包含的内容并没有变化。而相反的,由于现代科学技术的发展,知识传播途径的多样化,教师主要的工作内容课堂教学显得渺小了,对社会的贡献不行了,社会的价值也就自然贱了。另一方面,由于知识来源的多渠道,教科书上那些知识常常受到挑战,不是抵消,就是怀疑,显得苍白、枯燥,像语文政治这些功课尤其如此。教育本来是推动社会向前发展的,现在却成了一个累赘。新的理想似乎很遥远,旧道德又不愿承认,于是取消科学社会主义,来了一个模模糊糊的现代化,既没有时间、阶段,也没有指数、标准。而出国热掀动,外语又成了时髦,没有教师,就临时指驴为马,一个录音机一盘磁带,边学边教,热炒热卖……"

"我从来不认为教师这个职业高尚到哪里。我倒觉得当教师要准备吃苦受难。传道、授业、解惑,你生活在人群中,你是中心,你发挥自己,你影响别人。在这个过程中,你有一种超脱尘世的快乐,觉得自由自在,有人的尊严,有生命的喷发……如果要说报偿,这个其实就是教师的最大的报偿。"

正月里,四拨龙灯从四道城门玩进城来。人们沉浸在解放的喜悦中。忽然,哪里一声枪响,四条龙立刻瘫在地上,那些耍龙的从龙肚皮里拿出刀枪,照着戎装的人就砍杀。很快,解放军被逼进了一幢大楼。土匪排成队,人人一碗朱砂酒喝下去。接上满脸红彤彤的,口中念念有词地唱着,就往大楼里冲——

砍不进么咿嗬咿,
杀不进么咿嗬咿,
一砍一杠白印印么咿嗬咿,
一杀一个白点点么咿嗬咿。

"令狐老师！你说这些话，我当然能够理解。如果我们学校那些老师听了，包括学校的书记校长听了，他们会认为你这是说教。现在的人都讲求实惠，入党不如授奖，授奖不如调资……你好像还停留在五十、六十年代。"

"《礼记》上说，欲不可纵。物事三则，天时、地利、人和。你苦苦追求的东西，不一定能够得到；而你淡泊远离的东西，有时候却又会送上门来。天、地、人都是自然之物，一切都有一种安排。"

两个人走进陵园后面的柏树林子，往凉悠悠的地上一坐，便靠在一棵粗大的柏树上。罗远志打开皱皱巴巴的烟盒，掏出两支弯腰的烟卷，一支叼在嘴上，一支往木青青戳过去。木青青拿着烟卷，这只手换到那只手，仿佛要掂出它的轻重来。一点火苗摇曳着凑到跟前。木青青咬着烟卷，颤巍巍地点燃。一阵轻微的咳嗽声响着，两个人两根烟囱便静静地吞云吐雾起来……

"此话差矣！令狐老师。如今都走进九十年代，这个世纪就要完了。世纪末叶，世界末日，物欲横流，金钱至上，'官倒'一张批条、一项指标，十万八万的票子就倒腾到手，这个问题没有解决，又冒出来'官商'，权力有多大，钱就有多少……"

"这个'官倒''官商'到底是怎样一回事情？"

"我教你吐烟圈……看，这个……"
"我会吐的……你看，散了，看不见了……"

"我看你的确该出去找一找那些姑娘，别的不说，见识见识世面，对你来说，倒是很有意义的，老待在错欢喜木家寨那个世外桃源，不知有汉，更不知有魏、晋……你看我这台彩电，牌价才一千七百多块钱，但寻常人家买不到，当权者弄一个文件从厂头提出货来，黑市上倒卖出去，每台彩电就要三千来块钱……"

"善恶到头，会有报应的，只是早与迟的事情。"

"我感到空空荡荡的,好像悬在半天里,心头发慌。"

"我觉得很累,真想好生耍耍,可又好像有一条鞭子在我背后追赶牛马一样抽着……"

"哈……令狐老师!你相信因果报应啦!你等着看吧!现在的事情,我们这样的地方还可以凑合过去,要在大一点的城市啊,连学校围墙都推倒修成门面出租了,操场改做停车场,教室改做旅馆,大家只相信孔方兄。"

"误人子弟啊!这是要遭到报应的。"

"宇宙这样大,是说不清楚的……"透过飘飘荡荡的烟缕,透过柏树枝桠的缝隙,他望着宁静深邃的天空,"有时候,我想人之外既然有高级的生物,科学家是这样说的,就像人在地球上一样,我们可以对所有的生物进行利用、改造、毁灭,而那些太空生物或许也把我们人类作为一种对象,为他们服务,供他们试验,供他们欣赏,供他们宰杀……"

"但是,生命的意义建立在生命的冲动之上,生命有本能、有愿望,生命的意义就是生命所追求的。这样,生命的群体就会建立生命的秩序,用来维持和发展这个世界……"木青青脑袋昏昏沉沉,眼睛望着一地烟头儿,莫名地感觉一种亢奋,"我们课文《热爱生命》的作者杰克·伦敦这样说过,人生充满不幸和痛苦,可是当他向死神怀里走去的时候,他还是很不情愿,回头看了又看,一直挣扎到底……所以,我们物种的划分很科学,强调生命的自然性,人和其他牲畜一样,也属于动物……"

"现在抓教育,一开口就是增加投资。国家其实很穷,却偏偏要做出大老板的姿态。增加投资无非提高教师待遇、更新教学设备,但教育的症结恐怕还不在这上面。知识没有受到应有的尊重,读书何益,教育何苦。这个问题不解决,这场赌博是不会赢的。事实上教师职称评定,待遇提高,积极性却并没有被调动起来。一个重要的原因,就是学校系统仍然吃大锅饭,竞争机制并没有引进来。但这又是一个很尴尬的事情,竞争的前提是竞争的领域必须很热、很火,可又有多少热爱教书的,又有多少喜欢读书的?据报纸上说,江浙一带不少教师辞职去做生意。而学生方面,无论城市农村,流失的现象也越来越严重,旧的文盲没有扫除,新的文盲又不断产生……"

"真想去太空中看看。魏格纳说地球是由板块结构的,这不过是假想。如果这是科学,那么上帝或者别的什么主宰,像捏泥人一样塑造了地球,也未必不是科学……"

"困天下之智者,不在智而在愚。穷天下之辩者,不在辩而在讷。服天下之勇者,不在勇而在怯。少言者,不为人所忌。少行者,不为人所短。少智者,不为人所劳。少能者,不为人所役……"

"美国在两千年准备开展太空旅游的业务,现在登记的就有好几百人,预交二十万美金,到时候乘坐宇宙飞船……"

"令狐老师!你哪天走?"

"宇宙飞船最多到达月球。我看过卫星照片,月球没有什么意思,像魔鬼的世界一样荒冷。据说太阳系里火星上有高级生物……"

"明天早晨……车票已经卖完,售票员让我明天早晨临时上车补买站票。"

"天文望远镜可以观察太空,学校实验室说不定有这个玩意儿……"

"沿海一带生活很高……哪里给你出差报销?"

"我爸管实验室,他有钥匙。"

"学校完了,反正也上不成课了,总要找一点事情做。"
"你把钥匙拿来,晚上我们一起去。"
"坐车,住旅馆,总要钱啦!"

"如果从天文望远镜里,真能够看见那些主宰我们人类的高级生物,我一定要恳求他们,他们把人类放置在地球这个可怜的星球上繁衍生息的恶作剧应该停止……"

"铁脚杆……那个打山的猎人,是他给了我一些麝香。"

"用哪样语言交流?是119,还是SOS?"

"麝香是很名贵的东西。"

"眼神,情绪是所有生物共通的,从目光中可以判别出来。"
"远志!想一点脚踏实地的事情吧!赶快打消那些稀奇古怪的念头吧!"木青青说。

"远志!你在抽烟是不是啊?"罗雨隔着门嗅出烟味来,厉声吼着,"说过多少次,你都当耳边风。我问你,上个星期的体育课和政治课你到哪里去哪?"
"我到烈士陵园背英语单词。"
"高考逼近了,自己要抓紧哟!"
罗远志从床上坐起来。愣一阵,便开门出来。
客厅里空空荡荡的,罗雨和令狐枯荣不知哪时候出门去了。
他瞪着两只迷惘的眼睛,好像刚刚做了一个荒诞离奇的梦。

第五章

挤 压

  站台两端的 X 岔道,红灯打开了。几个穿蓝制服佩 T 字徽章的人,手持喇叭,哇啦哇啦叫着,招呼着乱哄哄的人群往白线外面退着。很快,自然地分离和组合,人群划成几拨,短短的骚动,又接着排排队队地安定下来。随着一声尖锐刺耳的长啸,站台上空气抖动着,人群背包提袋地忙碌起来,整个阵脚立刻透着一种紧迫。一束强烈的光焰在阴晦的空中晃了晃,火车在拐弯那边放过来。它犟着一颗头颅,气粗粗地直往近前戳着。沉重的躯干,哐当哐当地在股道上拖过,牵连着整个车站禁不住地震颤。人群被压缩在站台上,每一颗心都紧巴巴地捏着……

  列车渐渐地停住。从每洞敞开的铁门里,跳下来一个大檐帽。这大檐帽似乎还在热热的气浪中浮动,站台上排排队队的人群就倒墙一般地散乱开来。而那颗紧巴巴地捏着的心,这一刻也松弹起来,悻悻惶惶地往前蹦着。瞬间工夫,各个车门的前面,便打夯筑实地凝结着一团肉挤挤的疙瘩。下车的下不来,上车的上不去,两股方向相反的力量在门口对抗和抵消。但很快,那团肉疙瘩膨胀着,冥冥中仿佛一声爆响,几个男女抱着包袱挤了出来。接着,人群韧性地收缩着,又发面一般地膨胀着。

  "衣裳……衣裳……"一个干干瘦瘦的男人,挥动两条精赤的胳膊,在站台上跳着,愤怒地冲着人群吼叫着。

  一阵吞吞吐吐,列车又迟疑地向前开动。

  令狐枯荣是最后上来的。开初,他占据着门边有利的位置。但几番冲撞后，他自己也不知是怎么搞的，就被挤到了外围。现在，他在两节车厢的接合部上插住脚，一只手尽力地伸长出去，支撑在一小块车厢壁板上，总算开始乘起车来。洗漱格子那边把持着几个农民。从窗外吹进来的风曲折地流过来，已经变成热热的气浪。他感到憋闷得慌，想解开衣襟，这才发现纽扣已经脱掉大半。仿佛一下警醒，他在斜胯上细细地捏两把，体会着一卷弹性而实在的东西，这才安定下来。乘车竟然这样艰难。他从错欢喜木家寨动身上路的时候，是无论如何也不会想到的。不，这不是乘车，是挤车。如果要寻找"挤"的感觉，你来乘车吧。在县城汽车站买张站票，就是规定站着的票证，悠晃一百两百公里，这不算什么。到火车站来，尤其川黔线的火车站，不管是几等的，在广场，在站台，在候车室，在过道，在售票厅，只要一片空地，你就看见密密麻麻的人头攒动，搅得整个白天焦躁不安。但夜晚，或者天光黯淡，仅仅做出某种暗示、隐喻，就像倦鸟还巢一样，那么多的人仔细而又沉静地寻着自己的地方。经历一阵最后的忙碌，自然也都安顿。这时候，透过模模糊糊的光影，你看见那么多人斜卧横倒在大地的怀中，或者一铺草席，或者一床窄小的被头，或者一方凳角，一张随处拾来的纸片，就托举和遮蔽着身体，那样无忧无虑地睡着。面对这样的情形，你感慨一穷二白没有负担的确属于一条真理，感慨大地多么仁慈和宽厚，对它的儿女如此庇护，保证他们每个人都有一个甜美的梦。但更强烈的感觉是，一个巨大的民族在迁徙中。仿佛灭顶之灾在后面追赶着，他们从这里到那里，恓恓惶惶地流转，扔弃辎重，扔弃老弱病残，本能地奔生奔死，不知道从哪里来，还要到哪里去，只是来到这里的时候，不得不歇上一歇。而事实上，鸡鸣看天，他们从地上抖擞着站立起来，你还是看得出来，身着腰刀的是藏胞，啃着大饼的是黄土高坡人，石头一样沉默的是大巴山汉子，却原来也是很复杂的。这样，你还在买车票的时候，心头就拥塞地堵起来，仿佛那些售票窗口是一个一个饥饿的嘴巴，会把半截胳膊给吞掉……

　　过乌江铁桥，天色渐渐地黑暗下来。进这条隧道钻那眼山洞，照明灯一直是开亮的。车上的情形和地上的情形不一样，整个车体就像一只巨大的摇篮，在轰轰隆隆的催眠曲中，人由兴奋而安定，终于寂寞枯燥得无聊，渐渐瞌睡起来。也许，人生来就是兜圈子的。在安安稳稳的大地上，有如热

第五章 挤 压

锅上的蚂蚁那样,人渴望行动起来,渴望发生一点什么,以此打破日复一日年复一年的平静。但千辛万苦挤上车来,真正开始运行,人又那样急切地寻找着宁静,寻找着稳定。仿佛生命根本不存在目的,一切都是一个过程,一个准备的过程。静与动,阴与阳,夜与昼,苦与乐,悲与欢,你的钟摆永远在这样的两极间来来去去,直到生命的发条嗒的一声脱落。现在,该躺的都躺倒了,该坐的都坐下了。而在车厢过道上,在车厢和车厢的接合部上,却还有些例外,去锅炉打开水的,上厕所方便的,走一路,牵动一路。于是引来一阵交换,一阵骚动。只有洗漱格子那里的几个农民,这阵列车停止供水,他们把结实的被头往搪瓷盆里一塞,屁股一歪,便坐在上面。昏黄的灯影下,一豆烟火明明灭灭。几个人一根烟杆,一个人咂吧几口,便抹一抹烟嘴儿上的口水,又往下一个人传过去,不时梦呓般地发出来一种模糊而温馨的响声。令狐枯荣看着,听着,尽力地活动活动麻木的腿脚,脑子里闪过山坡上横着锄头坐在锄把上歇气的情景,便生出一种期冀来。而一只又瘦又小的身体悠悠晃晃,则有如一叶扁舟,正向这种想望划过去……

  突然,一声鸡啼,压过滚滚吼啸,从车厢那边响亮地传来。令狐枯荣愣了愣,揉揉眼睛,仿佛不相信自己已经远离错欢喜木家寨那个遥远的山村。但他很快醒豁过来。这工夫他才发现夜已经很深沉。先前在四下里挤来挤去的人们,现在都害软骨症一样,你挨着我,我靠着他,瘫在地板上,呼噜呼噜地睡了过去。落在洗漱格子里的几个人,背靠着车厢板壁,古怪地咧开一张嘴巴,仿佛没有过足烟瘾,从口角上吊下来一溜亮晶晶的梦口水。令狐枯荣干涩地打一个呵欠,就有些禁不住诱惑一样,脚杆闪闪地往下蹲。瞌睡,这个魔鬼袭击上来。但为时已晚,前一座岩,后一道坎,人们把他困死在中间。没有别的办法,他只好在睡酣睡沉的人堆里爬着,想找一小块地方,好好打一打盹。他身体轻,又没有带包袱,没有弄醒一个人。事实上,这个地方是没有的,至少在车厢过道上、在车厢与车厢的接合部上是没有的。而原来的地方已经失去,他不可能退回去,也不可能停下来。他必须在人肉的泥沼中跋涉,直到发现自己的地方。好几次,他经不住瞌睡的折磨,枕着那些臭烘烘的胳膊腿的刚要迷糊过去,就被一阵狠命的拳脚叫醒过来。这样,他又不得不向前挪动。终于,他爬进车厢,爬到一张三人座椅下面。对他那又瘦又小的身体来说,这个地方已经足够宽裕。而此时此刻,能有一个地方躺倒睡觉,则仿佛进了天堂一样美好。但令狐枯荣忽然怔住了。两只蓝幽幽的眼睛,仅仅咫尺之遥,圆鼓鼓地瞪着这个不速之客。他心里冷冷地跳了跳,立刻意识到这里已经被占领了。然而,他很快适应了暗黑的光线,看清楚那是一只猫,并且被笼子关着。他不再退缩。他伸过手去,把那笼子拼命地往里推着,要挪出一块地方来。那猫呜呜呜地吼着,热乎乎的气流喷上脸来。他感觉到那猫一只爪子抓在手上,尖锐的疼痛牵连着一颗心震颤不已……

他胜利了。

他舔了舔血糊糊的伤口,捏一把斜胯上那卷弹性而实在的钞票,仿佛捏着全部的希望和力量,就合上了沉重的眼皮……

那头金钱斑纹的畜生跟来了。从老木桠到磨坝场,从磨坝场到孟通城,从孟通城到遵义,又跟着挤上火车来了。他从这张三人座椅下面爬进去,它也从邻近那张三人座椅下面爬进去。透过几双悬挂在眼前的肿脚肿腿,他(它)们彼此盯着对方。一张短脸,一块荒秃的额,一根白花的尾,一双千层底的布鞋,就像在老木桠那样对峙着,却也猜测,也捉摸……

你为什么跟踪我?

我不能放弃你。

列车在哪个站顿了顿。天地间淅淅沥沥的雨声从窗外传来。很快,列车又风风火火地向前开去。雨声消失了。

第六章

父与子

七月七日,到了过火焰山的时候了。

清晨,太阳从山垭上升起来,空气还没有晒热,地皮也还没有晒烫。而人们心里却像燎炙着一团火一样那样急急慌慌的,就蹦着跳着出了小街小巷。站在十字路口上醒一醒神智,终于辨认清楚方向似的,大家开始往县城东门拥去。那一瞬间,通街的阳光失去了早晨的宁静与安详,扑扑地挣扎起来。但它很快被撕扯得粉碎,东一块西一块地挂在了人们脸上,披在了人们身上。

小城晃荡晃荡,开始向一边倾斜过去。像一条小船,乘船的人都往一头踩去,就会失去平衡,结果翻船落水。而事实上,这种倾斜却早已经在那里酝酿着。五月预选考试结束,不,或许还要早一些,从社会到家庭,从家庭到家庭的每一个分子,就捋袖揎拳的,准备着在七月里狠狠地冲刺出去。当然,预选考试毕竟不是高潮。它顶多不过是一级台阶,或者一道门槛。只有正式的升学考试,真正的风口浪尖越过去,才能够进入辉煌的殿堂。但即便没有现在这样的尖锐,而今由昔来,却也是够精彩的。东家允诺一块"西铁城",西家承认去长江过三峡。总之,只要能够考取大学,尤其重点大学,比如北大、清华,什么奖励规格都可以达到。哪怕要天上的月亮,都可以拿一根篙杆戳下来。这一来,升天,或者入地,就由不得你不去拼尽全力做最后的冲刺。除明码实价的鼓动外,还有一套立竿见影的功夫。肌注几十块钱一支的丙种球蛋白,保证你三四个月不生病。喝敌敌畏吞砒霜,仿佛也能够挺过去。接上服用维生素,或者其他醒脑、明目、强肾的药物,仿佛兴奋剂对于运动员,注定可以产生神奇的爆发力。然后是天麻炖鸡、猪肝西红柿煮汤,弄得鸡贩子都成了暴发户,而一斤猪肝要两斤肉的价钱却长时间压不下价来。这似乎还不算什么。而那些脑袋空松的,考尽祖宗八代,就像阿凡提的汤的汤那样,是河北燕,还是河南郑,只要家族中有人和少数民族沾边带角,哪怕是外婆的外婆,按照今天少数民族识别恢复的有关文件,再申请外孙,办理一个少数民族证明。那么,不等到上考场,你其实就先得到了一个照顾分数段,大学20分,中专10分……

但小城坐落在山洼里,自然是一种超稳定的结构。一颗原子弹,它在平原上可以摧毁方圆百里的楼群,而在山地,它对山那边的草屋,却也无可奈何。那时候,人们来到孟通县第一中学那块白底黑字的招牌前,两位扎着武装带的公安人员已经守在岗位上,正神情庄严地站立着。一见着这阵势,就像母亲送儿打豺狼那样,老的对少的,长的对幼的,千叮咛,万嘱咐,既卸包袱,又鼓斗志,既传授经验,又借鉴教训,问笔,问墨水,虽心不安、神不宁,却也要显得若无其事。很快,一拨人持着准考证进考场对号入座,一拨人在距离考场百米以外的地方,听着紧紧迫迫的铃声传来,便腿软力乏地蹲下去,两只手抱着膝盖,掌心里莫名地淌流汗水。

忽然,哪里响一阵鞭炮,刚刚死寂下去的空气又一下震颤起来。人们直眉愣眼的,"出了事了!"惊惊惶惶地吼着,好像天将塌、地将陷。一个值勤人员很快在围墙那边出现,一跳一跳跑近前来,"学校旁边死了一个人。"他气喘吁吁地报告说,乌鸦叫唤一样刺耳。人们听着,一瓣可怜巴巴的心往下沉着,但倏地触着一根刺似的,又高高地蹦起来,"不行……这个不行……"虽然如此,却谁都知道"以死为大"的传统,一下又觉得事情非常棘手,而噤口噤声。小城,甚至更为辽阔的方圆,不说有头有脸的人物,就是背街背巷的豆花公公、瓜子婆婆,即便儿女们不忠不孝,而在死爹死妈后,他们也会急迫地支起一块篷布,挂起一个高音喇叭,请来一班围鼓,仿佛共和国失去总统那样声势赫异地弄得整个小城百姓人人皆知,哭也不是,笑也不是。

但显然,事情不能这样继续下去。接着又一挂鞭炮噼里啪啦响过以后,人民政府的副县长、统一考试委员会的主任出面,后面跟着一长串人像一根藤上结着无数的瓜,浩浩荡荡地找丧家办交涉去。

"死人的事情谁也不愿意。"丧主说。

"当然……这个……我们也是晓得的……事情凑巧,如果平常日子,我们不会管这个闲事儿……不说放鞭炮响喇叭,你就是打炸雷,我们也只把耳朵捂起来……"副县长主任字字句句掂量着,"今天不同,全国一盘棋,统一时间统一考试,你一定要克服一下,这个地方挨近考场,鞭炮声喇叭声影响考生发挥,必须要停下来,保证有一个安定的环境……"

"这是死人的事情啊!未必还阴阴悄悄不成!"丧主不答应。

"闹热……当然应该闹热一下……人死了,一去不复返,亲人感到悲哀,制造气氛冲淡冲淡,完全是可以理解的嘛!但是,现在要识大体顾大局……考试不闹热,不考试闹热嘛!白天不闹热,晚上闹热嘛!"副县长主任也不让步。

丧家似乎还想说什么。但看见领导周围簇拥了一大群人,而且都用怨愤的目光望着这边,那情形,仿佛巴不能抬了灵堂里停着的尸体扔了。

"老人家啊!你死得不是时候啊!"年轻的丧主伤心地说着,"这不怪小的不忠不孝啊!"

怕到头来连几个抬棺材的人都找不着,丧家终于关了喇叭,也不再放鞭炮。

一年一度的统一考试开始了。高中升大学的、进中专的,初中上师范的、入技校的,一条龙的考试,全部挤在孟通一中考区里。而且,听说国家对大中专毕业生包分配是最后一年。往后录取的学生,将和民办学校的学生一样的待遇。毕业后,由用人单位到学校进行选拔,像看牲口,从头到尾,从手到脚,点中的带走,点不中的搁一边,等到别的用人单位再来选择。千军万马过独木桥,能到达彼岸的人毕竟少数,太残酷了。孟通一中从来没有这样寂静过,却也从来没有这样紧张过,潜到深水里似的,使人感到一种难以忍受的窒息。

木青青和罗远志同在第六考场。全班五十多个同学,只有少数几个人碰巧分到一起。"六"和"禄"谐音,意味着"高升"。还在昨天,两个人来熟悉考场,就认定这是一个吉利的数字,仿佛冥冥中有一只充满神力的手帮助他们,竟都信心百倍的样子。单人单桌,四十八个平方米的教室,如今只容纳了三十名考生。木青青在教室的那一头,罗远志在教室的这一头,正好在一个对角上。预备铃刚刚响过,两个人遥遥地望一眼,微微地笑一下,勉励中含着一种莫名的凄苦。往常,他们可以大话连天,反正吹牛皮不犯法,一副满不在乎的样子。可到节骨眼上,却都那么强烈地希望能够有一个高分,一脚迈进北大、清华才好呢。尤其对木青青来说,能不能上大学,不仅是一种理想或者一种兴趣,而且是生存的角逐和命运的抗争。

错欢喜木家寨那座老庙出来的学生,大半读过磨坝场的初中后,都回家抢锄头操割草刀,只有他木青青考进孟通一中高中部,一个人站在大学的门槛边上。一家人有一个人在城里读书,就差不多有了一个用钱的机器。开头一年,爹勒紧裤带咬紧牙关,还三十二十地给儿子缴学费缴伙食费。可从姐出嫁以后,爹开始怀疑起来。有一天,爹跑到学校找着儿子道:

"这个读书……未必不是求生活……如今家里缺劳力……反正错欢喜就你读的高了,连乡公所那些人的墨水也没有你的深沉……"

爹要木青青回去帮助做活路。

那阵,木青青鼻子酸酸地央求道:"爹……我已经走到门口了,你就让我跳一跳吧!只要跳过去了,大学出来,七八十块钱一个月,我把你接到城里来享福……"

殊不知爹听着,黑着一张脸:"我享哪样福?你怕我好吃懒做是不是?我们又不见得住茅草棚、喝米汤……还有半头房子,也还有田土,也还有猪有牛……"

爹嘟嘟哝哝的,就回了错欢喜。

那以后,木青青就很少跟家里要钱。每到爹进城来,抖抖索索地打开那折叠着的方帕,拿着一卷汗渍渍的钞票,食指头儿在嘴巴上舔着口水点一遍,便往儿子跟前戳着。那时候,木青青总做着一副笑脸,说学校给了他助学金,拿钱请他读书呢。其实,助学金是早就取消的。他这样编排老爹,就是不想再给家里增加负担。还在磨坝场读初中那阵,木青青有一个要好的同学,那同学的父亲在信用社工作。凭着这个关系,木青青找雕匠刻一枚印章,从信用社小额地贷款,支持着读书开销。寒暑假里,学校空空荡荡的,都要找人照护学校。这时候,木青青也主动要求留下来。等到收假开学,他除了伙食钱,也还有二十多块钱的结余缴纳学杂费和书本费。而且运气来了,小伙子还瞅着空子,悄悄去医院卖一回血。血价直线往上涨,输一次三百cc血,买两只肥母鸡补补身子,还净挣一百多块钱,一个学期的费用也就差不了多少了。

直到几天前,爹才从错欢喜的家赶来。老人家半夜起身,太阳落山进城。一双麻耳草鞋绷断了鞋鼻子,脚跟上打着胀鼓鼓的血泡,一瘸一拐地找到儿子。

"我算服了你了……这一根门槛,你就跳吧!"老子颤声颤气地说着,"你背着我跟信用社贷的那些钱,我已经还上……你就丢心落肠地跳吧!"

"哪来的钱?……"

木青青知道家的艰难。姐出嫁了,木青青又不回去。爹没有办法,狠心让磨坝场读书的妹退了学。妈经常三病两痛的,帮不上手不说,吃药打针,也不断地要用钱啊。木家寨人的生财之路,烘烤烟,打桐子,鸡生蛋,猪下崽,有不少道道。但家头缺劳少力的,也只有当干人当穷人。

"卖了黄牯。"爹说,"犁田打耙,借你姨娘的来用……先凑你跳过这根门槛再说。"

"爹……"木青青有些哽咽,"牛……是农民的宝贝……"

"哪样宝贝!"老子笑了笑,"未必还有儿子宝贝不成!"

说着,爹就拉上儿子,来到一家馆子,昂声昂气地要两碗臊子面,看着儿子吃下去。随后,老子又解开口袋,拿出一摞粽子,"这是你妈给你的……你端阳节不在家……她牵挂着,叫你幺妹去黑鸦坎打新鲜粽叶儿专门给你包的粽子。"

但儿子吃撑了,再也吃不下去了。

"留着慢慢吃……家的活路紧,秧还没有薅呢!来不了人陪你跳门槛……反正来了也认不得几个字,帮不上忙。"爹望着儿子说着,"考试那几天,一天吃两个粽子,坐的活路不比站的活路,你妈加了碱,是帮助肠胃消化的……粽叶儿长在竹节上,沾着气味,也让人通窍……端阳节的东西总是好的……一天吃两个,一天吃两个……"

夜晚,爹住在学校里。一脚踏进儿子的寝室,他却一脸阴黑,指着上下两个铺位的架子床问:"你还住这高头啊!"

儿子笑道:"住习惯了。"

木青青知道爹的心病。那一年,爹送他进城上高中,依照学校编排的房号床位安顿下来,父子俩便挤在一起歇着。半夜里,远远的几声鸡啼,爹懵里懵懂翻身起来。庄稼人白天看太阳,夜里听鸡啼。一辈子过来,不管走到哪里,两只耳朵对那喔喔喔的声音都有一种特别的敏感。殊不知,老人家双脚踏空,一下从上铺跌下来,摔着鼻子,鼻血流出来,糊得一脸血红。事情过后,爹无论如何要木青青找学校换一个下铺,"我们农村人,一辈子都在土头转,土地菩萨会保佑。"他说,"闹到瞌睡都上了天了,又不是猫头雀,不踏实哟!"

木青青心里有数,觉得上铺比下铺干扰要少一些,就敷衍爹,应着一定换到下铺来。

但现在,铺虽然没有换成,儿子却是好端端的,爹也就说不出话来。熄灯睡觉。父子俩一人一头。老子靠里头。儿子靠外头。但木青青能够感觉出来,爹这回一样睡不安生。他身子一夜一动不动,生怕把儿子挤下床来摔着。

天还没有亮,爹摸索着穿好衣服,爬下铺来,才推一把儿子,说要赶路了。木青青蒙蒙眬眬听着,打挺蹬上裤子,套上衣裳,就跟着爹走着。父子俩不声不响,穿过校园。来到校门口,爹便喊回去。但儿子不答应,坚持要送一程。父子俩又一前一后往前走,依旧是不声不响的。一直出东门,上完坡,站在垭口上,看见太阳出来。

"回去了。"爹说。

"你走。"儿子说。

爹于是走,走几步却又踅回来:"你考,我在屋头求菩萨,保佑你跳这根门槛……今后出来做了事了,你跟老子买头牛……"

"我一定跳过这根门槛。"儿子泪花儿在眼眶里转,"我跟爹买头大水牯……"

在鲜亮的太阳光中,爹蹒蹒跚跚走了。

第六章 幽灵

幽 灵

一片连绵不断的沙沙声响,就像是蚕食桑叶那样的沙沙声响。木青青开初有一种奇异的感觉,仿佛自己变成了两个人。从主考老师和监考老师走进教室,严肃地站在讲台上,郑重地宣布过考试规则,包括中途去厕所的要求,然后当众启开封条,发下卷子来,就那一刻起,木青青一分为二,演绎出A木青青和B木青青来。A木青青静静地坐在考场里,而B木青青却在冥冥中飘荡。

"你要沉住气。"B木青青在A木青青耳边说着,"浏览一遍题目,先做简单的,再做复杂的,最后才啃硬骨头做附加题。"

A木青青乖乖地拿起笔,开始在圆括弧里填空。

"记住!填写好准考证号码和自己的姓名。"B木青青这样道。

A木青青移动笔头,于是在密封角上写好准考证号码和姓名。

"抓紧时间!"B木青青指示着。

A木青青掉过笔头,扎进卷子里,专心致志地游弋着。

渐渐地,B木青青退隐了,消失了,融进A木青青里了。只有一个木青青,他行进在一座迷宫里,痴痴迷迷,颠颠踬踬,这里推一推,那里敲一敲,全身心地沉溺,唯恐误入歧途。但难免有迷误的时候,只是发现得早,便很快退出来,回到出发点,或者岔路口,重新估量和揣摸,继续在一种奇异的力量牵引下往前走着……

忽然,B木青青又从身体里分化出去。

"你听听,你听听,哪样声音?"

那个幽灵在耳边召唤。

A木青青低着头,依旧笔走龙蛇,执着在走出迷途的兴奋中。

"奇怪的声音……"

幽灵怂恿着,竭尽力量要撼动他那本身本体。

终于,A木青青在一个复杂的环节上站住。他抬起头来,下意识地环顾考场,所有的座位都满满实实的,还没有人交卷子。如果一般的考试,那种平时测验,甚至学期或者学年的考试,能够抢先把卷子交上去,尤其是第一个交上去,那简直是非常体面的事情。同学们会认为你思维敏捷,即使小有失误,也不过粗疏了一点。但这并不是缺憾,而是潇洒,豪爽的另一种说明。可是现在,再没有人愿意操这种气概了,一个一个都变成蜗牛了。宁停三分,不抢一秒。生命一下改换一副面孔,那样严肃,又那样庄重……

A木青青按照B木青青的指引,终于听见那奇怪的声音了。它从前面,那"绿面书生"的座位上神秘地传来,断断续续,似有若无,一下把木青青抓住。

"是神谕?还是谶语?"

B木青青狐疑地耳语。

那一瞬间,A木青青恍惚看见一道五色环,在"绿面书生"头上一闪而过,像阳光在一滴水里一晃而过。他顿然感到一种震动。

"绿面书生"是补习(一)班的。(一)班属于尖子班,(二)班属于普通班。同学私下里把普通班叫傻子班。听人家说,"绿面书生"平时成绩即使在补习(一)班里也是不错的,可只要进入高考,预考还勉强过关,而七月七日开始的升学正式考试,就显得力不从心了。所以,他年年考,却年年都要差那么几分才上线。"绿面书生"父亲是孟通县委办公室的主任。他惭愧儿子在学校补习班里是一个"老油子",也感慨儿子磨得枪,却上不得阵,就转弯抹角地识别、恢复,弄一顶少数民族的帽子戴了。哪里知道考试下来,加上照顾分数,不争气的儿子却还是要差那么几分。

"命啊!命啊!"主任夫人在家中哀号着,左邻右舍都被惊动了,以为天要崩、地要陷。

但最后,不知怎么一来,孟通一中的补习班招生章程刚刚贴出来,主任两口子揣着几百块钱,又领着儿子报名来了。"绿面书生"是独生子,在家中是被惯坏的。那年学校开运动会,每个学生每天补助四两馒头。馒头是用下等面粉做成的,麸子很重,显得又黑又粗糙。"绿面书生"咬一口,就扔进厨房潲水桶里。同班有同学看不过去,就说话讥诮:

"这学校真怪!尖子班和傻子班分得那么清楚,伙食又要吃大锅饭,喂猴的喂猪的,毕竟是不一样。"

"绿面书生"听着,也许是想气派气派,也许是糊里糊涂,就拍胸膛夸海口,说他家里吃面粉都吃加拿大的"富强粉",从进口的途径说到细腻的质量,从细腻的质量说到白净的色道,终于说到那面粉白得发绿,留下一个笑柄。而那一天,轮到主任的儿子三级跳,跳得糟透了不说,还跌了一个嘴啃泥。从那以后,"绿面书生"就被大家叫出名了。

一缕小风,从门那边吹送过来,几个字眼跳进A木青青耳朵里。

"听听清楚。"B木青青鼓动道。

A木青青倾斜倾斜身子,支棱着耳朵,专注地探听起来。这样一个句子一个词地探听着,他就越来越感觉蹊跷。对照差不多做完的卷子,他险些叫出声来。

"这是答案。"B木青青肯定地说道。

A木青青怔住了。这个奇怪的声音非常微弱,不注意听是听不出来的,甚至监考老师走近跟前,也会误认为是哪个考生正紧张地作业,而禁不住默念。他盯住"绿面书生"的背影,狠狠地掐了掐太阳穴,疑心自己过分紧张产生了幻觉。直到证明大脑神经是清醒的,他又清楚地听见一串句子。而同时,他又看见"绿面书生"几乎整个身体都压向课桌,正听从那神秘的声音召唤着、指引着……

那么声音是从哪里来的呢?天上?地下?神仙显灵?小鬼作祟?既像情话一样絮絮软语,又像符咒一样诡谲神奇。总之,一种外来的力量正帮助"绿面书生"。这个可怜的"老油子"就要熬出头了。

木青青感到了一种莫名的兴奋。

幻象与真实

直到现在,令狐枯荣已经回到遵义市,实实在在地漫步在香江河畔,漫步在香江河畔林荫道上,但他还是弄不清楚,他自己是不是真的去了一趟北京。到底是脚踏实地去了北京,还是在梦中去了北京,这也许是他永远不会弄明白的事情。夜是越来越深沉下去,令狐枯荣却没有一点睡意。从杭州挤上91次列车,两天一夜来,他一直蜷缩在一张三人座椅下面。这一次,他已经不像去的时候那样,等到经不住折腾,才窝窝囊囊地钻进这里来。而一开始,还候车的时候,他便花五毛钱,从一个四川民工那里撕下一块硬纸片,大小和自己瘦小的身子差不多。刚拥进车厢里,他就找到这张座椅,和它的主人们扯着肌肉笑了笑,把硬纸片在下面铺开,再睡上去。他觉得讲究极了,住了豪华宾馆一样的,要不是楼上邻居脚踢蹬他,说到了遵义了,他还不会醒过来,还不会离开那里。唉,出门人,一切都乱了套了。哪样日出而作、日没而息,你只要躺下去,你只管睡好。反过来呢,你如果躺不下去,你也只有像陀螺一样在鞭子的抽动下不停地旋转,旋转,直到油干灯草尽,而自然地熄灭。是这样的吧,出门人,一旦离开自己那旮旯儿,就仿佛投入到一盘机器中,你的那些几十年养成的德性和嗜好,甚至那些生理的需求和欲望,都被高速运行的机器抛弃了,粉碎了。当然,对一盘机器来说,夜与昼不过是永恒的两个面。可对你来说,完全陌生的个体,失去根基的个体,则可能是永远的黑夜,也可能是永远的白昼,或者朝阳初发却已经垂暮,或者夕阳西下却已黎明。所以,出门人,你只需要抓住机会,把自己稳定在机器上,尽快地适应这种喧嚣、这种震荡,而不要管月亮哪个时候出来,而星星又哪个时候落下去。你的哪样德性、嗜好,哪样需求、欲望,都留到后来。你回到自己那旮旯,倘若回忆得起来,再慢慢地经营吧。这里,你只有忘掉自己,才能够确立自己。况且,数学的观点,一定的单位面积,一定的人口数量,由站到坐、到躺,从一双脚至四肢,至整个躯体,面积成倍增加,十一亿人都要坐下去,躺下去,变成几十亿人,乃至上百亿人,挤得一块地方满满当当的,你又何必去凑这个热闹呢。人家睡,你醒。人家醒,你睡。人家静,你动。人家动,你静。人家热,你冷。人家冷,你热。永远在空隙中生活,既安宁又舒适,既自由又富裕……

脚下踩着一个冰淇淋盒子,或者一个方便面袋子,直咕咕地叫。他站住,仿佛惧怕那个盒子或者袋子重新弹奏起来,刺激这美丽而又沉静的夜的神经,驱赶这眼前的一切。大约是三更时分吧,他漫不经心地想着,抬起手腕来,这又才想到手表已经被人拿走了。

刚下车那阵,他在那个通宵馆子囫囵吞下一碗豆花面,就开始找厕所。他懒得向人打听,而街面上也没有醒目的标志。凭着经验,尤其在火车站汽车站一带,各种各样玩意,总是以气味的形式在空气中顽强地体现。结果他没怎么费力,便准确地在一个昏暗的拐角上找到了厕所。正蹲下去,一丝寒气在眼前悠了悠,隔壁格子里便蹦出一个人来,拿一把刀指着他鼻子尖儿,"要钱,还是要命?"说着,一副稚声稚气的腔调。

透过街那边透进来的模模糊糊的光影,他发现这不过是一个半桩桩娃儿。虽然操在手里的刀也长,也宽,也锋利发亮,却丝毫也掩饰不住那弱小。

"不要闹……"他说着,像在学校里招呼复式班的那些娃儿。

但话没有落音,他本能地偏过头去,呼地一下,那刀贴着颈根戳过去,扎在后面的灰墙上。他接上轻轻一推,那失去重心的强盗便重重地摔倒在地上,那刀也脱手掉在一边。他弯腰把刀抓在手里,抬头来看,那娃儿已经从地上爬起来,往厕所外边跑去。他没有追赶,摸一把颈根,一手冷凉,便暗自感到庆幸。

但等到他走出厕所,那娃儿却在门口等着他,"你还我的刀!"口吻坚决地说道。

"好大的胆子!"他心里一惊,"抢人,还要还刀!"

"要不,"半桩桩娃儿往跟前凑了凑,竟然恳求似的,"你把我送进公安局去。"

他听着,感到一种莫名的酸楚,就仔细打量起娃儿来。路灯在街那面散淡地投射过来,怎么打量,那面孔其实也是模糊的。正因为这样,他看那娃儿,总仿佛错欢喜复式班那些学生,一会像木青青,一会像哭夜郎,像水惠,像家英,像藤子,或者像磨坝场正月的黑二、干三。

"你差一点要了我的命。"他莫名地咕哝着,"我死了,就没有人给你们上课了。"

他接上把手表摘下来,一块电子表,为准点赶车,从温州自由市场上用五块钱买来的,便向娃儿递过去,"你拿去吧。"他对朋友熟人一样地说道。

那半大人愣怔片刻,就一把抓过手去,往通宵馆子那边跑去。

他重新踅回厕所,把那刀子狠狠地扎进粪坑里……

没有时间,能够听见鸡叫也行啊,就像在错欢喜那样,雄鸡喔喔地叫,把一天十二个时辰都陆陆续续地唤了出来。可这里没有鸡叫,不,即便有,也是靠不住的。不管生物钟怎么准确的公鸡,只要被弄到都市里来,就像被阉割一样,叫不明,也唱不准。一片天地,白昼喧闹嘈杂,夜晚灯明火亮,既不像乡下那样悠闲恬静,也不像乡下那样黑白分明。可怜的公鸡蹲在笼子里,或者被主人捆了两只脚扔在阳台上,随时都可能变成俎上肉、砧上菜,便禁不住翅膀打闪,耷头缩脑,恍兮惚兮,哪里还有气焰来唱黎明叫晌午……

洗马滩过去了。红花岗过去了。在这寂静而辉煌的都市夜晚,他像一个精灵一样飘飘荡荡。迎面吹来一阵风,梧桐树叶在头上沙沙响着,把一片炽白的路灯光打散击碎,魔术一般地洒在地上,给人一种梦幻的感觉。河面摇着一层涟漪,跳着几何形状的亮晕,渐渐地推向远处。猛然间,他发现迎红桥,不,迎红桥下游不远另外一个建筑。迎红桥,一九三五年一月遵义千人欢迎中国工农红军进城的地方。还没有随父亲去错欢喜前,马卡莲婶婶曾经不止一次地带他们来到桥上进行传统教育,这是他非常熟悉的,也是他意料中的。可那是一个什么样的建筑呢?遵义一条江,水上七座桥,他想不起有这么一个怪模怪样的东西屹立在河上。一只巨大的飞鸽,一本翻开来的无字天书,一翘檐,一块瓦,在强烈的五彩灯焰的映照下,放射出金属一样的光芒,戳在黯淡的夜空里,仿佛悉尼歌剧院的拱页,翩翩然,飘飘然,却又充满一种庄严。整个建筑与其说是一座桥,不如说是一幢玲珑剔透的宫殿,或者一件别致精巧的水上雕塑。现在,令狐枯荣总算看出一点眉目来,那建筑的一头是凤凰山,一头是红楼。凤凰山森林茂密,点缀古刹古寺,是遵义人假日里必定要光顾的地方。而红楼则属于革命历史纪念地。五十多年前,一支打富救贫的部队赶跑盘踞遵义城的军阀,就在那幢楼上一间三十来平方米的屋子里,据说那幢楼是军阀一个姓白的旅长的,他们十几个人开一个会,称作"军委扩大会议",总结教训,纠正错误,推举一位新的领袖统帅部队。从此,这支部队在领袖的带领下,爬雪山,过草地,抗日救国,日益壮大起来,推翻腐朽王朝,终于夺取江山,建立了今天的中华人民共和国。领袖因丰功伟绩而响亮世界,会议因领袖而载入史册,红楼因会议而神圣,遵义因红楼而自豪。一时间,天之下,地之上,五湖四海,前来遵义瞻仰红楼的人竟蚂蚁一样络绎不断,小有深山野岭的乡民,大有高屋建瓴的国家元首,仿佛只有宇宙人无动于衷……当然,这一切都因为两个字——革命。

有些时候,有些地方,梦与现实仿佛并没有太大的差别。这也正如未来与历史,其实是互为因果的,未来既然可以由历史确定,那么历史又何尝不能够在未来重演?梦断了,面对着现实。而现实局促,又扣着梦。这样,急功近利的人类仿佛对那些过去的事情才保持着一种热情,总要不断地翻拣出来,编织梦,编织未来。而现实呢,它在这里是并不存在的,不过一个时间概念,就像"中午"那样,其实是并不存在的……

不管是曾经发生过的事情,或者终究还是一个梦,令狐枯荣都永远不会忘记北京的那个夜晚。一个人,当没有一点证明的时候,他对自己生活的那些辉煌的片断,只有依赖回忆。而要巩固这个回忆,他不得不一次一次地温习。如果留下一张照片有多好,把那些珍贵的东西锁起来;而你只要喜欢,随时又都可以放出来,那样无欺无罔、真实可信。但你没有想到留影。不过,那时候已经太晚,根本找不到一个照相的人。而且,事情几乎是突然而至的,使人来不及有一点盘算,或者刚刚生出一点念头,便又一下结束了。

你睡在那张三人座椅下面,不知道过去多久,懵懵懂懂地听见有人喊着到了终点站了,才爬出旮旯儿。你惺忪眼睛,看了看空空荡荡的车厢,看了看拿着扫帚清理车厢的列车员,就仓皇地跑下车,直奔售票厅,看准那个写有"杭州"字样的窗口,便排上队。等到买到车票,你宝贝一样地捧在手上,嘴里念叨着挤车的时间,就拨着熙熙攘攘的人群往外走。在你令狐枯荣的记忆里,那阵的人群像潮水一般地涌来,你一刻不停地划动着,却总也不见消退。好半天工夫,你才汗涔涔地站在一片空地上。刚刚喘一口气,人影幢幢的又很快连成黢黑的一片,直往跟前漫着。你没有丝毫的犹疑,趁着岛屿还没有被完全淹没,便蹚着浅水离开了。

这样逃奔着,你感到右上方一片天空亮堂堂的,高扬起头来,就看见一个结结实实的家伙,尖脑袋,圆屁股,喷着一股强烈的火焰,像错欢喜放孔明灯那样的,直往天空冲去。而突然间,那家伙酒醉似的摇摆起来,接着,一团炽白的火球翻滚着,无数燃烧的碎片直往下坠落……

"'挑战者号'航天飞机升空后不到三十秒钟发生爆炸……"

你听见一个遥远的声音悲悲戚戚地宣告,以为这里正在放映一场露天电影,便不是很留意。一直到在一家色彩缤纷的店铺前站下来,你才觉得那情景有些异样,不像银幕,倒像一板"马赛克"砖块,不停地镶嵌,也不停地分散。仿佛想证实一下,你回过头去寻找,却一切又如海市蜃楼那样神奇地消逝了。愣了半天,你最后断定那玩意比电影要深沉,反过面来,居然就隔着一层。而巡回放映队到错欢喜去放映露天电影,银幕横空牵扯,你从前面看也行,从后面看也行。只是老从后面看,你会感到从来灵活的右手有些别扭。你想趸回去看个究竟,但在人群中拥来挤去,又觉得烦。

正犹豫着,一辆面包车轻轻缓缓停在跟前,接着窗口的羽纱动一动,门扇无声地打开,出现一件绿色T恤衫,一张粉红的脸子微笑着,荡起两个迷人的酒窝。你听她说一句什么,也没有听清楚,只拨浪鼓似的摇着头,却鬼使神差地又坐上车去。

坐到座椅上,你警醒地把挤乘火车的时间在心中默一遍,才抠出一张皱皱巴巴的零票朝姑娘递过去。绿色T恤衫掀动着,柔声细语地问道:"在哪里下车?"

"随便在哪里下车。"你畏缩地应着。你想赶车大约在黎明光景,时间还早着呢,先溜达溜达再说吧。不一会,面包车悠一悠,在路边停住。门扇无声地打开。只见绿色T恤衫纤纤指头一点一划,你便中了魔法似的,瘦小的身子抖了抖,就从车上落到了地上。等你醒过神来,那面包车已经融入走马灯一样的车流。这里街宽道直,两旁路灯开花开朵,释放着银色的光华,放眼望去,一条光辉的长廊,一直伸向很遥远、很幽深的地方。你感到心里热乎乎的,有哪样东西被掀动起来,便顺着灿烂的长廊,情不自禁地走去……

现在想起来,你好像真的去了一趟北京。如果那张车票还在的话,虽然那样的车票在终点站可以随地拾一张,并不见得证据确凿,但至少能够加强这种去了一趟北京的真实感觉。遗憾的是不见了,那张从北京到杭州的车票,你进站上车以后,就莫名其妙地不见了。按理说,你买到车票的时候,应该知道自己已经站在北京的土地上。可是,你根本没有意识到自己会到北京来,思维之门关闭,概念进不去,就像一个文盲那样恍惚着。所以,你在那条美丽的街道溜达的时候,看着那些红红绿绿的幌子,那些标记北京的招牌,也视而不见,还要做一些令人啼笑皆非的事情出来。

"这是哪样地方?"迎面过来一个年轻人,你拦着问道。

"月亮!"年轻人急急匆匆的,砸一句,就甩着膀子走了。

"这是到了哪里了?"遇上一个胡子老汉,你又断下来问道。

胡子老汉盯着你看半天,才慢慢吞吞地说着:"这是北京最长最宽的一条街……"

"你说这是北京路……"你应着,很快想到遵义火车站对面有一个北京旅社,北京旅社旁边有一个北京餐馆,北京餐馆旁边有一条北京路。

胡子老汉凑近来,又盯住你看一阵,"中国的心脏北京!"这么一字一顿说完,便摇头晃脑地走了。

你愣一阵,感叹着人心不古,继续沿着美丽的街道溜达下去。

"这是贵阳?还是长沙?"碰上一个戴眼镜的姑娘,你索性这样问道。

"华盛顿!"眼镜在路灯光下晃动着,就消逝了。

你突然感到紧张起来。也许情急生智吧,终于想到那张刚买的车票。你这回捧着"北京——杭州"的车票,看得清清楚楚,庆幸自己没有做卖国贼。

但接上你也就开始叫起苦来,"我应该是从贵阳或者长沙转车去杭州,再转车去温州找姑娘们,怎么会去北京坐车到杭州呢!"你觉得事情相当严重,"售票员搞错了,售票员搞错了……"你很气愤,几乎要跳起脚来破口大骂,"北京又怎么了!非要我去北京不成!告诉你们,我没有工夫,我要找我的学生去……几十年了!我哪堂课不讲首都北京、天安门、国旗五星红旗、人民英雄纪念碑、人民大会堂!我讲都讲腻了!我不想去了!"

那情景,仿佛被所罗门关进瓶子投进大海的魔鬼,一次一次的等待,一次一次的失望,终于走向反面,仇恨那拯救它的人……

但是,你突然噤住了。一幢光辉的建筑,在那一瞬间,你转过身去,就气势雄伟地屹立起来了。哦,天安门城楼!你惊呆地喃喃着,梦呓似的。倏地,你又想起什么来,又转过身去。哦,天安门广场!你轻声细语地嘟哝着,生怕把这一切吓跑了。哦,五星红旗!哦,人民英雄纪念碑!哦,人民大会堂!哦,哦,……既是那么熟悉,又是那么陌生……你狠狠地拍了拍脑门,弄不明白自己是在做梦,还是在脚踏实地的生活中……这一切都像天上掉下来一样来到跟前,你不敢相信自己的眼睛。

几步远的地方有两个打背囊的人,仿佛住不起旅馆而又要旅游的乡巴佬。你向他们走去,指着庄严的城楼,"哪样建筑?"想证实一下。而话刚落音,你发觉这是两个黄头发大鼻子的外国佬。你尴尬地笑一笑,正要走开,两个外国朋友这阵却跷着大拇指,伸到你跟前,"天——安——门""天——安——门",用不太标准的普通话应着……真的来到北京啦!你跑过金水桥,来到城楼脚下,小心翼翼地摸了摸赭红的墙壁。接上张开双手,整个躯干贴上去,仿佛要把整个城楼举起来,又仿佛要融进天安门坚墙厚壁中去。真的来到北京啦!你心里一热,面颊上湿一片,几颗泪水落在汉白玉的基座上,亮晶晶地滚着。你仰起头来,想数一数灯笼,颈子发酸发疼,就一边数着一边退着……三个,四个,五个,……一个,两个,三个……一直退到金水桥上,才把挂在城楼顶上的灯笼数清楚……八个,一边四个,跟课本上一模一样的……对错欢喜复式班那些刚上学的娃儿来说,最能够吸引他们的,便是这个天安门了。新书发到手中,他们总要死死盯着开篇的天安门彩色图片,叽叽喳喳半天,先数城楼上的灯笼,再数城墙上的红旗……也从天安门开始,你教他们识字,算数,唱歌……现在,你竟然看见真正的天安门了。

你从一座桥上走下来,但很快又踅上另一座桥,生怕遗落了什么似的,这里看看狮子头,那里摸摸麒麟尾,绕着S路,一直走完天安门前五座桥。最后,不知是凭借直觉,还是真的发现了什么,你从中间御路桥上走下来,并且不偏不倚,踩着城楼中心高大的拱门延伸出来的那条子午线走着……首都,北京,天安门,五星红旗,人民英雄纪念碑……像对小学一年级的学生那样,你一遍一遍地唱读着,声音压得低低的,而又充满了抑扬顿挫。是的,没有人说清楚过,对那些发蒙的学生来说,唱读到底是属于音乐的范围呢,还是属于语言的范围。在知识的海洋中,它不过是牙牙学语的玩意,显得幼稚可笑,使成人变小,儿童变大,但却是永远必需的……你无论如何也弄不明白,在这种时候,在这种地方,为什么会如此强烈地想到错欢喜那幢已经被泥石流埋葬的破庙,想到复式班的那些学生,想到古老而又滑稽的唱读……是条件反射?是摆脱不去的梦魇?是灵性的启悟?是日有所思,是夜有所梦?……

你像一只风筝,在子午线的牵引下飘飞,随着五星红旗飘飞起来……子午线上只剩下旗杆,五星红旗降落了。她像太阳一样,也需要休息。新的一天开始的时候,她才又朝气蓬勃地升起来……你想翻过护栏爬到基座上摸摸旗杆。她是那样纤细,而且高高地戳在夜空里,既没有根须抓进大地深处,也没有枝丫遮风挡雨,却能够千秋万代……你看见一个威风凛凛的卫士肃立在旁边。瞬间工夫,一颗血红的桃子在你脑海里跳跃着,你呼吸一下急促起来,站在那里一动不动……踩着国家的心脏啦!你轻轻缓缓地绕过去,偶尔抬起头来,看一眼那剑一样刺向夜空的旗杆,一直到基座那面,才轻松地吁一口气。停止前进,并转过身来,越过那永恒的象征意味的旗杆,凝视着天安门城楼……中国人民从此站起来了!惊天动地一声呼喊,这颗心脏就开始跳动。

几十年了,虽然也有不顺畅的时候,却一天也没有停歇……真想去那韶山人曾经站过的地方站一下,看一眼广场,说一句话,唱一支歌……不,你算哪样呢!一个失去学校的教师,一个失去王国的国王……登上天安门城楼可是风流人物的事情,你居然生出这样的念头来,太不知天高地厚……你重新找到那条平分世界的子午线,缓慢而且坚定地向南移动,整个身心仿佛都交付出去,受一种奇妙的力量控制着……首都,北京,天安门,五星红旗,人民英雄纪念碑……

怎样离开天安门广场的,你已经记不起来了。就像进去的时候那样,离开的时候也是恍恍惚惚的。事情起起落落,掐头去尾一场混沌,便实在太像一个梦……你一踏上碑座的阶梯,就产生一种腾云驾雾的感觉,留在身后的天安门城楼,金水桥,五星红旗,都显得遥远起来……一级一级抬高,你往一个陌生而崇高的境界飞升,直到接住一群前仆后继的刚烈儿女,才高山仰止地站住。一霎之间,你被一种无形的力量拉着走入时间隧道,在一片谧穆的蓝幽幽的光中,一拨人接着一拨人,气概高昂地走过去,四十年,五十年,六十年,七十年,一个世纪,一千年,两千年,三千年……

忽然,你看见一个烙印深刻的面孔,那不是父亲吗!完全是一种下意识的,你轻轻地喊了一声。不知是父亲没有听见,还是生死毕竟两重天、两茫然。父亲甚至没有看你一眼,就很快从眼前的年代消逝……你相信自己的眼睛,哪有儿子不认识父亲的!从错欢喜山地到天安门广场,千里?万里?不,另外一个世界是没有远近之分的。飘飘荡荡,混混沌沌,无所至,无所不至……

> 身神并一,则为其身。入道之人,力有浅深,深则兼被于形,浅则惟及于心。被形者,神人也。及心者,但得慧觉,不免凋谢。何者?慧是心用,用多则心劳,初得少慧,悦而多办,神气漏泄,无灵光润身,遂致早终。若大人含光藏辉,以期全备,凝神宝气,神与道合。故山有玉,草木以之不凋;人怀道,形骸与之永久……

你终于听见了父亲的声音,先是耳语,接着如游丝似有若无,最后消失在深渊一样的夜空……你好像在那里默默地站了很长时间,并且把哪样宝贵的东西留在那里似的,没精打采地从山峁一样的碑座上走了下来。当然,你没有忘记那条对准南方的子午线……你去看一看那位长眠在水晶棺里的韶山人。从中学时代起,每次去红楼参观,听讲解员介绍那位韶山人在那间屋子那次会议上确立了领导地位,就开始想象领袖的风貌、谈吐……现在,那位韶山人就在眼前那幢漂亮的建筑里,可以说近在咫尺。

但纪念堂夜间是不开放的,而且四周都设了岗哨,根本不可能进去。

你绕了很长时间才走到南面,继续寻找心目中那条准线,就不知不觉地站在一条大街上。你本来要趄回去的,想走近看一眼中国最大的会场。从课文阅读到亲眼看见人民大会堂,真正把天安门广场几大件带回去。你也许真的有一种潜意识,想重新返回天安门广场中心去,想方设法留个影,或者买点纪念品什么的,证明自己来过首都北京天安门……

但一辆面包车轻轻缓缓停在跟前。接上窗口的羽纱动一动,门扇无声无响地打开。出现一件绿色T恤衫,一张粉红的脸子微笑着,荡起两个迷人的酒窝。你琢磨着这番情景好像在哪里见过,神散了,心动了,竟不由自主地又坐上车去……

这个梦,或者这个事情,就这样结束了。

你在火车站上没有瞬间的停留,没有一个人离开一个美好的地方通常的那种盘桓……

那辆面包车刚刚停稳,你就听见广播里一阵急迫的催促:"去杭州方向的旅客赶快进站上车!"你于是拼命往候车大厅跑,通过检票口,挤上车去,刚刚来得及擦一把汗,火车便开动起来。你的位置仍然是在那张三人座椅下面,与世隔绝地躺着,昏昏然、飘飘然,一直到达终点站……

鸳鸯椅

仿佛受了什么惊扰,令狐枯荣警觉地站住了。他尖细耳朵听了听,除了香江两边排污沟里的水哗哗淌,整个城市依然是那样宁静。这时候,他发现已经错过迎红桥,来到凤凰山麓。那怪模怪样的建筑,他终于看清楚,是桥,也是雕塑,也是宫殿。在他眼中,它不仅仅在形式上把香江两岸的红楼和凤凰山衔接起来,而且在内容上,或者别的说不清楚的地方,它似乎也使两个人文和自然的景观之间产生一种过渡、一种呼应、一种暗示……

这座奇妙的桥的旁边,错落地矗立着几块巨大的"无根石"。在喀斯特山地上,这种石头几乎到处都可以看见。天地间,梧桐树枝枝叶叶摇曳着,水一样地漫进"无根石"镂空的缝隙中。一刚一柔,别有一番情致。而前前后后,曲曲折折,安放着一对一对鸳鸯椅,使人禁不住想坐下去歇歇……

"有房子就好办……哪怕只有一小间……"

"不是说天做帐地做床么,我看……没有房子也一样结婚……"

"无根石"那边,传来一对男女的声音。令狐枯荣一怔,便轻脚轻手站起来,坐到远一点的那对鸳鸯椅上。夜虽然深沉,而恋爱的男女,却有自己一轮明亮的太阳。令狐枯荣没有太阳,不,他的太阳相去太远,纵然光芒万丈,也不可能照到这里。鸳鸯椅是水泥钢筋浇注的,冰凉浸骨。而对面那空空荡荡的座位上,也像兜着一团寒气,总使人冷灰灰的。他两只手插在衣包里,紧裹紧裹身子,正进行一场无形的赌博似的,顽强地把百十来斤肉押在半边鸳鸯椅上。人是这样的,你料不定哪个时候、哪个地方,就有一种输赢等待着。而不管愿意不愿意,你都必须做出选择。事情看上去似乎是主观的,而其实这也就是生活的本质……

他把一张碰到手上的纸头掏出来,就着一片呲呲呲响的灯光,慢慢地抚平褶皱,展开在眼前——

令狐令狐,你不是好人,你为哪样不见我的面,老实你不要这个家了,我不小得我哪点得罪你了,老实告数你,我合你的事情拖累你了,旦我们是行过礼的夫妻,不是娃儿办家家,你有说不出的苦处,我也有说不出的苦处,旦我们是四五十岁的人,不得行别样事情,打个伴总得行,你开口闭口喊我改嫁,我还要改嫁跟哪个,一个女子家,男人死了命苦,讲不起,男人还在,还搞脱离,有哪样脸,我求你不要冷落这个家,两个娃儿不是你的,旦他们比亲生的还要亲,特别是干三今常念你,你赶快回来吧,还说一声你几次托人带来的钱,我都收到了,你的人赶场天写。

不用署名,他也知道是正月写的。正月从来这样写信。她不懂标点符号,一逗到底。她也不懂脱行落段的规格。他那时候只教了她认字。而一个字横撇竖捺怎地结构,都是她自己捉摸的。一支筷子蘸水在锅盖上划呀划呀,她就练出来了。他对她说一个字一个字连接起来就是一句话。这样,她平常怎地说,便怎地写,完全不顾及书面的表达。甚至信封的写法,她也像契诃夫的万卡写信给"乡下爷爷"那样,完全按照自己的方式。她在封皮上写上"令狐"两个字,歪歪倒倒,潦潦草草,不写地址和单位,也不写名字。当然,邮局是不会发这样的信的。但她交给从木家寨来磨坝场赶场的人,却从来不会丢失。她有她的理解,不但木家寨,而且整个错欢喜、整个磨坝场,都找不到别一个姓"令狐"的人。如果不是那场运动,从遥远的遵义市送来他们父子俩,那么"令狐"这个古里古怪的姓对这个地方的人来说,或许永远是陌生的。说透辟一点,"令狐"就是"令狐枯荣","令狐枯荣"就是错欢喜木家寨老庙那个教复式班的老师,即使把这封信扔到磨坝场街上,人家拾着,也明白应该往哪里送。在这个百十来户人家的小镇,哪家底细哪家不知道得清清楚楚,更何况你正月家的,你正月家的"令狐"的……

他开始感到那种坚韧的痛楚。从前错欢喜有个绰号大嘴巴的土匪,他发明了一种叫作"猴子掰桩"的刑罚。他用一根麻绳把一个人的两个拇指捆在一截木桩上。木桩中间开缝夹一块楔子。敲一下楔子,一根麻绳紧一下。越敲楔子,麻绳也就越紧。两个拇指被麻绳勒得又麻又疼,牵连一颗心也发麻发疼。现在,他好像正经受着这种刑罚,品尝着这种滋味。自从在老木垭跟豹对峙,村长黄登榜赶着马车回来,把这封信捎到后,他就一直揣在身上,时不时地读一读。而每读一次,这封信都要唤起他长久而尖锐的痛楚。但事情也像一根饮露餐风的野山参,尽管苦不堪言吧,却也补人养人……

　　他再也不能安安稳稳地坐在那里了。他从鸳鸯椅上站起来,迈着僵硬的脚步,走过那座造型奇特的桥,决定抄一条捷径——他对这一带太熟悉了,去车站通宵售票窗口买一张车票,明天乘车回孟通,回磨坝场,回错欢喜……

　　不管怎样都要回去了。

第七章

风乍起

利用无线电对讲器传送答题,孟通县委办公室主任及其儿子双双受处罚——

这是一则新闻的导语,标题为《高考作弊现代化,当场揭露现丑行》。文章先发表在七月十一日的《遵义晚报》,接上七月十三日的《高原日报》转载,并加上一则按语——

高考作弊,古已有之,而手法新奇,及至动用现代通信工具,还闻所未闻,且事情发生在一个偏僻落后的地方,就更令人深长思之。正如核力量用于战争不是科学家的错,而对讲器用于作弊也非发明家的错。发展高度的物质文明,需要崇高的精神境界,庶几不走向异化。另一方面,社会发展到今天,而考试制度还是老一套,已明显不适应。难怪我们的考场工作人员在事情暴露出来之后,竟有"做梦也不会想到"的感慨!也难怪事情的暴露在最后一天、在最后一科,由一位知名不具的考生写信给"统一考试委员会"揭发出来!

可谓一石激起千层浪。
一时间,事情就像原子弹在广岛、长崎爆炸使战争跨越了一个时代。而微型对讲器在考场中出现,也仿佛对自唐武则天以来的糊名答卷提出了挑战,既令人扼腕叹息,又令人兴奋不已。接连很多天,紧紧围绕考试作弊这一现象,来自社会各界的信函,像雪片一样地飞到编辑部。《高原日报》不得不开一个窗口,把这些一事一议的杂感,抑或高屋建瓴的鸿篇,尽量编辑出来,连篇累牍地登载。从省城到地、州、市,从地、州、市到县城,从县城到区镇,及至乡场、村寨,沸沸扬扬,眼花缭乱,热闹非凡。据说不是由于考虑到会给整个人类文明带来某种悒惶,连国家级的报纸也要讨论,推波助澜地影响世界。而事情结果,却只在新华通讯社的内参上报道三百来字的消息。《高原日报》的这些文章,有披露考试弄虚作假手法的,大到研究生的录取,小到村干部的选拔,五花八门,千奇百怪。有探究考场气氛和考生心理的,说得考场既是名利场,又是生死场,仿佛百慕大三角一样神秘恐怖。也有把现代考试制度说成封建科举制度,而主张废弃考试制度的。也有呼吁强化防止措施,正视现实,只讲公平竞争,除此而外一切都可以置之不理的,比如体育运动员参加比赛都要进行尿检,考场为什么不可以安装监测仪器,设立安全通道,考生进考场就像上飞机那样,必须经过检查,甚而至于搜身……

木青青不知道这一切。一件简单的事情,能够做复杂的文章。七月九日,全国一盘棋下完最后一颗子,输赢胜败等裁判来决断,他回错欢喜去了。情况和往年一样,笔头一关,准考证一丢,十之八九的人都说糟糕透了。但暗暗地,一拨人轻松地笑着,串一串门,聊一聊天;而一拨人则龟缩起来,灰心丧气几天,又顽强地翻开书本,或者一蹶不振地别了学校生活。木青青没有参加这种调整、这种平衡,仿佛一场要命的考试,丝毫没有在他心里引起一点激荡。最后一科考试出来,连罗远志在操场上等着,想对一对答题,他也像石头一样沉默着。那天晚上,他甚至没有回到学校寝室,而是消磨在澡堂子里。他蜷缩在半截折断的条椅上,透过迷茫的水汽,看着一个一个胴体精赤着,肥的瘦的,大的小的,高的矮的,无拘无束地去去来来,莫名地感到一种悒惶。最后,洗澡的人渐渐稀疏,低矮的天花板下,空空荡荡的塘子上,一层白茫茫的雾包围过来。

"关门了!"管门的人在水汽那边恢恢地喊着,见没有答应,就嗒地落了锁。他一动不动地躺到天亮,听着高音喇叭广播报纸摘要节目,才惺忪眼睛,从风窗里爬出来,往农村公共汽车站跑去。这是那种"代客车",老掉牙的解放牌货车改装的,篷布上掏几个洞,装几块有机玻璃,车厢里安几排椅子,用螺丝固定下来,于是窗也有了,座也有了。但透亮不透明,人在里面,知道白天黑夜,却不清楚到了哪里。木青青摇摇晃晃,仿佛在一只鸡蛋里沉浮着。混沌中,破破烂烂的"代客车"消失了,豪华的巴士出现了,坑坑洼洼的乡村马路不见了,又宽又直的高速公路展开了,猥琐的黯淡的磨坝场无影无踪了,雄伟的光辉的楼群耸立起来了,是北大、清华,还是复旦、南开,……一长串重点的、普通的、名牌的、省外的、省内的大学,到底哪一间呢?志愿是预考以后填写的,已经两个多月的时间,他都记不起来了。从大学到大专,到中专,到中技,从龙头到龙尾,每一个档次,他都选一间学校,恭恭敬敬地写在栏里,字迹圆圆的,上下两根横线两边靠着,仿佛一双筷子抬着几个碗。不管怎么说,饭碗问题解决了。事实上,一进城上高中,他就奔着这个目标,至于哪样学校,不过一件衣裳,是取悦眼睛的。但现在,不,或许还要早几天,从发现绿面书生用对讲器作弊起,他就不再仅仅满足饭碗,至少在潜意识里不再仅仅满足饭碗……

豪华巴士停住。天堂之门大开。幸福的光辉满当当地投射过来。他一脚跨进门槛去,一个冷噤,一切都从眼前魔术般地消失了。他又回到磨坝场了。他苦笑着,在场口霍家饭店买两个黑粗粗的馒头啃着,就分岔沿着毛坯马路往错欢喜走去。天空阴气沉沉,看不见一只鸟影。偶尔有两声鸟叫,也是从草丛中、从低矮的灌木丛中发出来的。马路扭来扭去,把一个一个山峁一座一座土岗拥得死死的,使人感到一种永久的困厄。也许下雨还好些,雨过天晴,会产生新的希望。何况对木青青来说,雨不一定总是凄凉,总是阴晦……

  姑娘挨近儿子,
  两根辫辫儿翘起。

据说形单影只走在山中,有声音喊叫的时候,你千万不要响应,那可能是鬼的呼号。但事实上,你更多的是受一种下意识支配,况且有的呼叫本身就有一种魅力,使人禁不住回头一望。这样,你看见一位姑娘走来了。烟雨迷茫,毛坯马路消逝在山弯里,一顶油纸斗笠露出来,一件浅花的衣裳飘动在下面,裤管高高地挽着,亮开两截肉鼓鼓的腿肚儿,风风火火地划动两只泥黄的塑料凉鞋,看上去恍如斗雨展开的野山菇。

"我喊了好几声。"水惠两根黑粗粗的长辫子在胸前摆来摆去,一直走到跟前,"你耳朵聋了,听不见是不是?"

"我等你的……"木青青低低地咕哝着,耸一耸背上宽大的蓑衣。

"火生他们那些人……"水惠疑惑地问着,明净的眼睛一闪一闪。

木青青点了点头,被雨濡湿的双颊一下涨红起来。

上完最后一堂课,水惠的作文还没有交上去,被老师留了下来。那阵,和往常的星期六一样,大家卷好被头,把捎带菜的瓶瓶罐罐塞进鼓鼓囊囊的书包,就兴致勃勃地赶路了。木青青走到校门口,看雨脚越来越密麻,便趸回寝室,从床铺里抽出那扇蓑衣背着。经过教室,他又探头探脑望了望留下来的水惠,才迟迟疑疑地和大家走了。可木青青一出磨坝场,却无论如何也走不动了。他想到水惠要在学校留晚了,一个人是不敢走黑黢黢的老木垭的。他脑子转两转,跳下路基,磨磨蹭蹭向山坡上走去。他在一丛灌木后面藏着,脱下裤子光着屁股蹲了下去,装模作样起来。他眼睛往磨坝场那边的毛坯马路上睃着,看水惠是不是来了。

"懒牛懒马屎尿多。"火生骂骂咧咧的,喊住藤子和家英,歇在路边上等着。

但不一会,毕竟长几岁的火生便嗅出味来,竟蹦下毛坯马路,猎犬发现了目标一样,直往山坡上蹿。他跑到灌木丛后面,一眼看见地上干干净净的,就抡着巴掌,在木青青两墩光屁股上狠狠地扇两下。啪啪的声音应山应水,像把屁股都打烂了。

"他要等老表。"火生得意地咋呼着,走下坡去,伙起藤子和家英走了。

老表老表,
下河洗澡,

第七章 风乍起

> 毛盖捂到,
> 帕子奔到。

木青青看着,听着,像考试作弊被老师抓住一样,心头好恓惶。一直到看不见那影子,听不见那声音,他才提起裤子来,摇晃两瓣冷冰冰的屁股,脚杆打闪地下坡……

小青年无论如何不会想到,这些从童年起一直挂在嘴上的歌谣,那样熟悉,那样直白,瞬间里却变得又陌生又深奥。以至很久,他只要想起来,就像面对谶语,有所悟,却也有所迷。事实上,即使简单的儿歌童谣,也是成人世界认同的。一辈子的人,一辈子的事,却交替更迭,都深深地打着先知先觉的烙印。从这个意义上说,人生来是一个猜谜的命,注定要烦恼,注定要操劳……

雨总是在它愿意落的时候才会落下来。人的想望多么渺小,又多么荒唐。再说吧,人忙自己的事情都忙不过来呢。木青青急急匆匆地走在毛坯马路上,不一阵转过九道拐。听着一阵吭哧吭哧的喘息,他抬起头来,便看见山弯里一挂马车停在那里。他心里咯噔一跳,看清楚那是他姨爹黄登榜的马车。

黄登榜是大前天就从木家寨出来的人。最后一批烟叶刚满了尖儿,又小,又飘,不过烘烤还可以,没有青烟和黑烟。他吆喝着骡子,太阳刚偏斜过去,就赶到磨坝场。马车一直驶进烟草站大门,吱吱嘎嘎停下来。场坝里很冷清,前些日子那种车水马龙的景象已经无影无踪。称秤过砣的地方,几个头扎白帕子的烟农抬着一只箩筐,要死不活地把一些烟叶运来运去。而一大片瓦楞下面,金灿灿的烟叶堆成山,几拨光着脊背的汉子在那里忙碌着,集束,扎捆,打包,准备装车起运。黄登榜揭下汗湿的帕子,擦着热气腾腾的脑袋,迎着一股辛辣的烟气,有些纳闷地走近跟前。收购员瞥他一眼,勉强地笑一笑,兀自低头跳着豆腐干计算器,显得很萎缩。

"交烟。"黄登榜说,"我的尾烟都下烘房啦!"

"你当村长的带头,"豆腐干计算器鼻音很重地咕哝着,"明天后天有烟来啦！"

"带个哪样头？"黄登榜说着，一张糊里糊涂的脸顿然惶恐起来。

"他们没有票儿付我们。"斜进一颗白帕子脑袋来，含着几分愠怒道，"打一张白条子就算钱啦。"

豆腐干计算器听着，在桌子后边撑起来，笔直地挺立着。

"关闸啦！关闸啦！中国人民银行关闸啦！"他瓮声瓮气地说着，"树叶子不能当钱，树叶子能当钱，我爬坡上坎抓来兑给你们……"

黄登榜听着，没有丝毫犹豫，转过骡子，打起车子，便逃一样地离开烟叶站。他把马车停在霍家栈房门口，买两个黑粗粗的馒头，要一碗白菜汤，头昏脑涨地吃起来。这工夫，有人在旁边闲话，说河溪场那边有现款支付。河溪场离磨坝场三十多里路，属于另外一个区。黄登榜一撂碗，就扯着骡子嚼子，出磨坝场，过磨坝河。磨坝河没有桥，马路从河床上穿过去。上游一座水电站，一座高耸的大坝。白天停电关闸堵水，河床马路水浅不过脚踝。夜晚发电开闸放水，河床马路又淹起来齐腰深的水。黄登榜抖动鞭梢，迷迷瞪瞪碾水上岸。一车烟叶吱吱嘎嘎着，开始摇晃在往河溪场去的马路上。但没有多久，来到两个区的交界地段，迎面冒出来几个人断在那里。

"回去！回磨坝场去！"大喝小叫着，看样子是区公所的干部，"肥料奖售给你们，扶持款发给你们，烤烟出来，还卖给人家，要吃里爬外啊！"

"关闸了！"黄登榜顿住骡子，呻唤着，"烟草站没有钱了！"

黄登榜不明白自己说了一些什么。浑浊的脑海里，只有一条曲曲折折的渠。渠旁边层层梯田梯土，都干得开丝裂缝，扒得起灰。可渠有满满当当的水，白白地从发渴的地头流过去，流过去。黄登榜喉咙痒痒的，还是又把车子往回折腾着。但他没有回到烟叶站去。他把车子停在磨坝场场口，用一根木棒顶住辕杠，让骡子歇下来。他从车子上取来一只口袋，脱下一件衣裳摊开，从口袋里倒出来一些苞谷糠糠，堆在衣裳上，挪到骡子跟前。抚一把骡子两只耳朵，他就走到边上，在一棵老桑树脚坐下去。他眯缝两只眼睛，愣愣地看着西头半边天空。太阳已经劲软力乏，但从山口上落下去，却还有一些时候。他听着骡子磨着腮帮子咀嚼着，便渐渐恍惚，终于迷糊过去。黄昏的时候，他醒了。西天空空荡荡，只剩着一抹残光，在黯淡的山口跳动。骡子站在几步远的地方,用悲悯的目光静静地望着这边。他立刻兴奋得眼睛充血。长久的等待,机会终于来哪。他驾着车子,急不可耐地冲下磨坝河。两个橡胶轮子闯进河床的瞬间,他感觉背后闪一下,回过头去,便看见磨坝场一片灯明火亮。直到这一阵,他才大梦初醒,恓惶地往上游一看,白花花的水阵,正扬着头涌下来。掉头已经来不及了。他猛一挥鞭梢,啪地打在骡子耳朵上。骡子一惊,呼地拉起车子,奔生奔死地往前蹿。幸而河床狭窄,骡子很快冲上河岸去。但车尾上的两捆烟叶,还是被一排浪头溻湿。他把车子停下来,木木地站在河岸上,看着一下涨高的河水,感到有些后怕。

"我这些东西是几百块钱啊!"他喃喃着,往糊里糊涂的脸上一巴掌,就蹲下去,像石头疙瘩一样蜷缩成一团。月亮升起来,照在河面上,随波逐流,化成金的银的碎块。黄登榜回到马车上,放开刹把,抖动鞭梢,又往前赶路。一路很顺利,干部们这阵已经撤退,没有遇到一点阻拦。仿佛一个古老而忧郁的梦,黄登榜赶着车,在山中月夜里晃悠。

鸡叫三更,他终于到达河溪场。一截独肠子街,他牵着骡子从这头到那头。不好叫栈房,又吱吱嘎嘎的,把车子回到场口停下来。顶上辕杠,歇下骡子,他两只粗糙厚实的手在骡子背上抹两把,湿湿的捽两捽,便脱下一件衣裳,给骡子搭上去。他倒在车子上,身上剩一件眼眼洞洞的汗衫,禁不住夜寒,就抱着两只膀子,瑟缩地抖动。最后,他不得不翻起两捆烟叶来压在身上,觉得暖暖的,才睡过去。不一阵,他开始做起噩梦来。懵里懵懂的,有两个彪形大汉,摁胳膊压腿的,把他扳倒在地上,要掏那口袋里卖烟叶的几百块钱。他拼命挣扎,拳打脚踢的,居然赶跑两个强盗。但天亮来看,两捆烟叶完全散开,车上地下,东一张叶子西一张叶子。他想想梦里的情形,才知道原来跟那烟叶搏斗了一场。太阳出来的时候,他开始晾晒昨天黄昏过磨坝河溻湿的两捆烟叶,像卖狗皮膏药,这里挂一张叶子,那里摊一张叶子。盘弄到日头当顶,烟叶水汽干了,他重又收拾利索,赶车往烟叶站去。

"银根紧缩!银根紧缩!"还远远的,黄登榜就看见一个人提着喇叭站在高处喊着,"所有烟款,一律支付百分之五十,其余百分之五十,三个月以后兑现。"

黄登榜一瓣心子紧巴巴缩着,简直沮丧极了。

"银根紧缩！银根紧缩！"

卖烟叶的人很多，都踮高脚伸长颈子往前挤着，仿佛落后几步，连百分之五十的现钱也保不住。

黄登榜愣一阵，禁不住裹挟一样，也终于插进卖烟叶的队伍中挤起来。大半天工夫，他一只手拿一把钞票，一只手拿一张白条子，满头大汗地从人堆中拱出来。他两根指头舔着口水，仔仔细细点一遍，便把钱裹一卷，往脑袋上白帕子夹层那里一塞，一翻，一绞，一捏，心头算踏实了。但那白条子，他放在哪里都觉得不是地方。拿在手上，又觉得莫名地烧指头。最后，他一脚跨在马车上，站得高高的，脖子几根筋鼓着，脸双颊红着。

"哪个要？"他一张白条子在空中飞着，招揽起生意来，"九折卖。"

他这个行动立刻得到响应，有十几个人围过来。但没有开腔的，都只是木头木脑地看着，仿佛很稀奇，很新鲜。

"八折五卖。"他说着，开始有些害怕人们那种目光。

场子里依旧一片沉默。

"八折卖。"他觉得自己像一只被围困的野兽，要赶快脱身逃跑。

"我要！"一个声音喊着。

"我要！"接着一片声音喊着。

看着那像发春笋一样举起来的胳膊，他迟迟疑疑，不知道卖给哪一个好。

"八折五。"他心虚胆怯，又把要价抬了起来，"我要……八折五……才卖……"

话音刚落，几只粗壮的胳膊一举，抓住他两只脚一扯，就把他从车子上拖到地上。瞬间工夫，黄登榜没有明白是怎么一回事情，手中的白条子撕碎了，头上的白帕子脱落了。等到他醒悟过来，人群已经散开，只远远地拿奚落的目光望着他。

"抢人啦！"他抱着脑袋，杀猪一样地号叫着，"土匪抢人啦！"

但突然，他停止嚎叫，放开手来，一角白纸片还捏着。同时，他又看见一丈远的地方，一根帕子黑黢黢地躺着，弯来扭去，一条烂蛇一样。他呼呼地爬过去，抓起那帕子来，抖抖索索展开，仔仔细细搜索。希望的火焰微弱地

第七章 风乍起

跳动。倏地,一绷,一弹,一卷钞票落出来。他阴悄悄地捏着那钞票,拖着那帕子,就逃跑似的,赶着马车出了烟叶站。他打着骡子,没有在河溪场的街上停留片刻。直到出场口,他才刹住车,跳下地来,一边包帕子藏着钞票,一边冲着河溪场独肠子街骂骂咧咧:

"又不是刮民党,白天青光的,抢人啦!"

解了解恨,他心头稳了一点。但一个人却像蔫气的皮球,堆在车子上,鞭梢也懒得甩一下,听骡子不紧不慢地往前走着。进磨坝场的地界,他忽然觉得背后有些异样,回过头来,便看见车子上坐着几个人。哪时候爬上来的,他一点不知道。但看着一摞硕大的背篼,他知道他们和他一样是烟农。磨坝场不止他一个人把烟叶背出境去。马路旁边,还不时可以看见去河溪场卖烟叶回来的烟农。他们头上沾着一些烟叶碎屑,仿佛刚从烟叶堆中爬出来,又喝了二两酒,不声不响飘飘荡荡往磨坝场走着。不知怎的一来,他心情一下好起来。啪地一打鞭梢,骡子拉着车在马路上跑起来。

"银根紧缩啦!银根紧缩啦!"黄登榜吼着,简直就是莫名其妙地吼着,"从明天起,宣布用树叶子啦!"

立刻,地上走的车上坐的,都莫名地激动起来,疯疯癫癫地跑着,喊着:

"紧缩啦!"

"关闸啦!"

"用树叶子啦!"

四下里山鸣谷应,仿佛一场洪水滚滚滔滔而来。

一拨人这样来到磨坝河边。上游大坝已经开闸发电,河水涨高起来。大家绕道,从上游大坝顶上过河。

这里剩下黄登榜和他的马车。他一声吆喝,骡子拖着一挂空车一下闯上河床。河水被马车分断划破。马车被河水冲击,也一歪一跛的。黄登榜抓着缰绳站在车上。水淹过车轮,漫上车老板的腿肚子。水淹到了骡子的腹沟。骡子屁股一撅一撅的,尾巴刷刷地打起水来,水花溅得黄登榜糊糊涂涂的脸湿瓦瓦的。终于,骡子呼哧呼哧喘着,挣扎上岸。黄登榜刹住车,跳下地来。他看看骡子,看看河水。忽然,就像过河去的时候那样,他又往自己脸上啪地打了一巴掌。

夜里,黄登榜住在霍家栈房里。五角钱一张席子,铺在楼板上,不过买一个安身的地方。但价钱便宜,过路歇脚的农村人都愿意。十几铺篾席连成一片,七长八短好聊天。有刚刚从孟通城里来的,便诡声诡势地说这样涨价那样涨价,连盐巴也要涨价;并且赌咒发誓的,称消息是从公安局一个老表那里捅出来的,其可靠程度不容怀疑。这一来,大家睡不着,一晚上翻来覆去,坐起倒下,就想那个盐巴的事情。

天刚发白,人人都起来,抖擞抖擞精神,跑到供销社的柜台上挤成一堆。黄登榜拿着昨天到河溪场卖烟叶的两百多块钱,就把几麻袋盐巴抬到车子上。他想虽然损失一张白条子,但天无绝人之路,来了弥补的机会了。他打骡子开道,得意忘形,还咿咿呜呜哼起了歌——

正月十五庙门开
牛头马面两边排

黄登榜没有料到,毛坯马路路面松软,而且骡子早晨起来就不大对劲,老一个接一个地打着喷嚏,又是重车,他一不留神,马车两个轮子就陷进了泥坑里。一骡敌三马,应该能够拉起来。但不管他鞭梢怎样抽打,骡子眼睛圆瞪着,四只蹄子在地上蹬着,一槽一槽泥巴被扒起来,而两个轮子前后晃来晃去,还是越陷越深。这时候,他摸摸骡子的鼻子,看看骡子的耳朵,才灰心丧气地意识到骡子出了问题了。如果一挂空车,那么骡子或许可以拉起来。但一百公斤一麻袋的盐巴却不是一个人能够搬得动的。哪怕往下搬可以卸下车来,可又怎的往上搬装上车去呢。他愣在那里,正感到一筹莫展,就看见救星来了。

木青青帮姨爹把车子从烂泥里弄出来。骡子拉着盐巴,重又在毛坯马路上摇晃着。为减轻载重量,两老少没有坐车。村长黄登榜在一边,高中生木青青在一边,一个人护一根辕杠,跟骡子并辔而行。

"这回这畜生糟了火了。它跑得汗流浃背,我发了昏了,还把它往河头赶……"

黄登榜想着他的骡子,只偶尔地转过头去,莫名地和骡子那边的木青青笑一笑。那样子其实有些难堪。大嘴巴,厚嘴唇,两边咧开,绷着两排黑黄的牙齿。而眉毛和眼睛却又一动不动。耳轮一小块,紧紧贴在两边,生怕搞丢似的。上下左右起伏不大的连成一片,就像一则谜语说的:一个葫芦七个眼。

木青青一声不吭。黄登榜跟他笑,他也懒得跟他笑。说实在的,木青青不为跳大学这道门槛,家里把黄牯卖了,爹还要借黄登榜的牛犁田打耙,他可能像睁眼瞎从黄登榜旁边走过,也不会动一根指头,帮黄登榜把马车从烂泥里弄出来。乡下的事情,还有哪样法子呢!虽说人不求人一般大,可百十来户人家的社会,低头不见抬头见,抬头不见梦中见啊。而且山不转水转,水不转路转,说不定哪一天就要求人。比如嫁姑娘,你总不能自己家的抬了嫁妆上路。再比如死父丧母的,你也还要四邻八舍的来帮忙,才会办得热热闹闹。俗话说,赵石匠死了都要借窝筐。再说呢,木青青现在还没有走进大学的门槛。他刚刚考试下来,感觉比较好而已。就算大学读书,也要几年寒窗,他还领不到工资,还不能跟爹买大水牯。就算成了气候,衣锦还乡吧,也还是一方天下一个神灵,强龙难压地头蛇呢。人啊,什么东西都可以摆脱,冷来添衣裳,饥来喝米汤,就是摆脱不了自己,那种说不清、道不明,却又实实在在的牵连,又恨又爱,又挖墙脚又添砖头,仿佛这样才地道,生活起来也才有滋味……

少男少女

木青青不会忘记他跟水惠的事情。

那个摸摸索索的雨天,小伙子把一领宽大的蓑衣披在姑娘单薄的背上,那以后,磨坝场中学的星期六和星期天显得多么美好。两老表同行,风里来雨里去的,连老木垭也不像从前那样阴森可怕。初中生的梦像雾一样朦朦胧胧,却也像雾一样是单色的。错欢喜木家寨那座老庙成精成怪,从那里面出来的学生,你就感觉很多东西说不清楚。

木青青从小就很敏感。有一次,木家寨放电影。地点在生产队保管室前面的晒坝上。放映机是8.75毫米的。那发电机也很有意思,据说是上海儿童玩具厂生产的,它像两架并列起来的自行车,两个人骑在坐包上,呼呼地蹬着踏板,齿轮转动链条,链条转动马达,便来了电了。片子是《地道战》还是《地雷战》,木青青已经记不大清楚。他跟火生守在放映机前,看放映员操作,看大肚皮灯泡把那胶片上面的影子嗒嗒地照在银幕上。不一阵,火生提出来骑洋马儿,要上脚踏发电机去蹬几圈。"洋马儿"这个概念,是从《地道战》和《地雷战》得来的,两部片子都有自行车的镜头。人们不明白那是什么,就问令狐枯荣。令狐枯荣说"洋马儿",老早在遵义城头见过的。那时候,整个磨坝区只有一台8.75毫米的机器,只有一位女放映员。女放映员本来姓丰,身体也像风吹灯一样的晃悠,大家就叫她风吹灯。电影队下乡放映,仿佛战争年代的交通站,从这里到那里,要有人接送。而发电机的事情,到一处,就由一处找人蹬。这个活路并不大费力,又有座,就在放映机旁边,还误不了看电影。人们都很愿意承担。但技术要求比较高,脚力协调,才又快又均匀。不然电压不稳,银幕抽风地亮一阵暗一阵,喇叭阴阳怪气地高一声低一声。公社革命委员会很重视,曹主任亲自在干部会上发话,关系到宣传毛泽东思想的大事情,蹬机器的人不能随便找,要多方面考察,再报公社革命委员会审批、备案。防止临场出现差错,还指派有后备力量。错欢喜固定两个人,一是骆沙锅,一是铁脚杆。骆沙锅长期背沙锅串乡,一副好脚力。而铁脚杆在箐林里追猎,锻炼得又坚强又灵巧。当然了,政治第一,两个人的成分都带着一个"贫"字。小木青青不知道这些委曲,他只看见一起的火生要骑洋马儿,骆沙锅就果然下来,让火生骑上去。火生腿短,只能蹬半圈,转不圆,这使另一个座位的铁脚杆蹬起来很费力,要用两倍的工夫,不然画面和音响都要"黄"。但铁脚杆不吭气,只是默默地蹬着。不一阵,他就满头大汗。骆沙锅一边看着铁脚杆实在吃不消,才低声下气地诓火生。火生玩得差不多了,也就让下来了。火生骑过洋马儿,便向木青青夸耀,说那玩意儿很好玩,看电影里汉奸骑着洋马儿走着,好像自己骑着洋马儿走着。木青青的好奇心被煽动起来,就电影也看不进,缠着骆沙锅要骑洋马儿。但骆沙锅一甩袖子,狠狠瞪一眼木青青,便再没有理他。而不一阵,火生又提出要骑洋马儿,骆沙锅虽面有难色,却又让火生骑了。小木青青张眉愣眼看着,终于明白什么似的,就阴阴沉沉转过身去,拱着人群离开放映机前。但临到散场,他又出现在脚踏发电机前。他两边脸颊憋得红红的。突然,他小指头一下指着骆沙锅,大声吼着:

"你怕他爹!"

这一声石破天惊。骆沙锅两只脚抖着,蹬着脚踏板直打滑。火生的爹是公社革命委员会的曹主任,哪个都知道的。为了这一点事情,木青青爹还把木青青打了一顿,说他是吃雷的胆子。从那以后,木青青再也不到放映机跟前去。

还有一回,娘叫木青青去姨娘玉娥子家借苞谷。

"借哪样借!说得不好听。"姨娘说着,"撮两升去。"

木青青娘跟玉娥子是亲两姊妹,是落雨山那边的姑娘。玉娥子嫁过来没有两年,就牵线搭桥的,把妹拖到错欢喜来做伴。木青青爹原来是生产队的会计,在错欢喜算个人物,但自从秋天里炕苞谷把半头房子烧了后,境况也就一天不如一天。木青青借的苞谷没有几天就吃完了,娘又叫木青青去借苞谷。

"借哪样借!说得不好听。"姨娘说着,"撮两升去。"

还是那句话。但木青青听起来却感觉不是滋味儿。后来,玉娥子过木青青家来串门。木青青在屋里,就听见姨娘叹息娘的命不好,说得娘悉悉乎乎唏嘘不止。那以后,就是每顿吃洋芋疙瘩红苕疙瘩,木青青也不去姨娘玉娥子家借苞谷。

但木青青喜欢老表水惠。两老表虽在复式班里隔着几排坐着,可散学后在山坡上,却是一个放牛,一个打猪草。那阵,木青青总撒开黄牯,去帮水惠打猪草。冬天里,天寒地冻的,一起放牛的娃儿四下去捡来干枯的树枝,燃旺篝火,烤得一张脸子红彤彤的。可木青青还帮水惠,冻得紫芽姜一样的手指头,在田埂土坎拔白蒿、扯灰兜菜,冰口开裂,渗出来一颗一颗的血珠珠儿……

后来,两老表一起考进区中学,到磨坝场读书。离开了错欢喜山地,也离开了家,不再放牛,也不再打猪草,他们除了读书,就没有别的事情。不知怎的一来,两老表感到无所适从了。他们对面走过,都心惶惶的,仿佛怀里揣着一只兔子蹦着。而一道从错欢喜出来读书的几个同学,火生、家英、藤子他们,却都到了成精成怪的年龄了。一堂课上着,忽然一张"又"字形的纸条传过来,打开一看,木青青手中是"水惠是你媳妇",水惠手中是"木青青是你男人"。

一天,班上文体活动课。天上下着雨,老师把同学们组织在教室里猜谜语。火生跑上来,扔两颗扣子在讲桌上,说打两个同学。老师无心,夸火生是动了脑筋了,要大家也动脑筋猜猜。直到台下一阵哄笑,老师看见木青青和水惠一人一张大红脸,才知道上了当了。事情有意无意地,把两老表死死地连在一起。结果,两老表都莫名地害怕起来,星期六下学回错欢喜,星期天上学回磨坝场,竟不敢走在一起。甚至偶尔碰上,两老表也不招呼,仿佛有意要冷淡,有意要疏远,又仿佛两颗稚弱的心都疲倦了,沉睡了……

那个摸摸索索的雨天把一切还回来了。也许,这一切美好的东西并不曾真正消失过,它只是藏在一个地方,没有被发现而已。在劳动中产生爱,这算一种方式。而爱不一定都在劳动中产生,还有另外许多种方式。从错欢喜放牛割草的山坡,到磨坝场的毛坯马路和初级中学,一种新的过渡,也是一种新的体验。

木青青对老木垭的那个黄昏永远记忆犹新。那阵,太阳跌下去,像撞在什么坚硬的东西上,被撞得头破血流。西天一线,红光浩荡,又浓重,又热烈,仿佛托不住,就要倾倒在大地上。从错欢喜和磨坝场两头爬上来的毛坯马路绾成一个疙瘩,卡在垭口上一动也不动。两老表正走着,水惠忽然就站住,惊异地叫起来:

"月亮出来啦!"

水惠声音那样大,毛坯马路两边的林子都受惊似的,直簌簌地抖动着。

木青青收住脚,有些诧然地看着水惠。

"她为哪样不跟太阳在一起?"水惠两边脸颊红彤彤的,两只眼睛雾飘飘地说,"总在夜里出来。"

"就是这样!"木青青说,"他们一个在前面,一个在后面,就是这样!"

"哪个在前面?"水惠望着东边,一轮淡淡的月影正拼命地往上升起,"哪个在后面?"

"哪个都在前面,哪个都在后面。"木青青莫名地感到有些兴奋。

"月亮好苦啊!"水惠叹息着,"孤零零的,冷清清的,没有人跟她做伴。"

"因为她起来的时候,大家都疲倦了,"木青青说,"连太阳也疲倦了。"

水惠突然盯着木青青,"你晓得日食和月食吗?"火辣辣地说,"上地理课老师讲过日食和月食。"

"食者,吃也。"木青青发冷发热地说,"太阳吃月亮,月亮吃太阳。"

"既然吃了,还能吐出来?"水惠颤颤地说着,"他们是抱住……"

木青青傻乎乎地愣在那里。

"我要……月食……"水惠身子一歪,就一下向木青青倒过来。

木青青禁不住后退几步,终于站稳脚跟,死死地把水惠抱住。

"木青青哥……"水惠梦呓一样喃喃着,"我要……月食……"

木青青心头热乎乎的,有一股又黏又稠的东西从那里渗出来,漫开去。他头一次听水惠这样叫他,其实水惠还大他两个月,却这样叫他。他想咕哝一点什么,嘴唇嚅动一下,却什么也没有说出来。

"那片晚霞好红好红啊!"他久久地望着遥远的天际,在心里说着,"哪里来那么多的红呢?是血,是火,还是别的什么?人要是走进去,会被呛死的,会被烧死的……"

仿佛忍不住血与火强烈的刺激,他把眼睛闭上了。他看见一头牛领着一头牛,懒洋洋地朝着一重长长的坡走着。两头牛站在坡顶上,哞哞地朝着坡脚叫着。不一阵,一头牛舔另一头牛。又不一阵,又一头牛舔另一头牛。他感觉舌尖那儿凉悠悠的,本能地拉开距离来看看,发现两只眼睛里映一轮冰清玉洁的月亮。恍惚之间,他舔到月亮上了。

"木青青哥!你把我……全要了吧!"水惠攒动着,"全要了,我就成了你的人……"

"不……不……"木青青脸上的肌肉痛苦地抽动着,"这不行……我不能害你……我不能让你像我娘嫁我爹那样……我要活一个人样子出来,那阵,我……我们全要……"

"我不怕……木青青哥!你讨饭,我跟你背背篼……"

"这不行……这不行……我不讨饭……我要活一个人样子出来……"

"你不要我……"水惠有些忧伤起来,"怕等不到那一天……他们要跟我找人户。"

木青青浑身里一震,怔住了。好一阵工夫,他咬得牙齿咯咯地响。

"我找他们去。"

木青青说着,就慢慢地扒开水惠。倏地,他扭过头去,便沿着毛坯马路跑着,一直朝坡脚木家寨奔去。那一瞬间,他似乎就有一种预感,他可能再也拥抱不了水惠了。

第二天,木青青在水井挑水,正碰上黄登榜扛着镐头往山坡上走去。黄登榜不知在哪里听人说木家寨地下有煤炭,只要闲下来,就到处刨啊挖啊。

"姨爹!"木青青喊一声。

黄登榜抬起头来,愣愣地望着木青青。但是,木青青却什么也说不出来,只红着一张脸,傻乎乎地站在那里。黄登榜鼻子里模模糊糊哼一声,便悠悠上坡。木青青揪着自己的头发,难过极了。他觉得他在这件事情上显得多少有些笨拙,或许自己真的要窝囊一辈子。如果这样,那么他决不会娶水惠做媳妇,不能让她受苦,更不能让人怜惜她,或者嘲弄她。

直到那个暑假,木青青拿到了孟通高中的入学通知书,他才气粗粗地跑到水惠家里。

"水惠不能嫁人!"

木青青向姨爹黄登榜和姨娘玉娥子砸一句,就跑了回来。

夜里,黄登榜过木青青家来,把木青青仔细端量半天,就对木青青爹说:

"兄弟!这个娃儿怕读书读出毛病啦。你多少要留一点神。那些墨点点儿,我们两个人都在庙上那个老令狐那里摸过两天的,像虱子一样,直往脑壳头心头钻啊、绞啊,很难有人不糊涂……"

木青青爹听着,仿佛真的听了进去。但等黄登榜一走,他却转过身来,作古正经地对木青青道:

"万事由命定。你既然考了高中了,说明命该如此,就要好生读书,不要东想西想。我命不好,这辈子只有这样窝囊了。但我明白,读书是有好处的……"

木青青感到奇怪,爹说话从来又琐屑又直露,就像他保存的那些发黄的账本一样,可这几句话说得又精炼含蓄又恳切沉重。他实实在在地听进了心里。

寒假里,木青青从城头回来,就听说水惠由骆沙锅的女人水仙做媒,许给了火生。那阵,他跑到黑鸦坎,从岩上推石头下去,把骆沙锅的纸壳作坊砸了一个大窟窿……

这么多年来,木青青想都没有想过。甚至寒暑假一个人孤零零地照看学校,或者瞒着人去医院卖血,他想都没有想过。仿佛只要想一想,人就散了,化了。现在,他高中读出头了,高考这一关也过了,只等领取大学的录取通知书了。他敢想了。而且,事情变化来变化去,也并不见得晚了迟了,就像课本里一句诗说的那样,柳暗花明又一村啦。

这一天注定不会下雨,也不会放晴。

"你老表水惠,你可能不晓得,"骡子吭哧吭哧地爬着老木垭,这时候,黄登榜想起什么来似的,两眼直勾勾地望着垭口上,木木地说着,"我要是在家,就不会出事情……她被人贩子拐跑了。"

木青青转过头来看一眼马车老板,莫名地显出一种轻松来:"你怎么知道她被人贩子拐跑了?"

"乡公所曹书记说的,"黄登榜迷头迷脑地答应着,"现在人贩子凶得很……"

黄登榜那阵没有注意到木青青脸上挂着一种又舒心又压抑的微笑。

"那天,我到磨坝场卖烤烟去,"黄登榜接上说着,"第二天早晨回来,就在这垭口上碰到小学校的令狐老师,他找她们去……和水惠一起遭拐跑的,还有家英和藤子……估计这事情很复杂……"马车老板絮絮叨叨的,"小学校被滑坡冲毁了,他反正也没有事情……铁脚杆出两颗獐子卵子……人找不回来,他的确不好交代。"

木青青那种神秘的微笑消失了。

喔——恐怖的一声吼啸,仿佛大地裂开一条长长的缝,把箐林里沉沉阴气直往里吸着、吞着,搅得整个老木垭都战栗起来。骡子正艰难地爬着,一听这叫声,四只铁蹄失去抓拿一样虚飘起来,直摇摇晃晃地往下坡退。黄登榜慌了神,忙撒开辕杠跑到尾子上,死死地顶住马车屁股。木青青抱一团石头塞在轮子下,才止住了滑动。

黄登榜心惶惶地望着黑黑的林子,大半天缓过气来,怯怯地嘟哝着:

"哪里来了哪样怪物啦!"

第八章

老豹子

　　隔着一丈多远距离,疙疤老山停下来。生怕腿拐上那叮当声惊动那乌梢蛇,使这辉煌的壮举终止了。它慢慢地坐下去,把镣铐上一段铁链压在屁股底下。那是一棵柞树,森林里其实很少生长这种树,只有在林子的边缘,或者灌木丛中,才时常可见。那蛇曲曲折折,像一段盘起来的弹簧,死死地绞在树干底部。柞树树皮炸丝裂缝,又坚硬如铁,很容易地就把一根乌梢挂住。接上一切都静止,屏声敛息地等待着什么。树叶开始抖动,簌簌响着,仿佛微风吹过。渐渐地,整个树干都打摆子一样地摇晃起来。仔细看去,那蛇三寸的地方胀起来,里头一股气正有力地鼓动着。那颗椭圆的脑袋,此刻却蔫巴屁臭地耷拉着,只两粒眼睛金豆一样地鼓亮。倏地,那蛇头高高地一扬,整个林子在刹那工夫翻了两转似的,那乌梢一分为二,凌空腾起一段,闪闪烁烁,飘飘荡荡,就扑地落到几步远的草丛中。疙疤老山一步纵过去,趔趄一下,叮叮当当站稳。那份欣悦,仿佛那乌梢蛇得到解脱的同时,它自己也得到解脱。它很快想到老豹子,想到蛰伏在长江下游那片灌木林地里的十几头豹子,要能够得到解脱,那该有多么惬意。那蛇一动不动地躺着,坯体上点点润液,在一线天光中显得晶莹透亮。它歇过气来,蠕动一根乌梢,慢慢地爬走了。柞树树干上留下一截蛇皮,好像那乌梢蛇还缠在那里。

　　疙疤老山悲哀地响一下鼻子,就在地上嗅着。感觉到一股冷气还在草丛中缭绕,它便暗暗地走下去。那乌梢蛇已经消逝,回到自己的巢穴去。花豹显然不是要追上乌梢蛇,而是要找到乌梢蛇到底留下了什么。它固执地认为,除那截蛇皮外,还应该有点东西遗落在地上。什么东西呢? 一种精神,一些血,一种经验,一个梦。最后,它一无所获地回到原处,呆呆地望着柞树脚那一筒抽空的蜕壳发愣。

疙疤老山又想起动身前的情景来……

老豹子用半个月的工夫,才把大家集合起来。整个豹族又狞野又孤僻,从来没有首领,能够凑在一起很不容易。老豹子住在长江边,年迈体衰,每天夜里出来,捉只兔子逮只松鼠的就已经不错。如果偶尔伏击到一只山羊,或者一只狐狸,那就盛大而且隆重。但不管怎么难堪吧,它每天夜里都要走到江岸,一颗扁平的脑袋伸在空中,鼻头翕动,猫耳矗立,这样嗅上一阵,听上一阵,然后才回到那片灌木丛中去。这一天,它终于行动起来。它再不去长江边上,仿佛已经拿定主意,走出那片窄狭的灌木林地,就向起伏的丘陵地带跑去。它显得那样急促,似乎意识到生命留给它的时间已经不多,而一些事情得赶紧完成。这里,每一头豹子都有自己的领地,是神圣不可侵犯的。但老豹子长驱直入,只想到心里那个崇高的目标。它很快找到第一头豹子,那也是一头老豹子,两只黄黄的眼睛一瞪,就奔跑过来,准备为维护领土主权而战斗。

"你要是不愿意像我这样烂掉,就听我说吧!"

老豹子说着,温驯地趴在地上,完全俯首称臣的样子。

领主抑制满腔愤怒,看见老豹子美丽的金钱斑连着金黄的毛衣,都一块一块脱落,整个躯体癞癞疤疤,暴露出腐烂的皮肉,散发出一股难闻的气味,顿时惊呆了。

"这里的天空,这里的土地,这里的水都出了问题了。"老豹子说,"我们必须赶快把大家召集起来,商量一条出路,摆脱目前的困境。"

领主没有吭声,但从心底却很佩服老豹子的见地。因为,它毗邻的一头豹子,这一阵都莫名其妙地病病恹恹的。昨天黎明时分,它在边界上一片沼泽地里看见了它的尸体。为了表示哀痛和尊重,它让那片失去主人的领地空旷了一个昼夜,没有立刻扩张过去。这样,老豹子说服了第一头豹子,接上带上它,一同到下一片领地,去游说另一头豹子。

第八章 老豹子

最后,整个豹族在长江边上那片灌木丛中聚会。虽说是整个豹族,其实只有十几头豹子。聚会地点定在那里,主要有两个原因。一个原因,那里是老豹子的领地。十几头豹子聚会,领地里所有的野兽都闻风丧胆,会四下里逃命,跑得远远的,这无疑意味着一场浩劫,将给领主带来饥饿的威胁。结果,只有发起者才具备这种献身精神。还有一个重要的原因,差不多的食肉动物都以河流和山峦为坐标,老豹子已经意识到,要涉及的问题,如果离开长江,也就说不清楚。那是在夜里,整个豹族世界的牧神——橙红色的大角亮星,在天际一角闪闪烁烁,欣慰地注视着一群美丽的儿女。那是在一座低矮的土岗上,从那里可以看见长江模模糊糊的光辉。大家拉成一个圈子坐着,把老豹子围在中间。老豹子不是坐着,也不是站着,而是走着,显得格外躁动。从长江里升腾起来的水雾,夹着浓重的腥气,随晚风吹来,刺激得大家不时地喷着鼻子。苍白的月华洒下来,给一座土岗,给每一头豹子,都笼罩上一层肃穆的光晕。老豹子顿住不安的躯体,开始发话了。它声音嘶哑,但有一种惊心动魄的力量,仿佛天边飘来的雷霆——

好久以来,每到夜深人静的时候,我都要去长江边上嗅一回,听一回,看能不能弄清楚一个问题:我们豹子为什么越来越少?人类如今把我们列为二类保护动物,这就是一个证明。人类那份同情心,我是知道的。当初,我们发达兴旺,人类还成立"打豹队",企图消灭我们。而现在,我们已经危机,人类又反过来保护我们。大家熟悉的,我们猫科的虎,就被人类列为一类保护动物,这说明他们比我们更紧迫,快要断子绝孙。所以,我日思夜想,就琢磨这个问题。有一回,我迷迷糊糊地做一个梦,梦见一头老豹子,都衰老得不能动弹,身上只剩一张皮毛和一把骨头,正趴在地上等死,它对我说"我们豹子是从雪山上下来的"。我醒过来,就琢磨这个事情,总觉得这一头老豹子和这一句话,都是在哪里见过的、听过的。大家不要小看这个梦。为什么一头老豹子快死的时候,它要把这句话对我说呢?大家不要小看一句话,"芝麻,开门!"也只有一句话。我弄不懂这句话的含义,或许它根本就没有含义。而没有含义的话，又常常是一把钥匙。我这样琢磨的时候，就抬起头来，向我们牧神求告。大角眨着神秘的眼睛，是嘲笑我的愚蠢，还是暗示我别的什么东西。她老人家从来不和我们说话，就用眼睛和我们交谈，其目的在于启发我们思想。"思想"这个魔鬼，它可以托起整个世界，也可以把整个世界踩在脚下。而现在，在整个动物群落中，人类的"思想"占了绝对优势。而啮齿类的"思想"在萎缩。很多年代前，我们曾经称霸地球，就是因为我们"思想"发达。后来，人类社会产生，抑止我们的"思想"，就只有灭亡一条道路。声威显赫的恐龙时代的结束，实际上是恐龙"思想"的消失。剑齿虎的灭绝，实际上也是对我们啮齿类动物的"思想"敲一记警钟。我们大角牧神不和我们说话，或许就是从那时候开始的。至于无脊椎的软体动物，它们根本没有"思想"，只有可怜巴巴的那么一点本能……

十几头美丽的野兽神情庄严，完全被老豹子打动了。

我终于明白我就是那头老豹子，那句话就是我要跟你们说的话。我也是快要死亡的豹子，而琢磨的问题，也是我们豹子的问题。高明的大角牧神，通过巧妙的梦境，把这个使命暗示给我。大家不要认为这是无稽之谈。我现在可以毫无保留地告诉你们，我的很多"思想"差不多都是从梦里得来的。"梦"是神和我们会见的地方。那里记录着过去，也研究着将来，然后把"过去"和"将来"两种东西糅在一起，就交给我们"思想"。大家可以掀开自己的头盖骨看看，大脑多么像花岗岩，花岗岩经历多久，脑髓就记录多久，也研究多久。高级的人类，就时常掀开自己的头盖骨琢磨大脑。"梦"从身体里分离出来，独立于"现实"之外，它把"过去"和"将来"加在一起，跟"现实"这个庞杂而又残酷的东西抗衡。我之所以特别注重"梦"，因为我觉得它是一座桥梁，可以引导我们摆脱"现实"。那里展示的是"过去"和"将来"，因此我们常常感到"梦"是陌生的,它或者记录我们祖先的事情,或者研究我们子孙的事情,我们只有依靠"思想",才能把它们分析出来。现在,我要解开谜底,阐释这个"梦",破译"我们豹子是从雪山上下来的"这样一句话……

疙疤老山坐在老豹子侧面。它看不见老豹子的表情,但却清楚地看见老豹子头部上方一道金色的光环闪闪烁烁。它问旁边的豹子看见什么没有,旁边的豹子说什么也没有看见。那时候,疙疤老山就隐隐约约地意识到了,它被一种神奇的力量指引着,将要跳出来,单枪匹马去完成一项宏大的事业。

既然"梦"是这么一回事情,那么,"我们豹子是从雪山下来的"这句话,就意味着一个选择,要么是我们祖先的过去,要么是我们子孙的将来。结果,这句话不是一个"传说",就是一个"预言"。"传说"也好,"预言"也好,这两样东西都不排除真实性,一是发生过的,一是将发生的。如果我们假定这是一个"传说",那么我们祖先就是从雪山上下来的,雪山是我们的根源。而事情的关键,为什么在我琢磨我们豹子的危机的时候,我们牧神要把这个"传说"告诉给我?这说明这句话包含着我的问题的答案。如果我们假定这是一个"预言"吧,那么我们子孙就是从雪山上下来的,雪山是我们现在的去向,否则整个豹族的历史将在我们这一代豹子手中截断。我琢磨"我们豹子越来越少"这个重大问题的时候,我们大角把这个"预言"托梦于我,说明这句话暗示着我们摆脱困境的行动方案……

这时候,一艘巨大的客船在长江上逆流而行。辉煌的灯光照在江面上,江水浑浊而凝重,又像金属一样光芒闪射。大家转过扁圆的脑袋去,阴沉地盯着那庞然大物,一座山一样移动着,又像雷一样轰隆轰隆吼着,走过去了,消逝在远方了。

雪山在哪里?沿着这条江一直往上走,就可以到达雪山。问题的关键不在这里,而在弄清楚"雪山"的含义。"我们是从雪山上下来的",这只是一串数码。只有一个一个数码破译出来,才能领会我们牧神暗示我们的东西。事实上,真正的雪山已经不能适应我们金钱豹,它是不能养活我们金钱豹的。而且,那里是雪豹的领地。这里,"预言"必须回到"传说"中去,"结果"和"原因"才能衔接起来。"雪山"的含义清楚了,我们的行动就出来了。为了"雪山"这个数码,我苦苦地琢磨了很久。大角牧神再没有给我投"梦",也许她老人家认为这是再简单不过的。事情有些时候就是这样,复杂的能够理解,简单的反而不能够理解。但关系我们豹子生死存亡的问题,我不得不"思想"。有一天夜里,我出猎回来,身上的烂疤折磨着,我不能迷糊一下,就去到长江边上。我这一夜是第二次去到长江边上。我站在那里,看着水中那玉盘一样晶莹透亮的东西,琢磨着"雪山"。猛然间,我明白什么似的抬起头来,就看见晴朗的天空中,一轮洁白的明月照耀着,啊,我差不多要蹦进长江去,那不是我心中的"雪山"吗!我立刻醒悟到,"雪山"只是一种意向,表示纯洁和宁静。那么,我们为什么要回到"雪山"去呢?显然,我们现在的环境是不纯洁不宁静的。大家可以"思想"一下,我们的天空整日烟雾弥漫,已经看不见一只鸟的影子。我们的土地越来越狭窄,越来越老化。我们的长江水再不是清亮纯净的,而是又浑浊又腥臭的。大家还可以"思想"一下,为什么我们有的豹子莫名其妙地死去?我们有的豹子为什么古古怪怪地害上一种烂皮症?就像我这样的烂皮症。我们有的豹子养的儿女,为什么多年属于死胎和怪胎?很少有一只是健康的。这一切都因为我们所处的环境中有大量的毒素,正从各个方面攻击我们豹子、扼杀我们豹子……

所有豹子都站了起来。每一头豹子都感到内心深处有一种莫名其妙的东西在激荡和冲击,再也不能够安安稳稳地坐在土岗上啦。

第八章 老豹子

我们豹子必须向"雪山"迁徙啦！这是至高无上的大角牧神的指示。我们是从"雪山"上下来的，对纯洁和宁静的追求，是我们豹子的天性。那么，"雪山"哪里有呢？纯洁而又宁静的地方哪里有呢？多少夜晚，我站在长江边上，就那么嗅啊，听啊，终于琢磨一点名堂出来。从下游上来的风是浊气，从上游下来的风是清气。从下游传来的声音是干枯刺耳的，从上游传来的声音是湿润悦耳的。我开动"思想"，很快得到一个结论：下游是大机器，上游是大森林。我们的"雪山"，只有上游才能找到。我们纯洁而又宁静的地方，只有大森林才能找到。事实上，我们这一块陆地，是三级阶梯，西部高，东部低，我们长江的源头，辽阔的高原上面，有地球上最高的地方，称为世界屋脊的喜马拉雅，那是第一级阶梯。而我们豹子现在的地方属于第三级阶梯，往下走只有苦难的大海。第一级阶梯终年冰封雪冻，那里太冷，不会出现大森林。第三级阶梯受洋流的影响，既温暖又湿润，适宜生长大森林，但这里拥挤着大量的人类，像蚂蚁一样密密麻麻，不等树苗长成材就都被他们踩死了。结果，只有第二级阶梯才会产生一望无际的森林。那么，接下来的问题是我们如何到达大森林，完成大角牧神安排的大迁徙……

"我们走吧！"

"我们出发吧！"

十几头豹子闹哄哄的，在苍白的月光下簇拥成一团。每头豹子都掉头西向，仿佛只要老豹子点一点头，就会冲下土岗，杀上长江。

只有疙疸老山显得无动于衷，它依然那样庄严地站在原处，静静地等待着，等待着老豹子把那个事情说破……

谈何容易的事情啊！我们都老的老，病的病，残的残，长江又那样曲折，它的支支流流，像我们身体的血管，走哪里，不走哪里，我们拖着这样一支队伍，东颠西跑，恐怕还看不到大森林，就会被拖散、拖垮。而且,目标太庞大,容易被人类发现。这样,我们的"思想",也就会暴露。人类制造机器和自己下棋,而机器人一旦下赢了人类,人类就会感到威胁,就要毁灭机器人。即使在棋盘上,人类也不会在"思想"这个问题上让步。我想表达这样一个意思,虽然人类把我们列为二类保护动物,但只要发现我们大规模的有组织有纪律有目标的行动,他们就会权衡利弊,进行有力的抑止。比方说,他们把我们捕去关在铁笼子里,按照他们的方式实行保护,在他们监督下实行交配、繁殖,这是多么可悲的啊!而且,人类现在的秩序出了问题了,一个不买一个的账,你说保护,他说屠杀,不能统一起来。比如就在长江边上一个很大的城市,在公园,人类就把称之为百兽之王的老虎的牙齿给拔了,让游客们去摸它。还说老虎的屁股摸不得呢,连牙齿都给拔了。所以,我们的行动要秘密、迅速、准确。做到这样三点不容易。我们必须先派遣一头最优秀的豹子,立刻出发去第二级阶梯,找到我们纯洁而又宁静的大森林,然后记清楚道路,再回来带领我们大家前去……

那一瞬间,疙疤老山感觉尾尻那儿被什么东西推一把似的,它就腾地跃过去,骄傲地站在老豹子跟前。老豹子一点不诧异,仿佛早知道会是这样的,只用两只浑浊的眼睛盯住它,一动不动地盯住它。疙疤老山极力想从那一对浑浊的目光中发现一点什么,就勇敢地瞪亮一双眼睛,和老豹子对峙起来。结果,它发现那深渊老潭有多么复杂啊!威严、神圣、悲愤、欣慰、信赖、麻木……

奇怪的是没有一头豹子跳出来跟疙疤老山争这份殊荣,仿佛都接到来自大角牧神的告示。其实,它们中间还有几头正当壮年的雄性豹子,从力度上、灵敏性上,都比疙疤老山强。但是,大角牧神却偏偏选中花豹疙疤老山。直到很久以后,疙疤老山才明白其中的道理,而不得不佩服牧神高瞻远瞩……

疙疤老山要出发。十几头豹子四下出击,在老豹子的领地上来回捣

第八章 老豹子

腾。最后,豹子们翻到一只腿部受伤而没有来得及逃走的狐狸,叼到疙疤老山跟前。疙疤老山不客气地饱餐一顿。然后,疙疤老山在十几头豹子的簇拥下走下土岗,来到长江边上。夜已经深沉。宽阔的江面上弥漫一层寒烟。风从很远的地方吹来,把团团江烟推来攘去。月挂中天,大江上下,沉浸在一片圣洁而静穆的光辉中。老豹子两只前脚浸在江水中,昂首冲天,望着一弯苍白的月亮。喔——它使尽平生力气一声长啸。那一霎间,沉重的长江似乎簸两簸。接着,十几头美丽的野兽都掉过屁股,将一根骄傲的尾巴伸进水里,开始有节奏地拍打起来。啪!啪!啪!十几条鞭子整齐地抽着,刚劲有力,雄浑厚重,长江被抽得颤抖不已,发疯地跳起高高的浪头,发出疼痛难忍的哭嚎……

　　风萧萧兮易水寒,
　　壮士一去兮不复返。

疙疤老山听着,看着,猛地一扭头,一纵步,便站在一块巨大的礁石上,再一回首,又一扭头,就往大江上游冲去,很快消失在苍茫的夜色中……

疙疤老山眼睛湿润了。

疙疤老山离开那乌梢蛇留下的蜕壳。它走上森林里一块苔藓斑驳的巨石,站在那里,尽力地引长颈子,透过枝枝叶叶的缝隙,望着遥远的天际,开始喃喃自语起来:

"现在是白天,我看不见大角。但大角应该看见我。不然,她如何会成为我们牧神?我的困境,她知不知道呢?既然派我到第二级阶梯来,她就不可能见死不救。不,她肯定是知道的。那天夜里,正是三更时分,她派来的使者,那片巨大的铜钹,在我头上停留好几秒钟,应该把什么都看得清清楚楚的,回去向她报告了。但是,那个人为什么还不出现?你英明的大角安排我接触的那个人,自从那个晌午在老木垭匆匆见一面后,就再也没有出现。那个将替我打开镣铐的人,他到哪里去了呢?"

天色渐渐暗淡,疙疤老山渐渐地被那巨石融化。

第九章

破　碎

　　木青青是第二次站在招贴栏前。任何一座城镇似乎都可以看见这样的招贴栏。它是一幢建筑的附属品——一堵临街的墙。就像人的面孔既属于自己同时又要给大家看一样，这种墙也不唯哪一家独有，而是社会和公众的。你今天在上面贴一张打着红杠杠的申诉书，而突然来一条大幅标语，也就把一切都覆盖起来。没有人计较，只有傻瓜才计较。那上面的内容总是很新鲜。老百姓因而爱往那里凑，即使匆匆路过，脚步不停也要往那上面睃。

　　孟通考区高考上线的考生成绩公布出来了。

　　七月九日，全国高考学校统一考试结束。接上专车把糊名试卷风风火火送往省城，开始进入评卷选拔阶段。从那时候起，人们就在等待着，而且越往后，也就越焦急，差不多一瓣心子要放进油锅里煎，事情才终于见了分晓。所以，红榜刚刚贴出来，那里就一层叠一层站满人，看的看，念的念，抄的抄，长时间不散去。而在那里拥挤的人，还算是比较本分的。有一点心计的，考场那边收刀捡卦，这边就上省城找熟人、通关节，千方百计把准考证号码塞给评卷老师，或者别的什么人物。而不等县教育局的通知，就有捷径快报，既翔实又清楚，完全不用挤招贴栏。

　　木青青事先一点消息也不知道。他从错欢喜乡下进孟通城来纯粹是因为另外一件事情。他没有想到考试成绩会出来得这么快，平日里同学们摆龙门阵，总把高考评卷这一环吹得神乎其神，从选择秘密据点，到部队站岗放哨，仿佛不经过水煮药水洗，那些显示得分的阿拉伯数字就不会出来。

困豹

第九章 破碎

他挤近招贴栏前,甚至也多半出于偶然。他只是看见那里一大堆人拥在一起,既闹哄哄,又严肃、认真,就忍不住要看看稀奇。而红榜上那一行醒目的通栏标题呼地蹦到眼睛皮下,他才一下揪紧了。似乎凭着一种感应,他很快瞄到"木青青"三个字。说实在的,这以前,不管心里怎的踏实,即使对着答案,在考卷上照抄照描吧,却也免不了有些恓惶。因为谁也不敢保证,事情在哪一个环节上都不会出一点问题。他大约在那串阿拉伯数字上停留了三秒钟,接上带着超起分线两个分数段的刀刻一般的印象,就把目光转移到别的那些辉煌的字眼上,好像对别人的命运更关心一些。但事实上,他是在做一次漫游。一匹马跑到终点,还要溜达一下,这种情景既轻松又兴奋。他显得很宽容。一个站在岸上的人,一般都乐意把一截木头扔给那在激流中挣扎的人。

"罗远志没有!"

他脑子里忽然闪过一个念头,整个神经莫名地绷紧。

他的目光躲躲闪闪的,又在那光亮的名字的河流里走一遍。

"没有罗远志!"

他这一次咕哝出声来。

他挤开人群,没怎么细想,就往学校跑去。

"罗远志不可能没有……"他在心里给自己打气,"他在小学和初中都跳级呢!"

那情形,仿佛罗远志落选了,他自己也靠不住。越过古城墙的断垣残壁,还隔校门口远远的,他就看见了那块白底黑字的招牌:孟通县第一中学。那一瞬间,他感到灵魂深处有什么东西震动一下,接上脑海里一片苍茫,而两只脚也灌铅一样沉重起来……

他知道自己摆脱不了那个七月九日了。

最后一科是生物。按夏时制时间还差一刻钟,就要拉响冲刺的铃声。

那阵,木青青在第六考场门前截住罗远志。

"你对那娃儿感不感兴趣?"他诡秘地说着,往刚刚走进考场去的一个背影努了努嘴。

"你说'绿面书生'?哪样感不感兴趣?"罗远志一只手在鼻子跟前扇

了扇,驱赶哪样难闻的气味一样,"酸!"

"我告诉你,那娃儿作弊。"木青青神情严峻地盯住罗远志,"可能用对讲器……"他眼睛里一辆制动失灵的卡车在盘山路上尖啸着,越来越快地往弯道上、往山脚冲去,"有人把题目带出考区,有人在外头做出来,就通过那玩意儿传送……"

罗远志愣磕磕的。

"木青青你是不是考糊涂了?"他迷迷糊糊地说着,"你把事情跟那部叫作《永不消逝的电波》的电影混在一起了?"

木青青再没有说一句话,只用阴冷的目光看着考区大门那边。那边几个黄制服,在刚刚斜过去的太阳下面闪闪烁烁,格外有一种诱惑力。

"真是这样……"罗远志搓着手,显得不知所措地嘟哝着,"就是串通作弊……真是这样……那位县委办公室主任大人说不定也参与了进来……"他感到一种莫名的兴奋,"这就够刺激,够味,像电影上那些脱衣裳的镜头……"

"人体二百零七块骨头,多一块骨头出来了。"木青青意味深长地暗示着,眼前一辆破车在拐角上一顿,撅一撅屁股,冲出路基,往谷底轰轰隆隆地翻滚下去,"这块多余的骨头,不是一块反骨,就是一块媚骨。"

两个人接上都进了考场。但预备铃拉响过后,木青青看见罗远志又离开座位,跑出考场。他十分清楚他干什么去了,却装着什么也不知道的样子,没有阻止,也没有声张。只是望着那个紧张地耸动着的背影,他脸上的肌肉抽动几下,似乎想笑,却又笑不起来。直到监考老师拆封发下卷子来,那工夫,罗远志才气喘吁吁地踅了回来。木青青发现他在对角上那位子坐下去的瞬间,还扭头往这边看了看,并且古怪地眨了眨眼睛,那意思好像说:"我只是去买了一张电影票,那片子是他们早就排演好拍摄完的,现在轮到跟观众见面……"

从那一刻起,木青青开始尴尬地捱着,既莫名地兴奋,又莫名地怯惧。他想电影就要开映,人物就要亮相。这工夫,贴紧前面一张桌子的"绿面书生",影片的主角,他依然整个身子习惯地压向课桌,全神贯注地沉浸在角色里。仿佛担心把自己也装了进去,木青青两只脚蹬在地上,身子往后仰

第九章 破碎

着,靠在教室角落坚实的墙上,尽量地和那镜头拉开距离。开试时间过去二十来分钟光景,考场的门被推开,走进两个人来。木青青知道其中一个人是从珍州下来的巡视员,这些天总在考区里转悠着,不时地耸动鼻头,嗅着各个考场的气味。那一瞬间,似乎受一种下意识支配,木青青一只脚忽地抬起来,在"绿面书生"凳子上戳了一下。但那两个人很快来到跟前,两张铁板一样冰冷的面孔透着一种威严,使人连呼吸都迟疑起来。他们很轻声地,也不容违抗地,把"绿面书生"从座位上叫起来,然后带出去。整个过程不足一分钟,甚至专心答题的考生还没有意识到一点异常,第六考场又沉没到岑寂而又紧张的考试气氛中。只有木青青感到两边耳朵根儿烧乎乎的,好像是自己作弊被抓住一样。直到规定考试时间结束,考区上空传来急促明亮的铃声,他把卷子摆在位子上准备离去,才发现准考证号码没有填写……

就为了这个缘故,他从乡下跑进城来。七月九日,你这个要命的日子!那情形,仿佛一头心性暴躁的畜生,匆匆忙忙地奔一阵,忽然一顿,伴随一种致命的痛楚和窒息,才知道脖子上套着一根绳子,整个生命还被拴在那里呢。灵魂与肉体,原来是那样容易统一,又是那样容易分离。木青青或许永远也弄不明白,他那会儿怎的要有那个暗示?是长时间地积聚之后的喷发,还是瞬间的冲动?是正义的驱使,还是心理的不平衡?……

逝者如斯,而未尝往。如果过去并不是永远过去,真的能够产生逆转,那么事情的发展或许不会是今天这样。就像一条链子在一个环节上出现裂痕可以重新倒回去弥补,他也可以得到机会重新对过去进行修正。当然,这种修正不是为别人,而是为自己。你有什么资格揭露"绿面书生"呢?没有。你有什么理由利用罗远志呢?没有。你如果认为那是邪恶,那么事情一开始,就应该进行抑止,不管采取什么方式,都是正直而又良善的。但那会儿,你面对那个神秘的声音,却放弃自己的思想。你的本能在恶与善之间晃动着,最后把善逐出心灵的空间,而让恶来占据。你的本能那会儿仅仅剩可怜巴巴的一个饭碗。现在想起来,那些题目并非那么艰深,你打开思想之门,其实也不难解答。遗憾的是这扇思想之门被你关闭了。你像一个丑陋的寄生包,把生命托付给恶之树了。从七月七日第一天第一科起,你就俯首帖耳,追随那个邪恶的声音,不是直接作弊,也是间接作弊。那么,恶之树,怎地会结善之果呢!你毕竟只是一个高中毕业生,还显得稚嫩了一点。善很美,但不是门面,也不是装饰品,它是一种本性,从头到脚都要求纯粹,不欺人,也不自欺欺人。善也很温和,但一头老牛也有发怒的时候。而且善的报复往往比恶的报复来得深刻、沉重。你经受不住这种打击。七月九日,那颗恶的种子发芽了。它梗在心里,吱吱地吮吸营养。而善像一块巨大的磐石,无情地压抑恶的成长。你不能容忍恶,也惧怕善。可你是那样虚弱和苍白,只听凭它们在那里厮杀,把肠肝肚肺都搅起来……

直到那天,爹从磨坝场街上用麦子换来几斤挂面,你在一角包装的报纸上看见那则文字:

……利用无线电对讲器传送答题,孟通县委办公室主任及其儿子双双受处罚……

那会儿,你气喘吁吁地跑到乡公所,撞开办公室,把那些七零八落的《高原日报》收拢来。然后跑到黑鸦坎,一个人躲在那里,把那些由对讲器作弊而引发的讨论连着标点符号都仿佛吞了吃了似的读过去。你接上倒在地上,怔怔地望着头上血腥的太阳,觉得自己整个地溃散了,融化了。黄昏时分,你从那里站起来,把那些报纸通通扔下黑鸦坎,仿佛变了一个人似的,轻飘飘地回家。第二天,你和谁也没有说,就离开错欢喜来到孟通,想替那个陌生的躯壳寻找支撑……

可是,现在,你像那个寻找桃源洞的武陵人,原路返回去的时候,那个世界却在眼前迷失。木青青恍兮惚兮地穿过校园,步履艰难地登上石级,往教职工宿舍区走去。那个逃学的晌午,那截暖洋洋的城墙根,那片凉悠悠的柏树林子,在眼前飘忽着,越来越淡漠,越来越遥远。一片招贴栏,一道深渊,他和罗远志被隔开。一个在这边,一个在那边,只有大声喊叫,彼此才能听见。他对从前那种海阔天空飘飘荡荡的境界,已经不敢奢望。他甚至怀疑自己站在罗远志的对面,是不是还有勇气说下去、听下去……

木青青在罗远志家门前站住。他钩着指锤敲了敲门,却并没有敲响,就又缩了回来。他在门口怔住了。

第九章 破碎

"说实在的,你把我也给毁了。"

有个声音又疲倦又绝望地从门缝里漏出来。这是罗远志他爸罗雨的声音。凭着某种感觉,木青青知道罗远志靠门边站着,脑袋瓜垂着,正沮丧极了。他爸大约在里屋门边一张椅子上瘫着,虽然颓唐,两只眼睛却是直直地盯住罗远志。

"我不明白,你要和我说说,你的物理哪样才考四十七分!"那声音开始带着灵魂的呻吟颤抖着,"我这个师范学院物理科的高才生,堂堂的孟通县第一中学物理教研组组长,还因为几篇有影响的学术论文,特别破格晋升高级教师,而一手调教出来的儿子……居然在高考中物理科只得了四十七分……你叫我如何明白哟!"

罗远志在喘息,老牛一样呼哧呼哧的声音挤着门缝传出来。

"你要挺住!"木青青在心里说着,"你要挺不住就和你爹响枪响炮地干一仗吧!"

"我还要教书,我还要教哪样书!"那声音自言自语地喃喃着,走着一个又冗长又凶险的怪圈,"连自家的儿子都教不好,有哪样资格教好人家的子弟……哪个相信你,哪个愿意把子弟交给你教……学校还闲着两个超编物理老师呢!这回你考不起不要紧,连着我也有好戏看……等着吧!连着我也有好戏看……"

"我跟你脸上抹黑了!"

罗远志一句话仿佛从喉咙里呛了出来,整个屋子震了一下。

接上门呼地从里面拉开,罗远志一头冲了出来。木青青躲闪不及,被撞个正着,一下摔倒在地上。那一瞬间,罗远志顿了顿,两片眼镜闪了闪,瞥了木青青一眼,就疯狂地跑起来。

"你跟我回来……"

罗雨站在门口,脸色铁青地望着飞身跑下石级的儿子,恓恓惶惶地喊道。

罗远志头也不回一下,一直穿过校园,跑出校门,消逝在"孟通县第一中学"那块巨大的牌子底下……

"你回来……"

罗雨嘶哑地叫着,声音越来越低弱。

罗远志听不见了。

木青青转完了东西南北四门的街子,都没有看见罗远志的影子。太阳像打上油一样又亮又滑,急剧地向西头落下去。挎着一个白色泡沫塑料箱子沿街卖冰棒的,这会儿也嘴巴抹油地叫着,"吃到喉咙管,凉齐肚脐眼!"更殷勤,更急迫。木青青买一根冰棒衔在嘴里,咔嚓咔嚓地嚼烂,两边腮帮子一缩,一口冰水咕嘟地吞下去,满腹热燥禁不住激灵,漾出一个嗝来,顿时也安稳了一些,冷静了一些。

"罗远志那会儿跑得好快!"他在心里咕哝着,"同窗三年,还没有见他像今天这样跑得快,去参加比赛,说不定拿名次。"

一根竹棍咬在嘴里,他不知道为什么不把它吐掉,就那样咂啊吮啊,还有滋有味的。

天色将晚,那些像脚脚爪爪一样支棱上街来的巷道,开始晃悠着神秘的暗影。比起漫长的白昼,这种小胡同入夜来更有活气一些。它使人觉得那里总在紧忙地张罗着什么,说话间就要悉悉乎乎地弄到巷口来,接上干的稀的、热的凉的,也都摆在你跟前……

木青青不知不觉地又转到招贴栏跟前。几个半老头子凑在那里,两支电筒往红榜上照一照,歇一歇,接上又照一照,然后梦呓一样地喃喃着,就蹲下去,梯夸梯夸地拨着一小点儿机器,燃明一截烟卷,慢慢地抽起来,仿佛累了身子骨,喘口气再接着看下去。先前那种拥挤吵闹的景象已经无影无踪。木青青眼睛好,在黯淡的天光下,也能够看清楚那些名字和分数。他一遍一遍地读下去,把一板红榜印进脑子里,仿佛不这样,就没有别的事情可做。他找不到罗远志,或许罗远志有意地躲避着他。但罗远志的痛苦,他却是可以想象的。而事情关键在于他连想也不敢想。只要两片眼镜在脑海里一闪一闪,他就浑身里发怵。如果在见到罗远志前,他的不安是由于内疚引起的,那么现在呢,他的恐惧则是因为负罪产生的。开初,他试图驱散这种感觉,仿佛这种感觉是冥冥中一只手强加给他的,太过分,也太不公平。可灵魂深处的东西,越是抗拒,却越是牢固地抓在那里。结果,他一瓣虚弱

第九章 破碎

的心被弄得越来越沉重不堪……

天完全黑下来。七零八落的街灯织成一片阴郁的光影。散淡的光影照不到边,临街的墙壁垒森森,墙上的招贴栏则模糊不清。木青青依旧发愣发怔地站在那里,仿佛一条黢黑的鱼,而今被钓上,再也不能够挣脱出来。不知哪时候,他觉得后背有一丝凉气,衣裳被剪子穿了窟窿一样。回过头去,他就看见一棵电线杆底下,有个脑袋往这边窥视着。他心里被什么东西戳了一下,很快想到那个人,那个在考场上和他前后仅仅隔着一张桌子的"绿面书生"。对!"绿面书生",那个被考区巡视员从腋窝下搜出一只对讲器,而后被取消三年考试资格的考生,在那里缩头缩脑干哪样呢?他这样闪过一个念头,就不自觉地离开招贴栏,向那个人走过去。他渐渐走近去,那个人却消失得无影无踪。

他诧异地环顾四周。这工夫,一个似曾相识的身坯正好在昏暗的街灯下摇摇晃晃走过,他就慌慌忙忙地跟了上去。他不明白自己要干什么,一切都仿佛措手不及,像一个坠入黑暗深渊的人,对一根腐烂发亮的朽木,也会表现出莫大的兴趣。

"你站住,别忙走,听我说几句吧!"他在心里向那影子恳求着,"我有一个重大的事情要说出来,别忙走,听我说,原子弹要扔到广岛和长崎……你听我说几句吧!"

但是,他又不敢过分走近那影子,就那么若即若离地跟踪下去。他是太了解罗远志了,甚至比他爸罗雨还要了解罗远志。这工夫,他似乎听见一种吱吱噌噌的声音,正从小城的某个角落里传来。一把钳子,或者一把螺丝刀,拧一颗螺丝帽,正越拧越紧。而等到这螺帽拧老,拧死,就有一个结果。没有罗远志,不能没有"绿面书生"。他叫什么名字?不知道。从来没听人说起过他的名字,连《高原日报》上那些讨论作弊的文章也没有提到过他的名字。而这好像并不大要紧,一个人有一口花斑牙,或者两只三角眼,就完全可以把名字省掉。要紧的是他绕不开那个吃"白净得发绿的面粉"长大的人。人啊,总自觉不自觉地爱玩一点小聪明。从七月九日那个迷迷浊浊的暗示开始,先罗远志,后"绿面书生",他绾了两个死结。而今只要其中一个死结散开,拴住他生命的那根绳子也就解脱了……

可是,那种吱吱咝咝的声音很快消逝,螺帽一下拧到了头了。那一瞬间,"激流险滩才有活力!"他听见另外一个声音,是那个逃学的晌午,那截暖洋洋的城墙根,那片凉悠悠的柏树林子,留在记忆里的回响? "我情愿像流星那样瞬间的闪亮过后消逝!"不,是从深邃无比的夜空里传来的。"罗远志!"他抬头望天,在心里怆然叫道。一长串句号,在黑咕隆咚的天幕上摇曳,前不见首,后不见尾。那青春已然涂抹完毕最后的篇章,正把那个可怕的结果推近前来,要生拉活扯地把一个人抓进去……

"罗远志!"

他大喊一声。晚饭后出来溜达的人们,都紧紧张张地往这边望。他舍下那个影子,开始在街子上跑起来。十字大街上灯明火亮,人来人往,比白天还热闹。

  沉重的架磨吱吱嘎嘎,大石磨旋转着,把拥塞的谷粒碾碎在磨道里。古城墙断垣残壁灯昏影暗,一对一对少男少女激情地徘徊。半边雨半边晴,林子里烟霭氤氲,朵朵菌子撑开伞盖疯长起来。

在校门口转角上,他迎头撞着一个人,四只手抓在一起,才没有摔下去。而刚刚松开,各人要开步走自己的,却又诧然地抓在一起。

"令狐老师!"木青青机械地叫了一声。

"是你……"令狐枯荣晃晃手臂,"我看红榜……"

"不!"木青青怪声怪气叫着,"快……"他死死抓住一只干硬的手,往校园里奔着,"快救我……老师! 快救我……"

令狐枯荣气喘吁吁地说一些什么,木青青一句也没有听进去。

两个人一前一后拉拉扯扯到罗远志家中。还远远的,木青青看见屋门大开,一些人在门洞里迟钝地浮着。他知道那个结果已经近在眼前。他抓住令狐枯荣的那只手湿汗淋漓。这里比白天招贴栏那里还要挤。一条缝阴郁地裂开。他感觉到自己正被吞噬掉,更牢实地抓紧令狐枯荣,一步一步地走进深渊去……

第九章 破碎

　　青春的生命躺在血泊里。二十英寸的彩色电视机只有一个方格子。发绿的日光灯影。坚硬的墙上钉着粉碎的肉泥。大大小小的玻璃渣子数不清的三尖角闪闪烁烁。一块白云从天边飞来裹住躁动不安。一只青蛙在烈日下背着熔化的铁线张着干渴的嘴巴跳着。

祥林嫂絮絮叨叨的诉说在几个角落同时响起来。他三魂六魄都留在了那个结果里。由令狐枯荣把他拖着曳着,从裂缝里退了出来。恍恍惚惚中,他眼前出现一只铩羽鸟,正凄厉地叫着,在无边无际的天道上奋翮高飞。鸟终于忍不住剧烈的疼痛,一下跌落下来,如一只烧废弃的陶罐儿,或者一颗灿烂的陨星。整个错欢喜山村屏声敛息地望着。而整个黑鸦坎山涧则沉重地断开,吞没那辉煌的鸟儿,然后又合拢来……

伤 痛

"我的兄弟呀!"

是龙呆子。腊月里扎龙,正月里玩龙,他都清醒白醒的。可一条龙一烧,几缕青烟上天,也仿佛带走了一个人的魂灵,他又开始恍惚起来。

"我的兄弟呀!让我替你去死吧!"

龙呆子号丧是不分远近亲疏的。在小城这里,生命的离去远比生命的诞生隆重得多。只要一块阴郁的帆篷张开在街头檐下,几曲哀哀的曲子响过,几串惊悚的鞭炮炸过,而四方八面的,就有帮忙的朋友凑拢来,唏嘘着,叹息着,又热心热肠地张罗着。但总也离不开黑老丘。他阴鸷鸷地走来,从那些挽联什么的,判别出一个大概,便可以哥呀弟的,或者姐呀妹的,守着灵堂哭起来。他差不多花甲的年纪,无论那棺盖里的死者是老是少,总也不会让人疑惑这疯疯癫癫的老人要趁机捡什么便宜。而且他真的哭出水平来,看上去比那些孝子贤孙还要悲痛,能够引得一旁的人都跟着抹眼泪。天长日久,也居然成为一种自然。他因此受到大家的尊重,可以有大孝子才有的一段长长的帕子,还可以喝一点酒,吃一点肉。这样的场合没有黑老丘,那情形是多么难以想象呀。

木青青站在另一座山冈上,隔着坟地远远的。从黑老丘沙嘎的哭号里,他知道那扇通向阳光的门已经关闭,罗远志从灵魂到肉体都被封冻在了另外一个世界。现在,他已经不再感到悲怆,也没有麻木。但因此从"七月九日",高考最后一天,那个黑色的日子以来,就像梦魇一样纠缠着他的那种虚怯,便更尖锐地逼近了。他把目光逃避一样地从坟茔那边转过来,

第九章 伤痛

迷茫地望着山冈下面一座小城。竖街横巷，灰楼青瓦，千差万别而又归于一统，都静静悄悄地躺着。冥冥中，一只手舞着几个章鱼触钩般又柔韧又险恶的指头在天地间拨弄开来，那些男男女女的便棋子一样地开始活动，直到陷入绝境，才又退出这只棋盘，离开那些街衢跟阡陌纵横而成的格子，最后像罗远志那样地进入坟墓。而这只棋盘的中心在十字大街，最繁荣的地方啊，也最集中地滋生着罪恶呢。那么，这棋局是谁在摆布，从什么时候开始，到什么时候结束，木青青却不敢再往前延伸。

完全属于一种单纯的指引，他把目光从那副经纬交织的大十字架上收回来，便开始走下山冈，往通向坟地的那条小路截过去。这时候，令狐枯荣正陪着罗雨从坟地往回走。木青青一股劲地奔着，却不知从哪里横出来一只手，把他抓住站下来。他下意识地叫了一声，便陷在一片水藻里一样，不再有一丝一毫弹动。

"你无论如何要说说，你是罗远志最好的朋友，应该对罗远志比较了解。"记者们缠住木青青说着，"选择这样一种死亡方式，用自己的头颅去撞彩色电视机显像管，这本身就耐人寻味。"

他怕他们。某种程度而言，他不敢去坟地那儿，就是为了躲避他们。不过两天工夫，从省和地区下来的记者一拨接着一拨，文章还未登载出来，而事情的严峻与深刻就压迫得人已经喘不过气。据说在教育局那边，甚至有北京一些大报刊通过电话进行采访的。其他人怎么看和怎么说，木青青不得而知。但他不会告诉他们任何细节，哪怕一点推测。他觉得这是他为罗远志做的最后的事情，他不能让这些笔墨师爷捉刀代笔地把一个人剖开，把藏在里面的心啊肝啊这些神秘的东西拿走。甚至说透彻了，在罗远志的问题上，他已经不堪重负。如果再增加一点分量，即便是很轻微的一点，他那一瓣稚弱的心也会被压碎。

"会不会是电视机里的节目刺激了他呢？"

木青青紧咬牙关，目光怔怔地望着远方。这工夫，罗雨和令狐枯荣已经走到跟前。仿佛一阵风吹，那只口袋当空地抖了抖，又重新张开来。趁着记者们注意力转移过去，木青青脱身出来。但他没有逃跑，而是逼近罗雨，仿佛这更要紧一些。罗雨看上去老了许多，青黑的眼袋往下垂着，几丝白发已经爬上两鬓。但作为孟通县最高学府的高级教师,这谁都知道相当于副教授的待遇,拿的工资比县长还高,他那眉宇间还是透着一种清高,并不因为失去了儿子而显得失魂落魄。木青青站在他跟前,那么倔头倔脑地瞪着两只眼睛,很像要大闹一场。也不知罗雨是因为痛苦、木钝,还是有意地要回避,他把头侧到了一边,望着拥过来的记者。尽管他其实也什么都没有说,而只是一味地摇头,但他显然更愿意听记者们在那里叽叽喳喳,这似乎可以把他从眼前的痛苦中解脱出来。

木青青终于没有能够说什么。但他却是很古怪的,仿佛变戏法,一只手戳到罗雨眼睛皮下,慢慢地摊开掌心,亮出一块圆圆的玻璃。而不等大家看清楚,他又五指一收一拳,把那太阳光下一束辉煌关了起来。接着,这个高中毕业生就拽着令狐枯荣。令狐枯荣迟迟疑疑的,却还是跟着木青青在人流中消逝了。

这里罗雨像一条风雨飘摇的船又触礁搁浅,再也不能支撑下去,便脸青面黑地蹲在地上。直到两个人上来扶着,他才又委顿地往前走。这一来,记者们剩在那儿,竟然你一言我一语的,似乎事情到这时候才让人嚼出一点味儿来,琢磨着,揣度着,久久不散去。

两个人来到城墙根,抄近路来到学校里。虽然放暑假,但落选的考生们又很快集结起来,正利用空出来的教室补习功课。尽管如此,校园还是比开学上课的时候清静了许多。大操场空旷无人。他们在已经长草的环形跑道上坐下去,就像一段绿色的旋律打两点休止符。不等令狐枯荣抹一把汗,木青青又变戏法似的把一块玻璃戳到他跟前,颤声颤气地说:

"我要忏悔……"

令狐枯荣一震,便看见木青青脸庞上挂了两行泪珠。

"罗远志死的时候,我进屋去看他连脑袋都被炸碎了,可那副眼镜的两块镜片却还好好的……"

令狐枯荣注意到了,木青青手上的玻璃块儿,其实是折射率相当高的凹镜,并不是普通的眼镜片儿。

"这是我和罗远志从实验室里偷出来的,我们想做一只天文望远镜,他从他爸那里把实验室的钥匙偷出来,我们就偷这些镜片准备做一只天文望

第九章 伤痛

远镜……"

"你什么都不要说了。"

令狐枯荣口吻里充满央求,莫名地断过话去。

"他偏激,也神经质,可他那么真实。我却总是利用他,又自私又虚伪……"

"你不要自己画猫猫来吓唬自己……"

"他如果还把我当作他的朋友,就不会轻易选择死亡……"

"木青青!你要珍惜自己。"

令狐枯荣一下严厉起来,这多少让木青青感到有些吃惊。

"珍惜……"高中毕业生喃喃道,"我有什么值得珍惜……"

"有些人生来就是陪伴别人的。"令狐枯荣说着,目光望着远处,思绪也被牵引出去,"我也属于这样的人,错欢喜很多人都属于这样的人,好比泥土,提供营养,就为了一棵苗能够成长……"

"我凭什么要你们做出牺牲呢!像我爹卖牛供我读书,这还好理解一些,因为我是他的儿子……"

"这就是命运的安排啊!没有命运的指引,我和我父亲不会从遵义那座城市到错欢喜那个山村,而罗远志也不会在高中阶段陪伴你。严格地说,这个世界上所有的人都是我们的亲人。我们是没有自己的,如果有自己,那也是通过我们的衬托来体现。比如罗远志吧,他的死能够让你自省,并明白很多事情,这就说明他活着的分量……"

"这太不公平了。"

"我还没有罗远志这个分量呢!你看见的,那么多记者来写文章,说明这个社会有缺陷,是罗远志用他的死暴露出来,让人们警醒,并修补缺陷,最后,这个社会会美好起来的。当然,他对不住他自己,也对不住他的亲人和朋友。但他绝不是一个傻瓜。可是我呢,我连自己的学生都守不住,学校也被泥石流打垮了。"

"这不关你的事情。"

"那个骗子吃住在我的学校,我无意中成了他的同案犯……"

"我不明白你为什么要说人家是骗子呢?老实说,离开那个边远贫困的错欢喜去发达繁荣的温州,本身就是一件好事情,何况一个月能够挣几百块钱呢!我甚至都不想读书,也跑到那边去打工,给我爹买一头大水牯,再不借人家的牛……"

"你不要胡思乱想了。"令狐枯荣紧紧盯着木青青,"整个错欢喜就出你这么一个大学生。高中阶段已经成为过去。过去了,也就遗忘了,集中精力上大学去,把以后的路走好才是最重要的……"

"我是说你不要管这几个姑娘的事情了。"木青青口吻里夹着一种倦怠,"就从法律上追究起来也不关你的事情。"

"她们现在很危险……"

"人家有哪样危险哟!"木青青有些莫名的懊恼,"你把你自家的日子过好,比如学校被打垮了,你以后去哪里教书?"

直到这时候,令狐枯荣才觉察木青青有些异样。他怔怔地望着他,疑疑惑惑地问道:

"你是不是有哪样事情瞒着我?"

那一瞬间,木青青脸颊挂一片红。但很快地,他又摇了摇头:"不……我不知道她们的事情……"

"我一定要找到她们。"

令狐枯荣说着,便站起来,往校门口那儿走去。太阳斜过来,把他瘦小的影子摁在跑道上,仿佛一个音符孤独地在长长的五线格上颤抖……

"令狐老师!"

就在令狐枯荣走出校门那阵,木青青喊着从后面追了上来。

"水惠……她……"小伙子低着头道,"她跟我写了一封信。"

令狐枯荣听着,眼前透上来一片光亮。

第九章 不明飞行物

不明飞行物

　　一脚踏进学生宿舍,一股又潮湿又腥膻的气味扑面而来。你翕动鼻子,又像捕捉又像拒绝,便很快适应地在一方架子床的下铺位上坐下来。这些床铺的主人差不多都是农民的儿子,假期里除了留下来几个照护校园的,便回了乡里。上铺位那儿窸窸窣窣的,你听出那是一些谷草发出的声音,多么温馨而又干燥的声音。在错欢喜木家寨,你与父亲,虽然老人家已经到了另外一个世界,你们其实也喜欢在床上的铺草里藏一些秘密。现在,你接住上铺位从谷草里翻出来的那封信。你瞥一眼寄信人地址一行歪歪斜斜的字迹,便愣怔在那里,仿佛那信也由那些谷草编织而成,让人不知是惊讶还是疑惑。你急切地把那封信掏出来,读一遍,又读一遍,蔫萝卜脑袋拨浪鼓一样地摇着,自言自语道:

　　"不……这不可能……她不可能在这里……"

　　那阵,你根据小胡子留下来的那一张名片,"国际粮食协调总会中国办事处驻遵义代办",你就在遵义找了。人家说有这么一个人,只是好长时间不在那里了。这样,你又依照名片,"中国浙江温州大东海塑料集团董事",想着那头衔幸好没有外国的,也就找到了温州。

　　温州很好,温州很热闹。你在北京的那个夜晚,如果不是做一个梦,还没有看见过这样的景象。你过街穿巷,迷糊的时候就像小朋友一样找穿制服的警察,终于来到一爿厂子。你醒了醒脑门,又对了对名片,生怕走错了地方。说集团,原来就这一爿厂子。说厂子,其实只有这一个车间。说车间,不过安装了一台机器。

不一会儿,你就找到了名片上那个人。他站在你跟前,很诧异地和你对峙着。你脸色铁青,仿佛那是一颗引发冒烟的炸弹,让你阵阵心惊肉跳。但你不死心,抹一把荒凉的额头,一手湿漉漉的汗,便把那张像魔术一样捉弄人的纸片戳过去。

"不……你不是小胡子……不是去错欢喜招工的那个人……"你心气短促地说着,"可这名片是他给我的。"

"这种东西,像洒水车一样走一路洒一路。"那个人甚至接也不接在手上,只是冷冷地瞥一眼那纸片,"我怎么会招工,问上门来的人都用不完,还要大老远地跑到贵州那山旮旯儿招什么工哟!"

你被嘲笑了。但与整个骗局给人带来的那种屈辱比起来,这又算什么呢。你不会被欺罔压垮,未必还会被嘲笑击溃。

"我教出来的三个学生……是三个姊妹……被人拐骗了。"

"这不关我的事情。"

"这张名片是你的。"

"谁敢保证他打交道的人个个都是活雷锋呢!"

"你的名片都给了哪些人?"

"这是根本不可能说得清楚的事情……我说了,名片像洒水车一样走一路洒一路……在火车上,两句话投机,素不相识的人也可以发一张名片……"

"你乱发名片……"

"现在,把这种事情当真的人有几个哟!"

那个人说完,便遗憾地摇摇头,回转身走了。

你孤零零地站在那里。洪水涨起来,淹到脖子根上,你被迫游起来,从来没有游过的人,又会游到哪里呢。你实际上只是一种挣扎,人的内部有一种原始的本能,而凭着这种东西与恶流抗拒,谈何容易啊!你为此要调动那些超形态的东西。所谓超形态,即肉眼看不见的,它们隐藏深刻而又无处不在,比如意志和信念,你只要让它们在你的身体里面苏醒,并像山峰一样站立起来,你就有了生命之舟。也许你那在另外一个世界的父亲冥冥中帮助,也许你瘦小的躯干本来就蕴含着巨大的力量,你很快把它们调动

第九章 不明飞行物

起来。你划着一条小船,开始向你的目标前进。等到靠近跟前,你才发现那岛陆原来不过一片蜃影。就像钢铁会生锈,意志和信念也会松懈。船出现窟窿,水漫进来,慢慢往下沉。你生命的主人,一船之长,如果不对这个窟窿弥补和修复,就会被毁灭。

你在公安派出所门前徘徊一个时辰,最后还是走进去报了案。一个姑娘,很像那三个失踪女孩,眼睛像水惠的,鼻子像家英的,嘴巴像藤子的。虽然没有戴大盖帽,只穿一件佩着标识的短袖的警服,但比错欢喜的姑娘威风得多,也老练得多。她接待你,并仔细地听你诉说,又认真地作记录。有那么瞬间,你觉得那即将沉没的船又要走起来。但你很快陷入绝望中。

"因为是在贵州那边发案,"姑娘合上记录本,温婉地说,"你应该回去找当地公安派出所。"

你看着那船的窟窿在扩大,却又无可奈何。你迷迷糊糊地离开那儿,茫然地漂泊在街头。

傍晚,你不知来到何方,眼前是一个湾。湾里是一片水。看见水,你头昏眼花、腿软力乏,就在一片沙滩上倒了下去。身体下面又软和又舒适,你毫不拒绝地沉陷下去。

半夜时分,你被一阵轰轰隆隆的声音惊醒。是垮山?还是泥石流?你懵懵懂懂的,以为还在错欢喜那座用来做学校的老庙里。直到一片水白亮亮地立起来,吐着数不清的耀眼的舌头扑腾着,你才意识到已经来到一个叫温州的地方。你从来没有看见如此疯狂的景象。仿佛又深远又近在咫尺的地方,那一柄巨大的镰刀挥动着,火火地一扎一钩,便拉翻一片水,也撕裂一片水。接着风刮过来,恐怖的雷声也被这剥夺一切的风吞噬,并熄灭在无边的破碎的水中。有什么东西企图对这种肆虐拦截,噼啪一声便折毁在这种狂暴中。人也毫不例外地被碾轧在沙滩上,螃蟹一样紧紧抓住那些沙碛,听从这种暴力的践踏……

等这一切成为过去,你坐在沙滩上,看见一只船搁浅在不远的地方,这才搞清楚是在海边。你被弯曲的岸迷惑,囿在小圈子里,因而看不见外面的海。你认识天安门城楼,即便在梦中,也一下可以从形状上认出来。现在,你认识大海,没有看见它什么模样,却因为感觉它的力量而刻骨铭心。这工夫,有一条红线在天边抻着,给苦难的海开出一条通道。渐渐地,这红线越来越粗壮,而通道也越来越宽阔。最后,红线鼓成一轮浑圆的太阳,海和它的岸都融在一片无边的红里。"我的船啊!"你站起来,感觉一种新的力量在体内集结着,便迎着苦涩而又清新的海风,向那条搁浅的船走去,"我要让你走起来哟!"那船上有一个人,和你差不多的年纪,也干瘦的身坯和荒凉的额。他看见你走近去,便放下手中的斧子,站在船头,古怪地笑了笑。你不再往前走,怔怔地站在那儿,仿佛明白了什么,终于也古怪地笑了笑。你实际上也需要修复与弥补,跟那船工挥一挥手,就离开海湾,离开温州。

"那地方没有水惠……"

现在,你已经隐隐约约地感觉到在这场骗局里,还有更深刻的东西潜藏着。你耐着性子,又重新展开那封信,仔仔细细地研读起来。

木青青哥:

您好!

我经过孟通城的时候多么想去学校看您啊!可是带领我们的那个人不准许,说我要来学校就不要当工人了。您知道我多么想出来当工人啊!我不想在错欢喜过一辈子,更不想嫁给火生。火生爹是乡的书记,我爹要高攀他,才答应了这门亲事。所以,我和藤子、家英离开错欢喜的时候,也没有给谁讲,是偷跑出来的。本来叶儿也说好要来的,不知为什么又没有来。听藤子和家英说,她们出来是想游玩一趟,等到发了工资有了盘缠就回错欢喜。看来,我是短时间里回不了家了。我多么想念错欢喜啊!

木青青哥!你是我们错欢喜的骄傲。还在磨坝场中学读书的时候,我就知道您有出息。高考就要来了。七月七日,这在阴历是一个幸福的日子,牛郎织女在鹊桥相会的日子。我在这一天会祝福您,整个错欢喜村在这一天都会祝福您。您一定能够考上大学的。木青青哥!我在这里的工作很好,每个月能挣好几百块呢。您上大学后,用不着给姨爹姨妈增加负担,也用不着去信用社贷款,我能够供您。您读书出来做了事情,把错欢喜变一个样子,我就心满意足了。您当了乡长当区长,当了区长又当县长,能够记着我这个妹儿,我就是死,也心甘情愿了。

木青青哥!我还告诉您一件有趣的事情。昨天晚上,我看见了飞碟。我以前只是听您摆过龙门阵。这一次,我亲眼看见了飞碟。它像一盘巨大的斗笠,闪着银色的光,悄悄地在这个城市的上空兜圈,然后又悄悄地飞走。我看它飞去的方向,好像就是错欢喜的方向。我那时候想,要是木青青哥能够亲眼看见飞碟,这该有多好啊!在磨坝场上初中的时候,我就知道您从学校老师那里借《十万个为什么》来看,特别对天上的事情感兴趣……

你突然来了灵感似的兴奋起来。你很快拿过扔在一边的信皮,急切地翻转着,想从那上面找出一点什么来。

"邮票没有了。"你遗憾地咕哝着,又往光亮的窗前凑了凑。终于,你看见了一弯淡淡的墨痕,弓一样阴险地隐蔽着,仿佛随时都可能放出一支冷箭。但你却一下想到了海湾,温州那个夜晚的海湾,在张开的豁口那边,藏着多大的凶险啊!

从这半边邮戳上,你好不容易辨认出来"遵义"两个字。

"邮票被学校收发撕了下去,"高中生依旧懵懵懂懂的,"集邮。"

你听着,凄然一笑,"不行,不行,"摇晃着秃顶的脑袋说着,"你要把那张邮票找回来,那上面有半边邮戳,说不定还有什么秘密隐藏着呢。"

你接上又拿过信来,仔细地看了看上面的日期,这才思忖着喃喃道:"这封信……不是从温州寄出来的……遵义的邮戳……只能从遵义寄出来……水惠……飞碟……只有飞碟这一条线索……那天晚上在那座城市……看见飞碟的当然不只是水惠一个人……这么大的事情……报纸电视应该有报道……"

你很轻松地就找到一种指引,大步流星地往县城图书馆走去。

一幢砖木结构的老屋里,横着几个书架。书架上放满了已经很陈旧的书。一位女图书管理员坐在里边,正跷着二郎腿,手上有一下没一下地编着毛衣。几个小学生靠墙那儿,一边翻着一本画报,一边无所顾忌地谈笑着。

这一切看上去仿佛没有丝毫关联,却又格外透着一种尴尬。你一进门便看见梯形的报架,它斜在窗户边上,相形之下,比书架要干净和明亮得多。女管理员瞟一眼,只是看见一爿干瘦的背影,又面无表情地戳着两根金属针。你理着那些梯横儿,不一会就找着《遵义晚报》。你拿着这一沓报纸往窗户跟前凑了凑,下意识地食指在舌头上舔一下,便细细地翻起来。

"本市昨发现不明飞行物"

你很快看见这一行拉扁的黑体字。它的浑厚与饱满,似乎有着无穷的魅力,让你长久地逗留在那儿。你接上核对了这张报纸的出版日期,完全不出所料,与水惠写那封信的日期相吻合。你很满意这种印证,这才慢慢地往下看去。

凌晨三时左右,一不明飞行物由娄山关方向而来。据火车站一候车的目击者称,不明飞行物状似草帽,无声。另据一开"云雀"牌出租车的目击者称,不明飞行物如金光闪闪的铜钹。可以断定,这就是人们通常说的飞碟。又据一值夜的巡警介绍,飞碟在本市上空绕行一周,接着在老城红楼上方短暂停顿,最后越过红军山,往北部孟通县方向而去。

水惠就在遵义市。

你有那么一点兴奋。但同时,更大的忧虑袭上来,乌鸦的翅膀一般的,把你这一点可怜的快意扫荡得无影无踪。

第十章

有颜色的历史

　　几乎没有一点感觉,列车就那么阴黢黢地滑动起来。仿佛下意识地,他往后退了退,站在安全线里,这才听见那钢轨铁轮互相撕咬在一起,哐当哐当地响着。木青青在前进着的车厢里探着头,还在拼命地向这边挥手。这一瞬间,他突然感到一种悁惶,脚下不自觉地划动起来。随着那钢铁巨龙越来越快,他也甩胳膊甩腿地追赶着。直到列车整个地驶离站台,他被一截高高的坎子断下来。望着一条长龙消逝在遥远的山地,他发愣发怔,觉得什么东西也被列车上那个大学生带去,莫名地空落,也莫名地期冀。

　　旧的不去,新的不来。也很快地,又一列火车尖声尖气地驶进站台。这时候,他才梦醒一样地抬起头来,望着车上那些一样的窗门、那些一样的人的面孔,这么找寻什么似的走过去。最后,像是禁不住刚刚下车的人流的裹挟,他终于走出车站来,也莫名其妙地,就站在车站的广场上。举目四望,他发现这里没有一个人是静止的,往东、往西、往北、往南,总不停地晃动着。他脑袋昏沉沉的,那些聚散着的一个一个不相关的人,在眼前连着一条一条线,正闪闪烁烁地辐射出去。等到这种辐射消逝,他就孤零零地站在广场中央,仿佛一只蜘蛛,经历一阵风雨,一张网被摧毁,而没有任何支撑和依傍。他也就像蜘蛛一样地找着一个角落,静静地蜷缩起来。

　　木青青走了。这个错欢喜旮旯出来的娃儿,这阵怀揣着他的大学梦,正走在去北京的路上。毕竟大学生了,总应该有一点体面,不可以挤来挤去的,随地坐、随地倒,畜生似的。这样,令狐枯荣找着马卡莲婶婶,通过关系的关系,给弄了一个位子。过路车,无所谓位子不位子。而搞着一个位子,也是一种成功、一种鼓舞。人的一生真说不清楚,比如令狐枯荣这样的,他们的人生很微妙,一次失败算不了什么,失败已经是家常便饭。而一次微不足道的成功,却能够使他们对自己有一个重新认识,并张开生命的帆,走出困顿与低落。现在,令狐枯荣就有一种特别的感觉,很空茫,也很轻松,仿佛不管什么艰难和烦恼,都无所谓的。水惠没有找着。但他不相信找不着。木青青几乎是被他赶跑的。录取通知书上规定新生入学报名的期限到了,而火车在路上还要两天两夜,进北京已经很紧迫。木青青不仅没有去过北京,而且也是第一次出远门,如果迟到了,学校接站的车撤了,他还真够麻烦的……

"令狐老师!你一定要找着水惠……我只有求你……"

临上车前,木青青那么无可奈何地说着,就有泪水花儿在眼眶里打转。

"你放放心心读你的书。"令狐枯荣抓住木青青的手,木讷地说着,"错欢喜就你一个大学生……不容易,北京的大学生,不容易……"

这样,仿佛又多了一根绳子捆在身上,更紧更实的,让人喘不过气来。不找到水惠,不找到姑娘们,令狐枯荣就甭想解脱了。

水惠在哪里呢?姑娘们在哪里呢?

一个星期前,令狐枯荣和木青青就从孟通来遵义找水惠。白天夜晚的,他们穿小巷、走大街,从城市郊区到城市中心,像幽灵一样转悠着。两师生心心念念的,想着哪一天哪时候的,或许就能够遇着水惠,那么所有的困厄和疑虑,也就涣然冰释。真的,人生何处不相逢啊。错欢喜甭说,东家长西家短的,都在大家的眼睛皮下。就是磨坝场这个区公所所在地吧,一条独肠子街,街这头打个喷嚏,街那头也能够听见。即便偌大的孟通城,要打听点什么事儿,在茶馆里泡个一天两天,也就没有什么秘密可言。有几次,仿佛只是差着那么一点,他们看见那背影像水惠,但等到追上去一看,却又诧眉诧眼的,是另外一个姑娘。

他们这么瞎摸摸地闯来闯去,也并不是一无所获。一天,从新城过迎红桥到老城,他们又来到红楼旁边那条小街。是多少次走在这街上,他们已经记不大清楚,仿佛旁边的红楼,真在冥冥中有一种吸引力,让人自觉不自觉地走近去。木青青在第一次来到小街的时候就看了红楼。木青青和所有的人一样，站在红楼门前，感觉那不只是一种魅力，也是一种诱惑。

他拉着令狐枯荣，没有一点犹疑，就买了两张门票，跨进红楼，去参观那间会议室。那时候，令狐枯荣站在边上，看见这个即将迈入大学门槛的青年，他伫立在护栏外，眼睛怔怔地盯着那些古色古香的桌椅，仿佛透过落在上面的尘埃，已经穿越历史，清楚地看见那里在论争着，慷慨激昂，义正词严，洪水一样地撞击着。终于，阻塞在前面的堤坝崩溃了，英明战胜浅陋，正确战胜错误，那支穷人的军队绝处逢生……

令狐枯荣那阵感到一种莫名的欣慰，觉得姑娘没有找着，却意外地在别的地方有了一种收获。现在，他们又走在红楼边上，太阳已经在城市的一角落下去，留着红红的一块挂在天空，像做着一幅现代味浓浓的广告。肚子咕咕叫着，到了吃晚饭的时候了。木青青在口袋里掏了掏，摸出两张花花绿绿的纸片儿，仔细地一看，是红楼会址作废的参观券。一张一元，加起来两元，差不多两个人一顿的饭钱。愣一下，又无比珍爱地收拾在口袋里。这才捏着半角衣襟，走到街边一个卖稀饭的摊子跟前坐下来。

令狐枯荣喝着稀饭，鼻子里总感觉有一缕香气缭绕着，仿佛下意识的，眼睛就往四下里那些热腾腾的小吃摊子瞅着。也就是这时候，他看见一个似曾相识的面孔。愣怔一下，不相信自己的眼睛似的，又低头喝着一碗稀饭。终于，他禁不住好奇心的驱使，站起来往一个盐茶鸡蛋的摊子走去。那摊子后面坐着一位女人，头发已经花白，脸上挂一副眼镜，这工夫正一双手浸在一盆水里，小心地淘洗着一只一只白生生的鸡蛋。觉着有人走近来，她甩甩手上的水，接上在胸前一块围腰上揩一揩，就准备料理生意。殊不知，这位顾客愣磕磕地站在跟前，不往外掏钱，也不问津。她有些诧异地扶了扶鼻子上的眼镜，仔细地打量起对方来。这一瞬间，令狐枯荣一下想起什么来似的，就肯定地招呼起来——

"马老师！我是令狐……"

"哦……小令狐！原来是你……"

就这样，令狐枯荣在遵义街头和马卡莲娜娜不期而遇了。从那个阴晦的早晨，令狐枯荣跟父亲坐上长途货车被遣送到错欢喜，一晃二十多年过去,彼此再也没有见面。令狐枯荣还记得,当汽车开动的那一刻,马卡莲婶婶得到消息,匆匆忙忙赶来,把一只军用水壶给父子俩扔上车来。那水壶,父亲在世的时候一直很喜欢,出门上山,都随身宝一样带着。他从那小嘴小口的放进去几张山上采来的苦丁茶,冲上一壶水,便能够喝上一天。日久天长,水壶表面黄油漆被磨光,铝锅一样亮锃锃的。父亲去世后,令狐枯荣就用那水壶熬稀饭。小口小嘴,紧气、省火,熬稀饭也分外喷香、熟烂。但现在,那股黑色的泥石流吞没整个老庙,吞没整个学校,也吞没了那只水壶……

那时候,马卡莲婶婶变魔术似的招呼一声,就从哪里走来一个干干净净的姑娘,把摊子照着。马卡莲婶婶解了围腰,团在手上。

"走吧!上家里坐坐。"她冲令狐枯荣说着,"我们摆摆龙门阵。"

令狐枯荣想想这么瞎子摸鱼般找水惠,也差不多大海捞针,终究不是办法,就叫上木青青,跟在马卡莲婶婶后面走着。

一路上,马卡莲婶婶热心热肠的,"你爸爸还在上课是不是?"这么自问自答地叨着,"我都退啦!他还长我几年的,也应该退啦!这年头,制造原子弹的不如煮盐茶鸡蛋的,脑体倒挂厉害,还有哪样干头哟!趁着还能够动一下,我就下海了,看盐茶鸡蛋是不是真的超过原子弹?"

老人精神好,走起路来一股劲地往前奔。令狐枯荣和木青青在后面跟着,走山路走习惯的人,一下甩脚甩手走在这平坦的街路上,还高一脚低一步的,仿佛几多不自在。两个人跟着老人,一边听着,一边支吾着,便再也顾不上搭话。

"其实啊!你们两爷子是可以回遵义来的。"马卡莲婶婶兀自说着,"前些年落实政策,那时候被遣送下乡的好多人都回来了!我都给领导反映过你爸爸的问题,就是不见你爸爸的申诉材料。他这个人也真是的,泥牛入海,好像真的喜欢上那山旮旯一样。其实啊!城市比农村还是要好得多,就拿我们学校来说,你们原来住的那些老房子通通拆了,都是新修起来的楼房……"

仿佛终于觉察气氛有些异常,马卡莲婶婶顿住脚步,回过头来看着令狐枯荣和木青青,"怎么哪?你们怎么不吭声?"这么追问着,"你爸爸怎么哪?"

那一瞬间,令狐枯荣从马卡莲婶婶的目光中看见一种灵魂的震颤,好像死寂的沉淀在平静的水中被重新搅了起来。他心里莫名地有些猥琐,仿佛自己在无意中做了什么对不起眼前这位老人的事情。

"他死了。"令狐枯荣木然地说着,"是在一九七六年的春天。"

"他死了?"马卡莲婶婶听着,眼睛一下愣在那儿,梦呓一样地重复着,"他死了……就这样死了……"

"一天早晨,我从床上起来的时候,就发现他不行了。"令狐枯荣好像在叙述一个与自己无关的故事,"我把'赤脚医生'找来,'赤脚医生'给他打针,针药都推不进去,就这样死了。"

马卡莲婶婶听着,眼睛眨着,就有泪水浸上来。她抹一把泪眼,便转过身去,喑喑地在前面走着。

"学生们放了一天假,就把他埋在操场旁边。"令狐枯荣跟在后面,依然冷冷地说着,"第二天,我就顶替了他的工作……"

很快看见了那个穹窿形状的尖顶。令狐枯荣感觉到一丝温馨,陌生而又执着地从木钝的心里泛起来。他知道尖顶下面是福音堂,隔着福音堂不远的地方是学校。

他的童年,差不多就是在这两个地方度过的。父亲是怎么信仰基督的,他到现在都不明白。那时候,他跟着父亲上福音堂做礼拜,不想听什么说教,却想看一看那高鼻子凹眼睛的洋人。在学校里,班主任马玉莲老师是在省里学习过马卡连柯的,回来后开口闭口都马卡连柯,好像离开了马卡连柯就无话可说。同学们私下里叫她马卡连婶婶。有一次,马老师大约是听着什么风声,便把令狐枯荣叫到寝室里去。

"是不是有人在背地里给我取绰号啊?"

马老师这么一问,令狐枯荣脸一红,点一点头,就老实地坦白出来。

马老师抿着嘴笑了笑,什么也没有说,让令狐枯荣回到教室去。

上课的时候,大家知道事情穿了,都准备挨班主任老师一顿训斥。马老师走进教室,先在黑板上写下"马玉莲"三个字,然后不露声色地转过身来,两只手撑在讲桌上。

"我本名马玉莲,玉石的'玉',莲花的'莲'。"她这么慢悠悠地说着,"名字本是一个人的符号,叫什么名字,与这个人本身是没有什么关系的,从这个意义上说,名字只是方便他人的。"口吻一转,就轻松地笑着,"现在,同学们既然不喜欢这个名字,给我把它改成为'马卡莲',两个名字一字之差,并没有大的关系,还算对我的尊重,而且把我和伟大的教育家马卡连柯联系在一起,这让我感到莫大的荣幸。那么,从现在起,我宣布接受同学们给我取的名字,就叫'马卡莲'。"

同学们听着笑了一下。不是那种哄堂大笑,是一种微笑。

"喊我'婶婶',这个我也可以接受,"马老师接着说,"马卡连柯要求我们为人师表的,尤其班主任,对我们的学生,要像妈妈对自己的孩子一样有爱心、有耐心……"

那以后,班里风气好多了,就连那几个全校有名的捣蛋鬼也蔫了好一阵子。但是,这一来,学校的日子也更加枯燥。尤其对令狐枯荣,篮球场和乒乓球台常常被大一些的孩子占着,他太瘦小,很难有机会挤进去。这一来,一个礼拜跟着父亲上教堂去看一回洋人,也是一个节目。后来,那法国传教士见上帝去了。人们把他埋在洗马滩河岸上。送葬那天,令狐枯荣也去了,想最后看一眼那高鼻子凹眼睛。但送葬的人太多,也跟在学校争抢乒乓球台篮球场一样,令狐枯荣没有能够挤到跟前看一眼。不过,他跟那么多人一样,也实实在在地哭了。这个高鼻子凹眼睛的人,一个礼拜跟大家照一次面,也居然让人动了感情。不知道什么缘故,是没有人主持弥撒,还是人们认为用地道的中国方式更隆重一些,葬礼请了一个道士来做道场。

"尘归尘,土归土,"先生手舞一柄黑锈的剑,指东戳西,口中念念有词,"东方来,西方去。"

接上一阵呜喔——呜喔——装神弄鬼地长啸着,折腾得大家都很疲惫。

回家的路上,令狐枯荣仿佛有很多困惑,便禁不住问父亲,神父是怎么来到遵义的?他那时候是那么急切地想知道神父,想知道神父的一切。

父亲想了想,"神父是到中国来赎罪的。"就郑重其事地告诉儿子道,"真正的基督徒通过赎罪拯救自己的灵魂。"

令狐枯荣仍旧困惑地望着父亲。

"是在第二次鸦片战争中,英法联军打进北京城,冲进圆明园。"父亲说,"他们把圆明园抢劫一空后,为掩盖罪孽,就放火焚烧这个世界闻名的豪华宫殿和艺术珍宝的博物馆。大火烧了三天三夜,圆明园变成一片废墟。法国大作家雨果写文章骂他们是'两个强盗',来自最文明的国家,用最野蛮的方式毁灭圆明园。那以后,法国传教士开始进入中国,他们中很多人也是无恶不作的,不过打着文化传播的幌子,实行另一种侵略。但神父的确是来赎罪的。他一到中国,就取了一个中国名字,改名换姓叫'黄河',大家叫他黄神父。听福音堂的副祭说,黄神父的父亲当年也在英法联军里,而且也参与了火烧圆明园的罪行。他选择偏僻遥远的贵州,想通过苦难来救赎自己。黄神父认为他的躯壳和魂灵都是从他的国家他的父亲那里继承的,所以他始终有一种负罪感。他最先在一个叫石门坎的教区。石门坎的教会很有名,那时候,从国外寄信来,只要在信封上写上'中国石门坎',就能够准确投递。而且石门坎还有自己的足球队,一些老百姓还会说一点法语和英语。临近大陆解放,很多教士都回到自己的国家去,黄神父却转移到遵义教区来,加入中国国籍,坚持留在中国……"

令狐枯荣懵里懵懂地听着,也隐隐约约地看见一丝光亮……

学校已经变得认不出来。只有一方荷花池和荷花池边一段女儿墙,还保留着一点原来的影子。但毫无疑问的,这一点影子很快就要被抹去。在令狐枯荣的印象中,荷花池主要是用来预防火灾的。学校有很多木板房,一旦着火,就人人一只瓷盆,从池子里舀水起来扑救。现在,那些木板房消失了,一幢一幢灰的红的砖砌的楼房就地矗立起来。自然了,那保护木板房的荷花池,也早晚会消失。而且,令狐枯荣看见一大方用石灰画出来的框,已经把荷花池女儿墙框了进去,那里就要推倒填平,连接成一片运动场,用来踢足球和赛跑……

马卡莲婶婶住在七层楼顶上。房子不算新,也不算旧,不过几年的房子。从下往上爬,习惯山路的令狐枯荣和木青青就很轻松。而马卡莲婶婶这会儿却显得力不从心,毕竟花甲之年的老人,上两层楼,就要歇几口气,才能接着往上爬。好不容易站在家门前,老人摸索着钥匙串儿打开房门,把令狐枯荣和木青青让进屋里。趁着马卡莲婶婶沏茶的工夫,令狐枯荣翕动鼻头儿,仿佛下意识地想捕捉一点什么。房子虽不是原来的房子,人却还是原来的人。他首先看见一幅字,是马卡连柯的语录,已经发黄了,还端正地贴在墙上——

  教育的天才是不需要的。我并不具有教育的天才,并且是偶然进入教育界的。我父亲是个彩画匠,他对我说:你当教师去吧。并没有多讨论,于是我就成了一个教师。并且在很长的时期里我感觉教得不好,我是一个平庸的教师……

还看见一幅字,也是马卡连柯的语录,也一样经历岁月侵蚀而黯淡发黄,也端正地贴在另一面墙上——

  只有当人们把追求幸福和成功放在最末位,能更多地为人类的大事业着想的时候,幸福和成功才会来到……

找着马卡连柯,也就找着关键一样,令狐枯荣很快嗅着那一缕又陌生又熟悉的气息,温馨而散漫的,似母亲、又似朋友的,似家中、又似街头的气息……

怎么会没有母亲?这是令狐枯荣无论如何也弄不明白的。

"她死了。"父亲总是这么说,"你很小的时候,她就死了。"不像摆黄神父那样又耐性又确凿。令狐枯荣听着,莫名地感觉事情的背后隐藏着什么秘密。但毕竟是小孩子,就像惧怕走夜路闯鬼一样的,也不敢面对哪怕一点严峻。久而久之,习惯成自然,他也就淡忘了。而且,还有马卡莲婶婶呢。苦难也仿佛是成双成对的。马卡莲婶婶家的情形跟令狐家的情形正好相反。马卡莲婶婶家有一个女儿叫真真。女儿真真没有父亲。这样,同病相怜吧,两家人成为一家人就好了。可是,如同俗话说的,算路不由算路来,结果什么事情也没有发生。但小小的令狐枯荣对马卡莲婶婶,还是格外有一种依偎。父亲在中学部上物理。市里要求教育也要"大跃进",学校也就"放卫星",抽了一部分师资力量成立起来中学部。中学与小学的下学时间不同步。家不过两间木板平房,父亲担心儿子玩火什么的,就不让儿子一个人待在家里。令狐枯荣下学后,常常是先到马卡莲婶婶家做作业,等到父亲上完课回来,然后父子俩才一起往家里走。有时候,马卡莲婶婶家弄着什么好东西,那么父子俩也就留下来,和母女俩一起吃饭。十天半月的,小令狐衣服脏了、破了,马卡莲婶婶看不过去,也要给他洗整和缝补。后来,小令狐冷啊暖啊的穿戴,几乎由马卡莲婶婶完全管了起来。都说寡妇门前是非多。可学校里就没有谁说马卡莲婶婶家的和令狐家的怎么怎么,大家仿佛都有一种默契,这不过自然而然的事情。如果不是后来的变故,两家人一家留下来,一家去了错欢喜木家寨那山旮旯儿,那么,现在或许是另外一种情形。

  令狐家的命运差不多是一堂课决定的。初级中学的物理从力学到电学,也不过一些基础知识,父亲在这一个学科教授多年,不用写教案,就能够把一堂课上得很精彩。可是,大意失荆州啊,他终究在这上面出了问题。大约是黄神父死后,福音堂的礼拜在父亲的眼里一下黯然失色,他变得抑郁而沉闷,需要某种宣泄?还是父亲在骨子里、在魂灵中,真的隐蔽着深刻的黑洞,遇着时机就要爆发耀眼的光芒?总之,物理课是不应该唱歌的。即使怎么扯着"布鲁诺",也不应该唱歌。布鲁诺之焚,这个天文学史上的一大悲剧,父亲把它作为家的传统故事,已经多次摆给儿子听过。那时候,小令狐听着,眼前莫名地闪动着一只巨大的光环。这光环驱逐中世纪的黑暗,也让一颗梦幻的童心忘记宗教裁判所的阴森。但布鲁诺是一个天文学家。尽管物理学和天文学有很多联系,父亲还是不应该在课堂上唱歌。当然,说得更深刻一些,布鲁诺应该是一个哲学家。他认识世界不像哥白尼那样用天文望远镜或者计算,而是用抽象的方法,认为自然界就是神灵,由最小的"单子"一点一滴构织而成。因此,他比教会看得远,也比哥白尼看得远,真正看着宇宙的本质。问题似乎不在于"地心说""日心说",或者"宇宙说"。关键还是各自的途径不一样。教会的上帝是原始的、世俗的。哥白尼的上帝是狭隘的、机械的。布鲁诺的上帝是至大无边的、无所不能的。教会在地球上创造上帝。哥白尼把上帝搬到太阳系。布鲁诺又把上帝迁到宇宙。但布鲁诺生活在地球上,生活在中世纪的罗马,那里的教会在罗马广场燃起一堆火来,是不是因为他把他们的上帝越迁越远呢?这就把他给烧了。布鲁诺之焚,其实是上帝之争,是教会的上帝战胜布鲁诺的上帝的结果……那么父亲就歌唱,为上帝的悲哀而歌唱。但他错了,就像布鲁诺的上帝不能保护布鲁诺一样,父亲的上帝也不能保护父亲,他最后被作为一个可疑的人物在学校里挂号。尽管如此,父亲没有像那些右派那样受到残酷的打击,大约学校师资缺乏的缘故,他还在继续上课。但是,到了蒋介石叫嚣着反攻大陆的时候,上面摸底排队的,自然又把他当作重点,不知道怎么一来,就把他放逐到乡下……

　　这夜晚,令狐枯荣和木青青住在马卡莲婶婶家里。马卡莲婶婶的女儿真真结婚后一小家子住在单位的房子里。小两口儿工作在公安部门,一个是街道派出所的户籍民警,一个是市缉毒大队的副大队长,都整天里脚不沾地地忙着。马卡莲婶婶奋斗一辈子,好不容易弄了一个高级职称,才退休下海。街头摆摊子煮盐茶鸡蛋,钱来钱去地忙着,不知不觉地把日子打发过去。可一回到家里,独口独丁地坐着,那心里就不是滋味儿。这样,一半是管不过来儿子,一半也是怕老人家孤单,女儿女婿就把儿子兵兵整个地交代给母亲。夫妻俩只在节假日里才串门子似的来看一看,象征性地团聚团聚。有外孙儿做伴儿,马卡莲婶婶又找着感觉,早起晚睡的,精气神还很旺盛,好像要重新活一回。而兵兵对外婆也格外有一种照应。下学了,偶尔地外婆还没有回家,他就跑到街头,帮着老人收拾摊子。逢了这时候,马卡莲婶婶总是理着一沓钞票,"我这些钱都是给你挣的。"这么甜甜地和外孙儿说着,"你读了初中读高中,读了高中读大学,读了大学读研究生,读了研究生争取出国留学,弄一个博士帽儿戴。"兵兵似懂非懂地笑一笑,就背一背,或者担一担,兀自前面走着。婆孙俩的情形,真正是人常说的那种"隔代亲"。灯光下,兵兵做着作业,马卡莲婶婶戴着老花眼镜,一针一线钉着一件衣裳的扣子。两婆孙都静静悄悄的、仔仔细细的。令狐枯荣在一旁看着,心里有一种奇怪的感觉,仿佛看一部老片子,那拷贝由于年深月久变质发黄,图像已经模糊不清,而那角色一会儿像兵兵,一会儿又像真真,一会儿又像令狐枯荣自己。

　　木青青到底嫩了一点,在街上转一天,就经不住累,早早地睡了。

令狐枯荣拉开房门,轻脚轻手地往屋面走去。

住顶层的一个好处是可以合理地利用屋面。但马卡莲婶婶的屋面却不是搭一个花架、砌一个简易棚什么的,连一盆花也没有。令狐枯荣在光光的水泥屋面上踱着,细月把他那瘦小的身子拉得长长的,也在朦胧中移动着。风很大,也很沉重,就像这座城市的呼噜一样,从那些大大小小的胡同里、门洞里扑出来,震颤着掠过屋顶,最后跌落在街头巷尾,化作一声叹息。他站了下来,鼻子翕动着,嗅着一点什么了,是一种腥膻?是一种酸涩?是一种辛辣?让人一下说不出来。夜帏的那边,城市的眼睛神秘地眨着,给人一种可怕的诱惑。好一阵,他才呻吟似的叫了一声——

水惠!你在哪里呢?

只有他一个人能够听见。

黑 窟

看见那个熟悉的影子,大约在午夜光景。是一列火车的长鸣惊动了他?还是人在心心念念地想着什么的时候,真的有一种超常的直觉?总之,令狐枯荣从睡梦中醒了过来。"水惠!"他这么轻轻地叫了一声,生怕吓着她似的。姑娘没有听见,依然背向着这边。一件花花的衣衫在路灯光下柔柔地摆动着,就和一个背一包提一袋的男人一前一后地走起来。看样子那男人是刚刚下火车的。令狐枯荣抹抹惺忪的眼睛,也没有细想,噌地从墙根儿里站起来,木木的腿趔趄几步,就紧紧地尾随在后面。

令狐枯荣感到一种振奋。昨天,马卡莲婶婶找着女儿女婿,带着他和木青青上公安局去。

"天大的事情,都要依靠国家。"这是马卡莲婶婶的主意。她像课程表一样显得有条不紊的。而且,有真真和她的丈夫,都是公安系统的人,不说开后门,却至少不会张推李送地延宕。那么,只要子丑寅卯地报告清楚,而强盗自然会手到擒来。

殊不知呢,人家看了水惠写给木青青的那封信,"这恐怕达不到立案的标准。"这么说着,"信上都说她很好嘛!"

"这明明是从遵义发出来的信。"令狐枯荣说。

"这也是正常的嘛!"人家说,"她要逃婚,就不得不把自己隐蔽起来嘛!"

"这么说,她是躲在天堂里啦!"令狐枯荣说着,上来一点情绪,"可错欢喜还问我要人呢!"

第十章 黑窟

"我也没有这样说。"人家说,"这也许是一个案子,但也许什么事情都不会发生。"

"我知道那个带她们出来的人是骗子。"令狐枯荣说,声音比先前高起来,"他给我的名片是假的。"

这似乎很有力,对方一时没有反应。

"这样吧,"愣了一阵,人家才这么稳稳地说着,"看看事态有什么发展,是不是有进一步的线索,再和我们联系。"

接上把一个电话号码往这边递了过来。

事情到这一步,真真和她的丈夫笑笑,很能够理解似的,便带着令狐枯荣和木青青退了回来。跟真真夫妇俩分手后,令狐枯荣和木青青靠着一根高压电线杆,把那封皱皱巴巴的信掏出来重新研究了一遍。接上,他们来到火车站,这么守株待兔地待在一个角落。

天擦黑那工夫,木青青耐不住寂寞,有些疑惑起来:

"令狐老师,水惠真会在这里吗?"

"报纸登载的,飞碟大约凌晨三点出现在遵义。"令狐枯荣说,"水惠不是看见飞碟了吗?"

"这么说她的工作在夜里。"木青青说。

"只有火车站,"令狐枯荣说,"只有这个地方是没白没黑的。"

他口吻里有一种莫名的战栗。

这一夜,两个人一睡一醒地轮换着,却始终没有发现姑娘的影子。

早晨,令狐枯荣那么固执地,就追着木青青离开遵义……

两个影子在黑黢黢的巷口上晃晃,便踅到巷子里。令狐枯荣一怔,也咬着屁股跟进去。这地方是他和木青青前两天来过的。

为看那个倒霉的治疗阳痿的医生,他扯南盖北地说要找一个小学同学,就把木青青定在巷口上等着。按照从火车站一根电线杆子上贴着的广告记下来的地址,他在巷子里找着那家私人诊所。说诊所,是因为有一个戴着白色无檐帽的人守着一只药箱,是从前错欢喜的赤脚医生经常背着的那种药箱。看见令狐枯荣进来,那医生立刻站起身来,显得很兴奋,又让座又沏茶地招呼着。这让令狐枯荣觉着莫名的别扭,也莫名的疼,仿佛自己是一条鱼,被一只钩子挂住了嘴巴。但一双幽怨的眼睛在脑子里闪了闪,他想起来正月,磨坝场那个心心念念等着他的女人,便没有一点顾忌地脱了裤子,把一截蔫蔫的羞肉向那人敞着。"祖传秘方,根治阳痿,"他想着电线杆子上的广告词,"久而不举,举而不坚,坚而不挺,挺而不久。"就眼巴巴地望着医生开处方,想着真正能够药到病除……

突然,两个人在前面消失了。令狐枯荣紧跑几步,才发现这个地方大巷子套着小巷子。而转角那边,水惠一动不动地站着,正等在那里。那个刚刚下火车的男人站在姑娘旁边,一阵发愣发怔的,就挤着令狐枯荣,张皇失措地往大街那边跑去。

"那是哪个哪?"令狐枯荣阴郁地问道。

"嫖客。"水惠木木地应着。

"你……"令狐枯荣向前跨一步,切近地盯着姑娘。

水惠脸向一边撇过去,透上来一股犟气。借着模糊的光影,令狐枯荣看见姑娘眼角上挂着一豆儿泪。

"你……"令狐枯荣说,"你跟我回去。"

"不!"姑娘那冷凉的泪掉了下来,"这不关你的事情。"说着就嘤嘤地抽泣起来。

"我出来就是找你们的啊!"令狐枯荣说,"你们不回去,我也回不去啊!"

水惠转过头来,望着令狐枯荣,"我恨你……"这么叫了一声,就转过身去,往巷子深处跑起来。

令狐枯荣一惊一愣,"水惠!"本能一样地叫着,"水惠!"也就踩着脚步追在后面。

跑不多远,姑娘一闪身跑进一个院子不见了。院子里有一幢楼房。楼房里黑灯瞎火的,只有在它的表面漾着一层似水非水的寒光。令狐枯荣跌跌撞撞,见门就敲,不一阵,一楼的灯也闹亮了,一楼的人也闹了起来。好几个人光着大半个身子站在走道上,隔着护栏往这边望着,张眉愣眼的,不知道

第十章 黑窟

发生什么事情了。

"水惠!"令狐枯荣像一只受伤的孤雁,那样绝望地叫着,"你出来……我们一起回错欢喜……"

这时候,有一个大耳肥头的,从三层楼上探着半个身子在空中。

"滚出去!"这么气势汹汹地咆哮着,"这里没有叫水惠的。"

"我看见她跑进来啦!"令狐枯荣死咬着,"你们把她交出来。"

"我说没有就没有。"大耳肥头的唬着,"你要不听,还在这里闹,我把你捆起来送公安局。"

"我才真的要去公安局报案,把你们这些人抓起来呢!"令狐枯荣说,"你们把我们错欢喜的姑娘骗出来卖淫……"

楼上一下没有声音了。令狐枯荣正觉着有些诧异,冷不防从后面上来一个人,重重地给他太阳穴上一拳。他眼前一黑,就直直地倒了下去。那一瞬间,他听见水惠不知道在什么地方叫了一声——令狐老师!

不知道过去多久,令狐枯荣醒了。四下里一片漆黑,有一股浓烈的酒气在静静地弥漫着,仿佛整个世界都掉进一只酒桶里。他翕动着难受的鼻子,意识到自己被这股酒气呛了,这才苏醒过来。有一缕声音,似乐曲、似歌唱,如梦如幻的,不知从什么地方幽幽地传来。他想知道这是什么地方,就急着去找手,想用它来触摸周围的一切。胳膊肘,两只手,都藏到哪里去哪?他蠕动身体,像虫一样地蠕动着。腿脚还在,只是麻木而又僵硬。终于发现了那手,它被反绑在后面,渐渐地疼起来。他试着挪动几个指头触摸着地面,是冰凉坚硬的水泥地面。腮帮子又酸又疼,他想叫喊,不过吭了几声,便知道嘴巴被一块布头堵住了。他挣扎着坐了起来,努力地睁大眼睛,想从黑暗中发现一点什么。但什么也看不见,只有幻觉,即使闭了眼睛,也走马灯一样地在前方闪闪烁烁——

泥石流。雄狮咆哮着奔下山岗。老庙无声地坍塌。青花碗的碎块嵌着一个一个名字。黑狗在风雨中奔跑。一只老龟从干涸的水塘里翻起来。金属的钱币在森林里叮叮当当响着。天安门城楼八个大红灯笼高高挂着。大海在海湾里掀起来滔天巨浪。青春的头颠撞在彩色的荧屏上。电线杆子上治疗阳痿的广告。钢铁巨龙被山洞吞噬。

最后,是磨坝场的正月跟孩子们。

他从来没有像现在这样想念他们。

说起来,他和这一家人也是缘分啊。是八月里,新学年就要开学的时候,令狐枯荣从县里买课本回来。磨坝场下车,正遇着赶场天,他就一只手拧了两只空瓶子,一只手拧了一摞课本,往场中间挤去,看看顺便捎带两斤煤油回去。别看磨坝场一条独肠子街,可逢二、七一轮的场期,四方八面都是乡里人,居家单调,生活枯燥,便猴着五天一场往街上跑来,哪怕什么也不买,什么也不卖,只是图一个稀罕,也要往街上挤,这就把乡场整得水泄不通。令狐枯荣好不容易挤到供销社的煤油店。而煤油店更挤,里三层外三层的,叠罗汉一样。看那阵势,他就有些怯惧,抖抖颤颤捏着煤油票儿。那一会物资紧张,很多生活必需品都实行计划供应。他在人堆外面转了转,找不到一丝缝隙插进去,便只有站在一边,看着那些大气大力的汉子,空瓶子进去,满瓶子出来,表演一样的一忽儿凝结成一个大疙瘩,一忽儿又下蛋生崽似的爆出一个小疙瘩。想着没有煤油,夜里黑灯瞎火的,批作业备课什么的一点事情也做不成,他又打起来精神,决心重新杀进那大疙瘩里去,哪怕挤成蚂蚁一样的,也要把这宝贝儿弄到手。

这时候,也许心有灵犀,他怎么地眼睛一斜,就瞅着对面一户人家里,两个小男孩坐在门槛上,正一圈儿白生生的麻绳儿绕在指头儿上,做着一种挑花挑朵的游戏。而阶砌上,一个清清秀秀的女人,守着一个用门板搭起来的摊子。十多双布鞋,布底的或胶底的,整整齐齐地摆在摊子上。也没有怎么细想,他就向那家人走去。通常赶场人肩上挎一个背篼挤来挤去不方便,要找一户熟识的人家把背篼寄存起来。他也大大咧咧的,把一摞课本往那布鞋摊子上一放。

"大姐!"他说,"麻烦你照看一会儿,我去挤两斤煤油,这些是学生的课本,提在手上不方便。"

那年轻女人抬头看他一眼。不知怎么的,那脸就有些红。

第十章 黑窑

"也就是多一个眼睛儿。"她嘴角挂一丝浅浅的笑,细声细气地说着,"你尽管去吧!"

令狐枯荣听着,莫名地觉得大热天里喝了一口凉水,心里舒舒帖帖的,就手举着两个空瓶子,举着两个手榴弹一样的,向那要死要活的堡垒冲去。那么推搡着、拥挤着,不知过了多久,他眼前一黑,后背里热乎乎的,就终于进了里层。他像水蛭一样紧紧地吸附在一面宽厚的背扇上。那背扇攒动着,带着他渐渐地往里走着。估摸着快接近那柜台,忽地从横边射出来一股力量,把他和那有力的背扇分离。正感到绝望,却不知怎么一来,四下里一下变得松朗。他很快弄明白,大颗大颗的雨点砸下来,湿一片,湿一身,好多人闪到边上躲雨去了。这真是一场及时雨,他得救了。山里的雨也是的,它藏在那一座山岩后面,风吹云动,就悄悄地布上来,想下吧,就下一泼,想收吧,就抬了雨脚,又缩在哪一个山坞里,把一片天空让给太阳。山里人都知道"晴带斗笠,雨带披衫"。令狐枯荣没有费多大工夫,便凑到柜台前,拳头一松,把事先准备好的小钱小票团团儿放在营业员手中。那营业员瞥他一眼,才慢慢地理整清楚那渐渐地松弹开来的纸片儿。接上拔了两个空瓶子的塞儿,那塞儿是两个苞谷核儿做的,便拿一只锈迹斑斑的漏斗安在瓶口里。然后用那半斤提子,终于流汤滴水地把煤油打到瓶子里。两斤煤油,怕只有一斤七八两。他没有多说,就匆匆用苞谷核儿塞住油瓶子,离开煤油店,斗着雨跑过街去。那年轻女人已经收了摊子,自然令狐枯荣的课本也收了进去。她站在屋门前,看着他一身湿淋淋的,那样瘦小,又那样不屈不挠的样子,眼睛里竟莫名地升起来一种怜悯、一种敬佩。

那阵,他在门前略略迟疑,就弯着腰拧了拧裤脚和衣襟的雨水,走到屋里,在一根条凳上坐下去。这甭说磨坝场乡风有多淳厚,天晴落雨,赶场的人们要进屋歇一歇、避一避,那主人家自然是很乐意的。何况呢,女人对这个小教书的,还仿佛格外生出来一点心思呢。令狐枯荣在那里木木地坐着,女主人香酽的茶水就递上来。他惬意地喝一口茶水,望着陔沿下檐沟中溅起来的朵朵雨花,又是感激,又是愁。忽地一个冷噤,他打一个喷嚏,手上茶杯晃晃,鼻子里痒痒的,就有什么东西往外爬。

"你着凉了。"女人说着,就闪身进到里屋,"我给你找一找换的。"

不一会,她抖着一件衣裳出来,"这是我那个冤家的,你穿大了一点。"边说着,就来到跟前,把衣裳递给令狐枯荣,"将三就四穿吧,总比你现在这个样子强,人不吃亏,比什么都强。我晓得你们教书的都是一些秀才,禁不住折腾的。"

令狐枯荣接着衣裳,心里一股陌生的暖流泛起来,这多少让他有些无所适从,直觉着又幸福又惶惑。

"娃儿他爹呢?"他无话找话,这么问一句。

"走了两年了。"女人说,轻轻地叹息着,"河的修电站淹的。"

令狐枯荣听着,一件衣裳在手上抖了抖,便愣在那里。

"依着风俗,他死了,要给他烧几件衣裳的。"女人瞟一眼这边,仿佛一点也没有觉察,"我可烧不起,就是破布烂片的,我都可以填鞋底、打布壳……你看这衣裳都好好的,咔叽布做的,烧了多可惜。"说着就上来一点情绪,"他倒是走了,又清静,又利索,只是撂着两个娃儿,我一个女子家,又没有三头六臂……"

令狐枯荣毛皮擦痒的,有些坐不住了。而屋外的雨却越下越大,走也走不成。人已经淋湿了,破罐子破摔,这倒不要紧,给学生买的课本,却一点也淋不得。人不留客天留客。仿佛无可奈何的,令狐枯荣光着半截身子,换上女人给他的衣裳。女人也不多说,拿了刚刚换下来的湿漉漉的衣裳,从水缸里舀一盆水漂了漂,就架在热烘烘的灶膛前炕着。

"我晓得你们是遵义的,大城市的人,到我们这个地方可不容易。"

重新坐下来,女人就这么说着。

令狐枯荣听着惊讶,就那么怔怔地望着女人。

"我们这十乡八里的,没有哪一家姓'令狐'。"女人带着一种很好看的笑,漫不经意地说着,"你和你父亲到我们这里的时候,我都还小,就晓得你们姓'令狐',磨坝场的人都晓得你们姓'令狐'。"

"这是一个很古老的姓。"令狐枯荣也笑了笑,"传说我们的祖先是从山洞里走出来的,后来又狩猎,专门和野兽打交道……"

"你晓得好多事情,"女人说,朦胧地有一种憧憬,"有文化的人真是不同……"

第十章 黑窟

两个人屋里说着话,屋外的雨就小了起来,只是摸索雨,缠缠绵绵的。看看时候不早,令狐枯荣起身赶路。女人给他披了蓑衣,戴了斗笠,还用一只塑料袋子跟他把课本严严实实地包起来……

哐当——黑暗里一声撞击,接上一阵摇晃,便一片耀眼的光亮。

令狐枯荣从冥想中退出来,眨眨眼睛,适应适应现实,这才看清楚自己是在一个洞子里。洞顶是用石礅子拱出来的。贴着洞壁,重重叠叠地摞着许多"贵州茅台"酒包装箱。包装箱旁边,则摆着十几只乳色的塑料桶。周围一地"贵州茅台"酒白瓷瓶。显然,那浓烈的酒气就是从那里散发出来的。令狐枯荣不喝酒,却很小就听说过的,"贵州茅台"是这个地方的骄傲,一九一五年在巴拿马万国博览会上获金奖。那时候,这个国家在世界上没有什么地位,样酒送到博览会去,人家根本不让参评。送酒样的人愤怒哪,就当着评委会摔碎了盛着样酒的陶罐儿,结果弥漫在空气中的酒香那样淳厚、那样浓郁,一下把评委会给征服了。震惊中外的红军二万五千里长征,就是在"贵州茅台"的出产地赤水河畔"四渡赤水",并彻底摆脱敌人的追兵,转危为安,为整个中国革命的胜利奠定了坚实的基础。说也奇怪,不知是赤水河谷特有的地质环境,还是战死沙场的红军先烈显灵,赤水河一年里总有几天是红红的,成为真正的"赤水"。曾经有一位非正式地研究长征的老人,来到赤水河畔,留下来一句耐人寻味的话:

"红军遇着赤水,必然再生。"

洞子另一边,一道铁门正缓缓打开。进来几个人,向这里走来。令狐枯荣一眼看见走在前面的那个人,正是他要找的小胡子。小胡子旁边是水惠,她被人从后面推推搡搡着,也趔趔趄趄地走来。来到跟前,小胡子两只手抱在胸前,望着坐在地上的令狐枯荣,摇了摇头,做着一副无可奈何的样子。

"令狐老师!这也是不得已的事情。"小胡子说,"你其实也是一个遵义人,何必为几个乡下姑娘吃这份苦呢!"

令狐枯荣抬起头来,瞥一眼小胡子。

"还我的人。"他这么冷冷地说一句。

"老实说,这几个姑娘在外面过的日子,不比在错欢喜那旮旯差。"小胡子说,救世主一样的。

"还我的人。"令狐枯荣又阴阴地重复着。

小胡子没有吱声,整个山洞就像坟墓一样死寂。

不一阵,小胡子把水惠推到令狐枯荣跟前,狠气地说:"这里只有水惠。"

"还有家英和藤子。"令狐枯荣说,倔倔的。

"一个做了人家媳妇,一个在半路上跑了。"小胡子说着,透着一种认真,"水惠都是跑了被抓回来的。"

"跑了?"令狐枯荣说,"我只是问你要人,你把她们拐出来的。"

"你问我要人,我都不晓得问哪个要人。"小胡子说着,气咻咻的,"我做这几件货,不赚不说,还倒亏一大砣。"

"你是人贩子。"令狐枯荣说,眼睛怔怔地望着小胡子。

"我曾经给你说过的,"小胡子涎着脸子,"我是做贸易的。"

"缺德哟!"令狐枯荣摇了摇头,叹息着。

"这其实是一桩古老而又有发展前景的买卖。"小胡子不紧不慢地说着,"没有非洲黑人奴隶的贩运,美洲大陆不会发展这样快,也没有今天天堂一样的美国……而且,大家都知道的,那么多人都向往美国……历史只知道骂,骂奴隶贩子、人口贩子是如何如何罪恶深重,就不知道现实怎么成了这个样子……历史是因为有了坏人才前进的,现实也是因为有了坏人才改变的……"

"我只问你要那几个姑娘。"令狐枯荣说,"我不和你讨论美国。"

接上又一阵沉默。

"我算倒了八辈子的霉啦!"小胡子说,仿佛无可奈何的,"我带你去,你自己去交涉,人家花了钱买了媳妇,不会让你带回来的。"

"哪里?"令狐枯荣问着,不相信小胡子会这么轻易就答应下来。

小胡子略一迟疑,就省啊地区啊县啊乡啊村啊,说出一大串名字来。在沿海,令狐枯荣在心中默了默,隐约地记起来往温州的路上,似乎有这一个符号。不过是村是乡是县是地区是省,还是哪一家厂子的招牌,就真的

第十章 黑窟

梦一样渺茫了。这么想着,他半信半疑的,就要站起来。这时候,从后面上来两个人,给他解了捆在脚上的绳子,帮着他靠着洞壁站了起来。仿佛无意间的,他瞥了一眼水惠,看见姑娘苦着一张脸,目光里充满一种渴求,望着他直微微地摇头。

"你们先把她放了。"令狐枯荣说,"她先回错欢喜去报一个信。"

小胡子听着,冷冷地笑了笑,"你在火车站看见的,她是一个自由人。"口吻一转,"只是现在呢,她自由了,你跟我们捣鬼,我们怎么办?"

"我跟你们捣哪样鬼?"令狐枯荣说,"我只要我的人。"

"你放心好了。"小胡子说,"只要你不淘气,老老实实跟我们走,到时候你找着家英跟藤子,就可以把水惠一起带回错欢喜去。"

令狐枯荣心里很清楚,事情已经别无选择。

第十一章

人与兽

　　疙疤老山没有离开老木垭。它也不可能离开老木垭。现在，它已经不是那么浮躁地想那个人了。仿佛在一望无边的沙漠，你越想喝水，也就越渴。索性什么也不想，什么也不做，把所有的精力蓄积着，静静地等待下去。尽管如此，每一天早晨，疙疤老山例行公事一样的，都要去北面走一趟。那里可以看见从磨坝场出来的毛坯马路。还远远的，它就能够把毛坯马路上的一切看得清清楚楚。另一方面，作为一头美丽的花豹，走这么一趟，活动活动身体，保持本来的敏捷，也是很必要的。当然，疙疤老山最初看见那个人，也是在早晨，也是在那里，这种希望保留在潜意识里，也不可能完全抹去。疙疤老山从北面回来，它就跃上那棵要死不活的老树，一棵被炸雷劈掉半边的山桐梓。树脚一个洞，也被炸雷掀去半边。疙疤老山来这里的时候，发现裸露的洞口还有一条被炸雷撕碎的老蛇。它对蛇的尸体不感兴趣，就用爪钩扒一些落叶，把这条倒霉的蛇遮盖起来。疙疤老山看中山桐梓上面一个生长并不高的树杈。那些生长高的树杈，它现在这样的情形很难爬上去。这树杈在一个农民手里，会做成一弯漂亮的犁。它小心地悬着那只戴枷锁的腿拐，卧在树杈上，眼睛警惕地盯着山坡下面不远的木家寨。

　　整个木家寨坐落在南坡上。一眼望去，几乎所有的人家都是一样青黑的屋瓦，一样撅着屁股的吊脚楼，也一样不紧不慢的炊烟。但稍一留心，就会发现这个村庄其实是两部分构成的——上寨和下寨。一条毛坯马路从两个寨子中间划过去。毛坯马路摇曳着，一直通到乡公所。乡公所不属于哪一个寨子,仿佛有意地和整个村庄拉开一段距离,显着一种不同寻常的气派。而且,乡公所的房子都是糊豆砟砌成的,虽然灰不溜秋,却也显着几分洋气。跟整个村庄和乡公所成一个三角形的,是黄龙一样的泥石流。学校就埋在泥石流下面。上寨跟下寨有一种过渡,下寨要古老一些,上寨要鲜亮一些,仿佛上寨是从下寨脱胎出来的,是下寨的一种欲望的延伸……

突然,疙疤老山两只猫耳打立,听着有什么声音从村庄那边传了过来。它蹲踞两只前腿,抬高半个身子,透过林子的枝枝叶叶,向远处望着。很快的,有人走上坡来,是那个头上缠着一根白帕的人。疙疤老山放平身子,又松懈地躺下去。它对这个人太熟悉哪。他住在下寨,只要有一点空闲,就扛一个镐头上坡来,这里打一个洞、那里挖一个坑,找寻什么一样。但他不急不慌的,那找寻的东西仿佛又不是那么重要。但他很执着,山坡已经被他掘得千疮百孔的,却还在掘,也不知道他要掘到什么时候。疙疤老山觉得这个人没有什么威胁,跟那个青脸膛红眼睛的家伙比起来,好对付得多。至少,这个人不是猎手,没有火铳什么的家伙。而那个青脸膛红眼睛的,他不仅仅是一个猎手,还是一个高明的猎手。高明的猎手枪法好,会辨踪迹,除此之外,还很凶残。疙疤老山有一种直觉,那个家伙现在正琢磨着他那一副镣铐到底是哪样野兽把镣铐给挣断啦。哪一天琢磨清楚了,他就会毫不犹豫地追杀到林子里来……

从遵义出来,在长途汽车上摇晃大半天,马卡莲婶婶到了孟通城。住一宿,第二天转车,马卡莲婶婶又到了磨坝场。她拿着学校开具的介绍信,在区公所里找着教育办公室。那里的人都知道令狐父子俩,马卡莲婶婶没怎么费口舌,他们就派了一个人陪着她往错欢喜去。冤假错案的平反都尾声了,学校才知道还有一个人的事情没有了结。这也难怪,学校的档案保管在市教育局里,那里在"文化大革命"中是造反派哪一个兵团的司令部,所有的档案都被毁了。而现在的档案,则是后来让大家反反复复填了很多表格,才重新建立起来的。马卡莲婶婶在这个事情上表现出来从未有过的执着。她请了一个保姆在家里照料兵兵吃啊睡的,也不去街上卖盐茶鸡蛋了,就整天跑上跑下,跟老令狐落实政策。好像她这辈子剩下来的光景,这是她要办的唯一的一桩事情。但一个人没有档案,就等于没有这个人。这一来,还有什么可落实的呢?最后,马卡莲婶婶找着学校那时候的书记校长什么的。幸而这些人还在,大家坐在一起回忆,弄了一个材料,说老令狐的事情的确有一点怪。学校原来的右派指标没有完成,上面一钉,正赶上蒋介石叫嚣反攻大陆,学校似乎没有别的选择,只好报了老令狐上去。真正成了右派,事情也要好办一些。凡有人群的地方,只要不是沙漠,就有左、中、右,这是上头说的。那工夫,根据这一点,大家就结合一个单位的总人数,按照百分比分配右派名额,这是必须完成的。右派都在公安局有名字,翻起案来,也一批一批的,用不着当事人申诉。而老令狐则不属于这之列,他是在一天早晨,市教育局哪一位,弄不清楚是秘书还是传达,打一个电话到学校,就把他稀里糊涂弄了下去……

　　陪同马卡莲婶婶的是一个年轻人,刚刚顶替上来的。父亲在教育办公室退休,儿子也参加工作在教育办公室。年轻人精力很好,却没有读多少书。毛坯马路虽然比山路宽阔,但也凹凸不平的。这一老一少走在一起,也没有多少龙门阵可摆,不知不觉地,就拉开一段距离。不得已,年轻人走一阵,也就要等一阵。而马卡莲婶婶则一直走着,蹒蹒跚跚地跟在后面走着。

　　两个人走到老木垭,太阳已经偏西。林子里寒气回流,起一阵一阵风,吹着枝枝叶叶哗哗啦啦地响。毛坯马路穿过垭口,便望着错欢喜往下落,像一条巨大的飘带扭来扭去往上寨和下寨落,在嗖嗖的风中,透着一种又阴郁又洒脱的美。仿佛要歇一歇脚,也仿佛要感受这一片山野风味,马卡莲婶婶在路边一块石头上坐下来。年轻人无可奈何的,也在路边一块石头上坐下来。马卡莲婶婶已经看见那泥石流,它像一条抽了脊梁的龙,死灭地躺在坡地上。老令狐的坟头在那泥石流的尽头,这是小令狐说的。隐隐约约地,马卡莲婶婶似乎看见那坟头,也看见那坟头里长眠不醒的老令狐……

　　没有人知道他和她是怎么失踪的,学校就这么两个人在解放军进城前两天失踪了。

　　他和她来到这所学校,也就是前后两个月的光景。都一样地吃粉笔灰,好像也不是那么引人注目。那时候,马卡莲婶婶正青春,老令狐也正年轻。谁知道呢,青春跟年轻也可能成为一种罪过。经中间人撮合,他成了马卡莲婶婶的丈夫,她成了老令狐的妻子。两对婚姻是在学校的会议室里一起举行的。一家有了女儿,一家也有了儿子,都是像模像样的家庭。突然地一家少了丈夫,一家少了妻子,都一轮月亮缺了半边。但是,这种残酷的变故带给两个家庭的,仿佛不仅仅是一种离散,更多的则是一种尴尬。那工夫,学校里说什么的都有,很多人竟然有鼻子有眼睛的,演绎出来一个古老而又浪漫的男女私奔的爱情故事。这让留在学校里的两个人,无意间在这个感人的故事中成了反面人物,仿佛铁匠铺什么破铜烂铁的,从一件就要敲打成形的器具上切下来,被扔进黑乎乎的冷水里。

马卡莲婶婶后来明白,正是这种尴尬,就像一条险恶的河流,永远地把她和老令狐隔在两岸。虽然有一些时候,他们彼此都感觉快抓住对方的手了,但结果还是被这河流隔在两岸。那一天,大约新政权成立不久,她被叫到了市公安局。两个穿着中山服的人在对面正襟危坐,就问她知不知道她的那个人是从重庆来的。她听着,心头也就有了八九分的把握,那个人是因为政治的因素逃跑的。出来的时候,在公安局门前,她看见老令狐正往里走着,也就琢磨着他跟她可能是遇到了一样的问题。但这仍然没有让他们摆脱尴尬。那个后来被证实是编造的故事并没有让他们摆脱尴尬。它那么强大,比政治的阴影还强大,命运一样确定他们的一生……

不知不觉中,太阳又往前走了一大截。倾斜的光线,从林子透出一块来,圆圆点点地在毛坯马路上晃悠,格外透着一种诱惑。从林子里吹过来的风,这工夫带着阵阵尖啸,像一个灵魂在远处哭号。偶尔地,还能够从这风中嗅着一丝腥膻,是那种猫科动物才有的腥膻。但没有人感到诧异,仿佛老箐林本来就是这样的,又都站起来往坡脚走去。

半坡上,黄登榜挥着镐头,在一截土埂下面,正起劲地掘着。看见有人下坡来,他就收了镐头,走到路边上来搭讪。听说是错欢喜木家寨的村长,年轻人热络着,就指着马卡莲婶婶介绍道:"这是遵义的马老师,专程来看令狐老师。"

黄登榜龇着几瓣大黄牙跟客人笑一笑,迷迷浊浊道:"他出去找人了。

学校在夜里被泥石流打了,他差一点都没有跑出来。"

年轻人听着,知道误会了,就断过话头:"看老的那一个令狐老师,已经死的那一个令狐老师……"

黄登榜醒了醒眼睛,望着马卡莲婶婶,愣磕磕地说:"人都死了,你要看,就只有去阴间看。"

"人死不能够复生,"马卡莲婶婶感慨地说,"只是看一看坟头,学校也只是派我来看一看坟头……"

黄登榜头里走着,马卡莲婶婶和年轻人跟在后面。一行人沿着毛坯马路往村里走去。

"我还以为区里下来工作队呢。"黄登榜扛着镐头,一颗包白帕子的脑袋一晃一晃地说着,"上面要打狗,都开会强调很多回……狗这种畜生又浪费粮食,又传染'狗牙疯'。大家开初还不大相信,今年春上,全区接接连连死了好几个人,都害'狗牙疯'死的,这才有了一点怕惧。"

"城里养狗控制很严的。"马卡莲婶婶跟着话头儿,"要有公安和卫生两家的手续,还要交很多钱,定时间注射狂犬疫苗……"

"'育苗'啊,那是一个麻烦事情。"黄登榜听岔了,也就把话头儿岔到了一边,"我们这里育苗,特别是开春的烤烟育苗,县的技术员都要下来指导。"

年轻人一边听着,笑着更正道:"人家说的跟狗打一种针药,是用来防治'狂犬病'的针药。"

黄登榜回过头来,瞥一眼年轻人,有些疑惑:"城里的狗也这么享福……我们这里的人不要说打针,就吃药,也好多人吃不起药。"

马卡莲婶婶听着,想起来什么似的,"乡里有医院吗?"这么阴阴地问着,"生了病总是要医治的呀!"

"有卫生院,一个医生,以前的'赤脚医生',都上年纪了。"黄登榜一颗白花花的脑袋晃了晃道,"头痛脑热的,吃几颗'去痛片',这倒不要紧,真害了大病,牵着肝儿连着肺的,就只有等死了。前些年,我们村里骆沙锅抢'赤脚医生'的药,还差一点被公安局枪毙了,不过呢,他抢药是为了给他爹治病,哪怕是一个土匪,也还有孝心,人家就看这一点,最后宽大处理,只是把他关了两年。"

马卡莲婶婶听着,打一个冷噤,莫名地感觉寒气阵阵逼上身来。

穿过村庄,也没有人招呼,就从上下二寨跑来一些七大八细的娃儿,跟在马卡莲婶婶后面走着。看着这情景,不知怎么的,马卡莲婶婶心里一热,眼睛就有些湿润。

"你们这些小鬼崽崽,看哪样稀奇!"黄登榜沙声沙气地吼喊着,"都回去帮家里割草放牛的做点事情,跟着跑哪样哟!"

但娃儿们对村长的威风显然不大理会,依然在大人们后面跟着。这样,老老少少一群人慢慢地走在田坎上,来到从前而现在已经被泥石流淹没的学校,终于站在老令狐的坟头前。没有碑,也没有拜台。城里即便普通人家,即便葬一只骨灰盒,也要在坟前立一块碑,用水泥浇筑一个拜台。只有坟头上一蓬青草。有娃儿在旁边说,这坟头上的草很好,牛喜欢吃,割了又长,割了又长。一个人的躯体埋在下面,腐烂了,就成为肥料,这草怎么会长不好呢。马卡莲婶婶惝惺地想着,就把从城里带来的香啊烛啊点起来。哪一位作家说过的,每一种形式下面,都藏着一个灵魂。何况这墓穴里有一个人,也有一颗心。

香雾缭缭,烛光灼灼,带着远方的客人,穿越时空隧道,会见那不死不灭的魂灵……

老令狐!我来看您了。我退休了,学校里实在抽不出人来,就派了我到错欢喜看您来了。您原来什么事情都没有的,只是不知道在哪一个环节上闹了一个误会,就让您受这么大的委屈。现在,学校开了会了,市教育局也派人参加了,给您甄别清楚了。不是平反,是甄别,对一个模糊的问题重新进行说明和鉴定。学校从前的老教师都退休了,而且很多已经去世了,但活着的都参加了会,也都在会上发了言。大家一致认为,您是一个优秀的教师,一个真正的人类灵魂的工程师。历史问题澄清了,学校又召开了一个全体师生参加的追悼会。灵堂是虚拟的,没有您的骨灰,也没有您的相片,找不着您的相片,只有您的名字贴在上面。但整个灵堂摆满花圈、挂满祭悼,布置庄严肃穆。"春蚕到死丝方尽,蜡炬成灰泪始干"。大家觉得这两句诗是一个教师一生的写照,很适合您的,就用它做了灵堂的挽联……

天黑路断。马卡莲婶婶从来没有走过这么远的路,尤其高一脚低一步的毛坯马路,实在太累了。夜里,她就住在错欢喜木家寨村长黄登榜家。派饭,派宿,这都是从前的事情了。现在,有了毛坯马路,上面下来的干部都坐北京吉普,乡里村里的晃一圈,该说的说,该做的做,也就屁股冒烟儿回去了。不用说错欢喜,就磨坝场,县啊地区的干部在那里吃一顿饭两顿饭,这是经常性的,但真正要住下来,一年里也没有几个人。所以,偶尔从哪里来了人要吃饭住宿的,几乎都由村长黄登榜家接待。这些年,烤烟种植起来了,花几个钱,招呼几顿饭,也不要紧。至于歇一夜睡两晚的,那简直就不算事情。而且,客走旺家门嘛。哪一家有了客人,还分外地多出一点精神享受来。电影已经不下乡,电视又没有发展起来,能够有精神享受,也实在不容易。不像前些年,日子虽然紧,但电影队啊文艺宣传队啊,十天半月的总可以轮一回,就是穷欢喜,也是一种欢喜。

马卡莲婶婶晚饭后就睡了。屋里用蒿草熏过,山蚊子都被赶跑了。山乡的夜静谧而又黑暗。偶尔几声犬吠、几声鸡啼,却让人恍若隔世。马卡莲婶婶开初睡得很香。后来,是听见什么动静,还是蒿草的气味散了,山蚊子反扑回来,小咬小叫的,她醒了过来。感觉身上什么地方痒痒的,她想挠几下,却又找不着是在皮里还是在肉里。迷迷糊糊熬着,她又听见堂屋那边在开一个什么会。

"黑鸦坎那边牛家山都找到煤了,"村长黄登榜沙声沙气的,正说着木家寨找煤矿的事情,"也就是一沟之隔,黑鸦坎这边木家寨也应该能找到煤……用煤烘出来的烤烟比用柴烘出来的烤烟,质量要稳定,当然也能够卖好价钱……"

"打狗的事情,上头要求当作一个政治任务来完成。"哪一个接上又说打狗的事情,"根据区上乡里的部署,我们要组织持枪民兵,成立一个打狗队,一人一根枪,子弹由武装部统一发放……"

蚊子在咬着,叫着。黄登榜的会也还在开着。只是马卡莲婶婶总算睡了过去。但她接下来的梦,再也不可能是安宁的。这遥远僻静的乡村,也有大大小小的杀机潜伏着、酝酿着……

天亮的时候,一阵恐怖的枪声终于响了起来。

疙疤老山一张又短又宽的脸子伸在空中,翕动翕动猫鼻,就从坡脚吹上来的风中嗅着一种血腥。一声低低的哀号,本能一样的,它就从树杈上跳下来。一截铁链在地上一弹,牵连着戴枷锁的腿拐,整个身体跛了跛,才站稳脚跟。它来到林子边上,站在一块巨大的石磴上,悗悗惶惶地向坡脚木家寨张望着。在早晨清新明丽的阳光下,那点花的躯干支棱在空中,跳荡着金属一样的光芒,整个错欢喜山地格外有了一种诱惑。山坡下面,上下二寨,屋瓦片片,炊烟袅袅地升腾起来。寨前寨后,牛羊三五成群地从圈里拥出来,正慢吞吞地往草坡上走着。舂米的碓声叫了起来,笃呀笃呀,沉闷而又遥远。磨面的大磨盘也吼了起来,轰轰隆隆的,仿佛地在动、山在摇。

倏地一声枪响。整个错欢喜山地在震颤的空气中簸了簸,就有几只狗从寨子里蹿出来,拼命地顺着毛坯马路往乡政府那边跑去。但没有等到它们接近乡政府,就从那幢灰不溜秋的楼里跑出来两个人。他们都端着枪,腿一弯一屈,半跪在地上,举枪瞄准。听着啪啪两声枪响,跑在前面的两只狗哼了哼,就一头栽倒在地上。剩下来的狗一愣,立刻趱转身,夹着尾巴,横过毛坯马路,一下蹿到一截田坎上,咝咝咝地叫着,往原来的老庙原来的学校那方向逃奔。那死灭的泥石流的尽头,又高又大的黑宝站在那儿。看着几个人几条枪在几只狗后面紧紧地追着,它放开嗓门,声洪气壮地叫了起来,很有些凛然无畏的骑士之风。几只狗奔生奔死地逃到跟前,终于找着救星似的,不再往前跑了。一只一只狗吊着长长的舌头,吭哧吭哧地喘着,眼巴巴地望着这无所畏惧的骑士。

那工夫,几个人几条枪在田坎上稍一犹疑,前面持枪的蹲下去,后面的枪举起来,扣动扳机,啪啪啪几声枪响,又有一只狗中弹。黑宝看看倒在地上的同伴,那狗两只眼睛垂死地望着天空,一具血糊糊的躯体剧烈地抽搐着。它终于明白似的,颈毛直直地竖起来,龇牙咧嘴地咆哮着,冲着几个人几条枪纵了过去。那一瞬间，人和枪都惊呆了。是子弹来不及上膛，还是一时间反应不过来，有两个人两条枪跳下田坎，躲进一块玉米地里。趁着混乱的工夫，这只又高又大的黑狗顿住脚步，扭转身子，眷顾地望一眼泥石流，望一眼戳在泥石流里的那东一根木棒西一块木板，就腿一蹬，尾尻一收，箭一样向山坡上跑去。子弹呼啸着追上来，打在前前后后的坡土上，飞溅着一股一股烟尘。它跑上山坡，越过几块刚刚收获过的玉米地，斜斜地往老木垭跑去……

疙疤老山低垂脑袋，在喉咙里呜呜地叫了叫，无可奈何而又灾难深重地叫了叫，便从那巨石上跳下来，开始向林子深处转移。半截锁链拖在地上，叮叮当当地响着，更加重了它的不安与烦躁。来到林中一片空地上，疙疤老山仿佛下意识地抬起头来，望着深邃而湛蓝的天空，急切地期盼着在那一方天幕上发现一点什么。它显然失望了。它短促的脸子掉在地上，从鼻子里喷出来的气息吹着一片一片落叶，生命一样有节奏地扑动着……

现在是白天。白天是看不见大角的。橙红色的大角，豹族世界至高无上的牧神，您没有白天和黑夜，每时每刻都在注视着。疙疤老山从长江下游那片狭窄的丘陵地带出发以来，您就一直注视着。这关系整个豹族世界生死存亡的大迁徙，您应该知道现在已经进退两难哪。可是，您在哪一个位置呢？疙疤老山看不见您。太阳再亮，也抹杀不了大角牧神的光辉。夜晚再黑，也吞没不了大角牧神的明亮。作为使者，疙疤老山没有忘记自己神圣的使命，它已经动员所有的潜能，跟命运抗争了。您显露一下吧，无所不能的牧神，哪怕像在夜晚那样眨一眨眼睛，也可以使困境中的疙疤老山得到开启，从而拉起落帆，按照您的意图，继续拯救豹族的使命……

这时候，听着什么动静，疙疤老山抬起头来。一只高大的黑狗站在跟前，正用谨慎而又温和的目光望着它。也就是刹那间，疙疤老山眼前闪一道光芒，黑暗的脑子一下被照亮了。它转过身去，默契地走在前面。黑宝也不声不响地跟在疙疤老山后面走着。豹和狗一前一后地向林子深处走去，都要摆脱人类的追杀。疙疤老山感激地抬起头来，透过枝枝叶叶的，它总算看见大角，又一次悟着牧神的英明。而这工夫，她老人家也正用慈祥和信赖的目光注视着它呢。

第十二章

罪恶的延伸

令狐枯荣不知道这是在哪里。

他拿手掌醒着脑门儿,努力地想回忆起一点什么来。

那还是在洞子里,他们让他把袖子捋起来,露着光光的胳膊,然后给他在肘弯儿里打一针,注射进去一种什么药物。这之后,他脑子里一片空白,就像被淘洗了一样的。现在,意识在断开之后又被重新连接起来,他清醒了。四下里一片漆黑。他攥着拳头敲了敲墙壁,听着那金属的回声,沉实中透着铿锵的回声,才知道这是在一只铁罐子里。这些人要做罐头,他想,自己成了罐头了。一种人肉罐头。

哐当——哐当——什么地方?列车缓缓地行进着。他正嘀咕,又当的一声,整个铁罐子被撞击似的晃了晃,就稳稳地停下来。这时候,有一束雪白的手电筒的光亮,从对面射过来,直直地照在他身上。下意识地,他抬着手臂挡了挡眼睛,借着散开来的光线,看清楚不远的地方,又有一摞"贵州茅台"酒的纸箱……

"这是哪里?"令狐枯荣疑疑惑惑地问着。

手电筒嗒地关了。所有的一切又幻影一样在眼前消失了。

黑暗中,小胡子仿佛幽灵似的,"火车上。"他阴阴黢黢地说,"你不是要找人吗?"

"哪样火车哟!"令狐枯荣半信半疑的,"黑天墨地的,连一盏灯都没有。"

"火车就是火车!"小胡子说,口吻硬硬的,"你还想坐哪样火车!"

"我看见那些纸箱……"令狐枯荣说,"以为又是在哪一个洞子里。"

"我说过的,"小胡子说,"我们是做贸易的。"

"你们贸易人,贸易酒,还贸易一些什么?"

令狐枯荣紧追了一句。反正看不着人,地地道道地与另外一个灵魂对话。

"我们什么都贸易,只要能够赚钱,尤其能够赚大钱,比如药品之类……"黑暗仿佛一件衣裳,让人没有一点裸露的感觉,"你知不知道金三角,那里进来的药品有上百倍的利润……"小胡子无所顾忌地说着。

"你们贩卖毒品害人……"令狐枯荣说着,口吻里带着一种战栗。

"无商不奸嘛!"小胡子鼻子里哼了哼,不屑一顾地,"做生意的人只有一个原则,那就是利润。"

"你们是不是还搞假酒?"令狐枯荣想着那些"贵州茅台"酒的纸箱,"搞假的茅台酒?"

"我们不搞假酒,我们的酒都是真的。"小胡子说,"我们的酒只是借用一下'贵州茅台'酒的商标,'国酒'嘛,就是全国人民的酒。"

"这就是搞假酒。"令狐枯荣说,"不犯法的事情,你们就不搞。"

黑暗中,有几个声音冷冷地笑了起来。

令狐枯荣这才知道,铁罐子里除了小胡子,还有另外的人。

呜——黑暗里透出来一声长鸣,铁罐子晃了晃,便动起来。哐当——哐当——车轮钢轨咬磨在一起的声音,也越来越响、越来越急骤,而铁罐子也越来越剧烈地晃荡着。

"果然在火车上。"令狐枯荣很天真地自言自语着,"你们这些人把火车也买通了。"

"你好像什么都知道。"小胡子在黑暗的那边带着一种莫名的兴奋说着,"只是有一点你不知道,你活不过今天晚上。"

令狐枯荣打一个冷噤,不再说一句话。

手电筒雪白的光亮射过来,在他身上照了照,又收了回去。

"事情到了这个地步,也不妨告诉你,"小胡子说,居高临下地,"火车怎么能够买通,你是教书的,火车是一个死东西,没有任何感情任何欲望的,但人有感情有欲望,管理火车的人是可以买通的,我们承包了一些车皮,只要有钱,我们可以利用这些车皮干我们想干的事情……"

令狐枯荣沉默着。

"你是不是怕死?"小胡子的手电筒又往这边晃了晃,这么问着。

令狐枯荣依然一声不吭。

"你如果怕死,可以不死。"小胡子说,"但有一个条件,那就是和我们一起干。"

"我和你们一起干那些缺德事?"令狐枯荣说着,以问代答,"一起拐卖姑娘?一起贩卖毒品?一起制造假的'茅台酒'?……"

"你可以得到很多钱。"小胡子说,"高风险,自然也有高回报嘛。"

"我不当犹大出卖自己的灵魂。"令狐枯荣说。

"其实,你只要写一封信寄到错欢喜去,承认自己参与拐卖这些姑娘。"小胡子说,"然后就到云南那边,没有哪个能够找到你,给我们转一点货……"

"你们支使傻子跳岩哟!"令狐枯荣说着,很自然,也很平静,"我在磨坝场还有家,我是一个拖家带口的人……"

"你这个是借口。"小胡子说,"我不是不知道你那个家,婆娘和娃儿都是人家留给你的,这算你的家么!"

"我喜欢他们。"令狐枯荣倔倔地应着。

黑暗里又有几个声音笑了起来。笑声中,手电筒的光亮又往这边射过来,仔细地照在他身上。令狐枯荣觉得那光线太刺眼睛,便两只手抱着头,埋藏在黑暗里,整个身子蜷缩成一团,像一只胆小的动物在大庭广众之下初次展览,那么一动也不动。终于,手电筒带着一种满足收拾起来,世界又沉浸在一片黑暗里。只有列车在黑暗中哐当哐当着,依旧风风火火地向前奔驰……

不知过去多久,令狐枯荣懵懵懂懂的,听着哗的一声,抬起头来,就看见铁罐子敞开一道大门。风呼地从门外灌进来,一下把铁罐子涨得满满的,让人觉得轻松了许多,也清醒了许多。从门洞里看出去,夜已经很深,几颗星辰寂寞地挂在天边,山影阵阵,正晃晃悠悠往后退去。这时候,小胡子,还有两个人,他们一共三个人,从门边走过来,山一样站在令狐枯荣跟前。

"我最后问你一遍,"小胡子蹲了下来,"愿不愿意和我们一起干?"

"我说过的,"令狐枯荣说,"我不当犹大。"

"你知道得太多了,我们别无选择。"小胡子说,"这是生存法则,我们不得不把你干掉。"

"我死了,你们也跑不脱。"令狐枯荣说,"杀人填命。"

"你想得太天真了。"小胡子冷冷地笑了笑,"我们不在你身上穿窟窿,前面就是乌江,把你打昏了,从铁桥上扔下去,江水冲出去十里八里的,就是有人发现尸体,一个人不慎落水身亡,这有什么呢。"

"我就是成了鬼,"令狐枯荣说,"我也会来找你们。"

几个人都笑了,尽管这笑声中有一种莫名的恓惶,也还是笑了。笑声未绝,令狐枯荣脑袋上重重地挨了一拳。仿佛一种本能,令狐枯荣没有往后倒,而是一下扑倒在前面。懵里懵懂的,他逮着小胡子一条腿。脑袋里还有那么一点反抗意识,他嘴巴一横,在那条腿上狠狠地咬了一口。听着小胡子一声惨叫,他那胜利的愿望得到满足似的,就松开口来。而这时候,有一只手揪着他稀疏的头发,把整个脸子掀起来,又重重地打了一拳。现在,他倒在地上,没有一点反抗地倒在地上。而手电筒又打开来,在雪亮的光照下,几只脚在他身上踢着,踢足球一样地踢着……

一片混沌中,他感觉他们把他抬了起来,在空中荡了荡,就迎着风扔了出去。整个身子轻飘飘的,烂棉絮一样地飞了起来,又在什么地方磕了一下,便听着涛声往下坠……

列车从铁桥上呼啸而过,乌江被无情地抛在后面。

第十二章 复活

复 活

天使带着,鸟一样飞翔起来。风也温柔,水也亲和。翅膀无声地扑着,穿越无边无际的黑暗。天堂之门大开,放射万丈光芒。降落在一片碧绿的草地。白色的是鸽子,红色的是孔雀,一起拥过来。温泉里沐浴。花丛里更衣。……

"我没有死。"

令狐枯荣使劲地掐着半边脸颊,肉活跳跳生疼,就这么自言自语地咕哝着。

他想站起来。可撑了撑,晃了晃,又倒了下去。苏醒了,苦难也回来了。脑袋昏昏沉沉的,四肢酸软乏力,腰间肋下也开始痛起来……有大半个身子还浸在水里,他抓着河滩上的沙碛,慢慢地往岸上爬着。拖着一道湿漉漉的印儿,他在河边一道土埂下面歇下来。

湛蓝的天空中,太阳当顶照着。河面上、沙滩上一片明晃晃、亮光光。一只黑色的水鸟,从天空中闪电一样射来,在河面上一点,带一片水花,又闪电一样飞去,消失在对岸的山崖……

令狐枯荣心动了动,眼睛怔怔地盯着那山崖。几簇绿树,胡髭似的生长在峭壁下边。在险峻突兀的顶端,有几个黑乎乎的窟窿,眼睛一样望着苍穹。而每一个窟窿里,都戳着一具棺椁。那棺椁的一段又神秘地悬在洞穴的外面,好像和这个世界还有这样那样的瓜葛没有了结……

这是悬棺,他曾经在黑鸦坎峡谷里看见过的。在长江中上游,凶山恶水之间,常常可以看见这种古老的葬俗。错欢喜的人把悬棺叫"癞子坟"。当然,"癞子"不仅仅指窄狭的皮肤病,它实际上包括瘟疫在内的一切传染性疾病。因为对死亡的恐惧,这里的人对"癞子"的尸体不是像一些地方那样焚烧,而是迷信山水之险,只要无路可走,就不能够转世投胎,再到人间来害人。今天,人们在形容一个人的尴尬与无奈时,还用"上不沾天,下不沾地"这样的口头禅,其实就是悬棺文化的影子。而一些地方仍然把"下葬"叫"上山",则是悬棺文化的延伸。随着医学和交通的发展,人们对"癞子"已经不是那么恐惧。生对死的逃避有各种各样的选择,悬棺作为一种记录,终于留在遥远的过去。但悬棺是怎么弄到那悬崖峭壁上的,至今仍然是一个谜。

  肚子咕咕叫着,饥饿也跟着疼痛攻上来。他咬一咬牙,挺起身子来,爬上那道土埂。天无绝人之路,土埂上面是一块红薯地。他抓着一根藤子,用力地一扯,噗的一声断了。又抓着一根藤子,又用力地一扯,又噗的一声断了。土地很硬。他找着一块尖锐的石头,噗噗地掘起来。掘着一个红薯,带着泥巴在袖子上擦了擦,就咔嚓地咬在嘴里,囫囵地吞了下去。肚子实在一些,心也安稳一些,他又在土地里噗噗地掘起来。这么掘着,他就跪了起来,好像这样更能够使上劲。不一会,他就掘了一大堆。吃了几个红薯,他一歪一跛的,居然能够站起来、走起来。他脱了衣裳,把剩下来的红薯包在衣裳里,拧到水边洗得白生生的。又吃了几个红薯。这工夫,有嗝儿漾起来,很惬意的。他摸摸渐渐地鼓起来的肚皮,就仰躺在河滩上,享受着无边无际的阳光。

  是疲倦了,还是阴曹地府归来?要很好地休整一下。或是命中注定,他要在这片陌生而又温暖的河滩上获得生命的感受。令狐枯荣睡了过去。江风浩荡,呼呼地在河面上吹过去。江涛滚滚,一刻不停地往前奔流。太阳在江水里战战兢兢的,向西斜过去。江岸的崖壁卫士一样伫立着,沉浸在一片暖晕中。只有悬棺依旧阴郁地枕在岩腔里,述说着亘古的寂寞。

  荒沙万里。蘑菇云团在翻滚。一只铩羽鸟跌落着。垂死的眼睛瞪着天空。金钱斑闪闪烁烁。长鞭挥动着。从西向东掀起来一阵狂风。小街摇曳。妇孺呼号奔走。狗吊着长长的舌头喘息着。五只脚的怪物从黑暗中走出来。一块一块的秃斑布满全身。电闪雷鸣。大雨如注。江河一泻千里。

他醒了过来。身上酥痒难耐,有一股奇异的热流正从根底透上来,火一样烤炙着。他一翻身坐了起来。看着两只脚都浸在水里,他觉得怪怪的,先前躺下去的时候,水还远着呢。他屈着手指磕了磕荒秃的脑门儿,这才弄明白乌江也仿佛磨坝场的河,上游有一个发电厂,根据发电量的大小、水轮机的需要,闸门时关时堵,水也时消时涨。也正是这潮汛一样消消涨涨的江水,在他失去知觉以后,把他送到岸边,让他捡回来一条命。

不,不仅仅是捡了一条命。他很快发现,裤裆里一片濡湿,腻腻的、腥腥的,这是什么东西呢?那一瞬间,一道斑斓的光圈在脑子里闪了闪,他浑身一阵震颤,是遗精了。他一下昏了头,这种情况是从来没有过的。再仔细地看去,那一截命根子也居然斗士一样地挺了起来。

"天啦!"他又惊又喜地叫着,"那倒霉的阳痿好啦!"

仿佛不相信这是真的,他三两下把衣服剥下来,赤条条地躺在河滩上,东一把西一把地在身体上抚摸着。那些嶙峋瘦骨,那些绷紧的肌肉、松软的脂肪,这会儿都鲜活地在手指间跳荡着。朗朗乾坤,红日杲杲。他像一条蛹虫,正蜕变一样的,扭动着,也弯曲和伸张着,要努力地从旧的羁绊中挣脱出来。

"我是一个男子汉了。"他这么自言自语的,就站起来,两只手高高地举起来,抓握着什么一样的,"我是一个真正的男子汉了!"

接上扑通地跪下去,对着浩浩荡荡一河水三叩首,便站起来,穿了衣裳裤儿,又蹦又跳的,顺着河流往上游走去。

太阳很好,风景很好,人的心情也很好。不知不觉中,他甩了好几个滩头在后面。想着火车站那个专治阳痿的医生,他不禁觉得好笑。真的,他那么着急的样子,仿佛不论多少钱,都要试一试。最后呢,他连人家要的一个零头都拿不出来,而只好扯谎落白的,又从巷子里逃跑出来。现在好了,一分钱不花,毛病就阴差阳错地给折腾好了。补药泻药都是药,就不知道哪一服药能够治病。甚至病好了,也常常不知道有哪一味药起了作用。

现在,他又站在铁桥上。望着滚滚滔滔的江水,他扔了一块石头下去。浪花无声地开放,又无声地收敛,石块便消失得无影无踪。一个守桥的战士从桥头跑过来,冲着他挥一挥手,"这里不是玩儿的地方。"呵斥着,"赶快离开。"

他斜一眼战士,手指一指脚下的乌江道:"昨天夜里,火车经过铁桥的时候,有人把我从这里扔了下去。"

战士听着,侧过头来,目光在他身上打量打量,就有些笑。

"你不相信是不是?"他说,"你不相信我还会活着,其实,死亡的路上也有生命的缝隙……"

"你快走吧,火车快开过来了。"战士截过话去,不耐烦地挥一挥手,"这里不安全。"

他愣一阵,便摇了摇头,很无奈,也很快活的,就走出铁桥去。

他踩着一段一段枕木,仿佛无所用心,却又执迷不悟地沿着铁路走下去。不知道走出去多远,猛地耳朵炸裂似的听着一声汽笛,他抬起头来,就看见一列火车从对面驶过来。那一瞬间,不知道怎么一来,他竟然像招汽车一样的,向那钢铁巨龙拼命地挥着手臂。列车懵里懵懂的,也不知道发生什么事情,就拉着紧急制动闸。车轮咬着铁轨,拖着长长的火花,一条铁路都在燃烧一样,发出来一种尖厉的啸叫。就在列车撞上身来的刹那工夫,他跳出铁轨去,站在铁路边上。列车从他身边冲过去,缓缓地停下来。司机在机头那边探着头,惊惊咋咋地叫着:"出了啥子事情啊?"

他气喘吁吁跑到跟前。"我……搭一个……车……"他这么说着,又迷迷浊浊地晃了晃脑袋。

司机长长地叹一口气,什么也没有说,也不看他一眼,便把一张青黑的脸撇向一边。很快,从机车的另一边下来一个人,阴郁地走到跟前,愣愣地钉住他看着。他想笑一笑,嘴巴咧了咧,却并没有笑起来。

"你狗日的疯子!"那人低沉地咕哝一声,就身子一弓,从胁间给了他肚子那儿一拳。

他眼冒金星,抱着肚子,整个身子晃了晃,就重重地倒了下去。

没有能够解恨,那人又在他肋骨那儿踢一脚。

"你狗日的疯子!"那人骂骂咧咧着,"他妈的现在什么样的人都有。"接上瞥他一眼,这才抓着扶手爬上机车。

列车经历短暂的停顿,又慢慢地动起来。哐当!哐当!终于很开心地疾驰而去。

听不见列车的吼震了,他才慢慢地坐起来。抱着肚子揉了半天,疼痛缓和一些,人也清醒一些,就站起来,离开铁路,从一条长满芭茅草的小路插向公路。傍晚时分,他在二一〇国道上拦住一辆货车,一辆正往东边去的长途运输车。司机没白没黑地赶路,也想多有一个人做伴儿。他坐上去,心里默着那个地方,又继续往前赶……

郭　村

　　令狐枯荣的直觉是对的。小胡子既然打定主意要杀人灭口,就没有必要对他隐瞒什么。几乎所有的恶魔,都会让刀俎下面的羔羊死一个明白,这似乎是他们最后的一点好德性。

　　大约一个星期后,令狐枯荣揣着一本中国地图,居然找着郭村,这个一路上都磕磕绊绊地默着的地方。

　　郭村在往温州去的那条路上,东北方向上岔进去,走到一个什么镇,对着一座像一头牛卧着的山,又继续往前走,不过十几里地就到了。马路虽然曲折一点,但路面平坦,大车来小车去的,也还热闹。那么既然叫郭村,就好歹也应该有一个村的样子。令狐枯荣站在郭村前,却横竖看不出一点村的气象。隔着一块地两块地的,就是一幢小洋楼,这样散散漫漫铺排着,就像一座城市被掰开拆散一样的。看不见鸡飞狗跳,也听不着猪儿啰羊儿咩。只有在一个看不见的地方,仿佛有一头比牛不知道要大多少倍的怪兽在呼哧呼哧着。他慢慢吞吞走进去,东瞧瞧西瞅瞅的,对这个村不村城不城的地方,既觉得新鲜,又感到一种莫名的畏惧。路上碰着两个女人,正骑着自行车冲过来。他愣愣地站在那里,想把她们截下来,却在那人和车冲到跟前的瞬间,又不知怎的,慌慌地闪到了边上。两个女人喝着、叫着,声音像那自行车的铃铛一样急骤而又有一种乐感。他望着她们的背影,晃了晃脑袋,又听着那呼哧呼哧的喘息往前走着。

　　不一会,他听着那喘息近在耳边,正觉着到了头了,却莫名其妙的,这种艰难的呼吸又涸化了一样,渐渐地细下去,并最后渺茫起来。这样,他不

第十二章 郭村

得不走下去,又继续找着。整个郭村仿佛只有这沉重的呼吸,抓住这沉重的呼吸,才能把握整个郭村。不知不觉地,他又转了回来,站在先前碰上那两个骑自行车的女人的地方,傻了眼了。

这么愣一阵,他重新调整一下方向,又听着那呼哧呼哧的喘息走下去。很快地,他看见一棵大树,一棵叫不上名儿来的大树,那树干仿佛被雷击,上半截折断了,枝丫从斜边里长出来,看上去又畸形又繁茂。大树下面,有一个肉铺。一些小的肉块悬空地挂着。一大块连头颅带蹄爪的肉也悬空地挂着。风吹来,小块的肉微微地晃悠,大块的肉一动也不动。从肉里渗出来的血水自上而下地流着,在干燥的空气里越流越少,终于凝结成为一滴浓浓的血,粘在白生生的肉上。卖肉的已经睡着了,头埋在胸前,还响着呼噜。但只要有人在跟前一站,他又能够很快抬起头来,虽有些懵懂,却也会招呼生意。

"要多少?"他这么说着,"早晨杀的猪,很新鲜的!"

令狐枯荣一听那口音,立刻有了救星似的,掩饰不住喜悦地说:"你是四川人。"

卖肉的眼睛里也放光芒,高兴地说:"你跟老子也是川耗子哦!龟儿子旮旮旯旯闭上眼睛都碰到四川人。"

令狐枯荣局促地笑了笑道:"我是贵州人,孟通的,就紧紧挨住四川。"

"也算一家人。"卖肉的也笑了笑,"我们那里从前有一句话,'搞烂就搞烂,搞烂就往贵州搬'嘛!"

两个人说着,就上来一点他乡遇故知的感觉。

"我找一个姑娘。"令狐枯荣开门见山地说,"被人贩子卖到这里来了。"

"远天远地跑到这旮旯来找人,"卖肉的说,"是你哪样人啊?"

"我一个……"令狐枯荣支吾着,"女儿。"

"哦……"卖肉的理解地点着头,"狗日的人贩子缺德哟!"

"这个地方怪头怪脑的。"令狐枯荣说,"不晓得你熟悉不熟悉,帮我一个忙。"

"我在镇上跟一家肉老板打工。"卖肉的说,"这个地方一天来一回,都在这大树脚,把一头猪卖完了,也就骑着三轮赶路。"

"哪个做买卖的不认识两个人。"令狐枯荣说,"你帮我打听一下,看那姑娘在哪家人户。"

"你这就不晓得了!"卖肉的有些诡谲地说,"你别看我的生意没有人问津,这是时候不到。时候到了,大家打拥堂,你一块我一块的,不一阵就把这些肉抢光了。"

顿了顿,卖肉的又接上道:"你说我有啥子工夫结交哪样人!"

令狐枯荣听着,迷迷浊浊地说:"啥子时候啊,割两斤肉也打拥堂。"

卖肉的笑了笑,很干脆道:"下班。"

"下什么班啊?"令狐枯荣晃了晃脑袋,还是不明白地问着。

"简单地说,"卖肉的说,"就是从家里面出来。"

"你是说上班还是下班?"令狐枯荣完全糊涂了。

"所以啊,"卖肉的感慨地摇着头,"你不知道情况,才觉得这个地方怪头怪脑的。"

令狐枯荣听着,小学生一样睁着眼睛,怔怔地望着卖肉的。

"这个地方上班就是在家里。"卖肉的兴味浓浓地说,"下班就是走出家门,到镇上去,到别的什么地方去。"

"上什么班啊?"令狐枯荣小心地问着。

"所以啊,"卖肉的又摇了摇头,"这就是沿海跟内地的差距啊!"

令狐枯荣云里雾里等待着下文。

"这个地方是有名的塑料村。"卖肉的说,"家家户户都生产塑料制品,像啥子塑料桶桶、塑料盆盆、塑料饭盒、塑料编织袋、塑料方便袋……"

"怪不得哟!"令狐枯荣醒豁地自言自语着,"我听着一种声音。"

"那就是塑料的声音。"卖肉的一针见血地说着,"家家户户都是塑料产品的车间,所有的设备都在运转,你说这有多大的声音?"

"夜晚呢?"令狐枯荣莫名地打一个冷噤,"夜晚总会停下来吧!"

"这个地方是没有夜晚的。"卖肉的摇着头,朗声朗气地说,"只有工作和休息,工作就是生产这些塑料的东西,休息就是打一个盹,在机器旁边打一个盹。一年四季三班倒,除非机器坏了,人才能够闲下来。时间长了,人自己都搞不清楚哪是机器哪是人了。"

第十二章 郭村

"也不容易啊!"令狐枯荣说着,口吻里有一种莫名的焦虑,"这到底为哪样?"

"所以啊,"卖肉的显然还沉浸在先前的氛围里,"前不久,听说有一家车间里,有一个人在操作的时候熬不下去了,刚闭一下眼睛,一只手就被铲去,搅在塑料里,铸压成为几只桶桶……"

这么说着,就不知道从哪里钻出来几个人,一下站在肉案前。

"你看吧,"卖肉的转过话头儿来,"下班了!"跟令狐枯荣说一句,就快刀快手地经营着生意。

很快,又不知道从哪里跑出来一拨人,站在肉案前。场面一下变得忙乱起来。

这工夫,令狐枯荣仿佛终于等着机会,拦住一个买了肉正往回走的女人问着:"六月里,有一个贵州姑娘被拐卖到这里来了,你知不知道她是在哪家啊?"

女人望着令狐枯荣,脸上塑料一样木木的,摇一摇头,也就走了。

令狐枯荣又拦住一个男人问:"你知不知道这村六月里来了一个贵州姑娘?"

男人脸颊莫名地扯了扯,接上像塑料一样僵硬起来,摇一摇头,也就走了。

令狐枯荣接着问了几个人,都是一样的情形。

仿佛只是瞬间工夫,大块小块的肉都卖完了。

那么多人一下又消失得无影无踪。树荫里又冷清下来。只有令狐枯荣和卖肉的,还有卖肉的三轮。

"怎么样哪?"卖肉的理着一沓大大小小的钞票,往油渍渍的荷包里揣着。

"这里的人啊!"令狐枯荣一筹莫展地望着那一幢一幢别墅一样的小洋楼,无可奈何地咕哝一句。

卖肉的推着三轮车在地上划了划,又回过头来看了看令狐枯荣道:"这个地方欺生得很啦!你是不是跟我到镇上,找一找公安,看能不能跟你解决。"

令狐枯荣愣了愣,坐到三轮上,跟着卖肉的走了。

两个人天擦黑到镇上。也没有顾得上弄一点东西打发咕咕叫的肚子,就直奔派出所。两个人在一幢楼里探头探脑半天,才找着值班的。值班的跟两个人让了座,就手里拿一支笔和一沓纸,坐在对面听着。只是听说郭村,值班的也就抓耳挠腮的,觉得有些棘手。

"这个地方不好办啊!"值班的操着一口夹生的普通话,"他们有钱,这年月有钱就是大哥,天不怕地不怕……我们只有慢慢协调,不能急,急起来会把事情弄反……"

两个人也没有更好的办法,对值班的说了一些好听的话,就离开派出所。

这夜晚,令狐枯荣跟卖肉的搭伙,住在肉店里。卖肉的实际上就是杀猪的。宽宽的地铺上,横七竖八地躺满杀猪匠。杀猪匠确也有一种平常人没有的气焰。令狐枯荣走进去,站在昏暗的灯影下面。他们拿眼睛往他身上一睃,不知怎么的,他就感到透心凉。哪怕在火车上要被人从乌江铁桥上往下扔,他也没有像这样虚怯。但大家都是异乡人,其实很友善的,这么用目光打一个招呼,就在中间挪了一个位置给他躺了下来。嗅着一种莫名的血腥,还有一种莫名的膻臭,令狐枯荣睡了过去。半夜里,他迷迷糊糊的,梦着猪八戒跟牛魔王厮打着,直分不出来胜败,就急急地醒过来。借着一片从哪里透进来的光影,他看见周围横七竖八躺一地人,便莫名地恐惧着,又闭了眼睛,逃似的回了梦乡。

天亮的时候,他在一片撕肝裂肺的嚎叫中醒过来。屋子里已经没有一个人,只剩下一地的席片儿。听着声音,他噌地站起来,一下凑近窗前。这才看见在一个不大的院落里,牛啊猪啊拥成一团。几十号人分着十几拨摊子,手执明晃晃的尖刀,从外到里,一层一层往里抓,把那些牛啊猪啊抓到边上杀了。抓一头,杀一头,一群畜生也就骚动一回,又紧紧实实地挤成一个疙瘩。令狐枯荣这会儿才明白,一夜里嗅着那个血腥和膻臭,原来旁边挨着一个屠宰场。那工夫,令狐枯荣头皮触电一样麻麻的,就离开那可怕的窗口,准备往外走。这时候,那个昨天郭村认识的卖肉的带着一个大檐帽进来了。

困豹

第十二章 郭村

"这就是那个贵州老乡。"卖肉的向大檐帽介绍着令狐枯荣,"他女儿被人贩子拐到这里了,怪可怜的,请你帮忙找一下。"

令狐枯荣注意到了,那大檐帽手里筋筋吊吊地提着一些肉,几滴红红的血还活活地往下流着。

"这是工商管理的王哥哥。"卖肉的又给令狐枯荣介绍着大檐帽,"他媳妇是我们四川妹子,也算半个老乡。你这个事情,在他手里,小菜一碟儿。"

令狐枯荣听着,又是作揖,又是点头,看见救星一样地呵求着。王哥哥笑一笑,一只手摆一摆,就什么也没有说,提着筋筋吊吊一挂肉走了。令狐枯荣愣在那里,望着王哥哥的背影,莫名地觉着一种悒惶。

"他们都这个样子。"卖肉的说,"不这样,反而不像他们了。"

"那么,我的事情……"令狐枯荣嗫嚅着,"他会不会……帮忙?"

"你放心吧。"卖肉的说,"他养着几个女人,不补一补,熬不住身体,就三两天找我弄一回牛鞭。这点事儿,他也还要看一看我的面子。"

令狐枯荣将信将疑的,也不再说什么。

中午,太阳当顶的光景,令狐枯荣和卖肉的走进郭村。两个人在那棵大树下面张罗着摊子,这工夫,就有一个斜眉吊眼的人凑上前来,也不买肉,只是那么来回地在两个人身上睃着。好一阵,才疑疑惑惑地问着:"你们是王哥哥的人?"

卖肉的瞥一眼那人,心里有了数,也拿腔拿调地应道:

"王哥哥要你找的人呢?"

斜眉吊眼的喉咙里咕哝一句什么,就转过身去,一下消失在一幢小洋楼后面。

令狐枯荣如梦如幻的,看着那人来,也看着那人去。郭村依旧是昨天那个郭村。大路小路纵横交错,将整个村子既碎切零割,又牢牢地捆缚在一起。路上空空荡荡的,看不见一个人。只有那无所不在而又无法捉摸的喘息,那塑料的声音,沉重地呼哧呼哧着,显着这里生命的迹象。

不一会,斜眉吊眼的带来了一个姑娘。是令狐枯荣眼睛花,还是这姑娘真长得像家英。那一瞬间,他抓住姑娘的手,奔生奔死地往路上拽着,巴不能就回到错欢喜那旮旯。大约是姑娘叫起来了,还是旁边卖肉的,或者斜眉吊眼的嚷起来了,他才停下来。

稍稍定一定神,他仔细地打量打量姑娘,看清楚不是家英,才一脸赧色地喃喃道:

"不,不,她不是我找的那个姑娘,那个错欢喜的家英……"

好像也没有怎么计较,斜眉吊眼的便带着那姑娘走了。又不一会,斜眉吊眼的又带着一个姑娘站在肉摊子前。令狐枯荣怔怔地望着姑娘,又沉稳又专注,铭心刻骨一样的。

"我是家英。"姑娘说,"令狐老师!"

令狐枯荣听着,点一点头,却又古古怪怪的,不敢相认。姑娘木木地站在跟前。一头黑发看不见一丝光泽,却红红绿绿地沾着一些塑料的碎屑。两只眸子嵌在苍白的脸上,偶尔转动一下。仿佛疑心姑娘是塑料铸造的,令狐枯荣尖着两个指头,在姑娘那呆滞的面颊上捏了捏。感觉一种肌肉的弹性与活力,令狐枯荣才实实地抓住姑娘的手。

"我找得你们好苦哟!"他酸楚地说着,"你这就跟我回错欢喜木家寨。"

姑娘摇一摇头道:"不!老师!我不回去。"

令狐枯荣听着,一下傻了眼了。

这工夫,卖肉的终于醒明过来,在一边咕哝道:"闹半天,你们一个是老师,一个是学生,还不是两父女。"

但这之间似乎并没有太大的差别。用不着认真,也就没有哪一个理会。

"你不回去,你爹会问我要人。"

好一阵,令狐枯荣缓和过来,这么说着。

"这不关你的事情。"家英说,"是我自己要出来的。"

"他以为我串通人贩子,"令狐枯荣说,"把你弄出来卖了。"

"哪个人也没有卖我。"家英说,"是我自愿的,我那个男人对我很好。"

"小胡子做了好事了!"令狐枯荣忍不住刺了一句。

"他好比一个媒人。"家英说,不惊不咋的,"我们那里媒人要'媒腿''媒衣',这里媒人要手续费,都一样要花钱。"

"天啊!"令狐枯荣悲声悲气地叹着,"我这么远天远地跑来找你,到底为哪样啊!"

"请老师回去吧!"家英说。

"你不回去,我也不回去。"令狐枯荣说。

"嫁出门的姑娘,泼出门的米汤。"家英说,"再说,我已经怀上人家的人了。"

令狐枯荣听着,上上下下打量一遍姑娘,这才觉得有些异样。

"请老师回去吧!"家英说,"我已经给我爹写了信,家里知道我在这边的情况,不会责备你的。"

"你说你给你爹写了信?"令狐枯荣一下想起来什么似的,紧一句问着,"哪阵写的?"

"寄出去两天了。"家英说,"你回到错欢喜,信也差不多寄到错欢喜了。"

令狐枯荣鼻子里哼了哼,感觉一种莫名的压抑,一句话也说不上来了。

"请老师回去吧!我还要上班呢。"

家英说着,就跟斜眉吊眼的离开肉摊子,很快消失得无影无踪。

令狐枯荣站在那里,那么恓惶着,也恍惚着,不知所以,也不知所终。

第十三章

搏　杀

困豹

　　天黑了。两只兽相跟着走到一棵山梨树下。疙疤老山看一眼黑宝,便默契地一跃,在山梨树低矮的丫杈上躺下来。那一副钢嘴铁牙咬着腿拐,是有一些松动,还是有一些麻痹,已经不那么疼了。但一段铁链仍然磕磕碰碰地响着,从腿拐上延伸出去,避开树枝,挂在空中。黑宝挓蹄挓爪地刨着一些枯枝败叶垫在树下,也打一个哈欠,蜷缩着身子卧下去。那铁链在黑宝头顶上方摆来摆去,半天停不下来,像一种命运的警示,又像一种实实在在的联系,把它和树上那只美丽的野兽死死地捆在一起。狗不会忘记,家家户户一盘架磨,猫总是睡在磨架上,狗总是睡在磨架下,错欢喜是这样,别的地方也是这样。黑宝心安理得的,也静静悄悄的,很快就睡了过去,响起来均匀的呼噜声。而花豹疙疤老山呢,则大约夜行性动物的警醒,一点睡意也没有。

　　一棵大树在不远的地方,是雷殛、风吹,还是别的什么原因？倒了下来。在夜色中,大树形成一道屏障,阴郁地横在林子里。在大树两侧,牵连着被折断摧残的枝枝丫丫,也网一样张着,充满欲望地散开来。但密实的林子因此松朗起来,顶上的天空也格外亮着一片。疙疤老山扬着头,虔诚地望着那一片天空。这似乎也是牧神的安排,刻意地凿开一眼窗户,给苦难的花豹在黑乎乎的林子里透示一点希望。疙疤老山心领神会,锐利的目光穿越夜空,排除风吹云动的干扰,很快找到了那颗橙红色的亮星。

　　整个牧夫座都沉睡了。大角！只有您还明光灿烂地值着夜。作为整个

第十三章 搏杀

豹族世界的牧神,什么云豹啊,黑豹啊,雪豹啊,这样一些群落都需要您的庇护。事实上,不管哪一支豹子,它们的日子都大大不如从前了。也许,就像当初不可一世的恐龙与剑齿虎在地球上彻底消失一样,所有的豹子也到了最终完结的时候了。但没有哪一类生命是愿意灭亡的,即使孑孓,即使三叶草、水藻,都那么渴望存在和壮大起来。何况豹子,这种啮齿类最优秀的动物,集中了狼的凶残、狮的威武、虎的勇猛、猴的敏捷、蛇的阴骛,难道还不应该有生存和发展的权利?所以,至高无上的牧神啊,您对整个豹族的庇护,不仅仅是对一个优秀物种的庇护,还是对一种真理的庇护。快快发动您的神力吧!大角。

有微风吹过树林,枝摇叶晃的,在无边的暗夜里,响起来一种温馨而深刻的絮语。

现在,那只狗就躺在树下,已经睡了。它在疙疤老山寻求和渴望的时候来了。自然而然地,疙疤老山把它当作牧神的派遣,而完全接受下来。但一只狗,尽管一只雄性的狗,身高体壮而又凶猛无比,却又能干什么呢?是疙疤老山悟性太差,还是疙疤老山潜意识里有着某种拒绝,它真的不能够一下看透这种安排。不过呢,作为苦难的对应,疙疤老山从黑宝的到来感觉到了一种慰藉。苦难和苦难相加,也会形成一种力量,这种力量至少是不再孤独。那么,凭着这种力量,疙疤老山就可以把信念,对整个豹族救亡图存和对大角牧神的信念,一刻不停地维系下去。只要有这个信念,它就随时准备赴汤蹈火,在所不惜。

天亮了。疙疤老山眼睛潮润,目送着那颗橙红色的亮星在一抹鱼肚白中渐渐地隐去。在几丝凛冽的寒气里,它拉长短促的脸子,浓浓地打一个哈欠,便把头平放在两只肉实的脚上,瞌睡起来。而树下的黑宝,这会却醒了过来。它睁着眼睛,整个头颅高高地扬起来,两只耳朵挺挺的,雷达一样地在空中搜索着。听着一阵咝咝的尖啸,它看见在前方不远的一棵树上,两只猴子正攀着丫杈,冲着它怪眉怪眼地扯着脸子。那一只猩红的脸子啊,就像一团火一样,撩着、舔着,让它热燥难耐。仿佛一种原始的冲动,它蹦起来,一下跃到树下,冲着那两只猕猴吠着。两只猕猴一惊一乍的,扔下两只硬邦邦的猕猴桃儿,便飞身跳到另一棵树上。在密密麻麻的叶子后面躲闪着,两只猢狲又扔下两只硬邦邦的猕猴桃儿。狗挨了砸,却拿猴子没有一点办法。它低着头,呜呜呜的,回到原来的地方躺了下来,一副无可奈何的样子,而悄悄地,两只充血的眼睛却阴一下阳一下地往猴子那边瞟着。猴子不上当,游戏一会儿,也就腻了、倦了,在一片浓荫里消失了。

　　中午光景,是嗅着什么动静,还是有一种预感,黑宝噌地站了起来。透过林子在太阳下面游移不定的暗影,它似乎看见某种威胁正逼近。也没有一点犹疑,它就一边带着一种攻击蹿出去,一边汪汪地叫着,给树上的疙疸老山放信。黑宝没有错,它在一箭之地迎着两个人,一个端着枪,一个拿着斧。它在地上一卧,一颗子弹呼吼着,就从头上飞过去。它缩了缩,扒着两只前腿,爬到一棵大树后面躲起来。感觉那两个人一步一步逼近,它又纵出来,发动又一轮攻击。而四只脚爪刚刚着地,整个身子拉着一张弓,还没有来得及射出去,它听着啪的一声枪响,就在地上打一个滚儿,腿拐那儿木木的,使不上一点儿劲了。这时候,它一抬头,看见那个黑乎乎的枪口又冲着它举了起来。意识到那个可怕的时刻已经来临,它呜呜呜的,发出来一种最后的悲鸣。

　　但命运的奇迹出现了。那一瞬间,黑宝眼前一道闪电,落在死神的那一面,疙疸老山从另一个方向冲了上来,把那人那枪扑倒在地上。啪的一声枪响,子弹斜斜地飞向天空。黑宝得救了。整个林子翻腾起来。人和豹在地上扭打着。一柄空了膛的猎枪和一柄亮锃锃的斧头在空中晃动着。仿佛一下决不出来什么高下,这种搏斗又很快散成块状,战栗着、逃奔着,在森林的暗影里消解着。疙疸老山戴着镣铐,一路叮叮当当的,越过那片空旷的林地,向林子深处走去。黑宝一只腿受了伤,在地上一颠一颠的,紧紧跟在豹子后面,也向林子深处走去。直到林子那面传来那两个人的嚎叫,这两只兽才停下来,尾尻放在松软的落叶上坐着,静静地谛听着……

第十三章 乡公所

乡公所

乡里书记曹绍成吃过饭后蹲在阶沿上,手拿着从厨房的刷把头儿上撅下来的几根竹签,晒着越爬越高的太阳,眯缝眼睛,仔细地剔着牙齿。感觉有人走近跟前,他看也不看,就知道是哪一个人似的,慢慢吞吞地说:

"看样子,我们要吃一阵子狗肉了!你还是去一趟区上,弄几味药,像什么附子、山药的,区上没有县上有,就去县上一趟,抓几副,放在狗肉里炖,这要香得多。"

乡公所秘书在一旁听着,也在阶沿上蹲下来,两只手抱着膝盖,眼睛望出去,茫然地落在秋天的田野里。

"狗肉不加一点药,也没有他妈的啥子吃头。"乡公所秘书应着声音,小心翼翼地说,"是不是找人顺便捎带,也就是几服药,又不费力……我这荷包里还有一大把出差单据,不晓得哪时候才报销……"

"这就快了。"曹绍成说,"马上跟烟草的算落底账,这一回的税划过来,先把大家的荷包搞清楚,总不能老叫大家垫着。"

两个人这么散散漫漫说着,阶沿坎又走来两个人,也一样地蹲下去。用不着招呼,大家都有一种默契似的,就多一些话题出来。

"牛家山那边集体行动出了事儿,"乡长笑吟吟道,"一条狗把我们一个民兵的卵子咬了。"这么说着,就往阶沿下面唾一口痰。

书记听着,拿眼睛瞟着乡长,"这么无用,收拾一条狗都不行。"嗔怪着。

"他还拿着枪呢,"乡长说,"就不知道那畜生怎的钻到胯底下了。"

"脑壳上那两只眼睛看不见,"书记说,"卵子上那一只眼睛也瞎了。"

大家于是都很有趣地笑了笑。

这工夫，蹲在边上的副乡长，分管文教卫生的，趁着这一点氛围，就掏出来一盒纸烟，开始散发起来。人人都抽着烟，阳光里多几丝缭绕，也多几分朦胧。

"木家寨村的学校垮坡打了，几十个娃儿散了，"副乡长提起一个话头儿来，"下面反映大，都说娃儿耍野了。恐怕要研究研究，天长日久拖下去，总不是办法。"

"我们向上面写了报告。"乡长说着，又向阶沿下唾一口痰，"上面不拨钱，我们有哪样办法哟，巧妇难为无米之炊嘛。"

"是不是找那些宽房大屋的人家商量商量，借他们的堂屋或者仓房用一用，"副乡长说，"先把课开起来。"

"老师呢？"乡长说，"那个令狐又不知道跑到哪里去了，还是巧妇难为无米之炊嘛。"

"哪里去哪？"书记这会儿愣突突地插进来，"找小胡子，那个人贩子，天晓得他找他干哪样啊！"

大家听着，这才意识到事情牵连曹书记的姑娘家英跟他那还没有过门的媳妇水惠，就只是大口大口地抽着烟，都不再吭声。

这么阴沉着，武装部长牛大蛮子就从阶沿下面一条小路上戳了出来。还远远地，他便带着一种莫可名状的兴奋高亢地叫着：

"狗都集中在黑鸦坎那儿剐皮啦！快去选几张皮子镶褥子啊！"

大家听着，获得某种解脱似的，一条阶沿上蹲着的人都活跃起来。

"狗皮……"副乡长说，"还是冬天里的狗皮好。"

"差不多啦！"乡长拿着腔调接上说，"就秋天吧，哪一个地方会发狗皮呢！况且作为劳保用品，秋天发给你，冬天你不是正好用啊。"

"褥子嘛，我已经有了。"副乡长说，"我倒想弄几张黑狗皮，做一条皮裤，寒冬腊月的，膝盖骨总痛。"

"你非要黑狗皮不行？"武装部长牛大蛮子一边说着，"难道黄狗皮不行？"一边走到阶沿上，也一样地蹲了下去。

"这个嘛，你不懂啊！"副乡长说，"猫要黄，狗要黑。"

乡公所秘书听着,吃吃地笑道:"你这是严重的种族歧视……你做了一条黑皮裤,何不再做一件黑皮衣、一顶黑皮帽!"

书记曹绍成这工夫插进来:"你他妈就是一只活脱脱的黑狗儿。"

他这么说一句,又不笑,让人搞不清楚他到底是开玩笑,还是有哪样情绪要宣泄。

大家一颗心萎缩缩的,很寡味。阴一阵,乡长先站起来道:

"管啥子黑狗皮黄狗皮,我倒要挑几张去……下午呢,我过黑鸦坎那边牛家山去看看,看那个卵子被狗咬的人问题大不大……"

"有哪样问题!"书记说,"卵子隔心脏远呢。"

"不怕一万,就怕万一。残废了,要死不活的,那麻烦就出来了。"

乡长说着,就离开阶沿,往牛家山走去。

接上乡公所秘书说有什么材料要整,也站起来,往乡公所里走着。

阶沿上剩着书记和武装部长,都默默的,仿佛一颗心水一样的,浑浊了,需要沉淀,正渐渐地清亮和安静下来。

这时候,一拨人闹哄哄的,从木家寨上寨那边拥出来。他们沿着毛坯马路,往乡公所这边走来。曹绍成看着,眼睛直直的,一种不祥的预感乌鸦的翅子一般在头上掠过去,就噌地站了起来。

"出啥子事儿哪?!"

武装部长说着,惝惶地看一眼书记,也噌地站了起来。他知道曹绍成家在那儿。家很近,但曹绍成却很少回家。

"我是乡的书记,不是哪一个村、哪一个寨的书记,"用曹绍成自己的话说,"更不是哪一个家庭的书记。"

大家都知道,曹绍成其实不喜欢那个家。曹绍成不到三十岁光景当公社革命委员会主任,就是现在这个级别。但他在关键时候没有能够把握住自己。那工夫,区里有一个电影队。放映员是一个姑娘,脸相白净,身材苗条,有一种林黛玉的病态美。放映员姓丰,大家就叫她"风吹灯"。这么一个姑娘,自然走什么地方都需要人照顾。不过十天半月,电影队转啊转啊,总要轮着一回乡里。那阵,曹绍成必定要在放映之前讲话。发电机是上海儿童玩具厂生产的脚踏式发电机,自行车一样的,电压很不稳定,扬声器的效果也不大好。但曹绍成声音好,即使不要扬声器,场子里的人也听得清楚。他能说会道,大家听起来津津有味,仿佛这也是一个节目。风吹灯一边听着,也觉得这个人有才。电影散了,曹绍成又格外关怀,给风吹灯安排宵夜,弄热腾腾的洗脸水、洗脚水。风吹灯哪怕一团冰,也被曹绍成焐了过来。而捉贼捉赃,捉奸捉双,还真没有哪一个人拿住把柄。再说吧,通奸不犯法,也没有造成什么后果,哪一个人又下得了手?但事情没有暴露,不等于没有事情,更不可能堵住人的嘴巴,不让人说话。事情反映到区里,区里也头疼。最后,区里找曹绍成谈了一次话,算一种警告。同时,县电影院把风吹灯调走了,调到别的区了。上下一起动,总算拆散了一对野鸳鸯。

　　看上去,曹绍成这一段历史人们似乎忘了。但曹绍成自己却不可能忘记。那件事情的代价,阴不阴阳不阳的,就把他晾在了错欢喜这样一个小乡,可以说是全县最小的乡。他在主任也好书记也好这个鸫巴屁臭的位子上原地踏步,一晃十多年光景就完了,这是够昂贵的。他因此在家庭这个问题上有一种心理障碍,好像这一切不幸都跟婆娘儿女有关系。结果,他平日里差不多的时候都住在乡里,这看上去一方面是为了工作,而更深刻的原因,却是一种逃避,真正地眼不见、心不烦。但家里有事情,尤其大事情,像姑娘被人贩子拐走了,婆娘找到乡公所来,他当然要认认真真地管一管……

　　"你们乡公所还管不管啊?"村人在阶沿下面拥着,打头一个老汉,冲着曹绍成就惊咋咋叫起来,"我们寨子的龙脉都被挖断啦!"

　　"好好说行不行?"曹绍成说着,冷不冷热不热的,"吃了好多火药哟!"

　　"你这个书记,"老汉收敛了一些,"好歹也是从我们寨子出来的,这一回,你可要为我们做主。"

　　"你老人家啊!"武装部长牛大蛮子插进来抵挡着,"你这个话就不恰当了。"

　　他瞟一眼曹绍成,又接上道:"书记虽然是你们那寨子的人,但他却是全乡的领导,要给大家主持公道。再说呢,你们啥子事情,先要把事情说清楚……"

"曹书记家的也来了。"人群里有人大声喊着,"她出来说说,看看公道不公道。"

这时候,人群一阵涌动,让出一条路,一个女人走上前来。她是曹绍成的女人,看上去约莫四十岁光景。胸前系一块绣花围腰,两只手找不着地方藏着躲着一样,就交叉着扣在绣花围腰上,格外显着一种情致。头发梳理得很规矩,一根银簪插着乌黑的网髻,在阳光照耀下熠熠生辉。椭圆脸,脸颊上爬着几丝褶皱,一阵羞红上来,却也透着几分姿色。

"我晓得你事情多……"女人说着,怯声怯口的,"只是这一回,你要回去看一看,村长黄登榜……他把我们的龙脉挖了,水井断了水……"

曹绍成听着,眼睛黑黑的。愣了一阵,他就叫了牛大蛮子,走下阶沿坎,跟着村人一起往寨子里走去。他知道的,错欢喜上下二寨,上下两口井。上寨那井在寨子后面的坡上,很多人家搭几截笕槽,就可以把水接到家里。而下寨那井则在坡脚,下寨人没有福,只好一根扁担两只水桶,扛着肩膀铁着腰,一担一担地挑到家里。而两口井距离又远,真的上寨那井干涸了,上寨人用水从下寨那井一担一担地挑,下一坡上一坡的,确也够苦啊。

人们吵吵嚷嚷着,就来到上寨那井跟前。说井,其实也就是石头砌起来的一个四方的坑。靠着坡,井壁上两个黑乎乎的窟窿,那是龙洞,往常里,水汩汩从那里流出来,一口井满满当当的。眼下,龙洞死气沉沉的,仿佛真有一只手伸到大地深处,把一股水脉掐断了。坑里湿瓦瓦的,看不见一滴积水。两只拇指头儿大小的青蛙卧在坑底,腮帮子一鼓一鼓的,四只眼睛怔怔地望着两个龙洞。

"这个黄登榜搞哪样名堂啊!"曹绍成吼着,就转身对着人群,气势汹汹的,"去下寨把他跟我找来。"

"他进城去了。"有人说,"他昨天挖着几块黑乎乎的石头,烧也烧不起来,还以为那是煤,就背着这些石头上孟通找人鉴定去了。"

"那可能是一些荒煤块块,"又有人说,"他为了挖这个东西,把水给挖断了。"

曹绍成听着,没有吭声,就跳过那口干涸的井去,顺着一条芭茅路,往坡上走着。几个脑子灵一点的,揣摸着书记的心思,跑在前面带路。一拨人翻几截土埂,气喘吁吁地爬到一重荒坡上。一片死黄色的瘦土,一片无风自摇的狗尾巴草。几截壁立起来的坡坎上,十几个黑乎乎的窟窿散开着,仿佛一只只被挖了眼珠的眼睛,剩着一个个空洞的眼眶,形成一种恐怖的阵势,跟坡上的人、坡脚的村庄、甚至整个错欢喜山地,长久地对峙着。

"他是他妈的野兔。"曹绍成感觉一种莫名的悑惶,禁不住骂起来,"打了这么多洞洞,要想埋人是不是啊!"

"这个事情,黄登榜当村长,乡政府管的人,你们看咋个办?"

"咋个办哪?光眼看,现而今官官相护……"

"没有水喝,就放他狗日的血喝。"

"……"

一拨人七嘴八舌的,气氛一下就激烈起来。

跟着曹绍成一起的牛大蛮子,这工夫看情势不对,便往高处一站,两只手圈着一个喇叭,高声大气地招呼道:

"大家不要吵!相信乡政府……大家不要闹!相信曹书记……"

一锅沸腾的水激凌几滴冷水,很快平静下来。

趁着一阵缓和,曹绍成往坡上走两步,转过身来,面对着人群,清一清喉咙,一只手在空中一划,便划出一点气概来——

"这个事情,我在这里可以跟大家表态,黄登榜回来,乡公所非找他说清楚不可。他挖这些洞子,把我们的水脉挖断了。我的家也在上寨,跟大家一样,都吃这口井的水。但黄登榜是怎么挖断水脉的,在哪一个洞子,这要调查清楚,看看有没有补救的措施。总之,事情不发生已经发生了,我们就是把黄登榜的肉撕来吃了,也解决不了问题。眼前,水的问题,大家克服克服,下寨不是还有一口井吗,花一点气力,气力嘛,是一个怪,今天死了,明天还在,一根扁担两只水桶,先挑了用着……"

那时候,曹绍成正昂声昂气地说着,天地间忽地一震:

"豹子咬人啦!"

一个血糊糊的人,就从毛坯马路那边滚一样地跳下路基。

"快救命啦!"

他惊恐地嚎着,冲着荒坡这边一拨人跌跌撞撞地跑了过来,好像死神在后面正紧紧地追赶着他。

一直到跟前,人们才看清楚,是骆沙锅。骆沙锅半边脸被扒了一块,血水牵着线往下流着,染红了脖子,也染红了衣裳。

"豹子咬人啦!"骆沙锅叫着,"救命啦!"就扶也扶不住,稀泥烂淖一样瘫在地上。

人们惊惊慌慌,也急急忙忙。"婆娘们转过脸去。"几个人闹哄哄喊着,"消消毒,清清火。"接上站出来一个汉子,垮了半截裤儿,亮着一截脏东西,对着骆沙锅那半边破脸,嗒嗒嗒地撒起尿来……

一泡尿没有撒完,人群里就奔生奔死地挤出来一个女人,蹲在地上,摇晃着迷迷糊糊的骆沙锅。

"还有我们家那口子!"女人骇悚悚地叫着,"你早晨喊他一起进老林子,进老林子砍一个犁弯……"

骆沙锅听着,眼睛睁了睁,就想起来似的喃喃道:"还有铁脚杆,他还在老木垭……你们快救他……"

大家听着,没有一点犹疑,一拨人照护着骆沙锅,一拨人则飞身下坡。他们从村里找着前一天打狗的枪啊刀啊,很快组织起来一支队伍,声势赫然地往老木垭冲去。老木垭跟往常一样静静悄悄的,仿佛鬼都打得死人。大家一直走到垭口上,才发现铁脚杆侧着身子靠在一截石棱上,屁股下面汪着一大摊血,一杆枪夹在腋下,手指挂着扳机,枪口正指着黑乎乎的老林子……

人们这就把他抬起来,火燎燎地往磨坝场送着。

混 沌

　　这片森林毕竟比长江下游那片窄狭的丘陵地带要肥得多。不一会,疙疤老山就找着一只山羊。那只倒霉的畜生正在一个斜坡上悠闲地嚼着几片藤叶儿,看见花豹走来,便好奇地愣在那儿。也难怪,在这林子里,它还从来没有看见过这样漂亮的动物。一直到花豹走到跟前,那一股狞野的气息喷上脸来,山羊才悟着凶险似的,可怜地颤抖着。花豹不客气,也没有一点怜惜,就把山羊扑在地上……

　　疙疤老山喉咙里发着一种愉快的啸声,血盆大口叼了剩在地上的那一段血淋淋的山羊肉,拖着镣铐,慢慢地往高地走着。两只兽开始有了一种默契。黑宝站在高地上,那里看得远,也可以从不停地吹动着的风中嗅着更多的气味,而把握着整个森林。疙疤老山负责寻找食物,这也是它擅长的。这工夫,黑宝半卧在地上,正转着脑袋舔着腿上的伤口,看见疙疤老山叼着猎物走来,便一颠一颠地迎上去。疙疤老山把一段山羊肉放在地上,走到一边。它不愿意跟狗在一起吃东西。咬破山羊的腹腔那阵,它就吃饱了。它半爿脸子伸在空中,警惕地嗅着从远处吹来的气息,也注视着林子里的动静。森林里层层树、重重雾,神秘而凶险,稍不留意,又可能陷入灾厄,甚至搭上整个生命……

　　有什么东西在腿拐那儿又粗糙又湿热地舔了舔,疙疤老山敏感地回过头来,发现黑宝站在边上。黑宝吃得饱饱的,看上去比先前高大雄壮了许多,这会儿正用异样的目光看着它。这么看着,这只狗身体内部有一种东西就渐渐地恢复过来,黏稠而燥辣的,并积聚着、膨胀着。它禁不住在豹子腿

第十三章 混沌

上又舔了舔。那瞬间,疙疸老山脑子里闪过一片深蓝的夜空,一颗明亮的星星高挂在上面,那么美丽,又那么凛然。它把一方巨大的猫脸努力地伸向天空,从身子到脖子都被拉得长长的,仿佛极力地要祈求什么,或者感悟什么,从一个遥远的梦,也从几缕潮润而纯净的空气。然后,它弯曲着身体,用母性原始的那么一点温情,轻轻地舔着黑宝,舔那只狗腿上的伤口,舔那只狗的脸跟身体别的地方。而这只错欢喜的大公狗,可以说狗王,就得着允诺似的,狂热地举着两只前腿,在老林子高地画着一个命运的符号,扑向那只美丽无比的野兽……

太阳在黑暗中升起来。三头六臂的怪物统治着世界。一罐黑土捆绑在桃子树上嫁接着李子苗。骆驼和马生了驼马。大西洋海底来的人。日食和月食。铁匠和小说家是写小说的人一样是打铁的人。水往低处流。生命在混沌中大循环。龙飞凤舞。一骡敌三马。美人鱼养着娃娃鱼。河流与大海在天上飞着。美丽和优秀会悲壮地毁灭。真正的表情有哭也有笑。

牧夫座亮了起来。橙红色的大角尤其熠熠生辉。森林高地格外幽美。疙疸老山和黑宝从风中嗅着一种血腥,也不知道哪里生出来的胆气,就一前一后离开森林高地,要走出这片老林子去……

循着越来越浓重的腥膻,两只兽到了黑鸦坎。下弦月像一块破碎的冰,从山口奔了出来,冷冷地照着错欢喜山地。黑鸦坎像一张嘴巴一样地咧着,贪婪地吸着一兜夜光。水流搓着月白,如鳞如瓦的,在整个峡谷里跳荡着。疙疸老山和黑宝站在半山腰上,透过月华,看见溪岸堆着一堆一堆已经被杀死的狗。水边站着几个人,都手里握着一把刀,寒光闪闪的,正一刻不停地把一只一只狗拖到跟前剐皮,开膛破肚。溪水被染红了,流走了。又染红了,又流走了。剐下来的狗皮被划破的篾条交叉地绷着,晾在沙滩上。洗干净的狗肉则被扔进一只一只背篓装起来。

两只兽垂着头,嘴巴蹭着山路旁边的草丛,低低地呜咽着。大约疙疸老山腿拐的镣铐丁当地响了响,溪流里两个剐着狗皮的汉子抬起头来,诧异地往山崖上望着。两只兽没有再待下去,一前一后地从峡谷里走了出来。站在岩上,望着一弯苍凉的月亮,疙疤老山终于忍不住似的,冲着血腥的深渊悲愤地一声长啸。黑宝也受了鼓舞,响着喉咙吼了几声。谷底里的人显然听见了,都停下手里的活儿,抬起头来,张眉惶眼地望着,不知道发生了什么事情。两只兽晃了晃脑袋,就踏着一地如水的月光,慢慢地离开那里。

沿着来路,走到泥石流那儿,黑宝却再也不愿意往前走了。望着那些支棱在泥石流里的木头木板,它似乎又回到从前的错欢喜老庙,一个复式班几十个学生的学校,重新感觉到了一种温馨和宁谧,便在那里躺了下来。疙疤老山很理解它的这个伙伴似的,隔着黑宝一些距离,也在泥石流前面一块空地上躺了下去。两只兽在一个已经被毁灭的地方,守着一个梦,直到天际透着一抹鱼肚白,才依依不舍地离去。

第十四章

乞 丐

"各位旅客！本次列车前方停车站贵阳站,有在贵阳站下车的旅客,请提前做好准备。"

仿佛专门针对令狐枯荣,列车广播就在他头上一遍又一遍地叫着。他再也不能安安稳稳地躺下去了。他小心地拨了拨门帘一样挡在眼前的几条腿,悚悚惶惶地从座位下面爬了出来。车厢里一点没有松动,出门人都赶这一趟车啦！走道上、洗脸间、厕所里,见缝插针的,都挤着人。但他还是一步一步挤着,个子瘦小,却金刚钻一样的,渐渐地挤到车厢尽头,在那个天堂一样的乘务员室里找着列车员。

"我想多坐一站,到遵义下车。"令狐枯荣说着,几乎是一种哀求,"我只买了到贵阳的票,身上再也没有一分钱了。"

年青的乘务小姐听着,抬起头来打量着他,像打量一件古董。令狐枯荣不知道自己什么地方出了差错,脸唰地红了。乘务员笑了笑,很开心的,就顺手递了一个空空的水瓶过来,请他帮忙打一瓶水。令狐枯荣把水瓶接在手上,诚惶诚恐的,就一头扎进人堆里。他一鼓作气往前挤着,到底挤了几节车厢,都记不清了。向人一打听,锅炉还在前面几节车厢呢。而这时候,列车在贵阳站停了下来。令狐枯荣想趁着上下车的那一刻松动前进快一些。殊不知几个人下车,整个车厢的人都动了起来,他反而动不了。进出口那儿,上的下的冲撞着,上也上不来,下也下不去。没有办法,推的推,举的举,上的下的都在窗户上翻腾着。

调整好了,整个列车似乎没有太大的变化,终于又喘着粗气动了起来。而只有坐车的人才明白,现在车厢里夯得更实在了。令狐枯荣提了提劲儿,又往前挤起来。一个人动,一条走道的人都动,弄得不安生,便拿着白眼睛向着他。更有被踩着踢着的,则冲着他恶言恶语地叫骂着。他装瞎、装聋,只是一股劲地往前挤着。不知道过去多久,他终于挤到锅炉跟前,看着那个热乎乎的铁桶子,鼻子酸酸的,竟然莫名地想哭。装满开水,塞紧盖子,令狐枯荣转过身来,憋足气,又往回挤着。现在情况复杂多了,弄不好一瓶滚烫的开水要伤人的。"开水!开水!"他一面叫喊着,提醒着,也吓唬着;而一面又不得不小心翼翼地护着水瓶,慢慢地往前挤着。人实在太多了。前胸后背,摩肩接踵,一个一个粘得死死的。他像楔子一样扎进去,听着肋巴骨嘎嘎地响着,一步一步地往前挪着。逢着车厢和车厢的接合部,那里晃动大一些,人也似乎疏松得多,他就停下来,喘一喘气,擦一擦汗水,稍稍休整休整,又挤进去。一个人都挤扁了、挤薄了,嗓子也喊哑了,这才前进一节车厢。好几回,他都绝望地停下来。但列车一跳荡,或者急刹车,那人肉疙瘩让出来一丝缝隙,他又毫不犹豫地扎进去……

　　终于,一瓶水交到列车员手里。"谢谢……"令狐枯荣气喘吁吁地说着,那意思是乘务小姐优待他坐了这么一段路程,就瘫了下去。而这工夫,列车广播却在头上报站,遵义到了。他一愣,立刻又跳起来,不顾一切地往门口挤去。随着一声长鸣,列车开始减速,缓缓地驶进站台。列车员刚刚打开车门,令狐枯荣就蹦到地上,跟跄几步,才站稳脚跟。他转过身来,看着那些车门车窗的,那里正开始新一轮的冲撞和翻腾,就不知道怎么的,浑身散架一样,觉着又酸又疼……

　　列车开走了。下车出站的人也走完了,站台上只有两个清洁工人,正一人一把竹丫扫帚,从两头往中间清理着从列车上丢下来的垃圾,香烟盒啊,水果屑啊,眼看着那竹丫扫帚要戳到身上,令狐枯荣才从地上站起来,晃晃悠悠地出了车站。肚子饿得咕咕叫,他有两天没有吃东西了。在冲洗厕所的龙头上接了一点水喝,他这才感觉好受一些。琢磨着到马卡莲娜娜那儿还有几条街,他就紧紧忙忙地往前赶着,生怕在到达那里之前倒了下去。对一个有钱人来说,城市是天堂。可对一个一文不名的人来说,城市却是地狱。有钱,要什么,有什么。而没有钱,就是你这个人,爹妈给你的这一身肉,无论高的、矮的、肥的、瘦的、美的、丑的,都不属于你自己。令狐枯荣一边沿着林荫道走着,一边这么想着。乡村就不一样了。有钱人的日子当然好一些,而穷光蛋随便在哪一片林子摘几个果子,在哪一块地里拔几个萝卜、掰几个玉米棒子,一次两次的,大家也不会太计较……

隐隐约约地看着福音堂那个穹隆形的尖顶,令狐枯荣眼前开始出现幻觉。他再不敢向前迈一步了。摸着街边一棵路灯柱子,他慢慢地坐在地上,想着在火车上跟乘务员的那一场交易,代价多么昂贵啊!如果不打那一瓶水,不要说这么点儿距离,就是再远上好几倍,他也能够很轻松地走到终点。该死的火车!怎么会这么挤呢?人太多?车厢太窄?就那么挤啊挤的,大家的精力都消耗哪。不过一瓶水,那么一点东西,就要搭一条生命,太不合算了。现在,要有一块牛排多好啊!他不知道怎的就想起来一篇关于牛排的文章。谁写的,什么时候读的,都忘了。但主人翁就差那么一块牛排,结果在拳击台上没有能够战胜对手,这一个情节却记忆深刻。不,牛排太奢侈了。而且在遵义,还看不见有人做牛排。大家似乎不喜欢牛排。只要一个生红薯,像乌江岸边那块地里长着的,甚至用不着洗干净,连着泥巴吃下去,就可以解决问题。但没有,什么都没有。哪怕一只小鸡随便在什么地方都可以啄着的几粒米都没有。这座城市啊,怎么这么吝啬!

什么时候,他右边那一只手向着路上来来往往的人伸了过去。这种发现似乎是可怕的,他不得不闭了眼睛,低垂着头颅。看上去,他确也像一个乞丐。衣服长久不换洗,脏污而又破烂。头发沾着灰尘,一绺一绺的,乱鸡窝一样。几天没有洗脸,耳廓上下积着厚厚的一层黑。这么着,而不一会,他又意识到什么了,浑身里打摆子一样地颤抖着,就缩回右手来,伸出左手去。这只右手不能糟蹋了,他梦呓似的喃喃着,这只右手还要拿粉笔、握教鞭儿、写字、翻书……很快的,他那只伸着的手感觉掌心那儿凉悠悠的,透着一些分量。他从两个膝盖之间往上瞟了瞟,看着几个亮晶晶的角子,心都要蹦了出来。他攥着这几个救命钱儿,摸着那路灯柱子,想站起来。但他只是动了动,那些房屋,那些街道,那些车啊人的,就在眼前旋转着。最后,他不得不在地上爬着,向旁边一个面包店爬过去。

他得到一个面包,还有一杯牛奶。拿着这份食物,他没有狼吞虎咽。而是忍着饥饿,把面包掰开来,撕一些碎屑,慢慢地往嘴里塞着。一点面包就着一口牛奶,他吃了很长时间。老板是一个细心人,看着他吃过东西,就端一个凳子过来道:

"我看你不像一个叫花子,怎么到了这个地步?"

令狐枯荣听着,便坐到凳子上。

"我刚刚向人伸手要钱啦!"他说着,打了一个冷噤,"就是一个叫花子。"

老板摇着头,"不,不,叫花子不像你这样吃东西。"肯定地说着,"你这样斯文,看就是一个好面子的人。"

"我太饿啦!"他笑了笑,"吃猛了,肚子要出问题。"

"听你说这个话,"老板也笑了笑,"就更不像一个叫花子。"

他又笑了笑,却不再说什么,只是静静地坐着。感觉一份食物在肠胃里捣来捣去,渐渐地转化成了能量,他站了起来。现在,头不昏、眼不花,胳膊腿的也轻松多了。

"我是一个教师。"他冲着老板道,"我出来找我的学生,他们被人贩子拐卖了。"这么认真地说着,就离开小店,望着远处福音堂那个穹隆形的尖顶走去……

令狐枯荣在门前等了一会儿,马卡莲婶婶才从外面回来。

"小令狐!搞哪样名堂哟!"

看他一副邋邋遢遢的样子,老人家这么说着,心疼得什么似的,忙掏钥匙开门,把他往屋里让着。

令狐枯荣听着,心里一热,见了亲娘一样,眼睛里就掉下两滴泪来。但他还是克制住了自己,都四十多岁的人了,哪还这么婆婆妈妈的。马卡莲婶婶煮了一碗热腾腾的面条端上来。看着食物,令狐枯荣那片胃又被重新刺激起来,仿佛刚刚那一个面包、那一杯牛奶,只起了一个镇定的作用。而现在,要命的饥饿苏醒过来了。但他还是克制着,习惯一样地细嚼慢咽着。马卡莲婶婶坐在旁边,那么慈爱地看他吃着,就长吁短叹地说着:

"我去错欢喜看了你爸爸的坟,那个地方好苦哟!我找了教育局的领

第十四章 乞丐

导,他们同意调你回来,不管怎么说,这是城市啊!你爸爸的事情澄清后,学校算了算账,还要补发他一万多块钱的工资……"

"一万多块钱……"

令狐枯荣挑着面条的手在空中停下来,若有所思地喃喃着。

他接上一筷子面条送进口里,就悉悉乎乎吃起来。吃完一碗面条,马卡莲婶婶又煮了一碗面条端上来。他低着头,又悉悉乎乎吃完一碗面条。肚子里有了一种实实在在的感觉,他才拿了马卡莲婶婶不知从哪里找出来的几件旧衣服,走进卫生间,痛痛快快地洗了一个澡。他从卫生间出来,就变了一个人似的,哪怕瘦小一点,毕竟也是一个男人,浑身上下清清爽爽,看上去格外精神。马卡莲婶婶一边打量着,不禁感慨地说:

"跟当年的老令狐简直一模一样哟!"

令狐枯荣听着,莫名地感到一种振奋,看了老人家一眼,就狠狠地说:

"我要找小胡子算账!"

马卡莲婶婶听着,怔怔地看着他,多少感到有一些诧异。

小胡子行动

设伏在凌晨进行着。百乐门舞厅已经关闭。但它楼下的茶坊好像才开张,在散淡中又透着一种兴旺。这倒也是哟,跳舞的不管怎么跳,越跳越累。而喝茶的情形就不大一样了,你不管怎么喝,却越喝越清醒。几个便衣靠窗坐着,从那里可以监视到山洞的马路。只要有汽车进去,他们便出来封锁路口,一方面掐断罪犯的逃路,一方面防止附近老百姓在无意中越过警戒线,影响了整个行动。大部分人则全副武装,散开在山上。看见洞门打开,他们便冲下山来,把罪犯赶进洞里,关门打狗。因为要指认罪犯,令狐枯荣参加了这次行动。他和市缉毒大队的刘副大队长,还有几个荷枪实弹的干警,一起隐蔽在山洞旁边一幢刚刚建完却还没有交付使用的楼里。刘副大队长是真真的爱人。行动之前,真真跟马卡莲婶婶特别给他交代,要照顾好令狐枯荣,这个从山里出来的小学教师,懵懵懂懂像一个老儿童,千万不能有一点差错……

令狐老师提供的情况,大家记住了,这些情况是令狐老师死里逃生的经历,结合我们掌握的情况,说明在遵义市的确有一个黑社会性质的犯罪集团,而且也是综合性犯罪集团。这个集团无恶不作,拐卖妇女,强迫容留妇女卖淫,造假茅台酒,杀人灭口,还进行毒品交易。最近,国家公安部发出紧急通知,国际贩毒组织已经把从云南进入,经贵州、广西、广东到达香港的路线,作为一条黄金通道,而我们就在这条通道上,任务既艰巨又繁重。这个集团

第十四章 小胡子行动

的一名犯罪分子，不是首犯，也是主犯，留着一撮小胡子。所以，我们这次行动就叫"小胡子行动"。

——遵义市公安局局长进行部署——

行动小组由治安、刑侦、缉毒三个方面抽调精兵强将组成。首先对几个犯罪窝点实行监控，努力扩大线索。然后拟定行动方案，从那个制造假茅台酒的山洞着手，顺藤摸瓜到火车站，跟着车皮出省去，看在哪里交货，挖出这个集团在外省的据点。必要的时候，可以通知工商行政管理局和技术监督局参加行动，确保打击力度，维护茅台酒信誉。那个山洞到底在什么地方，一定要侦查清楚。遵义市的山洞，是当年响应毛泽东主席的号召挖的。那时候，他老人家认为贵州是个大后方，要我们"深挖洞，广积粮""备战、备荒为人民"，结果把这座城市的山几乎都挖空了。找着山洞，还要跟有关部门联系一下，看看这个洞子的图，看有没有别的出口……

罪恶的山洞成了"小胡子行动"的关键。

遵义群山环抱。有山必有洞，而且常常一山有好几个洞。山与山相连，洞与洞相通。整座城市到底有多少个洞，也很难搞清楚。随着国家工作重心向经济建设转移，管理部门提出以洞养洞，又把很多洞子租了出去，给什么公司、企业的做仓库或者车间，使山洞的情况更加复杂起来。令狐枯荣虽然在洞子里待了很长时间，但进去和出来却都处在一种昏迷状态。这个洞子具体在什么位置，他几乎一无所知。采取拉大网的做法，一个山洞一个山洞地搜查，又有可能打草惊蛇，使罪犯闻风而逃。

整个"小胡子行动"正一筹莫展，这时候，一直蜷缩在角落里的令狐枯荣抬起头来，一爿荒凉的额在灯影下面透着一层神秘的光辉，眼睛怔怔地望着大家，"我听见有音乐的声音……"这么迟迟疑疑地说一句。

真石破天惊啊！那洞子在一家娱乐场所附近。

遵义的洞多,而在娱乐场所附近的洞却屈指可数。大家拿着图,开着车在街上转了转,很快就把那个洞找了出来。

午夜两点钟光景,一辆货车开着小灯,从大街那边转了过来。它低沉地轰着发动机,酒醉一样地在小马路上摇晃着,一直走到山脚。在洞子前面一块窄狭的空地上,它掉过头,把屁股对着洞口。接上汽车的小灯也关了。在一阵令人窒息的黑暗中,汽车像一头随时都可能爆裂的怪物,又险恶又阴郁地在那儿窥望着、等待着。但很快地,驾驶室里嗒的一声,亮起一豆火来。借着光亮,潜伏在楼里的刘副大队长清清楚楚地看见驾驶室里坐着三个人,那个蓄着小胡子的家伙坐在右边的位置上,正揿着打火机燃着一棵烟卷。仿佛一豆火是一个信号,从货车厢体后面跳下来七八个人。接上驾驶室的门开了,小胡子三个人也不声不响地跳下来。只听着嘎嘎嘎一阵滑动,洞门开了。黑黑的夜晃了晃,一束光亮从洞中透了出来。三三两两的,开始往洞里走着。但小胡子嗅着什么似的,一动不动地站在那里,没有进洞去。而一直待在身边的令狐枯荣,这工夫也神不知鬼不觉的,不知道溜到哪里去了。刘副大队长没有细想,也来不及细想,就按照事先的约定,揿亮蒙着红绸的手电筒,发出了围捕罪犯的信号……

也就一瞬之间,刘副大队长听着一声长长的嚎叫,就看见小胡子浑身筛糠簸米地颤抖着,脚杆一闪一弯便跪在了地上。而小胡子跟前,则有一个瘦瘦小小的影子立在那里。

"令狐枯荣!"刘副大队长脑子里一闪,便大步往楼下跑去。

"我说过,我变成一个鬼也要来找你。"

夜空中,有一个声音跌跌撞撞地响着,格外使人感觉一种震慑。

山上的战士冲下来了。数不清的手电筒射过来,照着山洞周围白昼一样明亮。刘副大队长冲到令狐枯荣跟前,这才看清楚他一张脸哪时候抹得黑一块白一块的,像夺命厉鬼,把小胡子吓了个半死……

这真叫人气也不是,笑也不是。

第十四章 回归

回　归

　　令狐枯荣从来没有感觉到磨坝场的夜有这么美丽。

　　他侧着耳朵听了听,隔壁水惠响着均匀的鼻息,已经睡熟了。为保险起见,他还特地从外头把她反锁起来。离开遵义市的时候,刘副大队长已经说了,要摆脱毒品的诱惑,不是十天半月的事情,而是一种较量,一种毅力和体能的较量。开初,他以为刘副大队长不过画猫儿咬耗儿,吓唬吓唬罢了。直到孟通城下车,两个人在街边一爿店里坐下来吃饭,他都还没有意识事情的严峻。而突然的,水惠眼睛直勾勾的,盯着餐桌上一碗盐,嘴角扯了扯,就鼻涕口水地流了出来。也不等他反应过来,水惠怪怪地叫了一声,无意间哪个人踩了她的脚一样,便从堂子里跑到大街上,飞天飞地往长途汽车站那边跑去。令狐枯荣一愣,惊惊慌慌追出来,脚跟着脚,不过百十来步,就逮住了。那阵,水惠一头散乱的长发,披毛鬼一样的。挣不脱,跑不动,她便回过头来和令狐枯荣要死要活地抓扯在一起。令狐枯荣下不了狠,脚下晃了晃,就被水惠扭着,一起摔倒在地上。两个人你不放我,我不放你,便在地上滚起来。不一阵,大街上就围了一群看热闹的人。

　　"你不能欺负人家一个姑娘!"有人站出来打抱不平。

　　令狐枯荣费了好大的劲,才把水惠镇住。

　　"她有病。"他看着人群,气喘吁吁地说着。

　　大家听着,认真打量打量姑娘,看那呆滞、怪诞的眼神,这才摇着头散去。

　　黑二跟干三也终于睡过去了。来了客人,家当却并没有多的。两兄弟很乖的,听母亲的吩咐,把一张床给了水惠,自己抱着被头儿,顺着架子梯爬到楼上,拿蓑衣在楼板上打铺睡了下来。令狐枯荣也在那儿睡过的。那夜晚,错欢喜木家寨的人在村长黄登榜的带领下,按着倒插门女婿的规矩,把令狐枯荣送了过来。仪式也在夜晚进行,二婚嫂的结婚仪式只能夜晚进行,何况还倒插门,好像事情凑凑合合,办起来也应该偷偷摸摸。磨坝场没有接待,错欢喜木家寨也做错了什么似的,连夜连晚,黄登榜带着他的人往回走了。但这并不要紧。日子本来就苦,也苦惯了,哪里还会企望有一番热闹景象。而真正要命的,是后来的事情,后来发生在两个人之间的事情。作为一个男人的残废,两个人都感到一种从未有过的尴尬。他知道这叫阳痿,却又不能够面对。摆在面前的道路,似乎唯一的道路,那就是逃避。像黑二和干三这样的,他那夜晚也在楼上打地铺睡了。河谷里吹起来的风,从瓦棱上掠过去,曤曤曤的,带着一种尖啸,仿佛一个人的灵魂无可奈何的叹息。而这风声在黑二干三听起来,似乎有趣得多。两兄弟那么打着、闹着,一直静不下来。那么令狐枯荣也好,正月也好,却都一声不吭的,由着两个小人儿在那儿高兴啊,好像这个家庭到现在才真正有了好事情,正应该欢天喜地。

　　电灯什么时候停了。是河的水电站关了闸,还是开关拉了下来,似乎都无关紧要。磨坝场一条独肠子街在黑暗中扭动着,也很快倦怠,而终于安静下来。只有小河的水还在响,哗哗啦啦的,一刻不停的。这声音远远听起来,则有如一个地方的呼吸。感觉这呼吸,一个人才感觉自己身在何方,也才感觉自己的存在。每一个地方都有自己的呼吸,就看你是不是能够听见。他好在还能够听见这呼吸,而且那么敏感。哪一天听不见这呼吸了,他想,一个人也就走完了他的一生……

　　两只胳膊绕了过来,那么柔柔地搭在肩上。仿佛两段导体通了电了,他感觉酥酥的、热热的。恍惚间,眼前出现一塘水,温泉一样热气腾腾的,让人直想跳下去。他忙乱着,也不知道自己脱没有脱衣服,就跳了下去,好像长久不洗浴,浑身里脏得受不了了,也好像从冰天雪地而来,要好好地暖和暖和,便怀着一种焦渴,那么沉浸和淹没。而女人也急不可耐的,直把他往深处拉着,那么死呀活呀地融在一起。迷迷糊糊的,他抱着她,怎的搅了搅,两个人就倒了下去。又莫名地往上浮了浮,他就把她压在了下面。

　　这时候,哪里涌来一股冷流,他身子一激灵,心里阴了一片。你行的!你已经好啦!我的冤家啊!女人似乎觉察了,在下面痛苦地叫了起来。他听着,仿佛迷雾里燃起来一团火,眼前又一下明朗和热烈起来。只是瞬间工夫,他便从阴影里走了出来。血在烧,燃烧起来的血液烤炙着,他开始感觉眩晕。很快,一种陌生而又奇怪的东西在心底升了起来,它像酵母一样,使瘦小的身体一下强大起来。他后来想着这陌生而又奇怪的东西,其实就是一种自信。尽管虚象,而错觉也还真管用。那光景,他一下高昂起来,半截命根子将军一般地笔挺着,甚至带着几分霸气,强硬地迎上前去……

　　他刚刚觉着一种成功的喜悦,一股温暖的洄流出现了。它旋转着,旋转着,形成黑暗的洞穴,要把这世界都吞噬了似的。他飘飘荡荡,感到一种幸福的窒息,立刻又浑身里一震,挣扎着脱离那可怕的漩涡。但一阵柔曼的呻吟,似恨似怜的,却魔笛一样吹奏着。他痴痴迷迷的,散乱了、放纵了,于是又一次被卷了进去。在一片黑乎乎的背景上,他看见天风海雨、波峰浪谷。仿佛从来没有经历这样的阵势,他那可怕的自卑又从灵魂深处冒了出来。只是没有放弃。骑在虎背上一样的,他已经不可能放弃,并且只有征服了虎,他才能够彻底解脱。渐渐地,一种坚定的信念,在一阵摇曳之后,终于竖了起来。他闯入另一个时空,没有自我,也没有熟悉而亲切的景致,只有义无反顾的抗争和生死存亡的厮杀。倏地,听着一阵仿佛来自上苍的美妙的欢叫,他整个身子震颤着,有什么东西湿湿的、热热的,便从体内裂变出来,而一个活生生的人则水一样地汪在地上,无形、无声、无色……

　　"我……赢啦!"他说着,带着一种幸福的战栗,"我……一个真正的男人……我战胜了他们,我战胜了自己!"

　　女人眼睛里噙着泪,点了点头,蠕动着身子,更紧实地偎在他胸前。

　　"我真的……变成了一个好男人……"他梦呓一样地喃喃着。

　　"你有本事……"女人在他胸膛上拧了一下,娇嗔地说,"我就知道你有本事。"

　　"我今天才算真的跟你成婚。"男人感慨地说。

　　"我从来就把你当我的男人……"女人低低地说。

"我今天才算……真正尝了结婚的滋味……"男人又纠正又补充地说。

女人便不再说什么,只是把头在男人的胸膛上攒动着,小猫小狗一样攒动着。这让男人觉得又快活又伟大。

"从此以后,我们成了真正的一家人啦!"男人说。

女人喉咙里吱了一声,又一颗头柔柔地攒动着。

"两个娃儿要叫我……'爹'……"男人又说。

女人也还是一颗头在男人胸膛上攒动着。

"我爸显灵啦!"男人眼睛望着空中,怔怔地说,"他老人家人虽然埋在错欢喜木家寨地头儿上,但他灵魂却时时刻刻跟着我啊!保佑我啊!"

女人抬起头来,在黑暗中痴痴地望着男人。

"这样看来,我还有好日子过啊!"男人莫名地感觉一种振奋。

女人听着,这就像鱼一样地从男人怀抱里滑了出去。她一声不吭地落到地上,穿了衣裳,轻轻缓缓开了门,走出里屋去。听着一阵簌簌响,暗夜里晃动着点点红火,她从堂屋擎着一炷香进来了。半块萝卜作香座,几支香签戳着,摆在床头。女人扑通地跪在地上,对着缭缭香烟一叩首、二叩首、三叩首,便如泣如诉道:

"我正月一炷素香,先向老人家打一个招呼,改一个时候一定净身设坛、酒肉祭献,答谢老人家给了我一个好男人。我一个苦女子,三十多岁的人,别的不行,还能够生人,还可以给令狐家续一个香火……"

男人听着,心头动着波澜,便蹦了起来,拖了女人,野里野气地压在床头,在缭缭香烟里,又一回狂浪。

"起根发脚啊!"女人在下面叫着。

"先人八代啊!"男人在上面应着。

"开天辟地盘古王啊!"女人呻吟着。

"女娲造人伏羲祖啊!"男人呼唤着。

两个人盘歌一样地喊着,就把一切都喊了出来。

这一夜,令狐枯荣和正月都睡得死。天亮了,阳光明晃晃地从窗外射进来,分割出一块一块来,落在地上,落在床头。懵懵懂懂的,令狐枯荣感觉眼前一片耀眼的红,就打挺坐了起来。刚刚醒了醒神,他一下想起来什么

第十四章 回归

似的,便揉了揉正月,催起床来。而很快的,他就披着衣、趿拉着鞋,蹦到堂屋上。

望着隔壁里屋敞开的门扉,那锁啊扣啊已经从门柱上脱了出来,他慌慌地叫道:

"水惠!水惠!"

这工夫,正月听着动静,一只胳膊戳着一只袖子,也急忙地来到跟前。

"跑了!水惠跑了!"令狐枯荣黑声黑气地叫着,就拉开屋门,一下冲到街上。

"水惠!水惠!"

他在那里又叫了叫,听起来惨兮兮的,惹得一街的人都停下来,诧眉诧眼望着,不知道发生了什么事情。无计可施,也无措手足,他又只好乱头风一样,又一头扎进屋里来。

"这个姑娘啊!"他两只眼睛可怜巴巴地望着正月说着,"她还想回到遵义去,在孟通城的时候,她就跑了一回……"

那情景,仿佛正月能跟他把姑娘变出来。

"不跑,也已经跑了,你急也没有用。"正月这工夫很镇定,仿佛真的要高一筹,"从城头开出来的班车现在还在路上,她坐不上车,就凭两条腿,能够跑到哪里去?"

令狐枯荣听着,心里稍稍安稳一些。

"再说呢,她那个身体,清早清晨的,又没有吃一点东西,磨坝场到孟通城百十里路,放长线儿让她跑,也不一定能够跑到孟通城。"

正月一边说着,就一边捅亮火,涮干净锅,添一瓢水烧着,从柜子里拿出来五六只鸡蛋,在锅沿上一只一只地磕破,打在锅里,给令狐枯荣做"开水蛋"。

令狐枯荣几大口吃下鸡蛋,刚刚放了碗,嘟——嘟——嘟——就听见从场口那儿传来几声喇叭响。班车到了。他火燎燎地跑过街子赶车去。进城的人不多,但也没有空几个位子。令狐枯荣坐在引擎盖上。拥挤的时候,常常有很多人坐在引擎盖上。只要买票,司机也不在乎乘客坐不坐在引擎盖上。从这里看出去,视线要好得多。正月算得还真神。汽车开出去十几公里,在一个弯拐上,令狐枯荣就看见水惠了。那光景,姑娘也累了,向司机招手搭车。汽车停下来,打开车门。她一眼看见令狐枯荣挡在跟前,也没有像在孟通城那样激烈的反抗,只是两只脚站不稳似的晃了晃,便坐在马路边,嘤嘤地哭起来。

汽车开走了。一条马路又如同这里的山野一样岑寂。只有水惠的哭声,高一阵,低一阵,也像这山里的路一样几多委曲。令狐枯荣坐在边上,一声不吭的,一只手有一下没一下地掐着地上的草……

天空阴沉沉的,不时有一只黑色的鸟忧郁地划过。风从山坳那边吹来,一路掀动衰退的树叶、萎缩的草,发出秋天最初的鸣唱。隔着马路不远的一个山峁上,一蓬不知名的灌木,是火棘,还是刺莓?正血红欲滴。山坡上的苞谷地刚刚收获,剩着一些秸秆在那里轻轻摇动。更远的地方,或许山那边、山那边,有一缕莫名的烟雾升起来,把天和地连接在一起。看不见河流,河流在一片蓝幽幽的雾气下面被峡谷吞噬了。只有这条灰不溜秋的马路传达着城市的信息。但马路呢,一拐弯又不见了。

"我没有脸回去……"

水惠止住哭,眼睛望着远方,这么说着。

"这个……我能够理解……"令狐枯荣说,几棵草茎在手上绞着,"我不说,错欢喜没有人知道……"

"说不说都一样,"水惠说,"我都是一个贱人。"

"你那是被逼的。"令狐枯荣说,"人家公安局已经说清楚了。"

"我这一辈子毁了,"水惠说,"被他们毁了。"

"事情已经过去了,"令狐枯荣说,"过去了,就忘了。"

"我忘不了。"水惠说,"我成了这个样子,想忘也忘不了。"

"回去也还是有希望的。"令狐枯荣说,"县里年年都在组织劳务输出,你可以通过正规渠道出去打工。"

"我不如现在就出去'杀广'。"水惠说,"还回错欢喜那旮旯折腾哪样!"

"你必须跟社会环境隔绝一段时间。"令狐枯荣说,"人家公安局的刘副大队长已经说得很清楚。"

"我知道。"水惠说,目光从很远的地方收回来,怔怔地望着令狐枯荣,"你不把我弄回去,你就交不了差,错欢喜乡公所不会放过你,木家寨的人也不会放过你……"

令狐枯荣听着,头埋得低低的,不知道说什么好。

"你把我弄回去,我恨死你了。"水惠说着,咬牙切齿地,"我要说,你跟小胡子勾在一起,把我们几个姑娘骗了出去……"

"那我也要把你弄回去。"令狐枯荣抬起头来,盯住姑娘,倔倔地说,"你不要良心,我还要良心。"

水惠脸红了一下,愣了愣,便站起来,顺着来路往回走着。

令狐枯荣怔了怔,也站起来,默默地跟着姑娘走着。

两个人走不多远,空气中一阵颤抖,一辆手扶拖拉机突突突地吼着,从后面追了上来。车斗是空着的,司机也乐得做人情。令狐枯荣一挥手,拖拉机停了下来。两个人坐在车斗里,颠来簸去,又有前面柴油机里释放出来的浓烟、后面车轮卷起来的灰尘,真够受的。但毕竟比步行快多了。不一会工夫,两个人便回到磨坝场。

正月做了好菜好饭。黑二跟干三下了早学回来,加上令狐枯荣跟水惠,五个人围着桌子坐着。两个娃儿看着丰盛的饭菜,馋得流口水,禁不住动筷子先一人夹一块肉。正月看着,眼睛一瞪,手在空中一扬,做一副恶煞煞的样子说,"你们爹都还没有吃呢!"双颊就红了一片,"要有孝心。"

两个娃儿愣头愣脑地望着令狐枯荣,"表叔是爹……"自言自语着,"爹是表叔……"

"从今天起,"正月正脸正色说着,"要改口了,喊'爹'。"

令狐枯荣听着,一只手拥了一个娃儿。

"我们是一家人。"他甜甜地笑着,"你们是我的乖乖。"

两个娃儿跟令狐枯荣本来就挺亲近的。他们的爹很早去了,那印象在幼小的心灵里已经很模糊。听大人这么一说,两个娃儿也不诧生。

"爹!爹!……"黑二干三亮声亮气叫个不停。

"嗯!嗯!……"令狐枯荣应着,也抄起筷子,往两个娃儿碗里又一人夹一块肉。

水惠一边看着,木木一张脸扯了扯,也挂出几丝笑来。

吃过饭,令狐枯荣看了看天色,跟女人叽咕叽咕,又跟娃儿逗一逗,便带着水惠上路。

两个人走到场口,正月从后面追上来,把一支手电筒、一把雨伞往令狐枯荣挂包里一边塞着,"一泼大雨把家当都送跟土地菩萨了。"一边念叨着,"你回去用哪样啊!"

令狐枯荣心热热的,仿佛从来没有体会过女人的情意。直到过了河,顺着毛坯马路转过弯去,整个磨坝场乡街就要在视野里消失,这时候,他猛地回头,却看见女人还站在河岸上,还怔怔地望着这边。

他眼睛湿漉漉的,不知怎的就想起哪里听来的两句童谣。

不要哭,不要哭,
转过弯弯儿就是你的屋。

那一瞬间,他一下有了一种深切而又新鲜的感觉,似乎四十多年过来,都糊里糊涂的,只有这一天才悟到了真东西。

女人啊!女人!令狐枯荣仿佛换了一个人,一路上哼哼唱唱,又活泼,又开朗。偶尔地看见路边坎脚有几枝蒲公英,他还要蹦着跳着采来,嘟嘴鼓气往天上吹。花絮在空中飞舞和飘荡着,他一颗心也在天地间晃晃悠悠……

水惠一边看着,也格外有一种感动。

"老师!"姑娘说,"我从来没有看见你这样高兴。"

令狐枯荣停住脚步,愣愣地看了看水惠,然后摇了摇头,"我自己都搞不懂,"自言自语道,"这人怎么哪?"

"我们……木家寨的人,"水惠说,"都觉得你很苦。"

"人是三节草,不知哪节好。"令狐枯荣说,一片荒凉的额透着一片神秘的光辉,"生活的事情,哪个说得清楚哟!"

水惠若有所思地点一点头,便不再说一句话,只是闷头闷脑地往前走着。

第十四章 回 归

一阵紧风吹，山里的雨下了起来。令狐枯荣打开雨伞，紧赶两步，给水惠遮了过去。雨丝如织，漫漫地张开在山野里。两个人一溜一滑，亦步亦趋，不知不觉到了老木垭。林子里起了雾，浓浓的雾升不起来，也飘不出去，在山前山后跌跌撞撞，一会儿如奔马，一会儿如虎踞，一会儿又似从天而降的龙……

水惠打一个冷噤，仿佛下意识向令狐枯荣靠了靠，"木青青哥……"忽地颤声颤气叫了起来，"木青青哥……"

令狐枯荣一怔，却很快明悟地一笑道：

"木青青哥在北京读书呢！他这之前还在遵义找了你好几天呢！"

水惠听着，梦醒梦断地回过头来，看一眼令狐枯荣，脸上腾起来两朵红云，便很快转到了一边。而不一会，姑娘仿佛心不甘，也仿佛要寻求一种解答，"我那时候在磨坝场读中学，"又无话找话地说着，"每个星期六回来，就怕走老木垭。"

"我也怕……"

令狐枯荣应着，眼前又出现了那只豹。一身褐色的钱币一样的斑纹在阳光下闪闪烁烁。它高踞在一截土埂上，扁脑袋，短下巴，正一双猫眼跟他直直地对视着。此刻，他想起那两只眼睛来，不知怎么的，竟觉得那目光里有一种巨大的悲怆。

"那豹子到底怎么哪？"

他这么想着，目光便落到林子边上，下意识地找着那截土埂，那最初看见那野兽的地方。

这时候，令狐枯荣简直不敢相信自己的眼睛。他看见了黑宝。他那高大而又勇猛的看家狗，正从土埂上走下来，向着他摇头摆尾地走下来。不管是惊奇，还是欣喜，那瞬间，令狐枯荣差一点叫了起来。他现在想起来了，好几次，是在列车上，还是在乌江边，或是在北京天安门广场的那个夜晚，不管梦幻，还是真实，他那么牵挂正月跟黑二、干三，牵挂错欢喜跟那被泥石流葬送的学校……末了，他心里还是空落落的，总觉得这些人和事后面有一个黑亮亮的影子，顽石一样固守在那里，也烟一样无处追索……那是黑宝啊，他终于知道了。那夜晚，他知道自己不能够做一个正常的男人，那以后,他很少去磨坝场了。但那毕竟是一个家啊!不管是形式的,还是法律的。他每个月拿到工资,除了一个人少量的用度,余下来的钱,他都托人带上街去交给了正月。他觉得他的这场婚姻不是得到一个女人,而是得到一个家。女人是可以选择的,而家是不可以选择的。所以,他无论如何也要把它支撑起来。他这样长久不回家,女人想他一个人在错欢喜吃啊睡啊没有照应不说,而闲下来了,老庙孤灯,也够寂寞的,却也无奈,也心疼,就送了一只狗跟他做伴儿……

但是,他还没有迎上去搂住他的黑宝,他的目光就僵在空中了。狗后面不远,一个又扁又圆的脑袋从浓雾里透了出来,紧接着一片忧郁的铜钱花也从浓雾里透了出来……

啊——姑娘一声惊叫,拔腿就往木家寨方向跑去。令狐枯荣乱了阵脚,下意识里还惦记着水惠,也追着姑娘,朝着木家寨那边跑下老木垭去。跑出去那工夫,他隐隐约约的,又听见那奇怪的声音叮叮当当响起来……

看见木家寨上寨的时候,令狐枯荣赶上水惠。两个人气喘吁吁的,脸青面黑地回过头去,看清楚那恐怖的野兽并没有追来,才疑疑惑惑地放慢了脚步。

第十五章

孔雀东南飞

我真的拥有这么多钱？不，这或许是做梦。我在我的脸上掐了一把。我通常面对一个巨大的事实而不敢相信，或者不愿相信，那么，我就会采取这种虐待自己的方法做出最后的认定。我的脸疼，我差不多忍受不了哪，这说明我在一种清醒的状态。一万多块钱！我一下成了"万元户"。竟然轻而易举的，这顶二十世纪八十年代又时髦又气派的桂冠，就戴在我头上。但我毕竟从来没有见过这么多钱，更不要说拥有这么多钱。那情形，如一句谚语说：叫花子捡银子，不知道怎么收拾。这样，我真正拿到这笔钱了。大堆钞票经我笨拙的手指一张一张地掂着。旁边放着笔和纸，用加法竖式记着。面值拾元和伍元的，我差不多点了一个小时。面值贰元和壹元的，我统统把它们看作零钱，当然也一丝不苟地清点着，这又用半个小时。我想，这或许是我一生中最幸福的时刻，真正被金钱包围了，尽管一爿荒秃的额头布满汗珠……

我小心地把钱一沓一沓地装到一只布口袋里。而这只布口袋也是很讲究的。你看过电影《鸡毛信》吗？鸡毛信藏在羊屁股上，这是鬼子无论如何也想不到的。我如果用好东西，比如气派而牢实的皮箱，像人们通常挎带钱财那样，装运我的钱，那么，我或许刚刚走出银行的大门，就被强盗盯梢。我幸而想到这一层了，无论做什么事情，都不能屎胀了才挖茅厕。我没有这种布口袋，但也不能轻易向人借这种布口袋。稍有不慎,就会招致杀身之祸。那种常常为了很少量的一点钱财就杀人的事情大家都是听说过的。何况这是一万块钱啦!我最后在正月那里找到这种布口袋,自己的女人,总靠得住。很多人喜欢在文化的字眼里钻进钻出。而关于口袋的文化,不知道有没有研究的。我们这种布口袋,它不像一分为二的褡裢,也不像五光十色的花线包包儿。它用寻常的布料做成,大多呈深色。老百姓认为不怕脏。而更重要的,它有一个可紧可松的口儿,控制在一根牢实的绳儿上面。装了东西,绳儿一收,绾在手腕上,轻的可以提,重的可以搭在肩上扛着。它巧妙、实用,又不打眼睛……

　　但我提着钱刚刚走出银行大门,就发现自己错了。我手臂酸软、腿脚乏力,心咚咚咚地跳,脸火辣辣地烧。我在当街一处屋檐下面停下来,背靠一堵坚固的墙,反反复复地问自己,这是不是偷来的钱?而奇怪的是我却不能回答这个问题。显然,这是父亲的钱,国家落实政策给他补发的工资。而父亲死了,我是他唯一的合法继承人。但要弄清楚的是父亲是不是真正死了,这是一个很抽象的问题。有一位诗人说过,"有的人死了,但是,他还活着。"我想,父亲就属于这一类人。不然,我拿着他的钱,为什么会如此惧怕呢?我现在想起来了,他为什么要求他的学生在毕业后都把名字用亮晶晶的碎碗碴嵌在操坝上,而他自己则在离开这个世界后却把坟头选择在操坝旁边。那情形很耐人寻味,似乎他还在跟他的那些学生上着课。既然如此,我要问一问父亲的意见,或者拿着他的委托书授权书什么的,才能够动这笔钱。我做事从来不掖着藏着,即便爷儿父子,人亲财不亲,也应该有一个分明。再说吧,我还不是那种贪财的人。

　　这样,我怕夜长梦多,又提着布口袋走进银行大门。我决定先把这笔钱存起来。在事情还没有想清楚前,我不会动用这笔钱。银行的人古古怪怪地看了看我,递了一张存单出来,是活期的。我按照存单上的要求填写完毕。正要把这张红红的单子递进去的时候,我发现那户名一项,原来是"令狐枯荣",这不大通顺。我又向储蓄员要了一张单子,填好日期、填好金额,而把户名改成了"令狐"。然后,我打开布口袋,又一沓一沓地把钱拿出来还给银行。谁看着这么多钱都很兴奋,几个小姐一起操作,又说又笑的,不一会就完了。但有一个小姐在审核那张单子时,说这么多钱,应该留一个密码。我听着,就随口便答地告诉对方一个数字。我拿着折子收拾在贴身衬衣口袋里,走出银行大门,觉得好轻松、好自在。而这时候,我才发现留在银行的那个密码,原来是父亲的祭日……

令狐枯荣自己和自己纠缠着。心智跟情感冲突起来的时候,他往往像一个不偏不倚的中间人,说了这边说那边,好好歹歹都说尽,这才能够摆平。不知不觉中,他来到孟通县第一中学。怎么走到这里来了?他觉得有些不可思议。眉头皱了皱,他又释然地笑了。他是看罗雨来的。夏天的时候,罗雨那个讨债的儿子一头撞在一台彩色电视机上去了,他就再也没有看见过罗雨。昨天,他接到通知从错欢喜赶到县里,在教育局办那笔钱的手续,就听见那里的人议论"孔雀东南飞"。他想,这是乐府里的一个故事,刘兰芝与焦仲卿,有什么值得大惊小怪的。迷迷浊浊大半天,他才弄明白大家说的是人才流动的事情。孟通县的人才都集中在学校里,有一个中教一级,更不要说高级、特级,那就是响当当的。由于贫富差别,水往低处流,鸟往高处飞,他们很多人都往沿海发达地区走了。开初,上面并没有足够重视。一个萝卜一个坑,拔了萝卜地皮宽,还少一份工资,减轻财政压力。所以,凡要走的,县里都高高兴兴地放行。而突然间,又一轮高中升学考试,孟通的升学率从全省八十多个县、市的前二十来名一下跌了下来,成为倒数三四名。社会舆论大哗。大家都认为学校里拔尖的老师调离是这次大滑坡的原因。领导自然难辞其咎,便从一个极端又走到另一个极端,冻结所有往沿海地区、比如深圳海南什么的调动。殊不知,这些地区对人才的渴求还真绝。既然你冻结调动,那么我接收人才就采取"三不要"的政策,即不要户口、不要工资介绍信、不要档案材料。一时之间,从孟通县到遵义市,乃至整个贵州省,各方各面大大小小的人才都动了起来,形成浩浩荡荡的流动大军,就像当年美利坚合众国阿拉斯加的淘金热,都往中华人民共和国版图东南方向压过去。有的地方、有的单位,甚至一夜之间,人去楼空,完全瘫痪了。这种背景下面,看不见谁对谁负责,只看见各人的利益、各人的追求,自己对自己负责。在一个偏僻的小学校,几个老师已经三个月没有拿到工资了。万般无奈,他们决定南下打工。但消息不知怎的走漏了。他们还没有上路,就被老百姓堵在校门口,僵持不下,老师们跪下来,老百姓们也跪下来……

走进校门,令狐枯荣就感觉有些不大对头。偌大一个校园,清清静静的,听不见一点喧闹。只有梧桐树的叶子掉在枯萎的草坪上,在秋天的风中簌簌地翻卷着。环形跑道上,几个学生一人抱一本书,在那里走走停停的,仿佛一段残缺不全的五线谱。倏地,空气剧烈地震荡着,一阵尖锐的铃声响了起来。不一会,从那幢灰色的教学楼里慢慢地走出来一些学生,空旷的操场才有了几分生气……

令狐枯荣找着罗雨的家。他站在门前喊一阵,没有一点动静。

"我令狐枯荣。"他又报着姓啊名啊喊着,"错欢喜的。"

像阿里巴巴的"芝麻!开门!"那样灵,那门慢慢地开了。

罗雨半个脑袋伸出来晃了晃,就把他往屋里让着。他一眼瞅着屋里乱七八糟的,大件的东西,像冰箱啊什么的,都打了包了。他心头一下透上来一股凉。罗雨关上门,回过头来,细声细气地说:

"你来得正是时候啊!我明天就出发啦!"

那口吻中夹着一种心酸,也夹着一种莫名的兴奋。

"你也要……"令狐枯荣说,"'孔雀东南飞'?"

罗雨听着,点了点头,便从桌上拿起一封还没有封口的信,恓恓惶惶地递过来。

令狐枯荣接过信封,感觉铅一样沉,费力地掏出里边的信,却原来只有一页纸。

尊敬的校党委、校行政:

请原谅我不辞而别。

我在一再申请调动、而得不到县里有关领导批准的情况下,不得不出此下策。我曾经向学校领导说过,孟通县乃至遵义地区,乃至贵州省,经济的发展虽然滞后,但对教师的确尽了心、尽了力。而事实上,我在物质方面也并没有太高的要求。我之所以离开,不是因为待遇的问题,而是想换一个环境。我儿子罗远志高考落榜后选择了一条绝路,这不仅仅给我做父亲的带来丧子之痛,也带来沉重的思想包袱。而且,由于新闻媒体的渲染,这件事情也使我们学校蒙受耻辱。我是受害者,也是罪人。但我无论如何也想不通。我没有教好我儿子的知识,却也没有教会我儿子对这个世界的爱,以致最后他还要牺牲他的头颅去撞我辛辛苦苦的积蓄买下来的彩电……

令狐枯荣把信还了回去。他沉重地吁一口气,便愣在那儿,有什么东西还没有琢磨透一样,正慢慢地嚼着、品着。

"树挪则死,"罗雨说,"人挪则活。"

"我理解,"令狐枯荣悒郁地说,"我能够理解。"

接上都沉默起来。仿佛多说一句话,也显着累。

这夜晚,令狐枯荣住罗雨家里。他躺在那张人造革的沙发上,浑身里烧乎乎的。刚刚迷迷糊糊睡过去,他便看见一个人轻飘飘走来,侧着身子站在跟前,卫士一样的。他感觉到有些面熟,却记不起来在哪里见过面,就转动身子,想从正面看仔细一些。殊不知,他动一动,他也跟着动一动,都仿佛被冻在同一个空间里,保持着一种对应。彼此间不可能改变角度,也看不清楚对方。不一会,在一片灰色的背景上,那铜钱花的畜生晃动着扁圆的脑袋走近跟前。但它在那神秘的卫士跟前却遇到一道无形的屏障,也是不可逾越的屏障,就在那里转着圈儿,无可奈何地画着一个一个的圆……

"那野兽跟那人是哪样关系呢?"

令狐枯荣感觉眼睛上一阵烤灼,就醒了过来。头上的灯泡明晃晃地亮着。屋子里,几个黑粗粗的人忙着把大包小包的东西往外搬运。罗雨在一面墙壁上挖着大头钉儿,小心地摘着一张教学挂图。他一翻身坐起来,跟屋子里搬东西的人问了问时辰,才半夜光景,却也一声不吭的,就抖擞精神,帮着把一些乱七八糟的东西往楼下拿着。

"轻一点儿!"他听见罗雨不时地招呼着那些人,"小声一点儿!"就浑身里不自在,仿佛做了贼。但显然这之间有一种默契,每个人举手投足,转弯抹角,都悄悄秘秘,小心翼翼,生怕惊动了这校园、惊动了左邻右舍熟睡中的人们。

汽车停在操场上。一辆解放牌卡车,屹立在前方的小红旗还在夜风中抖着。汽车哪时候开进来的,没有人知道。学校有门,但没有门卫。那两扇铁门无论白天黑夜都是开着的,随时准备迎接,也随时准备送别。借着模模糊糊的夜光,几个人开始把东西往车上装着。大件套小件,又绳捆索绑,稳稳实实地固定起来。所有东西都装完了。罗雨走过来,跟帮忙的人一一地握过手去。他最后跟令狐枯荣告别。两个人的手久久地抓在一起,想说一点什么,却又无从说起。那么默默地握着,罗雨的头就渐渐地低下去,泪流了出来,吧嗒吧嗒地滴在手上。令狐枯荣只觉得那泪冰凉浸骨。

汽车开了出去。在黎明时分,它像一头受了伤的巨兽,沉重而阴郁地喘着,离开懵懵懂懂的校园,走在县城的街上,走出去很远、很远,还能够听见它那伤痛的呼吼。

"孔雀东南飞,五里一徘徊,……"

令狐枯荣在心底温习着那个古老的故事。

第十五章 罪与罚

罪与罚

令狐枯荣从孟通城回来,碰巧磨坝场赶场。他刚刚在场口下车,就看见区法庭那边,十多个包着白帕子的农民在橱窗跟前攒动着。他心里动了动,便也凑过去,想看一看究竟。乡场上,除了学校里的教书匠、读书郎,恐怕很少有人读报看书的。这不仅仅费工夫,还要花钱。但贴在墙壁上的那些布告,尤其法制宣传栏里的那些布告,却又实用、又刺激,也用不着花一分钱。大家喜欢往那里凑。尤其赶场天,加之布告杀了几个人,又刚刚张贴出来,那里简直水泄不通。

还远远的,令狐枯荣就看见布告上几把红叉叉。他正要往人堆堆里挤着,却有一个人蹦出来,跟他斗在一起,帕子也掉了,拖在手上,长长的一道白。

"善有善报,恶有恶报。"那人站在边上,一边往脑袋上绾着帕子,一边说着,"不是不报,时候不到。"

令狐枯荣听着那声音有些耳熟,眼睛瞟过去,原来那人是黄登榜。

"黄村长啊!赶场啊!"

他打着招呼,就走了过去。

"我来买洋芋种子。"黄登榜应着,又捏了捏盘在头上的帕子,"烤烟的事情,煤炭啊,肥料啊,成本越来越高。种啊,烘啊,也要技术水平,做起来也麻烦。再说啊,国家如果不收,你卖到哪里去?喊天天不应,叫地地不灵。只是,这庄稼还得要做下去,我琢磨洋芋土里套苞谷,收成也不会少……"

令狐枯荣想着布告的事情,眼睛往布告那边瞟了瞟,便断过话去:

"又枪毙人哪？赶场的人都往那里挤。"

"闹了半天，你还没有看见布告。"黄登榜瞪着眼睛，"小胡子那个集团完蛋啦！他狗日的是那个集团里的骨干，也有这一天啦！"

"我就晓得有这个结果。"令狐枯荣喃喃着，仿佛一切都在预料中，"我就晓得他们有这个结果。"

"啪！一颗花生米，送他狗日的回老家。"黄登榜唾沫星子飞着，恨恨地骂着，"这太便宜他哪，要拿他狗日的千刀万剐……"

"天作孽，犹可违，"令狐枯荣木然地应着，"自作孽，不可活。"

"几多造孽啊！拐卖妇女，贩卖毒品，开地下工厂制造假茅台酒，"黄登榜说着，眼圈也红了起来，"还杀人，引诱和强迫姑娘吸毒、卖淫……"

令狐枯荣听着，莫名地觉得一种悲哀，就跟黄登榜分了手。也没有看哪样布告，他便往街上走去。他不明白怎么会这样，小胡子完了，他的那个集团也完了，可悲哀却并没有消失。它像一颗种子一样留在了人们的生活里，一遇适宜的土壤，便膨胀、生长，继续深刻地影响着人们的生活……

乡里赶场也论季节。秋天里忙收获，也要忙耕种。小麦啊，油菜啊，时令强，不可以耽搁。还不到晌午光景，街上便稀稀落落的，没有几个人了。令狐枯荣找着黄登榜，让正月煮了两碗面条，一人一碗悉悉乎乎吃了，就赶着马车上路，往错欢喜走着。过了河，转过弯，上完坡，马路平顺一些。两个人一抬屁股，都坐到车上。轱辘承受了重量，一下吱嘎吱嘎地响起来，沉寂的山野有了一种伴奏，让人听起来格外地心动……

"水惠的情况，"令狐枯荣望着远处迷迷茫茫的山林，仿佛自言自语地说着，"有没有一点好转？"

黄登榜眼睛斜了斜，摇一摇头，吁了一口气，却一句话也没有说。

"事情到这一步，我一点也不想逃避，"令狐枯荣沉重地说着，"毕竟小胡子在学校住了几天……"

"我不怪你啦！"黄登榜手中的鞭杆在骡子脑壳上扬一扬，打断令狐枯荣道，"我的人找回来了，不管她成了哪样一个人，总算找回来了。只是呢，"他转出一个弯儿来，"曹绍成啊，铁脚杆啊，他们是不是能够想过来啊？曹绍成又是乡里的书记，铁脚杆呢，你出去找人，人家又出了几个麝香……"

"我理解……"令狐枯荣郁郁地说。

"偏偏呢,家英没有回来,藤子没有消息。"黄登榜又扬了扬手中的鞭杆道,"认真起来,水惠跟曹书记的儿子火生还是定了亲的,如今呢,这门子亲事,大家都不说了,我也没有脸说……"

"我跟曹书记说了,家英已经嫁人,快生孩子了。"令狐枯荣说。

"这还不是等于说他没有这个人了。"黄登榜说,"还不如不说的好。"

"家英说她给家里写了信。"令狐枯荣说,"她不回来,我又有哪样办法。"

"曹书记不承认他收了哪样信。"黄登榜说。

"他不承认,我又有哪样办法。"令狐枯荣说,"但我的确找到家英了。"

"他承认他收了信才怪呢。"黄登榜脑袋有几分得意地晃了晃,"这不等于他抓屎往自己脸上糊啊!"

令狐枯荣听着,若有所思地点了点头。

马车摇晃摇晃,慢了下来,开始上坡了。两个人从马车上跳下来,默默地在两边走着。坡长长的,马车跟人都慢慢的……耐不住寂寞,黄登榜望一眼令狐枯荣,又接上先前的话头儿磕磕绊绊地说着:

"水惠呢,我只有把她关起来了。旧社会吃鸦片的人都不像她这样……我这是哪样命啊!她到底吃了哪样东西啊,那么凶啊,那瘾儿一上来,人就像疯子一样,不要脸、不要命……你是她老师,我就跟你说说,在外人面前说啊,我还怕臊皮。"

"公安局的人说了,"令狐枯荣说,"真正戒啊,要有耐心,还要有狠心。"

"我已经听人说了,瘾儿发作起来,就灌大粪,这可能还有救头。"黄登榜说着,口吻里有一种莫名的兴奋,"乡里害'狗牙疯'的,都拿大粪从嘴巴灌进去,病人吐啊、吐啊,肠肝肚肺都吐了出来,那些毒啊,脏东西啊,最后也吐了出来。"

"造孽啊!"令狐枯荣打一个冷噤思忖着,"现在,该抓的抓了,该杀的杀了,我找哪一个去啊!"

他仰起头来,望着一片灰蒙蒙的天空,唉声叹气道:

"如果还有罪犯,那就是我。我令狐枯荣就是罪犯,最后一个罪犯……我只有找我自己,找我自己赎罪,变牛变马赎罪……只是先前那些罪犯,像小胡子他们,没有赎清的罪恶,都垒在我身上,我能够把这些罪恶赎清吗?"

黄登榜歪着头看着令狐枯荣,听他这么说着,既仿佛上苍的责问,又仿佛灵魂的呼喊,便脸也青,面也黑,莫名地感觉一种恐惧。

一直到老木垭,两个人再也没有说一句话。毛坯马路弯来拐去的,坡更陡,路面也更烂。骡子犟着长长的脖子,蹄铁在铺路石上可可地敲着,拉着车比先前走得更慢。天空开始昏暗。黑夜张着数不清的翅膀在林子深处扑腾着,就要飞起来,笼罩整个山野。看不见落日。没有落日的黄昏像一个没有灵魂的人一样呆滞而又死气沉沉。偶尔几声秋虫的鸣唱,小心翼翼地从哪里传来……

呜喔——恐怖而又哀怨的啸声在天地间响起来。

那瞬间,一股阴风贴着山野吹来,让人觉得一阵透骨的凉。骡子愣了愣,便敏感地打着响鼻儿,疯头疯脑地拉着车跑起来。林子战栗着,干枯的叶子纷纷扬扬地往下掉着。老木垭也醒豁似的,曳着烂蛇一样的马路,跌跌撞撞地往垭口上奔着。垭口那儿要亮许多,好像那儿才是生的希望。令狐枯荣仿佛早有准备,恍惚间看见林子边一块铜钱花,便跟着失去控制的马车跑起来。黄登榜跑在令狐枯荣后头,一边跑一边杀猪一样地嚎叫:

"大头猫来啦!大头猫来啦!"

惊马如雷。一挂马车轰轰隆隆地越过垭口,接着又轰轰隆隆地往木家寨跑去。骡子急驰如飞,车辘轳在坑坑洼洼的路面上高高地蹦着,一挂车颠来簸去,装在车上的洋芋种子抛落在地上,一路疙疙瘩瘩地滚着。

"我的洋芋种子啊!"黄登榜追在后面嚎着,"大头猫来啦!"

忽地空气又震荡一下,让人感觉一股热,便听见"啪"一声爆裂。马车炸胎了。那工夫,一挂车失去平衡,趔趔趄趄往边上斜过去,笃地卡死在沟里。骡子一愣,一蹦,咳咳地吼了吼,便无可奈何地停了下来。两个人赶到跟前。骡子倒在地上呼哧呼哧着,从鼻子里喷出来的气息又热又燥,一块蹄铁不知在什么地方掉了,一只蹄子血糊糊的,一扇脊背一片湿淋淋的汗……

第十五章 罪与罚

到了村子边上,两个人胆力也壮了起来。黄登榜在路边一个草垛上抓一把草,三两下编了一个垫子,套在马蹄上。然后,令狐枯荣用肩顶着辕杠,黄登榜卸轭,把骡子弄出来。车子歪倒在边沟里,一个钴辘已经开花开朵的,完全不可能上路了。黄登榜急着找兽医看骡子,没有多少心思弄车子。骡子一瘸一拐的,令狐枯荣在前面牵着,黄登榜在后面赶着,慢慢地走到下寨。骡子安顿下来,夜黑伸手不见五指。黄登榜顾不上吃饭,就亮着手电筒到乡里喊兽医。不一会,兽医来了,他摸摸骡子的鼻子,弄弄骡子的耳朵,便很有把握地拿出一个尖嘴竹筒来,调了大半筒黑乎乎的药,掰着骡子嘴巴灌了下去。

早晨起来,黄登榜便支使婆娘去找寻夜里抛落的那些洋芋。玉娥子背着一个稀眼背笼,从毛坯马路上一路去一路来,眼睛眸子溜溜地转着,也转松转疼了,总算捡了一些回来。那挂车,好多天后,黄登榜才把它弄回来。

学堂阴影

令狐枯荣借黄登榜的堂屋把课开了起来。

黄登榜也不得已,哪个叫他当村长呢。再说吧,他也想瞅着机会给村里实实在在地干一点事情,让大家对他重新有一个认识。他前些日子找煤,怎么的把上寨那龙洞的水脉给挖断了。虽然乡里出面,还请城里的专家来看,却没有一点补救。结果,上寨的人到下寨的井挑水,路远一些不说,还下一坡上一坡。下寨那眼井出水量不大,多出来上寨人用水,下寨人也感到威胁。这一来,黄登榜弄得上下都不是人,如果村长这桩差事还凑合,大家不那么嫌弃,恐怕他那个村长早就被掀翻……

说开课,也就是把大大小小的娃儿集中在一起。这学期都快过去了,又没有新的课本,开哪样课啊。也只有炒冷饭,让学生们把从前的课本找出来,温习一下罢了。尽管如此,乡里还是来了一位副乡长。他抓住令狐枯荣的手握了握,便转身对着坐在堂屋里的娃儿,"木家寨出了一个曹书记,他是我们乡的第一把手,"中国出了一个毛泽东似的感叹着,"所以,木家寨哪怕是一个小村,但在我们乡是很有地位的,也是很有面子的。乡里没有让你们去黑鸦坎牛家山那边上学,也没有让你们到磨坝场街上读书,还跟你们设教学点。六月间,泥石流把学校打垮了。但我们的精神是打不垮的,有条件要上课,没有条件也要创造条件上课。事实证明,木家寨不愧为曹书记的家乡,现在,这课不是开起来啦!"

几个婆娘站在门口那儿看稀奇。听副乡长这么一说,女人们就嘻嘻嘻地笑,仿佛真的感觉一种骄傲。

"不要笑呢！"副乡长望着她们，"堂前的屁不好放呢！"半开玩笑半认真地说，"你们跟老子只晓得生娃儿，破坏老子的计划生育。娃儿生下来，哪个来培养啊！接班人的事情，成龙上天，成虫钻草，不要跟老子稀里糊涂的。"

几个女人又笑，只是抿着嘴儿，阴悄悄地笑。

"我们木家寨的木青青，"一个女人红着脸说着，"他上北京读大学啦！"

"这就对啦！"副乡长点了点头，"读书就要读一个眉目出来，不但要上北京读大学，还要到外国去读留学，这才是角色。"

女人们不再笑了，仿佛都听了进去。接上副乡长让人抬一块黑板上来，乡政府从前办黑板报用的，这几年不时兴了，就拿出来支持学校，作为乡里一点表示。

令狐枯荣很感动。乡里困难啊，能够送一块黑板就不错了。学校被泥石流打了，一点东西也没有留下来。开课了，一切都得从头开始。粉笔啊什么的，这要不了几个钱，他用自己的钱买了。桌子板凳呢，则采取哪个学生用哪家人出的原则，从一家一户搬来。他正愁黑板不知怎的解决，想不到乡里来一个雪中送炭，黑板也解决了。只是学校在黄登榜的堂屋开课，大家都疑惑。黄登榜这个村长没有当好，很多人看不起他，有意无意地就把他跟学校搅在一起……

第一堂课，来的学生不多。令狐枯荣看了一下，一个年级还是有十几个学生。依照往常的规矩，他整了整衣裳，全体起立，高唱《东方红》——

> 东方红，太阳升，
> 中国出了个毛泽东，
> 他为人民谋幸福，
> 呼—儿—嗨—哟—
> 他是人民大救星。
> …………

都唱得很投入,尤其"呼—儿—嗨—哟—"一句,令狐枯荣听着,竟莫名地觉得意味无穷,禁不住眼睛有些湿润。

歌声其实比书声更能够证明一个学校的存在,也更能够表明一个学校的魅力。第二天,按照二部制教学的规定,轮流上课的学生都整整齐齐地来了。堂屋里挤不下,学生们就往门前吞口上发展,桌子碰桌子,板凳磕板凳,密密麻麻,闹闹哄哄,一直摆到院坝上。令狐枯荣愁了,已经搞了二部制,一半学生上午上课、一半学生下午上课,不可能冷灰里爆出热豆来,搞什么三部制、四部制……

但他真的想到三部、四部的事情了。哪怕这在教育辞典上都找不到。比如,他想,有一个地方把这一半的学生分一下,哪怕分一个年级,搞一个主课堂和副课堂出来。那么,他就可以兼顾着,给副课堂辅导辅导,布置一点作业什么的;然后把主要的精力放在主课堂上,让一个年级跟读课文,而让另一个年级进行加减乘除混合运算的练习。这样,他就可以在原来的基础上把五年级、六年级都开起来,搞一个实实在在的完全小学。

他果然就找到了这样一个地方。那是从前生产队的仓房。而且,距离黄登榜的家也不远,来来去去的,主课堂副课堂都能够很好地兼顾。黄登榜当然很支持。老实说,所有娃儿都集中在他的堂屋上,一个一个闹山麻雀一样,没有一点宁静,他也恼火。分一个年级出来,少吵少闹的,人也轻松一点。仓房这一点集体的财产,当初里面住着一个"五保户",没有能够分下去。后来,老人去世了。但仓房实在也没有几根木头几块木板,大家也没有认真计较。况且,哪一个又说得清楚呢?生产队没有了,却有村。村也是大家的啊。哪一天村要办哪样事情,比如又有一个孤苦的老人要安顿,那时候怎么编排啊!这样,仓房就留了下来,对集体的一点纪念似的留了下来。现在,仓房终于有了用途。做学校的教室,这是大家都乐意的,也是仓房理想的归宿。仓房看上去还算不错,地脚楼是干燥的木板,而不是像黄登榜堂屋里的那种千脚泥。只是作为教室,光线稍稍差一些。令狐枯荣下了两块仓板,也就弥补了。不管怎么样,这也算一种开辟。桌子板凳可以随着学生从主课堂那边分过来。粉笔啊什么的也用不了多少。只是那黑板,即使副课堂,哪会不写一写呢,却不大好解决。黑板这种东西在街市上没有卖的,差不多都事先向木匠定做了,又请漆工熬制山里的那种土漆来上光,一遍又一遍地上光……

他突然眼睛一亮,就想到了泥石流下边的那块黑板。中午休息的光景,他喊了两个高年级的学生,一个人带了一把锄头,到了泥石流那儿。琢磨几个位置,三个人开始刨起来。毕竟一所学校,那么多木头木板的架在一起,也能够抵挡一下。不然,泥石流这条恶龙还会向前泛滥,吞噬整块操坝,吞噬操坝旁边老令狐那坟头。他们一边刨,一边就把刨出来的木料,只要勉强可以用的,码在旁边。不一会,这些木料就有了一大堆。这么刨啊刨的,一个学生忽然叫了起来,找到黑板哪。大家七脚八手的,也小心翼翼地从泥石流里把黑板掏了出来。还好,没有散架。只是这些日子埋在土里,沤了水分,有一些地方霉烂了。但整个漆面没有大的损伤,还可以用。三个人仿佛捡了宝贝,高高兴兴地抬着黑板回到村里。打了几盆水,洗了洗漆面,黑板又光可鉴人。往仓房里一放,往那些桌子板凳跟前一摆,黑板又神圣起来。

令狐枯荣又回到了从前。白天粉笔,夜晚红笔,离开黑板,走近作业,那么沉浸在自己的天地。但他显然又不像从前那样痴迷。不管哪样情形,他毕竟出去走了几遭。没有新课,老师和学生的压力都不很大。有意无意地他就把他在外面的故事摆了出来。他摆北京,虽然他自己都懵懵懂懂的,但在课堂上摆出来,尤其结合到课本,却格外有一种真实。山里的娃儿很少见世面,更不要说北京,个个听得津津有味。后来,他看课堂上气氛有些涣散,便摆这种龙门阵。而那工夫,娃儿们会直挺挺地坐着,明睛鼓眼地听着。他因此有一些困惑,觉得教师这个行当跟从前不大一样了。偶尔的,他也会感到疲倦。但平心而论,他却从来没有动摇过,好像街上缝纫铺的熨斗,在衣服上一划,就棱是棱来角是角,没有一点改变。看得出来,他还是喜欢这种沉浸,即便有时候要调整一下。可哪一条路不转弯儿?这其实也是为了走得更好……

但一个人怎么可能不要生活呢?生活是一个大布置,你不可能忘记,也不可能逃逸。一天夜里,他坐在灯下批改作业。木青青上大学,木青青的姐又出嫁,木青青家空旷而又安静,他正好住在木青青家里。那光景,他听着一声痛不欲生的叫喊从黄登榜家传来,心头一震,便一根神经弦一样被拨动着,久久不能平静。他听清楚那是水惠在嚎叫,那种罪恶的感觉又钻了出来。他捂着耳朵,摇着头,仿佛下意识的,要驱散那声音,要从那罪孽的阴影里挣脱出来。而灵魂一隅,不,不,这不可能!他分明又听见一种矛盾的抗议。接上那声音开始在回音壁似的脑袋里膨胀着,他感觉到一种刻骨铭心的痛。而那可恶的影子则泥潭一样的,他陷在里面,越挣扎,也就陷得越深……

他没有再犹豫,站起来就往黄登榜家跑去。他也没有细细思量,就像堂吉诃德向风车冲去。他在黄登榜的堂屋上,这里白天是他的主课堂,看见两个莽粗粗的汉子把水惠杀猪似的摁在一个凳子上,一个汉子拿着一只装着粪汤的尖嘴竹筒,正掰着水惠的嘴巴,像那夜晚兽医跟骡子灌药一样灌……

那一瞬间,他一巴掌,从来没有这么利索,就把那尖嘴竹筒从那汉子手中打落在地上。竹筒在地上滚了滚,滚出来一地脏污。站在旁边的黄登榜一愣,便冲着令狐枯荣叫起来:

"你哪样哪?我要……救我的人……"

令狐枯荣颤抖着,却一句话说不上来。他也被自己刚才的举动吓住了。

这工夫,几个汉子醒豁过来。简直不容分说地,几只手一伸,鹰抓小鸡一样的,就把他架起来,轻飘飘地送出门去。

"你们要整死人!"令狐枯荣挣扎着,声嘶力竭地吼着,"哪有这样治病的哟!糊涂啊,糊涂啊……害人啊,害人啊……"

"我姑娘成了这个样子,也是你造的孽哟!"黄登榜也在堂屋上沙声沙气地吼着,"我不说你盐咸,你倒说我醋酸。人家治'狗牙疯'都能治,还有哪样恶毒的病不能治!"

令狐枯荣听着,筋疲力尽似的,不再挣扎,也不再叫喊。他被扔在院坝上,孤零零地坐在那里。一个汉子蹲在屋檐下面,狗一样地守在那里。堂屋上又重新忙起来,只是一片死寂,再也听不见一点叫声……

夜已经深沉。下弦月却刚刚戳在天幕上。月色水一般秀,也雾一般朦胧,照着错欢喜山地像一个古老的梦。令狐枯荣蹲在半边操坝上,愣愣地望

第十五章 学堂阴影

着操坝旁边老人家那坟头。坟头上衰草摇曳,簌簌簌的,恍若一阵细碎的低语。怎的离开黄登榜家的院坝,走到这死亡的老庙、死亡的学校,他已经记不起来了。操坝上,那些没有被泥石流淹没的地方,还星星点点闪动着淡淡的光辉。他知道那是一些名字,用亮晶晶的碎碗碴嵌出来的,有木青青、水惠、火生、藤子、家英、叶儿……

现在,他终于明白。这些日子,他其实是很可笑的。只要罪恶的结果还在,罪恶的阴魂就不会散去。他怕看见水惠,总是躲着、藏着。而水惠却更深刻地留在他的脑海里。他想消除罪恶的感觉,整天沉迷在教学上。但这种可怕的感觉却并没有被消解,或者淡化。它只是睡了一会,醒来后却变本加厉地撕咬他的心。他企图以攻为守,装着若无其事地给学生们摆那些他所怕、也是他所经历的事情。可这些回忆也仍然如铁一般地压迫着他的伤痛……

他站起来,踩着那些光辉的名字小心地踱着。凄迷的月光把他的影子投在地上,摇晃而模糊。泥石流又僵硬又寂寞地在山坡上延伸着。他停下来,面对那往日的学校,那往日的辉煌,心里禁不住一阵酸楚。

他想起来当地一种恐怖的传说。一个人死了,入土为安。合上棺材盖子的工夫,应该有一个亲人去正棺,给死者理一理衣襟,也看一看棺里有没有异物,像针啊什么金属类的东西,以防仇家暗算。人死了都要成为泥土。泥土上都要生长树木。而金克木,后代会因此萎缩。但正棺是很讲究的。稍不注意,盖棺那阵就会把一个人的影子关在棺材里。从墓地里回来,这个人就会没有思想,也没有愿望,落下来一种无法治愈的精神病。

泥石流这巨大的坟墓,在埋葬一所学校的同时,是不是也把他令狐枯荣的影子关了进去呢? 现在这里游走的令狐枯荣,也不过是没有灵性、没有生气的行尸走肉。他好像悟着一点什么了,心里有一种隐隐约约的期冀。他走那么远,也经历那么多事情,却最后都要回到这山地来。这难道仅仅是为了那复式教学? 不,不,风筝飞得高,那系挂它的不过一根线。而最终,因为生命的要求,它都要回到它出发的地方。舍此而外,它还能有别的什么选择吗? 渐渐的,那个隐隐约约的想望在他脑子里明晰起来,镜头聚焦一样的,他终于看清楚藏在灵魂深处的那个东西,却原来是一所学校,那被泥石流毁灭的学校。两代人啊,一场泥石流把他们的一切都给带走了,现实与期冀、历史与未来、生活与梦。他要把这座巨大的坟墓清除,把他的影子解放出来,让那学校再生,重现往日的辉煌……

"爹!"他在那坟头跟前跪下去,"我要用你的那笔钱,政府给你补发的工资……重新把学校修起来……你需要学校,不然这地方太冷清,也只有学校,大家才会记住你。"他梦呓一样地喃喃着,"我需要学校,不仅仅为了赎罪,哪怕我始终被罪恶的阴影笼罩着……也不仅仅为了证明什么,我也没有什么可以证明的,只知道顺从心灵的指引……我只想回到出发的地方,一切重新开始……错欢喜的娃儿也需要学校,一所正正规规的完全小学……这是你的心愿,也是我的心愿……"

他回到操坝上,感觉一种从未有过的轻松。仿佛一所崭新的学校已经矗立在眼前,他忍不住从心底里为刚刚做出的决定感到高兴。这时候,他看见一只高大壮实的黑狗站在跟前。他也没有一点诧异,仿佛时光逆转,一切又回到从前、回到泥石流发生以前。哦!黑宝!他亲昵地抚摸着它的耳朵,抚摸着它的脊背……

突然,他一颗心往下一沉,就感觉一对蓝幽幽的眼睛正盯住这边。很快的,他看见泥石流上面,那头在老木垭跟他多次遭遇的豹子出现了。他第一次这么近地看着豹子。豹子身子把不住平衡似的有些摇摆,脚步沉沉的,一边走,一边就像牛啊马啊脖子上挂的响铃一样,发出一种艰涩的叮当声来……

那瞬间,不知是出于好奇,还是真的惊呆了,他愣在那儿,看着它一步一步地走近。差不多都听见那野兽的呼吸了,他才大梦初醒地后退着,后退着,接上猛地转过身去,拼命地向着村子那边跑起来。

跟从前一样,那野兽并没有追来。

他想了好多天都没有弄明白,那豹子为什么没有追来。

第十六章

雪白血红

这个冬天的第一场雪在夜里神不知鬼不觉地下起来了。

疙疤老山很警觉。雪花飘飘地落在树叶上，沙沙沙的，细碎而又紧切，它就醒了过来。长江下游那片丘陵地带是很少下雪的。疙疤老山多少有些新奇，仿佛好久没有看见下雪的顽童，团头团脸伸在空中晃动着，扁平的鼻子翕动着，这么玩了玩雪的那份清凉和湿润，才从树杈上慢慢地滑下来。那工夫，黑宝蜷缩在一堆干枯的树叶上，正睡得香。疙疤老山冲着黑宝打一个哈欠，喷一股热乎乎的腥膻。黑宝懵懵懂懂的，一下就站了起来。两只兽一前一后地相跟着，开始向林子深处走去。不一会，两只兽来到一块巨石跟前，都伸着脖子嗅了嗅，这才绕到背后。这是一块层石，天崩地裂的造山运动，它从山体上被剥离出来，斜斜地插在地上，正好形成一个岩腔。两只兽抖了抖身上的雪花，便走了进去。岩腔从前是两只羚羊的，疙疤老山在一个忧郁的黄昏把它们撕碎了。地上有一些干枯的树叶和草秸，两只兽扒着爪子划拉划拉，整得更均匀一些，便睡了下去。狗蜷缩着，要好好地睡一睡的样子。而豹子则倒着尾尻，半卧在地上，显得格外警觉。自从跟那两个人在林子里遭遇后，如果不是雨雪天气，它们不会来这里住。在林子里，两只兽一高一低守着一棵树，像这棵树是森林的一分子，它们也融在了森林里。还远远的，风吹树动，它们就能够嗅出来什么气味，察觉到什么动静，并提前做好一切准备。但岩腔里呢，看不远，也听不清楚。而且，一旦受到威胁，就没有任何退路。那两个人是不会善罢甘休的，尤其那个红眼睛青脸子的家伙,杀气腾腾的,疙疤老山想起来都有些发怵。老实说,那个人如果不要它们的命,它就是一副天不怕地不怕的豹子胆,也不敢出击。那个人受伤了,这是值得庆幸的。要不然,它或许不会活到现在。但那个人会好的,伤愈了,元气恢复了,就会到林子里来找它的。疙疤老山已经意识到了,一场你死我活的厮杀,迟早要到来。而疙疤老山除了脚上被一副镣铐桎梏,却肚子里又多了一个包袱,一个似豹非豹似狗非狗的怪胎,一个崭新的生命……

那个月夜,在长江下游丘陵地带的那座土岗上,穿透时空的大角就是看到这个结果的。不然,牧神不会选择疙疤老山。一只花豹,就是一块土地,可以播种,可以孕育,可以催生,成长起来生命。动物世界,除了灵长类的猿猴,大多毕竟是原始蒙昧的母性秩序。而豹也不例外,小豹子生下来,只认识母亲,不知道父亲。所以,豹族生生息息的繁衍,主要依靠花豹来主持。哪一天早晨,或者哪一个黄昏,一只成年的花豹身前身后有小生命跳着、闹着,这便意味着豹族又增加新成员哪。可是,全知全能的大角牧神怎么会给疙疤老山安排一只狗呢?尽管它那么高大勇武,称得上狗王。但疙疤老山对这种彻头彻尾的杂交还是感到茫然和尴尬。物种进化的奥妙在哪里呢?适者生存,这只是一个简单的原则。在那么多进化的环节上,有谁仔细地研究过杂交呢?在混沌复杂的基因库里,只有强壮旺盛的因子能够形成优势。而杂交,就是不同的物种在优劣上的淘汰和集合,生命真正的开辟和创造。环境对每一种生命都有一种拘束。这种制约天长日久的,使每一种生命都产生麻痹。而感觉上的迟钝形成惰性,也就是生命退化的开始。所以,社会选择"远亲不如近邻",而生命本体的未来则是"近邻不如远亲"。差异越大,优势也就越明显。一个物种面临衰落,而振兴常常要依靠杂交优势,像马与驴产生骡子,骆驼与马产生驼马,狮与虎产生狮虎……

雪还在纷纷扬扬下着。黑沉沉的林子,不一会便灰蒙蒙的,披了一身白。雪映着岩腔,也一片模模糊糊的光影。疙疤老山往外挪了挪,扁平的鼻子本能地在空中翕动着,嗅着茫茫夜雪凛冽的清气。几瓣雪花飘进来,落在扁平的鼻子上,它感觉凉凉的,也湿湿的,便禁不住举着前腿,小心地用爪子肉垫抹着……

即使这种开辟和创造也可能是失败的,而疙疤老山还是接受了。

不知何故来到这个宇宙,

有如那水无奈地奔流,

不知从哪里来又到何处去,

我是一阵风无奈地吹过沙洲。

这就是生命,苍苍茫茫、恓恓惶惶,却也是诗的理解。而且牧神大角已经这样安排了,你还要怎样?你又能够怎样?伏羲王造人。人已经成了今天地球的主宰。但这个人类的根源却在名字里还藏着一只犬呢。事实上,那个时代,狗是人类最忠诚的伙伴。人离开狗是不可能生存的。现在不同了,人莫名其妙的,那么讨厌狗,甚至在这块山地上还大肆屠杀狗。天长日久的,狗要生存下去,就不得不逃进森林里,并沦落为野兽。也许,这是人类的错误,人类总是不断地犯错误。而大角牧神是不会犯错误的,她老人家高瞻远瞩,要开创一种在地球上从来没有过的生命。不仅拯救豹,而且也给狗找寻一条新的出路。但愿这生命在别的星球上已经有了,眼下只是在地球上演绎而已。孤陋寡闻、画地为牢的地球也应该被冲击一下了。这一来,疙疤老山啊,黑宝啊,就不会有一种做试验品的感觉。而相反,它们是先锋,是肩负神圣使命的开拓者。意识到这一点很重要,所有的生命都是有尊严的,哪怕一只蚂蚁……

天亮了。雪也停了。疙疤老山怀着一种生命的欣悦,一截美丽的豹尾当空一抖,打在黑宝身上。黑宝迷迷瞪瞪地站起来,打两个哈欠,伸两个懒腰,便也像疙疤老山一样的放倒尾尻,半卧在地上,明睁鼓眼地看着前方那一片雪后寂静的林子。疙疤老山这才低下头颅,伏在肉实的脚上,眯缝眼睛,瞌睡起来。两只兽换了岗,一睡一醒的,这样到下午光景,都耐不住饥饿,先黑宝低低地哼哼着,接上疙疤老山睁开眼睛,也应和似的呜呜着……

天空阴沉沉的,并没有怎么好起来。两只兽在林子里转悠着,想找一点吃的。但地上看不见一点痕迹,厚厚的积雪把所有痕迹都覆盖了。甚至气味,也被夜里的雪漂洗过一样,嗅不到一点异常。两只兽拖着一串一串脚印,茫然地在林子里东跑西颠的,却一无所获。两只兽肚子瘪了下去,空空的胃倒腾着,发出咕咕咕的叫声。最后,仿佛冥冥中有一种指引,它们走到林子边上,眺望着坡脚的村落。

雪后的错欢喜山地,屋瓦上面的积雪开始融化,显露出一片斑驳。偶尔几声鸡啼、几声牛哞,从一片斑驳中懵懂地透出来,格外地有一种诱惑。终于捱到天黑。黑宝在前,疙疤老山在后,相跟着往山下走去。它们绕开大路,顺着山坡一个坎儿一个坎儿地蹦着。没有一点声音,即使戴镣铐的那一段铁链,也在松软的积雪上一声不响。上下二寨的狗都被消灭了。它们一直走到村子,也没有被人发现。山里人惜灯油,这工夫都钻进被窝里睡了。两只兽静静悄悄的,从这家到那家,嗅着那些猪圈牛圈地走着。猪也憨,牛也笨,居然没有一点响动。

两只兽翕动着鼻子在空中嗅了嗅,在一间猪圈跟前停了下来。黑宝似乎更灵醒一些,晃着长长的嘴筒子,利齿尖牙的,很快就把圈板从榫缝里拖了出来。猪睡得死,疙疤老山蹦进去,一下就咬住它的喉头。那一瞬间,疙疤老山两对锋利的獠牙扎进肉滚滚的脖子里,耳朵里灌着一种血的呼吼,眼前便洇开来一片鲜红。这种血的呼吼跟鲜红更疯狂地刺激着疙疤老山的兽性。一种本能的残忍,它忘了腿拐上的伤痛,四蹄四爪蹬起劲来,伴着股股热血抽在胃里,血盆大口也更深、更狠地咬下去。可怜天蓬元帅,甚至没有来得及叫出声来,就划着四蹄,懵里懵懂的,一动不动了。猪不大,却也不小。疙疤老山半衔半拽的,费了好大劲才拖出圈门来。黑宝在外面望风,这阵也迫不及待地帮上一张嘴,胡乱地舔了几口还在汩汩地淌着的血,便默契地跟疙疤老山拖着猎物,从大路上回到了老木垭。

困豹

第十六章 恐慌

恐 慌

天刚亮。水仙起来倒尿壶,鼻子里嗅着一股莫名的腥膻。大约尿壶的气味更大,也更刺激,她没有在乎这股异常的气味,匆匆忙忙地走过猪圈去。她在茅厕坎上蹲了一会,无意间瞥着雪地上一路血红,心一惊一跳的,还没有蹲舒服,就提着裤儿,绕过牛圈,往猪圈奔去。远远的,她就看见散在地上的圈板。

"沙锅!沙锅!"水仙一边走着,就一边冲屋里还困瞌睡的男人叫着,"快来啊!"

等走到跟前,她看到圈里猪没有了。只有血糊糊一片,只有一撮一撮毛。

"天——"这么嘶声嘶气地呻唤着,她便脚杆打闪地坐在地上。

骆沙锅一边跑一边穿着衣裳。这么戳到跟前,他看着空空的圈愣了愣,便旋风般地回到屋里。不一会,他抄着一根扁担冲了出来,看着雪地上花花遢遢的脚印,就一路追了下去。但没有跑多远,他就脸青面黑地趸了回来。望着失魂落魄地坐在门槛上的女人,骆沙锅畏畏缩缩地说:

"那头豹子……那条狗……我们的猪……马路上还剩一些骨头……它们把它吃了。"

他接上在陔沿上蹲下去,两只胳膊抱在胸前,神情黯然地望着远处苍苍茫茫的雪野。

"它……是不是盯上我们了?"女人突然悕惶起来,"前一回咬了人,这才好几天……又咬了猪……"

骆沙锅听着,阴郁地摇了摇头。

"这倒不是,畜生就是畜生。"这么说着,他心里却还是有几分虚怯,"它要报复它会找铁脚杆,那天在林子里是铁脚杆找它的麻烦……"

"铁脚杆没有回来。"女人说,"铁脚杆还在磨坝场医院里养伤。"

"他会回来的。"骆沙锅说着,眼前透着一片模模糊糊的光亮,"他会回来找那该死的畜生算账。"

不到吃早饭,事情就在木家寨传开了。

人们从上下二寨跑来,看西洋镜似的拥在骆沙锅门前。

有人瞅瞅血腥的圈,又瞅瞅雪地上深深浅浅的痕迹,便拨浪鼓一样地摇着头:

"不得了啊! 豹子下山来咬羊咬猪的,这还是初初解放那阵的事情……我们这地方好多年不听说有豹子……这畜生是从天上掉下来的,还是过路的? 这么野道,来不来就咬猪咬羊的……"

大家心惊胆战听着,都一脸的恓惶。

哪一个胆子大的,在圈里拈着几撮黄黄的毛,拿着在大家跟前炫耀。

"看这几根毛,就晓得是大头猫。"

这么说着,竟福尔摩斯一样,敏捷地穿过院坝,追着夜里那豹那狗留在雪地上的脚印,窜到马路上。但显然,福尔摩斯并没有走多远,便踅了回来,张眉惶眼道:

"马路上还有一个现场……那头猪还剩下一些骨头……"

大家噤口噤声地听着,好像亲眼看见两只兽撕咬那猪一样,浑身里冷飕飕的。

"这样下去,"在一片岑寂中,有一个声音喊着,"听那畜生今天咬这家的猪,明天咬那家的羊,我们还要不要生活啊! "

一群人终于被点醒似的,这才真正感到一种威胁。

"黄登榜呢? 他大小也是一村之长啊! "有人说,"区啊乡啊都是他跟大家办交涉,这一回豹子来了,他总要跟大家拿一个主意。"

人群里没有黄登榜。

大家愣了愣,便吵着嚷着往下寨黄登榜家走去。

第十六章 恐慌

黄登榜夜里睡不着，早不早起来坐在火台上抽闷烟。听见水仙嘶声嘶气地叫唤着，知道上寨出了事，他先就赶到了现场。但看一眼血糊糊的猪圈，听骆沙锅晃着半片疤脸说那豹那狗的，他莫名地嗅着一股腥膻，便慌慌张张地回到家来。

"宁愿让豹子撕了吃了。"水惠发誓说，"我也不想活了。"

有如谶语开始显现，骆沙锅家的猪被咬了，这让黄登榜觉得有一种威胁正渐渐地逼近。

水惠已经绝食两天了。开初，黄登榜没有往心里去。女儿家嘛，打一打白，赌一赌气，也许就过去了。只是玉娥子整天里唉声叹气的。这也难怪，毕竟她身上掉下来的一块肉。

"发了瘾了，哪个害的呀，这跟生病一样的啊，她也不想这个样子啊。"玉娥子红着两只眼睛，哽声哽气，就那么埋怨，"姑娘家，一朵花，就是错了，该死啊，她也是一朵花，你们几个力大汉子粗的，当'狗牙疯'打整，拿那么臭的东西灌她，造孽啊！"

黄登榜那阵听着，像六月里一把蒿草燃起来，不熏蚊子，却熏到了心里去，只觉得苦苦的，也涩涩的。他支棱着耳朵，蹙着眉头，实打实地扛着。扛到第二天，他就乱了阵脚。

"你看看嘛！"婆娘还是一味地叨着，"人都瘦得像鬼一样啦！"

"早晓得这个样子，还不如不回来，"黄登榜心里毛乎乎的，"沟死沟埋，路死路埋，眼不见，心不烦。"

"你黑心黑肺的，说哪样话哟！"玉娥子鼻涕一把泪一把地泼了起来，"那是你的亲生姑娘啊！"

"姑娘不争气，我又有哪样办法哟！"

黄登榜说着，便两只眼睛直勾勾地愣在那里。

玉娥子看着，又怕把男人逼出一点什么事情来。

"你问一问曹家，两个娃儿的婚姻还算不算，总要拿一句话来说。"婆娘缓和道，"要能够找一户人家把她嫁出去就好了。"

这后半句，玉娥子没有说出口来。但黄登榜听着，眼睛翻一翻白，也就点一点头，竟一下轻松了许多。他一晚到亮在床上烙饼似的就想着这桩事情,早不早起来坐在火台上抽闷烟,也还是想着这桩事情……

这就闹哄哄的,村民们为豹子的事情找上门来。

"我有哪样办法。"黄登榜说着,焦眉愁脸的,"我自家的稀饭都没有吹冷。"

"你一村之长啊!"人群里有人说着,"不找你找哪个啊!"

"我这个村长有哪样当头!"黄登榜心里动了一下,话中有话道,"乡公所隔我们村这么近,大家有事情,也可以找乡的领导嘛!"

"你当村长的还记仇啊!"一个粗嗓门儿顶了上来,"你把水井的水脉给挖断了,你带长字号的,我们惹不起,不找乡里找哪一个啊!"

"我找煤也是为大家……"黄登榜虚虚地应了一句。

"我们也没有认真啊!"又一个声音插了进来,"我们上寨还不是要吃水,爬坡上坎从你们下寨挑上去……"

"我也不是这个意思。"黄登榜心里晃了晃,还是觉得一点平衡,"那个猫子么,我前几天赶场回来,经过老木垭,它差一点把我也报销了。"

"也差一点要了铁脚杆骆沙锅他们的命。"

"铁脚杆到现在都还住在区医院。"

"这野兽胆子搞大了,敢下山来咬猪了,要过年了,哪家圈头都有年猪。"

大家七嘴八舌的,也都显着一种恐慌。

"我其实也找过乡里。"黄登榜说,"乡里也跟我打喏喏,大头猫是国家保护动物,乡里也只有跟我打喏喏。"

"要咬着曹书记家的猪,"哪一个毛头毛脑的道,"乡里就不会打喏喏。"

"你这种说法也不对。"黄登榜说,"哪家的猪不是猪!曹书记是我们全乡的领导,要不要讲一点政策水平?"

"明白你当村长的心思了。"还是那个声音,"上寨在前,下寨在后,我们成了你们的挡箭牌,那猫子不会跑到你们下寨来,你当然不会着急。"

"我不是这个意思。"黄登榜忙声明着,"我的意思是看一看,它如果过一个路,它自家会走的,又何必大家都枪枪刀刀的,猫子也不是好惹的,也还要冒险,铁脚杆那样的人都趴下了,还有哪一个敢英雄?弄不好摆几条

第十六章 恐慌

人命,哪一个负得起这个责?猫子杀人不偿命的,我到时候找哪一个的下家?"

"我们未必不管不问,就等它下山来拖我们的猪啊羊啊。"有一个女人的声音挤了进来,"真这样,还不如把它喂起来算了。"

"你真要有一间圈把它关了喂起来,"黄登榜说,"你就发了大财了,人家大城市有一个公园,那里面就关着猫子,都坐起收钱。"

人群里有人嘻地笑了起来。气氛一下轻松了许多。

"大头猫的事情早晚要解决,村里解决不了,乡里总要解决,绝不可能让它乱来,比如说咬死了人,我才不相信呢,它咬死了人,还要保护它。"黄登榜说着,抖着一点气概,"铁脚杆要回来了,铁脚杆最有发言权,就是哑巴,也要跳一跳脚。何况来说,它把他整成那个样子,人跟人打架,都以伤为重。何况来说,它还是畜生,铁脚杆找它算账,就像初初解放那一会,带一个打豹队找它算账,这才有一个公道。"

大家听着,虽觉得虚恍恍的,却也找不出更多的话来跟黄登榜交涉,便阴一个阳一个地走散了。

黄登榜这里呢,水惠的事情又钻了出来。他在火台上抽着闷烟,熬到上学光景,便把令狐枯荣拦在教室外边,滋味楚楚地说:

"令狐老师!水惠的事情,我也没有办法。你帮我劝一劝,她听你的话,你是她的老师,又把她从遵义小胡子那个火坑里救出来,她肯定会听你的话。"

令狐枯荣摇一摇头,苦阴阴地望着黄登榜。

"她已经两天没有吃饭了。"黄登榜说,"人不吃饭,还不如一根草。"

"早知道你们要像那样整她,"令狐枯荣木木地说,"她还不如不回来。"

"我还不是为了她好。"黄登榜说,"我好歹也把她养了这么大,还上了磨坝场的中学,没有这一回搓磨,她都已经是出阁的人了。"

两个人这么说着,学生都在教室里坐好了。令狐枯荣点一点头,撇下黄登榜一个人在外边,心事重重地走上讲台。

课间十分钟,令狐枯荣让黄登榜拿钥匙开了锁,那铁将军是从前生产队锁保管室的,有一斤多重。门从里边闩着,令狐枯荣喊了喊,也很快开了。令狐枯荣走了进去,起死回生的使者一般又神奇又神圣,不过几分钟光景,就退了出来。他跟姑娘说一些什么,没有人知道。但事情也真灵,到了吃午饭,水惠就把一大碗饭吃得干干净净的。玉娥子笑了,这一天看着令狐枯荣都老师前老师后的,嘴巴上像糊了一层蜜。黄登榜虽然有一点诧异,但也不觉得有哪样问题,就悠悠地上坡,盘弄那几块洋芋土。

傍晚,一家人坐在一起吃饭。气氛虽然有一些僵,却也没有多少不愉快。夜里,像往常一样,黄登榜在水惠门上卡了那大铁锁,一把钥匙在裤腰带上甩着,就心宽宽地睡了。经历这一阵折腾,事情柳暗花明的,仿佛已经成为过去,也应该歇一歇了。但白天的事情,差不多都在夜里盘算,谁也不会想到,在这个漫长的冬夜里,还会有什么事情要发生。

错欢喜山村的夜也不平静。

水惠跑了。早晨,黄登榜躺在床上懵里懵懂听见玉娥子炸啦啦叫着,打挺翻起来,趿拉两片鞋跑出来,就看见水惠那屋一扇板门大开着,反咬在门板上铁匠铺打的子母扣儿这工夫从里边脱了出来。硕大的铁将军纹丝不动地挂在门枋上,虽然什么也没有锁,却还是那么气派,那么壁垒森严。黄登榜几大步戳到屋里,就看见床头有一张纸片儿,上面密密麻麻写满了字。他忙拿起来,凑近牛肋巴窗眼,这才看清楚是水惠留下来的信。

爹、妈:

  我走了。如果前一回我离家出走是上当受骗,那么这一回我是自己想清楚了,才离家出走的。实际上也不是离家出走,这个家对我来说,已经没有一点家的感觉,我不过像一个犯人逃出牢笼。不,我连犯人都不如,我简直就是一只狗。你们不要追我,也不要找我,追也追不着,找也找不着,就是哪一天找着,我宁肯死在外头,也不会回错欢喜的。我不怪你们,普天之下,无不是的父母。我只想做一个人,才拼死拼活地要摆脱木家寨。我相信我能够克服毒品的诱惑,可以重新活一个样子出来。你们就当没有生我一样,把我忘了吧。我来世变牛变马报答你们。

水惠

第十六章 恐慌

黄登榜囫囫片片读一个大概，一跺脚，便蹲在地上，抱着脑袋，鼻涕一把泪一把地抹着。玉娥子愣一阵，也终于醒豁，倒在床上要死要活地呻唤着。两口子这么哭着，黄登榜眼前忽地一亮，就看见地上有一把羊角锤。那工夫，他收了声气，一下把那东西从地上捡起来，看了半天，便递给女人，诧异地说：

"我们家哪来这个东西啊？"

玉娥子拿着羊角锤看了看，也摇了摇头。

"就是这个东西，就是这个东西跟老子把门撬开啦！"黄登榜仿佛发现新大陆，颤声颤气道，"哪个拿给水惠的？"

"难怪哟！"玉娥子也打起精神来，"一个姑娘家，哪来那么大的气力？"

"只有令狐枯荣，"黄登榜自言自语着，"只有他。"

"这把羊角锤，"玉娥子也理着头绪说着，"我好像在哪里见过……"

黄登榜瞪大两只眼睛望着女人，就等着她说出来。女人焦眉蹙脸一阵，却什么也没有想起来。

上早课的时候，黄登榜把令狐枯荣从讲台上叫了下来。他拿着羊角锤，一下戳到令狐枯荣眼前，"这个东西，"咄咄逼人道，"是不是你给水惠的？"

令狐枯荣接过羊角锤看了看，"你让我劝她，我就劝她，"不惊不诧地说，"现在，你又要我干哪样？"

"水惠昨天夜里跑了。"黄登榜气呼呼说着，"她用这个东西把门撬开了。"

"我不跟你找了。"令狐枯荣说，"我要上课。"

"我说羊角锤这个东西，"黄登榜又把话头儿扭过来，"是你昨天给水惠的。"

"我偷了人，抢了人，你当村长的把我抓去法办。现在，我要上课。"

令狐枯荣木木钝钝说着，就把羊角锤还了回去。

黄登榜接过羊角锤，"你说'是'？"迷头迷脑地追问着，"还是说

'不是'？"

"我不晓得。"令狐枯荣不软不硬的,"你说'是'就是,你说'不是'就不是。"

这么说着,他就转身往教室里走着。

黄登榜追了几步,一只脚踏进教室,忽地顾虑什么,又退了回来。他愣在那里,思前想后,不知怎的一来,又觉得事情并没有多大把握。

但这一天,令狐枯荣的麻烦也真够多。

中午,铁脚杆从磨坝场回来了。铁脚杆住一个多月的医院,很少动弹,又吃得好,人也胖了起来。他从毛坯马路上走下来的时候,哪一家的婆娘在土里打猪草,觉得寡味,就想逗一逗他开一开心:

"铁脚杆回来了！你坐月窝了是不是？人都长富态了。"

铁脚杆瞥一眼那婆娘,也不搭白,直顾往前走着。

"你要感谢老木垭那猫子,"婆娘看不到头势,还跟他逗着,"没有猫子,你还没有这份福气。"

铁脚杆站下来,一张脸子冲着这边,"你啰唆哪样？"阴沉沉地说着,"想老子剐你的裤儿是不是？"

这工夫,那婆娘看铁脚杆脸上多出来一道疤,又多出来几分狠,才有一点怕惧,不敢再惹下去。

"我要感谢那猫子,你等到看吧！老子要剐了那畜生的皮。"

铁脚杆说着,就走进村子去。

令狐枯荣上着课,铁脚杆就来了。那阵,令狐枯荣看一眼铁脚杆,点一点头,又接上跟二年级听写。铁脚杆并不着急。院坝上有几截木头,他在那儿坐下来,从荷包里掏一张叶子烟在手上裹着。令狐枯荣嘴上字啊词啊念着,眼睛却越过门槛,阴一下阳一下地瞅着院坝上。铁脚杆一杆烟裹得不松不紧的,也不要什么烟杆,就咬在嘴里。令狐枯荣看着,心里莫名地发紧。铁脚杆从身上什么地方掏着打火机,梯夸梯夸的,点着烟叶子。冬天的山里,太阳稀罕,这光景却从厚厚的冬云里漏下来一束,照着错欢喜山地一下亮了许多。铁脚杆一动不动地坐在阳光里。只有青色的烟,伴着他吧嗒吧嗒的声音,悠悠地上升着。

第十六章 恐慌

等到放学,学生都走得差不多了,铁脚杆才向令狐枯荣走过去。令狐枯荣从教室里端一颗条凳,安在檐口上。两个人一人一头坐下来。

"我知道你出了医院会来找我。"令狐枯荣说着,两只手低低地拍了拍,扑着上课那阵糊在手上的粉笔灰,"我早就等着把这个事情跟你说清楚。"

"我住医院那阵已经听人说了。"铁脚杆说着,口吻里透着一股冷凉,"你把水惠找回来了。"

"水惠又跑了。"令狐枯荣说,"昨天夜里又跑了。"

铁脚杆愣一下。"这不关你的事情。"他接上说,"脚长在她身上,一个大活人,她要跑,哪个都没得办法。"

"说不清楚。"令狐枯荣苦笑了笑,"只要牵涉那几个姑娘的事情,我都说不清楚,我就是一个罪人。"

"听说家英也找到了,只是她不愿意回来。"铁脚杆说。

"她说她跟她爹写了信。"令狐枯荣说,"我回来后问曹绍成,他却不承认,还倒问我要人呢。"

"就藤子没有消息。"铁脚杆说着,脸上一道疤又红又紫地扯着,"生要见人,死要见尸,为哪样就我的姑娘不明不白没有消息?"

"小胡子说藤子在路上跑了。"令狐枯荣顿一下,很快又补一句,"小胡子已经被枪毙了。"

"小胡子罪该万死。可我的姑娘呢,她跑到哪里去了?"铁脚杆说着,脸上一道疤扯着,"你出去找她们,我还帮补几个麝,你回来总要跟我一个交代,藤子跑到哪里去了?她总不会跑到月亮上去,总应该有一点消息,她都是在磨坝场读过中学的人,未必连一封信都不会写!"

"应该有信。"令狐枯荣若有所思喃喃道,"几个姑娘中,藤子算能干的,只要摆脱小胡子,哪怕一时半会的自由,她不会想不到跟家里写信。"

"信呢?"铁脚杆说,"我从来没有看见哪样信。"

"会不会搞丢呢?"令狐枯荣琢磨着。

"我这一辈子没有收到过哪样信。"铁脚杆一味地抱怨着,"我们错欢喜也很少有人收到过信。"

"这的确有一点怪。"令狐枯荣思忖着,"我觉得应该问一问磨坝场邮电所。"

"我问哪个?我哪个都不问。"铁脚杆又冷又硬地说,"打酒只问提壶人,我就问你,小胡子住在学校,学校是小胡子的据点。"

"我说我是一个罪人。"令狐枯荣说,"我会赎清我的罪过。这辈子赎不清我的罪过,下辈子变牛变马也要赎清我的罪过。"

"我也不想过分。"铁脚杆说着,口吻有一些缓和,"这事情还没有完,你还要接着跟我找下去,现在只有藤子了,没有钱,我还给你几个麝。"

"我不要你的麝。"令狐枯荣说着,眼前莫名地闪着一种希望,"我会把藤子跟你找回来。"

"你不要麝,这也行,只要你跟我把姑娘找回来,我会报答你,给你一张皮,一张稀罕的豹子皮。"

铁脚杆又恳切又阴郁地说着,就站起来走了。

令狐枯荣望着铁脚杆的背影在仓房那边消失,这才站起来,拍着屁股,往木青青家走去。他已经隐隐约约地感觉到了,就像铁脚杆说的,这事情还没有完。只是在哪一个环节上,它被一些深刻的因素阻隔着,让人很难一下看清楚。而无从完,也不可能完。

不知不觉,令狐枯荣又沉浸在亢奋中,沉浸在不久前才结束的那种找寻和根究的亢奋中。哪怕伴随着灾难,他却还是要去找寻,还是要去根究。

第十六章 打豹队

打豹队

铁脚杆回来没有几天,就在村里拉了一支队伍,准备开进山里打豹子。铁脚杆从前是打狗队的队长。按照乡里武装部长牛举鹏在总结会上说的,打狗队的历史使命结束了。但打狗队的人还在,枪也还在,都是一些持枪民兵。铁脚杆在原来打狗队的基础上滤了一下,便组织起来一支精干的打豹队。

开初,黄登榜大大咧咧的,觉得铁脚杆要报仇,情理中的事情,不过是一种个人行为。殊不知,一支队伍站在跟前了,他又感到有些不妙。人么,怎么都好说,而那些枪呢,却不是他这个小村长可以动的。但驿马星动,他怎么敢说,而且说也没有人听。这样,他连夜连晚的,便跑到乡里找武装部长牛举鹏。牛举鹏武粗粗的身坯,外号牛大蛮子,前两年才从部队转业到地方。还没有听黄登榜说完,牛大蛮子就有些不耐烦,挥了挥手说:

"我这个武装部长是保护人民群众的生命财产的,不是保护猫子的。"

"那么,猫子这一边呢?"黄登榜迷头迷脑道,"你们以前说保护,现在也应该有一个说法。"

"我也没有说不保护啊!"牛大蛮子说,"我甚而至于还跟他们说要尽量活捉猫子,但这只是一种美好的愿望而已,你总不会说猫子要吃人,我们还跟它讲客气。"

"既然乡里有这个态度,"黄登榜琢磨着,"我倒没有哪样,我实际上也恨那猫子,只是这枪的事情……"

"乡里也没有哪样态度。"牛大蛮子纠正道,"群众行为嘛,错了,我们来批评，纠正；对了，我们来表扬，推广。我们要有哪样态度？我们用不着有哪样态度。至于枪的事情，铁脚杆是民兵连长，枪怎样用，他应该知道，真正出了问题，我要追究他的责任。"

黄登榜点着头，好像什么都明白了。

但一脚跨出乡公所大门，他觉得脑袋里还是一葫芦糨糊。回到村里，他听打豹队的说，那只豹子还没有打着，铁脚杆就把豹皮啊豹骨啊豹胆啊豹尾啊豹眼睛啊豹耳朵啊，都许了出去。那么，黄登榜摇头晃脑一阵，这才悟出来一点门道。

早晨，打豹队出发了。木家寨的人都知道，这跟先前的打狗队完全不一样。狗是家养的，不管怎样险恶，也怕人。可豹呢，又狞野又凶残，弄不好就要出人命。打豹队一拨人都走到半坡了，他们的婆娘儿女还站在村头，牵肠挂肚地看着。直到那些枪啊人啊爬上老木垭，消失在林子里，大人细娃的悬吊着一颗心，这才四下里散去。

没有多久，枪声响起来了，东一下西一下的，在错欢喜山地上空回荡着。那么，在地里做活路的也好，在路上走着的也好，都停下来，长着颈子往老木垭望着。而老木垭张着那巨大的豁口，仍然虚飘飘的，什么东西也看不见。大家摇一摇头，又各忙各的去了。后来呢，枪声远了，好像队伍向纵深推进了。这时候，人人一颗心都有了一种适应，又无奈又无聊的，木木地听着枪响，也木木地听着鸡唱……

傍晚，哪一个眼尖的先看见，打豹队从老木垭顺着毛坯马路下来了。那工夫，上下二寨一咋呼，仿佛一豆要熄灭的火焰又煽动起来，火势熊熊地燃烧着。全村人一下又拥到村头，焦急地等待着。打豹队越走越近，人们数了数，队伍整整齐齐的，一个人不少，也就松了一口气。但没有打到豹子。打豹队的汉子们肩上扛的、枪上挑的，都是兔子啊、野鸡啊，哪怕一只酸枣狗子都没有。铁脚杆看上去很沮丧，看见骆沙锅，便摇着头说道：

"我们的人不听指挥。大家一进林子，手就痒得很，连一只水丫雀都见不得，只管乒乒乓乓过枪瘾，各人姓哪样都搞忘了，还打豹子，打卵的个豹子，没有遭豹子像拖猪一样拖去，就福大命大了。"

"看见豹子没有？"骆沙锅问着，眼睛里透着一种莫名的惝惶，"还有那

第十六章 打豹队

只狗,跟豹子一起的那只狗。"

"连一个脚迹都没有看见。"铁脚杆说,"我也觉得这事情有一点怪,大家乒乒乓乓的打枪,这等于跟豹子放信,那么豹子跑了,不至于一个脚迹都留不下来。"

"说不定那个家伙真是过路的,"骆沙锅说,"早就已经走了。"

铁脚杆摇着头,却不再多说,好像有几多遗憾。

骆沙锅那阵不知怎的,哪怕那野兽又咬他,又拖他的猪,他还是希望那豹子一走了之,不要跟打豹队遭遇。事实上,打豹队成立那阵,大家觉得他吃了豹子那么多亏,简直可以说苦大仇深,都动员他拿起枪来,找那畜生讨还血债。哪知道骆沙锅支支吾吾的,一会儿说他身上被豹子抓的那些伤口还痛,一会儿说他那个在黑鸦坎的纸厂丢不下。

那情景,大家一眼就看出来他很怕。但平心而论,这似乎又可以理解。骆沙锅胆小怕事,那豹子半夜吃桃子捏软的,居然人啊畜啊,都攻杀到他头上。他被整得蔫巴屁臭的,躲都躲不开,哪里敢参加打豹队。但骆沙锅的事情,还不仅仅是胆小。一个村几十户人家几百号人,那豹子接二连三跟他过不去,这中间有哪样蹊跷,他想得很玄,走火入魔了,便多了一个精怪出来。这不是么,打豹队出征第一天,连一个脚迹都没有找着,那豹子不是精怪又是哪样。既然成精成怪了,便超乎生,也出乎死。而人跟豹子之间的恩恩怨怨,仿佛也成为一种命运,自然也用不着太计较。

纸厂的事情也的确够忙的。临近年关,纸在市场上又很俏,不抓紧生产,过了这个村,就没有这个店。骆沙锅年纪轻轻在外面背沙锅卖,走东家,串西家,生意做得活,只要你买沙锅,没有钱,柜子里印一升苞谷调换也行。也算训练有素,他那眼光一下就把这世道看得很准,在错欢喜办起第一家乡镇企业来。虽然作坊式的,却也叫工厂。他最初生产纸壳,黑鸦坎峡谷里挖几个坑,从岩上把那些刺竹啊枸柳啊砍下来,剁碎沤在坑里,一年半载的,才舀一回纸。纸壳很粗糙,看得见一根一根筋。但乡里封一包白糖扎一把挂面,还是挺适用的。他后来又生产皮纸,那工序要细得多,碾啊舂啊不算,还在坑里加生石灰,原料烂成糨糊一样,才用细细的帘子舀起来,叠成一沓一沓的,放到榨上挤水分。活路忙不过来,他还要雇工人。这几天,纸壳跟皮纸的坑都打开了，好几个工人帮着他舀纸。而市场上，磨坝场也好，孟通城也好，做鞭炮的要纸，扎龙灯的也要纸……

"沙锅！沙锅！乡公所曹书记叫你。"

骆沙锅正忙着，就有一个声音在岩上喊着。

"曹书记有事情，你马上到乡公所来。"

骆沙锅听着，没有一点迟疑，先在溪流里洗了洗手，接上跟几个工人打过招呼，便顺着挂在崖壁上的小路往上走着。

骆沙锅已经习惯成自然。从那些年一个生产队一个生产队接力棒一样转送电影机器，到这几年明的暗的公的私的差遣，只要曹书记说的，他都会把天大的事情放在一边，而唯马首是瞻，照曹书记说的办。当然了，曹绍成对骆沙锅也不错。骆沙锅那些年抢"赤脚医生"的药，如果不是曹绍成说话，他也活不到今天。哪怕他后来还是坐了两年班房，但这已经是很轻的处罚。骆沙锅从班房头出来变了一个人，猥琐了，胆小了。但对曹绍成，却还是那个样子，狗对主人一样的。曹绍成也关照，没有计较他坐班房的事情，还让他到黑鸦坎那边牛家山背沙锅卖。背沙锅卖是生产队的副业，可以有几个活动钱儿，没有一点关系也不行。而这几年，曹绍成又批准骆沙锅办起纸厂来。

骆沙锅还远远的，就看见乡公所门前停着一辆北京吉普。他琢磨县里哪一位领导来了，十之八九又了解他的纸厂来了。现在的领导啊，只要哪里有一爿厂子，他们就往哪里跑，好像农业今后的出路就是开厂。前些日子乡镇企业局的刚刚来过。接上又来一拨技术监督局的。眼下又哪一个局的来了？这倒是好事情，各个方面都关心。只是听一阵、看一阵，大家又有些失望，觉得没有上规模。骆沙锅也无奈。他开初搞这个作坊，只想找一点盐巴钱，哪里想上哪样规模。但上面要关心，要了解，骆沙锅也不得不陪同，不得不汇报。而他内心也实在惭愧得很。

"老骆！你好。"

骆沙锅刚刚走到乡公所院坝上，一个女人的声音就在乡公所楼上热乎乎地叫起来。骆沙锅听着耳熟，抬起头来，便看见走廊栏杆那儿红红地站一个人，正低头冲这边微微地笑着。他愣了一会，这才反应过来。

"哦！你看我这个记性！"骆沙锅有些惶恐地叫了起来，"丰同志！好多年不见，今天哪股仙风把你给吹来哪？"

原来是风吹灯，那些年走村串寨的放映员。

骆沙锅上了楼，一只白皙的手等在那儿，似乎躲也躲不过，他便伸出手去握了握。等到收回手来，他心里也就有一种怪怪的感觉，吃了几根老酸菜一样酸唧唧的。

"我这回专门来看你。"

风吹灯说着，一只手在空中晃了晃，这让骆沙锅一下想起她当年拿着一卷拷贝上片的情景来。

"你还在放电影啊？"骆沙锅迷迷瞪瞪地问道。

"我早就从电影公司调出来了。"风吹灯摇着头说着。

"我以为你放电影来了，又找我跟你蹬机器呢。"骆沙锅说着，又补一句，"那种像洋马儿的脚踏发电机。"

"8.75毫米的早淘汰了。"风吹灯说，"现在差不多都是宽银幕，在北京、上海这些大城市还有球幕。"

"那你现在哪里高就呢？"骆沙锅回过神来问着。

这工夫，曹绍成从哪里插了上来，不阴不阳地笑着说：

"人家现在是县报的大记者，这一回是专门奔你来的。"

"也不是哪样大记者，"风吹灯一张脸微微红着，"爬格格儿的，就像小学生的小方格格儿。"

"不得了。"骆沙锅说着，有些局促起来，"你们县报也管我们纸厂？"

"人家记者跟你扬名是好事情嘛。"曹绍成说。

"好事不出名，坏事传千里。"骆沙锅说，"我怕得很。"

"我当然要从正面来做文章，"风吹灯说，"跟你唱赞歌。"

"我就是那一点纸，"骆沙锅说，"这也值得你表扬？"

风吹灯听着，笑了笑，认真地说：

"你可能还没有搞清楚，我是来写那头豹子的，这是一个好材料，透过这头豹子，我们可以发现一些新东西。"

"闹半天，你来宣传猫子。"骆沙锅听着，有一种上当受骗的感觉，"那头猫子差一点把我咬死了。"

"正因为猫子咬了你，"风吹灯说，"我才要找你。"

"你未必还要说猫子咬我咬得好。"骆沙锅说。

"话不能这样说，"风吹灯郑重其事道，"畜生毕竟是畜生，人应该大气一点，怎么能够跟畜生计较呢。"

"我有哪样计较的哟！"骆沙锅说着，来了一点情绪，"猫子咬人还咬出道理来啦！"

"我也不是这个意思。"风吹灯说，"我只是想听你摆一下，你毕竟亲身经历嘛，摆一下怎的遭遇那头豹子。"

"也没有哪样摆的。"骆沙锅说，"它来一个措手不及，我跟铁脚杆都没有躲过，就被它撕了。"

"据我所知，"风吹灯说着，文绉绉的，"许多动物都通人性，不无缘无故的爱，也不无缘无故的恨。"

"丰同志！"骆沙锅说着，脸上一块疤扯了扯，又来了一点情绪，"我看你立场有问题，我跟铁脚杆人都差一点报销了，你还帮猫子说话，倒怪我们的不是。"

"沙锅！"曹绍成这工夫从旁边插了进来，看不下去似的，不阴不阳地说，"态度端正一点行不行？人家记者，哪些问题该问，哪些问题不该问，该问的问题为哪样该问，不该问的问题为哪样不该问，人家记者自然知道。人家也是为了工作，为了事业，你又何必上纲上线，搞得这样紧张。再说，大家都是老熟人，也用不着弯来拐去嘛！"

骆沙锅听着，拿一只巴掌醒了醒脑门儿。

"书记说得对。"他脸青面黑的，仿佛差一点就掉下悬崖去了，一叠连声地应着，"书记说得好。"

这让女记者风吹灯也吃一惊。她愣在那里，脸红红的，眼睛茫然地望着乡公所门前一片割了谷子的水田，竟不知如何是好。倒是骆沙锅，梦醒了，人也乖巧了，主动找到先前的话茬，晃晃悠悠地说：

"我跟铁脚杆到老林子里想找一张犁。他带着枪，他到老林子里总是带着枪……"

但骆沙锅显然已经散了。他不可能把自己集中起来,就像当年风吹灯那8.75毫米的放映机,电压不稳定,胶片跳个不停,结果银幕上出现"双影",图像叠图像的,虽然模糊,却两个影子都相跟着,一起往前发展,一直走向结局。

"我们都没有想到会在林子里碰上那条狗,学校令狐老师的黑宝……"

银幕上推出来冷飕飕的两个字:再见。脚踏发电机空转了转,便停了下来。在一片山野的夜黑里,风吹灯亮着电筒,开始把还有些发热的机器、电线收拾在两只箩筐里。她接上把电筒递给刚刚从脚踏发电机上下来的骆沙锅。也用不着说什么,骆沙锅理着半爿衣襟揩一把脸上的汗水,便默契地接过电筒,望着那一块白茫茫的地方走过去。他把电筒咬在嘴上,把银幕从竿子上解下来,牵着四只耳朵叠着,成了方方正正的一沓,这才交到风吹灯手上。这时候,场坝里的人都走空了。他挑着一副行头在前面走着,风吹灯打着电筒在后面走着。电筒光亮前前后后地划动着,给山村寂寞的夜晚添了几分生气。

"曹主任在等你宵夜,"一边走着,他就一边说着,"他今晚炖了鸡。"他没有一点色彩地说着,仿佛说给这夜晚听,说给这山野听。

"那铜钱花的猫子藏在哪里,我跟铁脚杆都没有搞清楚……"

电影挑子放在公社办公室,骆沙锅走到隔壁房间,钩着指头在门上磕了磕,曹绍成便从里面开了门。骆沙锅看见一只铅锅在一只炭炉上坐着,正扑扑地冲着热气。他刚刚嗅到一股浓浓的香,风吹灯就像泥鳅一样滑溜进去。

"沙锅!"曹主任堵在门口,冲着他笑着,"你要不要进来尝一尝?"

"不,不。"骆沙锅说着,就往后退着,一直看着曹主任从里面关了门,包在嘴里的馋口水才咕嘟地叫着咽了下去。

"那条大黑狗躺在一棵树下,向我们冲了过来。我跟铁脚杆都是打狗队的,说老实话,我们从来没有见过这么凶的狗。"

他蹲在地上,像山野里一块黑乎乎的石头,眼睛四下里睃着。偶尔地,也有一些起来撒尿的人,站在阶沿上,捋着半截脏东西,吐水牵线的,淋在地上嗒嗒地响。而这时候,骆沙锅不吱声也不吭气。但只要察觉哪一个往这边来了,他就站起来,干声干气地咳嗽着,给屋子里的人一个信号。

"铁脚杆开了一枪,没有打中,那狗趴在地上,愣了一下,又向我们冲来。"

他就这么扮着一个站岗放哨的角色。上上下下都抓阶级斗争,守夜值班的很正常,没有人对骆沙锅这个角色提出什么异议。

"我跟铁脚杆都没有看见猫子,一点也没有提防。"

昼短夜长,耐不住寂寞,骆沙锅要凑着门缝儿,爬着窗沿儿,就像娶媳妇听壁角,揣摸那屋子里的动静,心痒痒的,却也很无奈。

"猫子从天上落下来,我跟铁脚杆稀里糊涂的,斧头啊枪啊都掉在地上,就跟猫子挽在一起。"

天长日久,骆沙锅还是包不住。一天,骆沙锅送风吹灯去下一个放映点。两个人在路边一块石头上歇着。他那工夫就脸红筋涨地嘟哝着:
"其实,昨天夜晚那曹主任……不是曹主任,那是我骆沙锅……"
风吹灯听着,先一惊,接上明悟过来,便在骆沙锅脸上掐一把,站起来,红着一张脸往前头走了。

"我后来只是记着我跟铁脚杆拼命地跑啊,一直跑到老木垭,出了林子,铁脚杆伤势过重倒了下去。"

那一次回来,骆沙锅照例地从曹主任那里拿了一张五十斤回销粮的条子。但风吹灯又一次到错欢喜的时候,他虽然还是蹬着那玩具一样的发电机,却电影散了,他也就完了。为了那么一点虚妄的想望,他把自己给害了。五十斤回销粮,放电影就有的,也费不了多大事儿,却与他无缘了。

"我捉摸那狗和那猫子裹在一起了。"

骆沙锅不仅仅是害了自己。没有多久,那个值班守夜的新角色,尽管也是曹绍成选的人,五十斤回销粮的待遇也不少斤不少两,却还是把曹绍成给卖了。也因为这个缘故,曹绍成后来一直记着骆沙锅的情。

"那猫子为什么要给一条狗帮忙呢?"
"这很有意思,这的确很有意思。"
风吹灯最后这么说着,也就关上笔,合上采访本儿,有一些倦累似的,伸出手来,跟骆沙锅又一次握了握。
"要出人命啦!"
乡公所外面这阵突然传来一声长长的嚎叫。
几个人一惊一愣,就变脸变色地跑出来。
那工夫,错欢喜村村长黄登榜鼻青脸肿站在阶沿下面,上气不接下气地冲着刚刚听见动静跑出来的一拨人喊着:
"老天爷!要出人命啦!"
"到底哪样事情?"曹绍成虎着脸吼着,"你跟老子说清楚。"
"为争水的事情,"黄登榜抹一把鼻涕,"上寨跟下寨打起来了。"
曹绍成听着,脑子里转着,不等黄登榜说完,就集合起乡公所的人。正好县报社那辆北京吉普停在院坝上。他跟风吹灯吱一声,叫上司机,一拨人挤上去,车便开动起来。出去不远,曹绍成眼尖,一眼看见武装部长牛大蛮子肩上扛着一挺机关枪从黑鸦坎上来,又刹住车。牛大蛮子早上去牛家山那边训练民兵,摸爬滚打的,这工夫已经很疲倦。他懵里懵懂地听见曹绍成半截话,只知道打起来,却还没有弄清楚哪里打起来,就一下明睛鼓眼的,轻捷地往吉普车上一跃。车门开着,他只挂住半边身子,机关枪提在手上,像电影里铁道游击队长那般潇洒和威风。

"这几天,我眼皮老跳,我就晓得要出事儿。"

吉普车颠簸着,黄登榜歪歪倒倒地嘟哝着。

"你跟老子是不是还有点幸灾乐祸?"

曹绍成从前头座位上扭过头来,恨恨地戳一句。

黄登榜听着,不再吭声气。其实,出事那工夫,他正盘着一蓬火疙苋打瞌睡。水井那边的事情,他一点不知道。哪怕这几天还是有一些迹象。但桶磕着桶,盆碰着盆,婆婆妈妈的,说几句挖苦话,骂几声花鸡公,也就过去了。他做梦都不会想到事情会发展到这一步。本来吧,黄登榜找煤没有找着,稀里糊涂把上寨那眼井给毁了,上寨的人不到下寨那眼井挑水,未必还下黑鸦坎挑水。原来一个寨的水井,现在两个寨用,就够紧巴的。加上这个冬天也就下那么一场雪,雪线一收,水干草枯,又接上长长的冬干。眼看着井里的水越来越少,人的心也越来越恓惶。天不见亮,水井坎上就排着长长的队,桶呀、盆呀,大呀、小呀,大家都很认真。哪一个人想赶一个早,抢一个先,要冒轮子什么的,就必定斗一回嘴劲,挨一回骂。更不要说哪一个人得寸进尺的,要在水井边淘一淘菜,洗一洗衣裳,那简直大家都会红眉毛绿眼睛地抡胳膊。那阵,黄登榜懵懵懂懂听着一片呼天抢地的吼喊醒过来。稍一愣,他一颗心一惊,一沉,便几大步蹿出门去,蹦到水井那儿。但事情显然已经控制不住了。水井被挖的挖,填的填,整得一塌糊涂。两个人血糊糊地躺在边上,却还在不停地叫着、骂着。几十个人,男男女女的,衣裳破了,头发散了,却还扭打着。你一拳头,我一脚尖,谁打谁,谁骂谁,乱麻一样的。骆沙锅的婆娘两个奶房甩来甩去,却跳着脚,还在那儿指指戳戳地较着劲。在一截高高的土埂上,上寨莽粗粗的马儿则双手叉腰,愤怒的预言家一样地呼号着:

"看啦!搞烂就搞烂,搞烂喝稀饭。老子们上寨得不到用水,你们下寨跟老子也得不到用水,大家下黑鸦坎。"

看见这阵势,黄登榜脚杆一软,一闪,一下就跪了下去,沙声沙气地喊起来:

"我的老子!我的祖宗!我的先人!我求你们啦!"

这一来,黄登榜把自己给亮了出来。大家都红了眼睛,没有人听他的招呼。一个汉子走过来,看上去很冷静的,仿佛记起来那眼井的事情,觉得他才真正是这场恶斗的罪魁祸首,就狠狠地给了他脸上一拳。

吉普车在穿过上下二寨的马路上吱的一声刹下来。

一拨人跳下车,就风风火火地往下寨水井那儿奔着。

那光景,曹绍成站在水井坎上一块被踩得乱糟糟的麦土里,脸青面黑地望着水井下面那越来越多的人像乱了阵的蜂群,大家搅在一起,抓扯着,撕打着,骂着,哭着,滚着,爬着。他心慌气短的,就要倒了下去。幸好武装部长在旁边扶了一把,他这才定下神来。

"你们打'冤家',"曹绍成悲苦地喊着,"也不该这样打啊!"

曹绍成这一瞬间想到《孟通县志》上那段记载:民国三十三年,冬月,木家寨人跟牛家山人打"冤家",伤百余人,死十余人。

"大家都是一个村的人。"他声嘶力竭地喊着,"天大的事情,坐下来心平气和地解决。"

因为这个缘故,黑鸦坎那座桥,大家都很忌讳,没有哪一个敢建。一道天堑,一道屏障,隔着两个冤大头,不来往,也就不摩擦,终于平安无事。

"不要忘记历史的教训。"他喊着,嗓子眼有些哽,"真正打死人,这不是国民党那些年,这是共产党的天下,哪个人都跑不脱。"

但哪一个说得清楚呢,一个村两个寨的,居然也打了起来。

嗒嗒嗒……牛大蛮子端着机关枪,对着一片灰蒙蒙的天空扣动扳机,一梭子弹冲了出去。错欢喜山地一阵战栗,响起来一片接连不断的回声:嗒嗒嗒……

愤怒的人群听见枪声,怔了怔,仿佛被镇住了。但只是一刹那间,随着一阵疯狂的蠕动,一个一个又都扭在一起。

"猫子来啦!"

突然,一个娃儿站在旁边稚声稚气地叫了起来。

曹绍成没有喊。机关枪也没有响。都哑了,失去威力了。但事情却古古怪怪的,整个人群一下安静下来,都收了手,住了声气。那娃儿一只手指引着,大家看见一头豹子,豹子后头跟一条狗,正大摇大摆地从田坝上走过。那豹子那狗浑身发亮,神奇而美丽,就在百十步远的地方不慌不忙地走着,如梦如幻,像天空一段虹霓,像大海一片蜃影……

牛大蛮子醒悟过来,却一挺机关枪已经不在手上了。他惶恐地抬起头来,便看见铁脚杆手里提着那机关枪,后头跟着一拨人,正向那豹子那狗一路追杀过去。

第十七章

失踪的信函

令狐枯荣从磨坝场出来，一路上脚下生风，太阳升起来一竿子高，就到了老木垭。是一种习惯心理，还是真的有精有怪，他不自觉地放慢脚步，偷眼往林子里瞅着。林子里泅着一片枯燥空旷的绿，显得很平静，这莫名地让他觉得一种失望。直到翻过垭口，他才听见林子深处一声喊一声应地闹腾着，不觉心里一震，打豹队又上山来了。令狐枯荣顺着毛坯马路下了山，却没有去学堂，穿过村庄就到了乡公所。他迷头迷脑的，只是感觉有一种冲动，很执拗的，也很单纯的，就站在乡公所门前的坝子上叫了起来：

"有没有人哪？出来说个话哟！"

令狐枯荣没有注意栏杆拐角那儿有一个人，正伸着脖子低着头，一把牙刷在嘴里悉悉乎乎戳着，这会抬起头来，下巴挂着一团白，"也——令狐！你还蹊跷呢！"就愤愤然说着，"我不是人是哪样啊！"

这个人正是曹绍成。

令狐枯荣愣在那儿，苦笑着，不知道说什么好。

"你还是一个人民教师呢，连基本的礼貌都没有。"曹绍成显然还有些恼，"不晓得你是怎样教你的学生的！"

"还有人，"令狐枯荣涨红着脸，"还比我不如呢！"

曹绍成听着，一把牙刷在杯子里咣咣搅着。接上把杯子里的水泼出去，抹一把嘴上的泡沫，这才用一种陌生的眼光打量着令狐枯荣。

"我看你是话中有话。"

曹绍成嘴巴上这么说着,心头却嘀咕开了。这个人怎么了?从他的父亲那一辈开始,就没有敢在哪一个人跟前高声大调地说过什么话,更不要说在乡公所跟前,在他曹绍成跟前。可眼下他到底怎么了?

"我是有一个情况,"令狐枯荣说,"要问一问曹书记。"

"你还真有来头啊!"曹绍成说着,脸上莫名地掠过一丝恐慌,"闹了半天,你还是冲着我来的。"

"我在磨坝场邮电所打听了,"令狐枯荣说,"家英跟藤子有信来过。"

"有信来过?好啊!"曹绍成说着,显得几分惊讶,"拿给我看一看啊!"

"他们说,"令狐枯荣说,"信都送到乡公所了。"

"对呀,乡邮员嘛,信就是送到乡这一级嘛!"曹绍成说,"又不是村邮员,还管送村一家一户。"

"铁脚杆没有收到信。"令狐枯荣说。

"他没有收到信关我哪样事啊!"曹绍成说,"我又不是哪个的秘书。要当秘书,我前几年就到县委县政府上班去了。"

"他不知道藤子的消息。"令狐枯荣说,"他还问我要姑娘。"

"我都还要问你要家英呢!"曹绍成说,"我也一样没有收哪样信啊!"

"我在浙江找到家英的时候,她就说要写信。"令狐枯荣说,"她的确写了信,我在磨坝场邮电所查到了你签收的条子。"

"你调查到我头上来啦!"曹绍成说。

"不找到这几个姑娘,"令狐枯荣说,"我这辈子不会安宁。"

"行啊,你拿条子来看看,"曹绍成说着,一块巴掌往令狐枯荣跟前一摊,"看那条子上面是不是写了我收了家英的信。"

"那上面没有这样写。"令狐枯荣说,"但你签了你的名字,那封挂号信的确是从浙江那边发出来的。"

"令狐枯荣!"曹绍成沉不住气了,"你自家一裤兜屎都没有打整干净,你还有资格管哪个!我收不收信关你哪样事情!"

"找不到这几个姑娘的下落,"令狐枯荣却是平平静静的,"我这一辈子都洗不清我这一身罪孽。"

第十七章 失踪的信函

"你是有好些事情说不清楚呢。"曹绍成说,"你不找我们,我们也会找你。"

曹绍成把"我们"这个字眼说得特别重。

"我这不是来了。"令狐枯荣说,"你们扣着信,封锁消息,就想折腾人。"

这工夫,乡长副乡长的都站了出来。几个人靠着走廊上的栏杆愣眉愣眼听一阵,便跟令狐枯荣说道:

"你有哪样事情上楼来慢慢说好不好?铁冷了打不得,话冷了说得。不管哪样事情,只要坐下来,心平气和的,就没有摆不平的事情。"

令狐枯荣也没有感觉什么蹊跷,就上楼,来到一间屋子。等到坐下来,他看看墙壁上那些这样牌儿那样文儿的,才知道这是乡的派出所。但事情显然已经晚了。那工夫,门一关,几个人在前面稀稀拉拉坐着,就拉开了审讯的架势。

"你们要搞哪样名堂?"令狐枯荣有些惺惶地问了一句。

"不搞哪样名堂。"一个穿公安服的人说着,仿佛轻描淡写的,"只是要把几个事情澄清一下。"

"你们扣人家的信,"令狐枯荣说,"反倒有理了是不是?"

"这个事情,"公安员说,"我们会调查。"接上口吻转一个弯儿,"现在,你把你的事情交代清楚。"

"我不该留小胡子在老庙里住,这实际上给他提供一个基地。"令狐枯荣沉痛地说着,"我承认我有罪,我是一个罪人。"

"坦白从宽,抗拒从严。"

"到遵义找小胡子的时候,"令狐枯荣说,"我就跟公安局交代了。"

"不要以轻罪掩盖重罪。"

"我承认我跟小胡子是同案犯。"令狐枯荣说,"你们可以把我关起来,劳改也行,枪毙也行。"

"你不要以为我们不敢。"

"只是错欢喜那些娃儿还要人来管。"

"你不要以为错欢喜就你一个知识分子。"哪一个人声厉色严地岔进来道,"老实告诉你,没有你,地球照样转。"

"还有一件事,"令狐枯荣说,"你们要把藤子的下落告诉我。"

"把你的位置摆正。"又有一个人岔进来,"是你审我们,还是我们审你?"

"是你们审我。"令狐枯荣说,"我是一个罪人。"

"现在,你听着,"公安员提了提嗓门儿,"根据人民群众检举揭发,错欢喜村村长黄登榜的姑娘水惠失踪一案,跟你也有直接的关系。"

"她逃跑了。"令狐枯荣说。

"她为哪样逃跑?"

"不知道。"令狐枯荣说,"她给她家里留下来一封信。"

"她跑到哪里去哪?"

"不知道。"令狐枯荣说,"她本来就不应该回来。"

"难道不是你从外面把她找回来的?"

"我有罪。"令狐枯荣说。

"你有罪,"公安员说,"你就赶快交代。"

"我承认我有罪。"令狐枯荣说。

"铁证如山。"公安员说,"撬门的羊角锤是你从木青青家拿来给水惠的。"

"我是一个罪人。"令狐枯荣说。

"说具体一点。"公安员说。

"我不该叫她回来。"令狐枯荣说。

几个人愣在那里,一时半会没有反应过来。

"你态度不老实。"终于有人叫了起来,"你态度不老实。"

这时候,食堂的钟声响了起来。当当当的,仿佛敲在人心坎上。场合晃晃荡荡的,就有些散。

"蒙混过关是不行的。"一个声音权威地说着,"现在,给你一点时间想一想,反省反省。"

几个人便走了出去。屋子里只剩令狐枯荣,他们像是把他给搞忘了。令狐枯荣呢,却木头人似的在那里,不知饥不知寒的,一动也不动地坐在那里。

大约一顿饭工夫,一个人端着一碗热腾腾的面条走了进来。这个人是乡长。他把面条往令狐枯荣跟前送着,就晃晃悠悠道:

"问题是要说清楚的,饭也是要吃的。"

令狐枯荣抬起头来看了乡长一眼,便接着碗,拿着筷,悉悉乎乎吃起来。这工夫,乡长就像一匹狼,绕着令狐枯荣转着,想找一个下口的地方。令狐枯荣吃了面条,两只筷横着一只碗放在桌子上,乡长这才坐下来。

"其实,何必呢!"乡长说着,比先前和缓多了,"你教书不是教得很好的么!"

"我也没有做哪样啊!"令狐枯荣说,"我只想知道藤子在哪里。"

乡长笑了笑,鼻子里哼了哼道:

"钻牛角尖尖没有意思。一根牛尾巴遮一个牛屁股,你管哪样多干哪样!"

"我只想知道藤子在哪里。"令狐枯荣说。

"一个人要听商量。"乡长说着,口吻转了过来,"本来嘛,根据你的情况,尤其这一次在遵义协助公安机关抓获万恶的小胡子,乡里还准备跟你转正,教了这么多年的书,还是一个民办教师,实在不合算。"

"我只想弄清楚藤子在哪里。"令狐枯荣还是那一句话。

"一个人不听商量,"乡长说,"是不会有哪样好结果的。"

"我弄不明白,"令狐枯荣说,"你们为哪样要扣人家的信?"

"这个问题,曹书记已经说得很清楚了。"乡长说,"你自家一裤兜的屎都还没有收拾干净,你还管哪样多!"

"这关系一个姑娘,哪家都有姐姐妹妹的,不是裤兜不裤兜的问题。"令狐枯荣说,"我不找你们,铁脚杆也会找你们。"

"你想煽动铁脚杆?"乡长逼视着,一下严厉起来。

"他要找他的姑娘嘛!"令狐枯荣说。

"我看你是一个不听商量的人。"乡长说。

"我又没有要你们做哪样,只要你们把信拿出来还给人家。"令狐枯荣说,"扣人家的信是犯法行为。"

"我看你是一个敬酒不吃吃罚酒的人。"

乡长说着,口吻里含一种杀机,就无可奈何地走了出去。

接上从外头进来两个人,都黑着一张脸,在令狐枯荣对面坐下来。令狐枯荣注意到了。坐在对面这两个人:一个穿一件公安的衣裳,是先前来过的公安员。一个穿一条公安的裤子,大约也是乡派出所的,有些面熟,但想不起在哪里见过。他觉得事情怪怪的,好端端的一套衣服,为什么要掰给两个人穿。

"现在,我们要对你进行审查。"一个人说着,一个人就摊开一个本子记着,"你要老老实实把问题交代清楚。"

"我要回去上课,"令狐枯荣说,"那些娃儿没有人管。"

"乡里会找人去代课的。"公安员说,"你把你自己的稀饭吹冷。"

"我不存在哪样稀饭不稀饭!"令狐枯荣说,"你们把我上课的资格都剥夺了!"

"怪你自己嘛!"公安员说,"你自己不争气嘛!"

令狐枯荣低着头,仿佛真正开始反省起来。

"你说一说你去北京的问题。"公安员说,"你借口找那几个失踪的姑娘,拿着铁脚杆给你的几颗香獐子卵子去逛大城市。"

"我实在弄不清楚我去没有去北京。"令狐枯荣抬起头来,眼睛里闪着一种异样的光芒,"深更半夜的,我恍恍惚惚走到天安门广场,看那国旗、人民英雄纪念碑、人民大会堂,又觉得到北京了。可后来,我要找一张到北京的凭据,哪怕一张车票,结果都找不到,我又觉得这一切不过是一个梦。"

"你狡辩。"公安员说,"你态度不老实。"

令狐枯荣又低下头去沉默着。

"还有计划生育的问题。"公安员说,"你那个在磨坝场的媳妇,叫什么正月的,肚皮大了,是不是要破坏计划生育?"

令狐枯荣抬起头来,张了张嘴巴,却什么也没有说,又低下头去。

这么折腾着,食堂那边的钟声伴着落山的太阳又响了起来,开晚饭了。这工夫,坐在对面那两个人欠了欠身子,收拾桌子上笔啊纸啊,就站了起来。

"我们也不想这样啊。"一个人说着,"你要自己抓一些虱子在脑壳上造痒,我们也没有办法。"

两个人走了出去。令狐枯荣清清楚楚地听着,他们关上门,落下锁,接上脚步咚咚地走下楼去。

"他还是那个态度啊!"有人在楼下接上说,"我看他吃了豹子胆,存心要跟我对抗到底。"

令狐枯荣听出来这个人是曹绍成。

"他那个活路还不好找人呢。"又有人插进来说着,"黄登榜说了,那个代课的没有上完两节课,就悄悄遛了。"

令狐枯荣听出来这是乡里分管教育的副乡长。

天黑了。没有人像中午的时候那样,哪怕端一碗面条,也可以算一顿。令狐枯荣想,这一回,他们是真的把他搞忘了。可是,他还得要等待下去。既然什么也没有送来,就什么都可能送来。有好几次,他听见一阵脚步声响着,从楼下上来,渐渐地越来越近,而希望也就像鼓动着一个肥皂泡儿,渐渐地越来越大,终于,肥皂泡扑的一下破灭,那脚步也毫不犹疑地从门前走过去,消失在远处。

他站了起来,肚子饿得咕咕咕叫,想找一点东西填一下。山月淡淡,不声不响地从窗外透进来。他在屋子里摸索着,先找到一只水瓶,拿在手中晃了晃,空空的。但他还是拳着掌心接在下头,把一只水瓶倒了过来。水瓶响了响,居然也有一点残水流出来,盛在掌心里凉凉的。他小心地嘬着水,凑近窗前,看着幽微的月光在掌上闪动,有一种莫名的感动。他抿着嘴唇,一点一点地嘬着掌心里的水。混浊的水咬舌夹口,却还是顺着肠子慢慢地往胃里浸。但胃是贪婪的,这一点东西显然不顶事儿,它依然长一声短一声地叫着。有一瞬间,他都闹糊涂了,人跟他的这些器官是哪样关系呢?人不过为了活着,就要小心侍候这些器官。可说到底,它们毕竟是人的一部分啊!谁大?谁小?谁支配谁?谁服从谁?人本来就是一个尴尬的矛盾体。他接着摸索下去,很快又找着一只杯子。杯子里什么都没有,只有一撮潮润而又发馊的茶叶。他尖着两个指头,小心地把茶叶从杯子里拈出来,一点一点地送进嘴里,慢慢地嚼着。冲泡后的茶叶,味虽然淡一些,却还是又苦又涩,这又让他想起正月来。

正月可以把这种茶叶做出另一种味道来。磨坝场的人把这种泡过味的茶叫"过浓茶",那茶叶通常是被丢弃的。她把这种茶叶在砧板上剁碎。接上把茶末放在锅里煎。煎茶叶的油一定要猪油,即便很少一点猪油。再加入适量的盐。最后勾芡,水煮,成了糊糊。舀在碗里,撒一点辣椒面。吃起来香喷喷、辣乎乎,也格外提神醒脑。正月把这种食物叫"油茶"。那是一个农忙季节,大人们顾不过来,都把娃儿当着帮手留在家里。课上不下去了,令狐枯荣索性放了一个礼拜的农忙假。那些日子,他待在磨坝场家中,早晨起来,就吃油茶。他后来发现,磨坝场很多人用这种食物当早餐。油茶名堂多,调一个鸡蛋,或拌一点肉末,也还是叫油茶。他很开心地吃着,幸福地感受着家庭的温馨,却一点也想不到这种叫油茶的食物里还藏着女人非同寻常的心计。

直到农忙假结束,令狐枯荣回到错欢喜,这才发现自己对油茶已经有了一种依赖。幸而这还不像吸食毒品那样无可救药,他萎靡不振地熬了几天,总算摆脱出来了。下一个礼拜天,他回到磨坝场,见到女人,就嗔怪道:

"你害得我好苦!"

女人不说,就吃吃地笑。

"男笑痴,女笑怪。"他说,"这里面一定有名堂。"

"我就是要你离不开这个家,"女人说,"离不开我。"

令狐枯荣听着,心里喝了蜜一样的甜,便抱了女人亲热起来。

"大白天的,"女人躲闪着,"人撞见了。"

"关了门不就行了!"他说,还扭着女人,"又不是开哪样店,非开门不可。"

"黑二跟干三要回来了。"女人迟迟疑疑道。

"这两个崽儿!"他说,"我刚刚还看见他们在河边钓鱼,一时间不会回来。"

女人便不再吭气,由着他关了门,由着他拽着往里屋走着……

那工夫,两个人在床上抱成一团,就有人在街上叫起来:

"火柴蔸落在茅草坡——燃起来了!白天青光的,两口子关起门来搞啊!"

两个人听着,彼此间打量打量,便忍不住笑,又热热地偎在一起。乡里乡街的,都寂寞,开起玩笑来虽然无边无际,却不会有一点恶意。

"我也舍不得离开你呀!"令狐枯荣说,"只是错欢喜那个地方……"

"你就知道你那个错欢喜。"正月娇嗔地说,"再过一些日子,你不想留在这个家也不行了。"

"哪样哪?"令狐枯荣说,"你还想拿油茶来拴我?"

"还有比油茶更凶的东西。"正月说,"你这个木鱼脑瓜儿。"

令狐枯荣听着,愣愣怔怔的,还是摸不到边际。

"你呀!"女人恨恨地在他额头上戳一指头,"我怀上你的人了。"

女人说着就一把摁着他的头贴到肚子上:"你听!你听!你听!他在里面踢你呢!"

那工夫,是太仓促,还是怎么的,他竟莫名地感觉一种悒惶。他支棱一只耳轮,贴在女人肚子上,屏声敛息地谛听着。那生命的信息,时缓时急,仿佛从大地深处传来,单纯而又深厚,懵懂而又充满力度。这时候,被一种生命的魅力所征服,他开始体味到一种实实在在的欢乐,觉得生命的创造多么奇妙,而生命的显现又多么神圣。

"我要做父亲……我们令狐家的有后代……"

他喃喃自语着,就顽童一样地亲着女人鼓鼓的肚皮。

"你弄得我痒。"女人叫起来。

"我亲我的儿啦!"他说着,疯疯癫癫的。

"你哪里就知道是儿哪?"女人说。

"我听他那劲头。"他说,"儿才那样野呢。"

"我不想儿。"女人娇嗔地说,"黑二和干三烦死我了!"

"我想儿。"令狐枯荣说,"儿长大了,可以接我的班,像我接我爹的班那样,当一个老师。"

"姑娘也可以当老师。"正月说。

"姑娘当老师吼不住。"令狐枯荣说,"错欢喜木家寨那些娃儿野得很。"

"你在那旮旯还没有呆够!"正月说,"还想把娃儿弄到那旮旯接你的班!"

"子承父业嘛！"令狐枯荣笑吟吟说着,"哪个地方都一样要生活,要工作。"

"我只想生一个姑娘。"正月说,"我只想生一个姑娘来疼我。"

这么你一句我一句理论着,他又兴致勃勃地爬到女人上头。

"刚才高兴了。"女人说,"这一会儿工夫,未必还要高兴？"

"我怕我儿在里头散了。"令狐枯荣说,"再巩固巩固,把他弄结实一点。"

女人笑着,又在他额头上戳一指头,便由着男人那一点心意弄……

令狐枯荣这么有滋有味地想着,忘了饥饿,也忘了寒冷,就在一个角落里蜷缩着睡了过去。月光从窗外透进来,平静地抹在他脸上。恍恍惚惚中,他又看见一只金钱花斑,抖动着、摇滚着,穿过一片光枝裸丫的林子,忽而矫健,忽而踉跄,走下坡来,扁头圆脸阴郁而执拗地戳着,两只眼睛盯着前方,两只耳朵耸在空中,短促的嘴巴和塌陷的鼻腔喷着股股湿热的气息,悉悉乎乎的,狞野而又沉重……

黎明时分,伴着一阵钟声,他醒了过来。当当当的钟声,又急切又清晰地从黑鸦坎那边传来。仿佛触电似的,他一下弹起来,却刚刚扑腾两步,就木头桩子一般地跌在地板上。腿木木的,没有一点感觉。他倚着墙壁撑起来,小心地活动活动,这才硬戳戳地走了起来。

"上课了！"他叨咕着,就打开窗户,"上课了！"

他发现整个乡公所大楼就坐落在崖畔上。黑鸦坎断层像一条忧郁的巨龙横亘在脚下,在冬天凛冽的风中,格外有一种悲苦。黑鸦坎那边牛家山,薄薄的晨曦中,飘着一面红红的旗。切割着山坡田坝的野径,走着一伙一伙娃儿,往那旗帜下面聚集着。而很快的,就有一阵歌声在那里响起来——

　　五星红旗迎风飘扬,
　　　胜利歌声多么嘹亮,
　　　…………

这也是唱那旗帜的。

第十七章 失踪的信函

"上课了！黑鸦坎那边牛家山的学校都上课了！"他叨咕着，"上课了！我也该上课了！"

也没有细想，也来不及细想，他就翻出窗去。陡直的墙壁上，除了一段窗棂，没有一点抓握。他荡秋千一样地吊在窗棂上摆了摆，便从二楼上摔了下来。还好，他一屁股坐在地上，没有被摔下崖去。他只是身子骨散架似的疼。他站起来，沿着崖畔走出去，绕过乡公所，这才回到村里。

藤　子

　　太阳经不住茫茫群山的挤压,终于蹦出来,颤巍巍地悬在天边。令狐枯荣那一块铧铁响了起来,虽然没有钟那样的洪亮,却也响当当的,传得很远,很远。不一会,木家寨上寨下寨的娃儿都来了。六个年级的娃儿,高的高,矮的矮,一阵喧闹,一阵涌动,很快分流在两个课堂,主课堂和副课堂。一些娃儿在村长黄登榜家的堂屋,一些娃儿在从前集体的仓房。娃儿们读的读书,写的写字,唱的唱歌,做的做作业。除了上学的时间稍稍晚一点,这跟往常并没有什么不一样。但令狐枯荣从敲响那块破烂的铧铁那阵起,就一直有一种冲动,尽管莫可名状,却也持久而热烈。有好几次,他都想放下课本,离开正在诵读的课文,对着课堂里的学生们大喊一声:

　　"孩子们啊!我爱你们!"

　　课间十分钟,黄登榜站在侧门那儿,迷头迷脑的,直向令狐枯荣招手。令狐枯荣走过去,跟着黄登榜到了厨房。那工夫,黄登榜指着灶台上一大碗热气腾腾的稀饭,要令狐枯荣喝下去。稀饭拌着鸡蛋花儿,上面浮着一层油,透着一股诱人的香气。令狐枯荣一爿胃昨天只是进了那么一点可怜巴巴的东西,饥饿翻来覆去地折腾,已经疲惫和木钝,这会儿被刺激起来,一下馋得慌。也不客气,他端了稀饭,就呼噜呼噜喝起来。

　　"昨天,乡里找了一个人代课,娃儿们不服管,他就自己悄悄跑了。"他一边喝着稀饭,黄登榜就一边说着,"木家寨的学校没有你不行啊!"

　　令狐枯荣听着,抬起头来看一眼黄登榜,又低下头去喝稀饭。

　　"想不到他们会把你关起来。"黄登榜絮絮叨叨说着,"我跟他们说水惠

第十七章 藤子

的事情,也没有想到他们会把你关起来。"接上一颗脑袋摇晃着,"水惠的事情,我认命了。姑娘家嘛,反正外头人,成蛇钻草,成龙上天,我都不管了。"

令狐枯荣又抬起头来,怔怔地望着黄登榜,仿佛不相信自己的耳朵。

"我这个村长啊!也没有哪样干头。"黄登榜酸酸的,多出来一点滋味儿,"村上的事情,家头的事情,都一团糟,搞得里外不是人。这一届满了,哪个龟儿还要喊我当村长,老子就拉他从黑鸦坎跳下去。"

令狐枯荣听着,若有所思地愣一愣,又低着头喝着稀饭。

"令狐老师在不在啊?"

这时候,有一个声音在院坝上叫了起来。

令狐枯荣一听,就知道是铁脚杆来了。全村哪一个人叫"令狐"都规规矩矩地叫"令狐",双音节的。只有铁脚杆,他写的时候把"令"加在"狐"的头上,而读的时候只读一个音节"hu"。令狐枯荣放下碗,转过头来,就看见铁脚杆站在门口那儿,扛一挺机关枪,脸上一道疤悠着一道神秘的光。

"藤子的确写了信。"令狐枯荣说,"我去磨坝场邮电所查了。"

他一看见铁脚杆,那种负罪的感觉又从灵魂深处钻了出来。

"不说信的事情了。"铁脚杆说,"那都是过去的事情了。"

"信是送到乡公所的。"令狐枯荣小心翼翼地说,"我正查找……"

他把铁脚杆的话理解为一种宽容,而越这样理解,他就越感觉一种悁惶。

"查不查都不要紧。"铁脚杆说,"几张纸,哪个要哪个拿去。"

"有信来,这一点是肯定的。"令狐枯荣执迷地说着,"藤子在写信,这说明她还活着。"

他想把所有希望都展示给铁脚杆。

"藤子回来了。"铁脚杆截过话去,"我姑娘回来了。"

他接上挪了挪身子,闪在一边。

那工夫,只见门洞一亮,一个姑娘笑盈盈地站在那里。

令狐枯荣愣愣怔怔的,仿佛看一场电影,那画面切换太快,一时半会没有反应过来。

"我回来过年。"姑娘说,"听我爹说,你找我们找得好苦。"

令狐枯荣使劲地晃了晃脑袋，仿佛不相信这一切都是真的。

"我逃跑后，先在一家花厂打工，后来又在一家玩具厂干，现在又转到一家鞋厂，专门生产波鞋的，我回来的时候，看见县城里好几家店都有我们厂生产的波鞋卖。"姑娘说，"我在鞋厂就图学一点技术，农村姑娘嘛，当不到知识分子，做鞋总还算行。"

"藤子！你变了。"令狐枯荣嗫嚅着，"我都认不得你了。"

"变来变去，我还不是错欢喜这旮旯的藤子。"姑娘说，"我就是把头发剪短了，厂里都要求工人蓄短头发，站在机器边上，短头发比长头发安全，听老板说从前有一个姑娘就因为辫子绞在机器上，结果人被轧成肉饼。再说呢，那边的生活节奏快，一天忙得要死，哪有工夫梳辫子。"

令狐枯荣听着，依然恍恍惚惚的。藤子真正回来哪？他问自己。不，不，从前的藤子可不是这样的，这姑娘不过是一种虚象。有一瞬间，他甚至觉得眼前的一切都隐藏着某种不可告人的东西，仿佛陷阱一样欺诈而又凶险。但很快的，他的目光落在旁边铁脚杆身上。这时候，他又觉得这种猜忌多么可笑。铁脚杆是一种证明，父亲跟女儿，还有什么比这更切实可信。而这一来，他又陷在一种莫名的虚空中，那么拼死拼活的找寻，却原来是一种过去的存在。任何事物的消失，其实都是时间的消失，无处找寻而也无法找寻，这正如我们在河流的上游掉了一块金，而我们在河流的下游则捞了一根针。现在，他终于明白，他为什么要帮水惠逃出去，这不仅仅是一种拯救，其中还隐含着一种陌生，物是人非，有什么必要看守，哪怕一种心灵的看守。而事实上，水惠逃出去了，他一颗心也放逐了。好多个寂静的夜晚，他都感觉到这种心灵的漂泊，忽而北方，忽而南方，忽而在长江三角洲，忽而在珠江三角洲，原来这种放逐也充满风险……

铁脚杆和藤子哪时候离开的，他都记不起来了。不管怎么说，事情总算告一个段落。千针万线都缝在布头儿上，只有自己料理了。他振作振作精神，又敲响上课的钟声。但娃儿刚刚在教室里坐下来，就有两个人从外面进来，一直走到讲台跟前。他认得这两个人，也清楚他们来干哪样。

"藤子回来了。"令狐枯荣说，"我再也不会问信的事情了。"

两个人你看我我看你愣在那里。

"不行。"一个人接上说,"你事情都没有搞清楚,就逃跑回来了。"

这工夫,村长黄登榜听着动静,也从隔壁赶了过来。

"他还要上课呢。"黄登榜说,"是不是散了学大家坐在一起再说啊!"

"你当村长的屁股坐歪了。"两个人一下转到黄登榜这边来,"老实告诉你,这是乡里曹书记的意见。"

"我也没有说要反对曹书记。"黄登榜说,"只是你们要搞清楚,你们把人弄去,这些娃儿就成了无笼筒儿的马,哪个人来管?"

"曹书记说了,"一个人说,"这些娃儿找不到人招呼,先放回去再说。"

"我们要老师。"几个大一点的娃儿这时候突然叫了起来,"我们要老师。"

"闹哪样闹!"两个人四只眼睛牛卵子一样瞪着堂子里,"哪个闹,老子们就抓少年犯,先弄到班房里头关起来。"

这一唬,娃儿们被镇住了。

两个人急急慌慌地带着令狐枯荣,就往乡公所走去。

困　厄

　　当一个人面对死亡的时候,是严肃而审慎的。乔尔丹诺·布鲁诺,你在阴森恐怖的牢狱里,经过四十天考虑后,最终还是选择了死亡。此前,你在威尼斯宗教法庭上,曾声明上帝是世界的唯一创造。而现在,面对至高无上的罗马教皇,你却说那是一场闹剧,而不愿在圣母玛丽亚教堂公开承认上帝的这种权威,即便复述。真理是流血的。真理因为流血而美丽,而振聋发聩。你诅咒教会,基督不是上帝的儿子,而是一个巫师。教会诅咒你,你是魔鬼撒旦的儿子,天主教的叛徒。其实,真正的叛逆并不存在,叛逆只是一个人在思索中发现自己而已。而死亡不过为思索提供一种环境。思索的结果,完全取决于一个人的本质。这样,宗教裁判所是不会放过你的,乔尔丹诺·布鲁诺。他们对你的身体没有兴趣,只是惧怕你的思想。你的身体不过是你的思想的路径,毁灭你的身体,也才能够断绝你的思想。因为惧怕,他们决定采用火焚,这是当时对付瘟疫最有效的办法。在教会眼中,你的思想比瘟疫更可怕。所以,不但要焚烧你的身体,还要焚烧你的著作。你的著作是你的思想的载体,《论原因,本原合一》《论无限性、宇宙和诸世界》《驱逐趾高气扬的野兽》……

　　黎明前是最黑暗的。刽子手幽灵一样来到牢房,他们从头到脚罩着深色的法衣,上面开几个洞,透着无情的目光和沉重的呼吸。你的最后的时刻到来了。他们用一只卡簧,塞在你的嘴里,

第十七章 困厄

这是中世纪用来阻止一个人说话的工具。也许卡簧太大、也太强硬,你的嘴不仅哑巴,而且鲜血直流。你怒目圆睁、头颅高扬,想用一种造型,完成一个哲学家对生命的最后的思考。你走过牢狱曲折昏暝的地道,一步一步走近死亡。那些列队站立在两边的教士,他们一些人是来给你送行的,而绝大多数人则是来助阵的。这时候,他们要用壮大的声威来消除内心的恐惧,开始向至高无上的主祈祷:让我们的思想,远离那狡诈的蝎子、傲慢的鹰、可鄙的沉没的鱼、骄横的狮子……

你来到鲜花广场,走上刚刚搭起来的火刑台,面向东方,被反绑在耻辱柱上。刽子手一刻不停地,开始往台上堆柴火。长袍的教士簇拥在周围,祷颂的声音越来越大,却越来越散漫和摇晃,透着一种恐慌。一捆一捆的柴火堆起来,堆成一个柴垛。这时候,东方一抹鱼肚白,太阳就要从那里升起来,照亮整个大地。你紧紧盯着东方,下意识地动着嘴巴,没有喊出声来,而血也流得更多、更红。但拥簇在周围的教士明白,你想最后看一眼太阳。教会以地球为中心。哥白尼以太阳为中心。而你却站在哥白尼一边,又发展哥白尼的观点,认为太阳只是无限宇宙的一个系统。你比哥白尼看得更远、更深刻。现在,你要为太阳而牺牲。快快升起来吧,太阳!请接受乔尔丹诺·布鲁诺这生命辉煌的祭献。

黑暗中,刽子手啪地划着一根火柴。刽子手的手颤抖着,火柴熄灭了。刽子手又划着一根火柴,一豆罪恶的火苗,凑着干燥的柴火,这才点燃起来。柴火轻轻地爆着,跳着火星儿,渐渐地伸直腰。你感到一种热力侵上身来。仿佛一种下意识,你收敛目光,扫一眼整个罗马广场。这时候,你发现不远的地方,有一个拖着长头发的女人抱着一个小孩,正木然地望着这边。火光跳荡着,也在小孩的脸庞上和眼睛里跳荡着。你看着这母子俩,觉得那小孩很像小时候的你。长长的火苗撕去你的衣襟,你感觉到一种火辣辣的烤炙。火焰从四面八方舔上身来,煮沸一腔血。你感到一种地狱的煎熬。但你仍然目光炯炯,望着越来越亮的东方。太阳终于升起来,血色一轮,庄严而神圣、宁静而辉煌,长长的光芒,像一柄复仇之剑一下戳在广场上,广场红一片,广场周围的人也红一片。你最后感觉鲜花广场一片血腥,整个世界都烧了起来,火光冲天,一直要烧多少个世纪……

令狐枯荣醒了过来。浑身里一截木头一样紧实而僵硬。他发现手没有了。找了半天,原来一双手被反绑在背后了。愣愣怔怔在地板上坐一阵,他便靠着墙壁,摇摇晃晃地站起来,借着一抹模模糊糊的夜光,挪到窗前。擎着一颗脑袋一下一下地顶开窗户,他看着黑鸦坎一道黑咕隆咚的深渊,才想起来这是错欢喜山地。昏迷多长时间了,他实在想不起来。伴着一根一根神经的苏醒,那些伤痛的地方又一处一处被掀了出来。

最初那一巴掌扇过来,他就被打懵了。两颗坚硬的东西在嘴里磕磕碰碰的,吐出来一看,才知道是牙齿。他本能地晃了晃脑袋,脸庞上又挨了一拳。他感觉鼻子那儿酸唧唧的,眼睛里一热,泪水禁不住涌了出来。这不是悲伤,也不是痛苦,他想,就一只手在脸上一抹,抹着一手的红,这才知道鼻子在流血。他一声不吭的,只是偶尔地伸出舌头来,在嘴巴上一舔,舔着那血咸咸的、也热热的,便缩了回去。恍惚中眼前一黑,又有一只拳头打过来。他晃了晃,便重重地跌在地上。眉骨和眼眶火辣辣痛着,眼前金星直冒。

"不要打我的眼睛!"他本能地叫了起来。

嘻嘻嘻的,他听见有人忍俊不禁地笑着。

他不明白这有什么好笑的。

"不要打我的眼睛!"他又禁不住叫了一声。

他的抗议起作用了。他们不再打他的眼睛。依照作用力和反作用力的道理,打人的人也在挨打,挨打的人也在打人,大家都在受刑。他这么想着,就蜷着身子、抱着头,准备挨人家打,也准备打人家。但他们似乎看出来他的心思,不用手,也不用脚,而从哪一个人的腰间抽一根皮带,在水里浸了浸,这才往他身上抽。啪的一声响。他感觉一种钻心的疼,整个身子一下拉长打直,打摆子一样地抽搐着。

"哎哟——"他忍不住叫着,"哎哟——"啪的又一声响,他两只背扇又

第十七章 困厄

高高拱着,驼峰一样的,感觉一块肉被撕裂,又忍不住叫起来,"哎哟——"

"哪一个叫你们打的?又不是法西斯。"

蒙蒙眬眬中,令狐枯荣听见有人在吼着。他听出来是乡的曹书记。他被掳到乡公所后,一直没有见到曹绍成。不过,曹绍成这工夫进来也是时候,不然就要出人命了。

"我多次打招呼,不要搞刑讯逼供。"曹绍成在屋子里踱着,"我来晚了一步,你们就把人家打成这样子。"

令狐枯荣听着,莫名地身上的伤痛也松解了许多。

"反过来呢,令狐枯荣!"曹绍成话锋一转,"我也要说一句,你那个态度不老实。"

令狐枯荣睁开两只肿胀的眼睛看一眼曹绍成,又无可奈何地闭了起来。

"几封信嘛,这有什么了不起!又不是中央文件。"曹绍成说着,在令狐枯荣跟前蹲下来,"老实说,就是中央文件,哪些人看,哪些人不看,这都是有很严格的规定的。"

令狐枯荣躺在地上听着,嘴角上挂着一丝莫名的笑。

"你偏偏要跟乡里作对。"曹绍成说着,又站起来,在屋子里踱着,显着一种莫名的激动,"我可以告诉你,令狐枯荣!我们没有哪样错。不在其位,不谋其政。我们是这旮旯的父母官,就要为这旮旯负责。"

令狐枯荣睁开眼睛,又看了一眼曹绍成。

"那些信写的哪样内容?你是不会知道的。"曹绍成说着,在跟前停了下来,"都说那边哪样哪样好,花一样的,一个月要挣好几百块,还学手艺。"

"藤子回来了。"令狐枯荣嚅动着木木的嘴唇,一字一句咬着。

"她比小胡子还要糟糕。"曹绍成听着,一股无名火又冲起来,"她也想像小胡子那样招兵买马了!错欢喜穷,错欢喜落后,水往低处流,人往高处走,姑娘小伙的当然都愿意跑到那边去。这旮旯未必就不是人待的地方?祖祖辈辈都过来了,为哪样就不能过下去?这旮旯是不是就永久这样穷,永久这样落后?总要有人干啊!哪个干?我乡里干不过来。姑娘跑了,小伙跑了,没有人,我乡党委乡公所立在这旮旯干哪样?"

曹绍成声腔渐渐地扬了起来："你以为我做了这么多年的领导干部，不知道每一个公民都有通信的自由，要你教书匠来监督我。我告诉你，令狐枯荣！把那些信扣下来，这是乡里集体决定的。我们犯了法，你犯了罪，官司打到中南海，大家都跑不脱。我们也是不得已而为之，像好几个乡那样，你可以四处去打听打听，姑娘串姑娘，小伙邀小伙，男男女女裹在一起，都'杀广'了。待在家里的都是一些老弱病残，没有人做活路。田啊土啊一片一片丢荒了，连公粮都完不成，这还像哪样乡啊！这还像哪样新农村！"仿佛喘不过气来，他稍稍顿了顿，"错欢喜被小胡子拐卖三个姑娘，就有我的姑娘家英，还有我那没有过门的儿媳妇水惠，你以为我不心疼！我又不是木头人铁石心！"

曹绍成动了感情，眼睛涩涩的。他转过身去，从裤袋里掏一张手绢，眼泪啊鼻涕啊悉悉乎乎搞一阵，这才又接上说：

"事实上呢，我们也没有说你犯法。只不过这些姑娘被拐卖出去，如果不是你，小胡子不会轻易得手。所以，你是有罪的。尽管你立了功，协助公安机关抓了小胡子，但事情已经无可挽回了。从这一点来看，他们动手动脚，给你一点皮肉之苦，我认为也是可以理解的。老实说，你说我无情也行，你说我残酷也行，为了错欢喜的稳定和发展，哪怕这几个姑娘在外面一点消息也没有，总还不至于像现在这样，突然回来一个藤子，就把大家的心都搞得乱糟糟的……"

曹绍成哪时候走的，令狐枯荣已经失去知觉，什么也不知道了。

这是在三楼上。错欢喜山地最高的建筑，就是乡里这幢三层高的楼房。显然，他们怕他逃跑，这才把他换到顶层楼上。这一点，令狐枯荣白天里被掳到乡里的时候，就已经注意到了。如果不是鼻青脸肿的，动一动就一阵一阵的疼，他真想开心地笑一笑。他会逃到哪里去呢？跑过初一，跑不过十五，最后还是要被抓回来。再说呢，他离不开木家寨学校，那些娃儿还要他管啊。一年级的冬生还穿衩衩裤儿，冬天里一个烘笼夹在胯下，小雀雀都烤出火斑子来。二年级的玉秀总是背着小弟弟上学，小妈妈一样的，小弟弟哭，她便抱在怀里哦哦哦地哄着。三年级的长发脸上生一些火疗疮，哪个娃儿都怕跟他坐在一起。四年级的秋群从小就定了"背带亲"，常常坐在教室

第十七章 困厄

里出神,想一些精精怪怪的事情……

他牛一样的犟着颈子,一颗脑袋甩在窗户上,哗啦!玻璃碎了。他静静悄悄地听一阵,没有什么动静,这才歪着嘴巴,在窗框里找着一块玻璃,慢慢地衔出来。他小心翼翼地,把这块玻璃放在窗台上,反背着拿在手里,很快割断绳头儿。他脱下外套。外套虽然打了补丁,布头儿也还结实。他把衣裳撕成一绺一绺的,连成一根绳子,牢牢实实地拴在窗户上。他忍着剧痛,一次又一次地想跃上窗台去。可腿抬不起来,这桩平日里真正举手投足的事情,这工夫却比登天还难。

最后,他找到一条板凳,垫在窗台下,搭一个阶梯。先攀登板凳,再翻越窗台。气喘吁吁,大汗淋漓,他才抓住绳子,悬在空中,一手一手地往下滑。眼看就要到二楼,再往下一点,就到安全高度了。

这时候,嗤的一声,布头儿连结的绳子一下断了。

令狐枯荣没有反应过来,眼睛瞪着茫茫苍穹,那上面有两只圆圆的眼睛,悲悯的目光正俯视着这山地上的一切……

"豹……豹……"

他这么下意识地叫着,又绝望又欣悦的,就往下坠落……

第十八章

困豹

最后的逐杀

疙疤老山跟黑宝拖着打豹队在林子里兜着圈子。

人与野兽在这种盲目的较量中都筋疲力尽。

最初,疙疤老山和黑宝在前面拼命跑,打豹队在后面拼命追。平常日子里,人与野兽的这种直线追逐,简直就是一场滑稽的游戏。而人在这场游戏里的角色则是可怜的。可现在不同了,疙疤老山瘸了一只脚,跑起来趔趔趄趄的。而且咬在腿拐上的镣铐连着一段铁链,走一路,拖一路,叮叮当当,磕磕绊绊,少不了折腾。如果铁脚杆带着打豹队就这么追下去,这两头畜生是不可能逃脱的。但铁脚杆半路上被叫了回去,他的女儿回来了。铁脚杆的眼睛像鹰一样尖,他可以看见草丛里的一个足迹和挂在树干上的一撮毛。铁脚杆的鼻子像狗一样灵,他可以从空气中嗅着疙疤老山和黑宝留下来的腥膻。没有铁脚杆,打豹队陷在一片迷茫和混乱中,这使两头畜生有了一个喘息的机会。等到铁脚杆从村里回来,疙疤老山和黑宝又跑出去好远哪。那么,这才又接着新一轮逐杀。

这一切应该是预先就安排好的。所有的生命,不分高低贵贱,无论种的全部或属的个体,都无一例外地在轨道上运行,冥冥中虽无可把握,却也无法摆脱,这就是命运。神无外乎主宰,最终不过一种命运的依托。如果这种托付是被动的,则是一种迷信和妄想。如果这种托付是主动的,调动自身的内质和潜能,到达一种生命的终极,则是一种信念、一种牵引。不该来的,最终不会到来。应该来的,早晚也要来临。

疙疤老山几次停下来,仰望渐渐地黯淡下去的天空。没有叹息,也没有哀号,只是偶尔的,一截美丽的尾巴砸在地上,发出沉闷的声响。而这时候,急躁的黑宝在一边呲呲呲的,总是督促它往前赶,拼命地逃离死亡的追逐。它乜斜两只眼睛,很无奈地看一眼黑宝,又趔趔趄趄地跑起来。

狗永远不会知道,在豹的世界里,还有比豹本身更高级、更神圣的东西,这就是大角。豹的大角不是虚拟和臆造,跟别的神祇不一样,它日日照耀、夜夜闪光,实实在在地挂在天上。几乎所有的偶像,它们一方面接受供奉,一方面也接受奴役。而大角不是急功近利,像母鸡孵化小鸡一样,它创造豹,出自一种本能和职责。大角集合豹所有的优秀品质,从美丽而强健的体魄,到勇敢坚毅的精神。整个野兽世界,只有豹才是大角真正的杰作。从创新到提炼,大角最终成了一种象征、一种图腾。这一段漫长的历程,都印在大角的目光中,刻在大角的记忆里。恐龙、剑齿虎,这些野兽不管多么优秀,都已经是过眼烟云。猴的敏捷、虎的威严、鹰的锐利、狼的凶残、蛇的阴险,这种强强结合产生出来的豹,既是现实的,又是现代的,只有神奇的大角才能够完成。

疙疤老山开始走一种智慧的曲线。这是整个豹族在运动中悟出来的结果,无论猎豹、黑豹、雪豹,还是金钱豹、美洲豹,毫无例外地都掌握这个结果。从撕裂的伤口,从流淌的血,每一头豹子都能够读出来这个本能一样的结果。还在长江中下游那片丘陵地带,疙疤老山就曾经运用过这个结果,并从困境中摆脱出来。这个法宝,不到最后关头,一般不会采用。现在,疙疤老山慢了下来。这种曲线的关键在于很好地把握节奏。黑宝显然不理会这一点,依然呲呲呲地哼着,本能地往前逃奔着。直到疙疤老山张着嘴,带着恼怒喷出来一股腥膻之气,黑宝才放慢脚步,无可奈何地跟在后面。这是一条连环曲线,看上去像一个倒着的"8",数学上叫"无穷大"。对生命来说,这是一个充满希望的符号。但这种走法并不是一点风险都没有,就像通常说的"狐狸再狡猾,也难逃猎人的眼睛"。何况这场较量进行到这一步,不管从哪一方面说,作为猎物的疙疤老山都处在一种劣势。所以,疙疤老山不得不小心从事。能否躲过这场劫难,关键在此一举。

森林的夜晚墨一样的浓。一根合抱粗的木头横在跟前,挡住去路。疙疤老山嗅了嗅,这棵树大约去年才倒下的,还透着一种生命的气息。它在黑暗中和黑宝那两只蓝幽幽的眼睛对望一眼,便拖着镣铐,绕过树干。它在那里半卧半趴地撒一泡尿。接上甩一甩扁圆的脑袋,抖动一身皮毛,仿佛要挣脱这又沉重又压抑的夜气,带着黑宝,顺着树梢指引的方向,转一个弯,继续往前逃奔。走到一片洼地,疙疤老山愣一阵,又转出一个弯来。现在,疙疤老山已经回转一百八十度,开始走上回头路。它放慢脚步,走一阵,停下来,竖着两只圆耳朵听一阵,又接着往前走……

疙疤老山掌握着节奏,一直走到下弦月升起来。月色很红,血一样的,却奇怪地显着一种宁静。几颗星星,这工夫在这块血色的映照下,也开始闪烁,透着几分辉煌。一阵风吹过去,林地上空响起来一阵沙沙沙的声音,神秘而又惊心动魄。疙疤老山猫着腰,一步一步地往前挪着。黑宝隔着一段距离,不远不近地跟在后面,走几步,停一停,晃着脑袋在空气中闻一闻,听一听,又走几步,停一停……

两只兽一前一后来到一片高地。这时候,天空忽地抖了抖,几只夜鸟扇动翅子,咕咕咕地从头上飞了过去。疙疤老山一惊,收住脚步,警惕地抬起头来,四下里搜索着。黑宝很快凑上来,站在旁边,喉咙里阴沉地吼着,仿佛要出击厮杀。两只兽很快发现目标,就在旁边不远的一个斜坡上,燃着几堆火,隐隐约约的,还晃着几个人的影子……显然,他们没有发现它们。疙疤老山走下高地,黑宝紧跟在后面,两只兽很轻松,也很小心地走过去。火光被抛在后面,被森林的夜黑吞噬,两只兽才停下来。仿佛下意识的,疙疤老山一抬头,便看见橙红色的大角,那至高无上的星,稳稳实实地嵌在天际……

黎明时分,疙疤老山和黑宝走到老木垭。越过毛坯马路,便进入灌木

第十八章 最后的逐杀

丛,比森林里更容易暴露,它们都想停下来歇一歇。经历一夜奔波,两只兽也实在太累。疙疤老山到现在才知道,它的那颗星也彻夜未眠,即使有一阵云遮雾罩,却也跟它相伴相随。两只兽因此才能够逢凶化吉、遇难呈祥。疙疤老山又温暖又自信地想着,却突然看见走在前面的黑宝卧了下来。它浑身里一激灵,紧着跑几步,也在林子边上卧了下来。疙疤老山没有想到铁脚杆除了分一拨人追杀,还留一拨人在这里拦截。毛坯马路上,一堆篝火周围坐满了人,怀里拥着枪啊棍啊,虽显得有些萎缩,却一个个都还醒着。篝火噼噼啪啪响着,燃得很旺。但一个人还拼命地往火里添着柴,仿佛不把这林子烧个精光不会歇下来。

最黑暗的时候已经过去,天边开始发白,鱼肚皮一样的白。月亮老了许多,灰苍苍的一块。那颗橙红色的星也渐渐地模糊,剩下来几丝余光,还瞄着整个错欢喜山地。没有风,四下里一片寂静。篝火跳跃着,泼着血一样的光辉……

疙疤老山悲壮地昂着头,从林子边上站了起来。退回去已经不可能。后面追上来的人和眼前的这拨人会最终形成夹击,把它和黑宝猎杀在森林里。它觉得身体里有一种抑制不住的冲动,用舌头舔了舔黑宝,一半兽性一半母性地舔了舔黑宝。黑宝诧异地看了看疙疤老山,跟着也站了起来。两只兽决心赌一把,趁着大角牧神还能够看见,而太阳也还没有升起来,猎手和四下里的一切都还在夜的懵懂中……

黑宝走前面,从一道不很高的坎子落下去。几块土坷垃被带着掉在马路上,笃笃笃响着。火光在一缕曙色中晃了晃,有两个人抬起头来往这边瞅瞅,梦呓般地咕哝着,又迷迷糊糊地低下头去。黑宝一动不动卧在边沟,看看一拨人没有哪样动静,忙爬上路基,匍匐前进,很快钻到对面林子里。疙疤老山有些迟疑,一副钢嘴铁牙咬在腿拐上,肌肉长时间疼痛、麻木,已经开始萎缩,很难控制拖在地上的那一截铁链,尤其跳荡腾挪,弄不好就会发出声响。

疙疤老山最后望一眼那颗越来越模糊的星,接上尾尻向下,头朝上,慢慢地往下落着。但疙疤老山没有想到,坎子是泥土的,两只爪子一抓,大大小小的土坷垃就哗哗啦啦地直往下垮。疙疤老山卧在边沟里,一动也不动,心紧巴巴的,就祈祷头顶大角牧神快一点显灵,帮着它渡过这最后一道关卡。大角大约困了,迟钝了,没有回应。或者已经掌控整个事情的结果,知道有惊无险,便无动于衷。抑且这一切就是它刻意安排的,而自然都在控制中,也就从容不迫……

火堆旁边站起来两个人,端着枪往这边走过来。那工夫,疙疤老山噌地跃上路基,镣铐叮叮当当响着,虽趔趔趄趄,却也疾如闪电,蹿进马路对面的灌木丛。一瞬之间,疙疤老山奔生奔死,又坚决又果断,忘了腿上的伤痛,忘了越逼越近的黑乎乎的枪口,甚而忘了至高无上的大角……

啪——啪——两声清脆的枪响,划破黎明的寂静。

最后的追杀拉开了序幕。

第十八章 解脱

解 脱

　　太阳往上升着,推开沉重的群山,慢慢往上升着。最先亮出来一柄剑,万丈光芒穿透茫茫苍穹,仿佛要公断天地间大大小小的纠葛。接上挥动一把刷子,红艳艳一片,仿佛要抹平千山万壑深深浅浅的沟坎。最后血滚滚的一轮,嘎嘎地呼吼着,碾轧黑暗的碎片,唤醒沉睡的世界……

　　疙疤老山拖着镣铐,趔趔趄趄地往前奔着。黑宝跑在前面,两爿屁股有节奏地摇晃着。疙疤老山感到眼睛花,低低地在喉咙里吼了吼,便收紧肚皮,拖着叮叮当当的镣铐,冲到了黑宝前面。豹毕竟是豹,尽管拖枷戴锁,豹的意识不会消失。狗很理解这一点,老老实实地跟在后面。灌木丛虽然不像森林那样遮天蔽日,但也能够掩护两只野兽。所以,打豹队排成行,篦子一样往前搜索着,哪怕只有一两百米,也很难发现目标。这时候,黑宝生出来一种庆幸。如果猎手有一只狗,不管哪样狗,只要跟他们带路,它和疙疤老山绝对不可能活到现在。人啊,自己消灭自己的朋友,自己赶走了自己的朋友,也终于自己跟自己过不去,造成了眼下这种尴尬。但灌木丛一点不利索,遍地荆棘,网一样牵扯着。两只兽有时候不得不像老鼠那样趴在地上往前钻,或者远远地绕过去,走起来又累又慢。而且,随着嗒嗒嗒,一阵连发,子弹从头上飞过,扎进前面的灌木,腾起一道白烟,它们知道那个青黑一张脸子的人追了上来。这个人跟别的人不一样,即使没有打山狗,他也能够从一个足迹,或者一撮毛,进行跟踪追击。打豹队越逼越近,除了接连不断的机关枪和声音清脆的步枪,那些乱七八糟的火铳也怪叫着,阴一下阳一下地响了起来。有一瞬间,那是一小块开阔地,两只兽暴露无遗。子弹急雨一样泼过来,扑扑地钻进前前后后的地里。黑宝恐怖地叫了一声,便疯了一样地跳起来,越过一蓬火棘,一下冲到了疙疤老山前面。疙疤老山虽然一声不吭,却已经嗅着死亡的气息。只不过一种本能,它还拖着沉重的镣铐,趔趔趄趄地往前蹿,拼命也要逃出死亡的追杀……

但真正让疙疤老山感到在劫难逃的,还是灌木丛很快到了尽头,前面一片空旷寂寞的石板坡。那时候,两只兽站在灌木丛边上,回过头来,打豹队已经形成阵势,从三面包围上来。一拨人喔嗬连天地吼着,踩着荆棘,跳越过灌木丛,棍棍棒棒挥舞着,黑洞洞的枪口喷着蛇的信子一样的火焰,疯狂地扑过来,冲着两只身处绝境的兽疯狂地扑过来……

清晨的阳光照耀着,红红的一片,山野格外透着一种谧穆,一种悲壮。石板坡摇摇晃晃,一直伸到黑鸦坎。阳光在冷灰灰的石板上跳跃着,飞起来针刃一样金的银的光芒,也格外透着一种诱惑。两只兽在喉咙里绝望地呜呜着,便一扭头,走出灌木丛,走上石板坡。嗒嗒嗒,一梭子弹跟过来,打在光镗的石板上,溅起来一片火星。疙疤老山鼻子里呛一股血腥,就看见黑宝腿股红一片,鲜血顺着脚杆往下流,滴在石板上,划出来一道红色的路标。黑宝一瘸一拐的,却还是一声不吭,拼命地往前奔。疙疤老山拖着镣铐,踩着血迹,紧紧地跟在后面。现在,它只要跟黑宝在一起,即使跑到天涯海角,这些仇恨的人都会顺着血迹追杀到底。它们只有死路一条。但疙疤老山不想离开黑宝,活着是伴,死了也是伴。何况疙疤老山的路也差不多到了尽头,拖枷戴锁走在旷野上,走在枪林弹雨中,还能走多远,又能走多远。只是一种本能、一种命运,两只兽趔趔趄趄,却也一刻不停地往前奔……

这时候,疙疤老山无论如何也想不到,大角显灵了。至高无上的牧神啊,虽然白日青天,疙疤老山看不见您,但您却能够更清楚地看见发生在地上的一切。两个生灵正绝望地走着,突然觉得枪声稀疏下去,偶尔有一颗子弹怪叫着追上来,都不着边际,仿佛跟两头亡命的畜生并没有太大的关系。稍一怔,疙疤老山发现眼前一片迷茫。浓雾涨满黑鸦坎峡谷,抱着团,滚滚滔滔涌出来,在错欢喜山地弥漫着。太阳钻进雾里,上上下下折腾着,四下里红一片,也热一片,像一个暖烘烘的梦。隔着朦胧的雾气,疙疤老山隐隐约约地看见一拨人散开来,成半包围之势,从石板坡上往下压着。他们怕

第十八章 解脱

疙疤老山借着浓雾的掩护,又折回到灌木林。但疙疤老山一扭头又往前奔着,它对林子里那种东躲西藏的日子已经厌倦。而且,疙疤老山满打满算三条半腿,历经昼夜跋涉,已经筋疲力尽,也不可能走回头路……

大角又回到疙疤老山心中。牧神又在疙疤老山头上照耀。疙疤老山感到一种鼓舞,三条半腿划动着,在红色的雾气里像一个精灵,不屈不挠地奔跑着。镣铐上一截铁链在石板上拖着,叮叮当当,歌一样穿透浓雾,远远地传开去。嗒嗒嗒,又一梭子弹打过来,在前前后后的石板上溅起来花一样好看的火星。但疙疤老山毫末无损。大角就在雾里,牧神就在前边。它只要向前多走一步,便接近一步。它实在太需要庇护,恨不能一下投入到大角牧神的怀中……

蓦然间,天和地豁然开朗,疙疤老山一下从迷雾中走了出来,眼前立刻洇一片红,血一样的红。就在太阳下面,黑鸦坎崖畔,一个人浑身上下血淋淋的,一动不动地躺在一块岩石上。黑宝半卧在旁边,伸着猩红的舌头,一下一下地舔着那人的脸,一张血糊糊的脸。这就是大角牧神,那至高无上的主宰。疙疤老山凭着一种直觉,或者一种冥冥的指引,就走了过去。一直走到跟前,疙疤老山才看清楚这是那个可怜的人,前额光秃,恍如半块苦霜欺打过的萝卜,瘦瘦小小的身坏,仿佛经过榨房的挤压……多少个黄昏,多少个月夜,疙疤老山心心念念的,就想这个人。疙疤老山想,在这爿恐怖的山地上,能够跟它打开镣铐的,必定是这个人。现在,这个人在这里等着,他不是大角牧神,也是大角牧神派遣的……

也许真的听见呼唤,那个人醒了过来。他睁开眼睛,看一眼疙疤老山。瞬间,他那张被苦难一遍又一遍地犁耙过的脸释然地笑了笑,便两只手抬起来,向疙疤老山伸过去,仿佛母亲看见磨难的儿女,想紧紧地抱在怀里。疙疤老山低着头,走近跟前。他够着它,两只手从它那金色的皮毛摸过去,最后落在那只受伤的腿股上,抓握住咬在腿股上的那副钢嘴铁牙。他用力拉了拉,想把那镣铐分离出来。但机关已经生锈,钢嘴铁牙仍然一动不动地咬在腿股上。

这工夫,一拨疯狂的人已经冲破浓雾,枪声又急骤地响起来。令狐枯荣浑身里震了一下,扭转身体,半压在镣铐上,两只臂拢成一个圆,用力地一掰,钢嘴铁牙在手中嘎嘎地叫着,终于从腿股上掉下来……

疙疤老山蹬了蹬腿,感到一种从未有过的解放的喜悦。它喉咙里低低地啸叫着,回头看了看黑宝。黑宝往上撑了撑,一下站了起来。但黑黑的躯干在阳光中晃了晃,又倒了下去。它的血已经流干了。一块岩石都被它的血染红了。它那两只眼睛大大地瞪着,在早晨绚丽的阳光中渐渐地黯淡下去。又一梭子弹嗒嗒嗒地扫了过来,打在岩石上,也打在黑宝身上。打在黑宝身上,像打在烂棉絮上一样,噗噗的响了响,闷声闷气的,看不见流血,也看不见窟窿。疙疤老山抬起头来,看了看一拨越逼越近的人,血盆大口张了张,冲着满天红霞呜喔——长长地吼一声,便冲下岩石,向着黑鸦坎跑去,虽还有一些跛,却也风一样的快,刹那间便消失在峡谷红红的雾里……

"打死人哪——打死人哪——"

这时候,有一个声音在黑鸦坎对面牛家山那边颤声颤气地叫了起来。

整个错欢喜山地晃了晃,便在一片血红里沉浸着,死灭一样地沉浸着。

倏地,一副镣铐飞了起来,在空中翻一个筋斗,一段铁链乌梢蛇般地绕了绕,便一头扎向黑鸦坎深深的山涧。好久好久哟,崖畔的人才听见一声怪响,仿佛什么东西被戳破戳穿一样的怪响……

铁脚杆在山崖上一跺脚,长长地叹了一口气。

第十八章 致命冤家

致命冤家

黑鸦坎那边牛家山一个放牛的娃儿被黑鸦坎这边木家寨飞过去的子弹打死了。

打豹队没有打着豹,反倒打死了一个人。

那工夫,曹绍成黑着脸,把铁脚杆一拨人扣了起来。十几个汉子,都知道出了人命。事情大了,他们不吭声不吭气地缴了械,集中在乡公所会议室里,等着发落。但几个乡警拿着本本、蘸着墨水,正坐下来准准备备问情况,武装部长却冲了进来。

"赶快停下来。"牛大蛮子气喘吁吁地说着,"先把牛家山那边按下去。"

几个乡警听着,一把锁把打豹队十几号人嗒地锁在会议室里,就跟着武装部长冲了出去。

乡里干部十几号人,整整齐齐的,都集中在岩口上。牛家山那边的人,已经黑压压地拥在崖畔上,正蚂蚁一样顺着山路往下落着。峡谷里的雾还没有散,在早晨的阳光照射下,红红的翻腾着。那些人落着、落着,就溶化一样,消失在红红的雾里。仿佛打一场阵地战,守的人看不见攻的人,心头没有底,就多出来几分恓惶。

"守住这个关口,不要让黑鸦坎的人过来,"曹绍成说着,又阴郁又严峻的,"还闹人命,大家的饭碗都端不稳。"

他接上从哪里抓一个话筒在手上,嘶声嘶气地冲着峡谷喊着:

"我是曹绍成!我是乡党委书记曹绍成!请大家冷静一点,相信法律,相信政策,相信乡里能够做出一个公正的处理来……"

他的声音落到峡谷里,还没有形成回声,就被一沟红雾吞噬了。对面岩口,黑鸦坎的人还在往下落着,一个接着一个消失在红红的雾里,赴汤蹈火一样的。峡谷里有了人,有了愤怒的人,血性的人,一沟红雾被搅起来,膨胀着,沸腾着,像火海,像铁流,格外生出来一种凶险。

看着,看着,拥在崖畔那边的人越来越少,终于都下到峡谷,消失在红红的雾里。

曹绍成声音喊嘶哑了,就把话筒往武装部长跟前一送,"你来吼几句。"这么说着,"特别是你那些持枪民兵基干民兵的,要招呼不住,事情就收不到场了。"

牛大蛮子提着刚刚从铁脚杆那里收回来的机关枪,对着天空嗒嗒嗒地打一梭子,才接着话筒,长声武气地喊着:

"我丑话说在前头了,所有的民兵都跟我听着,我是错欢喜乡武装部长,要想像从前打冤家那一套是行不通的,都跟我回家去,特别是持枪民兵,要听打招呼,我心头有本账,一人一条枪,三发子弹,出了问题,人命关天,这是要打脑壳的事情,不要跟我胡来……"

牛大蛮子话不离口,几只脑袋就从浓雾里戳了出来。

"只准许他们拿枪杀人,就不准许我们拿枪自卫。"

这么说着,几条枪一下就逼到跟前。

牛大蛮子堵在岩口那儿,山一样一动不动。几条枪缩了缩,很快和跟上来的人网在一起,又拨着浓雾偏偏地往上冒着。牛大蛮子抓住两条枪,身子一顿,就把枪缴了过来。

"这是人民的枪,"这么说着,牛大蛮子又抓住两条枪,"你们敢拿来打老百姓,就先打死我好啦!"

一阵推搡,民兵们还是松了手,让武装部长把枪缴了去。

后面的人源源不断地跟上来,形成更大的力量,冲击着岩口。牛大蛮子又要顾枪,又要顾人,推推搡搡一阵,便退了下来。他把枪闩下了,捆一捆,提在手上,就又上去,跟二十来个乡里干部共同筑起来一道人墙。

曹绍成这工夫嗓子嘶哑,吼不起来,就使不上劲,被搡来搡去的,筛到边上。正急抓抓的,却突然从哪里伸过来一只手,颤巍巍扯住他一只袖子。

第十八章 致命冤家

他一看,原来是错欢喜的黄登榜。

"我这个村长当不下去了。"黄登榜一脸死白地说着,"你把打豹队那些人关起来,黑鸦坎的人冲过来,我们只有挨打……我不当这个村长……"

曹绍成听着,眼睛一轮一鼓,提起嗓子哑声哑气地骂道:"你这个叛徒!关键时刻,你撂老子的挑子。"

他话不离口,接上啪地一耳光扇了过去。

黄登榜捂着半边脸,愣了一下,便扭头往村子那边跑起来。

"天啦!招人命啦!"他一边跌跌撞撞地跑着,就一边悲怆地叫着,"天啦!招人命啦!"

人墙很快崩溃了。牛家山有两个人被掀出去,身子腾空,挂在崖上,大家抓扯着,才没有摔下岩去。有人骂骂咧咧的,从山路上捡了石头向乡里干部砸过来。这场冲突眼看要转向,村和村的矛盾,乡里干部卷了进去,成了村和乡里的矛盾。真的走到这一步,连一个回旋的机关都找不着。而且在悬崖边上推来搡去的,摔几个人下岩去,事情就会更复杂,也更难以控制。曹绍成一咬牙,就叫干部们往后撤,一直撤到了乡里。

雾渐渐散去,峡谷渐渐地亮起来。

牛家山的人一个接一个翻上山崖,在岩口上站成黑压压的一片。恓恓惶惶地愣一阵,整个队伍便向乡政府慢慢吞吞地开了过来。乡里干部站在乡公所门前,好像经不住折腾,都蔫叽叽的。牛家山的人一直来到乡公所门前,乡里干部才看清楚,有两个汉子用两根棍子扎一副简易担架,抬着一具小尸体。小尸体约莫十来岁,光脚板,留着乡下娃儿通常的"锅铲儿",只脑门心一点头发,浑身里血糊糊的,手腕上还系着一截红布带……

一拨人把小尸体往豥沿上一放,就有几个女人,看上去疯头疯脑的,一屁股坐在地上,鼻涕一把泪一把地哭起来。而一坝牛家山的人,则都不声不响的。他们站在那里,好像等待着,又好像盘算着。曹绍成这工夫心里也有些酸。他站在豥沿上,眼睛红红的,跟大家招了招手。

"事情不发生已经发生了。"他哑声哑气地说着,"发生这样的事情,我作为乡里书记,也有不可推卸的领导责任……现在,请大家保持镇静,推几个代表出来,我们座谈座谈,看哪样解决好这个事情?"

满坝子人还是不吭声不吭气的,只目光恨恨地望着。

曹绍成看没有哪样动静,心里虚飘飘的,又清了清嗓子,亮起来一点声音,晃声晃气地喊着:"村长来没有?牛长庆牛村长来没有来?站到前面来说话。"

场上除几个婆娘哭号,还是悄悄默默的。

"有没有哪一个村干部来?"曹绍成又喊着,"村干部站到前面来。"

"关村干部卵事!"几个莽粗粗的汉子,站在曹绍成跟前的,突然就横眉横眼吼起来,"我们找凶手,把杀人凶手交出来。"

"嘴巴干净一点。"牛大蛮子岔了进来,也横眉横眼说着,"这是乡公所,不是放牛山。"

"你们的枪把人都打死了。"人群里有一个汉子雄赳赳叫着,"未必话都不让人说一句!屁股坐歪啦!"

曹绍成听着,拍了拍牛大蛮子的肩。

两个人默契地背过身去。

"这时候,你不要拿硬斗硬那一套。"曹绍成说,"软索套猛虎嘛!"

牛大蛮子听着,点了点头。

两个人转过身来,又面对黑鸦坎的人,却都一脸的笑。

"刚才大家都说气话。"曹绍成说,"可以理解,可以理解。"

"我们要凶手。"人群里又有人吼起来,"把凶手交出来!"

"凡事都有一个过程。"曹绍成说,"我们已经把错欢喜打豹队扣了起来,但具体哪一个人的枪出的事,还要有一个调查的过程。"

"你屁股坐歪了,想包庇木家寨。"更多的人叫了起来,"你是木家寨的人。"

曹绍成摇着头,喉头那儿痛苦地梗了梗,便不吭声不吭气。

"这种说法就不妥啊。"一直阴沉着的乡长这工夫接上来,"手板手背都是肉嘛!再说呢,大家都知道的,曹书记在木家寨也是一个外姓人嘛!"

"按你们这种逻辑,"牛大蛮子补了上来,"我是牛家山的人,我就一定要跟着你们胡来是不是?凡事总要讲一点道理。"

第十八章 致命冤家

"我们找杀人凶手。"

"血债要用血来还。"

"杀人要偿命。"

很多人已经失去耐性,一味粗声莽气地吼着。

"杀人的人肯定要受到严惩。"牛大蛮子向前跨了一步,脖子上一根青筋鼓着,涨红一张脸,嘶声嘶气叫着,"但是,哪怕死罪,他也是犯国家的法,不是犯哪一家的法,也不是犯哪一个人的法。我们千万不要当法盲,本来有理有节的事情,像这样闹下去,也一样要犯法。"

场上开始动荡起来,仿佛有一截火绳已经在人群中点燃,随时都可能爆炸。

"请大家保持克制。"曹绍成又凑了上来,也不管听见听不见,哀哀地说着,"派出所已经开始侦查,给我们一点时间,我们保证给大家……"

曹绍成一句话没有说完整,却忽地两片嘴唇扯扯,便僵硬地打住。目光越过人群,他看见田野那边,木家寨的人已经在村头集结起来,形成黑压压的阵势……

整个天空冥冥中恍了恍,一片山坝开始倾斜。牛家山的人转了过去,没有人吼,也没有人叫,阴郁地移动着,撇开乡公所,撇开曹绍成和牛大蛮子……牛大蛮子的机关枪又响了起来。嗒嗒嗒,听上去像放鞭炮一样的。牛家山的人愣了一下,又慢慢地往前推着。十几个乡干部跑到队伍前头,想阻止这种移动。但像潮流中梗着几块石头,不过掀几个浪头,牛家山的人又一刻不停地向前涌着……

曹绍成站在陔沿上,望着黑黑的人阵往村头推着,心头流血流脓的痛。好一阵,他在一片惊惊咋咋的叫喊声中,才扶着栏杆走上楼去,来到办公室,接通县里的电话,颤声颤气地叫唤起来:

"我们这里出了人命……两个村打冤家……要求紧急增派部队……"

回过头来,他走到会议室门前,低着头愣了愣,便抖抖索索地开了会议室的门,把错欢喜打豹队的人放了出来。那工夫,铁脚杆打头,十几条汉子一溜烟冲下楼去,奔生奔死地往村头跑着……

曹绍成站在乡公所楼上,眼前一片迷蒙,只觉得有两块墨一样浓重的云生生死死地搅在一起,雷电大作,风狂雨骤,整个山地都在战栗……
"老天爷啊!"
他像一头猪挨了刀一样地嚎叫起来。

第十九章

大学生

木青青拿着派遣证在县里报到,一个副局长跟他谈了谈,无外乎一些官话,就开了介绍信,分配到磨坝场镇政府工作。

木青青仿佛早知道这个结果,也没有说更多的话,就揣着介绍信,走出县政府大院。

他找到一家饮食店坐下来,要了一份砂锅米粉,香喷喷地吃着。北京这些年,不说丰衣足食,却也没有冻着和饿着,都国家拿钱养起来的。但论口味,这虽不是他能够要求的,他还是觉得家乡的地道,麻啊辣啊,吃起来有滋有味。现在回到家乡,而且好啊歹啊,毕竟有一个开工资的地方,已经不像先前那样恓惶,可以好好地吃一顿。

米粉是人工磨出来的。街头巷尾的,过生活的人家,都有一副手磨。人坐在边上,一只手转动磨盘,一只手操着木勺,舀了泡软的米粒往磨眼里送着。呼呼呼地,米浆顺着磨道流出来,流进磨槽,流到磨架下面的浆盆里。打过熟芡,一勺米浆在上油的绷子上滚着,滚满圆圆的绷子,抹去多余的米浆,便放到锅里蒸。水是滚水,火是猛火,不过两三分钟,掀了尖顶的用篾丝编出来的锅盖,起出锅来。稍稍凉一凉,指甲盖在边上刮一层皮,斜斜地在米竿上一晃,一块鲜亮的米皮便从绷子上起下来,晾在米竿上。等到收一收水气,从米竿上取下来,一张一张叠着,刀切出来一丝一丝的,又细腻又绵扎。最后,放到钵盂大小的砂锅里,加几根黄豆芽,放几片猪肝,油啊盐的,煮一煮,拌一碗糊辣椒粉调制出来的蘸水,吃起来要多鲜有多鲜,要多香有多香,要多刺激有多刺激。

吃一回地地道道的家乡味,好像才进家乡的门槛,找到回家的感觉。木青青拿着号牌,从汽车站寄存处取了行李,上了去磨坝场的晚班车。木青青上大学四年,也就四年没有回家。像在县里上高中那样,寒暑假不回家,学校又安排护校,不但省了路费,还挣了一笔钱。一别四年,家乡并不像想象的那样差,从前那种用货车改装的代客车已经被淘汰了,两头一样齐的客车新崭崭的,还早晨一班、下午一班,不用排着长长的队,上巴掌大的窗口去买票,哪样坐票站票的,要争先恐后挤上车去抢位子……

"木青青!你回来哪?"

木青青刚刚坐下来,就有一个清脆的声音在旁边叫着。

木青青转过头来,看见隔着一个位子,一蓬卷曲的头发下边,一张瓜子脸正冲着这边笑着。稍一愣,他脸上莫名地泛一阵红,有些局促地应着:

"是你哟!藤子。"

"差一点认不出来?"藤子说,很老练的,"我可是一眼就把你认出来了。"

木青青笑了笑,耳根子依然烧乎乎地说道:

"不好意思!我无论如何也想不到会在车上碰到你。你的变化大,变洋气变大方了。"

"老同老学的,你开我的玩笑。"藤子笑了起来,"哪个不晓得我们错欢喜木家寨出了一个木青青,上北京读大学了。"

"朽木不可雕。"木青青说着,口吻里夹着一丝悲凉,"辜负……实在有些辜负父老乡亲了!"

这么客气着,两个人都笑了起来。

太阳刚刚斜过去,汽车就到了磨坝场。大客车在窄狭的街子上鸣着喇叭,招揽着生意,慢慢地往前走着,最后在镇政府门前的坝子上掉头停了下来。

木青青下了车,跟藤子打过招呼,便拿着行李,望着"孟通县磨坝场镇人民政府"一块大牌子走过去。还远远的,木青青就瞅着有个影子在大门里晃着,一直走到跟前,这才看清楚是曹绍成。

第十九章 大学生

曹绍成撤区并乡后调镇政府当了副镇长,从前的小乡小镇已经不存在了,一把手都高靠一格进了大乡大镇,有本事的弄了书记镇长什么的,差一点的只摊了一个副职。虽然还叫书记乡长镇长,仿佛并没有哪样变化,其实规格完全不一样。曹绍成那时候正跟一男一女两个年轻人说着什么,看木青青进来,笑了笑。木青青点一点头,在喉咙里叫一声曹书记,便提着行李愣愣地站在旁边。

"完了。"曹绍成接上跟两个年轻人说着,"结婚证用完了,我拿哪样跟你们办。"一副嗓子也格外亮起来,"我们已经反映了,县里也没有了,这个结婚证哪,用起来比用钱还要快,民政部门正在印刷厂加班加点赶,也许这一两天就来了。"

"乡公所从前隔我们近,只一个早晨的路。"男青年嘟嘟囔囔道,"现在撤了,办哪样事情都要到磨坝场,一点不方便。"

"这是上面的事情,全国一盘棋。"曹绍成说,"哪里是你我考虑的问题。"

"我们天不见亮就出门。"男青年说,"昨天走了一天,走了两头黑,这才到了磨坝场……哪里想到还办不到手续。"

"我们……收的谷子还没有干。"女的背着半个身子,尖尖细细说,"不赶紧晒,谷子要生秧。"

曹绍成听着,愣一愣,便两只手很无奈地在衣包里掏着。窸窸窣窣的,他掏出来一张皱巴巴的纸头。那是一张烟盒纸,一面还透着一种金属的光辉。

"这样吧!"他说着,仿佛终于做出来一个重大决定,还透着一种快活,便掀着衣盖,摸着两个亮晶晶的笔挂,稳稳地摘下一支来,"我先跟你们写个条儿,你们拿回去先搞住,等下一回赶场上街补手续。"

两个人听着,女的一下涨红一张脸,却也微微笑着。男的则一个劲地作揖,拜菩萨一样,激动得什么似的。

"不要感谢我。"曹绍成摆摆手说,"要感谢就感谢政府。"

他接上甩了甩笔,又在手心里画了画,看看画出来水了,这才蹲在地上,就着膝盖写起来——

同意结婚。
　　　　曹绍成

　　字迹很潦草,大学生木青青歪着脑袋看了半天才认出来。
　　男青年两只手接过一张白条儿,颤巍巍地放到贴身衣包,又从外面压了压,这才千恩万谢着,拉上女青年,火烧火燎地出了乡政府。
　　曹绍成回过头来,这才跟木青青说道:
　　"你的问题,镇上已经研究了。"
　　木青青怎么听也觉得跟这一路下来那些个管人事的是一样的口吻。
　　"错欢喜是你的家乡。"曹绍成说,"你就到那里去吧。"
　　看看木青青没有一点反应,曹绍成又说:
　　"那地方现在成了管理区,但工作还跟从前一样,麻雀虽小,肝胆俱全嘛。"
　　木青青还是一声不吭。
　　"我也在那里干了二十来年。"曹绍成换了一种口吻道,"只是我没有把工作做好,大家都知道的,到最后,牛家山跟木家寨两个村还是打起来了。你是大学生,有知有识的,人又年轻,精力好,守在那里,十年二十年的,木家寨跟牛家山两个村不打冤家,你的工作就做好了一大半。"
　　木青青没有坐下来喝一口水,就又走出镇政府。
　　他背着行李,一直走出场口,过河,走在毛坯路上,这才想起来应该去藤子的波鞋厂看看,至少应该去那里打一个招呼。

第十九章 管理区

管理区

雷扭动着肥硕的腰身呀呀地滚过来。天空收敛最后的光芒开始在黑暗中倾斜。老木垭一地老木虫。围困的村庄风雨飘摇。田野上庄稼倒在淤泥里，一片呼天抢地。数不清的乌鸦哇哇叫着，在绝望而又疯狂的人们头上盘旋。黑乌乌的枪管吐着条条火蛇，在天地之间舞蹈。木青青骑着一头威风凛凛的野兽闯进人群，殴斗在一刹那间停下来，所有的子弹都射向天空。干枯的田埂上躺着一个人，木青青和野兽在旁边蹲下来，那人头上被掘一个窟窿，血汩汩地冒出来，红了几丘田……

"爹……爹……"

半夜里，木青青从噩梦中醒了过来。大汗淋漓，在床上洇了一片，铺的盖的都湿濡濡的。他提着裤头，跳下床来。嗓子眼那里有一种干裂的痛。他走到水桶跟前，咕嘟咕嘟地喝了两瓢水，这才感到一些滋润。喉咙那儿惬意地打两个嗝，他接上抹着脖子上因为喝急了流下来的一股股水，又回到床上。被窝里冷冰冰的，他又跳下床来，把床单和被子转过来，那汗水潦湿的一块被挪到边上。这一折腾，他再也没有一点睡意，两只眼睛清醒白醒地睁着，望着窗外一轮亮光光的山月。

这么愣一阵，他心动了动，便落到地上，弯下腰去，从床脚里拽出来一个箱子。他把箱子挪到窗前，打开箱子，从里面拿出来一只望远镜，对着晴朗的夜空，架在窗前。现在，那一片星光一下失去往日的宁谧和幽静，在木青青眼中热烈地闪烁起来。地上一个人,天上一颗星。最边上的那一颗星是罗远志,木青青想,他当初带着他偷学校实验室的镜片,仿佛就是为了做一个望远镜,一个属于自己的望远镜,让他木青青看一看天空,也看一看他罗远志。中间最亮的那一颗星是令狐枯荣,不,是老令狐,令狐枯荣的爹,木青青想,那个可怜的人,一到错欢喜,就没有走出过老木垭。那有一点发红的一颗星是爹,木青青想,爹在打冤家的斗殴中倒了下去。那时候,木青青还在北京上学,家里人一怕影响了他的功课,二怕来去花不起那个路费,就瞒着没有让他知道……

早晨起来,木青青来到管理区旁边的山坡上。

那里有六座坟茔,坟头上还很干净,只有几棵短短的草茎。那工夫,部队从县城赶来,显然已经晚了。整个山坝一片寂静,人们打过了,也哭过了,就那么活着的也像死去的一样倒在旷野上,木然而绝望地倒在旷野上。牛家山的人没有进得了村,他们在村头遭到木家寨的人顽强阻击。短兵相接,男男女女绾在一起,打呀,杀呀,真正见了血,死了人,却一下都懵哪,瘫哪。事后,县上有一个搞黑色幽默的理论家听说了,妈的,打冤家都不会打,退化哪,就这么评价。因为乡里阻止及时,而且有力,尤其把枪缴了,不幸中又万幸,死伤的人并不是很多。部队开到现场,其实也就起一个打扫战场的作用。收一车伤员,忙天火地往县上送。接上抓了一大批人,集中到乡公所,一个一个的审。审十来天,确定十几个人,都是莽粗粗的汉子。弄到县上,又翻来覆去折腾。最后筛出来几个人,交法院判了,坐到班房去。法不治众,也是很无奈的事情。但没有人挨这一刀,没有法威,事情又会更糟。这里抓的抓,关的关,判的判,罚的罚。那里打死的人,加上先前被打豹队误杀的一个娃儿,一共死了六个人,乡公所在旁边的山坡上拣一块地,入土为安,趁部队还没有撤,就一起给埋了。送葬那天,两个村的人都来了。大家站在乡公所门前的地坝上,无形中分成两拨,都一声不吭的,只恨恨拿眼睛望着,巴不能把另一个村的吃了。可等到发丧,鞭炮一响,唢呐一叫,锣鼓咚锵咚锵敲起来,情形发生了戏剧性的变化。先婆娘哭,接上男人们哭。哭成一团。一时间天昏地暗,悲风四起。部队的兵原本高度戒备地站在四周,这工夫也被哭软了,跟着唏嘘不止。六合漆黑的棺木往起一抬,满地坝的人乱了心,也乱了阵。哪样牛家山木家寨,老老小小,男男女女,完全搅混在一起,嗡嗡嗡地往前挪动。走到山坡上,一合一合棺木往坑里一落,整个人群都像要死了一样的,齐刷刷跪了下去。跪了满山满坡。大家的嗓子都哭哑了。天地间只有一片呜咽。看不见部队。部队都是一些地方兵,又穿着迷彩服,不知不觉中被感动了,跟着跪了下去,融入这一片哭声,也融入这一面山坡……

木青青找着爹的坟头,上了香,亮了烛,拿着一沓一沓发黄的账页,点燃了,在坟前烧起来。爹从记分员到会计,跟集体做了大半辈子的账,田土到户后,集体一年也没有一笔账,也就没有哪样做头。但他把这些账页保存得好好的,一年里还要在有太阳的日子拿出来晒一晒。村里人看见了,玩笑说那是变天账,他也就笑一笑。事实上,有一回村里有两口子扯皮,大媳妇小男人的,都觉得委屈,跑来翻老底子,看年青那阵哪个挣的工分多,这些账页还真做了一回证明。但木青青知道,哪样档案不档案,爹一点也不懂,这里头只是一种感情,一种很深刻的感情。他喜欢这些东西,一辈子的才华,就那么一点才华,就做这么一点事情,还会不珍爱。木青青这么想着,又拿一叠账页在火上烧起来。透过沉重的烟缕,木青青看见爹在那头微微地笑着。他想,这可能是祭奠爹的最好的方式。

太阳升起来已经有一竹竿高,远离山峦的陪衬,格外显一种孤傲。木青青坐在山坡上,眼里洇一片红,望着远远近近的村落,望着起起伏伏的田野,心头有一种莫名的感动。从北京到错欢喜,这种感觉上的落差使这片土地显得又清新又宁谧。炊烟升起来,贴着山峦黑黑的影子一直升到天空,化作了云,也化成了风,消散得无影无踪。村落和田畴接在一起,青的瓦楞、青的檐口,都一块一块的,只是一块一块的田畴要亮得多,也平整得多。有鸟从老木垭斜斜地插下来,冲向一片绿油油的麦地,麦苗在早晨和煦的风中翻着浪线,那鸟又受了惊似的飞了起来,却比先前叫得更欢。这时候,木青青感觉到自己其实很爱这一片土地,心里一阵热往上涌着,便站起来,一路小跑地走下坡来。

那一个白天,木青青在黑鸦坎崖畔来回走着,不时地停下来,平抬了手,竖直了拇指,一只眼睛闭,一只眼睛睁,往峡谷那边瞄着。有一阵工夫,他还站到峭壁边上,探着头往深渊里瞅着,仿佛魂掉了下去。

管理区书记主任看他神磕磕的样子,有些担忧地说:

"那深沟沟有哪样稀奇啊!你本地本方的人,还没有看够是不是?小心摔了下去。好不容易大学毕业了,错欢喜就你一个大学生,回来建设家乡是好事情嘛!人家的金窝银窝,不如自己的狗窝。出了事情不合算哟!"

木青青听着,很感动地跟管理区书记主任笑一笑,却依旧执拗地盘桓在山崖上。

太阳落山,管理区书记和管理区主任两个人站在楼道上,一个人拿着一只灯罩子,往里哈一阵气,又用废纸头擦一擦,往里哈一阵气,又用废纸头擦一擦,把一只灯罩子擦得亮晶晶的。

"开会了。"这么喊一声。

"开会了。"又这么喊一声。

好像并不冲着哪一个,只是很随便的一声招呼。

不一会,大家就在二楼管理区办公室集中起来。两只大肚皮罩子灯往桌子上一放,屋子里黄光光一片,透着六七个影子,便开始开会。木青青坐在角落里,跟瞌睡懵懂的炊事员挨在一起,格外显着精神。会议开始,管理区书记清了清喉咙,便拿着一张报纸念起来。报纸念完了,管理区主任又响着喉咙谈计划生育,一胎安,二胎罚,三胎坚决扎。木青青听着,两只亮晶晶的罩子灯映在眸子上,透出来一种光芒。

管理区主任谈兴正浓,唾沫星子飞,木青青突然站起来,倔头倔脑地说:

"我想在黑鸦坎峡谷上架一座桥。"

也就这么一句,大家一下懵了。

到底管理区书记老辣一些,愣一阵,阴郁地说一句:

"等主任先把计划生育的事情谈完。"

这才算把话头扭了过来。可事情好像并不是这样简单。管理区主任接下来竟然莫名其妙的,嘴巴就不那么听使唤了。

"我说这个……计划生育的事情……"他嘟嘟囔囔着,"一票否决权……"

也干巴巴的,好像一个皮球被戳了一刀,慢慢地跑了气。

"要说架桥的事情……"不知怎的一来,他也跑了题,"我其实也想架一座桥,这样大家都方便。"

说着,他就收了话头,长长地叹一口气,一副很冤枉的样子。

"不要谈架桥的事情,同志们!"管理区书记这工夫接了上来,很敏锐,也很有背景地说,"你们也不想一想,从人民公社,到乡,又到现在的管理区,几十年的光景,那么多届政府,那么多任领导,都眼睛瞎了?一泡尿就撒过去的沟沟,为哪样不架一座桥?"

"还不是怕扯皮。"管理区主任阴沉地说,"这错欢喜跟黑鸦坎两个村从前就老打冤家。"

"老实说,"管理区书记说,"一个管理区两个村,我们守在这里,就是一座碉堡,要把两个冤家隔在两边,黑鸦坎峡谷是一道天然屏障。"

"没有桥,"木青青说,"前两年还不是一样打起来了。"

"有了桥,"管理区主任说,"还不打得更厉害,怕一天扯不尽的皮哟!"

"事实上,"管理区书记说,很权威的样子,"'撤(区)、并(乡)、建(镇)'那阵,这个管理区其实并不准备设的,就怕错欢喜黑鸦坎两个冤大头,上面下不了决心,最后才多出这个把门将军来。"顿一下,他又接上道,"所以呢,修桥的事情不要提了,木青青,你本地本方的人,应该知道的,这是一个惹祸的事情,怕都怕不过来,还修哪样桥?有了桥,只怕方便两个冤大头割裂打架。"

"我考察了。"木青青倔倔地说着,胸膛挺了挺,一副有担当的样子,"从前打冤家,山高皇帝远,没有人管,才越打越凶。"

"那么这一回呢?"管理区书记说,"你家还死了一个人,就忘了是不是?"

木青青愣在那里,一只手攥着那枚子弹壳,一时间不知道说什么好。

这天夜里,木青青躺在床上。迷迷糊糊的,他听见一种神秘的哨声。起初,他以为这是一种幻觉。可那声音执着而坚韧,喔喔喔的,从旷野上传了进来。仿佛好奇,也仿佛听从一种召唤,他坐了起来,半靠在床头倾听着。渐渐的,他感到了一种震动,一种来自灵魂深处的震动,那声音仿佛并不来自旷野,而来自他的内部,他的五脏六腑的一种撼动,既深刻又纯粹,既悠远又古老,如泣如诉,如歌唱,如呼号……

他不由自主地跳到地上,趿拉着鞋,来到窗前,打开窗户,望着茫茫的夜黑,只觉得一种莫名的悲,禁不住落下两颗泪来。

第二天,木青青早早起床来。迎着东方第一缕曙光,他顺着黑鸦坎峡谷往前走。黑鸦坎峡谷仿佛一条沉睡中的龙,静静地向天边延伸着。有好几次,他停了下来,站在山崖上,居高临下地望着黑黢黢的山涧,眼睛里充满了困惑。

"你会唱歌?"他这么在心底问着,"你会叫唤?"

峡谷里一片死寂,只有几丝雾悠悠地飘着。

木青青于是很失望地摇一摇头,又接着往前走。这么走走停停的,太阳就在遥远的山坳上升了起来。这工夫,他突然有了一个发现,这峡谷是一个天然的共鸣箱。昨天夜里那神秘的哨声会不会就是这峡谷奏出来的呢?

不,不,他很快又否定了自己,摇着头继续往前走去。峡谷恢宏而雄奇,那神秘的哨声纤细而绵长,他实在想象不出来它们会有哪样联系。他倔倔地走着,太阳光在眼前闪烁着,整个山地就像一块巨大的锦缎铺在脚下,格外有一种炫惑。他要找到它,那神秘的哨声,不管它藏在什么地方,他都要把它找出来……

傍晚时分,木青青回来了。他肩上扛着一匝铁丝,稍稍有些疲惫,但很有兴致。穿过地坝走上楼来的时候,他还在鼻子里哼着曲儿,好像是哪一个歌星的《冬天里的一把火》。

书记主任的站在楼道上,怔怔地看着这个刚刚参加工作的小伙子,有一种莫名的恓惶透上脸来。

不几天,木青青就在峡谷上空拉了一条铁丝。铁丝上套着两截绳子,一头系着一只铃铛,一扯绳头,绳头叮当叮当响,就顺着铁丝跑到了峡谷那边。大家一下看出来,这是一条传送带。往常日子,要送一个文件,或者送一封信到对面,大家都靠一张弓,几页纸缚在箭杆上,嗖地射过去,还要叫人到田里土里找。稍稍有一点闪失,箭杆跌进峡谷,落到水里,就什么也找不着了。有一点分量的东西,还必须人捎着,下一山,上一山,大半天才能够

第十九章　管理区

送到。现在好了,信啊文件的,这不用说,就是油哪盐的,只要不是太重的东西,都可以在这铁丝滑道上来来去去。

那时候,管理区一拨人站在峡谷上。虽然没有人说在峡谷上架桥的事情,但大家都有一种明显的感觉,那就是错欢喜和黑鸦坎这两个冤大头的往来已经实实在在地开始了。

第二十章

困豹

赶　场

逢磨坝场赶场,又赶上礼拜天。木家寨老啊少啊,只要走得动,都往磨坝场拥去。从前磨坝场赶四、九,五天赶一回场。从今年春上开始,赶二、五、八,三天一轮。加上转角场,最多四天赶一回场。大家的兴趣也还是那么浓。大清早,木青青就来到学校,想约上令狐枯荣一起去磨坝场。新学校不但漂亮,而且也比原来宽敞了许多。令狐枯荣不敢用爹的那笔钱。老人家虽然离开了这个世界,但他的魂灵还在错欢喜山地上空游荡。上头补发给老人家的工资,令狐枯荣全部拿出来修学校了。令狐枯荣的义举感动了上头,上头又拨了一笔钱下来,所以新学校修得气派而且堂皇。只是"木家寨小学"多了"希望"两个字眼。"木家寨希望小学",这叫令狐枯荣有一种莫名的激动,觉得爹带着他并没有白到错欢喜走这一遭……

令狐枯荣伏在桌前写着什么,看木青青来了,便收拾好笔啊墨的,把一沓黑乎乎的纸卷往怀里一塞,砰地带上门。两个人一前一后上了路。令狐枯荣那年从乡公所逃出来的时候摔断了腿,上了很长时间的夹板,结果还是落下了残疾,走起路来一瘸一拐的,总在春碓的样子。木青青因此不得不放慢脚步等一等令狐枯荣。刚刚翻上老木垭,令狐枯荣就从怀里掏出来一张黑乎乎的纸头,又从哪里摸着一个饭粑团儿,粘一点米粒在纸头上,拿着便往路边石壁上贴着。

"这是正月叫做的。"他一边贴着,一边就这么神神秘秘地叨着,"娃儿睡不好,从晚吵到亮,这办法很灵。"

第二十章 赶场

木青青听着,凑近跟前,这才看清楚——

> 天黄地绿,
> 小儿夜哭,
> 请君念过,
> 小儿不哭。

"念出来,"令狐枯荣在旁边着急地说着,"念出声音来呀!"

木青青听着,又诵诗一般地读了一遍。

"符不符,咒不咒,"木青青说,"这算哪一家手段?"

"我也说不清楚,"令狐枯荣说,"反正娃儿晚上哭闹,这一带老百姓都这样做。"

两个人接上往前走。来到一棵树下,令狐枯荣又掏出来一张纸头,粘着饭粒往树上贴着。木青青自然地凑近跟前,朗声朗气地读起来——

> 天皇皇,地皇皇,
> 我家有个哭儿郎,
> 过路诸君念一念,
> 一觉睡到大天亮。

"两个版本。"木青青忍不住笑,"哪个是正版?哪个是盗版?"

"说不清楚,"令狐枯荣说,"这两个版本都很流行。"

两个人这么走走停停的,错欢喜赶场的人就跟了上来。

几个婆娘,头上是洗发白的缠帕,发髻上别着亮锃锃的簪子,穿咔叽布超襟衫儿,一个人背一只青篾丝编织的夹背篓,手上还挽一只篮子,白的是鸡蛋,红的是辣椒,一路嘻嘻哈哈走过来。看见木青青和令狐枯荣,脸一阵红,便嗫声嗫气走过去。隔不远,一个男人蹬一双草鞋,脚步匆匆地跟了上来。他一张脸青乌乌的,怀里抱着一只母鸡。母鸡花花的,两只脚被谷草缚着。斜一眼木青青和令狐枯荣,他又脚步匆匆地走了过去。不一阵,黄登榜也从后面赶了上来。他的骡子去年死了。没有马拉车,好像心也死了,懒得张罗。但赶场的习惯却改不了,只有跟大家一样地走路去,也走路来。那年牛家山冲过来打冤家,造成了群死群伤的血案,他当村长的也有责任。在县上蹲了半年的班房,他回来后就哪样事情也不干了。少了从前那一份操劳,他轻松好多,赶场也赶"甩手场"。两手空空到磨坝场街上,斜斜地靠着哪一家的柜台呷二两酒,碰上熟人熟事的又添二两酒。喝得晕晕乎乎的,便又两手空空往回走。这工夫,他一根铜头大烟杆在毛坯马路上笃笃笃地戳着,屁股后头还跟着一只大黄狗,带着几分威风走来。

"姨爹!"木青青招呼着,"你那狗那样肥,跟你上街去,不怕人家打主意啊!"

"不是前几年了,"黄登榜说,"现在兴养狗了!"

他眼睛斜了斜令狐枯荣,喉咙里浊重地响了响,咳出来一口老痰,唾在地上,又接上道:

"那几年的事情,我就一直弄不明白,你说'伏羲'祖造人,这'伏羲'祖的名字里就有一个'犬',说明人的产生跟狗多少有一些关系。"

"你是不是想忏悔呀?"

令狐枯荣断过话头,目光穿过一片田野,停在一片老林子上空,好像那里就有一条狗,正腾空而起。

"过去了,就消失了,也就哪样都没有了!"

他这么喃喃着。

"木青青!"黄登榜转了过去,"你娘的病松活一点了吗?"

"她还住在磨坝场卫生院里,"木青青有些忧郁地说,"我这就去看她。"

"我今天赶场去看她。"黄登榜说,"你姨娘下一回赶场去看她。"

"老毛病了,看不看都一样。"木青青说,"你们有事情就不要耽搁了。"

"反正也要赶场。"黄登榜说,"跟她宽宽心也好。"

木青青听着,心里多少有些感动。

三个人不紧不慢地走着,忽然听着一阵突突突的吼声,一辆手扶拖拉机就冲到了跟前。还没有停稳,火生就在操作台上叫起来:

"令狐老师!上车来挤一挤。"

"老同老学的,就搞忘啦!"木青青说,"为哪样只叫老师上车,不叫我上车?"

"木青青!你现在是吃皇粮的人。"火生说,"你还看得起我这蚱蜢车!"

"火生!你娃儿当了村长就不认人了。"黄登榜这工夫也趁火打劫的,大烟杆在地上戳着,冲着火生说,"想当年,老子们当村长……"

黄登榜说了半截子话突然就停了下来。

他看见火生一张脸绯红,这才想起来水惠,那不知跑到哪里去的姑娘,那阵曾经许配给火生……

车斗本来不大,已经装满了人。三个人往上一挤,简直就像插笋子一样紧实。一车人多半上过错欢喜小学的,看令狐枯荣上来,便匀了一只底朝天地扣着的背篓,叫他坐了下去。火生松开刹把儿,拖拉机吐着黑黑的烟尘,两只前轮抓在地上扑扑扑地响,终于开动起来。黄登榜那大黄狗不好安顿,只有跟着车屁股,一边跑,一边叫,逗得一车人一阵好笑。转过两个山湾,迎面一截坡,拖拉机倔头倔脑地往上冲,速度却越来越慢,冲到半坡就像一头奔生奔死的老牛,只原地打转。看看要熄火,一拨人跳下去,叫着号子,杀猪一样地抓牢抓死车斗往前推着。一直推到坳上,现平路,拖拉机停下来。大家重新挤上车斗,顽强地向磨坝场走去。

场还没有齐,一条街还有些冷清,拖拉机就到了磨坝场。路还是老样子,从淌着河水的河床上走过去。拖拉机挂着低速挡,一摇一晃的,爬上河岸,在场口停下来。一车人跳下车,找着各人的家什,紧紧切切地走上街,消散在人群中。尤其卖一点东西的,要赶快找一个好位置,钱变出来了,才能去逛街,买各人想买的东西……

太阳没有当顶,磨坝场一条独肠子街就被挤得满满当当的。木青青在镇政府食堂吃了饭,找着财务领了这个月的工资。管理区没有财务,所有的开销都在镇里统着。一沓钱大的包着小的,卷裹起来,攒在手里,木青青走出镇政府,就一头扎进人流,前胸贴后背地拥挤着,往卫生院那边走去。

木青青到了卫生院,找着娘的病房。那阵,娘躺在床头,眼睛闭着,人看上去更瘦,也更黄,颧骨顶着脸颊,仿佛要戳破一层皮。姐坐在墙角一个木炭炉子跟前,正煎着药。娘从春上开始吐血,就一直住在卫生院里。姐有自己的家,男人啊,娃儿啊,公公婆婆啊,还有猪啊牛啊,也够她忙哟。可姐说木青青是公家的人,耽搁不起,就撂下家头,一直在这里服侍娘。看见木青青进来,姐压了压炭火,一罐药细细煨着,便阴阴地走了过来。姐弟俩坐在床前,娘好像有了一种感应,迷迷糊糊睁开眼睛来,看见木青青,一愣,一只手伸过来,握着木青青一只手。

"我要回家去。"娘这么喃喃着,"我要回家去。"

木青青知道娘的意思,她怕死在外头,进不了屋,成了孤魂野鬼。

"娘!病好了,我们就回家去。"木青青说着,鼻子就有些酸。

"不要花冤枉钱。"娘说,"你今后成家立业,还要用钱。"

木青青低着头,眼泪止不住吧嗒吧嗒往下掉,却一句话也说不出来。

这工夫,姨爹黄登榜来了。他脸上泛着一层红,已经在哪一个过街店凑着柜台吃过几杯酒。只是没有醉。他挂着铜头大烟杆,屁股后头跟着大黄狗,还是显着几分威风。

姐使一个眼神,把木青青叫到外头。

"弟!"姐说,"娘怕拖不到几天了。"

"我不争气,"木青青说,"没有能力送娘去大医院。"

"医生说了,"姐说,"娘这个病,就送大医院,也不过多拖几天。"

"我刚刚参加工作,刚刚领钱……"木青青有些哽咽,"爹娘一点福都没有享……"

"爹娘的恩情永远报答不完。"姐说,"他们也不图报答。"

"我要尽我的心。"木青青说。

"你把公家的事情做好了,"姐说,"就是对娘最好的报答。"

木青青怔怔地望着姐,动情地说:"姐,我要不拖累你,你肯定也会考上大学。"

"你上了大学,就当姐上了大学。"姐苦笑了一下道,"姑娘家,书读多了也没有多大意思。"

"我不争气……"木青青说,"没有把书读好。"

"过去的事情不要提了。"姐断过话去,"吃一点苦,才能长成男子汉。"

木青青小孩子似的点着头,便把一卷一直捏在手里的钱往姐手里塞着。

"娘住院用。"木青青说,"不够,我再想办法。"

"我叫家里卖牛,"姐说,"把这一关过了再买。"

"姐!我现在是我们家唯一的男人,"木青青说,"你相信我已经长大,可以支撑这个家了。"

姐点着头,用一种母爱的目光怜爱地看着弟。

木青青抹抹脸上的泪痕,便告别娘和姐,从卫生院走了出来。

场还没有散,但人已经稀松了。赶场也不过聚散。哪样来,还哪样去。只是心情不一样,背篼背的和口袋装的都变了花样。木青青沿一条独肠子街走着,看见正月坐在门前守着一个百货摊子,便走进屋去。令狐枯荣坐在板凳上,正诓着儿子。那孩子一岁多,刚刚开始沿板凳。看见木青青进屋来,令狐枯荣往灶台上一只大茶缸努一努嘴。木青青正有些渴,也不客气,走过去咕嘟咕嘟喝一个饱。回过头来,他看见令狐枯荣的儿子沿板凳一步一颤地走着,心里生出来一种莫名的感动,便忍不住蹲下去逗一逗。孩子嘴里咬一颗磨牙棒儿,两只眼睛睁得大大的,那么冲着木青青笑着。

"他跟你笑,"令狐枯荣说,"你有前途。"

木青青听着,心情又好了许多。

"这种毛娃儿跟老年人笑,老年人就还要活一些年景。"令狐枯荣说,"跟年轻人笑,年轻人就要交好运。"

"这要托你令狐老师的福。"

木青青说着,走到门前。跟守摊子的正月打一个招呼,他便穿过一条巷,找到藤子的波鞋厂。

波鞋厂也就两间屋。房子很旧,大集体那阵的保管室。藤子坐在一张桌子跟前。桌子上码着一堆白薅薅的波鞋。她拿起一只波鞋来,眼睛瞄一瞄,手扯一扯,找不着毛病,这就往桌子旁边一只箩筐里一扔,又拿起一只来……

"你好能干啊!又当厂长,又当检验员。"

木青青走到跟前,这么说着。

藤子一怔，习惯地拢拢散在额上的几绺头发，这才带着几分羞涩地站起来道：

"哪股风把你吹来了？"

"还有哪股风？"木青青说，"二、五、八的风。"

"赶场买了哪样好东西？"藤子说。

"没有买。"木青青说，"赶耍场。"

两个人这么寒暄着，好像没有更多的话。藤子往旁边一让道：

"既然来了，就看看我们的厂吧！这恐怕是世界上最小的厂了。"

"你看没有看过黑鸦坎骆沙锅的纸厂？"木青青说，"那才是最小的厂，那里一年到头差不多就他一个人，有时候一个人都没有。"

"反正乡镇企业嘛，"藤子说，"也只有这个条件。"

"你这里还算不错。"木青青说，"听说去年还跟镇上完成一万多块钱的税。"

"还跟镇的小学捐了两千块钱呢。"藤子说着，很认真的。

"骆沙锅那个厂，"木青青说，"镇的税务所从来没有上门去收过税，听说收起来的那点税钱还不够出差费。"

两个人说着，就站在一台机器跟前。

"真正要办好一个企业都很艰难。"藤子说，"就拿这台铸模机来说吧，要等到半夜镇上的人熄灯睡了，磨坝河水电站发出来的电都送过来，它才能够转动起来。"

"难怪看不见你的工人。"木青青说。

"我的工人都颠倒过来了。"藤子说，"白天睡觉，晚上上班。"

"没有电，谈哪样发展？"木青青说，"这叫瓶颈制约。"

"当初镇上说最迟今年就要拉网电……"藤子说。

"一个镇有多大财力哟！"木青青说，"有钱拉网电。"

"不，是省上计划的网电线路从镇上拉过。"藤子说，"我在县上还看过文件。"

"现在好多政府部门都吹牛皮。"木青青说。

"听说世界银行不贷款。"藤子说，"洋人也精。"

"其实电是有市场的。"木青青说,"这种投资肯定能够收回来。"

"西部这些省是中国最穷的地区。"藤子说,"人穷志短,马瘦毛长,哪个愿意跟穷人打交道。"

"这是一个信用问题。"木青青说,"不是赚不赚钱的问题。"

"我要不是我爹打冤家坐班房家里没有人管,"藤子说,"我也不想回来办厂。"

"我倒觉得撇开你爹坐班房那事情不管,你回来这个思路也是对的。"木青青说,"东部人才密集,资金密集,你在那里不算哪样,现在回来了,一个镇正儿八经的企业只有你一家,价值体现出来了。从经济效益算,西部人工工资比东部要低很多,电价也便宜,市场潜力也大……"

"你这是理论上的东西。"藤子说,"你现在看见的,这些设备大多数时间用不起来,我陷进去,走也走不动,拔也拔不出来。"

"我承认基础设施要差一些。"木青青说,声音低得仿佛只有自己能够听见,"也许这只是短时间就可以解决的问题……"

"严格说起来,"藤子说,"中国西部,特别像我们这样的地方,只有骆沙锅那种作坊式的厂才能够生存下去,一切都是原始的,几百年前就这样生产……"

"骆沙锅那个厂……"木青青下意识地在鼻子里哼了哼,"他那个厂麻烦很大……"

木青青还想说什么,可话到嘴边,又咽了回去。

机器没有运转,冷漠而又寂无声息地摆在那里,使人感觉一种莫名的压迫。

神秘的哨声

这夜晚,那神秘的哨声又响了起来。那工夫,大家都集中在二楼管理区办公室开会。哨声时急,时缓,从旷野上一刻不停地透进来……

"风在叫。"管理区书记说。

"风在叫。"管理区主任也说。

"不,"木青青说,"这好像一种乐器。"

"这旮旯鬼都打得死人。"书记主任的说,"哪来哪样乐器!"

散会了。木青青回到寝室,心里惦着那神秘的哨声,又打开窗户听着。现在,他多少有了一点把握,那哨声是从峡谷里传出来的,仿佛一种灵魂的呼啸,那么沉重和艰难,经历千千万万年的压抑,终于撕破大地喊了出来……

他听着这哨声,说不清楚是希望还是困扰,只感觉一种莫名的亢奋。一直到鸡叫二遍,他才迷迷糊糊地睡过去。

早晨,木青青在一阵喧闹中醒了过来。他蹬上裤头,也顾不上洗一把脸,一边走一边把一件洞洞眼眼的汗褂往身上套着。走下楼来,他看见错欢喜老老少少一拨人站在岩坎上,都伸着颈子往峡谷里望着。

"哪个狗日的造的孽啊!"骆沙锅的女人水仙在一旁沙声沙气地嚷着,"做这种千刀万剐的事情。"

木青青听着,紧着脚步赶过去。站在岩坎上,他一下傻眼了。峡谷底,骆沙锅的纸厂在燃烧。火助风威,整个峡谷像一只巨大的风箱,燃烧的纸厂则在风口上,被强猛的气流鼓动着。火焰高高地扬着头,舔着陡峭的崖壁,呼

第二十章 神秘的哨声

呼呼地直往上蹿。那些堆在厂里还没有来得及卖出去的纸片燃烧着被风吹起来,火鸟一样在峡谷里飞来飞去。峡谷被死灭的火光照得血一样的红。一片血红的光亮中,骆沙锅和几个汉子拿着桶啊盆啊,从溪流里舀着水,拼命地往火上泼着。但从上往下看,火势没有一点减弱,骆沙锅和几个汉子在那里又无助,又无奈,像小丑表演那样滑稽……

"会不会是煮料子的火引起来的?"有人忍不住问骆沙锅的女人水仙,"哪样杀父杀母之仇要放火烧房子?"

"这几天火都没有烧,哪来的火啊!"水仙说,"我们家沙锅一把锁把厂一锁,就一直在家头办烤烟。"

太阳当顶。大火熄灭了,厂房也烧光了。整个峡谷都仿佛被烧死了。只有一缕一缕残烟,贴着崖壁顺着崖缝,还悠悠地往上升着。骆沙锅一张脸糊得像黑神菩萨,从峡谷里钻了出来。他找着管理区书记主任的,还没有说,泪水就牵连着往外淌,一张脸一下被画得花花塌塌的,像一块烂棉絮。

"我不懂我哪样事情得罪哪个了,"骆沙锅说,"要放火烧我的厂。"

"关键要把情况搞清楚。"书记主任的说,"动不动就放火,简直是土匪!"

木青青先在旁边一声不吭地听着,这工夫岔进来,像大侦探波洛那么稳稳地来一句:

"这个放火的人,是顺着沟上来的。"

书记主任的侧过头望着木青青,疑惑地问道:"你是不是知道哪样?"

木青青摇了摇头,却什么也不说。

不一会,曹绍成也从磨坝场赶了过来。他接到电话,正赶上火生那蚱蜢车也在磨坝场。撤区并乡那阵,曹绍成要离开错欢喜,趁黄登榜不想干,就把火生弄起来当了村长。火生跟黄登榜的姑娘水惠不成,曹绍成又看中骆沙锅的姑娘叶儿,就拿八字单开庚书,跟火生定下这门亲事来。火生当村长不几天,曹绍成跟他把事情办了。

娶亲那天,正赶上老的乡摘牌,新的管理区挂牌。经营几十年的地盘越变越小,曹绍成心头格外不是滋味。媳妇娶进门,堂前一跪,一辆披红挂绿的手扶拖拉机就开到门前院坝上。别看手扶拖拉机笨头笨脑,可在乡村马路上跑,不上税,也不缴费,却很实惠。

"我明天去磨坝场了。"曹绍成跟新郎新娘说,"我在错欢喜几十年,没有搞好,也就这点家当,现在全部交给你们。"就显着几分悲壮,"我已经老了,去磨坝场也干不出来哪样名堂了,你们年轻,要把这个家挑起来,尤其火生,一村之长,都说老子偷牛儿偷马,你要带领大家把木家寨越搞越红火。现在,你们看见了,上头把我们乡取消了,改建管理区。管理区不是一级政府,只是一个派出机构,连章都盖不上一个。盖章办手续的,还得上磨坝场。"稍稍顿一下,他又接上说,"管理区就管理区吧,地方还是这个地方,也不见少一只角,大家齐心合力的,真正把木家寨搞好了,我看风水轮流转,说不定哪一天又会变回来,这几十年,初级社、高级社、人民公社、乡、管理区,这不一直都在变……"

曹绍成其实就那么一点心思,想把火生拴在家头。姑娘被人贩子拐卖,作人妇,也为人母,再也不会回来了。儿子如果有哪样差池,曹绍成简直就一点指望也没有了。错欢喜虽然不是哪样好地方,但曹绍成却在这里土生土长。他为它流血流泪,为它哭,为它笑。没有功劳,也有苦劳。这么同呼吸共命运的,一下要剥离了,他想起来就难受,仿佛有哪样心愿未了。火生倒也听话,三天两头上一趟磨坝场,都要到镇政府去看看父亲。骆沙锅的纸厂被烧,曹绍成作为分管这方面工作的副镇长,作为骆沙锅的儿女亲家,他不可能袖手旁观,这就坐火生那蚱蜢车到错欢喜。

也没有通知开会,看见曹绍成来了,大家自然而然地都在二楼办公室里集中起来。

"这样下去还有没有王法啊!"曹绍成说,"怕哪一天吃了豹子胆,要跑到北京烧天安门……"

大家听着,都下意识地望一眼坐在角落里的木青青。木青青咬着腮帮,浑身里痒痒的起鸡皮疙瘩,好像真放了火一样。他怔怔地望着曹绍成,想从他那脸上捉摸一点名堂,尤其在这个节骨眼上提北京天安门,哪怕一句气话,不包藏祸心,简直就莫名其妙。

"曹镇长!我看事情没有你说的那样严重。"木青青说,"没有哪个要跑到北京烧天安门,除非他是疯子。"

第二十章 神秘的哨声

"木青青！你不要过敏。"曹绍成说,"我也就打一个比方。"

"我没有过敏。"木青青说,"希特勒那时候还想摧毁美国的自由女神像……"

"你是大学生,我不想跟你讨论这些字眼。"曹绍成说着,加重几分语气,"白日青光的,放火烧人家的厂房,这本来就是很严重的事情,我只想大家早一点把事情搞清楚,把纵火犯绳之以法……"

木青青听着,也就不再吭气。

"我听说你可能掌握哪样情况。"曹绍成口吻一转,盯着木青青。

"我的确知道一点线索,但没有证据……"

木青青这么说着,脑子里又响起来那神秘的哨声:嚁嚁嚁……嚁嚁嚁……

那个迷惘的早晨,他顺着峡谷走出去。太阳在眼前摇晃着,格外有一种诱惑。也不知走了多久,一直跟在身边的峡谷转一个弯,接上就开阔起来,而两座断裂的崖壁则被扭在一起,形成一面坡,缓缓地向前伸展。坡上有几个寨子,不时传来几声狗叫,几声鸡鸣。从峡谷里流出来的山溪,这工夫成了无羁无绊的马,蹦蹦跳跳地越过滩头,扑向坡脚一条大河。大河上有一座坝。坝上人来人往,蚂蚁一样地忙着,把那坝直往上垒。那是一座水力发电站,快要完工了。他这么想着,那一直萦回在脑子里的神秘的哨声,瞬间便无影无踪。他知道他已经走出来好几十里地,到了人家的村,人家的乡镇,人家的县,人家的省。这是一个陌生的地方。他找不到一点感觉。正准备往回走,他突然发现隔着峡谷豁口不远有一眼塘,塘边坐着一位老汉。顺着从山溪里断下来的一股水流,他还没有走到跟前,就看见一塘平静的水面上翻着一片白花花的死鱼,老汉守着一塘死鱼一声不吭地抹着泪……

"木青青！你既然有线索,"曹绍成说,"这个事情就交给你了。"

"那是人家的地盘。"木青青说,"已经出省了。"

"有理走遍天下,无理寸步难行,只要不出国,我看没有哪样了不起的。"曹绍成说,"关键要把事情搞清楚,是不是人家放的火,那些死鱼是不是骆沙锅的纸厂的问题,除了骆沙锅的纸厂,这一条沟下去是不是还有别的厂……"

"也行。"木青青说,"我先摸一摸情况。"

第二天早晨,木青青叫上火生,两个人下到黑鸦坎峡谷里。骆沙锅的纸厂地面上的东西全部被烧光了,只剩几根黑乎乎的木头和几个糊里糊涂的纸坑。两个人在现场转了转,便贴着山崖,顺流而下。

太阳一出来就被厚重的云层捂得严严实实。铅灰色的天空被压得低低的。整个错欢喜山地都透不过气一样,格外让人觉得一种闷热。峡谷里的水真怪,顺着一边山崖流一会,转一个弯,又顺着另一边山崖流一会,又转一个弯,画出一条浪线来。木青青和火生在岸上走一阵,又不得不蹚水过沟。溪水凉幽幽的,使人一点也感觉不到闷热的天气。走不多远,他们在水里发现一只瓶子。两个人把瓶子从水里捞出来,像狗一样你嗅嗅,我嗅嗅,却哪样气味也没有嗅出来。

"我说,这肯定是装汽油的瓶子。"火生说,"那些人放了火,把空瓶子扔到水里,水把里边的汽油味冲洗干净了。"

木青青仰着头,目光在两边的山崖上搜索着,好像那上面隐藏着哪样奥秘。他还记挂着那神秘的哨声:嚯嚯嚯……嚯嚯嚯……

"那些人就是从沟里上来的。"火生说,"又是从沟里逃跑的。"

"火生!"木青青把目光从山崖上收回来,望着溪里,"你看见这水头有一个鱼虾没有?"

"我没有看见哪样鱼虾。"火生愣磕磕的,"关鱼虾哪样事情?"

"我们都是一起长大的娃儿。"木青青怔怔地望着火生,"我不想欺骗你。"

火生懵里懵懂地望着木青青。

"那纸厂排出来的废水是有毒的,你看这一沟都看不见一个鱼虾。"木青青说,"那鱼塘里的鱼实际上也是被这里流下去的水毒死的。"

"你总不会说这把火烧得好吧?"火生说。

"我不是这个意思。"木青青说,"我叫你出来,就想跟你商量这个事情,只有你这个角度才好说话,又是女婿,又是村长,纸厂不烧已经烧了,鱼不死已经死了,这个皮扯起来复杂……"

"哪个想扯皮?"火生愣眉愣眼地冲着木青青道,"动不动就烧房子,还有没有王法?老实说,我不为家头争,也要为村里争,说大一点,也是为乡里为县里为省里争。"

"我也觉得太过分了。"木青青说,"不过人家毕竟死了那么多鱼,两个人打架都讲究以伤为重,死的鱼管多少钱,烧的房子管多少钱,这一扯还有哪样意思?"

"冤冤相报,我也觉得没有哪样意思。"火生说,"那烂纸厂,又找不到几个钱,还叫人眼红眼黑……"

"你只要这样说,"木青青说,"我心里就有数了。"

"那我们还跑哪样冤枉路。"火生说,"忍一口气算了,反正我从来没有想过要办那烂纸厂。"

"不,火生!"木青青说,带着几分诡谲,"你就陪我走一趟吧!"

"你还要做哪样?"火生说,"游山玩水,这沟沟黑黢黢的,也不是地方。"

"我觉得这沟沟怪得很。"

木青青这么说着,脑子里又响起来那神秘的哨声:嚯嚯嚯……嚯嚯嚯……

"你不要装神弄鬼啊!"火生说。

"你想一想,火生!"木青青说,"黑鸦坎峡谷有好几十里长,沟口那儿一堵,几十里峡谷淹起来,淹一个水库,沟口那儿发电,我们木家寨的水也解决了,还可以发展水上交通,搞观光旅游……"

"那是人家的地盘。"火生说。

"这不是叫你去琢磨琢磨嘛。"木青青说。

"闹半天,"火生说,"人家烧了我们的房子,我们还要去跟人家讨好。"

"你到沟口那儿看一看,"木青青说,"人家在大河上把发电站都修起来了。"

"我要是省长就好了。"火生说,"可惜只是村长。"

"都带'长'嘛,大小也是一顶帽子。"木青青说,"大家的地盘挨在一起,挨邻则近的,谈起来还要实际一些。"

"没有钱,"火生说,"空谈。"

"凡事首先要敢想。"木青青说,"只要大家齐心合力,事在人为嘛。国家投资大水电,也投资小水电,实际上只要从大河电站那样的大工程上挤一点资金,就可以把沟口那儿堵起来。我测算过了,沟口那儿像瓶颈,一堵,储水量又大,水头又高,弄上五六百个千瓦肯定没有问题,这是直接的效益,还有间接的效益……"

两个人走走停停地扯着,一点也没有感觉到天气的变化。峡谷封闭,天底下哪样冷啊热啊,阴啊晴啊,本来就隔着一层。直到大颗大颗的雨滴打在身上,两个人才抬起头来,只见大片黑云压在顶上,黑云深处扑扑地闪着道道耀眼的光芒,仿佛一条金龙被困在那里不断地挣扎。山溪上游,团团迷迷茫茫的雨阵在风暴中滚动着,发出犀牛一般的吼啸。木青青跟火生刚刚反应过来,密刷刷的雨阵就扑到跟前。两个人张着嘴巴吐着水,隔着漫漫水帘对望一眼,便本能地在峡谷里奔跑起来。

但已经晚了。两个人贴着山根跑一阵,岸断了,蹚一道水。又贴着山根跑一阵,岸又断了,又蹚一道水。这时候,洪水已经轰轰隆隆扑到跟前。水蹚不过去,岸也被淹了。水进人退,两个人被逼到山根,无路可去,便抓着长在岩缝里的藤蔓树木,一步一步往上爬。水得寸进尺,紧紧地跟在后面,一步一步往上涨。噼啪!一声惊心动魄的炸雷,整个黑鸦坎峡谷晃两晃,暴雨发疯一样地泼天泼地,崖壁上立起来一道哗哗啦啦的瀑布,打在木青青和火生头上,也冲刷着长在岩缝里的树木藤蔓。

突然,火生一只脚一滑,抓在手中的葛藤一松,被连根拔起来。就在整个身体下滑的瞬间,他抓住木青青一只脚。山洪跳着高高的浪头,一下抱住火生,像玩皮球一样地抛掷着。木青青一惊,刚一张嘴,就呛一口山水。他无奈地低着头,想稳一稳神。忽地脚上钻心地疼,他透过水阵一看,火生竟像一只垂死挣扎的狗一样,死死地咬在鞋帮上。木青青一急,一咬牙,弯一弯抓在手中的一棵树,腾出一只手来,身子一低,一把抓住火生的头发,往上一提,又一把抓住他的手,这才把他从水里捞出来。两个人奔生奔死地往上爬,也算老天有眼,崖壁上居然有一道石棱,刚好歇一歇。这时候,雨渐渐

第二十章 神秘的哨声

地小了,洪水也不再往上涨了。两个人坐在石棱上,望着脚下滚滚滔滔的洪水,仿佛整个人被卸下来重新组装过,只觉得又疼又瘫。

"木青青!"火生心惊肉跳地说,"你救了我的命。"

木青青看看脚上,那一只解放鞋已经被火生咬穿帮,便一只脚往火生跟前一晃道:

"你要赔我一双鞋。"

天黑那工夫,雨完全停了下来。月亮还没有升起。黑黢黢的天道上几颗星无力地闪动着,落下一片模模糊糊的夜光,照着峡谷一沟水又阴郁又沉重地往前流淌。一天没有吃饭,两个人肚子饿得咕噜咕噜叫。往上是陡峭的崖壁,往下是猛兽般的洪水。两个人无奈地勒勒裤带,只一个心思望着洪水早一点退,天早一点亮……

不知过去多久,木青青和火生各人腰里绾着一根葛藤,迷迷糊糊地睡了过去。天还是那样黑,看来月亮不会出来了。洪水还是那样寂寞而冷酷地流过去,像金属一样地流过去。只有风在峡谷里找寻什么一样,断断续续地吹起来。蒙眬中,木青青听见那神秘的哨声:嚯嚯嚯……嚯嚯嚯……他一下睁开眼睛,一眼看见对面崖壁上方,几点绿幽幽的光亮闪闪烁烁。嚯嚯嚯……嚯嚯嚯……伴着绿幽幽的光亮,那神秘的哨声有节奏地传过来。

他掐一把大腿,大腿压在身体下面木木的。他又掐一把脸,掐重了一点,禁不住咧着嘴巴咝咝地呻唤。这不是幻觉,他想,心里一下发怵发毛。他推推火生,火生其实也醒了,只是愣在那儿没有吭声气。

"鬼……"火生说,声音低得只有他自己能够听见。

"我不相信鬼……"木青青虽这么说着,背上却嗖嗖地透着一股阴寒。

两个人就这么坐在石棱上,怔怔地望着对面崖壁上方那幽幽的绿光,愣愣地听着那嚯嚯的哨声。时间一长,木青青觉得那绿光那哨声也并没有哪样险恶,只是峡谷里的风吹紧,那哨声就响一些,而风一停,那哨声也就哑……

天刚放明,那幽幽的绿光也神奇地消失了。透过薄薄的晨雾,木青青睁大眼睛,仿佛把整座崖壁都要看穿地搜寻着。就在夜里那发出绿光和哨声的地方,他看见有一些窟窿,每一个窟窿都有一截腐烂的木头,那木头一头戳进窟窿里,一头悬在半空中……

"悬棺!"

木青青惊异地叫了起来。

洪水还没有完全消退,但岸线已经显露出来。

两个人下到沟里,忘记饥饿,也忘记疲惫,沓沓地踩着水往回跑着。

死亡格式

木青青娘没有熬过八月。八月,磨坝场卫生院病房窗前那棵桂花树飘着香气。木青青看看娘不行了,便和姐夫抬着娘回错欢喜。死在家头,这是娘最后的心愿。娘的身体只剩一把骨头了,木青青和姐夫抬在肩上轻飘飘的。姐在旁边打空手,小跑步才能够跟上。翻上老木垭,听着娘仿佛呻唤一声,两个人忙停下来。看看娘眼睛翻白,姐忙把娘抱在怀里,好叫娘落气。娘像风箱一样呼哧呼哧喘着,眼睛直勾勾地望着木青青。

"娘!就要到家啦!"

木青青明白娘的心思,这么大声说一句,便跟姐夫抬起担架来,飞一样跑下坡去。

一直跑到堂屋上,木青青跟姐夫顾不上擦一把汗,就下一扇门板,两根板凳一抬,把娘往门板上头一放,娘才闭上了眼睛。趁着娘的身体还没有完全僵硬,姐跟娘穿上一身新的咔叽布的衣服。等到烧过落气钱,点上长明灯,火炮在阶沿上噼里啪啦一炸,木青青跟姐才哭出声来……

木青青爹死那阵,木青青还在北京读书,而且从城里赶来制止打冤家的部队还没有撤走,也就哪样法事都没有做。木青青心里一直很亏。娘的后事,木青青就琢磨着,不说像那些体面人家那样做七七四十九天的大道场,但七天的简易法事都不做,三亲六戚的恐怕也不会答应。在错欢喜山地,木家寨也好,牛家山也好,或者更远的地方,哪怕吃不饱穿不暖的,只要熬着,也还算人生。但要死,即使很无奈的,也应该有一回风光。不这样,就不善始善终,对这个人,对整个的人生,也就欠着一笔账。有一句很刻毒的话,叫"人都变起了,死都死不起"。好像人一生下来,就要直奔"死"这样一个主题。而且木青青娘离开的时候也还是匆忙,第七天赶上老历初七,地方上叫"撞七",很倒霉的事情,也必须要请端公到家头来冲一冲傩。

太阳落山,端公进屋,一只装满行头的背篼一放,便开始设坛。一张八仙桌摆在堂屋门口。两只桌腿上绑两根差不多一人高的苦竹竿。两根苦竹竿上扎横竿。横竿上挂大大小小的纸钱。那纸钱是有规定的,大长钱十二树,小长钱三十六树。然后摆上主人家早准备好的祭品。一只碗装几个泡粑。一只碗装一大块豆腐。一只碗装一个刀头,一块半生半熟的猪肉。旁边放一把刀口向下的菜刀。还有三杯白酒。一根苦竹竿削尖一头插在门前阶檐下。一头也削尖,但留着竹节上的丫枝。丫枝上挂一些白色的纸条。一只大公鸡被绑上脚,放在桌子下面准备着。最后亮烛、烧香,插在几块生萝卜上。

开坛了。端公手舞宝剑,口中念念有词,眼睛时闭时睁,又烧纸钱又打卦。场合上顿然有了一种神秘气氛。那念词似咒非咒,含糊不清。那两瓣卦哗啦打在地上,阴啊阳啊,仿佛并不要紧。又烧几张纸钱,念词忽地走高,出现花腔,开始唱起来。接上那卦片在手中一合,又哗啦打在地上。无论阴卦,还是阳卦,好像多一点响动,不至于太寂寞。时间长了,总算听出一些眉目来。那唱念无外乎主人家姓甚名谁,为哪样祈神降福消灾。看主人家站在旁边,围观的人很多,端公精神来了,便高呼祖师法名,助其驱魔送鬼。端公的祖师叫"二殿君王",也就是一男一女两个木雕的头像。也不知哪朝哪代的一个"反王",被皇帝追杀后将头颅抛在河滩上。妻子闻讯而至,也在河滩上尽节自刎。但两颗头颅曝在河滩上,却不腐不烂,让人觉得很神奇。祈愿求福,居然也很灵验。哪方神灵哪方红,前来烧香磕头的人从此络绎不绝。后来,端公就把这两颗头颅奉为坛祖,供在堂屋家神旁边,每每出门替人消灾祈福求愿,必定先在坛前焚香叩拜一番,法术也才灵验……

那阵,哪个人都没有想到还会有一个小插曲。端公远天远地赶来,半路上口渴,大约喝了哪个龙洞的水,闹肚子了。他一会焦眉愁脸,一会龇牙咧嘴,那唱念咿呀哇啦的也显着没有头绪,没有铿锵。整个身子不自然地扭了扭,他就屏声敛息地愣在那儿。大家正觉得诧异,琢磨又有哪样新花样,却

第二十章 死亡格式

突然那道法高超的老先生一声长叹,又开始唱念起来——

> 端公是神又是人,
> 人不人来神不神,
> 法事开坛不敢停,
> 要停必定有原因。

那声腔还在空中逗留着,他就一卦打出去,接上不管阴,也不管阳,转过身来——

> 待吾神转回仙山,
> 屙一泡神屎哟!

这么迫不及待的一声唱念,便拨着人群,钻到茅厕里。大家一愣,便很快明悟过来,也不管哪样场合,打旱天雷一样爆发出来一阵笑声……

开始驱魔捉鬼。主人家准备好火把和香粉。那火把用向日葵秆在烂田里沤空了心,捞出来晒干,撕成小片小片的,最后捆扎而成。那香粉用柏香树叶烘干碾制而成。端公把宝剑斜插在腰间,左手执火把,右手拿香粉,一下闯进屋来,一边走,一边念着咒语,凶神恶煞一般追杀哪样,楼上楼下,旮旯角落,从堂屋到睡房,从仓囤到饭堂,火把一指,一把香粉往火头上一撒,轰的一声,火光熊熊,浓烟滚滚,这叫"打粉火"。等到房前屋后,哪怕猪圈牛栏,所有可能藏魔鬼的地方都打粉火了,端公才回到坛前。稍稍定一定神,他抓起桌子底下那大公鸡来,用牙齿咬破鸡冠,把血滴在酒杯里。然后取一碗水,手拿令牌,在水碗上画一通,便点燃纸钱,烧在碗里。端公一手抓住鸡腿鸡尾,一手伸着食指和中指,高呼二殿君王在上,念动梦呓一般的咒语,那食指和中指竟然剪刀一样地掐着鸡项,冥冥中听着一声咔嚓,那鸡头便飞起来。而端公手一扬,那无头公鸡便越过横竿,被扔到门外地上,有一下没一下地扑腾着。这里,端公拾起鸡头,戳在阶檐下苦竹竿上,那削尖的竹笺正好穿过咽喉从嘴里戳出来。接上取三十六树小长钱,烧在门前,并

泼上杯中血酒。又取水碗,右手中指蘸着法水,往门上、墙壁上一边洒,一边唱念:

> 此水为非凡之水,乃天宫闪电之水,左边洗过招财路,右边洗过招财来,天瘟扫出天朝去,地瘟扫出地府门,人来有路,鬼来无门,主人清洁,四季平安。

这时候,木青青姐一只手拿着一只纸船,一只手拔起戳着鸡头的苦竹竿,已经在旁边等候着。端公右手执宝剑,左手拿棺材。那棺材是用笋壳做的,只不过一种象征。

> 初分天地有二离,阴阳分起国三旗,白鹤仙人游天下,正是吾师发丧时,吉日良辰,天地开窗,凡间阳宅,谁敢停丧,八大金刚,叱咤吉地神,两边人让路,引押凶仙出大门。

端公唱念一停,宝剑一挥。木青青姐前面引路。一拨人便往黑鸦坎峡谷走去。天上没有月亮,也没有星光。大家打着火把照着路,穿过田野,来到峡谷边上。端公挥舞宝剑,念动咒语,把那笋壳棺材放进纸船,又一通法事,便叫木青青姐点燃那十二树大长钱,连同那纸船、笋壳棺材一起焚烧。那十二树大长钱、那纸船、那笋壳棺材,在一片火光中很快化作灰烬和烟缕,被一阵风吹进深深的峡谷,吹到茫茫的夜空……

早晨起来,木青青姐拿印子撮几升米做谢礼,装在端公背篼里。端公吃过早饭,背上背篼,背篼口上挂着那无头公鸡,便往回走。木青青把端公送到村口,又从怀里摸了五块钱,"拿去买两盒烟。"这么说着,就递过去。

端公接着钱,捏在手上,愣一阵,"看得出来你是一个仁义之人。"嘟嘟哝哝地说,"七七四十九天,扎一个孔明灯送上天去,你两个老人家在那边会安宁,你在这边也会有保佑。"

木青青认真听着,"感谢指点!"点着头说着,便送端公上路。

一直望着端公沿着毛坯马路转过弯去,木青青才往回走。

第二十章 死亡格式

秋天,乡里干部大多在田坎上转。收啊,耕啊,种啊,盘算那粮食,盘算那土地。乡里干部如果不按月领取一份工资,其实跟农民并没有太大的差别。看看谷子已经割得差不多,一家一户的开始把挞斗往回扛。木青青掐一掐指头,七七四十九天,这个日子一转眼就到跟前了。

那几天,从上头下来一拨人,开初还有些神秘,住在管理区,只说执行任务。木青青很好奇,还以为那个关于悬棺的报告起了作用。木青青在北京上大学,就听说那种大的考古活动不但要保密,还要动用部队进行保护。但横看竖看,他都觉得他们不像考古学家。跟历史打交道的人,应该很深刻,也很沧桑。这拨人没有一点历史感,只有一种说不清楚的精明,还有一种说不清楚的耐性。他们白天打牌,打一种叫"板子炮"的扑克,夜里睡觉,不急也不恼,好像这就是他们的工作。木青青忍不住了,便端茶递水的,主动跟人家套近乎。人熟了,也没有哪样戒备。那些人就告诉木青青,他们来回收火箭,那种发射卫星的火箭。因为天气原因,卫星发射站那边发射时间一推再推,一拨人只有等在这里。木青青听着,精神为之一振,从寝室里搬出那望远镜来,遇知音一样的,仿佛这东西跟卫星跟火箭并没有太大的区别,要跟大家切磋切磋。

"根据有关资料,"木青青说,"太阳系里冥王星的轨道不很规则,明显受一种引力的影响,因此推测太阳系里可能还存在第十颗行星。"很慷慨,也很幸福,"我这一辈子,最大的愿望就想第一个发现这颗行星,其实,第七颗行星天王星、第八颗行星海王星,最初也不是被天文学家发现的……"

大家听着,用一种很惊讶的目光望着木青青。

这天夜里,木青青在黑鸦坎峡谷边上,燃一炷香,点两支烛,烧一沓纸钱,便划一根火柴,点燃牛皮纸灯笼里那一盏灯。灯芯很粗,吸着瓶子里的煤油,很快亮一朵火光。火光热气腾腾,直往上冲。灯笼上头已经糊死。热气出不去,便在灯笼里拥挤着、膨胀着。木青青感觉一阵轻松,一盏灯便从手上飘了起来。孔明灯开初很慢,仿佛浮在夜气里,渐渐地越升越高。终于只有一团火光遥遥昭示,就像人的灵魂一样寂寞而执着地遨游在茫茫夜空。起一阵风,那孔明灯晃了晃,吃醉酒一样的,随风向老木垭那边飘了过去。木青青怔怔地看着,一颗心也跟着飘了过去。那是一种灵魂的照耀,爹跟娘已经跟着灯飘到老木垭那边了。这么想着,木青青顿然感觉一阵空茫……

倏地,一道神奇的光芒在头上一划,那孔明灯在一瞬间被灿烂的光芒吞噬,一下消失了。

木青青隐约地感觉脚下一震,才又看见那孔明灯鬼火幽幽地亮起来,继续往前飘着。稍一愣,木青青很快明悟过来,便转身跑回管理区,还没有上楼,就在院坝上叫了起来:

"火箭……火箭落下来了!"

一幢楼在夜气里颤了颤,很快兴奋起来。从一直等在错欢喜已经等不耐烦的那些回收火箭的人,到管理区上上下下的干部,打着亮,提着灯,都打强盗一样地往老木垭拥着。走过村庄,又有好多人打着火把参加进来。队伍一下膨胀起来,走在毛坯马路上,就像一条长长的火龙。

木青青晃着手电筒,走在队伍中间。几个老乡一下戳到跟前,迷迷瞪瞪地问道:

"是不是大头猫又来了?"

木青青听着,那只戴着镣铐的豹在脑子里一闪,一下又想起来那个又残酷又温馨的故事。

"不,"木青青说,"比大头猫更厉害。"

几个老乡听着,都有些变脸变色的。

"铁脚杆在家头就好了。"默默地走一阵,终于有人忍不住说着,"只有他天不怕地不怕的,可惜劳改了,还有几年才回来。"

木青青听着,苦笑了笑。

"哪来哪样大头猫哟!"他口吻委婉地说着,"天上落下来一团东西。"

"不会有台湾特务吧!"有人说,"那几年,我们包围过老木垭,缴了一些敌人空投的传单。"

"我们这么多人,"木青青说,"还怕哪样特务!"

大家听着,又热热闹闹地往前拥着……

东经多少度,北纬多少度,那些回收火箭的人在前头咋呼着,指挥大家排一排,慢慢地往前搜索着。进林子不一会,大家就发现火箭的残骸。在一片火光中,那银色的金属壳戳在地上,屁股上还隐隐地冒着烟。

"大家不要靠近。"有人喊着,"火箭里还有残余的燃料,那是有毒物质。"

那些回收火箭的人都捂一个大口罩,接上拿着锄啊镐啊,就开始刨那些土,一点一点把那怪物往外拔……

木青青一直在那里陪着那些回收火箭的人,看着他们把火箭残骸弄出来,装在一个箱子里,又帮着他们把箱子抬到毛坯马路上,送上一直等在那里的吉普车。

那些回收火箭的人很感动,都跟木青青握手。有两个还特地把木青青叫到边上,恳切地说:

"你那望远镜口径太小,一看就是你自己鼓捣的。我们跟省天文台还有些联系,看那里是不是有换代淘汰下来的望远镜,我们想办法跟你弄一个,要发现第十颗行星可不是一件简单的事情。"

木青青听着,抓着两个人的手一阵摇晃。

"发现一个新的东西,常常取决于一个新的角度,找到这样一个角度,主要靠一种运气。"木青青很激动,也很自信地说,"我们乡下不像城市那样有灯光的干扰,倍数虽然小一点,但观察效果不一定差,又有你们的支持,我相信我有这种运气。"

车子开出去了。大家隔着玻璃,还跟木青青招手。

木青青天大亮才回到管理区。那工夫,书记主任的带着人已经走了。他们带着黑鸦坎那些悬棺的照片,到峡谷口上,跟四川那边的谈联合开发黑鸦坎峡谷的事情。大家都在边界上,动不动你那个省啊我这个省啊。所以书记主任的官虽然不大,却要把气派抖足,便把管理区所有干部,连同厨房的师傅,都穿一件四个兜儿的衣裳,一起带了过去。算倾巢出动吧,其实也只有五六个人,就烟杆那么长一支队伍。

木青青一个晚上没有合眼,待在办公室里,守着电话机,想补一补瞌睡。他刚刚伏在桌子上,却听见哗啦一声,一副锈迹斑斑的镣铐就从门外扔了进来。他一惊,抬起头来,就看见骆沙锅站在门口。

"这东西是铁脚杆的。"骆沙锅说着,就走了进来,"打冤家那阵,法庭审铁脚杆,找来找去,找不到这东西。"

木青青听着,看一眼那镣铐,也不觉得有哪样新鲜。

"我这两天清理纸厂,"骆沙锅啰啰唆唆,"反正也办不下去了,我就在窑子里发现这东西……"

木青青支支吾吾,渐渐迷糊起来……

木青青又看见那只戴镣铐的豹了。

第二十一章

悬　棺

木青青琢磨着自己是不是遇上一个疯子了。

那个人从省城到县城，又从县城到磨坝场，长发飘飘，一个挎包，一脸络腮胡，像独行侠。从磨坝场到错欢喜，他坐火生的蚱蜢车，又在车斗里把衣裳挂烂一块。管理区书记主任的不感兴趣，就推给木青青。木青青愣愣地望着他，总一门心思把他同那些搞行为艺术的人连在一起。木青青在北京那工夫，被同学拉着上中国美术馆看一回展出，那些美术家，如果可以说是美术家的话，都把衣裳撕破，东一块西一块的，像打整地板的拖把儿，然后在涂料上滚过，滚到画布上，留一片狼藉。木青青觉得那些人脑子有问题。

"我是搞研究的。"络腮胡说，"我对明朝皇帝特别感兴趣。"

木青青听着，这才看那介绍信。介绍信是一家研究所开具的。难怪书记主任的那么冷淡。

"明朝皇帝跟我们有哪样关系呢？"木青青说，"你是不是搞错了？"

"没有。"络腮胡肯定地说，"我看了你们那个发现悬棺的报告。"

木青青听着，眼睛亮了一下。但很快就被一种失败的情绪笼罩。他盼星星，盼月亮，却盼来这么一个人。

那工夫，木青青还没有意识到，这个人哪怕又无权又无钱，还怪头怪脑的，却送来了一把钥匙。这把钥匙不仅能打开错欢喜的明天，还可能推开错欢喜昨天一扇神秘沉重的门。

"悬棺跟明朝皇帝有哪样关系？"木青青漫不经心地说着，"皇帝是皇帝,悬棺是悬棺。"

"前两年开展民族普查和民族识别工作。"络腮胡却不慌不忙地绕着,"你们这一块,木家寨跟牛家山两个村,两个大姓木姓和牛姓,一直认定不下来,到底哪样族?专家们都感到很困惑。"

"汉族。"木青青说,"这有哪样困惑的?"

"你想一想,这方圆几百里,包括外省挨邻的几个县,都是少数民族聚居区,不是苗族,就是仡佬族,孟通县还是仡佬族苗族自治县呢。"络腮胡说,"错欢喜两个村插在中间,简直就是一块飞地,哪来的汉族?你不觉得怪?老实说,这个事情早就引起有关部门注意了。"

"这个问题,倒没有人想。"木青青说,"从前日子不好过,都管嘴巴去了,哪样族不哪样族,只要吃饱饭。"

"当然,如果不是主体民族,比如战乱年代,逃荒要饭,来几家外来户,也很正常。"络腮胡说,"这种情况在别的民族村寨也很普遍。"

"我们祖祖辈辈过来,"木青青说,"就只知道汉族。"

"问题的关键是没有谱,木家寨跟牛家山都没有谱,作为这样的家族应该有一个谱。"络腮胡说,"没有谱,起根发脚不清楚,字辈也一片混乱,根本不可能清理。"

"我还是看不出来这跟悬棺有哪样联系。"木青青说,"别的地方这种没有谱没有排行的家族也不少,历史上的事情,哪个也说不清楚。"

"还奇怪的是连宗庙也找不到一个。"络腮胡说,"我不知道你们怎么搞那种大的祭祀活动?"

"大家都到黑鸦坎。"木青青说着,心头动了一下,"木家寨牛家山都到黑鸦坎。"

"祖祖辈辈过来都到黑鸦坎?"络腮胡眼睛亮了一下。

"嗯!"木青青鼻子里应着,停一停,又诧异地说,"这会跟悬棺有关系?"

"我也说不清楚。"络腮胡说,"我只是有一些想法……"

翌日,木青青陪着络腮胡,两个人下到黑鸦坎峡谷里,顺水往悬棺群走去。

第二十一章 悬棺

"我们这些悬棺很怪,不但唱歌,还发亮。"木青青说,"我们写报告,想上头能够拨资金,把它开辟出来作为一个旅游景点。"

"这倒不稀奇。"络腮胡说,"人体和木头都有一种会发光的元素,这种元素叫磷,天长日久的,分解出来,沾附在表面,自然就亮了。说到唱歌嘛,那些棺木都朽了,或者被虫蛀空了,峡谷里风大,就像吹口琴一样,自然也会发出声音……"

"那么这悬棺还有哪样看头?"木青青沮丧地说,好像变戏法被人戳穿了。

"当然,作为旅游景点开发,还是有价值的。"络腮胡说,"但悬棺主要还是人文意义,发一点声音,发一点亮光,毕竟要在特定条件下,再说这地方最大的障碍还是交通不方便。"

"我们正跟四川那边的谈判,"木青青说,"他们那里把坝筑起来,峡谷里水淹起来了,坐船上来就很方便。"

"如果一般的悬棺,"络腮胡说,"也没有哪样看头。"

两个人一边走一边说着,不知不觉到了悬棺群。

抬头望去,挨着木家寨的灰色峭壁上一溜排着五个黑不溜秋的点儿,在天光映照下透着一层神秘的光晕。不仔细看,很难看出来那是一些棺木。络腮胡举着望远镜看一阵,又走几步,换一个角度,又看一阵。

"就五具。"络腮胡说,仿佛自言自语,"只有五具。"

"也就只有五具。"木青青说,"涨大水那天,我们被逼到半山腰,那里看得更清楚,中间那一具要大一些,位置也要高一些。"

络腮胡听着,就往山崖上爬。两个人抓着树木藤蔓,气喘吁吁地爬到最初木青青和火生发现悬棺那位置,坐在石棱上。络腮胡举着望远镜,愣愣地看一阵,便有些脸红筋胀地回过头来,生怕被人听见似的道:

"你们要看好这些悬棺。我回到省上,跟有关方面汇报,尽快组织人考察。"

两个人便下到沟里,脚步匆匆地往回赶。

"我可以跟你交一个底。"络腮胡一边走一边说着,"黔北这一带,一般的悬棺都很孤单,地方上没有这种葬法,无论苗家也好,仡佬人也好,都土葬。真正悬棺葬的,多半是麻风、癞头这样的皮肤病人,有些地方干脆叫悬棺叫'癞子坟',这样上不沾天下不沾地的,可以有效避免接触传染……"

"这五具悬棺不像癞子坟。"木青青说。

"蹊跷就在这里。"络腮胡说,"黔北一般悬棺都是利用天然的岩腔岩缝放置棺木,可这几具悬棺都是人工凿出来的窟窿,甚至从成色上来看,也差不多同一个时期……"

"如果不是'癞子坟',"木青青说,"哪个又会采用这种恐怖的方式呢？"

"那就只有一个解释,"络腮胡说,"利用这种民间的恐怖,达到保护的目的,现在看来,这是成功的,这些棺木到目前为止还没有被人动过……"

"连慈禧墓都被盗了。"木青青说,"还有哪样墓不能盗！"

"但采用这种形式,"络腮胡说,"人见人怕,只有躲避的……"

"从这些情况看,"木青青说,"这些悬棺的主人显然不是一般人。"

"现在还只是一种推测。"络腮胡说,"真正揭开谜底,恐怕还要等开棺考察。"

不赶场,火生的蚱蜢车不上街。木青青一直把络腮胡送到磨坝场。

不过两天,木青青就来了一个一百八十度的大转弯。他觉得这个毛头毛脑的人不仅热忱、执着,还有一种率真,小娃儿那样的率真。他跟他就像学校读书那阵两个同学讨论一道题,哪怕又冷又饿,却感觉不到一点累。这种感觉跟他在管理区,或者镇上、县上接触的那些人比起来,形成巨大的反差。他因此产生一种痛苦,怀疑自己是不是真能够在行政这个圈子里走下去……

临上车前,络腮胡从挂包里掏一卷资料塞给木青青道:

"我这里有一个东西,你可以看一看,说不定可以给你一些启发。"

夜里,木青青回到错欢喜。玻璃罩子擦得亮亮的,点上灯,他便躺在床头,把络腮胡那资料翻出来。一看标题——朱元璋与贵州之谜,他浑身里震了一下。

笔者因考察夜郎古文化遗址——当年夜郎王多同后裔金筑

第二十一章 悬棺

土司金竹氏发祥地燕楼,意外发现一处早已被盗墓贼掘开的当地人称皇帝坟的古墓。古墓朝向金凤山。墓壁用上好的巨石砌成,每一块巨石都要数十人才能抬动。墓室高约两米,宽约三米,进深约六米,中部用巨石将整个墓穴一分为二成两个墓室,显然是夫妻合葬。墓室墙有雕刻的菱形花饰。墓室前有甬道相通。甬道由一活动石门隔断。墓室由两扇可开可合的石门封闭。墓室正中石壁上有凹进去的神龛一样的供台。整个墓室内部非常精致,而墓堆外部却为非常粗糙的碎石。在被盗墓贼掘开的墓石堆中,笔者找到几块可以拼连起来的墓铭石,铭石正中有几个阴刻字:"明太祖考妣上寿。"字体大约八厘米见方。在墓室中找到破碎的棺木残片,漆朱红色,质地极好。面对残缺的墓铭石,笔者认为:此墓如建于明太祖时,年号应为洪武,即使把明太祖作为年号,按例也应刻在碑石右边,决不会刻在石碑中间。唯一的解释,即此豪华双墓室为明太祖朱元璋父母之墓。但史书记载朱元璋不是贵州人,他父母怎么会葬在燕楼境内?这是一个谜。

明史《纪事本末》载:"永乐戊戌是年,建文帝返至黔。"建文帝系明太祖朱元璋长孙,他于明洪武三十一年(公元1399年)即位,在位四年,后被其叔燕王攻入大内,传言建文帝自焚。《二十五史补编》载:燕王(永乐皇帝)即位,以天子之礼厚葬所谓建文帝遗骸,并在墓前大哭"小子无知,及至于此。"燕王哭建文帝无知,所指为何?建文帝逊国后为什么是"返至黔"?而不是"赴黔"或"至黔"?

《二十五史补编》记载:建文帝逊国出逃前,"程济请出亡,少监王钺以所藏高皇帝遗箧请上舆,御史叶希贤吴王教授杨应能各祝发,以太子傅兵部侍郎廖平先行。"建文帝出逃时,为什么单单带走高皇帝朱元璋的遗箧?遗箧中藏有什么珍贵的秘密?

燕王(永乐皇帝)即位后的第一件大事就是"重修明太祖高皇帝实录,并以李景隆为监修官,解缙为纂修官。"(《明史》)

《二十五史补编》第八五五五页记载:"永乐五年,太祖高皇帝实录修成，永乐九年六月，纂修官解缙被下狱，并于永乐十二年死于锦衣狱。十月，永乐帝又以姚广孝、夏原吉为监修官，胡俨、杨士奇、金幼孜为纂修官，重修明太祖高皇帝实录。"

《二十五史补编》第八五五七页记载："永乐十六年，即建文帝已返至黔住金筑安抚司为其在罗荣寨五里外修的永洪庵内，题诗于壁，植柏于庵旁的两个月后，永乐皇帝又命人重修高皇帝实录。"

这里，笔者注意到：永乐皇帝即位后短短十几年间，三次重修明太祖高皇帝实录，这是为何？而纂修官大才子解缙因此被下大狱并死于狱中，其中难道就没有什么秘密？

明太祖朱元璋时，有两个大人物留下几句预言似的诗语，其一为朱元璋军师刘伯温的诗句："江南千条水，云贵万重山，五百年后看，云贵胜江南。"刘伯温没有到过贵州，怎会情有独钟，并预言五百年后贵州会胜江南呢？其二为武当山派开山鼻祖张三丰的偈语："头在青岩铺，脚在四方河，五百年后，浩气直贯皇城阁。"张三丰在贵州福泉山上得道，成为皇家风水大师。他后来装疯，人称三疯。他为什么装疯，其中定有蹊跷。《二十五史补编》第八五五五页记载："永乐十年二月，上以书及诗访仙人张君实于武当山，遣道士即其旧游之地，焚书致之，卒不可得。"燕王做了皇帝，为什么还要苦苦找寻已经"疯"的张道士？

清代有个举人李端，没领会刘伯温张三丰的偈言，而用其意写了一副对联，赞扬贵州才子赵以炯。赵以炯为贵州青岩人，青岩在燕楼附近金凤山下。李端联语为："沐熙朝末有殊恩，听传胪初唱一声，九十人中，先将姓名宣阙下。喜吾黔今钟间气，忆神仙流传数语，五百年后，果然文物胜江南。"他以为刘伯温张三丰暗指五百年后贵州出状元赵以炯这样的人物，而不知偈言另有所指。

永乐十一年二月（公元1424年），永乐皇帝下诏设贵州布政司，从此贵州作为中华一省，而当时贵州设省的钱粮还由云南、四川供给，永乐皇帝为什么对贵州如此厚爱？

再看看野史及传说。现在问及贵州当地人,无论苗、布、侗、汉,百分之八十都会说祖籍是吉安朱市巷人。朱元璋一说吉安朱市巷人。这是什么原因形成的附会之说?朱市巷有多大一个地方,竟能输出如此之多的人将贵州覆盖?而朱元璋一即帝位,即派大将军傅友德率二十万大军到贵州屯边,竟形成如今的屯堡人现象。贵州属苗蛮之地,天远地荒,明太祖为何如此看重?屯边为其一,还会不会另有缘由?

建文帝逊国后返至黔,明末永历帝逃亡也到贵州建小朝廷,明崇祯皇帝被逼死景山,其皇子也逃到贵州藏匿……明王朝对贵州的情结为何如此之浓?

回到正史,《贵州通志》记载:"逊国一事,明史不以各稗史说为信,亦不敢以稗史说为尽诬,故存疑似之说,而成祖(永乐皇帝)遣郑和等踪迹张三峰,数往来云贵事,各史籍均同书不讳。"史书记载张三丰数往来云贵事,是实。明成祖遣人寻找张三丰是实。这张三丰系一道士,何事让明成祖苦苦寻访?张三丰往来云贵数次,又为何?建文帝返至黔,跟张三丰往来云贵数次有无关联?一切正史记载和野史传说,在发现燕楼古墓前,并没有人去考证。现在,当笔者面对燕楼古墓中墓铭石上"明太祖上寿考妣"几个阴刻字,不得不把这些是是非非联系起来,以考察其中奥秘。

朱元璋既当过叫花子,又当过和尚。他云游四方,完全有可能到过贵州,甚至有可能就是贵州人。如果这样,他的父母葬在贵州燕楼就是顺理成章之事。贵州当时最有势力和能力的当数金筑土司密定。朱元璋在贵州,自然与金筑土司有联系,而金筑土司府当时就在燕楼附近的斗笠寨。据《贵州志》记载:朱元璋当皇帝不久,即洪武四年,"密定入朝晋见朱元璋并贡马,而朱元璋当即赐密定纹绮三匹,并置金筑长官司,以密定为长官,并世袭。"这种不歧视少数民族,并以厚待的事情,在当时极为罕见。而这也说明朱元璋在称帝前就可能与密定有交往,否则,一个小地方的土司怎可能见到皇帝?

《明史》记载:"明洪武五年正月,朱元璋置贵州、播州二宣慰司,贵州宣慰使领长官司七:水东、中曹、龙里、白纳、底寨、乘西、养龙坑,播州宣慰使领安抚司二:董圹、黄平,长官司六:播州、余庆、白泥、溶山、真州、重安。"这两宣慰使基本统辖了贵州境内土司。但值得注意的是金筑却不在其中,成了独立的土司,可见其地位特殊。

《贵州志·前事志》卷中记载:"建文帝出避一事,钱虞山有十必无之辩,朱竹有十三不足信之说,其他同李映碧、潘稼堂及《明史稿》例议,皆就致身录所载驳辩无遗,似已论定矣。独董石牧太史云:虞山据史鉴乞吴文宽所撰其曾祖《墓表》因以驳《从亡记》。"这里史官们提到一个依据,原来建文帝到贵州是为寻其曾祖父母墓葬而来。

到此,笔者大胆理出一条脉络:朱元璋年少时随其父母可能云游到贵州,甚至完全可能是贵州人。其父母四十多岁五十岁就死于金筑土司境内,即请其时在贵州修道的张三丰为其父母选了一个坐西朝东、墓向有金山凤山的风水宝地,张三丰称此墓地是"朝向金山缩头崟,不出强盗出霸王。"朱元璋以此视三丰为高人。后来朱元璋扯旗造反,并深知自己来自蛮荒的苗夷之鬼方,难于服众,为了聚众和将来的统治,他听从军师刘伯温之言,故意将凤山之阳说成凤阳。从此定下身世基调。朱元璋当了皇帝,便将身世藏于密箧之中。但刘伯温、张三丰知道这秘密,所以写下预言诗和偈语,暗示此秘密会在五百年后昭之于世。五百年后若还是朱家天下,这贵州文物岂不胜江南?这其中祖茔之事岂不是直贯皇城阁?谁知年轻的建文帝一登基,便从秘箧中知道了曾祖父母墓表之秘密。他迫不及待要到贵州为其曾祖父母建墓。此事让他叔叔燕王知道了,便以太祖遗训告诫建文,千万不能让此事毁了朱家天下。而建文帝一意孤行,《贵州志·前事志》卷二记载:"鉴以处士而乞朝臣之文表其祖墓,有触碍者鉴或讳之宽则削之。"燕王一怒之下,只好亲谒祖陵以告,并于次月攻入大内废了建文自立

困豹

为帝,年号永乐。为此发出了"小子无知,有至于此"的哀叹。

永乐帝一即位,秉其父朱元璋之意:千万不能泄身世之秘以误治国,所以十几年间三次大修明太祖高皇帝实录。而大学士解缙不解其意,仍照实撰写,结果被下大狱而死。建文帝逊国后,当即以朱元璋原来的出身即出家当和尚返至贵州,并寻到了金筑长官司密定,请其一起找到朱元璋父母之墓地,隆重为其重修了豪华墓室,并亲自撰写墓铭。墓铭即点明此墓系朱元璋父母之墓,又不失自己建墓之苦衷。墓铭供奉在墓室内正中神龛上,也不暴露朱家身世,其用心良苦。同时,建文帝还将其家族人员之墓地一一重修。因而现在燕楼境内发现有十几座同类型的豪华墓室。

历史翻过去几百年,不经意间盗墓贼盗开此墓,使这秘密昭然天下,同时使各类史书所记载的历史之谜也得到佐证。

还有一佐证,据《嘉靖志》记载:金筑长官司在金密定时期,"置长官司于斗笠寨,后又迁治杏林峰,再后密定之子金得珠又将治所迁至马岭之阳,即坝寨。一百多年后又迁至广顺。"金筑司为什么一而再、再而三乔迁治所?这一定与建文帝为其曾祖父母建墓有关。历史上株连之事层出不穷,金筑司不得不考虑这些潜在危机。野史传说永乐皇帝后来也认可了建文帝之举,所以不再追逼,并也亲临贵州认祖归宗。如今贵州多有永乐地名,乌当永乐镇还有其碑刻记载。并且,斗笠寨更名为燕楼无不与燕王的到来有关。

《二十五史补编》第八五六五页记载:"明正统年正月(公元1439年)建文帝六十有四决意东归,八月,建文帝至南京,济从,有识济者,指济曰程编修。""冬月,御史以建文皇帝自陈上闻,命中官旧侍者吴亮珍视,帝与吴亮语畴往事,帝大惊。吴亮密奏毕,遂自到死。""诏迎建文帝入大内,宫中皆称老佛,建文自陈其事于御史,长身隆准,声若洪钟,御史异之。"

建文帝被明王朝重新认定后,《新义录》记载:"迁至广顺的金筑土司金庸才为建文帝建庙、蠲田、招僧,肖像而祀焉。"

燕楼现存古城墙遗迹,古城墙内有蕴藏丰厚历史文化内涵的古建筑遗迹,山头上有完整的古城堡遗址。这些说明燕楼这块土地当年曾经辉煌过。为什么在这穷乡僻壤间会有如此的辉煌?而这些辉煌又不曾记载史志,这难道不是与皇家有关吗?这难道不是与皇家祖坟在此而不宜记述不能让人知晓的讳忌有关吗?……

作者"运春",木青青有一种似曾相识的感觉,隐约记起来在哪一家文史刊物上看见过这样一个名字。

这天夜里,木青青失眠了。他感到一种莫名的亢奋。尽管一时半会,他还看不出这篇东西跟黑鸦坎悬棺群有哪样必然的联系……

借着到县上出差的机会,木青青上图书馆找着《遵义府志》。《遵义府志》成书于清道光年间,由大学者郑子尹、莫友芝纂修,被梁启超誉为"府志中第一"。如果黑鸦坎悬棺群跟明王朝真有哪样联系,那么《遵义府志》上不可能没有一点蛛丝马迹。木青青在图书馆里待了大半天,终于在《遵义府志》上找着这样两条,一为寺观目载:"福源寺,在治西二十里,唐宋间建,明建文帝曾寄宿题诗。"一为古迹目载:"天子宅,在城南六十里白牛山侧,相传明建文帝出逃,曾寓于此,题诗有'三宫六院归何处,惟有群鸦早晚朝'之句。其近有接圣林,亦以建文得名。"虽然没有直接的记载,但木青青还是感到一种鼓舞。建文帝到贵州,不仅仅在燕楼修祖坟,还在遵义呆过。但这与黑鸦坎悬棺群又有哪样联系呢?木青青这么琢磨着,脑子里突然跳出来一句谚语:"搞烂就搞烂,搞烂就往贵州搬。"木青青曾经考证过,这是当年四川移民的口头禅,说明贵州是一个逃难的地方。想到这一点很重要,木青青回到错欢喜,就像猜谜一样的,把络腮胡留下来的那些资料又读一遍……

发　掘

　　那年冬天,络腮胡带着几个人终于到错欢喜来了。
　　他们的车一直开到管理区门前。书记主任的已经接着电话,都等在院坝上。车一停,县长先下来,接上大家才下来。下来一个人,县长就介绍一个人。这工夫,书记主任的才搞清楚络腮胡的面貌,哪样教授、所长、委员,一长串头衔。
　　"就是那几具棺材的事情。"县长说,"你们要全力支持。"
　　"当然！当然！"书记主任的跟县长点着头,"这也是为了我们的发展嘛。"这么说着,便又转到络腮胡那边,"有什么要求尽管提出来,我们一定当好服务员。"
　　络腮胡也点着头,"感谢！感谢！"恳切地说着,"你们就派那个木青青给我,这个年轻人挺聪明的。"
　　"哪个木青青？"县长听着,迷迷糊糊的,"我怎么没有听说这么一个人？"
　　"我们这里的大学生呢。"书记主任的说着,就凑着县长耳朵嘀咕嘀咕。
　　县长点着头,也就不吭气了。
　　这工夫,木青青来了。县长盯着木青青看一阵,接上也还是一声不吭的,跟大家抱一抱拳,坐上车去,一溜烟走了。
　　管理区没有招待所。吃饭好解决,食堂多几个碗,多几双筷子。但住宿连一个客铺都没有。只是管理区干部差不多都打单身,有女人的,也各在一方,这还有些松动。书记主任的碰一碰头,就把大家集中起来,肥的兼瘦的,两个人一伙,总算都安顿下来。

络腮胡先前跟木青青住熟的,这回怕生。

"我打鼾像打雷一样响。"

他这么打退不如吓退地说着,又跟木青青住在一起。

夜里,两个人你一头我一头躺着。望着天花板上黄光光的灯影,木青青禁不住问道:

"你是不是要找永王朱慈炤的下落?"

络腮胡听着,一下坐了起来。

"你是不是有哪样线索了?"

这么说着,他便摸着罩子灯,拧大火门。屋里一下亮了许多。

"我也只是猜测。"木青青说,"你给我看那个东西,牵涉崇祯皇帝三个皇子,太子朱慈烺跟定王朱慈炯都有记载,唯独永王朱慈炤下落不明。"

"你小子脑子还够用嘛!"络腮胡说。

"你该不会考证来考证去,"木青青说,"把我都考证成皇族后裔了!"

"这完全有可能。"络腮胡说,"不只是你们木家寨姓木的,还有黑鸦坎那边牛家山姓牛的,都完全有可能是皇族后裔。"

"这可不是哪样好事情。"木青青说着,也一下坐了起来,"从前磨坝场有一个姓朱的称皇帝,被枪毙了。"

"这种事情不只是磨坝场发生过,"络腮胡说,"黔北很多地方都发生过,有的还有相当规模,有左丞右相,有皇后皇妃……"

"我可从来没有听说错欢喜发生过这种事情。"木青青说。

"你想一想,"络腮胡说,"一块石头扔进池塘,中心平静下来了,可周围还激荡着水花。"

"这倒是……"木青青点着头道,"潜流行之江底。"

"我现在完全可以告诉你,"络腮胡说,"我已经有一些依据,哪怕还不是直接的证据,可以推测黑鸦坎悬棺群跟永王朱慈炤有关系。"

"等打开悬棺,"木青青说,"事情就清楚了。"

"但愿如此。"络腮胡说,"根据我的推测,永王朱慈炤是很周密很仔细的人,也许悬棺里根本就找不到什么有价值的东西。"

第二十一章 发掘

"那不冤枉了!"木青青说。

"考古始终是一种发现。"络腮胡说,"但我们考察黑鸦坎悬棺群主要还是一种印证,哪怕悬棺里什么都没有,我们的推测也还是站得住脚……"

木青青眸子里映着明亮的灯火,怔怔地听络腮胡说道:

"前两年,遵义民间发现一本叫《播雅》的诗集,诗集里有一首逃亡诗,小序里有'随永王朱慈炤避难来遵'的说明,这个说明虽然没有史书记载那么详细,但绝不会无中生有。一来明王朝跟贵州那种剪不断理还乱的瓜葛,二来当时遵义还在南明兵部尚书王应熊手中。清顺治四年正月,张献忠在四川战死,大西国秦王孙可望、安西将军李定国拥皇后张献忠之妻陈演女从川南入遵,一举破城,王应熊兵败逃毕节。大约这时候,永王朱慈炤又走上逃亡之路,不知去向。三百多年过去,如今我们可以大胆推测,永王朱慈炤二次逃亡,一定吸取上次避难的教训,绕开城镇,来到了荒无人烟的错欢喜。他在这块土地上拓荒、创业,生儿育女。顺治十五年,清兵分三路进入贵州。防止不测,他把儿女们分成两拨,并隐姓埋名,将'朱'拆散为'牛'和'木',一姓化二姓。一个字变两个字,中间一横共用,暗指一脉相连。两姓以黑鸦坎为界,一为木家寨,一为牛家山。万一走漏风声,清兵不管从哪里来,有黑鸦坎峡谷作为天然屏障,只能够剿杀一姓人,而另一姓人则可守可逃,不至于被清兵赶尽杀绝。牛家山木家寨,名为两姓,实为一脉相承,所以不准开亲联姻。但历史的发展说不清楚,几百年过去,这种伦理的训诫已经失去原来的意义,导致误读,走向负面,演绎成了一种仇恨。两姓人忘了祖根,这一点,也许永王朱慈炤当初就打算要让他的后人们遗忘。事实上,只有遗忘才是最好的保护。顺治年间,到处搜捕明朝皇室的后代,哪怕相隔十几代的远房支系,哪怕还是襁褓中的婴儿,一个也不放过。皇太子朱慈烺和定王朱慈炯不得善终,最后被清王朝杀害,就因为忘不了自己皇子的角色。今天读《清代档案史料丛书》里有关奏折,那手段之毒辣,还叫人心惊肉跳。这一来,没有竖一块碑,也没有传一个谱,木家寨牛家山两拨人就像从天上掉下来一样。加之不准联姻开亲,两个村越来越疏远。亲戚要走动才亲,没有联系,也就无所谓亲不亲。到匪乱横生的年代,两个村终于打起冤家来。打冤家,这实际上受了周围民族文化的影响。遗憾的是随着地方的开化,民族的交流和沟通,这种恶俗已经在民族地区消失,但错欢喜两个村由于地理的阻隔和历史的误会,这种恶俗至今还阴魂不散。到后来,不开亲联姻,也不走动,导致打冤家,而打冤家,又导致不联姻开亲,也不来往,形成这样一种互为因果的恶性循环……"

"说到碑,"木青青说,"我想起来从前木家寨有一块古碑……"

"哪样古碑?"络腮胡紧问道。

"放生碑。"木青青说,"那年被泥石流埋掉了。"

"这其实也是一种文化的表现。"络腮胡说,"碑啊铭啊这些东西最能够说明问题。"

"还有一口放生塘。"木青青说,"听一些老年人说先前被填起来做庄稼了。"

"放生碑也罢,放生塘也罢,都让人寻味。"络腮胡说,"联想永王朱慈炤的遭遇,这种现象也还是合情合理的。"

"只可惜放生碑放生塘后来都成了一种摆设。"木青青说,"现在连这种摆设都没有了。"

"人文的东西跟生态的东西不一样。"络腮胡说,"生态的东西需要维护,而人文的东西则需要发扬,善不立,恶即生,所以才有打冤家这种事情发生……"

隐隐地听着村子那边几声鸡啼,两个人才躺到被窝里睡了。

天刚蒙蒙亮,木青青就起来。他来到木家寨,借上骆沙锅的杠子绳,又叫上几个年轻人,弄一些香烛纸钱带在身上。回到管理区,络腮胡带着考察队已经等在院坝上。两拨人合在一起,顺着黑鸦坎悬崖,来到悬棺群顶上。太阳已经出来老半天,只是被云遮着,白茫茫一块,像撕烂的棉絮。

"惊动亡灵。"木青青说,"应该招呼招呼。"

接上几个村里的年轻人就点的点烛,上的上香,烧的烧纸钱。崖畔上火光闪烁,烟雾缭绕,一下就成了祭台。

"我们只是一种推测,还没有证明这些悬棺的主人就是你们祖根根儿。"络腮胡半开玩笑半认真地说,"不要拜错了。"

"只要葬在黑鸦坎,"木青青说,"不管亲啊疏啊,我们都有缘分。"

第二十一章 发掘

找不着大树,几个年轻人就在崖畔上打了几棵地桩。木青青扳扳地桩,还牢实,便把绳头拴在地桩上。两个考察队员拿着绳子另一头,熟练地系在腰间,不吱声不吭气的,就从崖上往下滑。几个年轻人在崖畔上拉着绳子,慢慢地松着。也就十来分钟,绷紧的绳子软下来,他们就把多出来的绳子松松地绕在地桩上,坐在崖上等着。

峡谷里静悄悄的,只有几丝雾阴郁地往上爬着。总算有了一点声响,仿佛一个人的喘息,小心翼翼地跟着雾气从峡谷深处透上来。大家听着,一颗心悬吊吊的,也慢慢地松弛下来。

"这悬棺到底哪样安上去的?"仿佛耐不住寂寞,木青青说,"上不沾天,下不沾地,那么高的地方,棺木少说也有五六百斤。"

"这一直是一个谜。"络腮胡说,"很多专家都研究过,也一直没有定论。"

这工夫,那块白茫茫的云裂一条缝,太阳一下就穿了出来,明晃晃的一束光,戳在黑鸦坎,使峡谷平添几分凶险。

突然,阳光在空气中抖动着,峡谷深处一个声音应山应水地传上来——

"来……来……"

竟然闷在水里一样混浊不清。

络腮胡听着,拿着一截绳头系在腰间,又慢慢地滑下山崖……

不知道有多久,是一个月,还是一年,几根绳子都动了起来。大家一下振作精神,仿佛钓着一条大鱼,一手一手地往上拉着绳子。绳子勒进崖畔的泥土,勒一道深深的槽子。不一会,一个接一个的,几个人都翻上山崖。擦一把汗,喝两口水,络腮胡就拿出来两样东西。一颗珠子,玛瑙红的,在阳光下红得烫手。一个"没奈何",当地人舂花椒辣椒这样一些小佐料用的厨具,木头刳出来的,还上了一层漆,漆皮已经剥落……

"没有找到文字的东西。"络腮胡说。

大家听着,眼睛里透着一种迷茫。

"这是从最大的那具悬棺一号悬棺里清理出来的东西。"络腮胡说,"玛瑙珠是口衔,'没奈何'是随葬品……"

"哪样东西不可以做随葬品呢?"木青青说,"偏偏拿'没奈何'做随葬品。"

络腮胡没有吭声,拿着"没奈何"琢磨着。"没奈何"两部分,一个大肚皮的碗,一个一头粗的捣杵。碗口很小,比捣杵圆圆的头还小,刚刚扣住捣杵。捣杵在碗里活摇活甩,却又拔不出来。小东西与其说是一件工具,还不如说是一件玩具。那捣杵到底怎么套进碗里去的?很费思量。听说前几年来了两个外国专家,他们在市场上看见"没奈何",尤其觉得新奇,只是琢磨来琢磨去,就不明白那捣杵怎样套到碗里的,问商家,商家也只知道生意,不知道生产,就随口便答是树上天生的。两个专家听着,觉得贵州真神了,便缠着接待单位要看一看这种奇异的树……

"我想我们的推测没有错,尽管还没有找到文字的东西,"络腮胡很认真地说,"但这颗玛瑙珠子可不是一般人能够有的……"

"那'没奈何'呢?"木青青说,"这又是普通不过的东西。"

"我对'没奈何'的工艺不太了解……"络腮胡说。

"我小时候在外婆家看见过挖瓢匠做这种东西。"木青青说着,拿起"没奈何"来,"很简单,这捣杵用干燥的木料做,没有一点收缩性,这碗用湿木料挖,碗口挖到捣杵刚好套进去,等湿木料干燥了,碗口一收缩,捣杵就拿不出来了。"

这时候,考察队一个年轻队员插了进来,"依我看哪,"带着几分激情,也带着几分浪漫道,"悬棺主人如果真是我们找的永王朱慈炤,这两件东西还很适合他的身份和处境。他本身不事张扬,又在逃亡中,也不敢张扬。但死到临头,他那种皇子的意识还是有的,而且很强烈。在矛盾中,他选择了暗示这种表达方式,红红的玛瑙珠子做口衔,暗示他的身份,'珠'与'朱'谐音,又红色,也是'朱'的意思,而且这么大的玛瑙珠子也只有身份高贵的人才有……那'没奈何'则暗示他的命运,一个普通人的命运,而且这种工具从它的工艺到它的名字,都是很有意思的,在一种特定的条件下,捣杵套进去,却无论如何也拔不出来,显然也'没奈何',这难道不是这个落魄皇子的境遇……"

"现在有几个问题可以肯定。"络腮胡说,"一号悬棺的主人为男性,从骨骸来看,年龄大约在七十岁到八十岁之间,存放悬棺的岩洞是人工凿出来的,棺木已经朽坏,少说也有三百年的历史,也就是明末清初的东西,这些条件都符合我们的推测,但在找到确凿的文字依据前,我们也只能停留在推测阶段……"

大家说着,听着,管理区食堂的师傅挑着两只箩筐,就闪悠闪悠从崖畔上走来,把饭送到了现场。日头当顶,也到了吃饭的时候。大家也不客气,一个人抓一只碗,盛上饭菜,站着,蹲着,也就悉悉乎乎吃起来。

木青青也饿,只是一碗饭菜端在手上,大半天咽不下几口,总觉得心头莫名地堵……

碗啊筷啊一撂,几个考察队的又张罗着下去。这工夫,木青青也站起来,迟迟疑疑地说道:"我也下去看看,跟你们搭一只手。"

络腮胡听着,愣一愣,"你敢哪?"打退不如吓退地说,"没有学过的人,看一眼都怕,更不要说触摸。"

"峡谷口哪一天堵起来,"木青青说,"这些悬棺就会成为旅游观光的景点对外开放,我也想多了解一点东西……"

"应该看一看。"几个考察队员从旁边岔进来道,"这最能够练胆子。"

木青青听着,觉得那口吻怪怪的,看看他们脸神,都异常活跃,便弄明白都想看他的笑话。也不知从哪里生出来一股胆气,他把绳子一边往腰上系着,一边雄赳赳地说:

"我不信活人还把死人怕了!你们都不怕,未必我还怕!"

"你就不知道,"几个考察队员笑着,"远怕水,近怕鬼。"

"这几百年过来,他们不是我的祖先,也是我的邻居,"木青青也笑着,"未必会害我。"

大家也都笑着。络腮胡上来看了看木青青系在腰上的绳子,木青青便贴着山崖往下滑着。

开初,木青青笑吟吟的,一副无所谓的样子。但刚刚离开崖畔,两只脚蹬在岩石上虚恍恍的,他一颗心也悬了起来。绳子慢慢松着,吊在绳子上的人也慢慢往下落着。也不知大家有意要看一看木青青的胆气,还是有别的原因,木青青滑落两三丈,后面的人却还没有跟上来。这工夫,木青青一低头,一眼看见几具悬棺黑黢黢的戳在屁股下面,仿佛几颗人头在那里伸着。他一下头皮发麻,直感觉后背上一股风阴飕飕地吹着。

"喂——"他叫一声,还是看不见有人跟上来,只有空空荡荡的应声,怪腔怪调地拖在后头,摇曳丝丝缕缕神秘的哨声,直往耳朵里钻。他觉得身体里有哪样东西翻倒出来,开始虫子一样细细密密地往外爬着。也就是一种下意识的逃离,他两只手抓着绳子一把接一把地向上攀着。但崖畔的人却不理会,绳子松得更快。眼看那几颗黑黢黢的人头越来越近,木青青一紧张,两只汗湿的手在绳子上一滑,整个身体失控,一下就坠落下去。

幸好抓下来的绳子并不长,他两只脚在什么东西上一击,整个身体一震,一根绳子刷地又拉直了。也就是一瞬间,木青青感到一种失重,整个身体又悬起来。他一低头,便看见一具悬棺像一只大鸟,从脚下洞穴里飞出去,张着黑色的翅子,扑向深渊。好久,好久,一种粉碎的声音才从峡谷深处闷声闷气地传来。木青青失魂落魄的,便看见洞穴里一道光芒一闪,那黑鸟在振翅飞翔的刹那工夫,仿佛两只铁爪在地上一划拉,抓出几个阴字来——

无力回天。

第二十二章

祭　祖

这年的春天来得特别早。

还年那边,也没有哪一个头面人物出来张罗,木家寨跟牛家山两个冤大头就坐在一起,开始谈祭祖立谱的事情。真是雁过留影。络腮胡和他的考察队走了。那悬棺群最后还是哪样结论也没有。但消息还是不胫而走。大家终于逮着把柄,好像在黑暗中待得太久了,看见一点虚虚茫茫的光亮,就奔生奔死地奔出来。先祭祖,哪怕逢年过节的也没有断,但这一回做起来却格外实在。黑鸦坎两边扎了雨篷,做七七四十九天的大道场,姓木的也好,姓牛的也好,老啊小啊,长啊幼啊,都披麻戴孝的,在崖畔跪一片,好像土里突然长出来一片白花。也许一种习惯性的担忧,管理区哪一个人又一个电话打到县上,只说牛尾巴,不说牛屁股,吓得县长紧紧张张的,亲自带着两车人赶到错欢喜。

县长赶到黑鸦坎一看,两边的人隔着峡谷跪着,场面虽然大,却一派和平气象。县长禁不住有些感慨,便站在峡谷边上,拿一个喇叭,喧宾夺主地主持起祭祖的仪式来。看见县长有这种姿态,大家都很感动,前前后后一想,便有人哭起来。一个人的痛,其实也是大家的痛。场子上接上一片唏嘘。一场祭祖的仪式,不知不觉地竟然变味,成为一场谢罪的仪式,对不起祖先,对不起同族弟兄姐妹……

县长看见这种效果,也抹着喜悦的泪水,悄悄地退下来。

"这几个悬棺,弄来弄去,把两个冤大头捏在一起了。"

他这么说着,就带着人马宽宽心心地走了。

木家寨和牛家山接上一家一个代表,坐在一起立谱。木青青执笔,大家公议,仍依照正史,以"凤阳郡如莲堂"为宗祖发祥地,列帝系字辈:高瞻祁见祐,德载翊常由,慈和怡伯仲,简靖迪先猷。追根溯源,朱家天下传"由"字辈,国破家亡,朱慈焕逃亡错欢喜,隐姓埋名,将"朱"拆为"牛""木",以黑鸦坎为界,分散两山居住。家族虽躲过清廷追杀,得以延续,却导致几百年迷失。如今国运昌盛,自然也要振兴家道,特集合"木""牛"两村寨代表,重立族谱,再续字辈:启国单维仕儒林,朝文世子万代兴,和家登光得太平,贵州遵义孟通成,共二十八个字辈。两姓共用。从两村寨最年长者开头,清理排队,依次论辈用字。祭了祖,也立了谱,已经腊月尾上,大家都忙着过年。一鸡二犬三猪四羊五牛六马七人八谷九豆十棉花,人们有了心情,哪一天都过得红红火火。木家寨扎龙灯,牛家山跳矮子舞。木家寨的龙灯天亮出发,一条龙贴着山崖斗折蛇行,大半天下到黑鸦坎峡谷里,找着悬棺群那地方,又放黄烟又嘘花,一条峡谷火光闪闪,烟雾茫茫,好像真有一条龙在深涧里闹腾。接上龙头一扬,又贴着山崖逶迤而上,大半天上到牛家山。牛家山亲啊戚啊早等在崖畔,锣鼓喧天地把龙灯迎进村。一条过山龙走东家、串西家,登堂入室,一拜合家欢喜,二拜家门清洁,三拜风调雨顺,四拜五子登科……一直玩到太阳落山,一条龙也累哪,这才懒洋洋地下一山,又上一山,回到了木家寨。第二天,牛家山的矮子舞又翻越黑鸦坎峡谷来木家寨拜年。一条沟两道坎隔断,村寨不同,玩的也不同。这个矮子舞啊,还真叫木家寨的人开了眼界。几个汉子,都穿灯笼裤,都亮着肚皮。肚皮上画一张脸,有眉有眼有鼻子有嘴巴的。一只背篓从头上罩下去,那肚皮竟然成了头,那背篓则成了戴在头上的帽子。莽粗粗的汉子一下矮了大半截。舞很自由,这些戴着高帽子的矮子像山里的精灵,在坝子上蹦着、扭着。肚皮一瘪一鼓,那一张脸也扭来扭去,一会儿如怒目金刚,一会儿又如笑眯罗汉,格外显着滑稽,直叫人笑得喘不过气来。伴着舞蹈,有人沙声沙气地唱了起来——

矮子王来矮子王,矮来矮去没模样
三寸麻布缝裤子,又嫌宽来又嫌长

第二十二章 祭祖

> 去到菜园摘海椒,海椒树下来乘凉
> 去到菜园摘茄子,拖住茄子一样长
> 去到菜园摘黄瓜,见到黄瓜哭一场
> 扛起麻网去打猎,错把蚂蚁当黄羊
> 担起水桶去挑水,错把龙泉当长江
> …………

整个错欢喜山地都热气腾腾的。

正月刚刚过去,萎缩的土地长出了青青的草稞,萧疏的树木吐出了绿绿的嫩芽……

木家寨和牛家山几百年的疙瘩一下解了,错欢喜,磨坝场,甚至整个孟通,上上下下都松了一口气。但随着木青青架在峡谷上的铁丝滑道一天叮叮当当响个不停,两个村寨你来我往的,一个修桥的报告又送了上来。也应该修一座桥,只是哪里出钱。一说到钱,大家又一下沉重起来。管理区书记主任的跑乡里,跑县里,想乘势而上,把黑鸦坎天堑的问题彻底解决。不说别的,黑鸦坎天堑横在那里,管理区干部下个乡搞个调查什么的,都总爱在木家寨打转。牛家山那边下一山上一山,哪个都躲着。但修桥的事情毕竟不是娃儿办家家,闹一闹也就行了。报告一级一级送上去,最后被交通局卡下来,理由很简单,也很硬,就那么一点钱,连主干线都摆不过来,哪里会考虑错欢喜那旮旯。县长毕竟到过黑鸦坎,有感触,找着交通局协调。结果一算账,县长也开不了腔,事情还是一锅大白水……

这时候,有一个女人到了错欢喜。

晌午光景,天阴沉沉的,还摸摸索索地飘着牛毛雨。一辆"三菱"吉普车一身泥一身水,从毛坯马路上开过来。它在管理区门前一停,大家就自然而然地站到走廊上,靠着栏杆那么看着,目光淡然,却又夹杂着一种莫名的期冀。

木青青眼尖,一眼看见马卡莲。

"马老师!哪股仙风把你吹来了?"他一下蹦过去,热乎乎招呼起来,"我到学校通知令狐老师……"

马卡莲一头银发,望着木青青愣一阵,这才一只手醒醒脑门:

"是木青青啊!你看,人老了,不中用了,你到北京上大学那阵在遵义跟令狐枯荣还住过我家……你看我这记性!"

马卡莲接上闪过身去,让出刚刚下车的一位老太太来。老太太瘦瘦小小,看上去跟马卡莲年龄不相上下,穿戴鲜艳,一身珠光宝气。

"这是小令狐的学生木青青。"马卡莲说,"还到北京读大学……"

"不错,不错。"老太太点着头,怔怔地望着木青青。

"这是……"马卡莲说,"台湾的秦女士。"

木青青听着,莫名地感觉一种尴尬。他望望老太太,感觉那眯细的眼睛除一种惊讶,还透着一种很深刻的悲哀。

一同来的还有两个人,这工夫把书记主任的叫到边上嘀咕着。

不一会,书记主任的就走过来。

"欢迎!欢迎!"

他们这么说着,也笑着。只是有一些勉强。

接上一行人就往小学校去。木青青腿快,懵懵懂懂跑到前头,一把推开令狐枯荣的门,"遵义的马卡莲来了!"上气不接下气地说着,"你们老师来了!"

令狐枯荣坐在桌子跟前,听着,却一动也不动,那样子好像早已经知道。

"她陪着一个台湾的老太太,"木青青说,"已经往学校这边来了。"

令狐枯荣半个背对着木青青,阴阴地说:"那是我妈,我生母。"

"你妈?"木青青差一点跳了起来,"你不是说你妈死了!"

"那是我爸说的。"令狐枯荣说,"我妈是临近解放跑到台湾去的,那时候我还不到一岁。"

木青青听着,脑子里一片空白,不知道是应该安慰,还是应该祝贺。

这工夫,一拨人已经走到操坝上。透过玻璃窗,木青青看见牛毛细雨不知道哪时候停了,天光也亮了许多。操坝上那些一年一届毕业的学生用碎碗碴嵌在地上的名字闪着温馨的光芒,格外透着一种魅力。一拨人在操坝上停下来,静静地站着,被一团神奇的光晕裹着。恍惚中,木青青看见操坝

第二十二章 祭祖

下面老令狐坟头那儿,有一个人站了起来。他高高在上,一脚一抬,就站到操坝上。刹那间,那一地碎碗碴散发出来的光晕膨胀着,成为一片满满当当的阳光……

令狐枯荣站起来,整一整衣裳,不慌不忙地走了出去。

那一天,木青青跟着大家,好像他自己被母亲抛弃了一样,总想哭。他看那老太太在老令狐坟头那儿长跪不起,想哭。他听管理区书记主任的向那台湾的秦女士连考证带推测地介绍黑鸦坎悬棺群跟错欢喜两个村木家寨牛家山与明王朝落魄王子朱慈炤的瓜葛,也想哭。母亲跟儿子,或者儿子跟母亲,很尴尬,也很微妙,并没有抱头痛哭,好像被折腾够了,哪样亲情都麻木了,他看着也想哭。借着上厕所的工夫,他自己打自己一耳光,自己骂自己没有出息。但跟大家走在一起,他鼻子酸酸的,还是忍不住想哭……

傍晚,一行人上车,离开错欢喜山地。令狐枯荣陪着到了磨坝场。那台湾老太太在磨坝场住了一夜,看了令狐枯荣的儿子,也看了正月,看了黑二和干三。黑二和干三一个在县里上高中,一个在镇上读初中。

第二天,那台湾老太太往孟通走,令狐枯荣往错欢喜走。

临上车前,令狐枯荣离群的孤雁一样叫了一声:"妈!"

那台湾老太太抱一抱儿子,这才抽泣着,落两颗苦涩的泪。

三菱车吐着淡淡的烟雾走了。

令狐枯荣也走在回错欢喜的毛坯马路上。

一切又梦一样缥缈来,仿佛并不曾发生过……

没有几天,县上一个电话打到错欢喜。电话是木青青接的。木青青听着,眼泪吧嗒吧嗒地打在桌子上,还真正哭了起来,原来那台湾老太太离开孟通的时候捐了一笔钱,要修黑鸦坎上连接木家寨跟牛家山那座桥……

辣　椒

　　藤子这几天很苦恼。经过磨坝场的国家电网架的架线,建的建变电站,一拨人来,一拨人去,眼看就要成了。有大电网支持,波鞋厂再也不会白天睡觉,晚上上班,那样颠倒日月,就要摆脱瓶颈制约了。可波鞋原材料却从广州那边进来,那价格说涨也就涨起来了。在电话上吵了几回,解决不了问题,藤子撂下厂子拿着合同跑了过去。可除了打官司,藤子也没有更好的办法。事情扯到法庭上,法官听了大半天,也感到棘手,只有两边劝,想调解。合同上一条"非人力能够抗拒的自然灾害除外",是双方争论的焦点。人家说受亚洲金融风暴这个大气候影响,不涨价就要破产了。藤子说亚洲金融风暴只能算人为因素,不能算自然灾害。人家说汉森跟索罗斯这些人简直就是魔鬼,尽管汉森被抓起来了,他所在的那家老牌银行也宣布破产了,可索罗斯还在,他把东南亚几个国家都差不多搞垮了,这难道不比自然灾害更可怕。藤子不知道汉森,也不知道索罗斯,可实实在在地感觉到了这两个人的厉害。听说索罗斯这个魔鬼已经瞄上中国,藤子就仿佛听说哪一颗导弹已经对准中国,既一筹莫展,又无言以对。最后,她觉得要赢这场官司实在太渺茫,不得不同意庭外调解,法官还算负责的,叫对方出了两千块钱,作为藤子来回广州的费用,合同就终止了。

　　原材料涨价,鞋也不得不涨价。可磨坝场的消费者,甚至孟通城的消费者,大多数还是农民,一双波鞋往上涨几块钱,十多斤盐巴不见了,就好像被藤子抢了一样的,总有一种仇恨。有一天晚上,一块石头扔到厂房顶上,哗啦一声,砸烂好几块瓦。镇的派出所查了两天,还是不了了之。但问题好

第二十二章 辣椒

像还不在这里,问题在通过这桩事情藤子弄明白一个道理,原材料要依赖人家,工厂就会受到制约,而就地生产就地销售的这种模式,面对的不仅仅是市场,还有一种乡情、一种文化……

藤子想到了转产。如果要改变波鞋厂那种被动局面,只有农产品深加工,这跟波鞋生产完全相反,原材料用不着从外边进,而市场却主要在外边。这种外向型经济,市场开发难度虽然大一些,但只要产品适销对路,一旦占领市场,就会步步为营,越做越大。而且农民受益,地方上除收加工税,还收特产税,比起波鞋厂来,政府的支持力度也应该大一些。开初,藤子想搞榨菜,听说重庆涪陵榨菜味道不错,还专门去了一趟。可接触下来,人家条件太苛刻。没有自己的技术,没有自己的品牌,还办哪样厂。

事情谈崩了,藤子气呼呼地往回走。重庆下船,朝天门码头吃火锅,藤子一下开了窍。一个火锅,一年要消耗多少辣椒啊。而辣椒品质,四川盆地的辣椒只香不辣,湖南丘陵的辣椒只辣不香,贵州高原坝子的辣椒却又辣又香。这么想着,藤子在孟通县城一下车,就奔农业局啊乡镇企业局啊,找专家学者的论证。大家坐在一起,论证来论证去,都觉得是好项目。只是作为企业,要规模化生产,还必须建一个原材料基地。而县上提出来的口号是"要致富,种烟是条路",辣椒要跟烤烟争土,政府未必会支持。但从可持续发展的高度,大家都支持上辣椒,停烤烟。原因很简单,年年种烟,土啊田啊都板结了。先前种烟,只在坡地上,稍稍侍弄,就能够有收获。现在不行了,要用好田好土种植,而且化肥跟不上,那烟叶还烤不出来颜色。烤烟等级低,均价上不来,种也是白种。天长日久,土质严重退化,烟农也怨声载道,恐怕捡了芝麻丢了西瓜。可种辣椒不一样,种辣椒可以改造土质。

但政府的确也有政府的考虑。一年二十多万担的烟,四千多万的税,全县的财政支柱。一旦支柱动摇,饭碗没有保证,哪个负得起责任。这工夫,也算吉人自有天相,省上一个研究体制的专家到县上挂职副书记,他给藤子出了一个主意,叫公司加农户。公司加农户就是把农户纳入公司管理。基地作为公司生产的一个环节,农户就是这个环节上的生产人员。劳资双方的关系用合同的方式固定。公司产业化,农户成为工人,产品有市场,生产有保证,双方都满意。县上虽然还有些迟疑,但从农村的发展、农业的开发,又觉得这种搞法很好。它不仅促进农业的产业化、市场化,还能够提高农村劳动者的素质,无异于跟农民走出传统农业模式实现农业现代化办一间学校。最后,县上同意在磨坝场镇办试点,藤子自己找基地,自己选择农户,走一步,看一步,先小范围地把事情做起来。

藤子从错欢喜管理区开始,一家一家摸底,从土质到面积,到产量,都做了详细的登记。火生是木家寨的村长,藤子跟他从错欢喜小学读书,一起读到磨坝场中学,自然大小事情都把他扯在一起。藤子在木家寨两天,他也就在她屁股后头跟着转了两天。

"咄,藤子!"女人们就忍不住玩笑,"你还带一个通讯员啦!"

藤子姓铁,火生姓曹,不是姊妹,也不是亲戚,开一开玩笑,也没有大的妨碍。火生的媳妇叶儿气量大,看在眼里,阴在心里,还推了豆花,请藤子到家里吃饭。藤子进屋,才看见另外还有一个人,那就是木青青。那一瞬间,不知怎的,她一张脸莫名地有些烧。

"老同老学的,"叶儿说,很平常,也很平静,"大家聚一聚。"

木青青欠一欠身子,让着一头板凳。

藤子稍一迟疑,便坐了下去。

"怎么样?"木青青说,"大家都还愿意改种辣椒吧。"

"还行。"藤子说,"主要是村长面子大。"

火生听着,笑了笑道:"我这个村长啊,灰灰末末官,搞成'公司加农户',还不是你下头的一个兵。"

"哪里哟!"藤子说,"股份制,大家都是老板。"

"毕竟你是董事长嘛!"火生笑着。

"一个篱笆也要有三个桩,一个好汉也要有三个帮。"藤子说,"何况大家老同老学的,未必不给一点面子。"

"这个事情啊,你占尽天时、地利、人和。"火生说,"有上头支持,又本村本寨的,大家都相信你,还有哪样干不成的事情。"

"大家这几年捆在烟上,都烦了!"木青青这工夫岔了进来,"别的不说,单单烘烤,老木垭作为长江防护林工程,被封起来了,不准找柴,也不准挖疙蔸,木家寨不产煤,还要到牛家山那边背煤,下一山,上一山,大家都

第二十二章 辣椒

烦了。"

"这样说来，"藤子说，"牛家山那边要改种就难了，人家有煤嘛。"

"这要算账。"木青青说，"做烟要花很多活路，农民通常不把活路打到成本里，事实上，活路折成钱，种海椒要省很多活路，算下来应该比种烤烟赚钱。"

"看来，"藤子说，"牛家山那边的事情，我要把你拉在一起。"

"火生去就行了。"木青青这么说着，可话一出口，心里就有一种莫名的悔意。

"一根牛尾巴，遮个牛屁股。"叶儿这工夫岔进来，"你木家寨村长管到牛家山，人家会买账？"

"这倒是一个道理。"藤子说，"你管理区的干部正应该管的，黑鸦坎悬棺群一闹，木家寨牛家山两个冤大头原来是弟兄，手板手背都是肉，大家也很看重，一个搞，一个不搞，也说不过去。"

木青青听着，也就不吭气了。

说着话，叶儿的饭菜就摆了上来。一半白一半红的腊肉，地道的柏树枝薰出来的，又一直在灶头火口上炕着，扑鼻香。豆花里加一点萝卜菜，又嫩又爽。小磨推出来的酱辣椒，辣乎乎的，也甜丝丝的。几个人吃起来都像上磨坝场中学那时候吃食堂那样馋。

吃完饭，道过谢，木青青跟藤子就走了。火生跟叶儿送到门前陔沿上，望着两个人的背影，才想起什么似的喃喃着：

"都挨边三十的人，还单身骑马的，过哪样日子啊！"

叶儿听着，瞥一眼男人，板眼深沉地说：

"只有你这个死脑筋。现在到处都讲更新观念，从前像这样大的年纪不结婚的，不是老姑娘，就是穷光棍，时代不同了，人家都是有资格的人，那叫'单身贵族'。"

"也许今后都不用结婚了。"火生说着，有一种莫名的酸，"大家都当单身贵族，绝了人种算了。"

"你又土气了。"叶儿说，"婚姻是爱情的坟墓，人家讲究的是爱情的质量，不想进坟墓，只要是爱情的结晶，生一个娃儿，哪怕没有男人，照样组织一个家庭,那叫'单亲家庭',这种事情在大城市很时髦。"

"哪时候我们也做一回单亲家庭,我出去打工,你在家头,"火生望着叶儿,半开玩笑半认真地说,"大家都当一回单身贵族。"

"你呀,"叶儿说,"人家那都是有思想的人,有钱的人,你有哪样?你哪样都没有。真的除了出去打工,你也只有过现在这种原始的夫妻生活家庭生活。"

火生听着,愣一阵,就一把把女人抱起来。

"原始就原始。"他火烧火燎地说,"我就要原始。"

他接上往屋里一奔,也不关门,扔在床上,便要做事情。叶儿也骚,两只胳膊弯着,水蛇一样缠着男人的颈子,浪声浪气叫不停。两个人在床上翻来覆去地捣着,都带一种狠劲,仿佛不是一种生理的冲动,而是一种情绪的宣泄。一阵又死又活的震颤,两个人化成两堆肉瘫在床上。望着头上黑黢黢的楼板,火生意犹未尽地说:

"我还是觉得原始的好啊!"

叶儿听着,一只胳膊又勾过来,柔柔地说:

"我就晓得你老实。"

火生这工夫不吭气,心头又涌上来那种莫名的酸……

早晨,木青青还躺在被窝里,正睡得香。木青青前两天到磨坝场,在镇政府办公室翻报纸,看见一篇报道,标题叫《黄河岸边猎星人》,介绍一个普通工人,如何自己磨镜片,自己制造望远镜。一到夜里,他就从郑州城区骑着车到黄河岸边,架着望远镜找彗星。十几年如一日,他终于发现一颗人们从未发现的彗星。根据国际天文学会给新发现的彗星命名的规定,他的名字就成了这颗彗星的名字。木青青看着这篇报道感到一种震动,也感到一种鼓舞。科学的发现的确要有一种运气,木青青想,只是这种运气永远伴随着寂寞的守候。从磨坝场回来,木青青就夜夜架着望远镜找"第十颗行星"。但太阳系还是原来的太阳系。金、木、水、火、土、地球、天王星、冥王星、海王星,九大行星一刻不停地运转着。第十颗行星还是没有出现。

太阳出来了。仿佛特意要看一看这个寻找太阳系第十颗行星的年轻

第二十二章 辣椒

人。太阳从窗外照进来,照在床上,照着他的脸,也照着他的屁股。木青青感觉暖洋洋的,翻一翻身,又响着匀净的鼾声。这工夫,砰砰砰……藤子却打上门来。砰砰砰……木青青一惊,懵里懵懂地跳下床来,蹬上裤头,穿上鞋,湿毛巾抹一把脸,就急慌慌开门,跟着藤子上路,往黑鸦坎那边牛家山走去。

黑鸦坎桥已经动工了。一拨人腰里系着绳头,在峡谷里荡来荡去搭着架子,不时地响起来几声吆喝。木青青和藤子顺着山径往下落着,心头有一种莫名的惆怅。桥修起来了,这条连接木家寨牛家山两个村的山径也就荒废了。哪怕它是一种苦难,只要成为历史,却还是叫人依依不舍。两个人侧着身子,抓着路边的芭茅草,慢慢地往下落着。木青青毕竟野一点,走一阵,藤子就被甩一截,他又不得不停下来等一阵。两个人大半天落到谷底。立在水上的跳磴很少有人走,都长了青苔。木青青一溜一滑走到对岸,回过头来,看见藤子在跳磴上舞蹈一样晃来晃去,忙倒回来,伸过一只手去。藤子见救星一样,一把抓着木青青的手,三跳两跳过水去。撒了手,两个人对望一眼,一张脸就莫名其妙地一阵红。上山了,这回反过来,也还是一种保护,藤子走前面,木青青走后面。两个人贴着崖缝悠悠地往上走着。不到半山,藤子气喘吁吁的,就叫着走不动了。拣两块石头一坐,两个人在路边歇下来。藤子一张脸红扑扑的,仿佛山崖上绽放一枝野杜鹃,显得格外迷人。木青青看着藤子,仿佛刚刚发现姑娘的美丽,都如痴如醉哪。藤子拢拢几缕发丝,一瞥,跟木青青的目光接在一起。也就一瞬间,两个人都被烫了一样地转过目光去。望着峡谷丝丝缕缕的雾气往上升,升上苍苍茫茫的天空,藤子咬着嘴唇,晃晃悠悠地说:

"木青青!你是不是……还想着……水惠?"

木青青怔怔的,望着对面山崖一棵弯弯树,好一阵才应着:

"我跟水惠姨表关系……不能够开亲,这是新的《婚姻法》规定。"

"你为哪样不找一个人?"藤子说。

"你又为哪样不找一个人?"木青青说着,还是盯着那棵弯弯树。

"我又没有读好多书,不像你,大学生。"藤子说,"我看得上人家……人家不一定看得上我……"

"读书还不是为了用。"木青青说,"你那样能干,人家还怕高攀呢!"

"木青青!你在讽刺人……"藤子说着,回过头来,目光柔柔地望着木青青。

"我可是实话实说。"木青青说,"磨坝场,不,甚至整个孟通县,哪个不想跟你藤子好啊!"

"我只想问你一句话,木青青!"藤子说,"包不包括你?"

"当然……"木青青转过头来说着,目光刚刚落在藤子红扑扑的脸上,一句话就卡在喉咙里。

"我要嫁人就嫁跟你……"

藤子说着,噌地就偎了过来,两片嘴唇嘟着,一下就压在木青青嘴唇上。木青青仿佛要说什么,刚一张嘴,就跟藤子紧紧地吻在一起。两个人在山崖上虫一样地抱着。

好一阵,木青青从藤子怀里挣脱出来,脸红筋胀地说:

"藤子,你听我说,藤子,你是企业家,又漂亮,我当然喜欢你,只是我不甘心……我配不上你……"

藤子怔怔地盯着木青青,诧异的目光中夹杂着一种莫名的恨。

"我读大学为哪样?难道就为回来守黑鸦坎?"木青青有些激动地说着,"作为一个农民的儿子,我在北京辛辛苦苦上了四年大学,一家人都为我做出了牺牲,可不是要我回来守黑鸦坎,我结了婚,建立了家庭,我就永远困在这里了,我还有哪样奔头……"

藤子听着,又偎了过来,揽着木青青的脑袋,细细地抚摸着。

"黑鸦坎桥修起来了,错欢喜管理区就要撤了。"藤子怜爱地说,"那时候,你们都到磨坝场了,也就不用守黑鸦坎了。"

木青青躺在藤子怀里,一动也不动,像一个受了委屈的大孩子依偎着母亲。

他心酸酸的,只想哭。

一袭白裙

秋天,瓜熟蒂落,藤子辣椒公司成立了。

忙秋收,又忙秋种,也够忙啊。但赶场的人还是不少,窄狭的乡街还是满满当当的,像春天里一条涨水的河。藤子看日子,落雨山的半仙马歪嘴掐着指头算半天,还是看赶场天。山朝水朝不如人朝。赶场天人气有多旺啊,哪样事情做不成啊。

会场设在镇政府门前的坝子上。台上坐满了从县上来的领导,镇的一个书记一个镇长,都在后排的角上挂着。曹绍成没有位子,又耐不住寂寞,只好从哪里抓一只话筒在手上在场上走来走去维持秩序。其实场上有一点躁动也很正常,两百多个从错欢喜来的农民,代表两百多户人家,一个人背着一背篼红红的辣椒,就要成为藤子辣椒公司的工人了,哪会没有一点气氛。只是看的人多,公司加农户,也是稀奇事情。里三层外三层的,都踮着脚、伸着脖子,往场子里张望着,莫名的期冀,莫名的兴奋,无形中搞得一爿场子就像一个漩涡,紧紧张张的,仿佛稍不留神就会被卷进去。曹绍成能够见缝插针地出来招呼场子,也算看到了头势。台子前面,一张八仙桌码着两堆东西,一沓白花花的合同书,一堆五花八门的辣椒罐头,新媳妇、巧姐、老干娘、老干爹、学生哥、幺妹,标签不同,品种不同,口味也不一样,糟辣椒、酱辣椒、番茄辣椒、豆豉辣椒、蒜泥辣椒、鸡辣椒、肉辣椒……这个藤子啊,还真有一点本事,一种调味品,搞出来这么多名堂。

开会了。县的书记站起来,很文弱地戴一副眼镜,笔挺身子,操一口夹着土音的普通话,宣布藤子辣椒公司成立。接上鸣炮。一大串土火炮,挂在镇政府门前一棵树上,乒乒乓乓炸开花。火炮一响,烟尘纸屑满天飞,而场上也一下紧张起来,好像一锅水烧到这工夫,就要烧涨了。那一背篼一背篼红辣椒,在太阳下面,仿佛一团一团火,格外刺眼。而一团一团火在惊炸炸的火炮声中,又很快连成一片,渐渐地晃动着,就要熊熊燃烧起来。场上开始有人骂,有人吵,有人呻唤……

火炮炸过,尘埃消散,大家坐在台上,这才看见街上赶场的人从两头往这边拥了过来,一浪又一浪,整个场子都被冲乱了。镇的书记镇长一个人提着一个电喇叭从角上走到前台,叽里呱啦喊半天,整个人群才渐渐地稳下来。接上办交接。县长站起来,象征性地把码在八仙桌上的一沓合同捧起来,郑重地交到藤子手上。合同都是一样的格式、一样的内容,只是签名和摁的指印不一样。藤子捧着一沓合同,也就捧着整个错欢喜山地,格外有一种沉重。她目光越过喧哗的人群,越过磨坝场低矮的屋檐,落在远处茫茫的山野。渐渐的,她的眼眶里浸上来两泓亮晶晶的泪。一边录像的,摄影的,还以为那是喜泪,都不亦乐乎地抓着镜头……

藤子想到了木青青。这一阵,木青青为辣椒公司的事情没有少操心,从产品策划到市场定位,甚至今天的成立大会,每一项议程,他都写在纸上,人都累瘦了一圈。可木青青早晨起来,跟藤子打一个招呼,就离开了磨坝场……

这工夫,木青青正走在去省城的路上。

路上很静,半天看不见一辆车。中巴车一撅一扭的,出一弯,又进一弯,孤独而又执拗地往前戳着。隔着几丘田,一道青石砌起来的路基模模糊糊地往前延伸着。路基上面,人啊机器啊正忙着。听旁边的人摆龙门阵,木青青才隐隐地知道那是正在修建的出海大通道,一条四车道的高速公路。中巴车刚刚转过弯去,嘎的一个急刹车,突然停了下来。木青青伸长脖子,这才看见前头堵一大串车。难怪这一路看不见车。大家懵头懵脑的,都下车来,往前头看究竟。木青青数着车,大约百十来辆车,这才走到跟前。原来夜里一场雨,半边路基被冲垮了,一拨人正在那里抢修。看情形,少说也要四五个钟头才可能通车。他默一阵,便急急地回到车上,找着驾驶员,两个人一起到断路那边找着一辆中巴车。那中巴车也堵得慌,一交涉,便一口答应换一换。很快,两辆车上的客人拿上自己的行李,越过断路,坐到对方车上。车调过头来,虽然走了回头路,而客人却又往前走了。

天擦黑,木青青终于赶到省城。他在客车站附近找一家旅馆住下来,便到值班室,要电话拨着。电话嘟——嘟——响一阵,通了。

"喂!"一个女高音很兴奋地传了过来,"木青青啊!"

"我已经到了。"木青青这么说一句,便一直在鼻子里嗯嗯嗯地应着。

放下电话,他回到寝室,在包里摸着一包东西拿在手上,跑到旅馆门前,叫一辆的士坐上去,说一个地址,便在城头转起来。

看见街市上那些五颜六色的灯光,木青青一下又找到了城市的感觉。大学毕业分配回到错欢喜老家后,他就没有到过省城。省城如今很漂亮,他感到又陌生又惊讶,却无论如何也兴奋不起来,仿佛在展览馆看一个跟自己无关的展览,而且还隔着一层玻璃。的士跑到河边,悄没有声息地往前滑着。河水在一片虚幻的灯影里,跳动着金属一样的光亮。不一会,眼前出现一座岗亭,岗亭里一个军人雕塑一样立着。的士慢下来,顿一下,这就算跟哨卫打一个招呼,便开进一座大院。走不多远,木青青看见一片树荫里立着一个倩影,稍一愣,就叫的士停了下来。木青青刚刚打开车门,那倩影拖着一袭白裙,也就晃到跟前。

"我还怕你找不到呢。"声到人到,一袭白裙一张花花绿绿的钱就跟司机戳了过去。

木青青捏着包里一张钱,还没有反应过来,的士就在大院里转一个优美的圈,越过岗亭,消失在城市五颜六色的灯影里。

"我们有好多年没有见面了。"一袭白裙欢快地说着,"我担心见面都认不出来了。"

"你没有变。"木青青说着,有些勉强地笑了笑,"还是像北京上大学那时候那样年轻漂亮……"

两个人说着,便穿过一片浓浓的树荫,走近一幢小洋楼。木青青感觉一种少有的宁谧和清新,下意识地抬起头来,就看见一轮月亮静静地挂在天上。月华如水,透过城市模糊的夜光洒落下来,格外有一种神秘,很美,也很冷。只有路灯光影里,几只飞虫扑来扑去,透着生命的热烈。站在小洋楼门前,木青青如梦如幻。一袭白裙熟练地打开门,走进去。木青青稍一迟疑,也走进去。门在背后无声地关着,直到嗒的一声,卡死在锁上。两个人窸窸窣窣地穿过走道,又打开一扇门,这才进屋。木青青在过厅里换一双拖鞋,便跟着一袭白裙上楼,拐两拐,上到二楼,眼前豁地一亮,就已经站在客厅里。

"请坐!年轻人。"一个男人的声音稳稳地说着。

"伯伯好。"木青青下意识地应着,就看见电视机对角线上坐着一男一女两位老人。

"伯母好。"木青青又补一句,这才在一张沙发上坐下去。

"这是我爸妈。"一袭白裙接上介绍着,"这是我大学的同班同学木青青。"

这工夫,木青青总算找着一个机会,把一直拿在手上的一个包往茶几上一放。

"我们老家的天麻,野生的。"他小心地说着,"不成敬意。"

"你还这样客气。"一袭白裙说着,就端一杯热气腾腾的茶上来。

木青青端着茶杯,吹吹浮在上面的茶叶,浅浅地呷一口水,润一润喉咙。也就在把茶杯放到茶几上的工夫,他发现他们几双眼睛都往这边瞅着。他一张脸倏地红了起来,仿佛大白天被人剥了衣服。他接上又把茶杯端在手上,低着头,只管嘘嘘嘘地吹着。那些茶叶浸在水里越来越沉重,舰船一样泊在水上。呷一口水,他头抬也不抬一下,又嘘嘘嘘地吹着。过了一阵,他欠一欠身子,靠在沙发上,接住照过来的几对目光,渐渐地适应起来。

"你们那里今年收成如何啊?"那声音依然稳稳的。

"还行。"木青青应着,"人均四五百斤谷子,解决吃饭问题,山坡上匀一点土地种苞谷红苕,可以喂两头猪,也就解决了吃肉的问题,还匀一点土地种烤烟,或者种辣椒,也就解决了用钱的问题……"

"你对农村工作还很熟悉嘛!"稳稳的声音中多了几分赞赏,"趁年轻,在基层锻炼锻炼,也是好事情嘛!"

"爸!"一袭白裙这工夫有些娇嗔地岔了进来,"你的意思是不是我没有到基层锻炼过?"

一阵沉默。

"时势造人啊！"为人父的接上带着几分感慨又稳稳地说着，"你们这一拨人，分配比较差。但事物都是辩证的，因为分配不好，很多人没有要工作就下海了，却因祸得福，恰恰碰上国家搞市场经济，整个工作重心转移，结果如鱼得水，差不多都找了钱，做了老板。"

"爸！像人家木青青这样老老实实待在基层都有十来年了。"一袭白裙说，"你要帮一帮他嘛！"

"嗯！"

声音在喉咙里打一个转。接上又一阵沉默。

这么热一阵冷一阵地谈着，木青青忽然感觉一种无聊，便告辞了。

一袭白裙送木青青出来。两个人走过寂静的院子。月光斜着，把两个人的影子拉在地上，忽而分离，忽而聚合。

"我去年离婚，单身一人，这才觉得好艰难。"一袭白裙说着，在冷冷的月色笼罩下，格外显着一种哀婉，"你要能够到省里来，帮一帮我有多好啊！"

木青青一声不吭，只是静静地往前走着。

"我们公司发展已经初具规模了。"一袭白裙幽幽地说着，"你如果不想在乡镇上混了，来了可以从副总经理干起。"

"我来坐享其成？"木青青在喉咙里咕哝一句，像问自己。

走过岗亭，走出深深的院落，一辆出租车就来到跟前。

木青青打开车门，一屁股就坐了进去。

"木青青……"一袭白裙挥着手，颤声颤气地说着，"我等你的电话。"

的士慢慢地开出去，很快融入城市斑驳的夜色……

木青青到省城之前的那一点热情，那一点想望，这工夫消逝得无影无踪了。

大路朝天

　　那些曾经到错欢喜回收火箭的人没有叫木青青失望。他们真的跟木青青找了一台望远镜。望远镜虽然是省天文台淘汰的，但对木青青来说，已经很奢侈了。它不但比木青青原来那只望远镜的倍数要高一倍，而且制作精良。木青青从省城回来的时候就把这只望远镜带了回来。那几天白天阴雨绵绵，夜里绵绵阴雨。木青青还没有正儿八经地架上望远镜望一望，错欢喜管理区就撤了。没有一个机构，就像墙壁上没有钉子，也挂不住瓶子，原来的人都收缩到镇政府，上磨坝场了。只有炊事员，是临时工，不好安排，多发了两个月的工资，回家种地了。人是活的，怎么挪动，都是一种存在。而一幢楼则无可奈何，只有送，送牛家山木家寨两个村一个村一层楼做村公所，送错欢喜小学一层楼做教职员工宿舍……

　　那天，正赶上黑鸦坎大桥竣工通车，县上镇上来了很多车，很多人。大家都想站好最后一班岗，前一天就在山坡上采了一些花花草草的，在桥头扎了一道彩门。彩门前头摆一张八仙桌，桌上摆一台扩音器，便举行剪彩仪式。镇的书记站到桌子跟前，刚刚凑着麦克风，嗓子眼还没有打开，火炮就在一边响了起来。

　　"哪样搞的？"镇的书记紧张地叫着，"哪样搞的？"

　　这叫人一阵好笑。

　　火炮兴冲冲地炸一阵，接上镇的书记稳一稳神，这才顺水推舟地说道：

　　"看来，这座桥早就该通了。我还没有喊鸣炮，火炮就迫不及待地响啦！"

第二十二章 大路朝天

大家又一阵笑。

"现在进入主题。"镇的书记一下子高昂起来,"首先请县委书记……给大桥命名,并作重要讲话。"

县委书记叫哪样名字,也不知是镇的书记没有吐清楚,还是名字太古怪,大家没有听清楚。但县委书记走到桌子跟前的时候,大家却都看清楚了。一个年轻人,戴着一副眼镜,斯斯文文的。

"乡亲们!同志们!"他习惯地推一推架在鼻子上的眼镜,不慌不忙地说着,"我特地赶来参加这个仪式,的确有很多感慨。大家都知道,今天,不仅黑鸦坎上连接木家寨跟牛家山的大桥竣工通车,而我们县最边远的错欢喜管理区也要撤销了。几十年来,错欢喜管理区经历了初级社、高级社、人民公社、乡、管理区,完成了它的历史使命。"

稍稍顿一顿,他又接上道:"众所周知,由于历史的原因,王朝更替,世道离乱,长期的封闭和误解,木家寨牛家山一对亲兄弟变成一对冤家。我们的机构,不管是初级社,高级社,人民公社,还是乡和管理区,守在黑鸦坎峡谷边几十年,为消除这种仇恨做了大量工作。在此,我代表孟通县几大班子向在错欢喜工作的同志,包括曾经在错欢喜工作过的同志,致以崇高的敬意!"

场子里响起一片热烈的掌声。

"改革开放使我们解开了这个谜,找回了历史的本来面目,冤大头重新变成了亲兄弟。"眼镜书记清一清喉咙,又接上说,"大家要我跟这座桥命名,我想起曹植一首诗:煮豆燃豆萁,豆在釜中泣,本是同根生,相煎何太急。这首诗所描述的情景,对错欢喜来说,虽然已经成为历史,但我们永远需要记取。前事不忘,后事之师。只有牢记血的教训,我们的生活才会和和美美,充满希望。同时,我还要提醒大家,这座桥是台湾同胞出资修建的。台湾和大陆血肉相连,弟兄情谊重,回归祖国大家庭,是大势所趋,也是迟早的事情。现在,我取'同根'之意,正式命名这座桥叫'同根桥'……"

火炮伴着锣鼓,又噼里啪啦炸了起来。眼镜书记拿着剪刀,嚓地剪断一段红绸。大大小小的车,一辆接着一辆,吼声隆隆地从大桥上开过去。火生凑热闹,把着手扶拖拉机,带着木家寨一帮年轻人,有赶着牛车马车的,还有推着鸡公车的,跟着县上镇上屁股冒烟的车队,也从大桥上开过去。

木青青哪样车都没有坐。大家醒醒豁豁过了桥,他一个人还掉在后头,一只手习惯地插在裤包里,在桥上晃着。他一会儿把头探到桥栏外,愣愣地望着黑鸦坎谷底,一会儿又眯缝眼睛,凝视着远处的山峦。直到火生在牛家山那边大声武气木青青木青青地喊着,他才拔脚往牛家山走去。

牛家山安排吃晌午饭。晒场上安两只大锅,一只锅炖着香喷喷的羊肉,一只锅蒸着饭。大甑子大茅盖一边突突突地吼着,一边雾腾腾地冒着水汽。牛家山一大早杀了五只羊,都杀跑羊。杀羊的人两只腿胯卡在羊背上,一只手拎着羊的胡子,慢慢地扳着羊的头颅,直到羊颈窝一撮旋毛颤缩着,一只手提着杀刀这才戳进去,听着羊的喉头呼噜呼噜响,拔出刀来,一撒手,一松腿,那羊便带着一股红,一下蹿出去,跑一路,红一路,直到流尽最后一滴血,才趔趄着,倒下去,眼睛瞪着天空,一副死不瞑目的样子。接上几瓢滚烫的水一淋,刮刀扑扑扑地一阵刨,打整光鲜,开膛破肚,砍几大块,往锅里一煮,到八九分熟,再捞起来,剔骨头,切碎,又回到锅里炒一炒,闻着几分香,掺上煮羊肉的汤,猛火冲开了,又细火煨,熟透了,一桌一盆上到席上。大家围着八仙桌,一块肉一杯酒的,吃起来又香又软,还格外有一种浓浓的情味。

木青青一杯酒还没有喝完,脸就有些红。曹绍成隔着桌子,一口一杯的,连干了三杯,接上抹抹嘴,就指着木青青玩笑道:

"你看你那个脸,像一只还没有长醒的嫩鸡儿。"

木青青瞥一眼曹绍成,脸更红,一愣,一仰脖子,脖子也红红的,干了杯中酒,便站起来,也不打一声招呼,就退席。大家愣愣地看着木青青离开桌子,都说木青青醉了,就又顾自吃肉,干酒。木青青穿过闹喧喧的晒场,来到一户人家吊脚楼下面的牛栏,热腾腾地撒一泡尿,看看旁边有一堆稻草,既干松,又干净,便一头倒了下去。看着顶上黑乎乎的楼板,他莫名地有一种悲怆,眼眶里止不住地潮,两滴泪滚出来,顺着眼角,流过太阳穴,落在草秸上。牛栏里,一只水牯寂寞地嚼着干枯的稻草,发出残忍的咕咕咕的响声。一只又小又瘦的老鼠,走几步,嗅一嗅,在牛栏边上谨慎地游弋着。蒙眬中,木青青看见自己也变成了一只老鼠,正从牛栏的另一边跑来,跟那又瘦又小的老鼠争抢一粒苞谷……

听着一阵唰唰唰的响声,木青青一翻身坐了起来。他惺忪睡眼,看见跟前站着一个眼镜。那眼镜撒了尿,正把门前的拉链往上封着。木青青一愣,认出来那是县里的书记,忙站了起来。眼镜书记笑笑说道:

"年轻人!累哪?"

木青青嗫嚅着嘴唇,想说什么的样子,却一句话也没有说出来,只是苦苦地笑了笑。

眼镜书记走近一步,拍拍木青青的肩头,顺便从木青青头上拈下来一根草茎。

"我知道,你叫木青青。"

他这么说着,就走出吊脚楼来。

木青青一愣,便追了出来,跟在书记屁股后面走着。

"你的事情,省里领导都打招呼了。"书记边走边说,"老实说,我感到很棘手。"

木青青鼻子里嗯嗯嗯的,脑袋却固执地晃着。

走到晒场边上,书记站下来,亮晶晶的眼镜对着木青青,"我会尽我的力量。"这么说着,又拐一个弯,"但你自己呢,要对自己的行为负责,还要经得住考验……"

这工夫,停在晒场上的车都发动起来,吼声隆隆,仿佛要把整个牛家山抬起来。书记跟木青青握握手,便坐上开到跟前的三菱吉普。整个车队愣一下,便动起来,龙一样沿着刚刚修好的毛坯马路划来划去,转眼过了黑鸦坎天堑……

木青青坐在专门拉东西的卡车上。管理区几个人,烟杆一般长的队伍,破东烂西的,也居然装了满满一卡车。因为装东西耽搁,卡车掉在后头,天都快黑了,才从错欢喜出发。那工夫,天空飘着雨飞子,峡谷里也起了风,阴飕飕地在错欢喜山地上吹着。路坑坑洼洼的,又重车。木青青抱着那只从省上弄回来的望远镜,坐在车屁股上,跟着一歪一跛的车身晃来晃去。卡车孤独地在风雨中爬着,木青青也感觉一颗心失去抓拿,又空旷又凄冷。望着那楼,那黑乌乌的屋瓦,那一天风雨,他心酸酸的,眼前禁不住又模糊起来。

第二十三章

风中的节日

没有一个人意识到死神正一步一步地逼近。

整个磨坝场沉浸在一种莫名的亢奋中。从镇政府到小学校,从窄狭的乡街到镇的卫生院,哪怕街背后藤子那巴掌大一片厂子,都洋溢着一种期盼,一种古里古怪的喜悦。房屋与房屋间低矮的空中拉着几条红红绿绿的标语,一阵风从山野吹来,又一阵风从河畔吹来,吹得那些横在空中的纸片哗哗啦啦不停地抖动,仿佛引魂幡,总有一种不绝如缕的倾诉,一种神秘的倾诉。等到风软下去,那些纸片在空中瑟瑟缩缩,才透着一些面目,原来到了"三八"国际劳动妇女节,要热烈而隆重地庆祝哪。小镇乡街的,日子从来又窘迫又沉静,突然地要集会,要把四乡八里的女人召集起来庆祝自己的节日,会不会有哪样蹊跷?但也许太枯燥、也太乏味,冥冥中都想有一种改变、有一种刺激,没有人觉得诧异,更没有人产生警觉,意识到这其实是一个阴谋。

木青青昨天去了一趟木家寨和牛家山。管理区撤了,但镇上分工,他还是包了这一块。正月里,外头打工的赶了回来,家里所有的活路也停了下来。男啊女的团在一起,又悠闲又自在,还吃得好,精力格外充沛,却没有消遣,便白天夜晚的,还是那桩事情。不出十天半月,也就种上了。那么年一过,正是做工作的好时机。上上下下齐动手,抓计划生育。一胎安、二胎刮、三胎扎,忙得一塌糊涂。木青青到错欢喜,跟几个超生的钉子户吵了一架,灰溜溜的,把曹绍成要他带去的庆祝"三八"国际劳动妇女节的会议通知往

第二十三章 风中的节日

木家寨牛家山两个村一扔,还等不到听村长在广播上长声武气地喊,就回来了。他很难受,总觉得镇的分工有问题。别的不说,单今天吵这一架,那几个超生的钉子户都是老辈子,不是婶就是姑的,简直还不上嘴。工作嘛,矛盾自然是有的,何况计划生育,差不多是真刀真枪地干。但哪个没有三亲六戚的,何况一个老祖宗下来,实亲实戚啊,总不能不认吧。

夜里,木青青躺在床上,翻来覆去睡不着,便光胳膊光腿起来,走到窗前,脱了望远镜的罩子。望远镜虽然很旧,但是在黑暗中仍旧闪动着冷冷的光,炮筒子一样对着夜空。他晃来晃去找了半天,除了看见两团模模糊糊的星云,整个天空仿佛沉在深海里,一片黑暗,也一片寂寞。他打一个冷噤,带着一种莫名的恐惧回到床上,斜靠在床头。拿起一本书来,《诺查丹玛斯》,研究世界末日的,很流行。是一袭白裙刚刚从省城寄过来的。他翻一翻扔了。又拿起一本书来,《大预言》,还是研究世界末日的,也很流行。也是一袭白裙刚刚从省城寄过来的。

> 一九九九七之月
> 恐怖的大王从天而降
> …………

他翻着,翻着,不知怎的就想到了"无聊才读书"的老话。忽地鼻子一酸,整个脑袋一抖,一个喷嚏打在空中,鼻涕眼泪的就流了出来。这工夫,他才觉得有些不大对,摸一摸额际,热乎乎的,便扔了书,往被窝里缩着。

> 一九九九年八月十八日,整个太阳系将打破平衡,形成一个巨大的十字架。首先,太阳、金星和水星在一条线上,如果它们是在时钟刻度十二点的方位上,那么天王星和海王星则排在它们正对面,即六点的方位上,而更大的木星和土星则排在三点的方位上,最远的冥王星和最近的火星,却和月亮一起聚集在九点的方位上。这种罕见的排列意味着整个行星系的重心将发生变化,可能打乱潮汐力、地磁以及太阳释放出来的高能粒子的流向……

早晨起来,木青青还是觉得昏昏沉沉的。翻箱倒柜找着几颗也不知什么药片吞了,也不见着好转,他就出门来,一路吸吸呼呼的,鼻涕眼泪流着,一块手帕捏在手中只管抹着,一直往会议室去。百来人的会议室坐得满满的,木青青一看就觉得非同寻常。镇上所有机关的人都到了,而且还有很多生面孔。镇的书记镇长的在台上坐一排,很严峻的样子。曹绍成正讲话,木青青青迷迷糊糊听着,那意思要打一场计划生育的歼灭战,便找一个旮旯缩着。计划生育嘛,这也没有哪样稀奇的,搞一搞集中行动,已经司空见惯哪。只是眼泪跟着又流了出来,鼻涕跟着又流了出来,他想这一回看来真正是生病了,便一块手帕默默地抹着……

真正可怕的还是诺查丹玛斯在《启示录》中描绘的大十字。为了对人类进行惩罚,神派了四个天上的活物,第一个活物像狮子,第二个活物像牛犊,第三个活物脸面像人,第四个活物像飞鹰,在大地上掀起大地震,大传染病,大饥荒,大战争。这四个天上的活物显然指四个星座。根据古代占星术,第一个像狮子的活物,一看就知道是狮子座。第二个像牛犊的活物,一看就知道是金牛座。而第三个脸面像人的活物则是宝瓶座。古代占星术从来把宝瓶座描绘成人的一张脸。而第四个像飞鹰的活物则是天蝎座。古代占星术把蝎子比喻成飞鹰。从天宫图上看,狮子座和宝瓶座,金牛座和天蝎座,确实处在一百八十度相互对立的位置上。除此而外,狮子座和天蝎座,天蝎座和宝瓶座,宝瓶座和金牛座,金牛座和狮子座,也相互形成九十度的凶角……

散会了。

木青青脑袋昏昏沉沉的,跟着闹哄哄的人群走进食堂,看一眼满桌子荤啊素的,没有一点胃口,又转到厨房。他在一个大瓷盆里找着米汤,喝了两碗,似乎感觉好了一点,便走出食堂。晃晃悠悠往宿舍走的路上,他不经意地一瞥,发现石梯坎儿下面窄狭的乡街已经被四乡八里拥来的乡民们挤得满满当当的。今天的场格外早,也格外热闹,他这么想着,就停了下来,愣愣地站在高地上。窄狭的乡街像一条很粗糙的渠,只是这渠里流动的不是水,也不是别的什么,而是黑乎乎的人群。这些来自荒野的质朴而热烈的生命啊,他们在这里被歪歪斜斜的乡街拉成人流,在那些低矮破旧的屋檐下挣扎着,盲目地涌动着。木青青感觉眼睛一阵痛,泪水又止不住地往下落着……

一九九九年七月到八月,根据计算机测算,水星、金星将陆续进入狮子座。从地球看去,太阳、水星、金星与狮子座将在同一位置上运转。金星是男女性爱之星,水星是经济、思想交流之星,这两者都将受到狮子座的积极影响,很多消极因素都将激化。但太阳进入狮子座,用占星术的解释,其含义将大大加强。因为太阳是狮子座的守护星,守护星进入被守护星座,双方的力量都将会扩张。这时候,别的星座和行星如果所处的位置适当,能够平衡起来,世界将相安无事。但无独有偶,火星将进入天蝎座。火星也是天蝎座的守护星。进入天蝎座的火星在九十度的凶角上与太阳相排斥,二者将处于十分紧张的状态。火星意味着战争、军备、热、武器、干旱,而天蝎座意味着一种隐蔽的凶险……

"木青青!木青青!"有一个声音在遥远的地方叫着,"进入你的位置!进入你的位置!木青青!赶快进入你的位置!"

木青青听着,打一个冷噤,这才看见食堂里的人都吃完饭出来了,正紧紧张张地往小学校那边走去。他跟在后面,脚打闪地走下石梯坎儿,也往小学校那边走去。他一边走着,一边也就无可奈何地抹着脸上的泪水。小学校在场中间,土坯墙围着,隔着乡街的嘈杂与喧闹。还没有到跟前,木青青就看见一拨女子,有别着银簪子的小媳妇,也有甩着两条长辫子的大姑娘,在小学校院墙门前你推我搡地挤着,时不时还响起来几声惬意的尖声尖气的叫喊,好像哪里被针轻轻地扎了一下,有一种莫名的兴奋。一溜猥琐的男人,背的背着背篓,衔的衔着烟杆,木木地站在边上望着。刹那工夫,木青青都产生了一种幻觉,好像今天"三八"国际劳动妇女节,这些媳妇姑娘的真正翻身哪,看她们有多自豪和幸福啊。院墙里高音喇叭响了起来,一个一个收拾得干干净净、打扮得鲜鲜亮亮的乡里女子开始进场,走进小学校开在围墙上的门,准备着参加她们节日的庆典……

这个夏天,冥王星也要通过天蝎座。火星和太阳对立的结果将由冥王星来显示。确切地说,冥王星来到天蝎座所在的交叉点附近。冥王星也和火星一样是天蝎座的守护星,其含义也是很严峻的。占星术解释,冥王星意味着彻底的毁灭和死亡,要不就是悲惨的大灾难和大异变。而海王星和天王星,也将在这个夏天进入宝瓶座。海王星不稳定,是叛逆之星。它和好战的火星形成九十度,不是好兆头。但最可怕的还是天王星。天王星是宝瓶座的守护星,一进入宝瓶座,双方的力量都会得到加强。天王星有独裁和科学的重大含义,这意味着灾变将是残酷无情的。木星是幸运、发展之星,暗示着丰硕的果实和储备。但这个夏天木星却和土星重叠在一起,尽管只是交叉一下。土星意味着损失、衰落,这将抵消木星带来的好运气。可以说,不仅星球群排列成巨大的十字形状,而且任何一颗行星都将排列成少有的凶角。在本来关系就很激烈的四个星座的大十字中,太阳和火星呈九十度、太阳和天王星呈一百八十度,另外还有大的交叉和重叠,形成好几层恶的布阵,简直险象环生……

木青青鼻涕一把泪一把站在小学校门口。几个乡警看了他半天,才弄明白他原来生病了,便劝他回宿舍去休息。木青青红着眼睛看了他们一眼,摇一摇头,仍然一动不动地站在那里。

墙里小学校的操场上,一幅红红的会标横拉在主席台上方。会标上写着"'三八'国际劳动妇女节庆祝大会"。曹绍成坐在主席台上,看着台下几百个穿戴花花绿绿的女子,脸上几分阴郁,也几分得意。乡里的女子很多没有开过会,这工夫站在操场上,虽有些懵懂,却都知道这是正经事情,不吵不闹的,几分羞涩,也几分拘谨,竟然绵羊一样安静。

墙外乡街上,赶场的人一点不比平日里少,吼啊叫的,磕啊碰的,一片混乱。只是少了花色品种,一街的男人都被抛弃了一样,显着一种可怕的生硬和冷漠。

  向前进,向前进,
  战士们责任重,
  妇女们冤仇深,
  古有花木兰,
  替父去从军,
  今有娘子军,
  扛枪为人民,
  …………

高音喇叭高声大气地唱着。木青青听着,心里咯噔一下,真正有了一种凶险的感觉。

"可能要出事情……"

他嗫嚅着,跟几个乡警说着。

几个乡警打量打量他,又摸了摸他的额头,还烧乎乎的,便紧着劝他回宿舍去休息。

这工夫,高音喇叭嘎地断了。曹绍成在台上站了起来,清一清喉咙:

"同志们!现在开始开会了。"

他接上一扬脖子,脑袋往天上举着:"首先,我代表镇人民政府向我镇全体妇女同志表示节日的祝贺!"

话刚落音,他就带头鼓起掌来。全场的人也很配合,跟着哗哗啦啦地鼓起掌来。

"同志们!"曹绍成口吻一转,"亲爱的妇女同志们!"

他身体前倾,恳切而又严峻起来:"借此机会,我要落实一下我镇计划生育的事情,计划生育是国策,国策就是国家大计,关系一个民族的兴衰存亡,我相信我们的妇女同志能够充分理解这个事情……"

整个场子晃荡了一下。接上死一般寂无声息。大家仿佛都懵了,一时半会还反应不过来。

"同志们!妇女同志们!"曹绍成已经感觉到了一种对峙,"我镇的计划生育工作形势非常严峻。为了今天这次行动,我们还特地邀请了兄弟乡镇的技术力量,组织了阵容强大的队伍。我身后这几间教室就是手术室,只要大家配合,我保证在一天之内解决问题,绝对不会耽搁大家的活路……"

木青青流着眼泪听着,这才透过几间教室的窗户,看见一些白大褂在那里静静地晃动着。

"一胎安,二胎罚,三胎坚决扎!这是政策,必须人人过关。"曹绍成强硬地说着。

"先做你们家的人。"哪一个女人颤声颤气地喊着。

"哦……"曹绍成愣了一下,"我们家的火生是木家寨的村长,他应该带这个头。"

他说着,就往台前走了几步,两只眼睛在人群里搜索着:"火生的媳妇来没有来?火生的媳妇来没有来?来了,就上来,支持一下我这个当老汉的工作,带一个头……"

场子上哄地响起来一片笑声。

"你这个老公公下得手啊,敢开刀骟儿媳妇。"哪一个婆娘泼辣地说着。

大家又一阵笑。

"没有来,火生的媳妇没有来。"有人长声武气地喊了起来。

"没有来么?火生的媳妇没有来?"曹绍成重复着,仿佛事情很出乎他的预料,"跑得过初一,跑不过十五。政策面前,人人平等。"

场子上气氛又开始紧张起来。

"你们骗人!"有人终于忍不住叫了起来,"通知来庆祝'三八'妇女节……"

"我们骗哪个了!"曹绍成有些沉不住气了,"我们……堂堂皇皇的人民政府骗哪个了!"这么说着,"我们是开了会嘛,开会总要落实在行动上嘛,计划生育这么压头,妇女半边天,哪个文件规定'三八'妇女节就不能说计划生育的事情呀?这是国策,哪个时候都要说的。何况呢,娃儿是你们生出来的,男人再能干,没有你们行吗?所以嘛,大家也要替我们想想,这次集中行动,解决得彻底一些,既造了声势,扩大了影响,又支持了我们镇的计划生育上一个新的台阶……"

场子上显得格外安静。

但差不多的人都感觉到了,一根导火绳已经悄悄点燃了,爆炸不过早晚的事情。

只是没有人知道这爆炸力有多大。

曹绍成显然低估了这爆炸力。

"我把丑话说在前面啦!镇人民政府这次下了很大的决心,你们也看见了,上上下下都动员起来了,就是要打一场计划生育的歼灭战。小学校就这么一个院子,四面都是围起来的,只要属于计划生育对象,今天有不听招呼的,就休想离开……"

话还没有落音,场子上仿佛一盆水被震了一下,失去了平衡,开始剧烈地晃荡起来。

"同志们!同志们!"曹绍成嘶声嘶气地喊了起来,"各人守住各人的位置!"

"我们好多还是没有出阁的姑娘啊!"不知道哪里叫起来的,也听不清楚是一个声音还是几个声音,"你们下得了手啊!"

曹绍成听着,嘴巴动了动,还没有来得及解释,那目光就愣在了空中。

整个场子从中心开花,一下就炸了出去。那些穿红戴绿的女流之辈,这工夫幻化成为一团一团火焰,燃烧着,往四下里滚动着。但这种辐射的力量很快就凝聚在一起,形成一股洪流,冲向小学校门口。木青青这工夫显得格外清醒。

"上街要出人命啦!"他这么泪眼婆婆地叫着,便跟几个乡警手扣着手,形成一排栅栏堵在门口。但发疯的女人成了真正的母老虎,刚一接触,木青青的防线整个就崩溃了。而乡街上赶场的人,差不多都是硬邦邦的汉子,这股更大的力量不知道小学校发生了哪样事情,听着一片呼号,便拥在门口看稀奇,里三层外三层的,却在无意识中把这股洪流截了下来。仿佛洄水沱里打一个漩,整个人群趸到院里,兜一股风,便本能地撕出来几拨,向土坯夯筑起来的围墙冲去……

围墙先在一个地方坍塌,接上又在另一个地方被撕破一道口子。可怕的事情发生了。这些疯狂的女流之辈踏着断垣残壁,潮水一样漫上街头。听不见胜利大逃亡的欢呼,只有奔生奔死的恐惧,与生俱来的恐惧。而这种原始的恐惧,也是盲目的恐惧,却像酵母一样,立刻在乡街上膨胀。赶场的人们还懵里懵懂的,就被卷入恐惧的漩涡。人推着人,人追着人,人挤着人,人抓着人。一个人跌倒了,一拨人跟着被绊倒了。被死亡驱赶着的人群又潮水一般漫上来,踩着人,踢着人,拼命地往前冲,冲出黑暗,冲出窄狭的街,冲向场口,冲向旷野。整个乡街痛苦地扭动着,战栗着,号叫着,挣扎着。终于,这条独肠子街在一个薄弱的地方被胀破了,訇的一声响,几幢又低矮又古老的木屋在狂潮巨浪中晃了晃,便倒在地上。烟尘扑腾着,疯狂的人们一脸的血,一脸的泪,又踏着废墟往前冲。但废墟那边是河,磨坝场河,人们一点也记不起来,一点也看不见,只管往下跳,扑通扑通往下跳。好在河水并不很深,一些人永远沉了下去,而大多数人则挣扎着爬到浅滩,又挣扎着爬上河岸……

惊场了。

这一切仿佛只是瞬间的事情。集中在小学校里的人,那些头头脑脑,那些镇上所有机关的干部,那些从外乡镇调集的手术队队员,还做梦一样地愣在那里,整个事情就结束了。

乡街上一片死寂。

沸腾的乡街在一瞬之间不可思议地一片死寂。

呜喔——忽的一声号叫,划破午后这倏然而至的死灭的寂静。

木青青孤零零地站在场中间,望着一爿阴郁的天空,悲声惨气地号叫着。

大家从噩梦中醒了过来,走出小学校,走上乡街。窄狭的乡街上躺着横七竖八的尸体。劫难过后,一片狼藉,东一个背篓,西一条扁担,还有一只老母鸡惊恐地在那些尸体上扑腾着。场口上,几个要死不活的人还在拼命地爬着,拼命地要爬出这死亡的乡街……

木青青在场中间令狐枯荣和正月家的门前找到了姐。姐一脸青紫,嘴里流着淡淡的血水,眼睛大大地瞪着,身体虽还有一点温热,但一点气也没有了。木青青把姐抱在怀里,只是哭。令狐枯荣和正月劝了几次,他不听,还把姐抱在怀里,只是哭。令狐枯荣和正月家的板壁被冲垮了,一幢房子龇着一张黑乎乎的嘴巴,仿佛要把一街的人都吞了。也将就那些垮下来的木板,令狐枯荣和正月配合着镇上临时组织起来的救护队,把那些死伤的人抬到木板上面,死的在脸上蒙一层纸,伤的喂一点水,艰难地等待着从县城开出来的救护车……

最先赶到现场的是县的书记县长什么的。车还没有停稳,一拨人就跳下来,一头扎进了镇政府。几辆车有面包车,也有吉普车,看着横七竖八的死人都懵了,好一阵才掉过头来,能拆座位的都拆了座位,能放靠背的都放了靠背。不一会,一辆救护车和一辆大客车也赶到了磨坝场。跟先前几辆车一起,包括书记县长的三菱吉普,总算组成一个救护车队。镇的卫生院本来就没有几个床位,这工夫连走廊上都安满了受伤的人。一群白大褂跑前跑后的,依着轻重缓急,就把人往车上抬着。大车小车都装满了人,卫生院也差不多空了。救护车打头,急救喇叭吼着,急救信号灯闪动着,整个救护车队就紧紧切切地往县城赶。接上也没有大呼小叫的,大家就把停在街头檐下的尸体往小学校操坝上抬。人躺着真是占地方。偌大一块操坝,尸体占了差不多一半的地方。一坝死人,大多是女人和老人,还有两个娃儿。和平环境,谁也没有见过这么多死人。这么多死人凑在一起,还真是阴风惨惨的,大家都很怕。几个抬尸体的农民,天刚擦黑,就东一个西一个地躲了。磨坝场街上的居民,这阵也关门闭户的,生怕跟这么多死人连在了一起。整个乡场就像掉进冰窟窿一样冷酷而又黑暗。

只有镇政府的灯亮着。

"好端端的一个'三八'国际劳动妇女节,被你们这群草包搞成了一个惨案,'三八'惨案。"往常看上去文弱的眼镜书记骂了半天,还不解恨,还在骂着,"这下好啦!不只是你们磨坝场出名啦!我们孟通县也出名啦!"

"这桩事情,搞不好就要搞出一个国际性的事件来。"县长接上又骂,只是多了一点涵量,"我不懂你们哪样不长一点脑筋!国际上敌对势力本来就盯着我们的计划生育,在联合国大会上烂我们摊子,上纲上线挖苦我们侵犯人权,搞我们的提案,哪怕接二连三都被我们挫败了,但形势仍然很严峻……你们却偏要选这个国际性的节日,又恰恰出这么一桩事情,不是拿话跟人家说,拿文章跟人家做!"

"大家听清楚,这不是耸人听闻。"眼镜书记迫不及待地把话又截了过去,"你们不相信可以打开收音机听一下,'美国之音'已经在攻击我们了,他们的卫星就悬在我们头顶上,不说看得一清二楚,至少也看了一个大概,中国西南东经一百零八度,北纬二十五度,一个小镇发生骚乱,造成人员伤亡,这是指哪里啊,你们自己看一看地图,卡一卡坐标,指的就是我们孟通县。"

"我不是吓唬你们。"县长又把话接上去,"我们已经接到通知,国务院事故调查处理小组明天就要来。事情大了,没有哪个保得了哪个,大家都是泥菩萨过河,各人好自为之。老实说,我已经把我的乌纱帽摘下来提在手上了,随时准备交出去。"

两个人唱双簧一样这么轮流着骂着,训着。

镇政府挤满了人,都是磨坝场有头有脸的人。他们看见县的书记县长的来了,就看见主心骨一样跟了进来。哪知道官高一品有如泰山压顶,一进门就冻在那里。挨了骂、挨了训,还动都不敢动。他们不知道书记县长的其实也是人,出了这么大的事情,心头也是虚的。木青青最后跟进来。人已经死了,不能够搬石头打天。既然县的书记县长来了,他也想听一句话。但刚一进门,人家看他流眼抹泪的样子,知道他先前病了,这阵姐又死了,就喊他忙自己的事情去。事实上,也没有哪个人通知开会。大家那么跟着,挨骂、挨训,都是自己找的。木青青在门口站一阵,看书记县长的也没有哪样章法,就很无望地退出来,回到小学校操坝上守着姐。

二月天,气候开始转暖。但到了晚上,从河上吹来的风却还是那样凛冽。木青青抱着胳膊在黑暗中孤零零地坐着。月亮升了起来,苍白如死人的脸,又残了几分,格外有一种阴冷。木青青打一个喷嚏,浑身里热一阵冷一阵,这才想起病来。他在镇政府的厨房里抱了一捆柴块,很快在小学校操坝上烧起一堆火。有了火,天地间多了几分光亮,也多了几分温暖。不知不觉的,又有几个人走到小学校操坝上,围着火堆坐了下来。这个悲伤的夜晚也多少有了几分人情的温馨。

忽然,火光剧烈地晃了晃,几个人噌地站了起来。借着摇曳的火光,他们看见原来规规矩矩地躺在门板上的一具尸体动了起来。几个人都懵了,也傻了。十步开外,那尸体在门板上蠕动着,还发出来一种模模糊糊的呻吟。几个人被吓得打摆子一样地颤抖。

"是鬼?还是人?"有人战战兢兢地说着,"你是鬼就好好上路,相信上头会有一个公正……你是人就报一个名字打一个旗号……"

木青青愣了愣,很快醒豁过来。他几大步跑过去,一只手在那人头上一摸,就把那人扶着坐了起来。

"他根本没有死。"木青青叫着,"赶快救人。"

大家站拢来,七脚八手地抬了这个起死回生的人就往卫生院跑去。

事情一下在镇上传开了。夜晚虽然死寂,却大家仿佛都屏住呼吸,并且一直轮着一只耳朵谛听着。人们从家里陆陆续续地走了出来,聚集在小学校外头,莫名地有一种期冀。黑暗中的磨坝场开始透着一丝生机。而不一会,还有几辆车从县城开了过来。这一来,简直就有一点热闹了。

这几辆车这时候到磨坝场其实有一点神秘。几辆车都是全封闭的货车,像一个铁匣子。而且放空,没有装一点东西。但一街的人都被小学校操坝上那一坝的死人压迫得透不过气,哪里还有哪样心思琢磨这几辆车。直到几辆车的屁股都掉过来,黑乎乎地对着小学校的操坝,一拨人幽灵一样地抬着那些死人,一个一个地往车上送,大家才觉得有一点蹊跷。

木青青在卫生院忙半天,把从阎王爷的勾魂簿上逃出来的那个人安顿了。回过头来,他觉得浑身里热乎乎的,特别是两只耳朵,在辣椒面里搓过一样烧。他嘴上不吭,心头却明明白白,病到这阵已经很沉重。他在卫生院转了转,转到药房。司药不知道忙什么去了,药房里没有一个人。他站在一排药柜前。那些白色的药片隔着玻璃鬼头鬼脑地晃着。他抓起一个药瓶子,滚豆子一样地倒了一把药片。也闹不清那是什么药,就往嘴里塞。嘴巴很干。药片在嘴里散发出生石灰一般的气味,便卡在喉咙。他使劲地一噎,扑地一股气流一冲,大半药片被呛了出来。刹那间,鼻涕眼泪的又糊了一脸。他找到水龙头,喝几口水。直起腰来,感觉那些药片顺着肠子被送到了胃里。又捧两捧水,抹两把脸。脸其实还是那样烫,只是冷水一激,仿佛好了一点。他深一脚浅一脚地回到小学校操坝上。看见副镇长曹绍成站在围墙边上,正追命夜叉一样叫人把停在小学校操坝上那些尸体往车上抬。他迷迷糊糊的,也跟着把那些死人往车上抬。操坝差不多空了,木青青才觉得事情不大对头。

"我姐呢?"他像刚刚从梦中醒过来一样,"曹镇长!你要把我姐弄到哪里去?"

曹绍成黑沉沉一张脸,一声也不吭。

这时候,或蹲或站的,人们三个一群五个一伙地凑着,开始用一种非常可疑的口吻议论着。很多人刚刚从山里赶来。看天黑路断,家中上街赶场的人没有回来,他们就点着亮槁,照着山路,连夜连晚上磨坝场来找人。

"人已经死了,你们还要做哪样?"

有人见曹绍成不吭,镇上好像又没别的领导在场,就急了,顺手一把抓了一个抬尸体的人问着。

"我也不……不清楚……我在城头背背筴……被他们临时叫来的……"

那人结结巴巴地说着。

木青青一旁听着,猛地醒了一掌脑门,就哪一根神经被踩痛地叫了起来:

"明天北京要来人,他们要偷尸体……"

但晚了一步。曹绍成已经跳到打头一辆车上。大货车像一头饥饿的怪物瞪着两只雪亮的眼睛,喇叭疯狂地叫着,一下就冲了出去。人们还没有完全醒豁,一惊,一吓,一散,曹绍成就押着车,吼声隆隆地冲出包围圈去。

木青青凭着一股猛劲冲到前面,截住第二辆车。在炫目的光芒中,他横胳膊叉腿的,像一个"大"字,死死地钉在地上。车冲到跟前一愣,就停了下来。那阵,木青青脑袋仿佛挨一棒的疼,接上眼睛一黑,身子一歪,便在一片热烘烘的光亮中倒了下去。

冻僵的魂灵

令狐枯荣跟正月守着木青青。木青青嘴巴烧起果子泡，迷迷糊糊中还一口一个姐地叫着。藤子那两天丢了辣椒公司的事情，找了镇上最权威的医生跟木青青看病。医生摸了摸木青青的额头，听了听木青青的心音，便在床头挂瓶子打吊针。扎了好多针，都没有找到血管。总算扎进了血管，那点滴却在皮管里走得比蜗牛还要慢。医生摇着头，一副无可奈何的样子。令狐枯荣跟正月一个往木青青额头上敷湿毛巾，一个用酒精棉球在木青青脚心一刻不停地搓着。直到第三天早晨，令狐枯荣跟正月都筋疲力尽了，木青青才醒过来。他挣扎着动了动，想下地来，身子骨却散架似的疼，只好又老老实实地躺着。躺到中午，太阳光影摸着阶沿，木青青妹来了。木青青也就这一个妹。妹"杀广"，到珠江三角洲打工，交了四川的男朋友，嫁远了。藤子打了好几个电话才找到她。兄妹相见，少了一个姐，包不住泪水，就抱在一起哭。令狐枯荣跟正月禁不住也在一旁唏嘘不止。

吃过饭，木青青觉得松活起来，就下到地上，叫上妹一起到镇政府。妹已经到小学校操坝上看过，只有几具尸体还停在那里。出了半夜三更偷运尸体的事情，磨坝场就有一种说法。医学院学生上课找不到人体解剖，磨坝场"三八"事件的这些死人，统统都被医学院收购了。乡里风俗本来就忌讳人死了回不了家，却又要被拿去掏肝挖肺，这是无论如何都不行的。不到一天，一传十，十传百，尸体差不多都被认领光了。但几具没有人认领的尸体中却没有姐。木青青心里清楚，姐那天晚上在曹绍成那辆车上，不知被藏到了哪里。

两兄妹在镇政府找到曹绍成。曹绍成那阵坐在办公室,拨一拨算盘,接上往一本册子上填着数字,一副卓有成效的样子。木青青在桌子对面坐下来,怔怔地望着曹绍成。他不明白,出这么大的事情,曹绍成怎么还能够安安稳稳地坐在这里。

"曹镇长!"木青青说,"你把我姐藏到哪里哪?"

曹绍成一怔,脸青面黑地抬起头来。一看是木青青兄妹,他定了定神,便站起来,很沉痛地走到跟前,一只手握着哥的手,一只手拍着妹的肩。

"节哀!节哀!"曹绍成悲声惨气道,"节哀顺变!节哀顺变!"

"我姐到底在哪里?"木青青铁青着脸,冷冷地又追了一句。

"不要激动嘛!"曹绍成说着,把木青青拢到边上,压低声音,"你要相信我,木青青!我虽然不姓木,但我跟你一样都是喝木家寨的水长大的。再说吧,我好歹也是一个副镇长,怎么讲都算你的上级。不管从哪个角度说,你都要相信我!"

木青青一声不吭地望着曹绍成。

"我这也是为了磨坝场,为了大家。"曹绍成说着,一副有苦难言的样子,"你想一想,人不死也已经死了,我们辛辛苦苦的,还不是想把工作做好。走到这一步,我们只是为了保一下干部,你也是镇上的干部……上头有一个标准,人死得少处理的标准不一样,人死得多处理的标准又不一样,你知道新疆克拉玛依油田吧,一场火灾死了一百多个人,最后抓了不少人坐班房……哪个人愿意坐班房!"

"我只要你还我姐。"木青青说。

"我会还你姐的。"曹绍成说,"你不要急行不行?国务院工作组一走,我就跟你办……这个节骨眼上,大家都放一马,人死又不能够复生,早几天安顿,晚几天安顿,并没有多大的关系……到时候,我保证跟你办得热热闹闹的,抚恤费跟丧葬费一分也不会少……我这也是为大家好。"

木青青跟曹绍成正僵在那里,从外头就走进来一胖一瘦两个人。

"我们对一对花名册。"胖子操着一口京腔,"还有人反映他们的亲人到镇上赶集后就一直没有回去。"

曹绍成从办公桌上拿起木青青进来前还填着的那本册子,小心地递上去道：

"有可能还没有统计完全……"

木青青听着，看着，知道这两个人是国务院工作组的，心一硌一紧，又逼一句：

"还我姐。"

两个人一下转了过来，看看木青青，又看看曹绍成。

"怎么回事？"一直没有吭气的瘦子插进来，也一口京腔，几分凌厉地问着。

曹绍成挂着一脸的恓惶，看一眼木青青，转过去跟胖子瘦子道：

"我跟两位领导汇报，他是我们镇政府的干部，叫木青青……他姐这一回很不幸……也失踪……"

"不是失踪。"木青青纠正道，"你那天晚上把她转移出去藏起来了。"

曹绍成摇一摇头，却没有吭声，只是可怜巴巴地望着胖子瘦子，仿佛有很多委屈，要上头撑一撑腰杆。

"这个事情，我们已经做过调查。"胖子不慌不忙地说，"镇政府有记录，当时有一个人活了过来，大家都怕，特别担心还有'假死'的人，就叫他负责检查一遍。"

"他把他们装在货车上……"木青青说。

"磨坝场卫生院就这样一个条件，我只有把他们往城里送。"曹绍成两手一摊，很无可奈何的样子，"大家看见的，我天亮前就把这些人拉回来了。"

"我姐没有失踪。"木青青说，"我还在她身边守了半天。"

"据我们调查，"胖子说，"很多人淹死在河里，镇上当时忙着抢救受伤的人，这也是符合事故处理程序的，也没有仔细打捞，晚上电站一发电，从水库放出来的水就完全可能把人冲走……"

"我还在我姐身边守了半天。"木青青倔倔地重复着。

"我们找不到你姐的尸体，"胖子说着，一本册子在手中抖动着，"我们只看见这上面失踪这一栏有她的名字。"

"花名册是他编造的。"木青青说。

"年轻人!"胖子说,"这么大的事情,可不能开玩笑哟!"

"我对我说过的话负责任。"木青青顿一下,又重重地补了一句,"我也对我做过的事情负责任。"

大家愣在那里,都有一点无话可说的感觉。

"我不大明白,"瘦子若有所思着,打破了沉闷,"你这几天都去哪里哪?怎么到现在才来呢?"

"我这几天发高烧,一直昏迷不醒。"木青青说,"都差不多死了一回。"

"这么说,你那时候是不是已经病得很重?"胖子说,"你对后来发生的事情,实际上一点也不知道。"

木青青听着,眼前黑黑的,感到一种绝望。他什么也没有说,只叫上妹,走过曹绍成跟前那阵狠狠地瞪了一眼曹绍成,就走了出来。

木青青跟妹一脚迈出镇政府大门,就听见有人在后头喂喂喂地叫着。木青青回头一看,原来那瘦子追了出来。木青青迷迷瞪瞪地站下来。那瘦子跑到跟前,还有一点喘,就劲实地握住他一只手,把他拉到一个僻静角落。

"我不管你过去怎么样。但是,我从刚才这件事情看出来,你是一个有责任心、有正义感的人……你要相信我们,相信国务院,一定能够公正处理这次事件,给死难者和他们的亲属一个交代。"那瘦子声音压得低低的,却是很恳切地说着,"我不能够跟你说得太透,上有政策,下有对策,这一点你应该是知道的。很多东西,不只是一个简单的地方保护主义的问题,后面还可能有更深更大的背景……我们人生地不熟,你要多帮我们,如果能够找到你姐的尸体,这是最有力的证据。"

"证据……"

木青青愣在那里,大半天就嚼着这个字眼。

那瘦子拍一拍木青青肩膀,算一种鼓励,转身就进了镇政府。

"证据……"木青青嚼着这个字眼,慢慢地走到破碎的乡街上,"证据……"只要一停止咀嚼,这个字眼就像发酵的面粉一样膨胀着,"证据……"一颗脑袋被胀得疼痛难忍,"证据……"只有不断地嚼着,"证据……"刚刚膨胀,就被上下牙残忍地磨成碎渣碎末,"证据……"才能够轻松,也才能够安宁。

第二十三章 冻僵的魂灵

"证据……"

木青青嚼着这个要命的字眼,跟妹一起坐上通往孟通县城的客车。

四十多个位子的客车只坐了十几个人。十几个人,还包括司机跟售票员,都灰头灰脑的,仿佛都沾了这几天磨坝场的阴气。死那么多人,没有阴气才怪。车开出磨坝场转了好几个弯,售票员开始售票。售票员有一张漂亮的脸,往常凭这张脸就可以活跃大半个车厢。但这张脸现在像死人的脸,晃晃悠悠来到座位跟前,一张白薅薅的凭证往前一戳,没有一句话。坐车的人也没有好脸色,红的蓝的纸头往前一戳,也没有一句话。收了钱,卖了票,这张脸又向下一个座位飘去。整个售票过程就像阎王世界鬼与鬼的交易。公路是年前改造过的,加宽取直,好走多了。山地寥廓,看不见一个人,也看不见一只鸟。鸟都莫名其妙地飞到哪里藏起来了。客车开得很疯,奔命一样,却听不见一点声音。所有的声音仿佛都被这寂寞无边的旷野吞噬了。

傍晚进城。木青青跟妹在一个街边店一人要了一碗面,悉悉乎乎倒进肚子里,就往医院赶。一路上,木青青想曹绍成既然答应国务院工作组走后就把姐还回去,那么尸体就应该还在。偌大一个县城,说小也小。尸体不是别的什么东西,能够存放尸体的地方,其实也只有殡仪馆,或者医院的太平间。事情本来就偷偷摸摸的,曹绍成不敢把尸体藏在殡仪馆这种公开场合。再说吧,木青青断定曹绍成不只是藏一具两具尸体,藏一具两具尸体也没有实际意义。而尸体多了,殡仪馆也容纳不了。兄妹俩来到医院,问了好几个地方,才找到太平间。看门人是个络腮胡子,两只眼睛一鼓一瞪,凶神一样,只听了木青青半截子话,就不耐烦地挥了挥手。木青青拽着脸皮跟看门人笑了笑,就跟妹走了进去。太平间不大,却显得很空。十几张尸床,只有角上几张停着人。木青青猫着胆子走到跟前,掀着罩在上面白不白黄不黄的尸布。一一地掀过去,看过去,木青青感觉一只手冷浸浸的,眼睛也冷浸浸的,就跟妹从太平间退了出来。

"磨坝场那些人,还找哪样找啊,当天晚上就拖回去了。"

看门人有一点幸灾乐祸地叨着。

木青青听着,并没有很上心,跟妹走出去老远,才觉察有一点怪。他在路边买一包烟,又踅回到太平间。

"你说那些人是哪些人？"木青青跟看门人递上一包烟问着。

"哪些人？"看门人接着烟，"还不是白天送来的那些人，有几个人在路上就不行了，直接就送到了这里，有几个人是上手术台后死的……"

木青青现在总算明白过来。曹绍成押着尸体并没有直接到县医院。他把一车尸体藏在了哪里，接上押着空车到县医院，这才把白天在抢救过程中死亡的那些人运回了磨坝场。这些人都有死亡证明书，看上去仿佛确有其事。混乱中，哪样死者身份、死亡时间、死亡人数，完全是一笔糊涂账。这一偷一换，还真欺骗不少人。

但曹绍成只是一个副镇长，把事情做到这一步，木青青觉得有些蹊跷。

夜里，木青青躺在旅馆床上，翻来覆去睡不着。死也好，活也罢，横平竖直都是人啊。医院找不到，殡仪馆也不会有，那么这些人神不知鬼不觉地被藏到哪里去哪？虽然还是初春天气，说不上热，但也不怎么冷。时间长了，人死如泥，到底会腐烂发臭啊。这样想着，木青青躺不住，就蹬上鞋，走到了街上。

县城刚刚搞过改造。体育场墙上还残留着竣工庆典的标语。新修的街道又宽又直，两旁的路灯蝴蝶一样张着两个翅膀，幽雅而又明亮。十字路口上，高杆灯橘黄色的灯光嗞嗞嗞地叫着，仿佛戳破黑暗摩擦的一种闪烁、一种呻吟。街面上的楼房大多是新建的，几幢老一点的楼房都贴了瓷片，在模糊的夜光中透着冰一样的冷。夜还不算晚，街上还有不少人不慌不忙地走着。烧柴油的三轮车拖着一股烟出街进巷，又执着又散漫地找着生意。木青青梦游一样走着。等到几幢楼黑黢黢地矗在跟前，他才发现走进了孟通县四大班子大院。看着一块一块哪怕在夜光中都透着威慑的衔牌，木青青感觉到一种自嘲。孤立无助，未必就山穷水尽，竟不知不觉中走到地方上最高的权力机关来了。这种潜意识的东西真能够说明一个人的本质。事实上，作为一个基层干部，有过不去的坡坡坎坎，不往这里走，还要往哪里去呢。

木青青转过身来，正准备离开。突然一股又熟悉又陌生的清新扑面而来。稍一愣，他发现这个各种权力集中的大院已经变成一片绿地。绿地中间还有一棵大树。那一瞬间，他感觉到了一种迷失，好像一只鸟撞在一块透明的玻璃上一下懵了。鸟不会明白，飞翔的天空怎么会出现壁垒。这种自然跟社会的关联使人觉得又矛盾又脆弱。而这片绿地，也就透着一种虚假，仿佛油漆刷出来的,总掩盖和包藏着什么东西。他沿着绿地中间的小径,走到大树跟前,疑疑惑惑地摸了一把。大树那古老强大的生命气息立刻通过粗糙开裂的树皮传达到他的身上,并直抵心灵。他在感觉一种荒诞的同时,也感觉一种真实,一种震撼。

转到大树另一面,木青青发现有一个老人坐在树脚。老人背靠大树,一动不动,仿佛睡过去了。借着模模糊糊的夜光,木青青觉得老人很像父亲。这种发现使木青青生出来一种畏惧。他站在那里,走也不好,不走也不好。迟疑半天,他才小心地推了推老人。

"哪样啊?"老人醒豁地说着。

"老人家!"木青青说,"夜深了,睡在这里会受凉。"

"我找我的树。"老人说。

木青青一听,眼前一下闪过黑老丘的影子,觉得老人是不是脑子有问题。

"我找我的树。"老人又执拗地说着,"我的树被挖走了。"

"这是你那棵树吗?"木青青听出来一点眉目。

"县里说我那棵树被挖到贵阳去了。"老人摇着头说着。

"贵阳这么远,"木青青说着,莫名地生出来一种担忧,"等运到贵阳,恐怕已经死了。"

"我的树还活着。"老人固执地说着,"我的树还活着。"

"那你老人家坐在这里也不是办法呀。"木青青说。

"我要找县里。"老人倔头倔脑地说着,"我要他们还我的树。"

木青青听着,不知怎的一来又想到了姐。他深深地叹了一口气,回到了旅馆。他躺在床上,脑子里想着老人跟他的大树,就迷迷糊糊地睡了过去。

早晨,木青青跟妹走出旅馆,就分头在街上找背背篼的人。他们都是乡里人,农忙过了,就背背篼在城里转悠,碰上有搬运的活路,就找一点肥料钱。木青青想死人可以藏,活人却藏不住。那晚上那些背背篼的人,搬运完尸体后,总还要做活路。孟通城也就那么几条街,木青青不相信找不到一个人。

从东门到西门,从南门到北门,四条街,四条路,木青青只要看见一个

背背篼的人,就会走上去问:

"你大前天晚上去没有去磨坝场?"

一直到太阳西斜,木青青差不多绝望了。

这工夫,妹汗涔涔地跑来,上气不接下气地说:

"街背后一个建筑工地上,有两个背背篼的人,总躲躲闪闪,我看心头有鬼……"

木青青精神一振,拉上妹一路小跑来到工地上。还远远的,他们就看见有两个人把背篼翻过来坐在那里等着。兄妹俩跑到跟前,一个人就打着手势说着:

"你们不要找啦!"

木青青一听,忙掏着早上特地买了带在身上的烟卷一人递上一根。烟搭桥,酒开路。两个人点着烟,就掏心掏肺地说:

"老天爷有眼睛,我们一辈子都靠气力吃饭,没有做过哪样缺德事情。那晚上那事情,我们到现在心头都不踏实。你们找来了,我们两个觉得还是要跟你们说,说跟你们听了,我们也算帮了你们。不过,那货车是封闭的,我们跟死人一起关在里头,到地方了才下车来搬运,搬运完了又上车,车厢门一关,我们又成了睁眼瞎……"

木青青听着,一颗心直往下沉,禁不住追了一句:

"总不可能哪样都没有看见听见吧?"

"你听我们说,你不要看我们是背背篼的人,跟你说老实话,我在村头都是村民组的组长,好歹也是有头脑的人……快进城那阵,他们拿一些口袋,叫我们把那些死人一个人一条口袋装了起来……车在城头弯来拐去走半天停下来,等一道大铁门哐当哐当打开,又走了一阵,这才到那地方,我下车一看,旁边就是一座山,我们把那些死人抬进一座仓库,那地方冷得很,还存放不少大块大块的猪肉牛肉……"

木青青听着,醒了一掌脑门,拉上妹就往街上跑着。

两兄妹跑过十字大街,跫到南门,拐进胡同,贴着一段古老的城墙跑下去。最后跑出城,来到一个水泥围子前。顺着墙根,两个人找到大门口。一块孟通旺达罐头食品厂的牌子挂在门柱上,红底黑字透着一种阴郁。木青青

第二十三章 冻僵的魂灵

一看,厂子边上一座山,其实就是烈士陵园后边那座山,也是他上高中那阵跟罗远志常去的那座山。

大铁门开着,人进人出的,看门人看不过来。木青青跟妹大大咧咧地走了进去。走过车间,机声隆隆地吼着。木青青禁不住探头一看,一台巨大的绞肉机正血糊糊地吐着团团肉末。他心头莫名地有一种堵,赶紧退出来。沿着厂区大路,兄妹俩一直走到冷库。站在两扇黑乎乎的铁门前,木青青深深地吸了一口气。一把大铁锁卡在门上。木青青前前后后看不见一个人,便抓起一块石头,哐当哐当地砸着门。立刻,有两个人仿佛从地下冒了出来,脸青面黑地站在跟前,凶神恶煞地吼着:

"你要做哪样?"

木青青打量打量两个人,都一脸颟顸的样子,便稳稳地说:

"你们知不知道你们冷库里都冻着哪样东西?"

两个人你望望我,我望望你,都有一点懵。

"你们冷库里有尸体。"木青青说。

"当然有尸体……开罐头厂嘛,死猪死牛不是尸体是哪样?"

"人的尸体。"木青青铁着一张脸,冷冷地补了一句。

"你不要开玩笑……"

"大前天下半夜是不是有人运了一车东西来?"木青青紧一步问着。

两个人一听,忙抖抖索索掏着钥匙,一边开门一边说:

"入库单上明明写着牛腿……说一辆到广东的冷冻车在路上坏了,临时转到我们厂来存放几天……"

门一开,一拨人冲进了冷库。转过几排猪屁股堆得满满的货柜,两个管冷库的人往一个角落指了指,木青青看见一堆鼓鼓囊囊的包子,心一酸,就哭了起来。他打开一个包子,一颗冷冰冰的脑袋带着黑色的头发就露了出来。两个管冷库的人一看,"天啊!"这么叫一声,转声就跑了出去。两个人一边跑,一边就叫着:

"打110!打110!"

整个工厂在恐惧中战栗着,陷入死一般的寂静。

不一会,警车警笛由远而近地响了起来。

第二十四章

又见豹子

　　木家寨的狗差不多叫了一个晚上。早晨起来,村长火生就在大路上发现豹子的脚印。消息传开,木家寨那天好多人连顿饭都没有吃清静。

　　"这畜生是不是钉上木家寨哪?"黄登榜挂着铜头大烟杆找到火生心有余悸地说,"我当村长那阵不该去惹这畜生,没想到它又杀回来了。"

　　"这都好多年的事情了。"火生心里也没有数,"我看不一定是那只豹子,畜生毕竟是畜生,哪有那么强的记仇心!"

　　"豹子到错欢喜,我看不是哪样好事情。"曹绍成在一旁插了进来,"上一回豹子到错欢喜,两个村的人又死又伤的,还抓了不少人坐班房,铁脚杆到现在都还关在里头……"

　　曹绍成磨坝场"三八"事件后被判三年有期徒刑,缓期两年执行。县上念他一辈子工作兢兢业业,不但保留工作籍,而且工资照发。只是开除党籍,免去副镇长职务,没有当官了。他那阵不服,还找到县上理论。"你们家的班房,把你抓起来关在里头荒唐不荒唐嘛!"县上这么一说,他才没有吭。从前开的很多会不让他开了,从前看的很多文件也不让他看了,这一点,他都认了。只是大家看他的眼光,那眼光就像看一个劳改犯,他受不了。哪怕他事实上就是一个劳改犯。镇上待着不是滋味,他就提前办了退休手续,回木家寨老家诓孙子。

　　几个人正说着,木青青从外头走了进来。

　　"你是不是听说豹子的事情才赶了过来?"火生说,"上一回那只豹子到错欢喜可惹了大麻烦啦！"

木青青摇着头坐下来。

"我才不会管哪样豹子哟！"他接住曹绍成递过来的杯子，呷了一口茶，"我来看一看飞播林的情况，也顺便把工资带过来。"

这么说着，他就把一沓花花绿绿的钞票往曹绍成跟前戳着。

曹绍成把钱接在手上，又开始叨咕起来。也不知道是要忏悔什么，还是要解释什么，他每一回见到木青青，都禁不住要叨咕一通。这种叨咕，木青青听起来就像祥林嫂叨咕她的阿毛，心头都有一点烦。

"我成了替罪羊……事情闹这样大，总要拿一个人来开刀问斩……只有我成了替罪羊……下辈子当官无论如何都要当他妈的正职，当副职不如不当……守住一家银行，他只管问你要钱，你其实也只有抢银行，不抢银行哪来钱，结果就你一个人犯法……"

曹绍成确实也有一点委屈。因为"三八"事件受到刑事处分的，也只有他一个人。但这次事件牵连的人，显然不只他一个人。他一个副镇长，算什么呢。国务院工作组在磨坝场呆了差不多一个月，不可能就搞一个副镇长。他们走不久，县的书记县长什么的都被免了，这还用说么。只是书记县长的负有不可推卸的领导责任，性质不同，不可能像对曹绍成那样不给出路，被完全掐死了。更何况呢，书记县长的人还年轻，别的也没有犯什么错误。而整个遵义，甚至整个贵州省，形势都不怎么好，正是用人之际。不久，书记县长的都被调走了，换到别的县当书记县长去了。磨坝场的干部惨一点，差不多被一锅端。但事情冷了一阵，两个一把手还是调走了。此处不留爷，自有留爷处。孟通这么大，哪个地方不可以当官。真正受气的，最后还是像曹绍成他们这一层到来不去的人。县上想管，人太多，面太大，实际上也管不过来。而且老百姓有眼睛，也有嘴巴，你做样子也要做。你做样子总还要几件样品吧。

磨坝场领导层一烂，外乡镇的干部就拥了进来。整个班子来了一个大换血。也就是这样一种背景，大家憋了一股气。县上一个副书记坐镇磨坝场主持选举，文件做得头头是道，却没有觉察这种情绪。等额选举副镇长，木青青的名字一下跳了出来，把一个候选人给挤掉了。一个副镇长算不了哪样,但大小也是一个难堪。大家也算出了一口气。但上头收拾起来却很复杂,仿佛比"三八"事件处理起来还棘手。那边领导层电话去电话来地嘀咕,这边大家坐在会场上,就等着宣布结果,举行闭幕式。一直到晚上十点多钟,大家肚皮都饿扁了,县上新来的书记,据说也是一个眼镜,这才打电话过来:"我传达地区领导的意见,只有四个字:依法办事。"没有一句多余的话,就把电话挂了。这么一点事,竟然有这么深沉。县上那位坐镇磨坝场的副书记听着,脸青面黑地宣布完选举结果,就往回走了。临上车前,他跟送他的人也就只说了四个字:"运气太差。"事实上,他回去没有几天,关于他的免职通知就从地区下到了县里。大家后来半开玩笑半认真地说"三八"事件真正像模像样受牵连的官,其实就县上这位副书记,还真有一点道理。

曹绍成那阵舔着口水,一五一十地点着钱,点到最后一张,突然就叫了起来:

"咃,木镇长!怎么只有这一点钱哪?"

"你不要叫我镇长。"木青青一本正经地说,"你又不是不知道我这个副镇长当得有多窝囊。"

"民心不可违嘛!"曹绍成说,"你这个副镇长当得最硬。"

"我们不说这个话题好不好?"木青青挥挥手把话截了过去,"我跟你说明一下工资的事情。"

"我们老班子那阵可没有少过你们工资啊!"曹绍成说。

"你才下来几天啊?就跟我装憨。"木青青说,"前两年财税体制改革,乡镇这一级实行包干政策,一年不管收多收少,收支两条线,上级财政一刀把它的一块割下来,剩多剩少,这才是乡镇的盘子。乡镇有哪样,完全一个烟财政。这两年烟不行了,农民不愿种了,哪来的钱!除了藤子那个辣椒公司,一年有十多二十万的税收,哪来的钱!老实说,就是这个月的工资,都扯的是教育费附加。霍家饭店的接待费就欠了三四万块钱,我听说人家拿着一大把条子,准备上法庭起诉镇政府了。"

"乡镇财政就是一个吃饭财政,往后恐怕连饭都吃不起了。"曹绍成冷灰灰地说。

第二十四章 又见豹子

"你这一个月的工资还有三十来斤报纸。"木青青说,"每年上头的报纸压下来,都是政治任务,没有哪一个扛得住,只好大家都摊一点。"

"我又没有看报纸。"曹绍成说着,脸就红起来,"凭哪样摊跟我!我一个劳改犯,还搞哪样政治学习,居然还跟我摊三十来斤!"

"你不要激动。"木青青说,"要说看,哪个又看好多报纸!去年镇上订的报纸大大小小加在一起少说也有三四十份,还不包括各个部门,哪个看得过来那么多报纸!你要不相信,隔天火生赶场,你叫他的拖拉机跟你拖回来,你看年月日顺序,一天挨一天的,就知道那些报纸送来后就摆在那里动都没有动过……"

曹绍成仿佛还想说什么,嘴巴动了动,却什么也没有说,只长长地叹一口气,很无奈地愣在那里。

火生一旁看着,心头也不是滋味,就隔着木青青冲他爹说:

"你气哪样气哟!省点心情,养点精神。我木家寨一年多少钱啊,去年上头就压下来两份报纸一份杂志,占了一小半的村提留。你看我一点不气。很简单,哪一天干不动了,我就不干了,想远一点我就'杀广'去,想近一点我就进城背背篼去,一年随随便便找几千块钱,怎的都比当村长强。"

"火生!你也不要说气话。"木青青说,"你现在拖家带口的,上有老,下有小,你要想进城,叶儿第一个就不会答应你。"

叶儿坐在灶门前往灶孔里添着柴。红红的火光映在脸上,叶儿格外显着一种兴奋。

"他的事情,"叶儿笑眯眯地说,"我才懒得管他哟!"

"你不管他,有人管他哟!"木青青说,"你没有听说现在公鸡涨价……"

木青青本来想开一开两个老同学的玩笑,看叶儿嘟着小嘴巴往曹绍成努了努,就伸着舌头打住了话头。儿媳妇跟老人公爹有很多忌讳,风不风俗不俗的,居然就成了规矩。闷声闷气地坐一阵,木青青说要看一看退耕还林,就叫上火生一起走了出来。

两个人刚走到院坝上,黄登榜挂着铜头大烟杆从后头追上来。

"你们不要上老木垭,猫子的事情,大家都警醒一点。"黄登榜气喘吁吁地说着。

木青青听着,仔细地打量打量黄登榜,心头突然有一种忧伤。从前的黄登榜,当队长,当村长,而今风光不再,只一根铜头大烟杆,还顽强地透着昨天一点影子。木青青这么想着,就对黄登榜说:

"姨爹!你都这么大年纪了,也该休息了,好生在家多陪一陪姨娘,争取多活几年,多看一看这个世界。木家寨不会就这个样子,木家寨还有奔头……"

黄登榜听着,也不知道想起什么来,就眼睛涩涩地说:

"你要多回来看我们,看你爹,看你妈……"

木青青听着,脸一阴,就转过身去,跟火生往坡上走。

走出去不远,他又踅回来,黑着脸跟黄登榜说道:

"我要再看见你拄着铜头大烟杆东跑西跑的,我就跟你把铜头大烟杆没收啦!豹子的事情,你不要到处制造恐怖气氛,错欢喜是国家搞的长江防护林工程带,有豹子,说明我们的林子好,藏得住野兽,野兽才会来嘛!你老村长了,还是要有一点觉悟。"

黄登榜听着,一脸恓惶,发愣发怔地站在那里,看着两个年轻人往坡上走去。

木青青跟火生走过小学校,令狐枯荣正在上课。隔着门槛打一个招呼,两个人就转到学校后头飞播林。飞播林完全是一个概念。它是飞机播种造林的意思,并不是说有好大一片林子。真正有一大片林子,也用不着搞飞播。错欢喜山地的飞播林,也就几年光景。砍山,烧山,折腾好长时间,县林业部门才来验收。确定刺刺草草都淘汰了,种子能够落地生根了,飞机才从贵阳那边飞过来。那阵,从木家寨到牛家山上万亩山坡,点了好多篝火,飞机低低地飞着,屁股上就像屙羊屎豆一样地撒着种子。飞机一天一趟。错欢喜山地热闹了好几天。现在,东一株西一株的,种子都长成了苗,只是很稀疏。大多数种子掉到地上后,都被鼠啊雀啊浪费了。这些小东西也不一定吃,磕一磕,啄一啄,一颗种子就完了。

两个人一直转到老木垭才分手。火生下坡回木家寨。木青青则往磨坝场赶。毛坯马路在老林子边上绕来绕去。木青青觉得背心怎的都有一股凉。转过几个弯,忽地听见一阵轰轰隆隆的声音,一辆北京吉普从对面开了

第二十四章 又见豹子

过来。木青青往边上一让,车就稳稳地停在了跟前。隔着玻璃,木青青一眼看见藤子坐在驾驶位上。藤子打开车门走下来,斜着拇指往车上戳了戳,低低地说:

"我爹出来了。"

铁脚杆接上也从车上走了下来。铁脚杆坐班房那阵木青青在北京上学。木青青还是上高中那阵见过铁脚杆。这么多年过去,铁脚杆并没有多大的变化,只是一张脸更冷。也许刚刚修整过,下巴上没有一根胡子,透着一种青乌乌的光泽。上身套一件咖啡色的夹克衫,脚上蹬一双深蓝色的回力鞋,看上去虽然不大协调,却很时髦。

"我去城头接他,"藤子说,"把他收拾了一下。"

"老人家本来就很精神。"木青青握了握铁脚杆的手说。

"人总是面对未来的。过去的就让它过去好了,开始新的生活才是最重要的。"

藤子说跟爹听,但一双眼睛却盯住木青青。

木青青不敢看藤子的眼睛,把头转了过去,看着远处蓝幽幽的林子。

"我坐班房我不埋怨哪个人,自己造的孽嘛!"铁脚杆一边说着,还是那样直戳戳的,"我出来看见你们这样过日子我反倒生气。"

木青青听着,诧异地看着铁脚杆。

"你们是同学,又一个村的,多关心关心……"铁脚杆说。

"爹!你不要啰唆。"藤子仿佛知道爹要说什么,在边上急得直跺脚,"我的事情不要你管。"

哪知道铁脚杆还那样拧,一张嘴堵都来不及堵就说了出来:

"你看藤子都三十来岁的人了还不打算兴一个家。"铁脚杆带着几分歉疚,"都怪我,我坐班房把她耽搁了。"

木青青听着,脸红一阵白一阵,却还是笑吟吟地应着:

"磨坝场那么大一个辣椒公司……企业家也是'家'……"

"姑娘家家的哪样企业家!"铁脚杆说,"你们政府部门堂子大、人面宽,看哪里有合适的跟她介绍介绍……"

"爹!"藤子忍不住叫了起来,"木青青自己都是泥菩萨过河……"

藤子恨恨地说着,瞪一眼爹,红着一张脸,就回到车上。

铁脚杆到这工夫才感觉到不大对头,愣一阵,也悻悻地回到车上。

吉普车打着马达,发动引擎,屁股上吐着一股浓烟,很快消失在弯拐那边。

木青青苦笑了笑,也回转身来,追着落下去的太阳,接着往前赶路。

生与死

木青青在县政府门前下车。令狐枯荣腿不大方便。木青青叫驾驶员送令狐枯荣去找罗雨,就转身进了县政府。教师节来临之际,令狐枯荣被评为全国优秀教师,要到北京去参加表彰大会。他也没有怎么激动,仿佛一次普通的旅行。上一次到北京,半夜三更的,在天安门广场转了一圈,就坐火车走了。恍恍惚惚,若梦若醒,到底是一个梦,还是真到了北京,他都没有多大把握。现在,机会来了,他觉得可以有一种印证了。有时候,一个人对他的历史比对他的未来更感兴趣。但离开错欢喜的时候,他还是来到父亲的坟头,上了三炷香,磕了三个头。带着证明某一种历史的念头,令狐枯荣到了磨坝场。跟正月打一个招呼,他就搭了木青青的车,到了县城。他听说罗雨从沿海回来了,趁木青青到县政府办事的间隙,就想去看一看。问了好几个地方,令狐枯荣在县城边上一幢灰扑扑的大楼跟前找到了罗雨。

罗雨那阵跟几个人一起往一面墙上抹着水泥。令狐枯荣一直走到跟前,罗雨都没有一点觉察。

"你哪时候又多了一门手艺啊?"令狐打趣地说着。

罗雨转过头来,"令狐老师!"惊讶地招呼道,"哪股仙风把你吹来哪?"

他接上放下活路,两只手搓了搓,伸出来跟令狐枯荣两只手抓在了一起。

"你这腿……"罗雨看着令狐枯荣有一点瘸的腿,"哪样搞的哟?"

"小灾星。"令狐枯荣笑了笑,"不小心摔了一跤。"

两个人说着,就往楼上走着。

"糊几块黑板,写个通知啊,出个墙报啊,水泥黑板比木黑板少花钱不说,还好用。"

罗雨一边走着,就一边说着。

这时候,令狐枯荣才知道罗雨回来后跟几个退休老师一起办了一间私立中学。

两个人来到办公室,一个人沏了一杯茶,就隔着桌子坐了下来。

"落叶归根,又回到原点啦!"罗雨说着,口吻里夹着一种无奈。

"从哪里来,还要回到哪里去。"令狐枯荣说。

"我这些年哪样事情都经历过了,"罗雨说着,带着一种少有的沉静,"仔细想起来,人一辈子么,也就是那么回事,幸福跟苦难说到底,也就是一种感觉。"

"不上高山,不知道平地。"令狐枯荣说。

"我这些年干的最骄傲的一件事情是养猪。"罗雨说,"我一点也没有哗众取宠的意思,说来你可能不大相信,我在一片别墅里养猪,全中国十二亿人口,可以说没有几个人在别墅里养猪。"

"耶稣复活你信不信?"令狐枯荣说,"但不管你信不信,耶稣的确复活了。"

"北海银滩,多美的地方啊!"罗雨说,"一大片别墅无人问津,卖也卖不出去,背又背不动,开发商拖到后来,连看门人的工资都开不出来,悄悄溜了。没有办法,看门人走也走不了,守又守不下去,只好找一点算一点,就把别墅群租跟我们办了一个养猪场……"

"荒诞应该算这个时代的一个特点。"令狐枯荣说。

"社会变化太快了,我们认识的角度又有限。"罗雨说,"很多东西,我们一时还看不清楚它们存在的合理性,所以就有一种荒诞的感觉。比如我们拿别墅群办养猪场吧,你不办养猪场,还有哪样办法!哪怕一种尖刻的讽刺,但你不得不承认,其实这也是事物发展的必然结果。"

"我看你出去转这一圈收获不小啊!"令狐枯荣说,"别的不说,你的精神,你的心态,我看真的越活越年轻了。"

第二十四章 生与死

"人混老了,头发都白得差不多了。"罗雨说。

"我连白头发都没有啦!"令狐枯荣说着,抹了抹光秃的额顶,"你看,一片荒漠,寸草不生。"

"教师这一行就是有点封闭。"罗雨说,"很多事情,等醒悟过来,想做一做,又有点力不从心了。"

"古人说:朝闻道,夕死可矣。"令狐枯荣玩笑着,"你现在可以死了。"

"你不要咒我哟!"罗雨说,"你这种人都还活着,我凭哪样要死。"

两个人开心地笑着,就站起来,手拉着手下楼来。

这工夫,一个半桩桩娃儿,不知从哪里拱出来,一下就扑进罗雨怀里。罗雨抱着孩子,冲令狐枯荣笑了笑:"不好意思。"

这么说着,他便指着令狐枯荣教着孩子:"叫'伯伯'。"

"伯伯!"孩子噘着嘴巴莽声莽气地叫着,"伯伯!"

令狐枯荣唉唉唉地应着,就说:"老来得子,好事情嘛!"

"彼此,彼此。"罗雨说,"你也算老来得子嘛!"

"我到现在才真正搞懂你啊!"令狐枯荣说,"有动力了。"

"彼此,彼此。"罗雨说,"大家都有动力了。"

两个人又一阵开心的笑。

令狐枯荣从罗雨私立中学出来,坐上车,来到县政府门前。木青青已经等在那里,车一停,就坐了上来。拿着一叠红飞飞的报告,木青青说:

"磨坝场集镇改造方案总算通过了。"

"早就应该改造了。"令狐枯荣说,"不改造还有可能出事情。"

"死了那么多人,总算推动了集镇改造的事情。"木青青黯黯地说。

"为有牺牲多壮志,敢教日月换新天。"令狐枯荣自嘲地说,"不是早就说过了。"

木青青还要去交通局。桑塔纳在街上走了起来。规划啊土管啊几个局的公章都盖了,还剩交通局的公章没有盖。真正出钱,还要靠交通这一块。磨坝场的方案打了一个擦边球。老街边上规划了一条新街。新街同时又是通往河溪场的一段公路。想钱来得快,还要跑得勤。木青青盖完县几个部门的公章,还要把报告送到地区。地区几个部门盖完公章,还要把报告送到省里。接上做一个拼盘资金的方案,镇财政匹配多少钱,县财政匹配多少钱,地区财政匹配多少钱,省财政匹配多少钱。大家认可了,又形成一个文件,一级一级往上盖章。钱这个东西,最后才会从省里往下划拨,从地区往下划拨。至于县财政、镇财政,完全是走一个过场。吃饭都困难,哪里还有钱搞建设。事实上,只要把省跟地区的钱套到账上,也就算大功告成了。

汽车刚刚转过十字口,就被堵在了街上。

一拨送丧的队伍迎面而来。依照丧葬习俗,扛花圈举祭幛的人走在前面。然后两拨锣鼓开路。孝子贤孙端遗像、持引魂幡紧跟其后。接上八抬的棺椁,骑着缀满了花的丧架。丧架上站着纸人纸马。棺椁后头跟一拨婆娘,哭天洒地嚎着。最后是亲朋好友,一路走着,一路摆着死者生前如何如何好,亦悲亦喜的,尽情尽意送一程。鞭炮此起彼伏地响着,黄烟却钉住棺椁一刻不停地熏着。整个队伍慢慢吞吞,却又浩浩荡荡地往前走着。

地方上有一种说法:驾驶员开车出门,碰上送丧好,错过了死亡,一路上又平安又顺畅。桑塔纳只好在路边停了下来。

这工夫,木青青忽然觉得有一点蹊跷。送丧队伍见首不见尾,却看不见有人包一块孝帕,更看不见有女人号丧。他下车来,拦一个人打听,这才知道是龙呆子黑老丘死了。

黑老丘的死是有预兆的。

还去年腊月,黑老丘一条龙扎得差不多了,街道几个大妈突然找上门来跟他说龙灯改革的事情。文件是从上头下来的,也就是一个烟花爆竹燃放的具体规定。正月龙灯玩心跳。不只放鞭炮,花也用斑竹筒筑出来的土花。土花火飞子猛,有时候还会发生爆炸。玩火龙的汉子,尤其玩龙尾的汉子都光着脊梁接花。火飞子噗在背上,不躲闪,不退缩,那才叫神勇。有心肠歹的,或者仇家,土花中加几粒糯米,结果火飞子粘在背上,皮肉烫得稀烂,再硬实的汉子也会喊爹叫妈。龙灯改革,不玩火龙玩耍龙,打一打锣,敲一敲鼓,跳一跳舞,拜一拜年,又安全,又文雅,也是好事情。至于龙灯驱瘟逐魔的文化意味,都现代社会了,完全可以忽略。但黑老丘这个老土,就没有转过弯来。一鸡二犬三猪四羊五牛六马七人八谷九豆十棉花,正月初九豆子过年那天出龙,黑老丘就把自己关了起来。玩龙灯不噗花,也不放鞭炮,他觉得没有一条龙吞云吐雾、上下逍遥的气象,那叫玩一条蛇,玩一条黄鳝。但烧龙那天,大家又看见他来到河边,看着道士先生设坛作法,把一条龙烧了。往年,龙一烧,他就开始恍惚,仿佛灵魂也被升天的龙带走了。直到第二年扎龙,他那工夫才会醒过来。但这一回,龙一烧,他就病倒在床上,仿佛龙不只是带走了他的灵魂,还抽了他的筋、吸了他的血。他再也没有能够站起来。

黑老丘没有儿女。他连女人都没有碰过,哪来的儿女。他这一辈子,可以说被龙害了。他的丧事,自然由政府跟他办,由街坊四邻跟他办。

但这么多人来送葬,木青青看着,多少又有一点吃惊。

蒸　发

天已经完全黑了下来。木青青跟令狐枯荣站在马卡莲婶婶家门前,中央电视台新闻联播就开始了。哆咪嗦嗦啦嗦,咪哆嗦嗦咪哆,一幢楼都响着国歌的旋律。两个人敲了好一阵门,一个男人才隔着门粗声粗气地问:"谁呀？"

两个人愣了一下,还以为走错了门,上下看了看,这才迟迟疑疑地应着:"孟通县磨坝场错欢喜……小令狐……看马卡莲婶婶……"

"令狐老师！"木青青说,"你都五十啷当的人了,还小令狐！"

令狐枯荣看一眼木青青,默认地点了点头。

一扇铁门闷头闷脑地开了。两个人进到屋里,一眼看见一个着装的公安,都吃了一惊。但令狐枯荣很快就认了出来。

"原来是刘副大队长哟！"他松活地说着,"我还以为出了哪样事情呢！"

"就是出了事情哟！"坐在沙发上的马卡莲婶婶这工夫唉声叹气地插了上来,"小令狐！我孙孙儿兵兵出了事情哟！"

"妈！你不要说了好不好。"坐在边上的真真劝着,"事情到了这一步,你要气倒了,我可没有时间来管你。"

"我没有把兵兵看住。"马卡莲婶婶说。

"这不关你的事情。"真真说,"那些毒贩子早就想报复我们啦！"

令狐枯荣跟木青青在屋里坐下来。两个人都注意到了,屋里除了一对沙发是新买的,别的陈设并没有大的变化。甚至马卡连科那两段语录,这么

第二十四章 蒸发

多年过去了,也还端端正正地贴在墙上。两个人在边上听着,一颗心紧巴巴的,仿佛顶在刀尖上。当年的刘副大队长现在已经提拔成了刘支队长。这几年,遵义几桩震惊全国的贩毒案,都是在刘支队长手上破的。为此,国家公安部还授予了他"克毒英雄"的称号。金三角大毒枭曾经悬赏百万买他的人头,但都没有得手。他们最后不得不另外开辟通道。遵义因此也清静了两年。今年,那条新开辟的通道严重受阻。他们损兵折将后,又重新把目光瞄准了遵义。这一次,他们改变战术,拿老子没有办法,就从儿子着手。按理说,遵义一中的管理是很严的。只要发现学生抽烟,学校就会通知家长。但放学了,老师也就失控了。学校到家的那一段路上,学生都成了无笼筒的马又野又狂,平常里藏着的那些念头和想望,这工夫都得到了释放。也就是一杆烟,几个学生娃儿你一口我一口的,不知怎的就吸上了瘾。等到发现的时候,兵兵已经不能自拔。一家人疼过了,哭过了。刘支队长心一横,打电话叫戒毒所来了一辆车,把兵兵带了过去……

木青青跟令狐枯荣本来打好主意到马卡莲婶婶这儿坐一坐摆一摆的,没想到出了这样的事情,大家都被搞得没有一点心情。两个人把从磨坝场带来送给马卡莲婶婶的一口袋米核桃留下来,就回了招待所。

早晨起来,木青青拿着报告到几个部门跑公章。令狐枯荣在街上转了转,仿佛放心不下,又去看马卡莲婶婶。女儿跟女婿上班了,家里只有马卡莲婶婶。马卡莲婶婶情绪比昨天好了许多,看见令狐枯荣来了,还拽着一张脸笑了笑。两个人沏上茶,在沙发上坐下来。

"你这腿怎么哪?"马卡莲婶婶沉重地问道。

"小灾星。"令狐枯荣说,"摔了一跤。"

"怎么不小心点?"马卡莲婶婶说,"错欢喜坡坎大。"

"反正不用找媳妇了。"令狐枯荣说,"不影响事情。"

"你看你都成了全国优秀教师了,应该算一个教育家了。"马卡莲婶婶接上转过话题来,"我无论如何都应该祝贺你。"

"你们才是真正的教育家。"令狐枯荣嗫嚅着,"我最多算一个娃儿头。"

"一辈更比一辈强啊!"马卡莲婶婶说,"老令狐在天有灵,他会为你感到骄傲。"

"我只是熬到了这个时代。"令狐枯荣说,"老一辈其实比我们都做得好……"

"我们早就被淘汰了。"马卡莲婶婶又伤感起来,"这个社会啊,我是已经看不懂了,你看我连自己的孙孙都没有管住……"

"城里的娃儿跟乡下的娃儿不同啊!"令狐枯荣说,"从前的娃儿跟现在的娃儿不同啊!不同地方,不同时代,有不同的文化背景,接受的教育也就不一样啊!何况那些缺乏人性的毒品贩子还想通过兵兵来摧毁你们的意志……"

"我就琢磨怎样把我的兵兵挽救回来。"马卡莲婶婶神情黯然地说。

"我不懂毒品。"令狐枯荣说,"我只能够管错欢喜那些娃儿。"

"你从北京回来,"马卡莲婶婶突然眼前一亮,"我跟你一起到错欢喜……"

令狐枯荣迷迷瞪瞪地看着马卡莲婶婶。

"我把兵兵带去,脱离这个环境。"马卡莲婶婶说,"人怕裹,蓑衣怕火。只要脱离这个有毒的环境,兵兵就可能戒掉毒瘾。"

"这倒是一个好办法。"令狐枯荣沉吟着,"只是耽搁学业……"

"救人要紧。"马卡莲婶婶说,"学业只有慢慢补了。"

"其实可以把书带去。"令狐枯荣说,"有些东西,你还可以教嘛。"

"我在那里,还可以跟你上一上课,改一改作业。"马卡莲婶婶说着,甚至有一点兴奋,"看来,我又要重操旧业了。"

这一天,令狐枯荣陪着马卡莲婶婶,一直到晚上真真跟她丈夫刘支队长回来。

令狐枯荣回到招待所,木青青已经回到房间。木青青今天很顺利。几个部门都知道磨坝场。死了那么多人,总算跟人留下深刻的印象。而且事情是先前就扯过的。几十年的小乡场,人口增加了几倍,却还是老样子,于情不合,于理不通,真应该改造改造了。领导们很爽快,没有一点酸,就往木青青送来的报告上盖章。拿着一沓盖满公章的报告,木青青很有一种成就感。人一高兴,就想请客,感谢感谢。殊不知大家都说忙,忙得要死,一个也请不动。木青青多少有一点冷心,自己买了一碗豌豆糯米饭,连汤带水填了填肚

第二十四章 蒸发

子,就回到了招待所。想到第二天还要赶路,两个人早不早就躺在床上。哆咪嗦嗦啦嗦,咪哆嗦嗦咪哆,一阵国歌声从窗外飘进来。木青青起来打开电视,这就看见一面国旗缓缓升着,原来香港收回来了,中国跟英国两个国家正办交接。两个人躺在被窝里,看完仪式,还有一点余兴,东一句西一句地扯着,渐渐地就睡了过去。

太阳还没有出来,木青青跟令狐枯荣就往省城赶。桑塔纳在收费站缴过费,就开上高速公路。听着呼呼呼的风声,两边鸭绿色的铝合金护栏往后退着。但没有走多远,车子就闯进一片雾里,速度一下慢下来。隐隐约约的,前面灰蒙蒙的雾气里透着一团暖红,太阳升了起来。雾在阳光中开始变得轻盈,渐渐地往上升腾。直到过了乌江,如缕如丝的雾才最后散去。视线开阔。路上车又不是很多。驾驶员长年在磨坝场那种乡村马路上跑,也憋得慌,想过一过瘾,便把车开得飞起来。

不知不觉的,车就进城了。省城变化太大。街道楼房的,已经看不到一点过去的影子。驾驶员把车停在路边上,问了好几个地方,才找到省教育厅。按照通知,令狐枯荣要到省教育厅报到,跟别的受表彰的老师一起坐飞机到北京。

木青青把令狐枯荣送到省教育厅报到后,掉过头来,就到省政府办公厅找姚处长。木青青是在磨坝场认识姚处长的。"三八"事件发生后,国务院工作组到磨坝场。省政府派人协助工作,就派了姚处长。木青青姐在事件中死了,也是受害者。大家因此还算相信木青青。姚处长跟木青青说到后来竟然还是北京一起读书的同学,只是姚处长高两级,毕业后就分配到了省政府办公厅工作。既然同学,也就多一分理解与信任。姚处长觉得木青青的命运不是木青青个人决定的,个人的命运要服从国家的命运。木青青对姚处长这个观点多少还有一点认同。离开磨坝场那阵,姚处长就把办公室电话跟木青青留了下来。

姚处长那阵坐在办公室,听木青青一说,又翻了翻报告,接上拨一个电话,叫一个秘书进来,拿腔拿调吩咐道:

"你把这些报告送一下。磨坝场的事情,死了那么多人,不抓紧改造,恐怕不好交代。"

秘书拿着报告走了。

"行了。"回过头来,姚处长就对木青青说,"你也不要跑了,磨坝场的事情,我参加处理的,多少还有一点发言权。"

木青青愣在那里。他找姚处长,一来姚处长去过磨坝场,熟悉那里的情况,二来也想通过姚处长打一打省政府这张牌,早一点把钱拨下去。但实在没有想到事情竟然这么简单。

"你这个处长属于哪一级啊?"木青青疑疑惑惑地说,"我看比省长说话还管用。"

"老同学哟!你一点不懂政治啊!"姚处长说,"你知道和珅吧,他最初不过是抬轿子的,哪一级都算不上,但他跟皇帝抬轿子,这就非同一般。"

"这倒是……"木青青似懂非懂地点着头。

"老实说,你找省长,省长也要找我。"姚处长说,"省长不了解情况,他怎么跟你处理啊!"

"他们该不会拖吧?"木青青迟迟疑疑地说。

"你放心好了。"姚处长说,"我是代表省政府参加国务院工作组处理磨坝场'三八'事件,我不是代表哪一个人,我在落实国务院工作组的意见……"

木青青听着,也就丢心落肠地从省政府办公厅走了出来。他连一句感谢的话都没有说。他觉得姚处长并不需要"感谢"。"感谢"这两个字仿佛也太轻。

天刚擦黑,城市就迫不及待地打开了所有的灯光,照得地上明晃晃的。木青青跟驾驶员在旅馆附近找了一家饭馆坐下来。拿过菜谱,你一个炒腰花,我一个爆肚头,点了一桌子的菜,又要了几瓶啤酒。两个人大块吃肉大碗喝酒,吃了个痛快。

从饭馆出来,木青青叫驾驶员回旅馆休息,一个人晕晕乎乎的,就数着街灯往前走。走不多远,来到一条河边上。河水很平静,在暖洋洋的夜光中透着金属一样的光泽。木青青忽地有一种似曾相识的感觉。他一只手醒了醒脑门,这才想到了一袭白裙。果然,顺着河岸走不多远,他就看见一座岗亭。原来,他们找的旅馆,竟然就在这附近。木青青想也没有想,就走过岗

第二十四章 蒸发

亭,走进了大院。今年初,一袭白裙都还在跟他寄书呢。大学同窗几年,既然到了门前,怎的都该进去看一看。穿过一片林荫,木青青站在那小洋楼前。这工夫,他突然犹豫起来。一袭白裙的父亲,那位省委副书记,他会怎么看他呢。一个乡镇干部,跟一个农民并没有太大的区别。他想到上一次他跟他谈话的情景,不禁有一点起鸡皮疙瘩。但木青青还是按了门铃。

那一瞬间,听着叮叮当当的铃声在屋里响起来,木青青才意识到自己跟一袭白裙的关系上,其实有一种很深刻的困惑。他不明白一袭白裙哪一点差了,自己为什么会对她缺乏感觉。是因为她的父亲,还是因为她的婚姻? 他觉得自己骨子里有一种很混乱的东西。这种东西使他从错欢喜山地走出来的时候,仿佛就不是为了一个目标,而是为了一种证明,或者说目标就是证明。这种东西,也使他跟一袭白裙淡漠中又有一种眷恋,拒绝中又有一种屈服。他不知道他这一次会不会找到感觉。他多么希望爱上一个人啊!

奇怪的是门铃响了很长时间,却没有一个人来开门。这时候,有两个人不知从哪里走了出来。他们来到木青青跟前,上下打量打量,这才冷冷地说:

"他们家没有人。"

"你们知不知道他们哪时候回来?"木青青一下懵了。

两个人愣了一下,便叫上木青青跟他们走。转了几个弯,三个人来到一间办公室。一个人坐在一张桌子跟前。一个人铺一个本子,提一支笔,准备记着什么。一看这阵势,木青青就有一点慌神,直戳戳地问了一句:

"我犯哪样法啊?"

"你不要紧张。"人家说,"我们问一问情况。"

木青青听着,心头稳了一点。

"你是他们家什么人哪?"

"我是他们姑娘的同学……大学的同学……"

"你是哪个单位的人哪?"

"孟通县磨坝场镇政府的干部。"木青青顿了顿,又补了一句,"副镇长。"

"你来省里有哪样事情?"

"跑资金。"木青青说,"磨坝场死了那么多人,你们不会不知道,我们乡场又窄小又破旧,要改造集镇,增大容量……"

"你是不是通过你同学的父亲跟你们打招呼?"

"打哪样招呼?"木青青说着,有一点激动了,"我们磨坝场死那么多人,未必还不够!"

"你好好说,不要激动。"

"国务院都派了工作组下去,我还要找哪个打招呼!"木青青说着,声音低了下去,"我这一次就是跟有关方面送报告来……"

"能不能看一看你的身份证?"

木青青掏出身份证递过去,问了一句:

"他们家是不是出哪样事情哪?"

两个人一声不吭,仿佛聋子,看了身份证,又把号码在本子上记了下来。

"你可以走了。"

一个人这么说着,就把身份证递了过来。

木青青从大院里出来,站在河岸上,这才长长地出了一口气。

河上起了风。平静的水面晃荡起来,搓动一片夜光,金瓦银鳞般地闪烁着,格外有一种诱惑。到底怎么哪?木青青琢磨着,一颗心悬吊吊的。看来,不把事情弄清楚,他晚上甭想睡安稳觉了。不管是对省委副书记的好奇,还是放心不下一袭白裙,他想也没有想,就站在路边一个小店用公用电话打姚处长的手机。听着接通的声音,他暗自庆幸离开省政府办公厅那阵跟姚处长要了手机号。不然,这工夫上哪里找人去。有手机的人就像天上放的风筝,虽然潇洒,却还是有一根线牵连着。不过风筝是为了天空,而有手机的人是为了一根线。

"喂!"风筝有了反应。

"姚处长啊,"木青青说,"我有一点急事想跟你打听一下。"

"哪样事啊?"风筝往下落着。

"我刚才到省委大院,我一个同学,她父亲是省委副书记……"木青青

第二十四章 蒸发

焦急地说。

"不要在电话上谈这个事情。"风筝掉到了地上,"你过这边来……"

木青青拦了一辆的士,一歪屁股坐上去。不一阵,他就在城市的另一头见到了姚处长。两个人站在一幢大楼的阴影里。姚处长点着一杆烟,都快燃到头了,也没有吸一口,看上去有点装腔作势。

"你们在下头一点也没有听说啊?"姚处长诡秘地说着,"这一家人全都蒸发啦!"

"哪样蒸发?"木青青懵里懵懂的,只隐约地觉得事情很严重。

"失踪。"姚处长说,"上天?入地?不知去向。"

"开玩笑哦!"木青青脑子里通电一样直呜呜呜地响,"堂堂皇皇的省委副书记。"

"中纪委,安全部,公安部,高检院……"姚处长说,"全都介入啦!"

"查下来到底有哪样问题?"木青青疑疑惑惑地说。

"整个事情还处在保密阶段。"姚处长说,"据说涉案金额有四千多万元……"

"这么多钱堆在一起,"木青青说,"怕堆一座山。"

"他姑娘,你那个同班同学,她有一家公司,"姚处长说,"绝大部分钱是通过公司账上一笔一笔划走的。"

"麻雀飞过都有一个影子啊!"木青青听着,心头有一种苦涩。

"这才是高手啊!"姚处长说,"到现在,我们都不知道这一家人到底是弄假护照出国了呢,还是用假身份证隐藏在国内哪一座城市……"

"简直不可思议啊!"木青青喃喃着。

"你还是孤陋寡闻啊!"姚处长说,"全国因为经济问题跑到国外去的人,至少四五千,大部分人是弄不回来的,有一部分人纯粹蒸发了,他们在哪个国家,我们根本不知道,假名字,假身份,有的甚至整了容,去哪里找啊!"

木青青跟姚处长分手后,打的士回到旅馆。躺在床上,他脑子里一袭白裙飘啊飘啊,就迷糊起来。只是不停地做梦,怪啊妖啊,搅得一晚上都没有睡踏实。早晨起来,驾驶员看他眼睛又红又肿,就开玩笑说:

"你做哪样哪？眼睛像哭过一样的。"

"我真想哭。"木青青说着，神情很认真的，"我真想为我们这个国家哭一场。"

两个人说着就往回走。刚刚出城，木青青就看见右前方一架飞机正昂着头冲向天空。朝阳初升，霞光万道，跟飞机披一层红，格外壮观，也格外崇高。

令狐枯荣老师飞向北京了。

木青青想着，就强迫自己闭上眼睛，补一补瞌睡。

第二十五章

老大难

火生跟他爹曹绍成嚷了几句嘴，一赌气就"杀广"去了。

大家心头都很清楚，火生早就不想干了。曹绍成回到家里，几十年指手画脚的习惯一时间改不过来。村里大事小事的，他也不甘寂寞，总想说几句。这一来，火生更觉得这个村长没有哪样干头，就想一走了之。他把一个木家寨村委会的公章往他爹跟前一推，好像他这个村长是跟他爹当的，就气冲冲走了。曹绍成毕竟还拿着镇里一份钱。看着一个红红的木头疙瘩，他第一次觉得烫手。想不出更好的办法，他就把公章跟镇政府拿来。这种倒痒不疼的事情，书记镇长不想管。

"木家寨是木青青包的点。"两个领导脚一抬，就把球踢跟木青青。

木青青没有遇到过这种事情，也不知道水深水浅，就跟曹绍成商量说：

"肉烂了在锅头，我看你精力挺好的，你把村长兼起来好了。"

曹绍成先前当公社跟乡的书记，全面主过事。他一听，就知道木青青是个外行。

"我头上还有帽儿。"曹绍成说，"我当村长，我跑不脱，我怕你那个副镇长也要下课……"

木青青这才想到曹绍成刑期没有满，还算被管制对象，怎么可以当村长管人。愣一阵，木青青眼前突然一亮，很有把握地说：

"我还是那句话，肉烂了在锅头。叶儿当村长，你来幕后指挥，跟她从旁边管一管就行了。"

曹绍成听着,也没有别的主意,就拿着村委会的公章又回到木家寨。殊不知叶儿不买账。火生走了,她一肚子的气正找不到地方出,这就叫曹绍成撞上了。

"你们两爷子的事情,我不会管。我算哪样？我只是一个佣人,连用人都不如,用人主人家还要开工资。"叶儿说着,就开始数落起来,"我一天没有长八双手,坡上的牛,圈头的猪,还要管两个娃儿,跟一屋人弄吃的……"

"我跟你妈不都在帮忙做么！"

曹绍成说着,看一眼边上的女人。女人哑巴一样一声不吭地纳着手中的鞋底儿。媳妇不听话,婆婆娘要管。何况媳妇说话讥诮人。但女人一辈子受曹绍成的气。火生走,跟曹绍成也有关系。媳妇有气,婆婆娘也能够理解。再说媳妇能说会道的,制一制曹绍成,她也觉得出一口气。

"我丑话说在前头,"叶儿认真说着,"我当奴隶当惯了,哪个要我当村长,我就要拉他一起跳黑鸦坎。"

"火生不也当了这么多年。"曹绍成说。

"只有火生猪。"叶儿说,"村长有哪样,倒大不细,两头受气,一年到头钱不钱人不人的,你去上下二寨问问,真正有本事的人,哪个想干村长！"

曹绍成走不通,只好又拿着那木疙瘩到磨坝场找着木青青。

"还是想其他办法吧！"曹绍成说,"实在不行了,大家抓阄,一个村民一颗白苞谷,一个村长一颗红苞谷,口袋装起来,哪个抓到红苞谷哪个当村长。"

"搞水了。"木青青说,"这个村长到最后还要大家来投票的,虽然没有哪个人想干,但认苞谷不认人,你拿一个不像村长的人来选,大家又未必会买账。"

"这倒是实情。"曹绍成说,"前些年有的村抓苞谷,结果抓出来一个毛毛娃儿村长,镇不住坛,完全搞水了。"

"我倒想起来一个人。"木青青说,"铁脚杆,不知道他干不干。"

"我看成问题。"曹绍成说,"他从班房出来,我看还是那个三脚猫的毛病,整天好钻林子,难看到一回人影子。"

"如果铁脚杆愿意干,"木青青说,"木家寨又是藤子辣椒公司的生产基地,两爷子齐心合力,村委会那点事情算不了哪样。"

"你只有跟藤子说一说,"曹绍成说,"让她跟她爹做一做工作。"

木青青那阵一句话也没有说,只是很无奈地叹一口气。他跟藤子都是三十多岁的人,真正的大龄青年。男大不娶,女大不嫁,镇上已经有不少闲话。他其实也恨自己。有时候,他甚至想找一个人把自己暗杀了。从北京回来这么多年,人家怎么看他的工作,看他的人,他并不在乎。他当初回来,就没有指望能干一番事业。某种程度而言,他甚至还带着一种自残倾向。他非常清楚自己灵魂深处的这种东西。大学四年,他实际上都被罗远志和绿面书生的事情笼罩着。不管是反思,还是自责,抑或忏悔,他都没有安宁过。命运如影随形,他走不出这片阴影。不停地拷问,不停地追索,成了他永久的困厄。而可悲的是时代的列车已经远去,他被抛在荒野,找不到现实的答案,便不能指向未来。洗涤心灵的时候却不能够走进现实,这种矛盾使他苦不堪言。他很无奈,也很自卑,却并没有放弃。他在等待,等待死,等待生。他觉得有朝一日他不是悲壮地死去,就是英勇地活着……

但藤子等哪样呢?木青青不敢正视这个问题,更不敢往深处去想。他在感情这个问题上的确欠藤子一笔账。他不知道怎么偿还。是用爱?还是用生命?而爱与生命对他来说都贫乏而又苍白。他不知道自己是在什么地方把这世界上最宝贵的两种东西给折损了。是在水惠那里?还是在一袭白裙那里?或者罗远志跟绿面书生那里?……面对藤子火辣辣的爱,他没有挑剔,他没有权利挑剔。爱是一种短兵相接的交锋。他连武器都没有打造好,谈何而战。他只有挂免战牌。他希望有一天生命的大树能够重新复活,而爱的种子会重新发芽。那时候,他会勇敢地迎上前去。但藤子却不撤退。她横刀立马守在他的堡垒跟前,并不停地叫阵。这使他既感到一种难堪,同时又觉得一种委屈。

木青青在辣椒厂找到藤子。藤子那阵陪一个遵义来的辣椒客参观成品车间。辣椒客在成品车间走马观花看一眼,就提出要参观泡制车间。藤子说那里太呛人,都没有对外开放。辣椒客听着,也就没有勉强。木青青在边上听着,有一点觉得滑稽。泡制工序是辣椒生产的关键。但一瓶辣椒,又有哪样高科技?藤子却故作高深,好像生产哪样新式武器。当然,她越这样,而参观的人也就觉得越有名堂。这一来，又跟产品凭空增加了一层神秘色彩。

送走辣椒客，藤子回过头来，就对木青青撇一撇嘴问道：

"你说，你有哪样事情？"

"你怎么知道我有事情？"木青青说，"没有事情就不能来是不是？"

"你是无事不登三宝殿。"藤子盯住木青青说着，"我倒希望你没有事情的时候能过来关心关心我们。"

"大家都忙啊！"木青青力不从心地说，"特别是你吧，工人农民加在一起，开这样大一个公司，时间就是效益，时间就是金钱……"

"木青青！木镇长！"藤子说着，脸颊上泛两朵红云，"你知道我说的是哪样意思，你不要跟我绕弯弯。"

木青青愣在那里，不知道说什么好。

"我说过的，我要嫁人我就嫁跟你。"藤子说。

"你越这样说，"木青青说，"我就觉得越欠你的。"

"你谁都不欠。"藤子说，"你欠你自己的。"

"你爹说的是对的，"木青青说，"你不要再等了，把年纪拖大了。"

"你不也还在等么！"藤子说，"你要找了人结了婚，我就死心了。"

"你跟我较哪样劲？"木青青说，"我的情况跟你的情况不一样。"

"我就是要跟你较这个劲。"藤子倔倔地说，"你不结，我不嫁。"

"我说过我不想在这里一辈子。"木青青说。

"那……你走到哪里，"藤子说，"我就跟你到哪里。"

木青青听着，心头震了一下。

"我知道你的心思，"藤子说，"你其实还在等一个人……"

"我等哪个人？"木青青莫名地有一种紧张，"我还会等哪个人？"

"水惠！"藤子说，"你还放不下她。"

木青青脸青面黑地摇着头，心头却有一种莫名的痛。

第二十五章 拆迁方案

拆迁方案

磨坝场集镇改造工程全面启动。

镇上成立了指挥部。木青青担任副指挥长,负责拆迁这一块。木青青没有吃油也听见过榨杆响,有的地方搞拆迁还闹过人命。但木青青没有推。他推也推不脱。他知道镇政府书记副书记镇长副镇长一帮人,他就是一个洗屎裤子的角色。猪都变了,还怕杀不成。他这样跟自己打气。再说吧,一个乡场的改造,又有多少拆迁户呢?也就十来家人。木青青召集开一个会,然后按照占多少补偿多少的原则,在规划的地段上一家选一块地,大家搬过去就行了。都老房子,木结构的,搬起来也省事。

费事的是藤子的辣椒厂。快到年底了,正是销售旺季。工人都三班倒,加班加点投入生产。但辣椒厂长三间的两幢瓦房,搬迁起来没有个把月工夫投不了产。工厂不生产,就没有产值,这实际上是一笔很大的损失。最好的办法是把厂房修好后搬迁。可新厂房由谁来投资,这又成了问题。木青青想折中一下,通过减免一点税款来弥补辣椒厂搬迁带来的损失。殊不知,他刚刚跟税务所商量,还没有形成方案,事情就捅了出去。先是拆迁户不平衡,觉得大家一样的拆迁,要一把尺子量到底。税款减免实际上也是补贴,他们也应该有补贴。木青青说辣椒厂是企业,企业停产,就不应该产生税收,减免一点税款也合情合理。大家觉得既然纳税,必定也赚钱,辣椒厂要补贴,老百姓更应该要补贴。

事情一下僵在那里。

镇上书记镇长的接上找上门来。木青青那阵还以为两个领导出面,不过转圜转圜,协调协调,消化消化矛盾,排除排除障碍,这样施工队伍就可以进场。施工队伍已经开到磨坝场,就等着进场。木青青哪里知道事情这期间发生了变化。磨坝场一动,就从孟通戳下来几个人,要求开发新街两旁的地。镇上像发现新大陆一样发现土地价值,盘算盘算,就准备拿来搞拍卖,正不知道如何着手。方案是定过的,不可能朝令夕改。但拆迁户一扯皮,机会来了。一班人不客气地压了上来。

那工夫,两个一把手郑重其事地找到木青青。

"很简单的事情,"镇长说,"你把它搞复杂了。"

"你上次叫藤子的爹,一个劳改释放犯当村长,我就跟你担了下来。"书记说,"你这次一样的拆迁,又要跟藤子哪样减免税款。"

"税款不是哪个说减免就可以减免的。"镇长说,"国家税法规定,我都没有这个权力,你胆子大哟!"

"我们做事情一定要一碗水端平,"书记说,"不能凭个人的好恶,更不能讲关系、论亲疏……"

木青青听着,这才明白自己成了一盘磨的磨芯儿。四方八面都在磨他。他那阵也不是赌气,真的有一种消耗不起的感觉,脑子一松,嘴一溜,就说了出来:

"我也累,这种费力不讨好的事情谁做起来都累,既然你们觉得我心眼偏,我也想避嫌,最好另外找一个人来管拆迁……"

两个人都没有想到木青青这样经不起打整。

"既然你这样要求,"书记沉吟着,"你先休息休息也行,调整调整心情,看下一步,有哪样轻松的活路做一做……"

不费吹灰之力解决了木青青。接上召集拆迁户开会。书记到场,镇长讲话,一个高规格的会议。镇公安派出所、土地管理所这些职能部门都来了。镇长宣布完磨坝场集镇改造指挥部领导成员调整名单,接上晃晃悠悠地说道:

"我们这个方案有缺陷,没有充分考虑拆迁户们的损失。这一点,我要请拆迁户们原谅。"

拆迁户们听着,就鼓掌欢迎,仿佛真来了青天大老爷。

藤子没有鼓掌,只坐在边上冷眉冷眼地看着。

"我郑重跟大家宣布,原来那个方案作废。经过认真研究,并请教有关方面的专家,我们做了一个新方案。这个新方案充分考虑到大家的损失,并且一视同仁,保证公平,按拆迁平方对大家进行补偿……"

拆迁户们激动得热泪盈眶。又一阵热烈的掌声。

藤子那阵就有一种不祥的预感。大家掌声一停,她就站了起来。

"我不要哪样补偿,也不要哪样减免。"这么昂声昂气地说,"我要原来那个方案,给我原来那块地。"

拆迁户们没有反应过来,都用一种敌视的眼光盯住藤子。

"藤子!这个事情,"书记忍不住站了起来,"我觉得还是少数服从多数。"

拆迁户们懵里懵懂的,都把手高高地举了起来。

"我的辣椒厂要街面。"藤子大声地叫了起来。

"按照新的方案,你也可以得到街面。"镇长慌里慌张,无路可走,就提前暴露出来,"大家在拍卖场上举牌,比钱,这是最公平的。"

拆迁户听着,闹半天捡了芝麻丢了西瓜,都一下懵了。

"大家都按政策法规办事情。"镇长正气俨然地说,"原来房子在街面上的,我们按街面还地,原来没有在街面上的,我们只管宅基地。你们清楚你们房子的位置,我们负责给你们宅基地,给你们补偿。"

"我们要街面!我们要门面!"拆迁户们叫了起来,"我们要原来那个方案。"

"这不可能。"镇长脸一沉,凛然道,"国有国法,家有家规,你们想要哪块就要哪块是不是?天安门广场划一块跟你们要不要啊?不可能的事情,大家就不要说。"

"木青青木镇长哪里去了?"有人醒悟地叫着,"你问一问他是怎么跟我们说的?"

"他已经不在指挥部了。"镇长说,"我说话还不算数是不是?你们觉得木青青不公平,还找他干哪样?"

"我们上当啦!"拆迁户们吼着,"不答应我们的要求,我们就不搬迁。"

"我不想多说,大家最好依法办事。"镇长说,"公安、土管都来了,我要说一句负责任的话,我们依法行政,决不违法。但哪个人敢以身试法,阻挡我磨坝场前进的脚步,我们就要坚决执法。"

也没有哪样结果,就乱哄哄散会了。

藤子心里有一种乱。散会后,她没有回厂里,就找到了木青青。

木青青那阵待在屋里。藤子敲了好一阵门,他才把门开了。藤子看木青青一脸惺忪的样子,就忍不住讥诮道:

"你还睡得着瞌睡? 我们这些拆迁户都要造反啦!"

"我就知道不会有好结果……"

木青青在喉咙里咕哝着,拿一张湿毛巾抹抹脸,回过头来,就很无奈地看着藤子。

"大家现在都希望你跟他们说一句话……"藤子说。

"晚了。"木青青面无表情地说着,"我也上了他们的当。"

"那些拆迁户现在才理解了你……"藤子说。

"方案是我做的。"木青青痛心地说,"我原来想,也就十来家拆迁户,占街两边也占不了多少地盘。但这样一来,新旧两条街,磨坝场居民就可以保证一家一个门面。很多人还是半居民,田不田土不土,也没有一份工作,有门面做生意,生活就有保障,这是多好的事情! 没想到人心都这么贪!"

"你要事先跟大家交一个底,"藤子说,"大家可能就不会闹了。"

"我交哪样底!"木青青说,"人家交通局拨的钱,那是一条马路,我把路面加宽了两倍,人车共用。很多人没有商品意识,不知道那里将来是会非常热闹的。我要先不先说了,地就热了。拆迁户不闹,其他人也会闹,镇上也会算账。镇财政太穷了,不会不算账。拆迁户占不了街面,那拆迁难度就太大了。我原来想的是等到拆迁户安置了,再来慢慢炒,慢慢卖。哪知道半路上杀出一个程咬金,有人要来搞开发。"

"我听说那几个人很有背景,"藤子说,"是县上一个领导介绍来的。"

"这很正常。"木青青说,"自己花钱跑到上海啊深圳啊都在招商引资,人家送上门来是好事情啊! 关键要按市场经济规律办事情,不要搞暗箱操作。严格说来,我那种搞法反倒是不规范的,不过一种同情心,同时也想把

第二十五章 拆迁方案

拆迁搞顺当一些……"

"辣椒厂占地多,"藤子说,"你说老实话,你是不是跟辣椒厂着想了?"

"这是肯定的啊!"木青青说,"你辣椒厂怎么都算磨坝场龙头企业呀,趁此机会,找一个上风上水的地方好好发展发展,对镇财政,对农民,对社会,都是好事情啊!"

"你就没有一点别的心思?"藤子盯着木青青问道,"真的一心一意从工作出发?"

"天心可鉴。"木青青说,"我不会拿公家利益做私人交易。"

"那以后呢?"藤子追了一句。

木青青听着,只是怔怔地看着藤子,一声不吭地看着藤子。

藤子这工夫才觉得木青青屋里有些异样。想了想,她就诧异地问道:

"往常架在窗前的望远镜呢?"

"收起来了。"木青青说,"没有心思看。"

藤子听着,用怪怪的眼神打量着木青青。

"天上跟地上差不多的。"木青青愣头愣脑又补一句,"也没有哪样看头。"

藤子又看一眼木青青,接上转过身去,恨恨地说:

"我走了,我知道找你也没有用。"

"拆迁的事情,大势所趋。"木青青忧心忡忡地说,"你不要跟他们扯啦!"

"我不会轻易让步,更不会轻易投降。"

藤子说着,走到了门口。

"藤子!"木青青突然悾惶地叫了一声。

藤子回过头来,有些惊讶地望着木青青。

"你真的……"木青青有些伤感地说,"我走到哪里你就跟我到哪里?"

藤子听着,点了点头,两颗晶莹的泪珠就滚了出来。

第二十六章

爱与恨

镇政府从哪里弄了一辆双排座小货车。掀掉车厢上的篷布,顶上扯一幅横标:坚决依法拆迁,推进集镇建设。横标上头鼓出来一只大喇叭,笼天罩一样,给人一种威压。广播站现成的设备往车厢里一搬。又来几个戴大盖帽的,往上头一坐。小货车成了不折不扣的宣传车。正赶场天,县里集中一批犯罪分子,几辆敞篷大货车拉着,轮流到各乡镇游行,也到了磨坝场。车上押犯人的人都是武警战士,荷枪实弹,刺刀闪亮,真正有一种震慑。镇政府这工夫借势把宣传车也开了出来,跟在人家屁股后头走着。知情人说那是狐假虎威。不知情的人看上去则是大哥哥跟小情人——抱成一团。那阵势,仿佛立马瞬间,磨坝场那些拆迁户就完蛋了。事实上,有几家心脏差一点的拆迁户,还没有等到散场,就包着眼泪到镇上把手续办了。只有藤子,见过世面的人就不一样,装耳朵聋,装眼睛瞎,不抖不颤,只管沉在辣椒厂赶产品供应市场。狐狸先一声不吭,直到老虎走了,才扯开嗓门叫起来。这一来,又有人说山中无老虎,猴子充霸王。但狐狸也罢,猴子也罢,县上游行的车一走,镇上搞拆迁的宣传车就掉过头来,实在忍无可忍,大喇叭对准辣椒厂,就开始喊起来。但辣椒厂在背街上,又开着机器,大喇叭喊哪样,实在听不清楚。而越听不清楚,大喇叭就越要喊,一直要喊到机器停下来,喊到藤子听清楚了,乖乖地搬迁厂房……

木青青这工夫在屋里抓阄。镇上重新分工,他改抓"三套集成"工程。这是抢救民族民间文化的一项重要工作,从中央到地方都很重视。木青青从

困豹

征集来的民歌中看见一首《爱恨》的小调,觉得很有意思,就爱一段恨一段拆开来,分别写在两张纸上。他把两张纸团成两个纸团儿,捧在手上,摇啊摇,晃啊晃,扔在桌上。他双手合十,在心头默了默,抓起一个纸团,打开一看——

> 想你想你想死你,
> 找个画家画个你,
> 把你画在砧板上,
> 天天拿刀剁死你。

一段恨。

木青青心头阴了一下。接上不甘心地把那纸片重新团在一起。他双手合十,口中念念有词地默了默,这才捧着两个纸团,摇啊摇,晃啊晃,扔在桌上。他闭上眼睛,在两个纸团之间迟疑着,最后抓起一个纸团。还没有完全打开,他就泄气了。

木青青愣在那里。他不相信自己跟爱无缘。不一会,他又站起来,走到脸盆前,就着一盆清水,认真地洗了洗手。他接上又做两个阄,三回为定准,心头默着,重新捧起两个纸团,摇啊摇,晃啊晃,最后扔在桌上。看着那一爱一恨在桌上跳了跳,他一颗心也突突突地跳个不停。这一回,他没有闭眼睛,迅速地捡起距离他最近的一颗纸阄打开——

该死的恨啊!

木青青一声叹息,就在床上倒了下去。

木青青躺到第二天早晨。"木镇长!木镇长!"有人一边敲门一边喊个不停。他迷迷糊糊听着,趿拉两片鞋起来开门。霍家饭店的一个伙计站在门前。霍家饭店是镇政府定点接待饭店。镇上领导常去吃饭,跟那里的伙计都混得很熟。年轻人一声不吭,递给木青青一张皱皱巴巴的纸条,就转身走了。木青青接过纸条,眼睛一下就愣了起来。那纸条竟然跟他那两个纸阄一模一样的纸,练习簿的横格纸,仿佛那纸阄由圆变方,又捉弄他来了。他看一眼桌上,桌上居然只有一个纸阄。天啊!他在心里叫了一声。那瞬间,那纸条仿佛呼地燃了起来。他一甩手,就把纸条扔在了地上。他走到脸盆前,洗了洗脸,这才想起那恨的纸阄被他昨天一气之下撕碎了。回过头来,他从地上捡起那纸条,疑疑惑惑地打开——

木青青哥!
我在霍家饭店,想见你一面。
　　　　　　　　　　　　　　水惠

木青青那阵脑子里轰地响了一下。愣一愣神,缓一缓劲,他蹬上皮鞋,拿上衣裳,一路两只手往袖子里戳着,一路脚下生风,就往场口霍家饭店走去。

　　细雨霏微。原始歌谣唱尽天上人间。挖领的蓑衣像一只张开的扇贝。肉鼓鼓的腿肚儿裹满了黄泥巴。黑粗粗的长辫子系着命运的疙瘩。月亮被太阳吞没。油纸的斗笠遗落在山中。血光里的野山菇。被误会的纽扣成了一个永远的哑谜。

木青青连敲几个房间的门都敲错了。

这时候,一个看上去比他大不了多少的男人走过来。他跟他打一个手势,这才把他带到水惠跟前。接上这个比他大不了多少的男人就幽灵一样地消失了。

屋子里很暗。沙发上坐着一个模模糊糊的影子。木青青看半天,眼睛适应了,这才看清楚是水惠。一个披着长发,有点发胖的女人。木青青脑袋歪来歪去,仔细地打量着,仿佛不敢相信这就是水惠。

"你不要怀疑。"水惠说,"我就是水惠。"

"你真是水惠?"木青青感到一种困惑,"你变化太大了。"

"我就是水惠。"水惠说,"刚才那个男人是我雇的。"

"你雇的?"木青青机械地重复着。

"我不想欺骗你。"水惠说,"我雇他跟我回一趟家,我太想家了,我本来发誓不回木家寨的。我想看一看令狐老师,我想看一看你。我爹我妈看我找到了男人,结了婚,安了家,他们也就放心了。"

"他实际上不是你男人。"木青青木木地说。

"我男人在香港。"水惠说,"他是有家室的人,他把我安顿在深圳,一个月从香港过来跟我见一次面。"

"他一定很喜欢你。"木青青言不由衷地说着。

"我不知道。"水惠说,"我反正也认了这个命。"

"哦……哦……"木青青似有所悟地点了点头。

"我要走了。"水惠说,"我今后真的再也不会回来了。"

"哦……"木青青在喉咙里应着。

"我今后就死在外头了。"水惠说。

"哦……"木青青不知道说什么好,"哦……"

"木青青!我真后悔看见你!"

水惠说着,就从沙发上站起来,往门外走去。

木青青害梦游症一样走出霍家饭店。他愣磕磕地站在街上,只看见一辆顶着出租灯的桑塔纳开了出去。一股浓浓的烟尘追着桑塔纳,也拽着桑塔纳。尘土跟车抓抓扯扯一路走在进城的路上。桑塔纳转过弯去,在空旷寂寞的山野里消失得无影无踪。木青青长长地叹一口气,转身穿过窄狭的乡街,慢慢往回走着。

宣传车不知藏在哪里。木青青听见喇叭的声音扭头找了找,却看不到一点影子。差不多正午,太阳悬在顶上一动不动。空气也凝固一样的,令人感到窒息。只有喇叭高声大气吼着,刀一样挑破沉闷,使人觉得又尖锐又凶险。街上没有几个人,大都不知道躲到哪里去了。几家店铺还开着,但看不见卖家,就像一张掉了牙齿的嘴巴那样空洞寂寞。几条狗在一处废墟上追逐和嬉闹,格外自由,也格外自在。小学校操坝上被推倒的几段围墙又重新补了起来,只是新与旧还没有完全融合,仿佛有人在那上头浇了几桶水,带着忧郁的湿乎乎的痕迹……

想你想你想死你,

> 找个画家画个你,
>
> 把你画在砧板上,
>
> 天天拿刀剁死你。

木青青回到房间那阵藤子已经等在门前。

两个人愣在那里,都陌生地打量着对方。

"木青青!你哭了。"藤子说。

木青青下意识地抹了一把脸。

"我知道你看见了她……"藤子柔柔地说。

"不要提她。"木青青一只手摇了摇,断过话道,"从今往后不要提水惠。"

他接上就往屋里走,一边走一边又木木地说:"水惠已经死了。"

藤子听着,两只手绞在一起,从后面死死地抱住了木青青。

木青青松开藤子两只手,转过身来,望着藤子道:"你懂不懂山歌,有首《爱恨》的山歌……"

藤子水一样清亮的眸子看着木青青,轻轻地哼了起来——

> 想你想你想死你,
>
> 找个画家画个你,
>
> 把你画在杯子上,
>
> 天天喝水亲死你。

歌声单调而哀伤。

"你不要唱了。"木青青说,"我把爱跟恨各做了一个阄……抓了阄。"

藤子看了看木青青,若有所悟地点着头。

"你抓了一个哪样阄?"她这么直戳戳地问着,"是爱?还是恨?"

"我要离开磨坝场了。"木青青所答非所问,"我要'下海'去。"

藤子低着头,愣一阵,便转过身去,走到门口,又回过头来,凄冷地说:

"我受不了啦!那高音喇叭整天对着辣椒厂吼,我实在受不了啦!"

木青青从藤子口吻里听出来一种绝望。

第二十六章 豹的诱惑

豹的诱惑

大火在半夜烧了起来。辣椒厂两幢长三间的房子,瞬间工夫,火就上了房。火光熊熊,照亮整个乡场。辣椒燃烧辛辣的烟气在乡场上弥漫,把人们从床上熏了起来。一人一只盆拿在手上赶到辣椒厂,看那火势,便只有站在边上,无可奈何地叹息着。大火一直燃烧到黎明,才慢慢熄灭下去。太阳像往常一样升起来。余烟袅袅,在半空中接住鲜艳的光芒,又开始磨坝场新的一天。

藤子站在废墟上。她浑身上下灰扑扑的,神情刚毅地望着远处开阔明亮的天光。听见一片嘈杂声,她转身从废墟上走了下来。镇上大大小小的人物都赶到了现场。这工夫看见藤子,大家都凑了过来。

"我们的支柱产业啊!"镇长哭丧着脸,"怎么就烧了呢?"

藤子听着,回过头来看着镇长,不紧不慢地说道:

"这不很好么?你们也用不着搞拆迁啦!"

镇长愣一阵,总算回过味来。

"你好像话中有话?藤子!"镇长急吼吼地说,"我要郑重申明,我们政府可是光明磊落的,决不会做这种卑鄙的事情。"

藤子听着,一声不吭地拍拍身上的灰,便拨着人群往外走着。

"你如果怀疑有人纵火,"镇长恳切地说,"我们就成立一个专案组,马上着手调查,把事情搞一个水落石出。"

藤子站了下来,又打量打量镇长,接上冷冷地丢一句:"烧得好!"

"你说这话是哪样意思?"镇长委屈地说,"又不是我们放的火……我们纵然要征地拆迁,绝对会依法办事,还不至于放火……再说吧,你辣椒厂一年怎么也跟我交了十几万的税……我们决不会放火……"

"这把火烧得真痛快!"藤子说。

"你不要说气话。"镇长说,"你要配合我们才能把事情搞清楚。"

"你们要调查你们就调查。"藤子说,"反正我不报案。"

一拨人说着走着,这就到了街上。场口霍家饭店门前,停着辣椒厂的北京吉普。辣椒厂现在什么都没有,只有这一辆车。藤子打开车门,屁股一抬坐到方向盘前。藤子打着马达,轰着油门,车子吼声隆隆地发动起来。这工夫,木青青背一包提一袋的,从街上走来,站在吉普车前。隔着门隔着窗的,木青青跟藤子咕哝咕哝,就绕到车子另一边,拉开后座车门,把行李扔在车上。他接上关上后门,又拉开前门,一抬屁股坐在藤子边上。藤子松刹车,抬离合器,车子慢慢地走了起来。

"他们是不是要搞旅行结婚……"

"他可能搭她的车进城……"

北京吉普开了出去,两个人才听见人们惊惊咋咋议论开来。

"我随了你的心愿。"藤子说着,喉咙里哽声哽气的。

"你自己烧了自己的厂。"木青青愣愣地盯着藤子说着。

"不,不是我……"藤子摇了摇头,泪水就像泉水一样涌了出来,"我没有烧……"

木青青神情专注地望着前方。

"你那天抓了一个哪样阄?"藤子口吻沉凝地问道。

木青青回过头来,看一眼藤子,便生怕藤子听不见似的大声说道:

"爱——把你画在杯子上——天天喝水亲死你——"

藤子听着,一脚油门踩下去,北京吉普就像离弦的箭一样飞了起来。

车子经过孟通一刻也没有停。北京吉普卷着一股烟尘,在环城路上一绕,很快奔驰在通往遵义的公路上。

晌午光景,两个人来到遵义。藤子在郊外一个加油站加满油后,缓缓地把车子开进市区。两个人在一家肯德基连锁店填了填肚子出来,木青青找地方去买地图,藤子拿着从前辣椒厂的一些客户名单,就走进一家网吧。

第二十六章 豹的诱惑

藤子跟这些老客户发完邮件,又在网上挂一个帖子:本人拥有祖传辣椒配方,寻求合作伙伴。不到一个小时,藤子就从网吧走了出来。木青青拿着一本中国地图等在车上。藤子一抬屁股坐到方向盘前,一拧钥匙,马达呜呜地一转,引擎轰地一抖,北京吉普就冲了出去。三转两转,汽车就转出市区,经过收费站,开上高速公路。藤子挂上高速挡,一脚把油门踩到了底。北京吉普发出一种单调而轻快的轰鸣,往省城飞驰而去。

天黑时分,借着刚刚打开的大灯光柱,木青青发现了那头豹子。

豹在一个肚腹一样的停车带上犟着一颗圆圆的脑袋跟吉普车对视着。吉普车在它跟前愣了一下,就轰轰隆隆地开了过去。豹转过头来,看着吉普车疯狂的屁股,突然拉直整个躯干,四蹄一并,就开始追起来。瞬间,豹追上吉普车,并从路肩上超到前头。白晃晃的灯柱中,豹浑身上下跳荡着黑亮的光斑,优雅而执拗地往前奔着。豹飕飕飕的,车呜呜呜的。豹跟车一前一后展开了一场角逐,一场没有裁判的角逐。豹一根节节花的尾巴,在光亮中神秘地摇曳着,忽而朝向天,忽而戳向地,忽而挥向左边的旷野,忽而指向右边的莽林……

豹啊!豹啊!

突然,迎面来一辆车。惨白的灯光一扫,豹一个纵步跃过护栏,飞下路基。那一瞬间,吉普车画一道之字拐,砰地撞开铝合金护栏,跟着豹飞了出去。吉普车在一道斜坡上滚两滚,四轮着地停在一条老马路上。两个人磕得鼻青眼肿,你望望我,我望望你,彼此摸一把对方的伤痛,定一定神,又把车子开了起来。前方再也看不见那头豹子。它像梦一样消失在眼前。北京吉普摇摇晃晃,仿佛走在时光隧道,在老马路上转一阵,不知不觉转到一个进口,又重新开上了高速公路。

看一看地图。

向东!向南!

北京吉普又奔生奔死地跑了起来。

第二十七章

尾　声

　　铁脚杆吃过早饭，碗一摞，就上老木垭看陷阱。禁止狩猎后，他的枪也被缴了。守住一片青幽幽的老林子，铁脚杆实在耐不住寂寞，就挖几个陷阱玩一玩。去年，一批三峡移民安置到了错欢喜。今年，从磨坝场到错欢喜的毛坯马路就硬化了。那阵，木家寨跟牛家山两个村动员了好几匹骡子，才把轧路的石碾子拖了起来。一骡敌三马。如果地势平坦，不会有一点问题。但路面坑洼，又上一坡下一坡的，几匹骡子折腾得够呛，才把一段路轧了出来。错欢喜的骡子都是关东驴配的。三秋过后，大家缩在屋里，听见叮当叮当梆铃响，都跑了出来。看见牲口老板牵着驴，那驴脑门上扎一朵红布花，悠悠地走进寨子，大家便把母马牵了出来。那驴一天配几匹，一天配几匹，要不了几天，一个村的母马就配完了。每配一匹母马，主人家除了钱啊粮啊要供牲口老板，还要打十几个生鸡蛋喂那驴。但这也合算。只要坐上胎，生下一匹骡子来，哪怕这种动物没有生育能力，也管几匹马的价钱。骡子来之不易，也功不可没。工程竣工那天，大家把骡子披红挂彩，还牵到会场上进行表彰，给一匹骡子发了两百块钱的奖金。

　　铁脚杆沿着水泥铺出来的马路走到老木垭。毕竟岁月不饶人。这一坡上来，他不但出了一身毛毛汗，还感到有些喘。他在林子边上一块大石头上坐下来。他脚下就是木家寨。木家寨那边就是黑鸦坎。黑鸦坎那边就是牛家山。牛家山那边就是外省的山啊水啊，他都叫不上来名字了。

　　忽然间，他觉得这一片朝夕相处的乡土一下陌生起来。一家一户一爿

第二十七章 尾声

屋瓦,一个屋脊两边分水,规规矩矩的方块,如今都多出来一个亮晶晶的铁蘑菇。田野上,高高的杆子牵着条条金属丝,东家进,西家出,把整个寨子都捆了起来。电有了,电视也有了,但生活莫名地也多了一些累。如果没有电视,不用一家顶一个铁蘑菇。如果没有电,也不用那些金属丝牵来牵去把一个寨子都给捆了起来。但不行了,大家都喜欢这些东西了。有的人家甚至不只是喜欢,还产生了依赖。他们连柴都懒得找了,煤也懒得挖了,就烧电。煮饭,煮猪草,都烧电。但事情恐怕还要糟。电视上已经说了,西部大开发,省跟省已经达成了协议,黑鸦坎尾上要扎起来,连发电带旅游的,搞立体开发。电用不完,就西电东输,卖到长三角、珠三角。水淹起来了,大家坐船进来玩峡谷、看悬棺。那工夫,木家寨跟牛家山就热闹了。但这一来,木家寨还是木家寨吗?牛家山也还是牛家山吗?真说不清楚啊。

不知不觉,铁脚杆眼睛里滚出来两颗泪水。泪水凉幽幽一激,他一下回悟过来,很快想到林子里的陷阱。他接上站起来,往林子深处走去。但没有走多远,他就听见有人在林子边上叫,就中途打转出来。铁脚杆当村长,常不在家,大家要盖一个章什么的,一点不方便。没有办法,他只好在公章上钻一个眼,用一截铁丝穿起来,挂在腰间。有盖章的,就上老木垭来找他。声音山鸣谷应的,他听见了,就从林子里走出来,把事情给办了。

铁脚杆一直走到马路上,这才看清楚是曹绍成。曹绍成在家头跟婆娘跟媳妇总怄气,就想去浙江那边看姑娘家英。要上路了,怎么也找不到身份证。他的印象中,哪样身份证不身份证,从来没有用过,也从来没有见过,好像根本没有这么一个东西。重新补办,时间又要往后拖。而驿马星动,他也等不及,只有照老办法,找村委会镇政府的出几个证明带在身上对付一下。

"你早该去看一看啦!"

铁脚杆说着,就往公章上一口一口哈气。看看差不多了,他便蹲下去,把曹绍成一张密密麻麻写满了字的纸展开在腿上,这才把一颗红戳戳实实地按上去。

"我姑娘他们有一种产品打到了国外,中国加入世界贸易组织后,他们做起生意来就方便多了。"曹绍成站在边上自顾自地说着,"我过去看一看,生意好做,我就想在那边找一点事情混一混时间,哪怕跟他们守大门,也比待在家头强……"

铁脚杆听着,抬起头来,不屑地看一眼曹绍成,却一声不吭的,把公章挂在腰上,又摸一摸,觉得稳妥了,便回到林子里。

曹绍成收拾好证明,顺着水泥马路,往磨坝场大步走去。

铁脚杆接连走了两个陷阱,连一根毛都没有捞着。但走向最后一眼陷阱的时候,他却闻到了一股异乎寻常的膻气。那阵,他没有一点犹疑,就跑到一棵大树脚,从树洞里掏出一把梭镖来。梭镖长长的,枪尖枪刃锋利无比,只要戳一戳,不管是皮实的野猪,还是膘厚的狗熊,都会戳出来一个血窟窿。他小心地走近陷阱。陷阱上面已经穿了一个窟窿。他用梭镖挑除伪装在陷阱上面的枝枝叶叶。很快,他看见一头奇怪的野兽——

一张团团的猫脸上长着两只长长的狗耳朵。一副肉滚滚的身子骨。油黄的皮色透着一块一块不规则的黑斑。一根尾巴菜花蛇一样盘着。四条腿又粗又长。脚趾鹰的爪钩一样尖锐……

铁脚杆愣在那里。他跟那畜生对视着,足足好几分钟。不知怎么的,他总觉得跟那畜生有一种似曾相识的感觉。几次举起梭镖来,他都不忍心下手。忽然,那畜生叫了一声,竟然奶娃儿哭啼一样的。铁脚杆浑身里一震,拿在手上的梭镖掉在陷阱里。那工夫,他转身走到一棵大树脚,又从树洞里掏出来一把寒光闪闪的梭镖。但往回走那阵,他却抱了一棵碗口粗的木头。走到陷阱跟前,手一松,他就把木头斜斜地架在陷阱里。接上,他走到边上,背靠一棵树干站下来。不一会,那怪头怪脑的畜生就从陷阱里爬了出来。现在,铁脚杆看得更清楚,这是一头既像豹又像狗的怪兽。它站在一片空地上。明亮的阳光照在它身上,它像一个被解放的精灵一样又神秘又美丽。这精灵看一眼铁脚杆,接上转过身,向林子深处慢慢走去。铁脚杆屏住呼吸,一动不动地看着它,总觉得它后边一只脚走起来有些别扭……

一阵隆隆的炮声从很远很远的地方传来。

第二十七章 尾声

铁脚杆醒过神来,琢磨黑鸦坎峡谷口那道水坝总算开工建设了。这一天,两千年啊!又是新世纪。又是新千年。藤子应该有信来了。铁脚杆恍然大悟,脚下生风,走出了黑乎乎的林子。

2004-11-26-北京-稿毕